LE FRÈRE INITIÉ

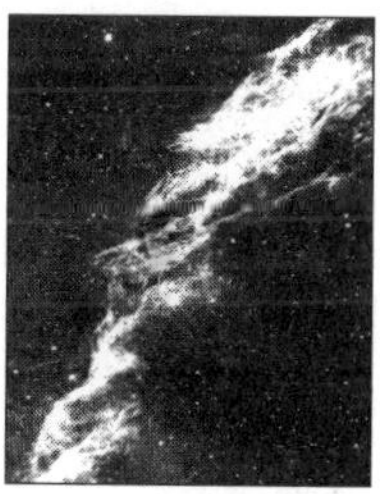

LA DENTELLE DU CYGNE

DU MÊME AUTEUR

Aux éditions Mnémos

LA GUERRE DES CYGNES

Le royaume unique

La rivière aux esprits

L'île de la bataille

Sean Russell

LE FRÈRE INITIÉ

TRADUIT DE L'ANGLAIS
PAR PIERRE GOUBERT

L'ATALANTE
Nantes

Illustration de la couverture : Beet

THE INITIATE BROTHER

ISBN 2-84172-267-8

Librairie L'Atalante, 11 & 15, rue des Vieilles-Douves, 44000 Nantes

Ce livre est dédié à mon grand-père Stan Russell, maintenant dans sa quatre-vingt-quatorzième année, et à la mémoire de mon père, grand amateur de livres.

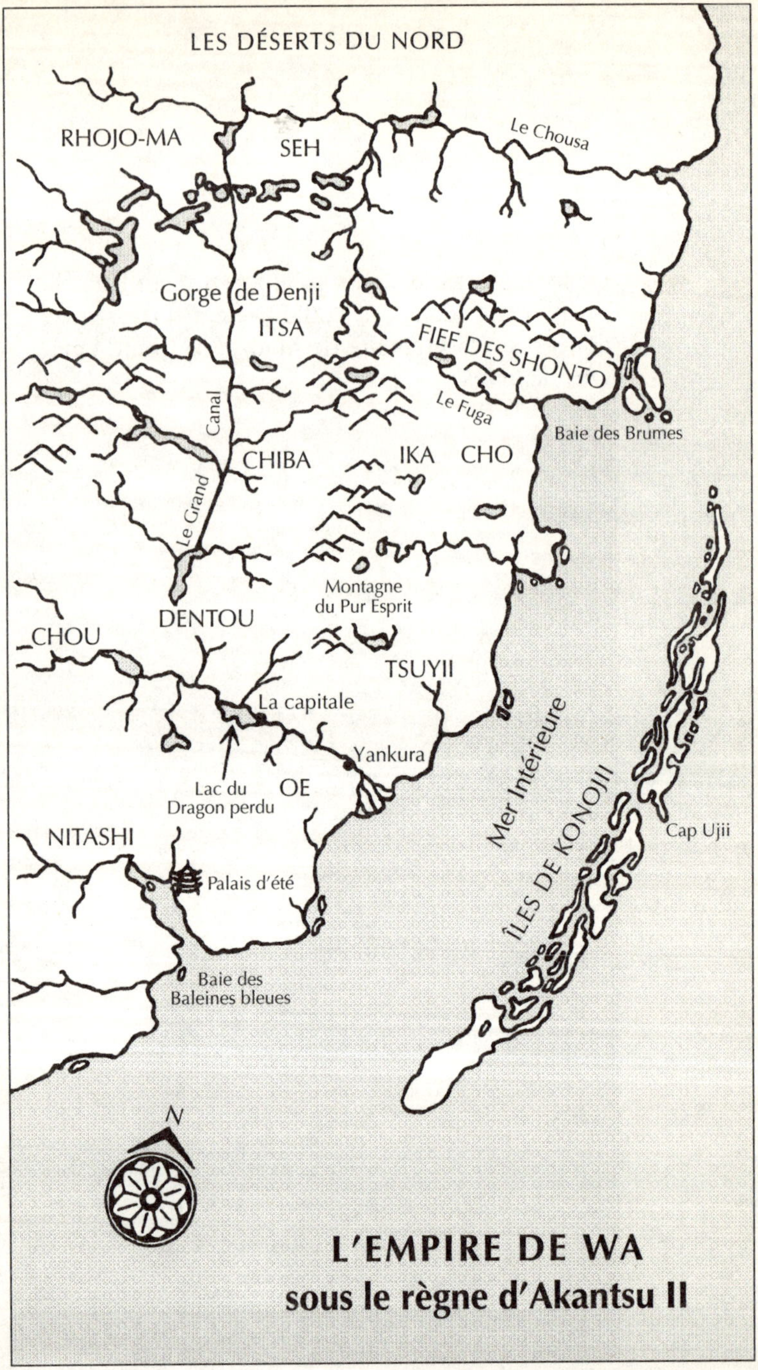
LES DÉSERTS DU NORD
RHOJO-MA
SEH
Le Chousa
Gorge de Denji
ITSA
FIEF DES SHONTO
Le Fuga
Baie des Brumes
Le Grand Canal
CHIBA
IKA
CHO
Montagne du Pur Esprit
DENTOU
CHOU
TSUYII
La capitale
Yankura
Lac du Dragon perdu
OE
Mer Intérieure
ÎLES DE KONOJII
Cap Ujii
NITASHI
Palais d'été
Baie des Baleines bleues
N
L'EMPIRE DE WA
sous le règne d'Akantsu II

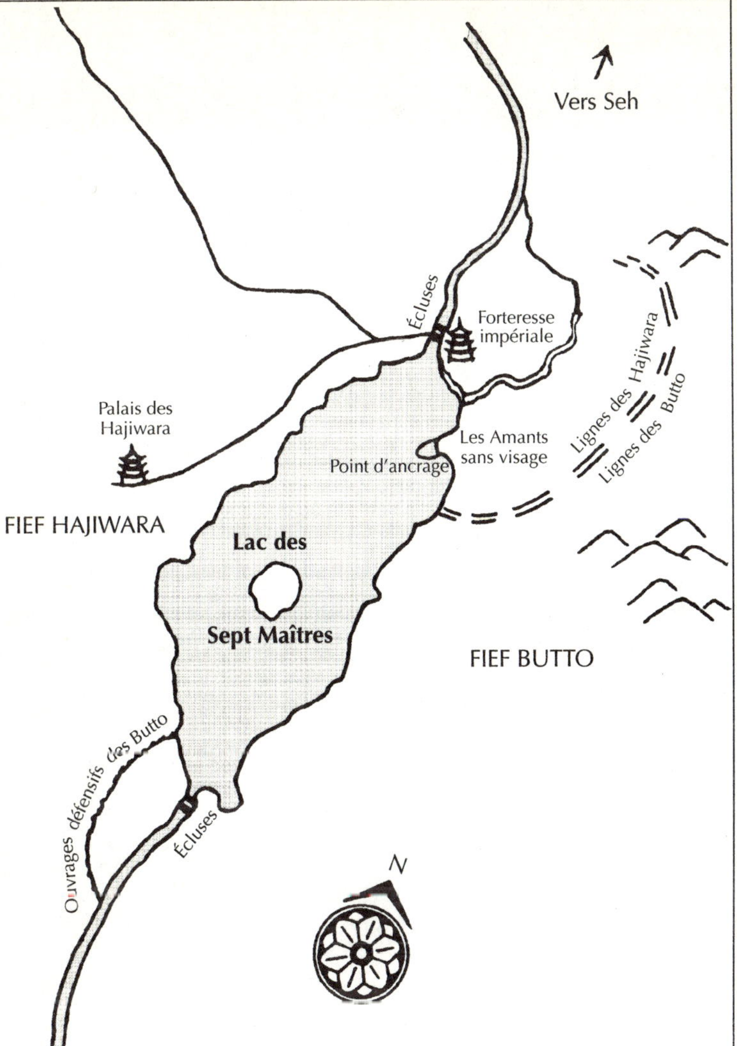

LA GORGE DE DENJI
dans la province d'Itsa

Quand nous lisons l'histoire de notre empire, il nous apparaît clairement que nous avons toujours manifesté de l'intérêt pour notre passé. Pendant deux mille ans, nous avons rédigé les chroniques de nos dynasties, des récits qui remontent à un temps où régnaient les Sept Princes. Il importe de noter qu'on nous a appris à attacher une valeur égale à chacun de ces ouvrages. Pourtant, quand nous remontons en arrière, chacune des chroniques nous paraît moins fidèle à la vérité et plus proche de la fiction. Pour qui est familier des écrits de l'antiquité, histoire et fiction semblent se mêler inextricablement.

Hakata,
Morceaux choisis du printemps.

1

L'usage qui consistait à bannir les messagers, se dit le patriarche, ne s'était pas étendu sans raison. Le vieil homme jeta les yeux sur le rouleau de papier qu'il avait reçu le matin même de la Cité flottante et hocha la tête. Une vie de labeur et de dévouement, et il recevait encore de pareils messages. Il le ressentait comme une grande injustice.

Le frère Hutto, le supérieur de la Cité flottante, lui écrivait que les frères botahistes étaient pris à partie durant leurs voyages par des bandits et des scélérats, qui plus est des sujets de l'empire.

Le patriarche lentement se mit à enrouler son papier de bois de mûrier. Ces attaques n'étaient pas le véritable problème – il aurait fallu chercher une vie entière pour trouver plus capable de se défendre qu'un frère de la Foi. Non, ce qui l'inquiétait, c'était ce que ces méfaits révélaient quant à l'état de l'empire et à l'attitude adoptée par le nouvel empereur. C'était là ce qui donnait réellement du souci au patriarche.

Il plaça le rouleau sur un coin de sa table. Le frère Hutto avait écrit que plusieurs de ces brigands avaient été blessés récemment, mais cela ne paraissait pas les décourager. Si changement il y avait, c'était dans la multiplication des agressions. Le vieux moine tendit la main vers le rouleau comme s'il se préparait à le relire mais s'arrêta en chemin. Aucun doute ne subsistait sur son contenu.

Si seulement l'empereur consentait à s'intéresser aux routes ! Ce serait le signe que la nouvelle dynastie était capable d'autre chose que de nourrir des ambitions.

Le patriarche respira profondément. Les empereurs passent, se dit-il, la Foi est éternelle. Il importait de mettre les choses en perspective.

Bien sûr, le frère Hutto avait suggéré qu'une « démonstration » d'exemplarité pourrait venir à point nommé. C'était une solution qui n'était pas neuve, mais à laquelle on n'avait pas eu recours depuis de nombreuses années. Le patriarche reprit le rouleau de papier et le souleva comme si c'était la suggestion du frère Hutto qu'il soupesait.

Peut-être serait-il bon qu'un frère de la Foi participât au tournoi de kung-fu pendant la fête du Fleuve.

Oui, se dit le patriarche, je vais permettre à un moine de s'y inscrire, mais il ne sera pas choisi parmi les anciens. Non, cela n'aurait pas l'effet désiré. Je vais laisser un novice parmi les initiés entrer en compétition, le plus petit, le plus jeune qu'on puisse trouver. Ce sera un message sur le sens duquel ni l'empereur ni ses sujets ne pourront se méprendre, un message à diffuser sur toutes les routes de l'empire ! Par chance, le choix du jeune homme en question paraissait n'offrir aucune difficulté. Le patriarche s'applaudissait de son idée. Non seulement elle servirait son but, mais il y avait déjà eu dans l'histoire un précédent à une telle initiative. Le seigneur Botahara lui-même avait commencé par être un guerrier et, en son temps, avait participé au tournoi de l'empereur, même si les autres combattants avaient refusé de se mesurer à lui.

Le seigneur Botahara avait traversé la cour pavée qui menait à l'enceinte où se déroulaient les combats, et les pavés avaient bel et bien craqué sous son pas. Le peuple dans son ensemble ne croyait plus à cette histoire, tant sa foi s'était perdue, mais le moine savait qu'elle était vraie. Le vieux maître lui-même pouvait… mais bon, il ne fallait pas s'enorgueillir de ses talents, et puis que valaient-ils en comparaison de ceux de l'Illuminé ? Le patriarche avait complètement vaincu en lui l'orgueil.

S'attaquer au problème posé par la lettre du frère Hutto avait constitué la première difficulté de la journée. La deuxième venait de poser le pied sur le débarcadère du monastère. Sœur Morima, une nonne botahiste qu'il connaissait depuis quarante ans – quarante ans déjà ? –, allait l'honorer de sa présence sitôt qu'elle serait sortie de son bain. Des jours comme celui-ci, le ciel les lui envoyait pour le mettre à l'épreuve ! Le patriarche avait toujours eu les visites inattendues en horreur. C'était l'un des nombreux avantages de ce monastère isolé sur son île que l'absence presque totale de visiteurs. Plus rares encore étaient ceux qui ne s'annonçaient pas.

Il revint en pensée au rapport du frère Hutto. Que nous réservait maintenant cet âne bâté d'empereur – ou de prétendu empereur ? Avant lui, le vieux fou s'était maintenu en vie au-delà de tout ce qui avait été prédit. Cela arrivait quelquefois, et pas toujours pour le bien de la communauté. Le seul aspect positif de la longue existence du monarque avait été de ne pas laisser pour lui succéder d'enfant en bas âge, ce qui entraînait nécessairement des querelles de succession. Mais en l'occurrence l'héritier n'était pas précisément un cadeau, et il ne portait pas l'ordre des botahistes dans son cœur. Malgré tout, la congrégation avait ses plans, et un plan peut s'adapter à une situation fluctuante, tout comme au jeu de *gii* on modifie sa stratégie. Botahara enseignait que la patience était une grande vertu, et le patriarche pratiquait les grandes vertus aussi fréquemment que possible.

Le vieux moine laissa son regard errer sur le dessin constitué sur le mur d'en face par une mosaïque en bois verni. Quelle représentation parfaite, dérivée de la fleur de tormentille, l'une des quatre-vingt-quatorze plantes médicinales ! Sept pétales inscrits dans un heptagone, lui-même inscrit dans un cercle, l'ensemble étant traversé par les sept lignes de l'énergie. Si simple. Si complet. L'œuvre de Botahara était pour lui une constante source de joie.

Je suis favorisé par la chance, pensa-t-il avant de percevoir des pas dans le couloir. On approchait. Sœur Morima.

On frappa à l'encadrement du *shoji*. « Entrez, je vous prie », dit le patriarche, sa voix un modèle de dignité paisible.

Le *shoji* glissa, découvrant la forte corpulence de la nonne botahiste. Elle était vêtue d'un long kimono qui n'était agrémenté d'aucun motif, d'un jaune qui ne lui allait pas du tout, serré à la taille par la ceinture violette des ordres botahistes. Les cheveux étaient coupés court comme ceux d'un garçon, sans rien de doux pour tempérer l'effet produit par la mâchoire carrée. Le patriarche le nota : elle était hâlée comme une paysanne.

« Sœur Morima. Nous sommes honorés que vous ayez fait un aussi long détour pour venir nous voir. » Il abandonna son coussin et s'inclina avec raideur.

La nonne lui rendit le même salut. « Tout l'honneur est pour moi, frère Nodaku. Une visite au monastère de votre secte (elle insista sur le mot) est un privilège accordé à si peu de gens… » Elle s'arrêta, comme à court de mots.

Ainsi qu'il l'avait prévu, le patriarche poussa la table sur laquelle il écrivait, mais la nonne ne s'excusa pas de l'avoir dérangé. Il lui donna son coussin et en prit un autre dans un placard.

« Je vous transmets les vœux de prospérité de sœur Saeja, dit sœur Morima tandis que le patriarche prenait place en face d'elle.

— Et comment va sœur Saeja ? Bien, sans doute ? » Le rapport du frère Hutto avait mentionné que la supérieure de l'ordre de la nonne était récemment revenue de son pèlerinage annuel à Monarta, le lieu de naissance du seigneur Botahara, et que la vieille religieuse déclinait à vue d'œil.

« Elle a la constance du fleuve et la souplesse du rameau de saule, frère Nodaku. Elle est pour nous un exemple quotidien. »

Le patriarche était toujours déconcerté par la malice qu'elle mettait à l'appeler par son nom de moine, comme si Nodaku l'initié avait brusquement été surpris à jouer les supérieurs de son ordre.

« Cela fait plaisir à entendre, ma sœur. Avez-vous d'autres nouvelles à me communiquer ? Nous vivons ici tellement à l'écart du monde ! »

Elle eut un sourire amusé. « Je viens de rentrer d'un séjour à l'île des Barbares, mon frère. Je suis certaine que vos nouvelles sont plus fraîches que les miennes. »

Le patriarche se tut, mais la nonne refusa d'en dire plus. Levant un marteau d'ivoire devant un gong en bronze poli, le moine demanda : « Du thé ?

— Oui, merci, mon frère, et quelque chose à grignoter si je n'abuse pas… » Elle avala la fin de sa phrase.

Le patriarche faillit perdre son sérieux en frappant sur le gong. Il connaissait les faiblesses de la nonne. Frère Nodaku ! Quelle idée !

On entendit des pas dans le couloir et, tandis qu'on frappait à la cloison, quelqu'un d'autre se joignit avec bruit au premier arrivant.

« Entrez, je vous en prie », dit le patriarche sur un ton dont l'autorité était volontairement voilée.

Le visage de Shuyun, ancien parmi les novices, qui était à l'origine de tout ce branle-bas, apparut dans l'encadrement de la porte et, avant que le patriarche eût compris ce qui se passait, la tête d'un novice domestique surgit elle aussi. Les deux garçons furent surpris de la présence inattendue de la nonne botahiste. Un instant, ils restèrent sans bouger dans un silence gêné, puis ils s'inclinèrent tous deux en se cognant l'un contre l'autre dans le peu d'espace libéré par le glissement du *shoji*. « Avez-vous besoin de mes services, maître suprême ? demanda le deuxième novice.

— C'est pourquoi je frappe sur ce gong, dit le vieux moine sans élever la voix. S'il te plaît, apporte-nous du thé, pour sœur Morima et pour moi. Et quelque chose à manger. La sœur n'a encore rien eu à se mettre sous la dent à cause d'un manque de politesse impardonnable de notre part.

— Tout de suite, maître suprême. » Le garçon s'inclina et fila.

« Shuyun-*sum* ?

— Excusez-moi de vous déranger, maître suprême, mais on m'a dit de venir ici maintenant pour vous parler de ma retraite. »

Le patriarche ne s'en souvenait plus.

« Avez-vous fini votre période de retraite, initié ? » demanda brusquement sœur Morima.

Shuyun s'inclina devant la nonne tout en lorgnant son maître du coin de l'œil. Il décida qu'il serait impoli de ne pas répondre. « Je ne suis qu'un novice en fin de noviciat, très honorée sœur, mais oui, j'ai fini ma retraite.

— C'est bien, ancien novice. Avez-vous réussi à arrêter le sable ? » Elle sourit en posant la question.

« Non, très honorée sœur, dit le garçon sans se démonter. Je n'ai pas réussi à empêcher le sablier de mesurer le temps. Je peux compter les grains et les nommer tous à mesure qu'ils tombent, mais c'est tout. »

La nonne fut incapable de dissimuler sa surprise.

Par le seigneur Botahara, se dit le patriarche, à quel karma devons-nous la présence de cette sœur ici et maintenant ? « Shuyun-*sum*, sœur Morima nous fait l'honneur de sa présence, aussi notre entrevue doit-elle être remise à plus tard. Je te convoquerai à un autre moment. »

Shuyun s'agenouilla, toucha le sol de sa tête et sortit à reculons. « Merci, maître suprême. » Puis, s'enhardissant soudain, il demanda : « Puis-je me joindre aux autres initiés pour le *chi-quan* ? Ils vont commencer. »

Le patriarche donna son accord d'un signe de tête et prit bonne note de parler à ce garçon pour lui avoir adressé la parole après avoir été congédié.

Dès que Shuyun ne put les entendre, Morima demanda : « Est-ce vrai ?

— Mais oui, ma sœur, les initiés les plus jeunes s'entraînent au *chi-quan* tous les jours à cette heure-ci.

— Vous savez bien ce que je veux dire, mon frère ! » Sa voix laissait percer son agacement. « Ses pouvoirs en *chi-ten* sont-ils à ce point développés ? »

Le patriarche haussa les épaules. « Je n'avais pas encore eu l'occasion de lui parler. »

La nonne se redressa. Elle s'appliqua à garder son sang-froid. « Je suis sûre qu'il disait la vérité. » Elle respira profondément puis, dans un murmure ou presque : « Par le seigneur Botahara ! »

Les bruits de la leçon de *chi-quan* leur parvenaient de la cour intérieure et brisaient le silence dans cette pièce réservée à l'étude.

« Et que comptez-vous faire d'un pareil sujet, mon frère ?

— S'il apprend à marcher dans les Sept Sentiers, il servira le seigneur Botahara comme tous ceux de notre ordre.

— Ce qui signifie qu'avec de telles dispositions vous le mettrez au service de quelque grand personnage avide de pouvoir et l'impliquerez dans les intrigues de l'empire pour votre profit particulier. »

Le patriarche fut surpris par la sortie brutale de sœur Morima mais s'efforça de rester calme. Sa voix, comme toujours, était mesurée. « Il ne nous faut pas oublier que le seigneur Botahara était l'un des pairs de l'empire, né pour être un "personnage avide de pouvoir" comme vous dites. Les intentions de notre ordre en matière de politique, telles que je les vois, ont toujours visé à maintenir un climat propice à l'adhésion aux enseignements du seigneur Botahara. Nous n'avons pas d'autre but. Votre ordre bénéficie de nos "intrigues" – qui se résument à donner de sages conseils – autant que le nôtre, sœur Morima.

— Je ne suis pas un novice qu'il est besoin d'instruire, frère Nodaku. Je choisis mes mots avec grand soin. Ainsi vous allez prendre ce garçon et le jeter dans une société décadente où même la meilleure des éducations ne pourra le sauver ? Trois membres de votre ordre sont morts de la Grande Peste – ne me dites pas non ! Des moines botahistes ont succombé à la maladie ! Êtes-vous prêt à risquer la vie de qui possède un pareil talent ? Quand on pense qu'il a appris à arrêter le sable ! »

Le patriarche s'évertua à maintenir une apparence de calme. Comment avait-elle pu savoir pour les morts de la peste ? Tout ce qui était possible avait été fait pour garder le secret. Quel monde ! Des espions partout !

« Servir l'un des pairs de l'empire est une dure épreuve, ma sœur. Si un religieux de notre ordre ne peut y réussir (le vieux moine haussa les épaules), c'est que tel est son karma. Arrêter la chute du sable est beaucoup plus malaisé qu'être à la disposition d'un grand seigneur.

— Qui était-il dans une vie antérieure ? » demanda sœur Morima. Elle pensait tenir le vieux moine et n'entendait pas le lâcher.

« Nous l'ignorons.

— C'était un moine, à moins que… (elle se fit moqueuse) à moins qu'il n'ait été une nonne.

— Cela paraît probable, sœur Morima.

— Il a choisi parmi les objets qu'on lui proposait ?

— Oui, bien sûr.

— Pourtant, vous donnez comme probable qu'il était moine ?

— N'êtes-vous pas de cet avis ?

— Bah ! »

Le patriarche s'aperçut qu'il découvrait son jeu plus qu'il n'avait voulu. La vérité était qu'il n'avait pas la moindre idée de ce que ce jeune garçon avait pu être dans une vie antérieure. Enfant, lorsque Shuyun était venu au monastère, on lui avait fait subir toutes sortes de tests. L'un d'eux consistait à choisir, parmi des objets disposés au hasard devant lui, ceux qui étaient couramment utilisés par des membres de la congrégation. Shuyun avait fait un choix absolument parfait – exploit tel qu'on n'en avait pour ainsi dire jamais connu –, mais les épreuves suivantes pour déceler l'identité passée du jeune garçon s'étaient révélées inopérantes. On n'avait jamais vu cela. Et si Shuyun avait réellement été une nonne ? Le patriarche trouvait cette idée déroutante.

« Quand cesserez-vous de vous mêler des affaires de ce monde, mon frère, et vous occuperez-vous de la perfection de l'âme, à l'image de ce que fait notre ordre ?

— Je vous assure, sœur Morima, que nous sommes aussi soucieux de l'âme et de sa perfection que vous.

— Mais vous vous intéressez davantage à parfaire l'âme des riches, n'est-ce pas ?

— Nos temples et nos retraites prennent soin également des plus déshérités, ma sœur. L'auriez-vous oublié ? C'est notre ordre qui a trouvé le remède à la Grande Peste, sauvant ainsi des paysans, des marchands et de grands seigneurs sans distinction. »

On entendit des pas dans le couloir, puis on frappa au *shoji*.

« Entrez, je vous prie. »

Deux novices s'inclinèrent et entrèrent, portant des plateaux.

« Je vais servir le thé », dit le patriarche.

On poussa une petite table de bois au centre de la pièce. Les gestes des serviteurs étaient d'une savante précision, tant ils craignaient de faire honte au maître suprême et au monastère. Le patriarche prépara le thé selon un rite en vigueur depuis un millénaire, tandis que les domestiques disposaient sur la table de petits plats de riz et de légumes.

« S'il vous plaît, servez notre hôte en premier », leur ordonna le vieux moine.

Puis, fasciné, il regarda la nonne choisir dans chacun des plats qui lui étaient proposés, l'œil agrandi de plaisir. Quelle sotte faiblesse ! pensa le patriarche. Si elle était frère de notre foi, il lui serait imposé de vivre d'air pur et d'eau fraîche trois jours sur sept pour le restant de sa vie afin de parvenir à la maîtrise de ses désirs. Il congédia les serviteurs et versa le thé fumant, offrant la première tasse à son invitée.

« Je suis indigne, mon frère. Je vous en prie, prenez cette tasse vous-même.

— Votre présence m'honore. Tenez, j'insiste. »

Il tendit à nouveau la tasse, et cette fois elle la prit avec une inclinaison de la tête, salut qu'il lui rendit. Dehors, sous le petit porche privé, un grillon se mit à chanter. L'entraînement au *chi-quan* continuait dans la cour intérieure. Le patriarche se versa du thé et le goûta. Parfait ! Les feuilles de thé provenaient du propre jardin du monastère, et surveiller la culture des arbrisseaux était un des plaisirs dont il ne se lassait jamais. Il mangea un peu de riz, par politesse, et regarda la nonne tenter de dissimuler sa gloutonnerie… sans succès.

Le patriarche n'ignorait pas que, lorsque les mets auraient disparu, sœur Morima révélerait la véritable raison de sa visite et qu'il n'aurait donc plus à deviner ce dont il s'agissait. Il but à petites gorgées.

Il entendait les hirondelles construire un nid sous l'auvent de son balcon. Elles allaient faire de vilains dégâts, mais il aimait les observer et vivre avec elles en bonne amitié.

Son regard se porta sur le sablier, bien en place sur son support. Le patriarche se mit à pratiquer le *chi-ten*, agissant sur sa perception de la durée jusqu'à ce que le sable parût ralentir sa chute. Il baissa les yeux sur la vapeur qui se dégageait de son thé en volutes alanguies, comme des rideaux d'une gaze incroyablement fine volant dans la brise. Il sourit en son for intérieur.

Et si ce gosse pouvait arrêter le sable comme la nonne s'en était inquiétée ? Depuis le seigneur Botahara, nul n'y avait réussi, pas une fois en mille ans ! Pourquoi tous faisaient ils moins bien que le Maître parfait ? L'instructeur du vieux moine lui-même avait atteint à des capacités en *chi-ten* qui dépassaient de loin celles de tous ses élèves, et pourtant il prétendait être inférieur au Maître des maîtres.

Le patriarche sentit entre ses mains la chaleur du petit bol de thé. Quel plaisir simple ! Il songea au secret que depuis si longtemps il était seul à connaître et se demanda qui aujourd'hui serait digne de détenir pareille connaissance. Le sable, le sable. Il fixa son regard sur les grains qui tombaient.

Le seigneur Botahara, le Maître parfait, grâce à la discipline du *chi-ten*, avait appris à maîtriser sa perception subjective du temps, jusqu'à pouvoir ralentir le mouvement du monde autour de lui.

Tous les moines botahistes en étaient plus ou moins capables, mais l'Illuminé était allé beaucoup plus loin. Il était écrit que le seigneur Botahara méditait sur l'écoulement du sable jusqu'à ce que non seulement celui-ci s'immobilisât mais, à ses yeux, revînt en arrière. À cette seule idée, le patriarche tremblait. On disait que le seigneur Botahara pouvait se déplacer dans le temps comme un nageur au milieu de l'eau. Le vieux moine avait médité là-dessus quotidiennement, aussi loin qu'il se rappelait, sans que jamais le sens de cette chose-là lui apparût. Il savait qu'on avait sagement décidé que cette partie de la connaissance secrète serait transmise d'un patriarche à l'autre. Mais comment expliquer ce que lui-même ne parvenait pas à comprendre ? La réponse lui échappait.

Sœur Morima avait fini de manger, et il remarqua comme elle était experte à cacher la honte qu'elle ressentait. Il ôta le couvercle d'un bol de porcelaine et lui tendit une serviette blanche toute fumante. Elle la prit pour se nettoyer la bouche et les mains.

« Encore du thé, ma sœur ?

— S'il vous plaît, frère Nodaku. Ces mets, soit dit en passant, étaient délicieux. »

Il versa le thé en retenant la manche du long kimono que portaient les moines botahistes. Un pantalon flottant descendant à mi-jambe, des sandales et la ceinture violette de l'ordre complétaient leur habillement.

Sœur Morima but une gorgée de son thé. Elle reposa la tasse sur la table et ramena le calme en ses pensées. Le moment était venu. « Sœur Saeja m'a une nouvelle fois confié la mission de vous demander, en toute humilité, si des membres de notre ordre pouvaient venir étudier les manuscrits laissés par le seigneur Botahara. »

Le patriarche fixa son regard sur son thé tout en faisant lentement pivoter la tasse sur la table. « Sœur Morima, je vous ai assuré que les textes que vous étudiez étaient les mêmes que ceux que mon ordre étudie. La dernière fois que nous en avons parlé ensemble, je vous ai proposé mes propres rouleaux. Je renouvelle cette offre. Les mots dont vous disposez sont les mots mêmes de Botahara, tels qu'ils ont été transcrits par les moines les plus compétents qui aient jamais existé. Ce sont, je vous le garantis, les copies les plus parfaites qui soient.

— Nous ne doutons pas un seul instant des capacités des savants qui ont transcrit les paroles du seigneur Botahara, mon frère. Nous considérons cela sous l'angle du profit spirituel. Il s'est fait que vous êtes devenus les gardiens de ce trésor, mais il s'agit d'un legs destiné à tous les disciples du seigneur Botahara. Notre seul souhait est d'avoir sous les yeux les mots mêmes de l'Illuminé, comme vous en avez le privilège. Notre intention n'est pas de les soustraire à vos excellents soins, mon frère, seulement d'envoyer une délégation, deux ou trois peut-être de nos sœurs les plus cultivées, pour examiner les rouleaux – sous votre contrôle, bien entendu. Vous n'avez pas de raison de défendre les manuscrits contre nous. Nous révérons ce trésor comme vous le faites.

— Ma sœur, ces rouleaux, comme vous le savez, sont très anciens. On ne les manipule qu'une fois tous les dix ans, lorsque nous les tirons de leur obscurité en quête du moindre signe de détérioration. Nous les remettons presque aussitôt à l'abri de l'air. Tous, nous nous débrouillons avec des copies. Je dis bien tous. Qu'ajouter d'autre ? J'ai prêté serment, j'ai un dépôt sacré et n'y porterai pas atteinte. S'il vous plaît, sœur Morima, ne me demandez pas de transiger avec mon devoir en ce domaine

— Loin de moi l'idée de vous demander de trahir la confiance placée en vous, mon frère, mais vous êtes… vous êtes le maître suprême. Vous avez le pouvoir de changer des dispositions prises quand le monde n'était pas ce qu'il est devenu. Botahara enseignait que le changement était inévitable et que c'était folie de lui résister.

» Peut-être deux ou trois de mes sœurs pourraient-elles être présentes quand vous examinerez vos manuscrits ? Nous ne ferions pas obstacle à votre travail, je vous assure. On doit pouvoir autoriser tous les disciples de la Parole à assister à pareille cérémonie ? »

Rusée, la vieille bique ! Le patriarche se demanda comment il allait pouvoir se tirer d'affaire. « Permettez-moi de réfléchir à votre proposition et de prendre conseil auprès des anciens de mon ordre. Faire ce que vous suggérez serait rompre avec les usages d'un millier d'années, sœur Morima. Vous devez comprendre qu'une telle décision ne saurait être prise dans la précipitation. Je n'en dirai pas plus et, s'il vous plaît, comprenez que je n'ai rien promis.

— Ah ! frère Nodaku, votre réputation de sagesse n'est certes pas usurpée. Merci, merci mille fois. Vous m'honorez de me prêter attention aussi longtemps. » Elle s'inclina. « Si vous deviez décider de permettre notre présence à un moment où vous examineriez les manuscrits… et je sais bien que vous ne vous y êtes pas engagé… mais dans cette hypothèse… quand serait-ce ? »

Le patriarche leva les yeux au ciel un instant, comme s'il lui fallait calculer la date d'un événement aussi important. « Ce sera dans presque neuf ans, sœur Morima.

— C'est bientôt, mon frère, le temps nous paraîtra court. » Elle battit des mains comme un enfant surexcité. « Plus précisément quand, grand maître, avant le terme des neuf ans écoulés ? »

Il se donna un nouveau moment de réflexion. « Il faudra attendre huit ans après ce jour, lors de la septième lune. »

Elle finit son thé puis, avec émotion : « Puissiez-vous atteindre à la perfection au cours de cette vie ! »

Et vous, songea le patriarche, puissiez-vous y atteindre ce soir même, que je sois débarrassé de vous !

« Le bateau n'avait pas grand-chose à décharger ici, mon frère, je suis sûre qu'ils doivent m'attendre. Puis-je vous demander une chose encore avant mon départ ? Quand pourrions-nous espérer une décision sur le sujet ?

— Impossible à dire, ma sœur.

— Peut-être pourriez-vous le situer approximativement, que je donne à mes sœurs une date à laquelle raccrocher leurs espoirs ?

— Impossible à dire », répéta le moine avec un léger agacement dans la voix.

Elle s'inclina. « Soit, mon frère, je ne voudrais pas abuser de votre bonté. »

Elle quitta son coussin avec une grâce surprenante et s'inclina de nouveau. Le vieux moine se leva lui aussi et salua en même temps.

« Je vous ai retenu trop longtemps, mon frère. Vous m'avez fait honneur en m'accordant cette entrevue. J'ai une dette envers vous.

— Tout l'honneur est pour moi. Notre monastère s'est réjoui de vous accueillir. Il ne peut être question de dette en la circonstance. »

La nonne s'inclina une dernière fois et sortit à reculons. Arrivée à la porte, elle s'arrêta une seconde et regarda le patriarche droit dans les yeux. « Et si ce jeune homme réussissait à percevoir la vérité de manière parfaite ? »

Le patriarche refusa de voir où elle voulait en venir. Il répondit sans hésiter. « En ce cas, ce n'est pas seulement la vérité contenue dans les paroles de Botahara qui lui apparaîtra, mais aussi l'authenticité de nos œuvres saintes. »

Un novice parmi les plus anciens arriva dans le couloir pour guider la sœur dans le dédale du monastère de Jinjoh. Elle hocha la tête comme pour reconnaître la sagesse de la réponse du frère Nodaku, tourna les talons et partit.

Un instant, le patriarche resta immobile, les yeux fixés sur le *shoji* qui venait de se refermer, puis il fit glisser l'écran qui ouvrait sur son porche privé. Une hirondelle à la hâte abandonna un nid presque achevé, protestant contre cette intrusion d'une voix aigrelette. Le maître ne s'avança pas sur la plate-forme de bois mais demeura dans l'ombre de l'auvent. Dans la cour en dessous, il eut le spectacle des jeunes initiés s'exerçant aux gestes du Rite imposé. Un petit pas lui permit de découvrir un espace plus large, tous les élèves, chacun sur son heptagone – un dessin géométrique identique à celui qui avait été plaqué sur le mur du grand maître.

L'instructeur évoluait lentement et avec une grâce sans défaut devant les rangs de ses disciples. On en était maintenant à la fin de la sixième série de mouvements, et la plupart des élèves fléchissaient, même s'il fallait un œil exercé pour s'en apercevoir. Shuyun était au deuxième rang, aisément reconnaissable à sa petite taille et à son assurance. Ses gestes étaient précis et fluides, exécutés sans la moindre hésitation.

Sotura-*sum* n'avait pas exagéré. Le Rite chez ce novice en fin de noviciat faisait apparaître les élèves plus avancés que lui lourds et maladroits. À vrai dire, sa maîtrise égalait celle de son instructeur. Le patriarche ne le quittait pas des yeux, fasciné par le spectacle.

« Jamais encore je n'avais vu une chose pareille, murmura-t-il. Qui cet enfant a-t-il pu être ? »

Au-delà du mur de la cour, fait de plâtre blanc et de bois, il reconnaissait sœur Morima qu'on escortait jusqu'au bateau en attente. Elle marchait d'un pas léger pour quelqu'un d'aussi gros. Cette femme avait beaucoup plus de finesse d'esprit qu'il ne lui en avait accordé. Il lui faudrait faire preuve de plus de prudence à l'avenir, de beaucoup plus de prudence.

Il n'avait nullement l'intention de lui laisser voir les manuscrits, à elle ou à quelqu'un d'autre. Pas maintenant ni dans les cent années à venir. Mais il n'était plus maître de la situation. Il sentit son corps s'affaisser un tant soit peu et combattit ce signe de résignation. Pour la énième fois, il se demanda : Comment cela a-t-il pu se produire ? Toutes les précautions avaient été prises, absolument toutes. Mais cela n'avait plus d'importance. Rien n'en avait plus. Les rouleaux avaient disparu. Volés, sous l'œil grand ouvert de la garde sacrée du monastère de Jinjoh.

Les vingt jeunes initiés, parmi lesquels s'était glissé un novice en fin de noviciat, terminèrent la septième série de mouvements et s'arrêtèrent, se figèrent, dans une position d'attente. L'instructeur principal de *chi-quan* les observait, tous pieds nus et torse nu. Quand plus personne ne vacilla sur ses jambes, il approuva d'un hochement de tête.

« Choisissez-vous un partenaire, dit-il calmement. Nous allons faire de la simulation de combat. »

Les jeunes gens se groupèrent par deux puis reprirent une position d'attente. L'instructeur fit signe à Shuyun.

« Shuyun-*sum*, tu n'as jamais fait de simulation de combat ?

— Non, frère Sotura, les plus anciens des novices se contentent de se pousser dans les mains. »

L'instructeur parut réfléchir un instant. « Tu apprendras bien assez tôt. Pour aujourd'hui, nous serons spectateurs, toi et moi. Allez-y. »

Sotura se mêla aux combattants, s'arrêtant pour observer chaque groupe de deux. Tout commença lentement, en accord avec les mouvements stylisés voulus par la règle, puis le rythme s'accéléra, jusqu'à offrir un spectacle confus, chacun cherchant un point de résistance sur lequel appuyer ou décocher un coup.

Shuyun se mit à faire durer le temps, pratiquant le *chi-ten* pour pouvoir analyser les gestes à mesure qu'ils gagnaient en rapidité.

Les mouvements des combattants devinrent fluides et ininterrompus, chacun en amenant un autre sans le moindre flottement.

Frère Sotura soudain leva les bras. « Arrêtez ! » ordonna-t-il tandis qu'il se plaçait face à ses élèves. Le silence fut total. « Je vois que certains d'entre vous croient encore qu'on peut prendre l'avantage en ne se servant que de ses os et de ses muscles. Peut-être secrètement souhaitez-vous devenir des boxeurs de compétition ?

» Suivre la méthode imposée ne suffit pas. Il vous faut devenir immatériels. Nul ne peut frapper le vent. Nul ne peut pousser de l'eau. Il ne sert à rien d'arriver à la perfection dans le relâchement du poing si, au moment de l'impact, vous contractez vos muscles. C'est le *chi* qui est la source de toute votre force, faites-le passer dans votre main quand le besoin s'en fait sentir. Rappelez-vous que vous tenez une chenille dans votre main fermée. Les poils chatouillent la paume. »

Le moine s'interrompit tandis qu'un tout petit papillon bleu passait devant lui pour aller se poser sur l'épaule de Shuyun. Un sourire se dessina sur les lèvres de l'instructeur.

« Je vais vous en faire la démonstration. »

Il avança d'un pas pour atteindre Shuyun et avec douceur enleva le papillon de son épaule. Sa main se referma sur l'insecte. Il se dirigea vers la barrière en bois qui donnait sur un jardin entouré de murs. L'instructeur marqua un temps d'arrêt très bref pour se mettre en position et brusquement lança la main au travers d'une des planches épaisses qui composaient la barrière. Elle éclata en morceaux dans un grand bruit. Tournant sur lui-même avec grâce, frère Sotura tendit la main en direction de son groupe, le poing parfaitement détendu, et libéra le papillon, indemne, qui prit son envol. Tous les élèves s'agenouillèrent et touchèrent les pierres de leur front.

« Cela suffira pour aujourd'hui. Allez méditer sur le *chi*. Essayez d'être une brise si douce que même un papillon ne pourrait prendre appui sur votre volonté. »

Shuyun ouvrit la barrière à la planche cassée et passa dans le grand jardin au-delà, un jardin connu pour ses nombreuses allées et ses cabinets de verdure avec vue sur l'île et la mer. Il trouva un coin tranquille formé par des rhododendrons fleuris et s'installa, les jambes croisées, sur une pierre plate. Un instant, il revit en pensée la démonstration de son instructeur en *chi-quan*, savourant son caractère parfait.

Ce jeune garçon, Shuyun, était sorti de l'isolement de sa retraite le matin même. Il éprouvait un grand sentiment de liberté, mais aussi l'impression d'une perte de son libre arbitre comme il n'en avait jamais connu. Peut-être à aucun moment de sa vie l'occasion ne lui serait-elle plus jamais offerte de passer autant de temps dans une solitude complète. Le patriarche avait raison : six mois pouvaient équivaloir à une vie, une vie entière passée en reclus à méditer sur la Parole du Maître parfait.

Son emploi du temps dans la retraite avait été d'une exigence rigoureuse : lever avec le soleil, pratique du *chi-quan* sur la figure imprimée dans le sol de sa maison (une seule pièce) ; à midi, l'unique repas de la journée et permission de méditer ou d'écrire de la poésie dans le jardin clos ; ensuite une après-midi de *chi-ten*, assis dans l'heptagone, tout son être rivé à la Cinquième Concomitance, là où se tenait le sablier ; puis, la même après-midi, *chi-quan* devant son ombre projetée sur le mur jusqu'à la tombée de la nuit, suivi par une méditation sur les Sept Sentiers. Il avait droit à trois heures de sommeil avant le lever du jour.

Chaque après-midi, Shuyun était resté assis, comme aujourd'hui, sur son image et s'était plié à la discipline du *chi-ten*. Contrôlant sa respiration, sentant que le *chi* tombait dans son *ooma*, le centre de l'être, il l'avait fait sortir pour le propulser dans les lignes d'énergie de la figure. Et, chaque jour, le sable avait coulé plus lentement dans le sablier, tandis qu'il apprenait à modifier sa perception du temps.

La capacité à effectuer ce changement n'était pas inconnue au-delà des murs du monastère de Jinjoh. Les combattants de kung-fu la possédaient, dans une certaine mesure, et quelques-uns des meilleurs parmi les acrobates et les danseurs en parlaient. Shuyun se demandait si tout le monde peut-être ne connaissait pas cet étirement du temps un jour ou l'autre, au cours de brefs moments de totale concentration. Mais seuls les ordres botahistes avaient découvert les moyens de le maîtriser, le *chi-quan* et le *chi-ten*, disciplines du mouvement et de la méditation, représentés dans l'image de l'heptagone, la figure par où apprendre la perfection du geste et une absolue concentration.

« On entre dans l'esprit par le moyen du corps » : c'était ainsi que le seigneur Botahara en avait parlé. Shuyun commençait à comprendre. C'était comme s'il s'était finalement mis à exécuter des choses dont le sens ne lui était jusque-là apparu qu'au travers des mots.

Assis sur le rocher qui dominait la mer, Shuyun sentait le *chi* descendre. Il entreprit de le pousser hors de lui, imaginant qu'il se déversait dans l'espace infini alentour pour ralentir tout mouvement.

Une feuille tomba d'un ginkgo et tournoya longuement dans sa chute. L'anxiété gagna le jeune moine. Il sentit sa concentration faiblir. Mais la feuille continua de descendre avec une telle lenteur que la confiance lui revint. Il put fixer son attention sur la lumière qui dansait d'un plan à l'autre de la surface de la feuille, se détachant sur le fond bleu du ciel. Finalement, elle se posa sur une petite mare qui se rida de cercles parfaits. Shuyun compta les vaguelettes et les nomma toutes d'un nom de fleur quand elles vinrent se briser sur le bord. Cela lui inspira un poème.

Le printemps a fleuri.
Pourtant une feuille de ginkgo
Tombe à n'en plus finir
Jusqu'à l'étang des lis.

Shuyun expira longuement. Un soulagement l'envahit, comme un flot puissant et sans fin. Deux fois durant sa retraite, il avait perdu le contrôle de la situation, du moins le pensait-il. Deux fois sa perception changée du temps avait paru se dénaturer, et il s'était retrouvé… dans un ailleurs qu'il aurait eu de la peine à décrire. Quand il était revenu à un sentiment ordinaire de la durée, ç'avait été dans un choc qui, il le savait, était le signe d'une perte de toute maîtrise des événements. Son instructeur ne l'avait pas le moins du monde mis en garde contre cela, et le jeune moine craignait fort de ne pas apprendre comme il le fallait ce qui était nécessaire pour devenir l'un de membres les plus éminents de sa congrégation.

Il s'était dit qu'il en parlerait avec le frère Sotura, l'un des religieux au sommet de la hiérarchie, mais ne l'avait pas fait, décidant qu'il valait mieux attendre. À présent, il sentait qu'il avait les choses bien en main. Cette étrange expérience ne s'était jamais renouvelée depuis plusieurs mois.

Il eut le souvenir d'un moment précédant sa retraite. Il était à genoux devant son instructeur et l'écoutait.

« Tu devras toujours te mouvoir dans les limites de la figure, il te faudra même respirer en deçà de ces limites. Le *chi* en toi va se renforcer, mais tu ne devras jamais essayer d'en être le maître. Ne lui offre aucune résistance, permets-lui seulement de circuler. Le *chi* échappe à tout contrôle. Tu ne pourras que rendre ta volonté semblable à lui. »

Si son maître ne lui avait pas dit cela, Shuyun ne l'aurait jamais cru possible. Mais, maintenant que sa retraite était finie, il commençait à comprendre. Il commençait aussi à discerner la sagesse de ses instructeurs.

Je dois méditer sur le *chi*, pensa-t-il. Je dois devenir un souffle de vent si léger que même un papillon ne pourra prendre appui sur moi.

Du temps passa hors du temps. Une cloche sonna. Shuyun s'arracha à sa méditation. Il se leva et traversa le jardin d'un pas tranquille. L'heure était venue du bain dans la source chaude. Ensuite il prendrait avec les autres le repas du soir.

Il marqua un temps d'arrêt à la barrière pour regarder une fois encore la planche cassée, et la joie qu'il avait ressentie auparavant devant la démonstration de son maître devint parfaite. Le morceau de bois brisé avait été remplacé, et dans le nouveau un moine avait découpé avec soin un orifice de la forme et de la grosseur d'un papillon. Par ce trou, Shuyun apercevait le bleu du ciel. Un dernier regard, et il pressa le pas. Tous les novices en fin de noviciat allaient vouloir entendre parler du coup de poing au papillon qu'il était seul parmi eux à avoir vu.

Frère Sotura, le maître en *chi-quan* du monastère de Jinjoh, monta un escalier qui se terminait par un couloir donnant sur les appartements du patriarche. Il avait pris un bain, enfilé des vêtements propres et s'était ménagé un moment de repos pour se rasséréner avant une rencontre avec le supérieur de son ordre. Il était au courant de la visite de la nonne et se faisait du souci.

Un coup léger au *shoji* du cabinet de travail du grand maître, et il attendit.

« Entrez, je vous prie. »

Cette voix chaude, frère Sotura espérait l'entendre. Il fit glisser l'écran, s'agenouilla et de son front toucha les nattes végétales. Le patriarche était assis à sa table, le pinceau à la main. Il salua d'un signe de tête, comme le voulait son rang, et entreprit de nettoyer son pinceau.

« Entrez, mon vieil ami, et prenez place à mes côtés. J'ai besoin de vos conseils.

— Vous me faites beaucoup d'honneur, maître suprême, mais je crains que, sur le sujet qui vous intéresse, mes conseils ne vaillent pas grand-chose.

— Prenez un coussin et laissez là vos scrupules. J'ai besoin de vous, je vous assure. Voulez-vous manger quelque chose ?

— Merci, c'est fait.

— Du thé, dans ce cas ? » Il prit le marteau d'ivoire.

« Volontiers. J'aurais grand plaisir à en boire. »

Le gong retentit. Aussitôt, on entendit marcher dans le couloir.

« Ouvrez, je vous en prie, dit le patriarche avant même qu'un coup soit frappé. Du thé pour Sotura-*sum* et pour moi. Et, surtout, veillez à ce qu'on ne nous dérange pas. »

Le jeune garçon s'inclina et fit glisser l'écran sans bruit.

« Eh bien, Sotura-*sum*, j'ai reçu cet après-midi une visite des plus intéressantes, celle de la vieille bique. » Il marqua une pause, sourit puis hocha la tête. « Elle m'a pour ainsi dire arraché la promesse d'autoriser certains des membres de son ordre à assister à notre prochain examen des manuscrits. »

Le maître en *chi-quan* ne réagit pas.

« C'était presque une promesse, mais pas tout à fait. Je lui ai répondu qu'il me fallait en délibérer avec la hiérarchie de mon ordre, ce que je fais maintenant. »

Frère Sotura remua malaisément sur son coussin. « Selon toute vraisemblance, dit-il, elles vont nous harceler jusqu'à ce qu'elles aient vu l'écriture même de Botahara. J'hésite à le suggérer, maître suprême, mais en la circonstance il peut être sage de satisfaire cette curiosité. Nous avons en notre possession de très vieux rouleaux, des copies parfaites à vrai dire. Il ne reste en vie que quatre membres peut-être de notre ordre à savoir que ce ne sont pas les originaux. Je sais qu'on peut difficilement appeler cela une solution honorable mais… » Il haussa les épaules. « L'honneur est un luxe peut-être au-dessus de nos moyens, mon frère. »

Le patriarche regarda ses mains, les examinant comme si elles étaient mystérieusement changées. « Il serait risqué d'éveiller des soupçons concernant les manuscrits… en tout cas maintenant. Je réfléchirai à votre suggestion, mon frère, je vous remercie. »

Le serviteur était déjà tout près, bien qu'il ait à peine eu le temps de se rendre à la petite cuisine et d'en revenir. Le patriarche glissa un coup d'œil à son visiteur.

« Elles se mettent à avoir un coup d'avance sur moi. Est-ce que je prends de l'âge et deviens facile à deviner ? Ce serait dangereux. Ne dites rien. Je méditerai là-dessus. »

On servit le thé. Son arôme doux-amer se répandit dans la pièce.

« Croyez-vous toujours possible que les sœurs aient les manuscrits, ou est-ce que la visite que vous avez eue de Morima-*sum* élimine cette hypothèse ?

— Je ne sais pas. Il se peut que sœur Morima ne soit pas dans le coup. Mais si elle l'est, et si elle est venue uniquement pour nous mettre sur une fausse piste, elle a tenu son rôle à merveille. J'ai la conviction que c'est bien pour tenter à nouveau d'avoir accès aux manuscrits qu'elle nous a rendu visite mais, naturellement, on ne peut rien affirmer. Sœur Morima est une actrice consommée, et ce n'est pas une idiote.

— Donc nous n'avons encore exclu aucune possibilité ? »

Le patriarche acquiesça sans mot dire et but une petite gorgée de son thé.

« Le rapport du frère Hutto nous fait-il avancer ? » demanda Sotura.

Le vieux moine secoua la tête. « Les brigands commencent à s'attaquer aux membres de notre ordre sur les grands chemins de Wa. Il recommande une "démonstration" de notre force pour s'y opposer. Un initié de plus a disparu ; frère Hutto émet l'hypothèse qu'il a été victime des bandits. Je n'arrive pas à y croire ! Le nouvel empereur a presque entièrement consolidé son pouvoir. Une seule lacune, et elle est étonnante : il a permis de vivre au vieux Shonto et à sa famille.

— Incroyable ! » Frère Sotura faillit en tomber à la renverse. « Mais c'est suicidaire ! Comment ces deux-là pourraient-ils parvenir à s'entendre ? Shonto est d'une loyauté sans faille à l'égard de l'ancienne famille impériale.

— Oui, mais les Hanama n'existent plus. Il est vrai qu'il y en a d'autres dont les prétentions au trône valent bien celles du seigneur Yamaku, mais ils ne se sont coalisés contre lui que lorsqu'il était trop tard. On ne peut plus rien pour eux. Le vieux Shonto a été trahi et capturé dans une bataille qu'il aurait fort bien pu gagner. Le seigneur Yamaku – ou devrais-je dire Akantsu Ier, empereur de Wa ? – lui accorda de mourir dans l'honneur – ces vieux renards avaient combattu côte à côte dans le passé. Le seigneur Shonto composa son épitaphe et, quand l'empereur l'entendit, il s'émut et révoqua la sentence qui frappait Shonto et les siens !

— Le vieux fourbe a perdu la tête ! Bientôt il mettra le loup sur le trône à côté de lui. Quel était ce poème ? Notre frère le dit-il ? »

Le patriarche prit le rapport qu'il déroula.

Après une vie de combats
Et de devoir,
Enfin
Un moment pour écrire de la poésie !

L'instructeur de *chi-quan* en rit de plaisir. « Je les applaudis tous les deux pour leur sagesse. Seul un sot aurait mis à mort quelqu'un d'aussi intelligent.

— Ce n'est pas tout, dit le patriarche. Huit jours après la grâce du seigneur Shonto, son héritier, Motoru, annonça qu'il avait épousé la veuve du seigneur Fanisan et adopté sa fille. Les deux femmes sortirent de leur cachette, sous le toit de la famille que l'empereur venait d'épargner.

— Les Shonto ont toujours fait preuve de hardiesse. J'avais tort de me mettre en peine pour leur conseiller spirituel, le frère Satake.

Une fois de plus, ils échappent aux mâchoires du dragon. Le seigneur Fanisan était-il déjà tombé, victime de l'empereur ?

— Il a d'abord été victime de la peste, le malheureux, si bien qu'il a laissé le monarque dans le fâcheux embarras de ne pas pouvoir ouvertement liquider les femmes de la famille Fanisan. Le fils du seigneur Shonto les a soustraites au couteau d'un assassin, à n'en pas douter. Du moins jusqu'à maintenant.

— Ainsi le jeune Shonto mariera cette fille adoptive au fils de l'empereur, ce qui légitimera les prétentions au trône des Yamaku et liera les Shonto à la nouvelle dynastie. Cette famille a du génie ! » L'instructeur en *chi-quan* était plein d'admiration. « Et pour la peste, maître suprême, y a-t-il eu une réapparition de la maladie ?

— Il semble que nous ayons réussi. On n'a pas enregistré un seul cas ces trois derniers mois. Mais le mal est fait. Quand la peste a frappé la famille impériale, le seigneur Yamaku s'est tenu prêt à agir. Il prenait un grand risque, mais la confusion qui régnait dans l'empire lui donnait la seule chance qu'il aurait jamais. Si bien que nous voici avec une sangsue sur le trône du Dragon. »

Un instant, les deux hommes gardèrent le silence. L'ombre envahit la pièce, tandis que le soleil se couchait. Le patriarche alluma une exquise lampe en porcelaine.

« L'empereur ne requiert toujours pas les services d'un conseiller spirituel ?

— Non, Sotura-*sum*, il redoute toujours notre influence. Il nous faut avoir l'œil sur cet homme-là. Il représente un grand danger pour nous. Son fils ne vaudra pas mieux. Des jours difficiles se préparent pour notre ordre. Nous devons tous nous laisser porter comme l'eau du fleuve ou la feuille dans le vent, sans quoi nous souffrirons – sans périr, mais des années d'efforts risquent d'être gâchées. » Le patriarche emplit à nouveau les bols. « Le novice en fin de noviciat Shuyun m'a été envoyé aujourd'hui, et il est arrivé pendant la visite de la nonne. Une faute grave. Il n'a pas tenu sa langue.

— Comment cela, maître suprême ?

— Elle a été mise au fait de ses capacités en *chi-ten*.

— C'est regrettable, mais elle ne peut avoir aucune idée de son véritable potentiel. Moi-même, je commence seulement à l'entrevoir. Aujourd'hui, Shuyun s'est joint aux jeunes initiés pour le *chi-quan*. Ils étaient gauches à côté de lui ! » Le frère Sotura leva les yeux vers son supérieur. « Qu'en ferons-nous ?

— Sans aucun doute, il deviendra le conseiller spirituel d'un des pairs de l'empire, et il répandra l'enseignement de Botahara.

— Shuyun ferait pour l'empereur un conseiller parfait, maître suprême.

— Une hypothèse qui a fort peu de chances de se concrétiser. D'autres éventualités paraissent plus probables et presque aussi profitables. Il faut que nous accélérions l'entraînement de Shuyun sans qu'il ait l'air pour autant d'être trop différent des autres. Je veux savoir jusqu'où il peut aller. Il n'a jamais simulé de combat de boxe ? »

Frère Sotura secoua la tête.

« Combien de temps faudrait-il pour l'amener à un niveau lui permettant de gagner le tournoi de kung-fu de l'empereur ?

— Il pourrait le remporter dès aujourd'hui, j'en suis sûr, mais je crois qu'il devrait recevoir un entraînement plus spécifique pour ce genre d'épreuve. Ce ne serait pas long, deux mois peut-être.

— Commencez à l'entraîner dès demain. J'ai le sentiment que vous et lui ferez le déplacement à l'automne pour la Fête des Fleurs. »

Le vieux moine se leva et alla où l'écran du balcon avait été poussé. Son regard se perdit un instant dans la cour intérieure. Elle n'était éclairée que par la clarté des étoiles, et les ombres jouaient des tours au spectateur. « Vous avez doublé la garde ?

— Oui, et je passe en revue les gardiens personnellement tous les soirs.

— Vous êtes indispensable, Sotura-*sum*. »

Le patriarche finalement posa la question qui les obsédait l'un et l'autre, nuit et jour. « Si les sœurs n'ont pas les rouleaux, qui d'autre peut vouloir se les approprier ? »

Un moment, frère Sotura maintint le silence, tandis qu'il cherchait sa réponse.

« Ils sont d'une valeur inestimable. Pour cette seule raison, n'importe qui peut souhaiter les avoir en sa possession. Mais aucun voleur ne pourrait effectuer la vente et rester dans l'anonymat – à coup sûr, on en parlerait. Il y a plus de chances pour que le vol obéisse à des motifs politiques. Tous ceux qui trouveraient profit à avoir prise sur la congrégation pour moi sont suspects.

— L'empereur ?

— Je le mettrais en tête de liste. Il ne nous aime pas. Il n'y a pas de moines dans son palais auxquels cacher un secret comme celui-là, et il est l'un des seuls à avoir pu commettre le vol.

— Qui d'autre ?

— Le seigneur Shonto, le seigneur Bakima, le seigneur Fujiki, le seigneur Omawara, une demi-douzaine d'autres peut-être encore, et les cultes magiques, bien que je ne les croie pas coupables.

— Et nous ne savons toujours pas quand cela s'est passé ?

— À un moment quelconque durant ces dix dernières années. »

Le patriarche hocha la tête. « Tous les gardiens de l'Urne ont été interrogés à l'heure qu'il est ?

— Tous sauf deux, maître suprême.

— Et ces deux-là…

— Sont morts de la peste.

— Oui, bien sûr. » Un courant d'air provenant de l'ouverture de l'écran fit vaciller la lampe. « Si on nous a pris les manuscrits pour nous faire chanter, pourquoi ne nous a-t-on pas contactés pour nous mettre au courant des exigences ?

— Peut-être le meilleur moment n'est-il pas encore venu pour ce qu'ils cherchent, quel que soit leur but.

— Il existe une autre possibilité, Sotura-*sum*. Et si les manuscrits avaient été détruits ?

— Je me refuse à croire quelqu'un capable de pareil sacrilège.

— Les adeptes de Tomsama ?

— Ce sont des empotés et des idiots ! Ils n'auraient jamais pu accomplir le vol.

— Je suis sûr que vous avez raison, Sotura-*sum*. Nous avons des espions parmi eux ?

— Oui, maître suprême, et nous les avons contactés. Ils ne signalent rien d'extraordinaire.

— Vous veillez à tout, frère Sotura. » Le patriarche resta debout encore un moment, puis quitta l'encadrement de la porte. « Merci, mon ami, vous m'avez été d'un grand secours. »

Le maître en *chi-quan* se leva et s'inclina avant de sortir à reculons.

« Sotura-*sum*, dit le patriarche, arrêtant le moine sur le seuil, j'ai regardé tantôt la leçon que vous donniez aux jeunes initiés. »

Il s'inclina profondément devant l'instructeur en *chi-quan*. Toute parole était inutile. De la part du maître suprême, il n'y avait pas de plus grand honneur.

2

De là où il se tenait, près des marches menant à la plage arrière, Kogami Norimasa apercevait la silhouette du moine botahiste se détachant sur un ciel étoilé, tandis qu'il se penchait près du gréement soutenant le grand mât. Kogami n'avait cessé d'observer le jeune frère depuis qu'il était monté à bord, si la vue du monastère où le Maître parfait avait commencé la rédaction de ses œuvres principales avait réclamé son attention.

Fort peu de gens avaient vu le monastère de Jinjoh, et Kogami s'estimait heureux d'être parmi les privilégiés sous un autre aspect encore. Trop longtemps il s'était fondu dans la masse, bureaucrate anonyme au milieu de tous ceux qui servaient le Trône du Dragon. Et c'était un trône qui lui avait paru bien lointain !

En tant que fonctionnaire impérial du sixième rang, Kogami n'avait même jamais entraperçu l'actuel empereur. Pourtant, que le Fils du Ciel le sût ou non, il lui avait été extrêmement précieux, bien que, naturellement, ce fussent les fonctionnaires des quatrième et troisième rangs qui s'en étaient vu attribuer tout le mérite.

L'injustice, toutefois, était en passe d'être réparée. Les capacités de Kogami Norimasa avaient enfin été reconnues, et par un personnage non moins éminent que Jaku Katta, le grand conseiller de l'empereur et le commandant de la garde impériale. Quelle chance incroyable ! Un cadeau du ciel ! L'épouse de Kogami avait brûlé de l'encens à l'autel familial chaque jour depuis cette date, malgré la dépense.

Après tant d'années passées à œuvrer à la richesse de l'empereur, Kogami Norimasa verrait maintenant s'accroître sa propre fortune. Jaku Katta le lui avait promis : Kogami Norimasa, fonctionnaire impérial du troisième rang.

Jamais depuis la chute des Hanama, il n'avait même osé rêver à s'élever aussi haut. Et ce n'était pas tout ! Jaku Katta lui avait fait tenir des lettres patentes l'autorisant à participer en son nom propre au négoce d'au-delà des frontières de l'empire. Bien sûr, c'était dans des limites bien définies, mais tout de même, pareil privilège n'était accordé qu'à bien peu de gens en dehors de l'aristocratie. Kogami était particulièrement expert en matière d'argent. L'occasion lui serait maintenant donnée de le prouver de manière incontestable, dans ses activités pour le bénéfice de l'empereur comme pour le sien.

Voilà qui aiderait à faire oublier la honte qu'il éprouvait à n'être pas devenu soldat comme son père l'avait souhaité. Mais il n'était pas fait pour la vie militaire ; cela s'était senti dès l'adolescence, d'où la grande déception éprouvée par son père. Celui-ci avait atteint au grade de commandant dans l'armée du dernier empereur Hanama, et il était mort en s'opposant à l'entrée du Yamaku dans ce qui était alors une capitale quasi déserte. D'où le coup d'arrêt porté à la carrière de Kogami Norimasa.

Si la peste n'avait pas décimé la population de la capitale de l'empire, et par là même la bureaucratie qui la faisait fonctionner, Kogami savait qu'on ne lui aurait jamais permis de sauver sa tête, à plus forte raison de jurer fidélité au nouvel empereur. Mais à présent, après huit années sombres au cours desquelles il ne s'était hissé que du sixième au cinquième rang, il avait recommencé à gravir les échelons. Les documents lui avaient été remis par le propre frère de Jaku Katta, documents qui portaient le sceau du pouvoir, avec le dragon de l'empereur de Wa. C'était comme si les dieux avaient décidé d'offrir encore un avenir à Kogami.

Deux jours seulement, peut-être moins, et le navire atteindrait Yankura. Il priait pour que les vents restent propices. Deux jours devant lui à suivre des yeux ce jeune moine, et il serait de retour dans Wa pour y commencer une nouvelle vie.

Kogami derechef porta son regard sur le frère immobile sur le pont malgré le roulis. Cela faisait des heures qu'il s'y trouvait, vêtu légèrement mais sans paraître souffrir du froid de la nuit. Ils sont tous comme cela, pensa Kogami. Les moines qui avaient été ses maîtres dans l'enfance s'étaient montrés insensibles à la chaleur comme au froid – et pas plus sensibles d'ailleurs à la colère ou à la peur. Ils demeuraient des énigmes en toute circonstance. Même après avoir été sept ans confié à leurs soins, Kogami n'avait appris que peu de chose à leur sujet. Malgré tout, les frères avaient laissé sur lui leur empreinte, et il n'ignorait pas qu'elle ne s'effacerait jamais.

Malgré les sentiments que lui inspirait la congrégation, Kogami ne voyait pas d'objection à ce que sa femme en secret fît ses dévotions à Botahara, encore que, s'il n'y avait eu que lui, il n'eût pas permis cela à l'intérieur de leur maison. Ce n'était pas quelque chose d'interdit; en fait, beaucoup de familles de sa connaissance s'autorisaient la même pratique mais, comme Kogami Norimasa, prudemment elles ne laissaient rien voir de leur croyance en dehors de chez elles. L'empereur avait tourné le dos à la foi botahiste, et quiconque ambitionnait une promotion dans ses services faisait de même, du moins en apparence. Bien sûr, c'était contraire à l'enseignement de Botahara, Kogami le savait, mais, pour lui venir en aide, sa femme redoublait de piété. Les moines eux-mêmes ne se conformaient pas aux règles établies par le Maître parfait, telles que Kogami les concevait, car les frères se mêlaient de politique, acquéraient des biens et s'enrichissaient. Il soupira. Que ce monde était compliqué! Le temps mettrait bon ordre à tout cela en fin de compte, et la Foi serait toujours vivante quand empereurs et moines auraient disparu. Il en avait toujours été ainsi.

Quand ils n'étaient pas au service de l'empereur, les gens adoptaient le culte de leur choix et, en dépit de la haine que leur maître vouait à la religion botahiste, il n'avait pas commis l'erreur d'offenser publiquement la congrégation. Les botahistes détenaient beaucoup de pouvoir dans l'empire, et le Fils du Ciel ne le savait que trop bien.

Kogami prit une autre position pour tenter de mieux se protéger du vent. Près du plat-bord, la forme sombre du moine demeurait immobile. Peut-être médite-t-il sur la pleine lune, pensa Kogami, et il se sentit vaguement coupable en levant les yeux sur le disque blanc et pur de la lune automnale.

Je n'ai rien fait de mal, se dit-il. Regarder autour de soi n'est pas un crime. C'était difficilement niable, mais on ne pouvait écarter la possibilité qu'il lui fût demandé davantage. Les paroles de Jaku Katta lui revinrent en mémoire, et il les analysa pour la millième fois.

« Tu aideras Ashigaru s'il t'en fait la demande, bien que ce ne soit guère probable, sans quoi tu te contenteras d'observer. Il faut que tu apprennes quelque chose sur ce moine. Sers-toi de ton argent s'il le faut pour te faire bien voir, mais trouve sur lui tout ce qui est possible. »

Aider Ashigaru ? Oui, mais comment ? Kogami n'avait pas posé la question. Confusément, il savait que le faire serait mettre en péril le nouvel avenir qui s'offrait à lui. Kogami Norimasa, fonctionnaire du troisième rang, avait exclu ces pensées de son esprit.

Jusqu'à maintenant, l'homme dont lui avait parlé Jaku n'avait pas sollicité son aide. Il faisait des vœux pour que cela dure. Le prêtre, Ashigaru, était dans l'entrepont avec la femme de Kogami et sa fille, qui souffrait du mal de mer. Kogami avait pris le prêtre en grippe dès l'instant où il avait posé le pied sur le bateau à l'île des Barbares.

Trapu, les cheveux raides, la barbe dure, Ashigaru avait l'air d'un religieux fanatique. C'était comme s'il était resté trop longtemps au soleil. Il avait la manie de tirer sur les pans de sa robe lorsqu'il parlait, serrant l'étoffe contre lui, se protégeant d'un froid qu'il était le seul à percevoir.

Les premiers jours du voyage, Kogami n'avait parlé au prêtre qu'en passant, respectant ainsi les consignes de Jaku Katta. Mais, depuis que sa fille était tombée malade, il s'était souvent entretenu avec lui. C'était, bien sûr, on ne peut plus naturel et ne devait éveiller aucun soupçon. Pourtant, Kogami s'en inquiétait beaucoup, car tout son avenir dépendait de la manière dont il satisferait à ses obligations pendant ce voyage.

Il s'étonna encore de la chance qui lui était offerte. Bien sûr, personne n'aurait fait l'affaire mieux que lui. Il s'était rendu plusieurs fois sur l'île des Barbares pour les besoins de l'empereur, en se faisant passer à chaque fois pour un marchand vassal au service de quelque petit seigneur. Le Fils du Ciel n'aurait jamais admis qu'on le sût acheter et vendre comme un vulgaire commerçant. C'est ainsi que Kogami était devenu négociant et s'était mis à voyager. Si l'on ne tient pas compte du temps qu'il lui fallait passer loin des siens, c'était une vie qu'il en était venu à aimer. Mais, pour ce voyage en particulier, Jaku Katta lui avait demandé d'emmener sa famille avec lui. Il n'était pas inhabituel pour un marchand vassal de le faire, surtout s'il ajoutait à ses revenus par des opérations pour son propre compte, comme cela semblait se pratiquer de plus en plus couramment. Jaku avait pensé qu'une famille contribuerait à donner à Kogami un air d'innocence ; aussi sa femme, sa fille et sa servante l'avaient-elles accompagné – aux frais de l'empereur, bien entendu.

Kogami s'était beaucoup amusé à la façon dont sa famille réagissait aux coutumes absurdes des Barbares. On en avait ri en privé. Ils avaient pris bien du plaisir à mimer ce qu'ils avaient pu voir. Mais à présent sa fille était tombée malade, et Kogami avait demandé au prêtre, Ashigaru, de la visiter, comme les adeptes des différentes religions étaient tous plus ou moins versés dans l'art de la guérison.

On entendit résonner un gong, et des matelots commencèrent à émerger du poste d'équipage pour le changement de quart. Sans un mot, ils procédèrent à leur travail de routine, qui consistait à examiner tous les points névralgiques où le matériel travaillait. Le gréement fut contrôlé brièvement mais de manière experte, à l'exception des haubans près desquels le moine se tenait en silence. Le chef de bordée les désigna en secouant la tête, et les matelots s'en désintéressèrent, laissant le religieux à ses méditations. On marquait toujours cette manière de respect aux frères botahistes, même quand on ne les aimait pas.

Pour sa part, le moine taciturne s'accoudait au bastingage et ses pensées allaient à une femme qu'il n'avait jamais rencontrée. Son nom était Sa Seigneurie Dame Nishima Fanisan Shonto, et elle était la fille adoptive du seigneur Shonto Motoru, l'homme qu'il allait servir au terme de ce voyage. Le conseiller spirituel précédent de Shonto avait laissé un rapport des plus complets détaillant tout ce que son successeur aurait besoin de connaître sur la famille et, s'il n'avait pas fallu à Shuyun le parcourir deux fois pour se souvenir de chaque mot, il avait relu la partie ayant trait à Dame Nishima comme pour s'assurer qu'elle ne mentait pas. Les mots du frère Satake, le prédécesseur de Shuyun, témoignaient de toute l'affection et de toute l'admiration que lui inspirait cette femme. Shuyun avait le sentiment qu'en l'espèce le vieux moine avait été tout près de se départir de l'immuable objectivité caractérisant les frères botahistes, ce qui faisait de la personne en question quelqu'un d'encore plus déconcertant.

Satake-*sum* n'était pas homme à se laisser facilement impressionner. En réalité, il avait compté parmi les frères botahistes les plus réputés de son siècle, et il aurait sûrement pu devenir patriarche de son ordre s'il en avait eu l'ambition. Ses talents étaient légendaires, car il avait atteint à un degré d'excellence dans plusieurs domaines auxquels il avait consacré ses efforts, qui demandaient d'ordinaire toute une vie d'étude et de sacrifice. Or, de bien des façons, cette jeune aristocrate avait été sa protégée.

Sa Seigneurie Dame Nishima Fanisan Shonto ! Shuyun aimait jusqu'à la musique de ce nom. Déjà, elle s'était acquis une réputation comme peintre, harpiste, musicienne, poétesse et, à en croire le rapport du frère Satake, ce n'étaient que les facettes les plus en évidence d'une personnalité dont la culture s'étendait plus loin encore. Dotée de talents aussi rares, appelée à recueillir seule les biens de la puissante maison des Fanisan, quelle autre femme dans tout l'empire était plus favorisée par le sort ?

Tout en y rêvant, Shuyun contempla la lune dans sa perfection et un poème lui vint :

Toujours je suis attiré vers toi,
Ta lumière subtile et lointaine,
Visage que je n'ai jamais vu.

Ce poème parut le détourner de la pensée de Dame Nishima, au moins pour un temps, et il fut laissé à ses souvenirs d'un petit voyage à Wa qui avait précédé cette traversée. Voyage véritablement passionnant. Shuyun était si tôt dans l'existence venu vivre au monastère de Jinjoh que sa mémoire de l'empire ne gardait rien de précis, tout comme il ne se rappelait rien de ses parents. Pour ce premier voyage, son but avait été la fête du Fleuve et frère Sotura, le maître en *chi-quan*, son compagnon. Nouvel initié, il s'était efforcé de contenir son excitation et de toujours paraître bien élevé pour ne pas créer d'ennuis à l'ordre botahiste.

Il s'était écoulé huit ans depuis cette aventure, mais Shuyun en revoyait encore tous les détails avec clarté.

On aurait dit des voyageurs venus de loin jetés sur les rivages d'un monde inconnu. Là, devant eux, s'étendait la totalité de Wa, comprimée dans un petit espace qu'on pouvait parcourir en une journée : la fête du Fleuve, éclairée de dix mille lanternes, où se pressait une foule innombrable, animée d'un mouvement de flux et de reflux le long des rives d'un cours d'eau tumultueux.

Dire que cela l'attendait au sortir du monastère de Jinjoh ! C'était comme s'il avait achevé sa méditation dans une pièce silencieuse et vide, poussé l'écran pour s'en aller, et là où aurait dû s'étendre un paisible jardin, il y avait vingt mille personnes qui s'ébattaient, riaient, dansaient, chantaient. Pour un jeune garçon débarquant de son île, le spectacle paraissait totalement irréel.

Shuyun avait suivi son maître au milieu de la cohue. Des lanternes de toutes les couleurs étaient accrochées aux arbres et, là où ne brillait aucune lampe, le clair de lune parvenait à filtrer. Shuyun avait vu des dames de haut parage fendre la foule dans des chaises à porteurs ; il avait respiré leur parfum au passage, tandis qu'elles riaient et se cachaient pudiquement le visage derrière des éventails. L'instant d'après, il avait trébuché sur des ivrognes couchés dans leur vomissure. Fasciné, il s'était arrêté près des acrobates et des jongleurs, obligeant frère Sotura à revenir en arrière pour le découvrir absorbé par le spectacle de tous les gestes, de tous les tours, perdu dans le temps ralenti du *chi-ten*.

Shuyun et frère Sotura étaient passés devant une tente à l'entrée de laquelle de belles jeunes femmes les invitaient par signes à les rejoindre. Ces femmes avaient marqué au passage des moines leur respect pour Botahara, mais la plus jeune avait essayé de flirter avec Shuyun et ri lorsqu'il avait détourné les yeux.

Le frère Sotura par une passerelle l'avait mené dans un parc, où Shuyun avait eu l'impression d'accéder à un autre monde. Le vacarme s'était tu, à la fumée piquante des rôtisseries avait succédé le parfum délicat de fleurs coupées et d'essences rares. On continuait de boire et de rire, mais buveurs et rieurs étaient vêtus de soies et de brocarts sophistiqués, sans rapport avec ce que le jeune moine avait jamais pu voir. Shuyun était certain que Sotura n'était pas venu là par hasard, mais il ne savait pas pourquoi il avait choisi de venir.

Ils étaient passés près d'un groupe de gens parlant à mi-voix et cancanant à la lisière d'un cercle de saules, et ils étaient tombés sur une scène éclairée par des lanternes. Une femme était assise là sur des coussins au bord de la scène et lisait dans un rouleau de papier devant une assistance attentive et bouche bée. Sa voix se détachait clairement avec la pureté de l'air en hiver, mais les mots étaient lourds et guindés. Shuyun avait compris qu'on jouait là une pièce ancienne et avait reconnu l'archaïsme du texte, compréhensible mais chargé de voyelles qui roulaient étrangement sur la langue.

Sotura avait pris place sur une natte végétale après avoir fait signe à son élève de l'imiter. « *Le Berger des nuages* », avait murmuré le maître, et Shuyun avait reconnu le titre, un souvenir de ses études.

À mesure que la pièce se déroulait, Shuyun avait été fasciné par le portrait qui était fait du héros, un moine botahiste excentrique, ermite indifférent au train-train quotidien des autres personnages mais passionné par l'ésotérique, l'intangible. C'était la première fois qu'il voyait un moine dépeint par quelqu'un qui n'appartenait pas à l'ordre, et l'expérience était captivante si elle n'offrait rien de rassurant.

Il lui fallut des heures pour s'arracher au monde du théâtre, et il se découvrit profondément remué par ce premier contact avec la scène.

Deux jours plus tard commença le kung-fu. L'organisateur qui enregistra la participation de Shuyun au tournoi eut du mal à cacher son amusement quand il comprit que ce n'était pas le maître en *chi-quan* qui concourrait mais le jeune garçon qui l'accompagnait. Les sourires poliment dissimulés firent vite à s'effacer lorsque Shuyun gagna ses premiers combats avec une facilité qui surprit tout le monde, sauf frère Sotura. Bien sûr, ses premiers adversaires n'étaient pas très experts en matière de kung-fu selon les critères en vigueur, aussi le petit moine, s'il obtint un peu de respect, ne fut toujours pas considéré comme représentant une menace.

Ce fut lors de ce voyage dans l'empire que Shuyun découvrit ce qu'était la violence. Le jeune initié s'entraînait au *chi-quan* depuis des années mais n'avait jamais vu un homme volontairement chercher à faire du mal à son prochain. Parmi les compétiteurs, certains avaient renoncé à l'honneur en faveur de la ruse et de la brutalité.

Shuyun ne perdit pas pour autant sa concentration. Et Sotura lui garda sa confiance tout en restant vigilant.

S'intéressant à d'autres rencontres, les deux moines ne tardèrent pas à s'apercevoir que deux combattants dominaient la compétition et avaient le plus de chances de l'emporter : un membre de la garde impériale nommé Jaku Katta et un lieutenant de la police privée de la famille Shonto. Shuyun regarda combattre le garde de l'empereur sans s'y attarder, et il fit vite à comprendre pourquoi il s'était acquis le surnom de « Tigre noir ». Jaku Katta n'était pas seulement fort et brutal, mais aussi remarquablement intelligent, et il possédait un sens de l'équilibre qui tenait du prodige. Il était presque deux fois de la taille de Shuyun.

Tandis que ses adversaires se succédaient devant lui, le jeune moine se mit à sentir le *chi* circuler dans son corps avec une force et une puissance qu'il n'avait jamais connues jusque-là. Il en vint à comprendre que la violence des combattants qui lui étaient opposés lui permettait de faire appel à un réservoir d'énergie qu'il ne connaissait pas, une source où il ne pouvait puiser que confronté à un réel danger. L'un après l'autre, ses adversaires durent quitter le ring. L'assistance fut de plus en plus nombreuse à suivre la progression de Shuyun.

Ils se préparaient au combat l'opposant au lieutenant de Shonto quand le jeune moine vit le regard de son maître se porter sur les rangs des spectateurs. Suivant ce regard, Shuyun découvrit un groupe de gardes en uniforme bleu entourant un homme, une jeune fille et un vieux moine botahiste.

« Méfie-toi de celui-ci, dit Sotura quand Shuyun pénétra sur le ring, il n'existe aucun moyen de savoir de quel entraînement il a bénéficié. »

Shuyun se conforma aux instructions de son maître et aborda la rencontre avec une prudence redoublée, mais l'inquiétude de Sotura se révéla sans fondement. L'homme était aussi bon, sinon meilleur, que tous ceux que le jeune moine avait affrontés, mais sa manière de combattre demeurait conventionnelle, et il ne savait pour s'en sortir que tenir bon.

Un seul combat après celui-là restait à disputer, qui opposerait Shuyun au garde impérial. Shuyun savait que physiquement l'homme était impressionnant. Il se dressait au-dessus du petit moine tel un géant. Quand Shuyun entra sur le ring, un instant il perdit sa concentration. En effet, comme le tigre auquel il devait son surnom, Jaku Katta avait les yeux gris ; le jeune moine n'avait encore jamais vu quelqu'un dont les yeux n'étaient pas bruns.

Il s'avéra bientôt que Jaku aurait pris le meilleur sur le garde des Shonto. Il était plus rapide que tous les combattants que Shuyun avait rencontrés, beaucoup plus rapide. Et il mettait autant de promptitude à décider, changeant une attaque en plein cours, se déplaçant avec le parfait équilibre d'un chat. Cependant, Shuyun parait tous les coups de poing et tous les coups de pied. Jaku se maintenait à distance, se dérobant souplement après chaque assaut. À l'évidence, il avait étudié le comportement de Shuyun sur le ring, et à dessein faisait durer le combat, dans l'espoir que le moine commettrait une faute. Mais nul ne devrait éprouver ce que peut faire sa patience face à celle d'un moine botahiste.

Ce fut Jaku finalement qui fit la faute. Brusquement, il se retrouva acculé dans un angle. Pourtant, il refusa de s'avouer vaincu, faisant des efforts désespérés pour marquer des avantages, utilisant, à bout de ressources, tout ce qu'il connaissait en matière de technique et de stratégie. Au milieu d'un enchaînement compliqué de coups de poing et de coups de pied, Shuyun repoussa une attaque et, tout en la parant, il sut que quelque chose s'était passé, quelque chose d'unique. Il n'avait rien senti, rien touché. C'était comme s'il avait détourné le bras de son adversaire avec le seul secours du *chi* !

Et Jaku se désunit. Il fallait disposer pour le remarquer d'une perception modifiée de la durée, tant cela fit vite à disparaître, mais Shuyun réussit à le noter. Le Tigre noir avait lâché pied.

L'espace d'un éclair, l'étonnement paralysa le jeune moine, et cela suffit à son adversaire pour récupérer. Après cela, le combat ne se prolongea guère. Jaku paraissait avoir perdu sa motivation.

Shuyun savait qu'il avait remporté une victoire pour son ordre et espérait qu'elle rétablirait le respect dû aux moines de sa religion, ainsi qu'on l'avait souhaité. Elle ne lui inspirait personnellement aucune fierté, ce qui était seulement conforme à ce qu'on attendait de lui. Mais l'entraînement qu'il avait subi ne l'empêchait pas de se poser de terribles questions. Que s'était-il passé sur le ring avec Jaku Katta ?

Ce ne fut pas avant plusieurs jours que Shuyun aborda le sujet avec Sotura. « Est-il possible de parer un coup uniquement à l'aide du *chi*, sans contact avec le corps de l'adversaire ? »

L'instructeur en *chi-quan* y réfléchit un instant, comme si la question offrait un intérêt purement théorique. « Je ne sais pas si c'est possible. Nul n'a jamais fait mention d'une circonstance de ce genre, même le Maître parfait. On peut en déduire, semble-t-il, que ce n'est guère probable, Shuyun-*sum*. Il serait bon de méditer là-dessus, malgré tout. »

Shuyun pensa que ses perceptions avaient dû se ressentir de l'intensité du moment. Son maître aurait sûrement noté quelque chose d'inhabituel.

Néanmoins, après ce voyage, Shuyun remarqua un changement dans l'attitude de Sotura à son égard. Il était toujours un jeune initié, mais on le traitait autrement sous certains rapports, comme s'il s'était acquis un plus grand respect. Shuyun trouva cela flatteur mais, en même temps, déroutant.

La proue du bateau dispersa un vol d'oiseaux de mer dont le sommeil avait été interrompu par le passage du monstre. Shuyun s'arracha à des souvenirs dont il constatait qu'ils mettaient en péril son humilité, et il observa les nuages qui glissaient sur la lune.

De nouveau, il voyageait en direction de l'empire, cette fois pour servir un homme que le frère Satake avait décrit comme « infiniment complexe, aussi difficile à deviner que le troisième coup au jeu de *gii* ». Pareille définition aurait pu s'appliquer à bien des seigneurs Shonto, depuis les temps reculés où leur maison était sortie de son obscurité sous le nom de Sashei-no Hontto. Cependant, lorsque la dynastie des Mibuki avait réalisé l'union des Sept Royaumes, les Sashei-no Hontto étaient devenus les Shonto, et ils avaient adopté pour la première fois ce qui allait être une de leurs règles de conduite en mariant l'aînée de leurs filles à l'héritier de l'empereur Mibuki.

Hakata le Sage avait été conseiller du quatrième héritier de la maison Shonto et avait dédié son grand ouvrage, *Mes morceaux choisis,* à son seigneur Shonto. Dans l'histoire de la famille, on retrouvait la même orientation année après année. D'autres maisons sortaient du néant, devenaient florissantes, avant de dépérir, souvent au cours d'une même saison, alors que les Shonto, eux, se maintenaient. À coup sûr, il y avait des périodes durant lesquelles ils semblaient avoir perdu la faveur des dieux, mais elles étaient de courte durée, et invariablement ils refaisaient surface, plus puissants et plus riches que jamais. Parmi les grandes familles de Wa, rares étaient celles qui faisaient preuve d'autant de ressort.

Les mots de la poétesse Mori, Nikko, lui revinrent en mémoire :

La rosée se change en frimas
Sur la feuille apeurée,
Mais les saisons se succèdent
Comme tourne un rouleau de papier
Dans les mains des Shonto.

Le seigneur Shonto Motoru était à présent sans épouse, bien qu'il entretînt des concubines, mais, pour l'essentiel, Dame Nishima avait repris les fonctions que sa mère autrefois remplissait avec tant de compétence. Dans la maison des Shonto, les mécanismes continuaient d'être bien huilés, et les soirées qu'ils donnaient demeuraient toujours réputées pour leur élégance et leur originalité.

Un nuage cacha la lune aux yeux de Shuyun, et le vent parut perdre un peu de sa force. L'île de Konojii n'était pas loin. La hantise des pirates qui infestaient la côte commencerait à les troubler le lendemain matin et ne les quitterait plus avant que le bateau eût contourné le cap Ujii et fût entré dans les eaux côtières.

Une femme sortit des entrailles du navire d'un pas à peine audible sur le pont de bois. Elle était vêtue comme quelqu'un d'une classe moyenne, mais dotée d'une dignité et d'un maintien comme on en rencontre souvent chez ceux qui, après avoir souffert d'une perte cruelle ou connu un revers de fortune, ont réussi à survivre. Mieux habillée, avec un sourire plus facile, on aurait pu l'imaginer l'épouse d'un modeste seigneur. Mais le sourire l'avait abandonnée, et elle était mariée à Kogami Norimasa depuis dix-sept ans.

Le mariage avait été conclu quand l'avenir de Kogami paraissait des plus prometteurs. Lui était l'homme instruit qui avait passé avec succès l'examen impérial, elle la fille d'un petit général – mais qui du moins avait approuvé la manière dont se dessinait la carrière de Kogami, alors que son propre père en avait été incapable. Tout le monde alors avait un avenir, sous le règne des Hanama, alors que les guerres de la période intermédiaire et la Grande Peste représentaient des énigmes indéchiffrables dont plus tard seulement les devins allaient faire des signes précurseurs auxquels on ne pouvait se tromper.

« Nori-*sum*, dit-elle en se rapprochant de son mari dans la clarté de la lune.

— Comment va-t-elle, Shikibu-*sum* ? Le prêtre a-t-il calmé la douleur ?

— Il lui a prescrit une potion qui l'a assoupie. » Elle chercha et trouva dans l'obscurité la main de son mari. Sa voix tremblait. « Nous aurions dû demander au moine de venir la visiter. Elle est très malade. J'ai déjà vu des choses de ce genre. Je ne crois pas que ce soit son âme qui ne serait pas en harmonie avec son corps. La douleur, l'enflure sur le côté du ventre, c'est du poison qui s'accumule. J'en suis sûre. J'ai peur pour notre fille. »

Kogami sentit grandir son inquiétude. Ashigaru lui avait assuré que ce n'était que le mal de mer, et il l'avait cru – il lui avait fallu le croire. Mais que se passerait-il si le prêtre se trompait ? Si c'était vraiment du poison qui s'amassait, comme le disait sa femme, et si sa fille avait besoin de plus de secours que ce ministre de Tomso ne pouvait en apporter ?

Ashigaru était dévoué à l'empereur, comme Kogami Norimasa. Le moine, lui, sans être l'ennemi du monarque, était au moins perçu comme une menace, bien que Kogami ne comprît pas comment cela pût se faire. Il n'existait pas de sympathie entre les adeptes de Botahara et ceux de Tomso. Kogami n'ignorait pas que le prêtre se sentirait plus qu'insulté s'il lui demandait de but en blanc de s'écarter pour que le moine pût pratiquer ce que les fidèles de Tomso appelaient « une médecine hérétique ».

« Nous devons laisser un peu de temps au prêtre, mon amie, chuchota Kogami. S'il n'y a aucun mieux, nous demanderons au moine de venir la voir.

— Mais... » Kogami leva la main. Sa femme étouffa un sanglot. « Pardonnez ce manque de maîtrise de soi, dit-elle. Je ne suis pas digne de votre respect. Je ne vais plus vous imposer ma présence et veiller près de notre fille. »

Elle se préparait à faire demi-tour quand il l'arrêta. Sa voix était douce. « Si le mal empire... envoyez-moi la domestique pour m'en informer. »

Il se retrouva seul au clair de lune. La mer avait calmé ses mouvements depuis que le vent avait faibli, mais Kogami ne le remarquait pas. En lui se levait une tempête.

La lune parut au sortir d'un nuage d'un ovale presque parfait et prit place parmi les étoiles. La constellation connue sous le nom du Dragon-à-deux-têtes devint visible à l'horizon, un œil d'abord, puis un autre, brillant au-dessus des flots. Une voile se mit à enfler sous le vent, et deux hommes d'équipage se hâtèrent d'en prendre soin. Des matelots montèrent installer une triple carrée dans les huniers, cependant que le vent tombait. Un ris fut largué dans la grand-voile. Le bateau avança de nouveau à meilleure allure.

Autour du baquet métallique contenant le feu de charbon de bois, on s'assembla pour faire du thé. Quand des paroles s'échangeaient, c'était à mi-voix, les formalités accompagnant la consommation du thé étant réduites par la force des choses à de simples hochements de tête et à des courbettes à bord d'un navire. Avec beaucoup de respect, un marin alla offrir une tasse fumante au moine botahiste, mais le jeune initié lui opposa un refus silencieux. S'il ouvrit la bouche, Kogami ne l'entendit pas.

Lui-même avait approché le moine, plus tôt durant ce voyage, et s'était heurté à la même rebuffade. Au courant des façons de faire des frères botahistes depuis sa plus tendre enfance, il avait cherché à parler au moine à un moment où on ne pouvait les entendre et proposé de « contribuer » à l'entretien de la communauté par une offrande de beau tissu en échange d'une bénédiction. La démarche n'avait rien d'inhabituel et, si l'offre était faite avec délicatesse (sans l'objet donné dans la main), il était rare de se heurter à un refus. Pourtant, quand Kogami eut fini son petit discours soigneusement préparé, le moine s'était détourné, le laissant dans une situation des plus humiliantes. Sans même prendre la peine de le regarder, ce moinillon avait dit : « Donne ta belle étoffe à qui en a besoin, alors tu seras béni. »

Kogami n'arrivait pas à croire qu'il avait assisté à pareil manquement à la politesse. Il avait dû se retirer sans que son salut en partant lui soit rendu. Dire qu'on aurait pu les voir ! Jamais il n'avait connu autant d'indignation et de honte. Encore maintenant, il se sentait humilié au souvenir de ce qu'il avait vécu. Les frères botahistes sont bien capables d'autant d'hypocrisie, se dit-il.

Botahara avait enseigné que l'humilité était le premier pas sur le sentier de l'illumination, et pourtant les moines qui prétendaient suivre cette voie montraient une arrogance qui aurait fait la honte d'un prince Mori. À l'évidence, ce jeune moine avait besoin d'apprendre à bien se conduire ailleurs que dans le monastère de Jinjoh, car il ne comprenait pas encore les usages de son ordre.

Kogami tenta de se calmer. Il savait que la colère affecterait sa capacité à s'acquitter de ses obligations envers l'empereur, et il ne pouvait se le permettre.

Sa mauvaise humeur ne tarda pas à se dissiper, et cela ne fut pas uniquement dû à ses propres efforts. L'enseignement reçu dans l'enfance au pied des frères botahistes, impossible de l'oublier tout à fait. Une phrase, une seule, lui revint en mémoire en dépit de ses efforts pour la refouler : « Donne à ceux qui sont dans le besoin et tu seras béni. » C'était ainsi que Botahara avait accueilli un grand prince venu lui proposer une offrande en échange d'une bénédiction – une étoffe brodée d'or.

Ashigaru sortit de l'écoutille. Sa respiration était bruyante. Il souffrait à gravir les marches donnant accès au pont. L'odeur de la *sanja*, « la fleur des esprits », le précédait ; son arôme douceâtre fit courir un frisson dans le dos de Kogami. On répandait les pétales séchés de la *sanja* sur les morts ou ceux dont on pensait qu'ils allaient mourir, pour chasser les esprits mauvais.

Kogami avait la bouche sèche. Ses mains tremblaient. « Est-elle ?… » Sa voix s'étrangla. Soudain il eut du mal à respirer. Il chercha la rambarde et se remit d'aplomb.

Ashigaru prit un air grave sans hésiter le moins du monde. « Elle est dans les mains des dieux. Quant à savoir s'ils vont la prendre dès maintenant ou la rendre à ce monde-ci, cela les regarde. J'ai dispersé autour d'elle les pétales de la fleur sacrée. Aucun esprit mauvais ne pourra s'emparer d'elle quoi qu'il arrive.

— Mais vous disiez que c'était juste le mal de mer ! Vous disiez que ce n'était rien du tout. »

Kogami parlait trop fort. Le prêtre s'insurgea. « Ne m'ennuyez pas avec ce que j'ai dit et ce que je n'ai pas dit. Ne savez-vous pas vous tenir à votre place ? J'ai protégé votre fille d'esprits qui l'auraient éternellement tourmentée. Auriez-vous pu lui épargner ce sort-là ? »

Le prêtre tira sur sa robe et jeta des regards furieux dans l'obscurité. Pourtant il ne s'éloigna pas comme Kogami s'y attendait. Au lieu de cela, il se rapprocha.

« Écoutez-moi, Norimasa-*sum*, dit-il en baissant la voix, nous ne devons pas nous chamailler. Nous faisons son ouvrage, n'est-ce pas ? »

Kogami ne s'y trompa point : le prêtre faisait allusion à l'empereur, non au Père des Immortels. C'était la première fois que l'un des deux reconnaissait la véritable raison de leur présence à bord.

« Il peut se montrer généreux… »

On entendit marcher dans l'escalier. Le prêtre se tut.

La femme de Kogami vint se placer sous les rayons de lune qui tombaient entre le gréement et les voiles. Par-delà l'espace qui les séparait, Kogami tenta désespérément de déchiffrer l'expression de son visage mais n'y réussit pas. Elle regarda les deux hommes et baissa la tête. Puis un bruit qu'aucun des deux n'entendait lui parvint d'en bas. Elle se redressa et croisa leur regard.

Son visage est beau dans cette lumière, pensa Kogami, beau et plein de force. Elle leur tourna le dos et à grands pas traversa le pont pour aller où se tenait le moine botahiste, accoudé au bastingage. Kogami Norimasa n'esquissa aucun geste pour l'en empêcher, bien qu'il sentît son avenir le fuir comme à l'horizon la lumière du jour. Elle ignore la portée de son acte, se dit-il. Malgré cela, je la bénis.

« Que fait-elle ? s'inquiéta Ashigaru.

— Elle demande au moine botahiste de s'occuper de notre fille. » Kogami fut heureux que sa voix rendît un son aussi paisible. Le destin l'a voulu, pensa-t-il. C'est le karma. On ne peut lutter contre le Dragon-à-deux-têtes.

Le moine initié, Shuyun, entendit le pas de la femme derrière lui et se retourna, mais à peine. Il s'attendait à ce qu'elle vînt, elle ou son mari, le négociant en tissus. Cela dépendait de l'état de la malade. Il avait surpris l'équipage à parler de la maladie de la jeune fille et savait qu'on avait demandé au prêtre tomsoien de prendre soin d'elle. Il avait donc attendu, dans l'assurance que si leur enfant était gravement atteinte, les parents mettraient de côté leurs scrupules religieux et viendraient le trouver, lui, le seul moine botahiste à bord, la seule personne à connaître les secrets du corps humain.

« Pardonnez mon incivilité, dit la femme en cachant mal ses efforts pour rester calme. Je m'excuse d'interrompre vos méditations, honoré frère, mais si je le fais ce n'est pas égoïstement. » Elle s'inclina avec raideur. « Je suis Shikibu Kogami, l'épouse du marchand Kogami Norimasa-*sum.* »

Shuyun répondit d'un signe de tête. « Vous me faites honneur », dit-il. Il ne se nomma pas, tenant pour acquis que tout le monde à bord connaissait son nom.

« Ma fille est très malade. Elle souffre d'un empoisonnement. L'inflammation sur le côté droit du ventre le prouve. Elle est incapable de quitter son lit. Honoré frère, accepteriez-vous de venir la voir ?

— N'est-elle pas soignée par le prêtre de Tomso, Shikibu-*sum* ?

— Il a répandu sur elle les pétales de la fleur des esprits et l'a confiée à la protection des Immortels. » Elle baissa les yeux. « Il ne peut rien pour elle. Je suis une adepte de la Vraie Voie, frère Shuyun, et fais mes dévotions chaque jour. Elle est ma fille unique. Je… » Sa voix se brisa, mais sans larmes.

« J'irai », dit le moine en regardant le visage fatigué de la femme.

Descendant dans la pâle clarté diffusée par les lampes des cabines à l'arrière du bateau, Shuyun huma l'odeur forte de la fleur des esprits. Pour les botahistes, cette essence toujours correspondait à un mauvais présage.

Sur le pont, Kogami sentit sur son cou le souffle d'un vent léger, ce qui d'une certaine manière renforça le sentiment de sérénité qu'il avait éprouvé en voyant sa femme traverser le pont en direction du frère botahiste.

On ne peut rien faire contre le courant de la vie, pensa-t-il. Il n'y a pas d'alternative. L'empereur le plus puissant peut choisir l'heure de son lever mais, quant à savoir si son âme partira avant l'aube, il lui est impossible d'en décider.

On lisait cela dans les enseignements de Botahara. Kogami sentit tous les muscles de son corps se détendre.

Le prêtre le saisit brutalement à l'épaule. « Vous devez intervenir, lança-t-il d'une voix sifflante tandis que le moine s'enfonçait dans les profondeurs du navire.

— Je ne peux pas, dit tranquillement Kogami, sans même faire d'effort pour se dégager. Vous avez remis ma fille entre les mains des Immortels. Elle ne dépend plus de vous.

— Elle ne dépend pas davantage de ce moine. Elle va connaître une damnation éternelle à cause de vous. Vous ne comprenez donc pas ? Ils profanent ce qu'il y a de sacré dans la forme humaine. Son âme sera maudite et livrée aux ténèbres.

— Mais je n'y peux rien, Ashigaru-*sum*. On a demandé au moine de prendre soin d'elle. Je ne vais pas humilier ma femme en lui intimant l'ordre de partir.

— Vous voulez dire que vous refusez de vous humilier vous-même. Vous avez peur de ce gamin. Comment Jaku Katta-*sum* a-t-il pu choisir une poule mouillée pour faire ce travail-là ?

— Et vous, Ashigaru-*sum* ? Allez-vous défier le jeune frère ou Jaku Katta a-t-il choisi deux poltrons ? » grommela Kogami, dans l'incapacité où il était de contenir plus longtemps le mépris que lui inspirait le prêtre. Il voyait bien que l'équipage les regardait, se demandant comment cela allait tourner, mais n'y attachait plus d'importance.

Je ne puis sacrifier ma fille aux machinations de l'empereur, pensa-t-il.

Échappant aux regards du prêtre et du bureaucrate, un matelot descendit sans bruit chez le capitaine.

Le prêtre se redressa de toute sa hauteur pour toiser le petit homme vêtu à la manière des marchands prospères. Il serra contre lui les pans de sa robe et, en se donnant de grands airs de dignité, se dirigea vers l'escalier à l'arrière du navire.

Kogami Norimasa n'essaya pas de le suivre. La vie en lui tourbillonnait. Impossible de lui résister.

Dans la cabine de la femme, le moine s'agenouilla à la clarté de la lampe près du lit de la jeune malade. À l'évidence, elle était sous l'effet d'un narcotique mais souffrait beaucoup et, si elle n'émettait aucun son, son regard en disait long sur la contrainte qu'elle s'imposait. La servante avait ouvert sa robe et fait tomber les pétales de la fleur des esprits. Shuyun voyait la boursouflure rouge, brûlante. La mère avait compris, alors que dans sa sottise le prêtre s'y était trompé.

« Ne bougez pas, dit-il à la malade d'une voix forte et assurée, celle d'un homme beaucoup plus âgé qu'il n'était. Je ne vous ferai pas de mal. Ne vous tourmentez pas. »

Elle ébaucha un sourire qui se termina par un frémissement de douleur.

Le moine détacha un petit bloc de cristal d'une chaîne d'or qu'il portait à son cou et tint le cylindre dans le sens de la longueur entre pouce et index. Une pâle lumière verte semblait sourdre du cœur de la pierre parfaitement lisse, à moins que ce ne fût simplement le reflet du clair de lune. Shuyun déplaça la pierre au-dessus de la peau de la jeune fille. Il suivit lentement les lignes d'énergie rayonnant à partir de la zone affectée, la pierre intensifiant sa perception du *chi* comme une baguette de sourcier.

Il ne broncha pas quand la porte s'ouvrit avec fracas, découvrant la silhouette à moitié éclairée du prêtre de Tomso. Les femmes en eurent le souffle coupé, et la peur fit sursauter la jeune fille, provoquant un nouveau spasme d'une douleur intense qui la parcourut tout entière.

« Vous condamnez votre fille aux ténèbres éternelles. »

Le prêtre accusait pesamment, ignorant le moine. Souplement, celui-ci s'était relevé et tourné à moitié vers la porte. Il s'adressa à voix basse aux deux femmes, de façon à ce que la jeune fille n'entende pas. « Il me faut le coffret d'ébène qui se trouve dans ma chambre. Tout de suite. Le temps presse.

— Il va désacraliser un corps sacré. Il n'y a pas de pardon pour de tels crimes », dit le prêtre en haussant le ton.

Personne ne réagit. Shuyun regarda la jeune fille. Elle était baignée de sueur et prise de tremblements incontrôlables. Il était presque trop tard pour elle. Mais il existait des règles dans son ordre interdisant à un moine d'user de violence envers un adepte d'une autre religion, sauf en cas de légitime défense.

Un matelot émergea de l'obscurité de l'entrée derrière le prêtre. Shuyun l'interpella sans égard à la politesse. « Il me faut le coffret d'ébène qui est dans ma cabine. C'est urgent. »

L'homme s'inclina promptement et disparut. Le prêtre et le moine restèrent face à face, séparés par la longueur de deux bras. Dans le regard de l'un brillaient le fanatisme et la crainte ; l'autre observait et jugeait de la situation, sans crainte aucune.

Le matelot reparut, portant le coffret de bois noir, mais le prêtre ne recula pas et refusa de le laisser passer.

« Il me faut mon bagage. Écartez-vous. » La voix de Shuyun était toujours calme et neutre.

« Vous n'allez tout de même pas me commander. »

Depuis le couloir, on entendit le capitaine qui se mêlait à la confrontation. « Ashigaru-*sum*, s'il vous plaît, faites ce que le frère vous demande. Je ne voudrais pas employer la force pour vous faire sortir. »

Le prêtre regarda par-dessus son épaule. « Me menacer, c'est menacer mon Église. Nous avons la faveur du Fils du Ciel. Déjà, vous vous êtes attiré son déplaisir, de même que cet hérétique, ce profanateur du siège de l'âme. »

Le capitaine ne réagit pas. En mer, sa parole faisait loi, mais il n'était pas sot et savait qu'il n'était jamais bon de s'exposer à l'hostilité de l'empereur, en particulier de celui-ci.

On courait le risque d'un blocage de la situation. Shuyun savait qu'il ne pouvait laisser les choses en l'état, attendre que le capitaine eût pesé le pour et le contre. Il fit un pas en avant sans quitter des yeux ce gros homme qui lui bouchait la porte. Le regard du prêtre flamba, et sa main droite imperceptiblement glissa vers son poignet gauche. Le mouvement était subtil, presque impossible à déceler dans la pénombre.

Oui, se dit Shuyun, c'est là qu'est le couteau. Il changea la position de ses mains pour parer au danger et se baissa sur sa jambe d'appui. La longueur d'un bras les séparait maintenant. Shuyun modifia sa perception du temps, ralentissant le monde ambiant.

Soudain le prêtre se figea comme un homme qui a vu un cobra des sables se dresser devant lui. Le moine s'arrêta au milieu d'une enjambée. « Poussez-vous. J'ai besoin de mon coffret.

— Vous n'oserez pas. » La voix était sifflante. L'air crissait au sortir de poumons comprimés. La sueur perlait au front du prêtre malgré la fraîcheur de la nuit.

« Maintenant », dit Shuyun sans manifester d'émotion, dans une pièce chargée d'électricité.

Le plus âgé des deux hommes sentit galoper son pouls. « L'empereur me protège », plaida-t-il ou presque.

Dans la pénombre, on voyait à peine les mouvements du moine. Il y eut un bruit d'étoffe qu'on déchire, puis il apparut avec le couteau du prêtre dans sa main. Au milieu de l'odeur dégagée par la fleur de *sanja*, Shuyun sentait le poison à l'extrémité de la lame. Ashigaru avait perdu l'équilibre en battant en retraite ; à présent il était paralysé par la peur. Des mains l'agrippèrent, lui immobilisant les bras. Il ouvrit la bouche mais sans trouver sa respiration. Il ne s'aperçut de rien quand un deuxième couteau disparut de sa ceinture. On le traîna sur le pont, le portant et le tirant à la fois. Un instant, son regard croisa celui de Kogami Norimasa. Le marchand ne détourna pas les yeux pour lui éviter de l'embarras. Il sourit ouvertement.

Il triomphe, pensa le prêtre, incapable dans son état de ressentir de la colère. Deux matelots le tinrent pendant qu'il se penchait sur la rambarde, vomissant tripes et boyaux et parachevant l'humiliation qui lui avait été infligée en public. Il s'effondra sur le pont, ayant souillé sa barbe et ses vêtements. La tête lui tournait. Le moine doit payer cela de sa vie, lui criaient ses pensées. Le marchand aussi doit payer. Puissent ce bateau et ses occupants être engloutis par l'océan !

Un instant, il sombra dans une totale obscurité. Quand il revint à lui, il eut la certitude que le moine lui avait ouvert le corps avec son propre couteau, libérant son âme qui avait alors paru dans une grande salle devant un Botahara assis. C'était à peine si l'Illuminé l'avait regardé avant de le déclarer inapte à être rendu à la vie sous une forme humaine. Botahara avait retourné un sablier sur son support, et les grains étaient tombés comme des plumes, avec une incroyable lenteur. La nouvelle existence d'Ashigaru serait donc de cette sorte, interminable, dénuée d'incident.

Le prêtre secoua la tête pour clarifier ses idées. Le bois du pont lui blessait le dos, et une de ses jambes était restée coincée sous lui, là où il était tombé comme un ivrogne dans sa vomissure. Quand il faisait un geste, le ciel au-dessus de lui basculait ; aussi ne bougeait-il pas, se contentant de regarder les mâts osciller sur fond d'étoiles. L'air était frais et la lune le fixait du regard, insensible à sa chute. Bientôt reviendraient la colère, la haine.

On avait apporté dans la cabine des lampes supplémentaires et demandé à la mère de partir. Shuyun prit la tasse vide près du lit. Il en respira l'odeur. « Le prêtre ne lui a pas donné autre chose ? »

La servante dit que non. Shuyun remit la tasse sur son étagère. Pour une fois, un prêtre n'avait pas causé à son patient de dommage irréparable. De la racine de *loda*, une potion soporifique. La jeune fille survivrait à ses effets secondaires, qui étaient considérables.

On s'était servi de plusieurs larges ceintures pour attacher la malade, ce qui ne l'empêchait pas de trembler et n'allégeait pas ses souffrances. Avec précaution, Shuyun lui souleva la tête et lui ouvrit un œil face à la lumière. Il fit un signe : la servante s'agenouilla à côté de lui, prête à l'aider sans poser de question. On ne pouvait que se féliciter de sa présence, pensa le moine. Elle donnait à penser qu'elle avait assisté à plus d'un accouchement et avait soigné nombre d'enfants confiés à sa charge, atteints des maladies de leur âge. Elle avait aussi une entière confiance dans ceux qui avaient bénéficié de l'enseignement botahiste.

D'un étui de soie, Shuyun tira des aiguilles d'argent et d'or, les stérilisant tour à tour avant de les introduire avec soin sous la peau de la malade. La circulation du *chi* dans le corps fut interrompue, et brusquement la douleur disparut, le visage s'apaisa, la respiration devint régulière, presque normale.

Le petit couteau du moine était extraordinairement tranchant. Quand il le promena sur la peau de la jeune fille, elle ne sentit rien. Un peu plus, il aurait été trop tard.

Le prêtre Ashigaru monta les marches qui menaient hors de l'entrepont. Il ignora la présence de Shikibu Kogami assise sur un coussin devant la porte de sa cabine. Ashigaru s'était lavé et changé. Il se sentait toujours un peu faible et mal en point, mais sa colère le conduisait au-dehors. Sans prêter attention aux regards interrogateurs, aussitôt il alla trouver de l'autre côté du pont Kogami Norimasa, qui se tenait toujours près du bastingage. C'en était fini de toute précaution. On pouvait les voir causer, le prêtre n'en avait cure. Il avait décidé de ce qu'il lui fallait faire.

Il saisit Kogami par la manche, avec brutalité, et le fit pivoter sur lui-même, cet homme plus petit que lui. « Bon, maintenant, Kogami Norimasa, vous allez avoir votre récompense. » C'était dit d'une voix enrouée, à peine audible.

« Tout le monde nous regarde, protesta Kogami.

— Peu importe, qu'ils aillent au diable !

— Ashigaru-*sum*, je vous en prie ! » Le marchand était effrayé par le comportement d'Ashigaru et la violence de sa voix.

« Écoutez-moi, Kogami. » Le prêtre cracha ce nom. « Jaku Katta va entendre parler de votre traîtrise. Vous avez ma parole que si vous ne vous conformez pas tout de suite à mes instructions, vous ne sortirez pas du port avec la tête sur les épaules. Katta-*sum* ne supporte pas les échecs, et je n'ai pas envie de mettre à l'épreuve la patience de cet homme-là.

— Mais je… On m'a seulement demandé d'observer, de rapporter. Je…

— Vous mentez, Kogami Norimasa. Vous avez reçu l'ordre de me seconder, et c'est ce que vous allez faire. Ou vous m'obéissez, ou vous perdrez davantage que vos récentes promotions. Compris ? »

Devant ce grand gaillard, Kogami ne sut que dire. Il acquiesça sans un mot. La main qui le tenait tremblait de colère et les yeux du prêtre étaient plus exorbités que jamais. Pour la première fois, Ashigaru croisa les regards étonnés de l'équipage, alors même qu'on se détournait pour échapper aux siens.

« Prenez ceci, dit-il en glissant un petit paquet dans la main de Kogami et en refermant autour les doigts récalcitrants. Lorsque le jeune frère aura fini de vouer votre fille aux ténèbres infernales, vous lui porterez du thé. Sans aucun doute, il vous en saura gré. Faites en sorte que le thé soit fort et que le contenu du paquet que je vous donne y soit mélangé.

» Vous jouez votre tête, Kogami Norimasa, “fonctionnaire du deuxième rang”. Il suffit que le moine boive le thé. Nul ne saura qu'il était empoisonné. Vous n'aurez pas à en répondre devant les tribunaux de l'empire, je vous le garantis. Après tout, ce moine a sauvé votre fille. Comment pourriez-vous lui vouloir du mal ?

» Gardez en mémoire Jaku Katta au sabre étincelant, et que le souvenir d'un général aussi valeureux vous procure la force dont vous avez besoin. »

Le prêtre fit à Kogami Norimasa un bref salut que celui-ci lui rendit comme en un songe.

Kogami se sentait emporté par le jusant, au-delà de toute sécurité, au-delà de tout espoir. Il s'agrippa des deux mains à la rambarde et plongea ses regards dans l'eau qui s'enfuyait. Une traînée phosphorescente s'étendait tout au long du sillage du navire. Il sentit le petit paquet dans la poche de sa manche frotter contre lui. Je vais ôter la vie à un frère botahiste, pensa-t-il. Quel karma est-ce que je me prépare ? Que l'on ne me reproche rien n'a aucune importance. Il essaya de produire un peu de salive dans sa bouche, sans résultat.

Je n'ai aucune envie de commettre un meurtre, pensa-t-il, pas la moindre envie. Comment ai-je pu en arriver là ?

« C'est l'orgueil, dit une petite voix au fond de lui. C'est l'orgueil qui t'a mené là où tu es. Ta vie était satisfaisante, et pourtant tu marchais toujours comme sous le poids d'un sombre nuage. Toujours en voulant davantage. L'humilité, nous a enseigné Botahara, l'humilité. »

Mais je ne veux pas me retrouver face à Jaku Katta ! Quelque chose en lui protestait. Il voyait déjà la pointe du fameux sabre de Jaku s'abattre sur lui.

C'est avec ces pensées en l'esprit qu'il restait près du bastingage au clair de lune, sous la caresse d'un doux zéphyr, lui, Kogami Norimasa, serviteur de l'empereur, élève de la congrégation – complètement perdu. Devant lui le Dragon-à-deux-têtes s'était dressé, déployant ses ailes dans le ciel du sud. Je suis un homme mort, pensa-t-il. Et il savait que c'était vrai.

Le moine émergea de l'entrepont et aperçut Kogami Norimasa penché au-dessus du bastingage. Il traversa à sa rencontre. Le marchand sursauta quand le moine s'éclaircit la voix. « Puissiez-vous retrouver l'harmonie en cette heure même, Norimasa-*sum*. Je crois que votre fille se rétablira complètement, bien qu'elle reste très faible et ne doive pas bouger, même plusieurs jours encore après notre arrivée au port. Vous pouvez entrer la voir, mais ne la réveillez pas. »

Kogami Norimasa cacha son visage dans ses mains et parut près de s'effondrer, mais une ou deux fois il respira profondément et retrouva une apparence de calme. « Je ne sais comment vous exprimer ma reconnaissance pour ce que vous avez fait, frère Shuyun. Il n'est rien qu'un pauvre homme tel que moi puisse faire pour acquitter si peu que ce soit de la dette que j'ai contractée envers vous.

— J'étudie le Grand Savoir. Comment aurais-je pu me conduire autrement ? »

Kogami Norimasa s'inclina profondément. « Je suis ému, mon frère, de trouver quelqu'un qui suive d'aussi près la Voie. Vous rencontrer est un grand honneur. » Kogami, le bureaucrate, fut frappé de la sincérité qu'il avait mise dans ses paroles.

Shuyun, en retour, inclina légèrement la tête. Il lui apparaissait maintenant qu'à un moment de sa vie ce marchand avait été l'élève des frères botahistes. On en voyait tous les signes, les inflexions de la voix, le soin apporté au choix des mots, l'attitude, le mélange d'appréhension, de respect et de ressentiment refoulé que l'on trouvait chez tant de leurs disciples. Pourtant, cet homme n'avait au cou ni chapelet ni portrait de Botahara, et il n'hésitait pas à s'associer avec le prêtre de Tomso. Une âme perdue, conclut-il.

« Si vous désirez voir votre fille maintenant, vous le pouvez, répéta-t-il, pensant que son interlocuteur ne l'avait pas compris.

— Permettez-moi d'abord de vous apporter du thé. »

Avant que Shuyun eût pu répondre, le marchand de tissus s'était dirigé vers le brasero au milieu du navire.

Shuyun le suivit des yeux, mais son attention fut requise par le spectacle du prêtre assis, presque caché, dans l'ombre de la voile de misaine à la poupe. Il faut garder un œil sur ce prêtre, se dit-il. Un homme qui s'est senti humilié est un homme dangereux. Pourtant il était sûr que le prêtre était physiquement quelqu'un de lâche. Jamais plus il ne le défierait. Cela n'empêchait pas Shuyun de regretter l'incident. Si la vie de la jeune fille n'avait pas été menacée, il n'aurait jamais permis à cette confrontation d'aller aussi loin. Il y avait déjà suffisamment de tension entre les deux Églises et, même si tout le monde pensait que l'intérêt manifesté par l'empereur pour les cultes magiques était dû à des motifs strictement politiques, cela n'en donnait pas moins une supériorité aux prêtres de Tomso. L'empereur était imprévisible et capable de profiter d'un incident opposant les deux religions pour justifier une tentative d'élimination des botahistes. À cause de cela, les botahistes limitaient leurs activités et patientaient. C'était seulement une question de temps. Les adeptes de Tomso ne connaissaient ni la discipline ni la patience, et les services qu'ils rendaient à l'empereur n'allaient pas bien loin.

Shuyun voyait Kogami de dos tandis qu'il se penchait sur le thé en cours de préparation. Apparemment, il apportait à son ouvrage un soin inhabituel. C'est par reconnaissance, se dit le moine.

Finalement, le marchand se redressa et entreprit de traverser le pont qui maintenant oscillait à peine sur une mer calmée. Pourtant Kogami maintenait sur les deux tasses qu'il portait un regard attentif, comme si en en renversant une goutte il perdrait l'honneur de sa famille. De nouveau, la lune disparut sous les nuages, et Shuyun eut du mal à distinguer les traits du marchand qui s'approchait. Néanmoins il sentit quelque chose de troublant dans sa démarche. Tout ce qu'il avait appris pendant des années vint soudain se focaliser sur l'homme qui était devant lui. C'était un sentiment que Shuyun connaissait bien. Et on lui avait enseigné à lui faire entièrement confiance. Il contrôla sa respiration et amorça un glissement dans le *chi-ten*. Le temps se ralentit, et tout à coup le marchand parut flotter vers lui, chacun de ses pas lui demandant plusieurs secondes.

C'est là, pensa-t-il, dans l'expression de son corps, que se situe le défaut. Le moine se mit à attendre, attendre encore la connaissance que lui apporterait sa concentration. Il fit le vide en son esprit pour qu'il soit plus facile à cette connaissance de le remplir.

Et c'est ainsi qu'elle se fit jour, non pas comme une illumination mais comme un souvenir depuis longtemps familier, ne comportant pas de surprise et pas de doute. C'était là que se situait l'erreur, dans la main droite du marchand, comme un couteau dissimulé dans une ceinture. Pourtant il ne s'agissait que d'une tasse de thé. Shuyun en sentait l'odeur qui se répandait dans l'air.

Kogami, semblant flotter, finit par s'arrêter comme dans un rêve un personnage, tandis que tout en lui clamait la peur, la culpabilité, la tristesse.

Est-il possible de passer à côté d'une chose comme celle-ci ? se demandait Shuyun. Peut-on être aveugle à ce point ? La peur de cet homme était aussi visible que la flamme dans le regard d'un amoureux. Shuyun pouvait sentir cette peur, une odeur acide qui différenciait sa transpiration. Pourtant, ce n'était pas lui qui était l'objet de cette crainte, du moins pas tout à fait, Shuyun en était sûr. Alors qui redoutait-il ?

« Ma fille, commença le marchand, et les mots lui venaient avec beaucoup de difficulté, a toujours été dans ma vie ma plus grande joie, même si je ne l'ai pas toujours su. Je ne puis vous offrir que cet humble gage de reconnaissance, car il n'est nul moyen pour moi d'exprimer toute la gratitude que je ressens. » Il s'inclina et tendit une tasse à Shuyun, mais de la main gauche.

Shuyun ne lui rendit pas son salut mais désigna le thé que Kogami tenait toujours. « Pourquoi avoir choisi cela ? »

L'odeur qui maintenant était perceptible au moine – faible, si faible – était celle du poison.

Kogami fit un effort intense pour se contrôler. Sans répondre, il commença à porter la tasse à ses lèvres, mais la main du moine était là pour s'y opposer. Les doigts appuyaient si peu que le marchand sentait à peine leur présence. Pourtant il ne pouvait lever le bras. L'effort le fit trembler. Shuyun revint à la charge.

« Pourquoi avoir choisi cela ?

— S'il vous plaît, murmura l'homme, dont la dignité peu à peu s'effritait, laissez-moi faire, mon frère. »

Shuyun cependant continuait à l'empêcher de bouger, apparemment sans difficulté. « Mais cette tasse était pour moi. »

Les yeux du marchand s'agrandirent, et il secoua la tête en réprimant un sanglot. « Pas maintenant, pas maintenant. » Il fixa son regard sur le thé fumant. « Le karma », dit-il d'une voix sans timbre. Il leva les yeux pour rencontrer le regard du moine. « Ce n'est pas le rôle d'un adepte de la Voie de se mêler d'une affaire de… continuation. C'est la loi de votre ordre. »

Shuyun acquiesça d'un petit signe de tête et enleva la main qui retenait le bras de Kogami.

Le marchand poussa un long soupir qui dans sa gorge se transforma en râle. « Écoutez, mon frère, voici mon… dernier poème, dit-il au prix d'un grand effort.

» *Bien que longtemps voilé par les nuages*
Et la lumière,
Toujours il m'aura attendu,
Le Dragon-à-deux-têtes.

» Méfiez-vous du prêtre, mon frère ; méfiez-vous de son maître. »

Le marchand but le thé empoisonné jusqu'à la dernière goutte et jeta la tasse par-dessus bord. Le désespoir dans ses yeux fit place à un sentiment d'écrasante défaite.

« Puissiez-vous atteindre à la perfection dans votre prochaine existence », murmura le moine en s'inclinant cérémonieusement.

Kogami Norimasa traversa le pont pour aller s'asseoir dans l'ombre. Il y prit l'attitude du méditant. Il s'efforça de rester calme, espérant qu'en ses derniers instants le poison ne lui ôterait pas toute sa dignité. Il tenta de remplir le vide en son esprit par la pensée de sa femme et de sa fille et, quand vint la fin, cette pensée lui suffit.

3

Le seigneur Shonto Motoru était en parfait accord avec lui-même, ce qui n'avait rien d'exceptionnel, ainsi qu'avec le monde, ce qui était moins fréquent. Il avançait dans un sampan actionné par quatre de ses meilleurs rameurs et surveillé par neuf gardes soigneusement choisis. Devant lui se trouvaient deux bateaux du même type, et derrière trois autres encore. Dans tous étaient assis un homme à la forte carrure et une jeune femme vêtue d'un élégant kimono, que les rideaux de chaque côté ne laissaient voir que partiellement.

Le canal sur lequel ils voyageaient était bordé de hauts murs de plâtre et de pierre qui ne s'interrompaient que pour permettre un accès aux embarcations par des passages voûtés. Chaque entrée était fermée par de grosses portes ouvrant sur le canal. Au point de rencontre avec l'eau, des grilles descendaient jusqu'à un mur immergé. Derrière ces façades bien gardées se cachaient les résidences de l'aristocratie héréditaire de l'empire de Wa. Des jardins clos montaient parfois des notes de musique, des rires, l'odeur âcre du charbon de bois qui brûle, peut-être l'exhalaison d'un parfum.

« Je croyais vous avoir entendu dire que vous vous sentiez en sécurité, mon oncle ? » dit la jeune femme. Elle était en réalité sa fille, légalement adoptée, mais elle l'appelait « mon oncle » depuis le jour où elle avait réussi à prononcer ces mots-là et persistait à les utiliser, parfois même en public.

« Mais je me sens en sécurité, Nishi-*sum*, ce qui signifie que ce soir je ne m'inquiète pas de ce que l'empereur peut bien manigancer. Il a besoin de moi – pour le moment. Pour ce qui est d'autres personnes désireuses peut-être d'abréger le cours de ma vie, je ne me hasarderai pas de la même façon. L'absence de menace, comme vous voyez, est quelque chose de relatif. » Il se mit à rire.

« Je crois que vous êtes heureux seulement quand vous partez à la guerre », dit Nishima.

Elle ramena le rideau un peu en arrière pour juger de la vitesse de leur embarcation. Dehors, courant à la surface de l'eau, elle vit son image qui ondulait comme une flamme. J'ai les yeux trop grands, pensa-t-elle, et elle tira sur ses paupières, mais se donna alors l'impression de loucher, ce qui fit qu'elle renonça. Ses longs cheveux noirs, remontés de manière conventionnelle, étaient tenus en place par de simples peignes de bois où l'on avait incrusté un motif simple avec de l'argent précieux. Un dernier regard à son reflet, un soupir, et elle referma le rideau d'un coup sec. Sa Seigneurie Nishima Fanisan Shonto n'acceptait pas l'opinion générale qui faisait d'elle une beauté. Selon elle, les os de son visage étaient trop saillants, ses yeux n'avaient pas une jolie forme et, pis que tout, elle se trouvait trop grande. Le miroir, à son gré, n'était pas son ami.

« Combien de temps prendra cette campagne contre les Barbares du Nord ?

— Pas plus de six mois, même si je la prolonge jusqu'à la dixième lune. Il est toujours dangereux d'avoir trop de succès dans les combats. L'empereur lui-même n'est pas trop assuré de son trône, n'est-ce pas ? Mais pour le moment il a besoin de moi, et nous le savons l'un comme l'autre.

— Ce serait une bonne chose si votre conseiller spirituel arrivait à temps pour nous accompagner. Nous en retirerions un avantage certain, n'est-ce pas ?

— Ah ! je ne vous en ai pas parlé ? Il a débarqué à Yankura ce matin. J'en ai été informé par Tanaka. Il dit de notre nouveau frère que c'est “un jeune et beau poulain qui a besoin d'être dressé”.

— On a donc envoyé ce moine chez le seigneur qu'il lui fallait, mon oncle. Avez-vous appris quelque chose à son sujet ?

— J'ai un rapport complet. On dirait qu'il s'agit de quelqu'un d'un peu particulier, même pour un botahiste initié, expert en médecine, très instruit. J'ai une lettre de lui ; il manie le pinceau à merveille. Il faudra que je vous la montre. »

Il s'interrompit pour tirer un rideau d'un centimètre ou deux afin de vérifier leur allure. « Dites-moi, Nishi-*sum*, vous souvenez-vous d'être allée à la fête du Fleuve, l'année où j'ai épousé votre mère ?

— Oh oui ! impossible d'oublier cette fête, mon oncle. Nous nous cachions depuis des mois et, brusquement, nous n'avions plus rien à craindre. Quel bel automne ce fut !

— Il me semble me souvenir que c'était l'année où le jeune novice botahiste l'emporta sur quelques-uns des meilleurs combattants que j'aie jamais vus, y compris l'un de mes lieutenants sur lequel j'avais beaucoup misé.

— Oui, je me rappelle. Je voulais vous voir parier sur le moine, parce qu'il était si petit et ne montrait aucune crainte, mais, comme d'habitude, vous n'avez pas tenu compte de mes excellents conseils.

— Vous montriez déjà de belles dispositions. Eh bien, je puis me tromper, mais je crois que ce garçon est notre nouveau conseiller. Le frère Shuyun. Est-ce que cela vous rappelle quelque chose ?

— Shuyun… oui, c'est possible. Si c'est le même moine, il vous faudra le réprimander pour avoir valu à son seigneur de perdre autant d'argent. »

Ils rirent tous deux puis se turent, plongés dans leurs souvenirs. Quand Nishima reprit la conversation, ce fut avec moins de pétulance. « Que va devenir le seigneur Shidaku, mon oncle, maintenant qu'il a échoué dans sa mission de contenir les Barbares ?

— Le seigneur Shidaku est un grand administrateur et un général calamiteux. L'empereur l'a envoyé à Seh pour traiter des problèmes laissés par l'ancienne bureaucratie, avant le début des incursions barbares. Il n'était pas fait pour commander une armée. L'empereur le reconnaît et l'a fait passer dans son conseil privé. Par ce moyen, le seigneur Shidaku a été honoré, et sur son échec avec les Barbares on a fermé les yeux. Il est rare que notre empereur se montre aussi avisé ; les bons administrateurs, vous savez, sont plus difficiles à trouver que les bons généraux. »

Les sampans bifurquèrent pour s'engager dans un nouveau canal, et le mur bordant les jardins du palais impérial apparut sur la gauche. Du haut de leurs tours régulièrement espacées, les gardes saluèrent le cortège flottant.

« Ah ! vous voilà gouverneur à présent, monseigneur, voyez à quels honneurs vous avez droit ! »

Shonto bougonna et refusa de répondre. « Dites-moi, Nishi-*sum*, comment l'empereur amusera-t-il ses hôtes ce soir ?

— Il y aura sûrement des danseuses. C'est à elles que va sa préférence, pour des raisons évidentes. Peut-être une courte pièce de théâtre. Les mets les mieux choisis, bien sûr. De la musique. Peut-être un concours de poésie, auquel vous ne serez pas admis à participer à cause de la réputation que s'était acquise votre estimé père.

— Bien. À la différence de mon père, je serais incapable de remporter ce concours, quand ma vie en dépendrait. Mais c'est à vous, ma fille unique, qu'on devrait défendre de disputer vos chances ! Je miserai sur vous si tournoi il y a. » À nouveau, il vérifia l'allure de leur bateau. « Lequel des fils de l'empereur vous fera la cour ce soir, Nishi-*sum* ?

— Vous vous moquez, mon oncle. Les fils de l'empereur ne s'intéresseront pas à un laideron tel que moi. Et ce n'est pas ce que je souhaite. Des rustres ! Tous les trois, autant qu'ils sont !

— Mais, Nishi-*sum*, je sais de bonne source que le prince Wakaro vous tient en haute estime.

— Oh ! mon oncle, vous plaisantez sûrement. Vous savez que mon ambition est de vivre la vie d'un peintre, peut-être d'une poétesse. Je serais malheureuse, mariée à un nigaud dénué de sensibilité.

— Êtes-vous trop grande artiste pour épouser un fils d'empereur ? »

Nishima rougit. « Certainement pas maintenant, mais qui sait ce que l'avenir nous réserve ? Les femmes ont produit les plus belles œuvres d'art de l'empire, nul ne peut le nier. Ne riez pas ! Je vous mets au défi de me citer sept grands artistes masculins.

— Haromitsa, Nokiyama, Basko... Minitsu ont fait de bons tableaux.

— Déjà vous retombez sur le menu fretin. Vous voyez, ce pourrait être un crime contre notre culture que de faire de moi une épouse ! »

Shonto eut un rire de dérision. « Je suis votre père et votre seigneur. Si je décide qu'il est de votre intérêt le plus certain d'épouser quelqu'un d'aussi indigne qu'un fils d'empereur – un homme qui un jour pourrait lui-même monter sur le trône –, alors vous devrez m'obéir. »

Nishima baissa la tête. « Oui, monseigneur. Pardonnez, je vous prie, à mes mauvaises manières. Je me suis conduite d'une façon indigne de votre respect.

— Je prendrai ces excuses en considération. »

Ils maintinrent le silence jusqu'à ce que le sampan vire pour passer les portes des jardins du palais. Nishima reprit alors la parole.

« Satsam, Rhiyama et Doksa, le graveur d'estampes.

— J'y venais.

— Oui, monseigneur. » Elle eut peine à dissimuler un sourire.

Les sampans abordèrent devant un escalier de pierre, et les bateliers se hâtèrent de sauter à terre pour retenir l'embarcation. Un aide de camp de l'empereur dégringola l'escalier. Shonto maintint le rideau ouvert pour que les gardes eussent l'assurance que nul n'était caché à l'intérieur.

L'aide de camp s'inclina pendant que Shonto et sa fille gagnaient le rivage. Dans leur montée de l'escalier, ils furent escortés par un garde du palais tout de noir vêtu, qui les mena à un grand pavillon ouvert de tous les côtés, avec un toit de tuiles massif en forme d'aile posé sur des poteaux de bois sculpté. Shonto ôta son épée et la tendit à un homme de sa police personnelle, car personne n'était admis armé en présence de l'empereur, à l'exception de quelques-uns des membres de la garde impériale. Depuis trop longtemps l'assassinat était devenu le recours de fils jaloux et de nobles ambitieux pour que ceux qui étaient assis sur le trône du Dragon n'eussent pas appris à se méfier.

Des flûtes et des harpes se firent entendre depuis l'un des jardins, tandis que des cerfs-volants de toutes les couleurs et de toutes les formes agrémentaient le ciel.

« L'empereur reçoit ses hôtes dans le jardin de la Lune-qui-se-lève, à côté de l'étang de l'Hippocampe. Désirez-vous que l'on vous guide, seigneur Shonto ?

— Je connais le chemin, merci. »

L'aide de camp s'inclina, et Shonto lui répondit d'un signe de tête. Ils passèrent sous un long portique, construit dans le même style que le pavillon de l'entrée. À leur droite, une eau étincelante descendait d'un étang – l'étang du Soleil – en trois cascades successives. Des poissons lunes y lançaient des éclairs. Au-delà se situait le labyrinthe le plus tortueux de l'empire, planté par le roi Shunkara VII près de quatre cents ans plus tôt.

Le palais de l'Île était la résidence principale de l'empereur. Il impressionnait, non seulement par ses dimensions, mais par l'étonnante beauté qu'y avaient mise toute une suite de souverains. Bâti à l'origine lors des premières années de la dynastie Mori, il avait été détruit par le feu et reconstruit trois fois en six cents ans. Les différentes parties de l'édifice appartenaient à trois périodes distinctes, mais disposées de telle manière que l'harmonie n'avait jamais eu à en souffrir. Les meilleurs artisans, dans un pays où ils ne faisaient pas défaut, avaient uni leurs efforts, peint, ciselé, sculpté, pour tenter de créer la perfection sur la terre.

Le portique se terminait par une terrasse de pierre colorée donnant au sud-est sur le jardin de la Lune-qui-se-lève. L'étang de l'Hippocampe bordait l'extrémité de ce jardin. On avait dressé une estrade sur la rive de l'étang et, devant, permettant de la voir, monté une plate-forme sous un baldaquin de soie richement peinte. Les invités se succédaient devant cette plate-forme sur laquelle trônait l'empereur, à présent caché à la vue de Shonto.

Peut-être deux cents gardes impériaux entouraient le monarque sur trois côtés. Ils étaient à genoux, et leurs rangs se suivaient comme les rayons d'un cercle à partir du dais couleur de jade. Dans cet espace semi-circulaire, on avait obtenu l'image d'un dragon en plaçant adroitement des hommes vêtus d'un rouge vif. Leur déploiement ouvrait l'éventail du Dragon, emblème de la famille régnante.

Son Altesse impériale, le très révéré Fils du Ciel, le Sublime Empereur des Neuf Provinces de Wa et de l'île de Konojii, le Maître de tous les Océans du Monde, Akantsu II, était un petit homme noiraud de cinquante-deux ans.

Son père, Akantsu Ier, avait fondé la dynastie impériale des Yamaku lorsqu'il était monté sur le trône à la faveur de la confusion créée par la Grande Peste qui avait décimé la population quinze ans plus tôt. La maison impériale précédente, les Hanama, avait succombé à la maladie qui avait ravagé la capitale, et il n'avait pas manqué de prétendants, tant légitimes qu'illégitimes, pour tenter de prendre la place de l'ancienne famille au pouvoir.

La lutte pour s'assurer le trône du Dragon avait été violente mais de courte durée, et l'issue du conflit décidée autant par le hasard que par la science des combats. En fin de compte, ce fut la faction dont les pertes demeurèrent les plus faibles qui sortit victorieuse. La guerre civile ne dura guère plus de trois ans, pourtant elle fut assez longue pour ébranler l'empire jusque dans ses plus anciennes fondations. Des familles de moindre importance s'élevèrent du jour au lendemain à la dignité de grande maison, à cause du rôle qu'elles avaient tenu dans une bataille, une seule, mais décisive. On vit des fantassins devenir généraux et des généraux pairs de l'empire, alors que croulait une structure sociale connue pour sa rigidité.

Après deux cent cinquante ans de paix et de prospérité économique relatives sous la dynastie des Hanama, la lignée s'était éteinte dans la maladie et les bouleversements. Un tiers de la population mourut avant que la congrégation botahiste eût trouvé un mode d'immunisation et de cure. La structure sociale de Wa avait subi des dommages irréparables et, sous les Yamaku, l'ordre ne fut pas considéré comme une priorité. Au-delà des provinces centrales, les routes cessèrent d'être sûres à qui ne voyageait pas dans un convoi important. Les pirates infestèrent les côtes, les luttes de clans se multiplièrent. Quant à l'empereur, il était à l'évidence persuadé que cet état de choses lui était favorable.

Vivant perpétuellement dans la crainte d'être déposé, il avait imaginé un certain nombre de procédés pour obliger l'aristocratie à résider en permanence dans la capitale, où les troupes impériales avaient la maîtrise de la situation. En divisant l'année en quatre « saisons de vie mondaine », le monarque s'assura la possibilité d'« inviter » les seigneurs qu'il craignait le plus à venir participer aux fêtes de la période de son choix. Il prenait soin cependant d'exclure de possibles alliances en maintenant certains d'entre eux isolés au fond de leur province. Refuser l'invitation de l'empereur équivalait à se rendre coupable d'une indéniable trahison, tandis que demeurer dans la capitale alors que votre présence n'y était pas souhaitée conduisait à éveiller aussitôt les soupçons de la garde impériale.

Pour asseoir son autorité, Akantsu II n'avait permis l'utilisation que du seul port de Yankura, la Cité flottante, pour l'importation de marchandises, et il punissait de mort le délit de contrebande. Il devint ainsi possible à des fonctionnaires des douanes impériales omniprésents de taxer sans difficulté toutes les transactions commerciales et de les surveiller. De cette façon, les autres ports (traditionnellement sous le contrôle d'un seul et puissant seigneur) ne pouvaient servir d'excuse pour mettre sur pied d'importantes forces armées destinées en principe à en assurer la sécurité. L'empereur ne négligeait rien dans son désir de tenir à lui seul les rênes du pouvoir.

En dépit de ses fêtes somptueuses et de son goût pour la vie mondaine, Akantsu II demeurait une énigme, même pour ses intimes. Qu'il fût imprévisible n'engageait pas à être de ses amis, comme on le savait rester insensible aux démonstrations de loyauté aussi souvent que les récompenser. Les activités physiques l'attiraient, la chasse à courre, la fauconnerie, la danse. Il patronnait souvent les tournois de kung-fu, avait la réputation de savoir manier l'épée et de ne pas avoir froid aux yeux. Il s'était un jour, sans l'aide de personne, défait d'un assassin et avait personnellement décapité tous les gardes en faction pour leur incapacité à le protéger. Comme son père, Akantsu II était quelqu'un de redoutable.

Descendant les marches, le seigneur Shonto et Dame Nishima pouvaient voir l'empereur assis sur un coussin et s'entretenant avec ses hôtes. Son kimono était de la couleur rouge vif de la dignité impériale, serré à la taille par une ceinture d'or, et il avait sur les genoux l'épée de sa fonction dans un fourreau orné de pierreries. L'impératrice brillait par son absence et, si on la disait malade, on savait qu'elle avait perdu la faveur de son époux. C'était une jeune danseuse Sonsa, remarquablement belle, qui était la maîtresse attitrée de l'empereur, autrement dit celle qu'il préférait parmi une demi-douzaine de candidates.

« J'aperçois votre cousine, Kitsu-*sum*, dit Shonto pendant qu'ils traversaient le jardin.

— Ah ! je dois lui parler.

— Elle est votre rivale, je crois, auprès des fils de l'empereur.

— Merci de me le signaler, monseigneur.

— À moins que je ne les gagne de vitesse et l'épouse moi-même. Elle n'est pas très jolie, mais j'ai beaucoup d'affection pour elle.

— C'est la plus belle femme que nous connaissions, vous et moi, et vous êtes fou d'elle, protesta Nishima.

— Bah ! je suis beaucoup trop vieux pour m'autoriser pareille fantaisie. »

Dame Kitsura Omawara les vit qui traversaient le jardin et leur fit la grâce de son célèbre sourire. Plus d'un cœur se mit à battre violemment. Elle se dirigea vers sa cousine et vers Shonto. Son kimono, sur lequel était imprimé un motif de papillons en vol, tombait parfaitement, les longues manches épousant le balancement de sa marche. Des peignes d'argent incrustés de jade remontaient ses cheveux noirs, et ses yeux étaient mis en valeur par une utilisation du fard la plus subtile qui soit. C'était une femme habituée à recevoir des compliments.

« Kitsura-*sum*, vous êtes la réincarnation de tout ce que l'empire a connu de grandes beautés, dit Nishima en prenant les mains de sa cousine.

— Seigneur Shonto, dit Kitsura en saluant. Cousine, comme vous voilà belle ! Et, seigneur Shonto, je crois que vous rajeunissez chaque jour. »

Shonto s'inclina plus bas que ne l'autorisait son rang. « Je disais à Nishima-*sum* que votre kimono était peu seyant, que vous paraissiez maigre pour votre âge, que vous marchiez comme un garçon, mais, parce que vous m'êtes si chère, je propose de vous enlever à la maison de votre père. »

Les deux jeunes filles éclatèrent de rire. Kitsura s'inclina profondément. « Vous me faites trop d'honneur, monseigneur. Je crois que vous essayez de me tourner la tête par votre flatterie. Vous avez de qui tenir. Mais je suis trop naïve et inexpérimentée pour un homme comme vous. Je ne permettrais pas à mon père de profiter de votre bonté d'âme.

— C'est peu de chose. Ma maison est déjà pleine de chats perdus. Regardez Nishi-*sum*. Ingrate comme elle est, cette fille sait toucher mon cœur malgré tout. Il faut croire que la charité pour ceux qui n'en sont pas dignes est une de mes faiblesses.

— Vous voyez avec qui je suis condamnée à vivre, Kitsura-*sum*. Je suis sûre que l'empereur nous récompenserait si nous poussions son nouveau gouverneur dans l'étang de l'Hippocampe. Sinon il mènera à sa ruine la province de Seh en peuplant le palais du gouverneur de "chats perdus".

— Nous avons besoin pour agir de la permission de l'empereur. » Kitsura se tourna vers l'estrade royale avant de prendre un air plus grave. « Je crois que notre souverain va vous demander de jouer pour ses hôtes, Nishi-*sum*. J'ai déjà été sollicitée et n'ai pu refuser. J'espère que vous ne m'en voudrez pas, mais j'ai suggéré que vous ne diriez peut-être pas non à un duo exécuté avec moi.

— Oh non ! je manque de pratique. Que jouerions-nous ?

— L'air du *Jardinier enchanté*, suggéra Shonto.

— Vous, mon oncle, et votre *Jardinier enchanté* ! N'en avez-vous jamais assez ?

— Peut-on se lasser de la perfection ? »

Nishima lui lança un regard noir. « Nous voilà bonnes pour une leçon d'esthétique. Courez, Kitsura-*sum*. Je vais tâcher de le retenir. »

Elles éclatèrent encore de rire et traversèrent le jardin en direction de la file des hôtes attendant d'être reçus. On entendit résonner un gong qui annonçait l'heure du chat. Le soir tombait, et des serviteurs commencèrent à allumer des lanternes colorées.

Shonto et Nishima s'arrêtèrent à plusieurs reprises pour saluer des invités et échanger des nouvelles. À un moment, Nishima toucha le bras de son oncle et lui glissa à l'oreille : « Dame Okara, le peintre. »

Cette femme se tenait au milieu d'un rassemblement qui paraissait être sa cour. Il était clair qu'on y buvait chacune de ses paroles.

« On ne la voit presque jamais dans des réunions mondaines. Je vais rassembler mon courage et aller à sa rencontre.

— Je vous présenterai, Nishima-*sum*. C'est une vieille connaissance.

— Ne vous moquez pas, mon oncle, c'est sérieux. Il s'agit du peintre le plus talentueux du siècle ! Cela fait des années que j'admire son œuvre.

— Je ne plaisante pas. Venez, battez des cils devant l'empereur, puis je vous présenterai à votre idole. »

La file ne bougeait que très peu, tous les invités essayant de retenir l'attention du monarque le plus longtemps possible, afin de marquer le haut degré de faveur dont ils bénéficiaient de la part du souverain. Tour à tour, ils s'agenouillaient devant l'estrade sur une natte végétale et se prosternaient. L'empereur ne se levait jamais, ne s'inclinait jamais devant ses sujets, mais d'un petit signe de tête reconnaissait les avoir vus. Le seigneur Shonto et Sa Seigneurie Nishima furent annoncés par un aide de camp et s'inclinèrent profondément, puis restèrent agenouillés.

« Seigneur Shonto, Votre Seigneurie Dame Nishima, je suis honoré par votre présence.

— Tout l'honneur est pour nous, Votre Majesté. » Shonto répondit pour les deux, comme le voulait son rang.

L'empereur porta son attention sur Nishima, comme si une affaire d'une grande importance réclamait d'urgence cette attention. « Votre Seigneurie Nishima, je voudrais vous demander une grande faveur.

— Parlez, sire, et vous serez exaucé.

— Nous avons déjà prié Dame Kitsura de bien vouloir jouer pour nos hôtes, et elle m'a fait l'honneur d'accepter. Consentiriez-vous à l'accompagner ?

— La technique musicale qui est la mienne ne peut guère suffire à exécuter quelque chose devant un public aussi distingué, mais, comme l'empereur le demande, ce serait un honneur pour moi de me mettre à l'ouvrage.

» Veuillez accepter mes excuses néanmoins, sire, car je n'avais pas prévu votre requête et n'ai pas apporté mon instrument.

— On vous en trouvera un, dans ce cas, qui, j'en suis sûr, sera à votre goût. Que nous jouerez-vous, Votre Seigneurie ?

— Il me faut certainement laisser l'empereur en décider, si son choix entre dans nos possibilités.

— Merveilleux ! Connaissez-vous l'air du *Jardinier enchanté* ?

— Oui, sire. La mélodie est charmante et le choix judicieux.

— Bien, bien. » L'empereur eut un large sourire, qui disparut aussi vite qu'il était venu. Se tournant vers Shonto, il changea de ton et aussitôt retint l'attention de tous ceux qui l'entouraient. « Seigneur Shonto Motoru, gouverneur impérial de la province de Seh – titre que je vous ai donné –, quand partez-vous protéger notre frontière nord ?

— Dans moins de huit jours, Votre Majesté. Ma maison et mes forces armées s'y préparent.

— Vous êtes efficace autant que courageux. Combien de temps cela prendra-t-il pour enseigner au troupeau des Barbares le respect qui est dû à l'empereur de Wa ?

— J'ai envoyé mon fils en éclaireur pour juger de la situation. Je n'ai pas encore reçu son rapport mais, quoi qu'il en soit, j'espère que la campagne sera brève.

— Les Barbares sont de mauvais élèves, mais je leur envoie mon meilleur maître. Disons un an ?

— Un an devrait convenir. Les leçons trop vite apprises s'oublient facilement. »

Se redressant sur son siège autant que faire se pouvait, l'empereur déclara : « Entendez-vous ? Le nouveau gouverneur de Seh nettoiera notre frontière septentrionale de la présence des Barbares en douze mois ! » Il s'inclina légèrement devant Shonto et, d'une voix étonnamment glacée : « Je vous salue, seigneur Shonto. »

Les hôtes qui étaient là suivirent l'exemple de l'empereur et s'inclinèrent aussi devant le dignitaire à genoux. Un silence troublant régna sur l'assemblée. Brusquement, Shonto eut froid dans le dos.

Nishima s'aperçut d'un regard insistant porté sur elle et, du coin de l'œil, vit le prince Wakaro, le fils cadet de l'empereur, agenouillé d'un côté de l'estrade. Elle veilla à ne pas croiser ce regard.

Le monarque fit signe à un aide de camp. Il ne prit même pas la peine de se tourner vers lui. L'homme accourut, porteur d'un coussin de soie sur lequel reposait une épée dans un fourreau très ancien. L'empereur prit l'arme, la dégaina et l'examina d'un œil expert. Shonto sentit sur son crâne la peau se raidir.

« Connaissez-vous cette lame, seigneur Shonto ?

— Non, Votre Majesté. »

La voix était parfaitement calme. Les bruits de conversation soudain enflèrent puis se turent à la vue de l'épée. Le Fils du Ciel s'en détacha, apparemment satisfait. Il sourit, mais le regard était dur. « Cette épée appartenait au fameux ancêtre auquel vous devez votre nom, le seigneur Shonto Motoru. Il en fit don à l'empereur Jirri II, son ami intime. Plus tard, l'empereur et Shonto Motoru combattirent et soumirent les Barbares du Nord à l'époque où ils avaient le plus de pouvoir, comme vous le savez sans doute. Malheureusement, le seigneur Shonto fut tué par une flèche au cours de l'ultime confrontation. » L'empereur essaya sur son pouce le tranchant de la lame. « Ce présent est pour vous, seigneur gouverneur. »

L'expression du visage était indéchiffrable. L'aide de camp revint. Il prit l'épée des mains de son maître et la plaça sur la natte devant Shonto.

« C'est un grand honneur, Votre Majesté. Je m'efforcerai toujours d'en être digne. » Ces mots de pure forme rendaient un son étrangement creux aux oreilles de Shonto.

« Veillez à ce qu'il en soit ainsi. Mettez-la à votre ceinture, Motoru-*sum*. Je vous autorise à porter une épée en ma présence. »

Shonto toucha la natte de son front avant de prendre possession de l'arme. « Je la porterai toujours pour protéger mon empereur, Votre Majesté.

— Nous poursuivrons cette conversation plus tard. » Autour d'eux on recommença à parler. « Dame Nishima, nous attendons avec impatience votre récital. »

Shonto et Nishima s'inclinèrent une fois de plus, se relevèrent et s'éloignèrent à reculons. Un jeune homme vêtu d'un kimono noir orné de l'éventail du Dragon, emblème de la maison impériale, s'avança.

« Votre Seigneurie, j'ai un instrument pour vous, et Sa Seigneurie Kitsura attend. Puis-je vous accompagner ? »

Nishima toucha le bras de son oncle. « Rappelez-vous : vous m'avez promis de me présenter. » Bien des choses restaient inexprimées lorsqu'elle le quitta pour aller rejoindre sa cousine.

Shonto suivit des yeux sa fille quand elle se fondit dans la foule, ses longues manches dansant au rythme de ses mouvements. Elle m'est précieuse, pensa-t-il, et l'époque n'est pas faite pour de tels sentiments.

Il avisa une table chargée de différents mets, sa main reposant sur la garde peu familière de la vieille épée de son homonyme. Il reconnut Okara dans le flot des passants. Elle le salua ; il lui rendit son salut avec une politesse égale. Sans échanger un seul mot, ils prirent la direction du fond du jardin, à l'écart de la multitude.

De grandes pierres plates avaient été disposées le long de l'étang dans un savant désordre, l'asymétrie étant une des règles de l'art dans l'empire de Wa. Après avoir gagné ces îlots de granit, les deux amis se retrouvèrent seuls.

« Ainsi, Mito-*sum*, je viens de vous voir honoré et menacé en même temps », dit Okara. C'était une grande femme, impressionnante par la dignité et la présence. Shonto l'admirait beaucoup. « Cela valait d'être vu », reprit-elle.

Shonto parut y réfléchir un instant, et tout son corps visiblement se détendit. « C'est sans importance. Mais dites-moi, Votre Seigneurie, comment l'empereur vous a-t-il donné la tentation d'assister à l'un de ces… – comment les appelez-vous déjà ? – combats de chiens mondains ?

— Il a exercé la meilleure des contraintes : il s'est servi de ma vanité. Dame Okara est ici pour être honorée, et l'on ne refuse pas d'être honoré par son empereur.

» Il a fait composer un spectacle chorégraphique sur mes *Vingt et une vues du Grand Canal*. J'avoue que je suis curieuse de savoir comment on s'y est pris. J'ajouterai que j'ai plus que des craintes. L'art n'est pas une chose pour laquelle les Yamaku ont jamais témoigné de l'intérêt. » Elle étendit le bras. La main qui pressa celle de Shonto était glacée. « À quoi pense-t-il que je puisse lui servir, Mito-*sum* ?

— Je ne vois pas. Il se peut donc que le compliment soit sincère. Vous le méritez amplement, vous savez.

— Alors même vous êtes devenu un flatteur ?

» J'ai remarqué la présence à vos côtés de votre aimable fille, Mito-*sum*. Vous aurez mis beaucoup de temps à lui trouver un mari, dites donc. »

Shonto haussa les épaules.

« Peut-être l'empereur choisira-t-il bientôt son héritier, et cela vous aidera-t-il à vous décider ?

— L'éventualité paraît peu probable. » Shonto soupira et regarda par-dessus son épaule. « Il ne voit personne en mesure de le remplacer sur le trône du Dragon, y compris ses fils. Cela leur ôte à tous un peu de leur éligibilité en tant que maris.

— Mais si l'un de ces fils disposait d'un bon conseiller, il pourrait vivre assez longtemps pour transmettre le trône à son propre fils, donnant ainsi beaucoup d'importance à la mère.

— La famille Shonto n'a jamais eu de visées sur le trône, Okara-*sum*, tout le monde le sait. Je ne pense pas que mon petit-fils porte jamais l'épée de la dignité impériale, et cela ne me préoccupe pas. Trouver à Nishi-*sum* l'époux qu'il lui faut sans offenser la famille de l'empereur, c'est là mon problème.

— Malheureusement pour elle, dit Okara, trop de sang coule dans ses veines qui est celui des maisons princières d'autrefois. Si vous la mariez à un Yamaku, vous renforcez leurs prétentions et, si vous lui faites épouser quelqu'un d'autre, ses fils représenteront toujours un danger pour l'empereur. Je ne connais personne d'assez puissant pour prendre le risque de l'avoir pour femme.

— Vous avez raison, Okara-*sum*. Il n'y a personne – du moins pas maintenant.

— Pauvre petite ! » La voix était triste. « Elle est un pion sur le plateau d'un vaste jeu de *gii*.

— Elle est la reine du jeu mais refuse de l'admettre. Rien ne plairait tant à Nishima-*sum* que d'épouser un poète et de passer le restant de ses jours à cultiver un art – mais ce n'est pas possible.

— La vie d'artiste n'est pas aussi simple qu'on pourrait le croire, Mito-*sum*. J'en sais quelque chose. »

Ils quittèrent l'étang de l'Hippocampe après s'être offert un dernier moment de plaisir à contempler la beauté de son miroir. Leur conversation porta sur des sujets plus généraux, tandis qu'ils rejoignaient les autres invités.

« Il faut que je vous présente à Nishima-*sum*. Elle a fait de vous son idole.

— Il vaut mieux qu'elle fasse ma connaissance alors et apprenne que je ne suis qu'une femme. Je serais heureuse de la rencontrer. »

Des serviteurs disposaient des nattes de paille et des coussins sur la pelouse devant la scène, et les invités avaient déjà commencé à prendre place en prévision du spectacle de la soirée. Shonto et Okara choisirent d'être sur le côté et plus au fond. Des personnes de leur rang étaient en droit d'espérer mieux, mais Shonto voulait pouvoir observer à la fois la scène et l'empereur. Il n'aurait pas survécu aussi longtemps s'il avait manqué les occasions qui s'offraient à lui de sonder les gens au pouvoir.

On mit des coussins sur les planches et, devant, une harpe d'ivoire sculpté. Quand tout le monde se fut installé, un membre de la cour impériale, lettré bien connu, fit son entrée sur scène et s'inclina deux fois : la première à genoux, face à l'empereur, et la seconde très bas mais en restant debout, face au public. La première pleine lune de l'automne à point nommé montra son disque de cuivre.

« Hôtes estimés de l'empereur de Wa, commença le lettré, notre souverain a demandé à Leurs Seigneuries Nishima Fanisan Shonto et Kitsura Omawara de faire à l'assemblée de ses hôtes l'honneur d'une interprétation de l'air du *Jardinier enchanté.* »

L'homme s'inclina devant le rideau, d'où se dégagèrent Kitsura et Nishima. Elles saluèrent deux fois et prirent place devant un public attentif. À la main, Kitsura tenait une flûte d'argent dont la longueur équivalait presque à la moitié de sa taille, tandis que Nishima attendait derrière sa harpe, prête à jouer. Elles attaquèrent leur morceau.

Flûte et harpe se succédèrent dans un ordre subtil. Les trois mouvements furent exécutés sans hésitation ni erreur. On voyait bien que les deux cousines avaient déjà joué cette musique ensemble à de nombreuses reprises. Shonto regarda l'empereur à la dérobée. Son fils cadet était assis d'un côté de l'estrade et suivait l'exécution avec ravissement. Oui, se dit Shonto, j'ai un problème. Il se tourna de nouveau vers l'empereur et s'aperçut que le père lui aussi était captivé. J'espère que c'est Kitsura qu'il désire, pensa-t-il. Il leva les yeux vers la jeune flûtiste et se sentit touché à son tour. À qui, se demanda-t-il, le seigneur Omawara mariera-t-il sa fille ? Il se promit d'y réfléchir plus tard.

Un crescendo émouvant dans un contrepoint compliqué, et *Le Jardinier enchanté* s'acheva. Plus de musique. Les applaudissements furent davantage que polis.

Le courtisan reparut en scène. « L'empereur souhaite que ces instruments, qui ont jadis appartenu à la courtisane Ranyo, soient offerts à Sa Seigneurie Nishima et Sa Seigneurie Kitsura en hommage à la qualité de leur exécution. »

On s'inclina dans le public tandis que les interprètes quittaient la scène.

« Elle joue très bien, Mito-*sum*, dit Okara. Qui était son maître ?

— Mon ancien conseiller spirituel, le frère Satake. Il avait plus d'une corde à son arc. Il me manque.

— Ce sont des gens charmants, ces conseillers monastiques. Pensez-vous qu'on les éduque en ce sens ? »

Shonto haussa les épaules. Non, Oka-*sum*, pensa-t-il, ce qu'on leur enseigne est la concentration. De là découlent tous leurs talents. Que ne donnerais-je pas pour posséder cette unique ressource !

Nishima se frayait un passage dans la foule pour rejoindre son oncle et Okara, ralentie dans ses mouvements par la nécessité où elle était de s'arrêter pour remercier à chaque compliment. Elle devait suspendre sa marche et saluer presque à chaque pas.

« Nishima-*sum*, dit Shonto, tandis qu'elle ôtait ses sandales avant de poser le pied sur la natte, *Le Jardinier enchanté* aura rarement été pareillement sous le charme. » Il s'inclina avec respect devant sa fille. « Je dois dire que les goûts de l'empereur en matière de musique…

— … sont exactement les mêmes que les vôtres, continua-t-elle à voix basse en se penchant vers lui, et il n'y a pas de quoi se rengorger, je vous assure. »

Shonto se tourna vers son amie. « Votre Seigneurie, puis-je vous présenter mon impertinente fille unique, Nishima-*sum* ?

— C'est un honneur pour moi, Votre Seigneurie, dit Nishima. Je vous admire depuis longtemps et, si mon cachottier d'oncle m'avait dit avant ce soir que vous étiez amis, je lui aurais demandé bien avant aujourd'hui de nous présenter l'une à l'autre.

— Après vous avoir entendue, il me faut reconnaître que c'est moi qui suis honorée. Comme vous jouez bien, ma chère ! Si vous peignez avec le même talent, comme votre père me l'assure, vous êtes prodigieusement douée. Il faudra venir me voir à mon atelier un jour. »

Un sourire éclaira le visage de Nishima. « J'en serais heureuse, Votre Seigneurie. Merci. »

La lune s'était maintenant suffisamment levée pour illuminer le jardin où elle traçait comme un sentier au travers de l'étang de l'Hippocampe et mêlait sa clarté à la lumière colorée des lanternes.

Le courtisan revint sur scène et salua deux fois avant de prendre la parole.

« Ce soir, l'empereur nous demande de rendre hommage à Sa Seigneurie Okara Haroshu, dont la série de gravures sur bois *Vingt et une vues du Grand Canal*, à l'instigation de l'empereur, a donné lieu à un spectacle chorégraphique imaginé par la troupe Sonsa de la Cité impériale. » Il se tourna et s'inclina face au rideau derrière lequel se trouvaient les premiers danseurs à paraître. Des accessoiristes cachés tamisèrent la lueur des lampes, ce qui plongea la scène dans une relative obscurité. Sur les pelouses brillait la rosée. Une brise tiède venait du lac tout proche.

De tambours naquit un rythme sourd et syncopé, et une lanterne fut dévoilée qui révéla un groupe de danseurs vêtus en paysans et courbés sous le poids de charges invisibles dans le petit matin. Une flûte mêla son chant au bruit des tambours, les notes voletant comme papillon dans le zéphyr. La demi-douzaine d'exécutants, portant les vêtements flottants et les chapeaux aplatis et coniques des ouvriers agricoles, abandonnant leurs fardeaux, se mirent à danser le long du chemin de halage. D'autres lanternes furent découvertes qui éclairèrent les toiles de fond, peintes dans un style semblable à celui d'Okara en beaucoup plus simple. Les danseurs entamèrent une suite de pantomimes où s'exprimaient l'ivresse de la fête et la recherche de la femme. De longues années d'entraînement Sonsa permettaient une souplesse dans les gestes qui captivait la foule. Une jeune ballerine s'avança pour exécuter seule un pas de danse. Nishima toucha le bras de son oncle.

La nouvelle maîtresse de l'empereur, pensa Shonto. Assurément Nishima ne l'avait encore jamais vue, mais il savait qu'elle ne se trompait pas. Et c'était vrai qu'elle était belle. Même dans son costume de paysanne, la perfection de son corps était frappante.

Danse, danse le mieux que tu pourras, rêva Shonto. L'empereur n'est pas toujours tendre avec celles qu'il congédie. Ta seule ressource alors sera ton talent car personne n'osera te prendre pour épouse.

Mais, pour ce qui était de danser, elle s'y entendait ! Ce n'était pas juste une fleur que l'empereur aurait cueillie pour l'exposer ensuite en pleine lumière. Elle était douée. Peut-être cela la protégerait-il. Il en coûta à Shonto de détourner les yeux pour étudier le visage du souverain. L'admiration que celui-ci vouait à sa Sonsa était d'une évidence navrante ; il ne déguisait pas son émoi davantage qu'un enfant. Elle ne court aucun danger de la part de l'empereur, pour ce soir en tout cas, pensa Shonto, à moins que son désir ne soit à redouter.

Il y eut un nouveau roulement de tambours, puis ils s'arrêtèrent brusquement, laissant les danseurs figés dans les mêmes poses que celles des paysans de la gravure d'Okara *Sur le chemin de halage à l'aube*. Au sommet de la voussure du pont, la maîtresse de l'empereur resta en équilibre, les bras levés avec grâce, un pied en l'air, comme si c'était la joie qui l'avait fait bondir. Les lanternes furent assombries. On applaudit. Les hôtes près d'Okara s'inclinèrent devant elle et lui firent leurs compliments.

Six nouvelles gravures des *Vingt et une vues* formant la série dite du Grand Canal furent transformées en un spectacle dont l'ingéniosité ne laissait rien à envier au premier ballet. Quatre scènes mirent en valeur les talents de la jolie Sonsa de l'empereur.

Comme il l'exhibe ! pensa-t-on un peu partout, mais que va-t-elle devenir, la pauvre enfant ? Elle n'était pas de bonne famille, tout le monde le savait ; c'était la fille d'un marchand vassal, par conséquent quelqu'un dont l'éducation n'avait pas été entièrement négligée, mais tout de même… Impossible, au demeurant, de lui refuser du talent. Éduquée ou non, elle aurait captivé sous n'importe quel roi.

La danse s'arrêta, saluée par des applaudissements nourris et chaleureux. Okara fut entourée d'invités lui rendant hommage, chacun d'eux désirant être vu en compagnie d'une personne ainsi honorée par l'empereur.

Okara rejoignit Shonto et Nishima tandis que ses admirateurs se dispersaient pour aller manger, rire, faire des grâces et bavarder. « Ah ! Mito-*sum*, tout ceci ne vaut rien à une pauvre femme ! » D'un signe de la main, elle engloba l'ensemble des jardins, ne sachant comment s'exprimer. « Je dois présenter mes respects à l'empereur, et puis je vais m'en aller.

— Okara-*sum*, ne soyez pas si pressée de nous quitter. Le pire est passé. Vous avez survécu. Permettez-moi de vous chercher du vin, que vous puissiez commencer à profiter du reste de la soirée. » Shonto lui sourit. Sa voix était pleine d'affection. Il était touché par l'embarras de son amie.

« Soit. Une coupe, et je m'en vais », concéda Okara.

Shonto laissa son amie aux bons soins de sa fille et partit en quête d'un serviteur. L'un d'eux vint à son aide avant qu'il eût beaucoup cherché.

« Seigneur Shonto ! »

La voix était inconnue. Un jeune homme dont le visage lui disait quelque chose se dirigeait vers Shonto à grandes enjambées. Il traversait la pelouse. Le dignitaire dépêcha un domestique au service d'Okara et se mit à la disposition du nouvel arrivant.

« Pardonnez à mon incivilité, seigneur Shonto. » Il s'inclina. « Mon nom est Komawara Samyamu. »

Ah oui ! se dit Shonto, même sveltesse, même minceur de nez. Si ce jouvenceau ressemble un tant soit peu à son père, le manque apparent de muscles est trompeur. Le vieux Komawara avait été redoutable à l'épée et vif comme l'éclair.

« Je suis heureux de vous voir, seigneur Komawara. » Shonto rendit son salut au jeune homme. « J'ai eu plusieurs fois l'occasion de rencontrer votre père dans ma jeunesse. Il impressionnait.

— Oui, ce fut une grande perte pour nous tous, hélas. J'honore sa mémoire. » Il croisa le regard de Shonto et marqua une légère hésitation avant de poursuivre.

« Je crois comprendre que vous allez venir à Seh en tant que nouveau gouverneur. Il est bien temps que l'empereur nous envoie un soldat. Je ne veux pas par là manquer de respect au seigneur Shidaku, il a admirablement résolu les problèmes laissés en suspens par la bureaucratie corrompue du temps des Hanama. »

Son affirmation parut quêter un écho, mais Shonto ne saisit pas l'occasion offerte, ou de critiquer les Hanama, ou de vanter les Yamaku.

Le jeune seigneur parut visiblement décontenancé par l'absence de réaction de son interlocuteur. Un instant, sa résolution donna l'impression de vaciller.

« Votre fille joue très bien, monseigneur. Les Shonto continuent à produire des artistes pour notre plus grand bonheur. J'ai lu récemment les mémoires de votre père. Avec quelle merveilleuse philosophie il considérait l'existence ! »

Shonto hocha la tête, laissant l'autre à ses divagations et se demandant où il voulait en venir.

« Vous verrons-nous bientôt à Seh, monseigneur ?

— Oui, très bientôt.

— Parfait. Peut-être saurez-vous démêler le mystère de ces incursions.

— Je ne savais pas qu'on pouvait les trouver mystérieuses, seigneur Komawara. » Encore de la politique, songea Shonto. Tout le monde se doit d'avoir une explication.

« Il semble, monseigneur, que je sois le seul à les juger anormales. Puis-je vous parler à l'abri des oreilles indiscrètes, seigneur Shonto ?

— Certainement. Je suis très intéressé. »

Shonto indiqua un endroit sur leur gauche où ils seraient sûrs de pouvoir parler sans être entendus. Il avait ressenti pour le vieux Komawara beaucoup de sympathie, même si l'homme avait été perdu par son refus d'évoluer avec son temps.

« En tant que natif de notre province du Nord, monseigneur, toute ma vie j'ai pu voir de mes yeux comment procédaient les tribus des Barbares, commença le jeune homme, les inflexions de la voix de son père s'entendant parfois à travers ses paroles. J'ai commercé avec eux quand la paix régnait et guerroyé contre eux le reste du temps. Je dois dire que dans ces deux activités ils n'ont pas leurs pareils et n'obéissent à aucun code d'honneur, quel qu'il soit.

» Tout au long de ces années où nous leur avons livré combat, malgré tout, sur deux points leur comportement n'a jamais varié. Ils ont toujours fait preuve d'audace, d'une hardiesse qui dépasse tout ce qu'ici on pourrait imaginer. » Il montrait de la main la foule des invités avec un certain mépris. « À chaque fois que c'est possible, ils prennent nos femmes. Cela ne rate jamais ! Et ce n'est pas seulement à cause de la blancheur de leur peau. Une de nos servantes vaut plus cher que les filles du plus puissant de leurs chefs. Le butin le plus recherché pour un Barbare, c'est une femme de Wa. Bien sûr, ç'a toujours été leur perte. Les hommes de Seh n'acceptent pas ce déshonneur, donc nous passons la frontière et brûlons leurs villages, les repoussant jusque dans le désert – au moins pour un temps.

» Ce jeu, qui consiste à faire une razzia dans nos villages et nos propriétés, se termine toujours de la même façon, n'est-ce pas ? Or, récemment, seigneur Shonto, la façon d'agir des Barbares a changé.

» Il a toujours été dans leurs habitudes, depuis des siècles, de pousser leurs attaques en y jetant toutes leurs forces puis, quand arrivent nos renforts, ou bien de faire face ou, s'ils sont de beaucoup inférieurs en nombre, d'attendre la dernière seconde pour battre en retraite. C'est une forme de bravoure à laquelle je suis accoutumé. Ils ne méprisent rien tant que la lâcheté. Or, dans ces nouveaux raids, ils n'engagent la vie de personne ! Le temps que nos troupes arrivent, ils sont déjà partis, et il est même rare qu'ils enfoncent nos palissades. Je les connais, monseigneur, j'ai passé ma vie à les observer. Ce comportement ne leur ressemble pas !

» Voilà pourquoi je trouve que c'est une énigme. Ces attaques n'ont pas le sens commun. Même pour un Barbare, elles ne représentent rien. Ils n'ont pris qu'un maigre butin et pas de femmes, alors que l'occasion leur en a été donnée. Pourtant il semble que je sois le seul à déceler quelque chose d'anormal dans leur comportement. On dit – mais pas devant moi – que ces idées saugrenues sont dues à mon jeune âge. Donc, vous voyez, il se peut que vous ayez perdu votre temps à écouter babiller un enfant. » Il eut un rire nerveux. « Ils disent qu'à chaque année qui passe les Barbares deviennent de plus en plus faibles et peureux, que bientôt ils n'oseront même plus franchir nos frontières. Les habitants de Seh croient qu'ils tremblent devant leurs prouesses de guerriers.

— Ah ! et, malgré votre peu d'expérience, que recommandez-vous ?

— Jusqu'à maintenant, nous n'avons pas fait un seul prisonnier. Les Barbares se tiennent trop sur leurs gardes. Ce que je préconise, c'est une incursion rapide sur leurs terres en se fixant avant tout pour but d'en ramener des captifs. J'ai souvent observé que, lorsque le dialogue est franc et loyal, on obtient beaucoup de renseignements. Mais sans doute est-ce là un raisonnement puéril que bientôt je ne tiendrai plus.

— Pour ma part, j'attache de la valeur aux opinions des jeunes gens. Elles ne sont pas le fruit d'une longue expérience mais ne sont pas non plus dictées par la seule habitude. Je réfléchirai à vos paroles, seigneur Komawara, et je vous remercie.

— Je n'ai fait que mon devoir, seigneur gouverneur. Vous m'avez honoré en m'écoutant.

— Maintenant dites-moi, qu'est-ce qui vous amène dans la capitale quand Seh court un pareil danger ?

— À la différence de la plupart de mes voisins, j'ai des terres bien gardées et bien fortifiées. Mon père croyait qu'il valait mieux investir dans la protection de ses biens que dans le négoce, voyez-vous. Par là, il était un peu à l'ancienne mode. À cause de ses convictions, si les Komawara ne sont pas tombés dans la misère, nous n'occupons plus le même rang qu'autrefois. Le reproche nous en poursuivra toujours. Mon père avant de mourir a vendu une partie de notre fief héréditaire. Mon espoir est de racheter ces terres et de rétablir la réputation qui était la nôtre.

— Chacun sait que le nom des Komawara est ancien et respecté. Je suis sûr que plus d'honneurs encore vous attendent sous la nouvelle dynastie.

— J'espère que vous dites vrai, seigneur Shonto. »

Ainsi, pensa Shonto, c'est ce que ce godelureau désire, recouvrer un pouvoir perdu. Cela n'avait rien d'original ; il avait entendu la même histoire en plus d'une occasion. La plupart des vieilles familles de médiocre importance dans l'empire caressaient le même espoir, si en bien des cas la grandeur disparue tenait de la légende. Avec les Komawara, on avait pourtant affaire à quelque chose de différent. Ils avaient jadis été les véritables maîtres du Nord, et longtemps avant qu'on eût créé les gouverneurs impériaux. À certaines époques, ils avaient même rivalisé avec la famille impériale pour ce qui était de la puissance de leur armée. Plus d'une fille Komawara avait été donnée en mariage à un empereur. Mais c'était loin déjà. Leur pouvoir et leur influence avaient fondu au début du règne des Hanama.

Durant les deux cents ans qui avaient vu le développement du commerce maritime, la maison Komawara avait lentement décliné, comme tous les clans accrochés à leur passé. Le vieux Komawara avait compris son erreur et, avant de mourir, vendu une partie de son fief pour constituer à son héritier un capital lui permettant de se lancer dans le négoce. Cela avait représenté pour le vieux chef un grand sacrifice mais avait épargné à son fils la honte de s'être séparé de terres leur ayant toujours appartenu.

Pratiquement toutes les vieilles familles nobles s'étaient transformées en familles de marchands ; pourtant elles restaient attachées à leurs fiefs comme jamais, parce que les perdre aurait signifié devenir de simples commerçants. Le passé n'existait plus, mais les modes de pensée demeuraient. Traditionnellement, on regardait de haut les gens qui pratiquaient une activité commerciale. Cela n'empêchait pas, bien sûr, la plupart des grands seigneurs d'avoir leurs propres marchands vassaux, dont la situation sociale et les rémunérations dépassaient de beaucoup celles des autres serviteurs. Parfois des marchands vassaux s'assuraient un réel pouvoir au sein de familles dirigées par quelqu'un de faible ; certains commençaient même à commercer pour leur propre compte ou achetaient leur liberté à leurs maîtres. Cette dernière pratique était nouvelle. Elle avait été illégale dans le passé, et l'on pensait parfois qu'elle le redeviendrait.

« Seigneur Komawara, demain mon marchand vassal Tanaka arrive en compagnie de mon nouveau conseiller spirituel. C'est quelqu'un d'assez habile dans le monde des affaires. Peut-être nos deux maisons pourraient-elles risquer une opération qui serait utile à l'une comme à l'autre. Je serais heureux s'il vous était possible de partager avec nous demain le repas de midi, à condition que cela vous convienne.

— Tout l'honneur serait pour moi, seigneur Shonto. » Le visage du jeune homme trahit sa surprise et sa satisfaction.

Avec le temps, il apprendra, pensa Shonto. « Bien, venez. Je vais vous présenter Dame Okara et ma fille, Dame Nishima. »

Dans la lumière blafarde de la lune, ils trouvèrent les deux femmes en compagnie de Kitsura, buvant du vin et pouffant. À l'approche des deux hommes, Kitsura se mit à s'éventer avec force, comme si cela pouvait dissiper la rougeur de son visage.

« Permettez-moi de vous présenter mon ami de Seh, le seigneur Komawara, dit Shonto, donnant ainsi au jeune homme beaucoup plus d'importance que ne le justifiaient son âge et son rang.

— Nous nous demandions où vous étiez passé, mon oncle. Nos hypothèses, en fait, ont occupé tout notre temps. »

Nishima sirotait son vin négligemment. Kitsura se couvrait la bouche de son éventail.

« Oui, je vois, dit Shonto. Le seigneur Komawara m'a donné des conseils sur la situation que je vais trouver à Seh, et nous avons discuté d'autres sujets. »

Kitsura se calma et jeta au jeune seigneur un regard froid. « Le seigneur Shonto s'entend comme nul autre aux affaires d'État. Vous devez être d'une sagesse au-delà de votre âge pour lui donner des conseils. » Elle sourit de son sourire désarmant.

Réagis tout de suite, pensa Shonto. Elle n'hésitera pas à exposer tes faiblesses. Une femme dans sa situation ne se sent pas appelée à réserver son jugement.

Komawara haussa les épaules. « On ne va pas voir le maître de *gii* dans l'espoir de l'égaler, Votre Seigneurie. C'est déjà beaucoup d'apprendre. J'ai poussé seulement la présomption jusqu'à fournir au seigneur Shonto une modeste somme de renseignements que je crois exacts. Les conclusions qu'il en tirera seront certainement très instructives. »

Kitsura leva les yeux au ciel, ce qui mit en valeur ses jolis sourcils.

« Qu'est-ce qui vous amène dans notre capitale ? demanda Okara sur un ton amène, passant du coq à l'âne et par là même donnant son sentiment sur le comportement de Kitsura.

Shonto sourit. Merci, Oka-*sum*, pensa-t-il. Je ne voudrais pas offenser le seigneur Komawara. Je ne puis négliger aucun allié à Seh. Même ce gamin peut se révéler quelqu'un d'important. Comment savoir ? Il n'y a que les sots pour rejeter inconsidérément un appui, aussi insignifiant qu'il soit.

On apporta encore du vin, et la conversation retrouva sa gaieté première. Komawara se révéla capable de tenir sa partie dans l'échange de propos, tant par ses connaissances que par son esprit, donnant ainsi à Nishima l'espoir que la cour de Seh ne fût pas aussi ennuyeuse qu'elle l'avait imaginé. Elle n'avait jamais voyagé dans les provinces frontalières et, comme la plupart des habitants de la capitale, se figurait que même les plus riches des nobles dans les régions limitrophes devaient avoir un horizon affreusement limité.

Pour leur part, les peuples des provinces frontalières, en particulier dans le Nord, où le passé avait été marqué par les guerres contre les Barbares, avaient l'impression que dans les provinces du centre on était décadent et efféminé. Pour leur plus grande satisfaction, l'histoire semblait apporter de l'eau à leur moulin. Pratiquement toutes les dynasties impériales qui s'étaient maintenues longuement sur le trône avaient été fondées par des familles originaires des provinces limitrophes. Les Hanama en étaient un exemple. Ils venaient de Chou, loin vers l'ouest, où leur influence s'était longtemps exercée.

Le fief de Shonto se situait à l'extrémité des provinces de l'intérieur, dites civilisées, bordant une mer qui baignait les côtes du centre du pays, si bien qu'au nord comme au sud on pouvait le considérer comme un des siens. Shonto lui-même encourageait beaucoup à le croire. Il possédait un bon fief, ni trop grand ni trop petit, dans une zone de l'empire au climat tempéré. La terre y était particulièrement fertile et, parce que bornée par des montagnes et le fleuve Fuga, facile à défendre. La famille Shonto depuis longtemps prospérait sur ce sol, et sa capitale s'était acquis la réputation d'un centre de culture et d'érudition.

Un aide de camp de la maison impériale interrompit leur conversation. Il se prosterna devant Shonto. « L'empereur voudrait savoir s'il peut avoir l'honneur de votre compagnie – celle de vous tous.

— Bien sûr, répondit Shonto. Quand devons-nous être présents ?

— Vous pourriez venir maintenant, monseigneur.

— C'est bien. Dites, s'il vous plaît, à l'empereur que nous sommes honorés par sa requête. »

L'aide de camp se fraya un passage à travers la foule, remorquant derrière lui Shonto et son groupe.

Il a besoin de moi, pensa Shonto, il ne l'ignore pas. La main sur la garde de son épée qui lui procurait une étrange sensation, il tira sur la lame pour voir si elle adhérait au fourreau. Elle glissa sans difficulté.

Ils se joignirent à l'attroupement autour de l'estrade impériale, cependant que le Fils du Ciel échangeait des propos aimables avec un homme et une femme agenouillés devant lui. Les courtisans suivaient la conversation de près, riant aimablement aux bons moments ou hochant la tête silencieusement pour signifier leur approbation. Une vie passée à y appliquer leur esprit avait avivé leur sensibilité aux besoins de leur maître. L'empereur fit un geste en direction de la natte d'audience devant lui et d'un signe de tête invita Shonto et ses compagnons à s'avancer. Chacun s'agenouilla et toucha la natte de son front.

« Je suis heureux que vous ayez fait si vite à accepter mon invitation », dit l'empereur. Après quoi, avant que quelqu'un eût pu répondre, il désigna son estrade. « Seigneur Shonto, Dame Okara, je vous en prie, venez me rejoindre. Il faut que nous fassions de la place à ces jeunes interprètes si talentueuses et à leur compagnon. »

Il y eut d'autres courbettes, d'autres échanges de politesses, car être admis à s'asseoir au même niveau que l'empereur était une très rare faveur. Les serviteurs se hâtèrent d'apporter de beaux coussins de soie pour les hôtes de leur souverain.

« J'espère, Dame Okara, que vous avez trouvé la représentation de ce soir suffisamment fidèle à votre œuvre ?

— Bien mieux que cela, Votre Majesté. Je la dirais inspirée. Je ne me sens pas digne de pareil hommage.

— Ah ! mais il n'incombe pas à l'artiste de juger de ce qu'il vaut. Cela nous revient à nous dont le talent est plus médiocre. N'est-ce pas, seigneur Shonto ?

— Le talent se manifeste sous mille formes différentes, sire. Pouvoir reconnaître le grand art est un talent en soi, je crois.

— Vous voyez, Dame Okara, c'est le rôle de la famille Shonto d'enseigner aux Yamaku la manière d'apprécier les choses de l'art. Ne protestez pas, seigneur Shonto. Votre père autrefois donna au mien une leçon de poésie absolument inoubliable, et aujourd'hui son fils m'aide à devenir un meilleur connaisseur du travail de l'artiste. Je m'incline devant vous, seigneur Shonto. Vous avez raison quand vous dites qu'il faut du talent pour reconnaître le grand art. Peut-être devrais-je créer un ministère du Jugement esthétique que je confierais au seigneur Shonto pour le plus grand bien de l'empire. »

L'hilarité fut générale. On opina du bonnet. Shonto voulut garder une apparence de calme, ne sachant pas où tout cela menait.

L'empereur, lui, demeurait cordial. « Il est heureux que mon empire comporte autant de gens dotés du talent que mentionne le seigneur Shonto, car chacun s'accorde à reconnaître la beauté de votre art, Dame Okara. Donc vous voyez que lorsque le seigneur Shonto m'a corrigé, il y a un instant, il m'a aussi complimenté, ainsi que tous les habitants de l'empire. Que vais-je pouvoir faire d'un homme aussi habile ? »

Les courtisans approuvèrent de manière muette, apparemment très divertis par la logique impériale.

« Il faudra que j'y réfléchisse », poursuivit l'empereur, l'œil fixé sur Shonto. Puis il se tourna de nouveau vers Okara. « Il y a trop longtemps maintenant que les Yamaku négligent leurs responsabilités envers les artistes de notre empire. Une culture ne vaut que par les arts que l'on y cultive. N'est-ce pas votre avis, seigneur Shonto ?

— Je suis entièrement d'accord avec vous, sire.

— Ce soir même, je compte commencer à remédier à la carence dont ma famille a fait preuve dans ses devoirs envers les artistes de Wa. Ceux d'entre nous qui le peuvent se doivent de soutenir cette cause. Qu'en pensez-vous, seigneur Shonto ?

— Je vous approuve, Votre Majesté. »

La réserve apparaissait clairement dans la voix de Shonto. Que veut dire tout cela ? se demandait-il. Il craignait de plus en plus que, quels que fussent les projets de l'empereur, la soirée entière n'eût pas eu d'autre but que de les servir. Mais où Okara-*sum* intervenait-elle dans cette affaire ? Il était hors de question qu'elle conspirât avec le Yamaku contre lui. À moins que… Les suppositions se bousculèrent dans sa tête. Toutes ses facultés furent sollicitées pour tenter de lui procurer un seul indice lui permettant d'esquiver le coup que l'empereur allait lui porter.

« Dame Okara, peut-être avec votre aide pourrai-je venir en aide aux bons artistes de ce pays. Je propose un patronage impérial, un patronage généreux, puis-je me permettre d'ajouter. Mon désir est d'encourager les meilleurs de nos artistes à s'adjoindre un jeune apprenti plein de talent. Dame Okara, je me sentirais honoré si vous vouliez bien être la première à accepter. » Il sourit d'un sourire chaleureux.

Okara s'efforça de dissimuler sa stupéfaction. « L'honneur, sire… est pour moi. Il… Je… j'accepte, cela va de soi, mais je ne me sens pas digne… Je trouve que d'autres méritent davantage cette distinction.

— Ah ! Votre Seigneurie, comme votre ami le seigneur Shonto l'a dit, peut-être ai-je le talent de savoir reconnaître où est le grand art. Permettez-moi d'être juge en la matière. Acceptez-vous ?

— Oui, sire. Je vous remercie. » Elle s'inclina profondément.

Des applaudissements jaillirent à l'annonce de son acceptation.

« Maintenant, nous devons vous trouver un apprenti d'un mérite suffisant – quelqu'un qui recueille votre approbation, naturellement. » L'empereur marqua une pause comme s'il réfléchissait mûrement. Trop tard, Shonto comprit ce qui l'attendait.

« Dame Nishima, dit l'empereur, s'adressant à une fille de Shonto éberluée, si tant vous que Dame Okara n'y voyez pas d'inconvénient, je fais de vous la première apprentie placée sous le patronage impérial. » Il eut un large sourire.

Les courtisans ne laissèrent rien deviner de leur étonnement devant l'impolitesse de leur souverain. On n'avait encore jamais vu mettre quelqu'un en demeure d'accepter ou de refuser une association en public. Ce genre de démarche s'effectuait traditionnellement en privé, par l'intermédiaire d'une tierce personne, de manière à ce que nul ne perdît la face dans l'hypothèse d'un refus ou d'un rejet. Tous les regards se tournèrent vers les deux femmes pour juger de la façon dont elles allaient résoudre pareille difficulté.

Nishima, malgré sa jeunesse, avait l'avantage d'une vie passée à bénéficier de l'éducation des Shonto. Elle réagit immédiatement. « Votre Majesté, c'est un rêve qui se réalise. Je vais sans tarder réunir certains de mes travaux et les envoyer à Dame Okara, afin qu'elle soit en mesure de prendre une décision. Mais, par souci de justice, peut-être devrait-on accorder la même chance à d'autres peintres ? Une artiste de la dimension de Dame Okara ne devrait consacrer ses efforts qu'aux plus méritants. Je suis sûre que tous m'approuveront. » L'ensemble de cette réponse fut donné d'une voix très humble, les yeux baissés.

D'agacement, l'empereur grimaça. Il n'avait pas l'habitude que l'on contrariât ses souhaits. Il ne lui fallut pas longtemps pour se ressaisir. « Dame Nishima, votre sens de la justice vous honore, mais vous devez me permettre de décider. C'est bien mon talent de savoir reconnaître le mérite dans l'art et les artistes ? Dame Okara, je vous demande d'accepter Dame Nishima comme votre apprentie. Sa valeur, il faut que vous le sachiez, ne se discute pas. »

Shonto était un témoin de la scène confondu par son impuissance. Il n'y avait de résistance possible que du côté de sa fille et d'Okara. Lui-même ne pouvait qu'implorer le secours du Maître parfait.

Nishima allait être convertie en otage. C'était là ce que l'empereur souhaitait, la garder dans la capitale, à l'écart de Shonto et de son armée. C'était une prise de guerre, avec son sang de Fanisan, le nom et le pouvoir des Shonto. Auquel de ses fils la destinait-il ? À l'héritier du trône ? Oui, réfléchit Shonto, c'est ce qu'il y a de plus sensé, mais il existe aussi des raisons de la marier au moins puissant, dans une tentative pour annihiler les Shonto. Lequel des fils sera l'héritier ?

Okara avait la gorge serrée. Visiblement, elle était bouleversée de se retrouver au cœur des machinations de l'empereur. Sa vie durant, elle avait évité plus que tout le reste les intrigues de cour. « Je me fie entièrement à votre jugement, sire. Je serais honorée de donner à Dame Nishima le bénéfice de mon médiocre savoir-faire, à tout moment qui lui conviendrait. »

Ce « à tout moment » était le seul atout dans son jeu. Elle abattit cette carte, espérant de tout cœur que Nishima la ramasserait.

« Mon intention était, dit l'empereur, de donner mon patronage sur une base annuelle, à partir de maintenant. J'espère que cela conviendra.

— Pardonnez-moi, sire, je ne voudrais pas paraître ingrate, dit Nishima de sa voix tranquille, mais me voici déchirée entre mon devoir et ce rêve que vous m'offrez. Mon père et seigneur est sur le point d'entreprendre une importante campagne au service de l'empereur. Il est de mon devoir envers le seigneur Shonto – et envers vous, mon empereur – d'apporter au chef de ma famille toute l'assistance possible. Mon père n'ayant point d'épouse pour tenir sa maison, je lui suis plus nécessaire que ne le serait normalement une fille. » Elle leva brusquement les yeux, rencontrant le regard du souverain. « On m'a toujours appris à faire passer le devoir en premier. C'est notre façon de faire. Je ne sais comment résoudre ce problème. »

L'empereur fut incapable de dissimuler sa frustration. Il jeta les yeux autour de lui, s'efforçant de réprimer sa colère, cherchant quelqu'un pour passer son humeur qui était des plus noires. Il se faisait manœuvrer par une simple jeune fille. Il ne s'était pas attendu à ce qu'elle hésitât, ne fût-ce qu'une seconde. On l'avait assuré qu'elle mordrait inévitablement à l'hameçon.

« Seigneur Shonto, il y a certainement parmi vos gens des personnes capables de remplir pour vous les fonctions de Dame Nishima. Moins bien, certes, se dépêcha-t-il d'ajouter, mais ne pouvez-vous vous passer d'elle un certain temps ?

— Nul sacrifice n'est trop lourd, sire, répondit Shonto sans une hésitation et au grand dam de sa fille. Un guerrier peut se passer de tout, hormis de ses armes. Je survivrai sûrement si je trouve ma maison moins efficacement tenue que je ne la vois aujourd'hui. »

L'empereur eut un large sourire. « C'est une affaire réglée, en ce cas. Les arts vont prospérer de nouveau comme au temps des Mori ! »

On applaudit à tout rompre. Plusieurs des seigneurs les plus riches qui étaient là présents, prenant exemple sur l'empereur, s'offrirent à accorder leur propre patronage. S'il y avait eu parmi les spectateurs des artistes pleins d'ambition, sans nul doute ils se seraient brusquement retrouvés en mesure de vivre d'une manière dont ils n'auraient pas osé rêver.

Ayant obtenu ce qu'il désirait dans un premier temps, l'empereur porta son attention sur Kitsura, avec laquelle il se mit à badiner outrageusement, oubliant complètement qui il était. C'était le monarque en homme du monde, au mieux de ce qu'il pouvait offrir, entièrement attachant. Quant à Kitsura, elle aussi était charmante et mille fois plus attrayante que lui. Shonto observa leur manège avec beaucoup d'intérêt. Par deux fois, il voulut faire participer Komawara à la conversation, mais l'empereur déjoua ces tentatives et fit comme s'il n'avait rien remarqué. Shonto nota que le cou du jeune seigneur s'empourprait de plus en plus, si son visage restait calme. Un léger sourire y passait parfois devant une remarque ou une réaction spontanée.

La lune d'automne avait fait un long chemin dans le ciel à l'occident lorsque le public commença à se disperser. La danse des Cinq Cents Couples avait été exécutée sur la pelouse, les longues manches des kimonos donnant l'illusion d'une eau qui courait dans le clair de lune. On avait composé et récité des poèmes. Des rendez-vous avaient été fixés, des conspirations ourdies, des trahisons imaginées, et de grandes quantités de nourriture et de vin absorbées. Pour ceux que l'empereur n'avait pas distingués, tout s'était passé de la manière la plus satisfaisante.

Nishima, cependant, était vraiment navrée. Même sa harpe, dont jadis avait joué la légendaire courtisane Ranyo pour pacifier l'Empereur fou, ne lui apportait qu'une piètre consolation. « Je n'ai pas su faire face à la situation, monseigneur, dit-elle quand le sampan eut franchi les portes des jardins du palais. Je suis tombée dans le piège tendu par l'empereur comme une servante sans éducation. Toute la confiance que vous placiez en moi, je ne la méritais pas. »

Shonto grommela. Il n'avait pas à trouver d'excuses aux fautes de ses enfants ou de ses vassaux. Aussi laissa-t-il Nishima continuer à s'accuser, l'écoutant à peine, tandis qu'il revenait sur un sujet qui avait constitué un lien ténu entre les différents propos de la soirée. Son excellente mémoire le guidait à travers tous les méandres de la conversation, dont son intuition lui disait qu'ils détenaient la clef de son problème. Il finit par éclater de rire et donna à sa fille une claque sur le genou, la faisant sursauter.

« Je ne vois pas où est l'humour là-dedans, mon oncle ! Je suis condamnée à vivre en otage dans cette ville pendant que vous serez à l'autre bout de l'empire. » Elle était au bord des larmes.

« Nishi-*sum*, ce que j'ai à vous dire, je ne vous le dirai qu'une fois, car si vous ne le comprenez pas maintenant, vous ne le comprendrez jamais. Tous les plans ont un défaut, tous sans exception. L'essentiel est de trouver la faille avant que le piège se referme. En la circonstance, le piège ne s'est pas encore refermé et j'ai trouvé la faille. » Il se remit à rire, extrêmement content de lui. Comme son père, il aimait donner des leçons.

Il poursuivit : « C'est la raison pour laquelle je gagne toujours au *gïi* quand je joue avec vous. Je ne me mets pas à gémir et à m'arracher les cheveux quand ça va mal pour moi. Vous devez toujours vous souvenir, quand vous tendez un piège, qu'il ne suffit pas de connaître les faiblesses de l'adversaire, il faut aussi avoir étudié avec soin ses points forts. Une demi-sagesse est la plus dangereuse des sottises.

» Consolez-vous, Nishima-*sum*. Vous avez fait ce qu'on pouvait faire de mieux en l'occurrence. »

Le visage de Nishima s'éclaira un peu. « Dites-moi, mon oncle, où est la faille. Je ne la vois pas. »

Shonto tira le rideau pour contrôler la vitesse des rameurs, bougonna et refusa d'être plus bavard, laissant sa fille réfléchir au problème, peut-être afin que cela lui soit profitable. Il avait à penser à bien des choses, à faire des préparatifs, à former son conseiller spirituel, à rassembler des renseignements et à diffuser des informations mensongères. Mais il restait obsédé par un détail qui n'aurait pas dû le préoccuper.

La jolie Sonsa de l'empereur avait apporté des fleurs à Okara, en la remerciant d'avoir inspiré la forme prise par la danse de la soirée. Le dialogue avait été d'une politesse extrême, bien que la très réelle timidité de la jeune ballerine et son rire contagieux eussent vite fait la conquête de Shonto et de ses compagnons. Elle avait surpris Shonto en lui demandant d'être son partenaire dans la danse des Cinq Cents Couples. Il avait été charmé par ses talents de Sonsa quand elle avait exécuté chacun des pas de cette vieille danse. Lorsque la musique s'était arrêtée et qu'on s'était mis à applaudir, elle s'était penchée à son oreille et avait murmuré : « Bonne chance à Seh, seigneur gouverneur. Ne dormez que d'un œil, il y aura des dangers plus graves que les Barbares. » Puis elle avait disparu, ne laissant à Shonto que le souvenir de son parfum, lent à se dissiper.

Pourquoi, se demanda-t-il, l'empereur lui avait-il ordonné de dire cela ? Assurément, il n'imaginait pas pouvoir le déstabiliser par des feintes aussi grossières ?

« Bizarre, tout de même, dit-il à voix haute.

— Je vous demande pardon, monseigneur ?

— Drôle de garçon, ce Komawara, qu'en pensez-vous ?

— Il m'a paru parfaitement normal, monseigneur, et manquant d'expérience. Vous devriez lui conseiller de retourner dans les provinces frontalières dès que possible. Ici, dans la capitale, c'est un agneau parmi les loups.

— Nishi-*sum*, ne vous ai-je jamais dit que vous accordiez trop d'importance aux qualités les plus superficielles ?

— Décidément, ce soir je vous déçois, monseigneur. Je m'en excuse très humblement.

— Le savoir-vivre et le bel esprit, c'est vrai, ne sont pas aussi développés dans les provinces frontalières qu'ici mais, contrairement à ce que pensent la plupart des gens, c'est parce que les habitants y ont de meilleures manières. »

Nishima s'insurgea. « Oh ! mon oncle, vous transformez les gens de la campagne en héros romantiques comme font les méchants poètes. »

Shonto étouffa. « Mais ce que je dis est vrai ! La flèche empoisonnée n'est jamais devenue là-bas la forme d'art qu'elle est dans la capitale pour la simple raison que, dans les provinces frontalières, on répond aux insultes avec son épée. Je trouve toujours mes rapports avec les gens du Nord particulièrement sympathiques. Il suffit de ne pas encombrer le bras qui manie l'épée et de tenir sa langue pour prendre plaisir à la vie communautaire d'un pays comme Seh. Je préfère cela de beaucoup aux occupations futiles des courtisans de l'empereur ! »

Oui, pensa Shonto, un petit séjour en province serait bénéfique à Nishima.

4

Le jardin privé de Shonto était petit mais d'une beauté sans défaut. Son concepteur, l'ancien conseiller spirituel du dignitaire, en avait combiné tous les éléments dans un ensemble soigneusement équilibré qui donnait une impression à la fois d'unité et de diversité, sans compromettre l'harmonie de la composition. Shonto se représentait son jardin comme un magnifique morceau de musique dont toutes les parties se seraient rendu hommage, cependant que la structure sous-jacente restait d'opposition. On considérait généralement ce jardin comme une belle œuvre d'art, et il avait été largement copié dans tout l'empire. Le grand problème de l'actuel jardinier était de conserver l'esprit du projet initial tout en permettant à la végétation de croître, car après tout il s'agissait de quelque chose de vivant, et débiliter cette vie aurait été la promettre à une lente agonie.

Shonto s'agenouilla près du ruisseau bavard qui alimentait le bassin et remonta sa manche avant de plonger une main dans la fraîcheur de l'eau. Il tâtonna dans le fond avant de trouver la grosse pierre qu'il cherchait et la souleva, ruisselante, dans la lumière du soleil. Il la contempla un moment puis la replaça plus haut dans le courant, de façon qu'elle fût à moitié visible dans les rapides miniature. Il tendit l'oreille quelques instants puis ajusta un peu la position de la roche, écouta encore et approuva d'un hochement de tête, satisfait.

Il se leva et reprit la direction de la maison, s'arrêtant tous les trois pas pour juger à l'oreille du résultat de ses efforts. Ôtant ses sandales, il s'assit sur un coussin sous la basse véranda pour entendre la brise jouer au travers du carré de bambous, écouter le bourdonnement des insectes et le clapotis du ruisseau.

« C'est mieux », murmura-t-il en hochant la tête.

Depuis peu le bruit du cours d'eau avait perdu de sa pureté et, ces jours derniers, Shonto avait consacré quelque temps chaque matin à tenter de la rétablir, bien que cela ne fît pas le bonheur de son jardinier qui pensait que des choses comme celle-là devaient être laissées à la compétence des gens du métier.

La journée venait de commencer, le soleil ne s'était pas encore élevé au-dessus du mur. Shonto n'avait dormi que quelques heures après la soirée donnée par l'empereur, mais il se sentait détendu et revigoré. Les événements de la nuit précédente étaient encore bien présents à sa mémoire.

Sans bruit, des domestiques sortirent de la maison et placèrent une table basse devant lui. On y disposa un récipient carré, fermé par un couvercle, qui contenait des serviettes fumantes, et deux bols dont l'un renfermait des fruits pelés et coupés en tranches et l'autre de la bouillie chaude. On versa dans une coupe de l'hydromel léger qu'on offrit au seigneur, qui accepta distraitement. Il prêtait toujours l'oreille à son jardin. Il ne resta qu'un seul serviteur, agenouillé devant lui, dans un parfait silence.

On heurta au *shoji*, un coup presque imperceptible. Le serviteur ouvrit, entrebâillant seulement. Un murmure se fit entendre. « Je vous demande pardon, seigneur Shonto, dit le domestique à voix basse. C'est Kamu-*sum*. Il considère qu'il lui faut vous entretenir sur-le-champ. »

Shonto d'un geste de la main l'autorisa à venir. Kamu, il le savait, ne l'interrompait jamais sans de bonnes raisons. Il était son intendant et avait servi son père avant lui. Il était âgé à présent, gris et ridé comme une nuée d'orage, mais sa connaissance des affaires de l'empire n'avait pas de prix, et il était consciencieux, pour ne pas dire méticuleux, à l'extrême. Il présentait toujours un aspect robuste et vigoureux et avait depuis longtemps appris à compenser la perte de son bras droit au cours d'une bataille.

Il approcha, s'agenouilla avec aisance, courba le front devant la natte et demeura à genoux sans trahir la moindre impatience.

Au bout d'un moment, ce fut Shonto qui parla. « J'ai réglé le Ruisseau-qui-jase, Kamu. Le bruit est-il davantage au point maintenant, plus aigu peut-être ? »

Kamu inclina légèrement la tête et ferma les yeux. Après quelques secondes, il hocha la tête. « Il est plus clair, monseigneur. Pour moi, je le trouve plus aigu.

— Trop, à ton avis ? »

Kamu de nouveau pencha la tête. « Peut-être, monseigneur, mais il est possible que l'eau coule trop vite.

— Hum ! Je me le suis moi-même demandé. Et si l'on taillait dans les bambous ? Le bruit de l'eau apparaîtrait peut-être moins criard.

— Les bambous sont un peu épais, mais à travers le feuillage en automne les vents donneront un bruit plus strident.

— Oui, dit Shonto, son attention toujours requise par la musique du jardin. Demain, je ralentirai un petit peu le courant et j'aviserai.

» Alors, Kamu, qu'est-ce qui ne pouvait pas attendre ?

— Jaku Katta est là, monseigneur. Il est arrivé sans prévenir et demande audience au nom de l'empereur.

— Sans prévenir ? » La mine de Shonto s'allongea. « Inhabituel, n'est-ce pas ?

— Tout à fait, monseigneur.

— Je vais le recevoir ici. Dissimule des hommes. Il doit entrer seul. C'est tout. »

Le vieux guerrier s'inclina et se releva. Il n'était pas surpris que Shonto eût choisi de recevoir Jaku dans le jardin. La mise en scène comptait beaucoup dans ces choses-là. Le recevoir dans le jardin ferait apparaître très clairement à Jaku qu'il interrompait le seigneur dans son repas du matin, ce qui mettrait le visiteur en position d'infériorité. Cela aurait aussi pour effet de montrer à un jeune parvenu comme Jaku les plaisirs qu'un seigneur tel que Shonto pouvait se permettre. Le jardin ferait très bien l'affaire sous ce rapport.

On entendit les gardes gagner leurs places alentour, puis le jardin retrouva sa sérénité. Shonto se consacra au problème posé par Jaku Katta, le premier conseiller de l'empereur et le commandant de la garde impériale. Jaku était les yeux et les oreilles de son maître sur toute l'étendue de l'empire, et il dirigeait le vaste réseau d'espionnage dont le Fils du Ciel jugeait qu'il était nécessaire pour assurer son pouvoir. À l'âge de trente-cinq ans, Jaku Katta était connu pour être l'un des hommes les plus puissants de Wa, et l'un des plus ambitieux. Fils d'un petit propriétaire terrien, il s'était d'abord imposé à l'attention du souverain en tant que champion de kung-fu. Il avait dominé ce sport pendant presque dix ans, le meilleur dans tout Wa, avant de faire passer en premier ses fonctions auprès du monarque.

Shonto fouilla dans sa mémoire, en extrayant divers éléments d'information et diverses anecdotes sur celui qu'il allait rencontrer. Jaku Katta n'était pas marié, et sa réputation d'homme à femmes n'était plus à faire. Il était d'une mémoire apparemment prodigieuse, rusé, capable de s'adapter à toutes les situations. C'était en fait le genre d'homme que Shonto aurait aimé pouvoir former, s'il l'avait découvert en premier, mais cela ne réglait pas la question des ambitions personnelles. Shonto se demandait jusqu'à quel point Jaku pouvait demeurer loyal envers quelqu'un à l'exception de lui-même et peut-être de ses deux frères, qui étaient ses plus fidèles lieutenants.

Ah ! Jaku ! se dit Shonto, je vais enfin avoir la chance de savoir ce que tu as dans le ventre.

Sans se retourner, il déplaça derrière lui son épée, qui était debout sur son support, pour mieux l'avoir à portée de main. Il ordonna au domestique d'apporter davantage d'hydromel et une deuxième coupe. Il sourit largement. La journée s'annonçait longue et bien remplie. Cette pensée le réjouit. Il y avait tellement à faire, tant de choses auxquelles se préparer ! Il joignit les mains au-dessus de sa tête, dos à dos, et il étira son torse comme un jeune arbre allant à la rencontre du soleil. Jaku, Jaku, se dit-il, ce que nous allons nous amuser !

Sans apparemment avoir rien entendu de particulier, le domestique alla ouvrir le *shoji*. Dans l'entrebâillement, Kamu s'inclina profondément. « Le général Jaku Katta, seigneur Shonto. »

Shonto fit oui de la tête, et Jaku passa le seuil. Il était vêtu de l'uniforme noir de la garde impériale, avec à droite sur sa poitrine l'éventail du Dragon de la maison de l'empereur, surmonté par les six petits dragons cramoisis signalant un général du premier rang. Sous son bras droit, Jaku portait un casque de cérémonie ciselé avec art, rappelant ainsi à Shonto que le général était gaucher.

Jaku s'agenouilla et s'inclina, mais étonnamment bas, devant Shonto puis resta à genoux, refusant le coussin que lui proposait le domestique.

« Cette visite impromptue honore ma maison, général, dit Shonto en s'inclinant légèrement. Je vous en prie, accompagnez-moi, buvez un peu d'hydromel.

— C'est un honneur pour moi que vous me receviez, seigneur Shonto », répondit Jaku sans s'excuser. Hors de la véranda, son regard fut attiré par le jardin. « Comme chacun dit, monseigneur, ce jardin est un modèle auprès duquel le reste est imitation. »

Shonto s'inclina, mais à peine. « Il a été conçu pour n'être ni exagérément compliqué ni abusivement tapageur, ainsi que je préfère toutes choses, de façon que l'esprit n'en soit nullement caché, seulement mis en évidence. »

Ils se turent tous les deux un instant, absorbés dans la contemplation du jardin. Le domestique se pencha discrètement et remplit les coupes de porcelaine.

« J'ai tenté de remettre le bruit de l'eau en harmonie avec le reste de la scène, Katta-*sum*. Dites-moi, vous paraît-il trop aigu ? »

Jaku Katta ferma les yeux et écouta sans bouger. Shonto étudia son visage. Les traits étaient accusés, surtout la mâchoire et le front haut. Les paupières apparaissaient lourdes, presque ensommeillées, sous l'ombre des sourcils. Une belle moustache tombante ne cachait pas entièrement des lèvres minces et une large bouche. À genoux devant Shonto, l'homme affichait un équilibre tranquille, un relâchement qui se voyait aussi à ses mouvements, et son hôte se souvint que les autres combattants de kung-fu l'avaient surnommé le Tigre noir pour sa ressemblance avec le félin au regard d'acier.

Les yeux de Jaku avaient une couleur atypique. Ils étaient d'un gris clair et froid au lieu du marron qu'on trouvait presque partout. Ses frères avaient tous deux les yeux verts, ce qui sortait également de l'ordinaire, bien que plus répandu. Ces yeux collaboraient au mystère de Jaku, « l'homme à part ».

« Pour moi, le ruisseau est en parfait accord avec le reste, dit Jaku en ouvrant ses yeux de tigre. Je ne toucherais pas à un caillou de son lit.

— Ne pensez-vous pas qu'il faudrait éclaircir les bambous ? »

Jaku de nouveau tendit l'oreille. « Non, seigneur Shonto, à mon sens tout est parfait. Jamais de ma vie je n'avais vu un aussi beau jardin. »

Shonto remercia d'un signe de tête. « Je vous sais gré de votre opinion, Katta-*sum*. Maintenant, général, dites-moi : qu'est-ce qui vous amène ici à une heure aussi matinale ? »

Jaku posa sa coupe avec soin sur la jolie table de bois et s'efforça d'être calme avant d'ouvrir la bouche. Son regard croisa celui de Shonto, qui fut frappé de son intensité.

Tu marques un point, Jaku, pensa Shonto, tu saisis tout l'intérêt de cet avantage naturel.

« L'empereur m'a demandé de vous exprimer ses craintes au sujet de votre sécurité, seigneur Shonto.

— Ah ! son inquiétude me touche, mais les Shonto ont depuis longtemps appris à s'entourer de précautions et, bien sûr, je serai davantage prudent maintenant que je représente l'autorité impériale à Seh. »

Jaku continuait à le fixer des yeux. « Votre nouveau conseiller spirituel arrive aujourd'hui ? »

Shonto faillit éclater de rire. Tu ne me feras pas commettre une erreur si facilement, mon cher, se dit-il ; nous étions deux à suivre ses mouvements. « Je l'attends depuis quelques jours. Pourquoi ?

— L'empereur a ses raisons pour penser que ce moine représente une menace pour vous, monseigneur.

— Je vois. Et vous-même le croyez, général Jaku ? »

Jaku baissa les yeux sur ses mains robustes qui reposaient sur ses cuisses, puis il rencontra de nouveau le regard de Shonto. Pareille tactique, comprit ce dernier, allait faire vite à perdre son efficacité.

« Nous avons des rapports sur ce jeune moine que nous trouvons... inquiétants, seigneur Shonto.

— Pouvez-vous être plus clair, Katta-*sum* ? Rien chez ce jeune homme personnellement ne me paraît anormal. »

Jaku s'éclaircit la voix calmement, comme font les porteurs de mauvaises nouvelles qui savent que ce qu'ils vont apprendre fera de la peine. « Nos rapports nous informent que ce moine – ce frère initié, ce Shuyun – a bénéficié d'une formation spéciale intensive dont la nature ne nous est pas parfaitement connue. Pendant l'année qu'il a passée dans Wa en tant que nouvel initié, il est devenu l'élève des frères botahistes les plus experts qui l'ont traité presque avec respect. Tout le temps qu'il est demeuré dans Wa, les sœurs botahistes l'ont espionné. Elles ont même essayé d'introduire une jeune sœur novice en sa compagnie – sous un déguisement, bien sûr. Leurs efforts, soit dit en passant, n'ont pas été couronnés de succès.

» Il semble que ce petit moine possède des capacités qui sont rares, même chez les Silencieux. » Jaku prononça le mot avec dégoût. « Et il a été choisi pour vous, seigneur Shonto, le gouverneur en qui l'empereur place le plus de confiance.

» Nous craignons qu'il n'y ait un complot ourdi contre vous ou contre l'empereur, ou contre l'un et l'autre. On ne peut se fier à la congrégation botahiste. Ils se sont beaucoup éloignés de l'enseignement du seigneur Botahara et trop souvent se sont mêlés des affaires de l'empire. Je n'arrive pas à croire qu'ils aient pu changer sous ce rapport, en dépit des platitudes de leur dirigeant actuel. »

Jaku se tut et Shonto vit qu'il maîtrisait sa hargne à la manière des combattants de kung-fu. Sa respiration devint paisible et le visage se détendit presque entièrement. Les pratiquants de cet art martial présentaient toujours cet aspect avant un combat.

Shonto se remit à écouter les bruits de son jardin, et il se demanda si Jaku, avec son flair de combattant, était conscient de la présence des gardes à deux pas. Il savait sans doute qu'ils étaient là. Ils étaient formés à ne pas bouger, mais cela n'empêchait rien.

« Il me semble, Katta-*sum*, que la congrégation s'est montrée particulièrement obligeante, et même étonnamment obligeante, envers notre empereur. Ne lui a-t-elle pas fait don de la terre qu'il souhaitait lui acheter, il n'y a pas plus d'un an ? N'a-t-elle pas béni le Fils du Ciel et sa descendance, leur assurant ainsi le soutien de tous les adeptes de Botahara ? Ce n'est pas peu de chose.

» On murmure qu'ils ont proposé à l'empereur des services plus considérables que cela et qu'il a refusé.

— Ils n'offrent rien pour rien ! Ce sont des marchands de l'âme humaine qui négocient ce qu'ils appellent leur illumination en échange du pouvoir et de l'or. Ce sont des fourbes dont la loyauté ne va qu'à leurs propres aspirations. »

Ah ! pensa Shonto, Botahara n'a-t-il pas dit que nous haïssions chez autrui ce qu'il y avait en nous de moins admirable ? « Mais, Katta-*sum*, je ne comprends pas ce que l'empereur attend de moi. Je ne vais tout de même pas maintenant congédier mon conseiller spirituel. C'est hors de question ! J'ai conclu un accord. J'ajoute que j'ai payé très généreusement les services de ce moine, donné de l'or en échange de sa connaissance de l'âme, comme vous disiez. Peut-être êtes-vous venu uniquement pour m'informer des soupçons nourris par l'empereur à ce sujet ?

— L'empereur pense que vous seriez bien avisé de renvoyer ce moine à ses maîtres, seigneur gouverneur.

— Général Jaku, dit Shonto sur un ton plein de condescendance, cela m'est impossible à partir des quelques renseignements que vous m'avez fournis. Voilà plus de cinq cents ans que notre famille sans discontinuer fait appel à des conseillers spirituels. Les Shonto sont persuadés d'avoir été gagnants à ces arrangements. J'ai peine à imaginer les frères botahistes envoyant chez nous un moine qui représenterait une menace pour l'empereur. Ce ne serait pas plus sensé que d'envoyer la même brebis galeuse à Jaku Katta. » Il rit et fit signe qu'on remplît à nouveau les coupes.

« Je vous rapporte les paroles de notre souverain, repartit froidement Jaku sans tenir compte des éclats de rire. Vous allez contre ses souhaits en la circonstance.

— Katta-*sum*, l'empereur est quelqu'un d'intelligent et de raisonnable. Il ne peut s'attendre à ce que je renvoie mon conseiller spirituel et outrage la communauté botahiste sur des indices aussi fragiles. Si vous receviez d'autres renseignements, suffisants pour me convaincre, eh bien, ce ne serait plus la même chose. Pouvez-vous me dire pourquoi les sœurs botahistes faisaient suivre ce jeune moine ? Extraordinaire, n'est-ce pas ?

— La vérité, monseigneur, est que nous n'en savons rien.

— Bah ! me voilà prévenu. J'aurai l'œil sur ce moine. Je ne puis pas faire grand-chose d'autre, qu'en pensez-vous ?

— Si, tout de même. » Jaku fixa de nouveau son regard sur Shonto, mais sans effet cette fois. « L'empereur suggère d'affecter un serviteur à ce religieux, un agent qui serait formé à observer et à rendre compte. Je dispose d'un homme de cette capacité. Si vous étiez menacé par un danger quelconque, monseigneur, il le saurait.

— Il rendrait compte à Jaku Katta, si je comprends bien. » Shonto ne put s'empêcher d'esquisser un sourire.

« Tous ses rapports passeraient d'abord par vous, monseigneur.

— Je vois. » Shonto fit tourner le contenu de sa coupe. « L'empereur en s'inquiétant me fait beaucoup d'honneur, mais ce n'est pas utile. Je m'appelle Shonto et n'ai pas besoin des services d'un gamin qu'on enverrait pour prendre soin de moi. Je m'occuperai de ce moine à ma façon. S'il y a une raison de se faire du souci, j'en aviserai l'empereur en personne. »

Oh ! Jaku, pensa Shonto, tu dois être bien convaincu de la réalité de ton pouvoir, ou tu ne proposerais pas un plan aussi transparent. Mais Nishima ne risquera rien, se dit-il, comme tant de fois depuis la veille au soir. J'y veillerai.

Jaku ramena son regard sur le jardin. « Comme vous voudrez, seigneur gouverneur. » La voix ne marquait pas la résignation.

Oui, conclut Shonto, c'est un homme dont il faut se méfier en permanence. Le Tigre noir, quelqu'un qui peut à tout instant surgir de la nuit sans l'avoir laissé deviner.

« L'empereur, à ce qu'on rapporte, a conféré un grand honneur à votre fille, dit brusquement Jaku.

— Il a honoré ma maison entière par sa sollicitude et sa générosité. » La réponse semblait presque apprise par cœur.

« C'est vrai. Il est bon, n'est-ce pas, d'être dans les bonnes grâces de l'empereur ? »

Shonto ne réagit pas. Jaku poursuivit : « On m'a demandé de vous dire que l'empereur veillera à la sécurité de votre fille pendant que vous serez à Seh. Il l'aime beaucoup, mais qui pourrait ne pas l'aimer ? Elle est jolie, talentueuse, et possède beaucoup de charme, des qualités rarement réunies chez une même personne.

— Le Fils du Ciel n'a pas à se mettre en peine. Dame Nishima sera bien protégée.

— Protéger Sa Seigneurie Nishima n'est pas une charge, monseigneur, mais un honneur. Je m'acquitterais moi-même de ce devoir envers mon empereur si je le pouvais. » Il se tourna vers Shonto et baissa la voix. « Cependant, les choses sont ainsi faites que j'ai fini par avoir le bras long. On peut se garder de plus d'une attaque en la prévenant : cela fait partie de la technique de base du combattant de kung-fu. C'est cette technique qui me rend précieux à l'empereur. »

Shonto était fasciné par cette manière de s'exprimer. Il en oublia presque de répondre. « Et quel danger prévoyez-vous pour ma fille, Katta-*sum* ?

— Pour le moment, je n'en prévois aucun, mais je n'exclus rien. Je veux que vous le sachiez, seigneur Shonto : comme je vois les choses, votre fille a beaucoup trop d'importance pour la laisser courir un danger de la part de quelqu'un – de qui que ce soit. »

Ah ! Jaku, ainsi que je le soupçonnais, ta loyauté est au service de ton ambition. Et maintenant tu places tes espoirs trop haut ! Ce bras long dont tu te vantes peut encore te laisser les mains vides. Mais quel bel animal tu fais, Jaku ! Quelle faim dévorante ! Malgré tout, tu imagines que cette faim fait ta force, alors qu'elle est ta faiblesse. Tu dois apprendre à modérer tes désirs. Me voici encore en train de donner la leçon ! Mais, bien sûr, tu ne peux pas m'entendre.

« Vous savez, Katta-*sum*, reprit Shonto en se tournant pour regarder au-dehors, parfois il m'arrive de penser qu'il existe des forces au-delà de ces murs qui provoquent un changement presque imperceptible mais continu à l'intérieur de mon jardin. C'est comme pour notre âme, n'est-ce pas ? Si nous permettons au monde ambiant de percer nos remparts, nous y perdons sa pureté. Il faut toujours se protéger de cette menace, qu'en pensez-vous ? Ou c'est la fin de notre sérénité.

— Je suis sûr que vous avez raison, seigneur gouverneur », répondit Jaku d'une voix qui soudain parut lointaine.

Shonto le regarda. Une fois de plus, il détendait ses muscles à la manière des combattants de kung-fu, donnait une assise à son corps comme s'il venait de reprendre contact avec le sol. Il semblait avoir porté ailleurs son attention, en direction du jardin, et il avait atteint à une immobilité absolue, les yeux fermés, la main reposant sur la garde de son épée. Shonto se tut, fasciné par le grand félin devant lui qui s'absorbait dans une totale concentration.

Oui, même les bruits de mon jardin parviennent à égaler cette beauté, se dit Shonto, cependant que le *shoji* à la droite de Jaku explosait sous une poussée dans leur direction. Un des membres de la garde privée de Shonto balaya les restes de l'écran en passant au travers, le visage fermé, son épée amorçant un bref mouvement de rotation avant de s'abattre sur Jaku Katta. Tout sombra dans la confusion.

Comme par magie, Jaku parut bondir de la position où il était, à genoux, l'épée à la main, alors que Shonto cherchait encore son arme. Le *shoji* qui ouvrait sur l'intérieur de la maison se rabattit brutalement à l'instant même où le pied droit de Jaku arrêtait le bras de son assaillant, annihilant le coup dirigé contre sa poitrine. Deux gardes débouchèrent de la plantation de bambous tandis que miroitait l'épée de Jaku. Son adversaire écrasa la table basse en tombant raide mort, et lui-même atterrit sur ses pieds au-delà des limites de la véranda, l'arme prête à servir, bien campé sur ses jambes.

« Personne ne bouge ! » hurla Shonto de là où il était, debout, adossé à un poteau, l'épée nue. Le jeune serviteur se tenait sans arme entre son maître et la paroi démolie, décidé à se mettre en travers de tout ce qui pourrait se présenter. On entendait partout courir et crier.

Kamu parut, bousculant les gardes à l'entrée, mais il s'arrêta, stupéfait, à la vue de l'homme sans vie dans la livrée des Shonto. Derrière lui on apercevait le lieutenant de Jaku jetant partout des regards pour déceler un éventuel danger.

De la pointe de sa lame, Shonto désigna le cadavre. « Qui est-ce, Kamu ? »

L'intendant se tourna vers un de ses subordonnés debout dans l'encadrement du *shoji* mis en pièces. « Tokago Yama, sergent de notre garde, monseigneur. » Il s'inclina devant Shonto sans cesser de fixer des yeux Jaku Katta.

« Cet homme a tenté d'assassiner son seigneur et maître. » La voix de Jaku retentissait, dominant le tumulte. « Heureusement, Jaku Katta lui a barré la route. J'ai épargné au seigneur Shonto d'avoir à laver le sang de cet individu resté collé à une arme donnée par l'empereur. »

Shonto jeta à son intendant un regard sans aménité. « Kamu, tous les gardes en poste dans ce jardin sont désormais de simples porteurs. Tu briseras leurs épées toi-même. Un hôte de la maison des Shonto a couru un danger. C'est inadmissible. » Il s'interrompit, dominant peu à peu sa colère. « Où est le capitaine de mes gardes ?

— Il arrive, monseigneur.

— Bien. Envoie chercher mon indigne jardinier et assure Dame Nishima que tout danger est écarté. »

Shonto tourna le dos à la scène et quitta la véranda. Il fit signe à Jaku qui le suivit dans le jardin. Les deux hommes avaient gardé leur épée à la main.

« Katta-*sum*, impossible pour moi d'excuser ce qui vient d'avoir lieu. Jamais cela ne s'était produit depuis que je suis le chef de cette maison. Je vous dois beaucoup.

— J'ai fait ce que tout homme aurait fait à ma place, monseigneur. Je ne vous demande rien en retour sinon de prendre garde aux périls qui vous menacent. Introduire chez vous maintenant l'un de ces moines perfides est, j'en suis sûr, une erreur. Encore une fois, veuillez y réfléchir.

— Votre inquiétude m'honore, général. Je tiendrai sûrement compte de ce que vous me dites. »

Le capitaine des gardes de Shonto et le jardinier principal arrivèrent au même moment. Tous deux s'agenouillèrent et se prosternèrent, sans rien montrer de la peur qu'ils ressentaient.

Shonto fit signe au jardinier de le suivre mais ignora le capitaine. Gagnant le mur du fond, il s'arrêta devant un superbe buisson de *chako*. L'arbrisseau avait été taillé par un artiste de talent, et sa beauté aurait frappé le regard le moins averti.

« Ceci est un cadeau que je vous fais, Katta-*sum*. C'est un élément de mon équilibre intérieur, en quelque sorte. En témoignage de ma gratitude pour votre geste de ce jour. Puis-je vous envoyer mon jardinier afin qu'il lui trouve une place dans votre jardin ? Je suis persuadé que ce jardinier n'a pas son égal dans tout l'empire.

— Ce serait un grand honneur, seigneur Shonto. Mais mon modeste jardin est indigne de recevoir pareille beauté. C'est moi maintenant qui suis votre débiteur. »

Shonto se tourna vers son domestique. « Tu accompagneras le général Jaku à son retour dans sa demeure et verras cela avec lui et son propre jardinier. Prépare ce *chako* tout de suite. » Il reprit le chemin du porche. « Tout homme se doit de posséder le plus beau jardin qui soit en son pouvoir, Katta-*sum*. C'est pour l'âme humaine de première importance. Quand on se trouve être autant sollicité que vous et moi, on a besoin d'un sanctuaire, n'est-ce pas ? D'un lieu qui nourrisse l'âme. N'êtes-vous pas de cet avis ?

— Certes, monseigneur. »

Ils passèrent à nouveau devant le capitaine à genoux et gagnèrent la véranda. Des domestiques s'affairaient à remplacer le *shoji* délabré. Déjà les nattes végétales avaient été changées, et une nouvelle table avait été installée avec d'autres coupes.

Shonto tendit son épée à son valet qui la remit dans son fourreau et la replaça sur son support. Les deux hommes s'assirent au bord de la véranda tandis qu'on leur lavait les pieds, car ils étaient allés dans le jardin pieds nus.

« Je vous remercie encore, Katta-*sum*. Je réfléchirai mûrement à vos paroles. »

Jaku hocha la tête. « Votre *chako* dans mon jardin aura la place d'honneur. » Il se releva et marqua une pause. « Merci du temps que vous m'avez accordé, monseigneur. Le spectacle de votre jardin restera pour moi une grande leçon. Malheureusement, le service de l'empereur me réclame. »

Un domestique lui apporta son casque. Shonto et son hôte échangèrent des salutations, et Jaku partit, escorté par des gardes. Le *shoji* se referma, et Shonto se retrouva seul avec son valet et le capitaine de ses gardes, toujours agenouillé au milieu du jardin. Si l'on excepte les bambous piétinés, il ne restait nulle trace de la tentative d'assassinat. La scène était redevenue paisible.

Shonto tapa impatiemment sur la table. « Où sont mes fruits ? » demanda-t-il.

Le serviteur s'inclina promptement et se tourna pour ouvrir précipitamment le *shoji*. Shonto lui fit signe de remplir les coupes, et le jeune garçon se pencha pour verser.

Levant une coupe, le maître fit face à son valet. « À ta santé ! » dit-il. Le jeune domestique en resta confondu mais sans cesser de se montrer attentif. Shonto montra la deuxième coupe. « On ne peut porter un toast sans boire. »

Le serviteur hésita encore, puis comprit l'honneur que son maître lui destinait. Il prit l'autre des récipients.

« Je bois à tes nouvelles fonctions, deuxième adjoint de Kamu. As-tu étudié les armes ? »

Le jeune garçon fit oui de la tête comme s'il vivait un rêve.

« Bien. Tu prendras ton service demain. Quel est ton nom ?

— Toko, monseigneur.

— Ainsi, Toko, aujourd'hui tu t'es montré brave et doué de bons réflexes. Ce sont des qualités qui comptent. Tu peux très bien faire si tu es attentif et apprends vite. Bois. »

Shonto tourna ses regards vers son valet comme s'il le voyait pour la première fois. Depuis combien de temps faisait-il partie des gens attachés à sa personne ? Il l'ignorait. Ce garçon n'avait pas plus de seize ans, donc il ne pouvait pas l'avoir longtemps servi. On demandait certaines qualités à un domestique : physiquement, une aptitude à l'emploi, une voix douce, du charme et un calme intérieur qui le rendait d'une discrétion parfaite. Toko possédait tout cela.

Il toucha la natte de son front. « L'honneur est trop grand, monseigneur.

— Nous verrons. Mais aujourd'hui tu es encore un domestique et j'attends mes fruits. »

Le jeune garçon alla au *shoji*, l'entrebâilla puis plaça un bol sur la table. « Kamu-*sum* est là, monseigneur », dit-il sans forcer la voix.

Son maître fit signe qu'il avait entendu. Il retourna au jardin et se mit à enfourner des quartiers d'orange dans sa bouche. Le vieil intendant était à sa disposition. Il attendait le dos courbé, en silence. Shonto finit son orange, savourant chacun des morceaux après s'être vu rappeler un instant plus tôt que pour un peu il n'en goûterait plus d'autre.

« Ainsi, Kamu, une matinée de surprises, qu'en penses-tu ?

— Je n'éprouve que de la honte, monseigneur. Cette faille dans la sécurité est entièrement de ma responsabilité. Un assassin parmi vos gardes… » Il secoua la tête, ne parvenant pas à y croire. « Je… je vieillis, ma mémoire me trahit, seigneur. Je ne suis plus digne de votre confiance.

— J'en déciderai. Notre jeune frère est-il arrivé ?

— Pas encore, seigneur.

— Bien. » De la tête, Shonto désigna le capitaine des gardes. « Je vais parler avec celui-là maintenant. »

Kamu se releva. Il alla à l'unique marche d'où l'on descendait de la véranda. Là, il se racla la gorge. Pour la première fois depuis qu'il était entré dans le jardin, le capitaine leva les yeux. Kamu lui fit signe, ordonnant sans ouvrir la bouche, à la manière des hommes habitués au commandement.

Il s'apprêtait à partir quand Shonto d'un geste de la main lui intima l'ordre de rester. Il reprit sa place et à nouveau s'enferma dans le silence.

Le capitaine des gardes de la maison des Shonto se dirigea vers les deux hommes assis sous la véranda. Il n'avait aucun doute sur les responsabilités dans l'incident de la matinée et aucune hésitation non plus sur ce qui en découlerait. Ce ne serait, pensait-il, que justice. Pour cette raison, il gardait un calme absolu. Shonto eut une seconde d'admiration pour la dignité intacte de cet homme. Cela pourtant n'allait avoir aucune incidence sur son jugement.

Cela faisait une dizaine d'années que Rohku Saicha était le capitaine des gardes. Il avait quarante-sept ans. Au temps du père de Shonto, il s'était acquis une réputation de bon soldat et avait gravi les échelons pendant les guerres de la période intermédiaire qui avaient amené l'instauration de la dynastie des Yamaku. On disait que, lorsque se fomentait une conjuration, Rohku pouvait dévoiler le complot avant même qu'il eût été formé. Cela avait fait de lui un parfait capitaine des gardes – jusqu'à ce jour.

Rohku Saicha s'arrêta devant Shonto. Il ôta de sa ceinture l'épée dans son fourreau et la posa avec soin sur le gravier devant la véranda. Il se prosterna et parla sans lever les yeux. « Je vous rends ce que vous m'avez donné, seigneur Shonto. Je n'en suis plus digne. »

Shonto acquiesça d'un signe de tête. Toute faille dans la sécurité était automatiquement attribuée au capitaine des gardes. Il était d'un rang inférieur à celui de Kamu, mais c'était un domaine où prévalait son autorité. Au-dessous du seigneur lui-même, la responsabilité en dernier ressort pour tout ce qui survenait dans la propriété incombait à l'intendant. On pouvait donc le tenir pour coupable, bien que ce ne fût pas dans les habitudes, du moins dans celles de la maison Shonto. On ne prêtait à Shonto Motoru aucune de ces purges déraisonnables dans le personnel auxquelles se livraient volontiers d'autres seigneurs.

« Je vous le demande à tous deux : comment se fait-il que ce tueur, ce Tokago Yama, ait pu faire partie de ma garde privée ? »

Ce fut le capitaine qui parla. « Tokago Yama est le fils de Tokago Hideisa, qui eut un commandement dans la Quatrième Armée de votre père. Hideisa-*sum* fut tué au cours de la bataille où votre père fut trahi. J'honore sa mémoire. Les Tokago servent loyalement votre maison depuis sept générations si Yama-su… Yama les a couverts d'un opprobre éternel.

» C'est récemment qu'il a été affecté à votre garde privée, monseigneur. Je l'y ai mis à sa demande. Il m'avait dit… (Rohku s'arrêta et articula avec lenteur, cherchant à se rappeler avec précision les mots utilisés) que "protéger son maître exigeait une concentration de tous les instants et l'empêchait de penser à sa douleur". C'est ce qui m'a influencé, monseigneur. Sa femme et son fils sont morts noyés il n'y a pas longtemps. Ils étaient dans un bateau venant de la Cité flottante.

» Yama s'était toujours montré un soldat exemplaire, monseigneur. Je me suis complètement trompé sur son compte. » Les épaules du capitaine s'affaissèrent, mais sa voix demeura calme et respectueuse.

Ainsi, se dit Shonto, personne ne sait, à part moi. Comme c'est bizarre ! Ils laissent le sentiment qu'ils ont d'avoir failli leur brouiller les idées. « Rien ne donnait à penser que Yama n'était plus loyal ?

— Depuis la perte des siens, Yama s'était renfermé en lui-même, comme on pouvait s'y attendre. Ces temps derniers, il s'isolait dès que possible, sans cesser de remplir ses fonctions avec conscience. J'avais de l'estime pour lui et je crois qu'il vous révérait.

— Je me rappelle cet accident, dit Shonto, une jonque sur le fleuve, n'est-ce pas ? L'a-t-on jamais retrouvée ? »

Kamu répondit sans se troubler. « Non, seigneur, plus de nouvelles après Yul-ho. Étrange, parce que le fleuve en cet endroit est peu profond et facilement navigable. L'embarcation n'a jamais atteint le bateau-feu de Yul-nan et a disparu corps et biens avec une cargaison de valeur.

— Nous n'avons pas envisagé l'acte d'un pirate ?

— Sur le fleuve, seigneur ? »

Shonto haussa les épaules et poursuivit : « Alors comment se fait-il qu'un homme dont on me dit qu'il me révérait soit devenu un assassin, Kamu ?

— Sa douleur, seigneur. Elle a dû le rendre fou. »

Shonto grommela. Je suis entouré de romantiques, pensa-t-il. Que Botahara me protège ! « Bien. Un soldat sans reproche, descendant d'une longue lignée de fidèles serviteurs des Shonto, perd la raison dans son désespoir après le décès des siens et tente d'assassiner son seigneur et maître pendant la visite d'un représentant de l'empereur, un homme qui se trouve être l'un des plus redoutables combattants de Wa ? »

Les deux hommes face à Shonto restèrent sans voix, de même qu'ils n'auraient pas prononcé le moindre mot s'il les avait fouettés.

« Et il ne vous est pas venu à l'esprit que Yama aurait pu choisir une meilleure occasion ? Il s'en offrait de nombreuses, hein ? Pour un membre de ma garde privée ?

— Pardonnez-moi, seigneur, mais c'est là que la folie fournit une explication plausible. Pourquoi sinon vouloir vous assassiner à… »

Shonto frappa du poing sur la table. Sa patience était à bout. « Ce n'était pas moi qu'il voulait assassiner ! »

Le vent jouait dans les bambous, le ruisseau gazouillait. Nul autre bruit.

« Je n'étais pas là quand c'est arrivé, seigneur, avoua Kamu d'une voix étranglée, mais on m'a rapporté que Yama vous avait attaqué et que Jaku Katta s'était interposé.

— Oui, Kamu, et qui t'a dit cela ?

— Un lieutenant de la garde, je crois. »

Désolé, Kamu, tu l'as mérité. « Toko, dit Shonto sans se retourner, surprenant l'intendant par sa connaissance du nom du domestique, te souviens-tu de qui a donné à Kamu ce renseignement ?

— Jaku Katta, répondit aussitôt le jeune garçon, gêné d'être utilisé pour faire honte au vieux serviteur.

— Je ne comprends pas, seigneur », dit Kamu sans qu'il restât trace de l'aisance qui lui était familière.

Bien, je ne vais pas t'humilier davantage, pensa Shonto, en obligeant le domestique à t'expliquer de quoi il retourne. « Tokago Yama voulait tuer Jaku Katta, dit-il, certain que dans son dos le jeune serviteur lui donnait une approbation muette. Jaku Katta t'a mené en bateau, Kamu.

— Mais pourquoi ? Pourquoi Yama aurait-il essayé de tuer Jaku ici, dans votre maison ? Et quel but aurait poursuivi Jaku en affirmant que vous étiez l'objet de cette agression ?

— Les explications ne manquent pas. Elles peuvent toutes s'avérer fausses.

— Peut-être... » Le capitaine s'interrompit pour rassembler ses idées. « Peut-être Yama croyait-il que sa femme et son enfant étaient encore en vie. Une prise d'otages expliquerait pourquoi on n'a pas retrouvé le bateau. On a vu plus étrange. »

Le capitaine des gardes semblait soulagé d'apprendre que la vie de son maître n'avait pas été menacée. Bien sûr, cela ne changeait rien au fait qu'il avait failli à ses obligations.

« On en vient alors à se demander, poursuivit-il, qui avait intérêt à faire tuer Jaku dans la maison des Shonto par un de leurs gardes. L'empereur n'aurait pas eu d'autre choix que de réagir. Il aurait fait d'une pierre deux coups, n'est-ce pas ?

— Jaku a beaucoup d'ennemis », dit Kamu.

Oui, et Shonto n'en manque pas, pensa le dignitaire.

Le serviteur alla répondre à un coup frappé au *shoji* puis glissa un mot à Kamu qui se dirigea vers l'entrebâillement. On continua de se parler à voix basse. Shonto n'y fit pas attention.

« Excusez-moi, seigneur, intervint Kamu. Les gardes viennent de trouver le frère de Yama, Shinkaru. Il s'est laissé tomber sur son épée dans l'arrière-cour. »

Le capitaine secoua la tête avec tristesse. « Quelle honte ! laissa-t-il échapper.

— Ah ! s'exclama Shonto avant de prendre le ciel à témoin. N'y aura-t-il personne dans cette maison qui sache tenir sa place ? J'aurais parlé à ce frère pour lui éviter de se faire ce plaisir ! » Il avala le reste de son hydromel d'une seule gorgée. Aussitôt le domestique remplit la coupe. « Avons-nous interrogé le gardien du bateau-feu de Yul-nan ? demanda-t-il brusquement.

— La garde impériale s'en est chargée dès que nous l'avons informée de la disparition de la jonque.

— Mais nous-mêmes n'avons rien fait ?

— La garde impériale administre les voies navigables, seigneur. »

Shonto longtemps resta en contemplation devant son jardin, puis il reprit la parole avec une vivacité inattendue. « Il nous faut découvrir pourquoi Yama a voulu tuer Jaku Katta, et tout de suite. Nous n'y épargnerons aucune peine. Si la femme et l'enfant ne sont pas morts noyés, nous devons nous en assurer. Nous interrogerons tous ceux qui auraient eu une raison valable d'être sur le fleuve ce soir-là. Peut-être la garde impériale sera-t-elle informée de notre enquête et nous mettra-t-elle sur la piste d'une personne qui saurait quelque chose.

» Ce qu'il me faut ensuite, c'est ce que ce Jaku a dans le ventre ! Je veux tout savoir sur lui – absolument tout ! Je veux que sans cesse on suive ses mouvements. Quand il dort, je veux savoir à quoi il rêve. Et ses fidèles lieutenants, ces deux frères aux yeux verts, surveillez-les aussi. Avons-nous quelqu'un dans la maison du général ? » Kamu secoua la tête. « Arrangez-vous pour que ça change. Si Jaku peut infiltrer ma maison, je dois pouvoir lui rendre la monnaie de sa pièce. »

Shonto maintenant avait le cerveau en ébullition. Une idée en amenait une autre.

« Toutes les précautions doivent être prises. Personne, absolument personne, ne doit savoir ce que Jaku avait véritablement en l'esprit. Il ne faut pas que le Tigre noir se doute jamais que nous avons vu clair dans son jeu. S'il soupçonne seulement que c'est le cas, nous perdons l'avantage que nous avons sur lui. Il a arraché le seigneur Shonto aux griffes d'un assassin. Nul dans ce jardin ou en dehors ne devra entendre une autre version des faits. Nous ignorons qui encore Jaku peut avoir placé dans cette maison. » Tour à tour il fixa du regard les deux hommes. « C'est bien compris ? »

Ils firent signe que oui.

« Bon. » Il se tourna vers le jardin, toujours à ses pensées. « La Sonsa de l'empereur, trouvez aussi ce que vous pourrez à son sujet. Il y a beaucoup à faire. Les Shonto depuis trop longtemps sont restés les bras croisés. C'est une erreur de croire que, parce que nous ne menaçons personne, personne ne se sent menacé par nous.

» Capitaine (Shonto surprit le garde en lui donnant son grade), je vous confie les responsabilités dont nous venons de parler. Vous serez également responsable de la sécurité de Dame Nishima quand je serai à Seh. Nous en reparlerons. Si vous vous acquittez avec succès de ces obligations, vous vous serez racheté. Vous pouvez partir.

— Mais, seigneur, balbutia le capitaine, on va vous dire coupable de faiblesse. » De toute évidence, il était frappé par la désinvolture avec laquelle il était traité.

« Parfait ! Que Jaku Katta m'imagine bonasse et complaisant ! La vérité est que j'ai besoin de vous tous. Je ne peux plus me permettre d'autre indulgence envers mes serviteurs. Allez ! »

Le capitaine s'inclina et se releva. Il traversa le jardin d'un pas chancelant et sortit par une porte dérobée, les idées floues. Il ne pouvait surmonter l'humiliation qu'il ressentait après qu'on lui eut permis de vivre.

L'esprit ailleurs, Shonto se servit en fruits.

« Êtes-vous sûr de ce que vous faites, seigneur Shonto ? » dit Kamu sur un ton hésitant. Seuls son âge et sa situation l'autorisaient à poser une telle question. « Le capitaine a raison, on en entendra parler dans tout l'empire. »

Shonto lui jeta un regard noir. Il fut tenté de le congédier sans lui répondre. « Non, Kamu, ce n'est pas sage et réfléchi. J'obéis à une impulsion. C'est un message à méditer pour Jaku Katta. Mais ce qui est fait est fait. Notre position est bien meilleure qu'elle n'était il y a une heure. Jaku Katta nous a révélé ce qu'il voulait nous cacher. Pour me l'avoir fait connaître, je me sens capable de pardonner à Rohku presque n'importe quoi. »

Kamu secoua la tête tristement. Ne s'adressant à personne en particulier, il dit : « Il est peut-être temps pour moi de prendre ma retraite. Je ne vois plus ce que mes fonctions me demandent de voir. Je suis perdu dans tout ça.

— Tu n'étais pas là quand l'agression a eu lieu, donc tu n'as pas pu voir la même chose que moi. Le Tigre noir s'attendait à être assailli. Il savait que cela allait venir. Seulement après avoir constaté que Yama était bel et bien mort, Jaku en a fait un acte de violence dirigé contre moi.

» Je ne sais ce qu'il faut en penser, Kamu. Deux possibilités m'apparaissent clairement : quelqu'un voulait que Jaku meure chez moi, de la main d'un garde Shonto, quelqu'un qui était son ennemi et le mien, mais Jaku a eu vent du complot et a décidé de le tourner à son avantage ; en apparence, il me sauve la vie. Tu comprends ?

» Une seconde possibilité est que Jaku a planifié tout cela pour jeter le trouble en mon esprit, me faire croire qu'il était un homme honorable, ou pour des tas d'autres raisons. Jusqu'à ce que nous en sachions davantage, il est vain de se prononcer.

— Mais ne devrions-nous pas nous demander si Yama avait ses raisons de désirer la mort de Jaku ?

— Cela ne paraît guère probable. Un garde de la maison du Shonto et le conseiller de l'empereur ? Si Yama avait des raisons qui lui étaient propres de vouloir la mort de Jaku, il semble invraisemblable que le général les ait connues ou que Yama ait fait sa tentative ici, où l'empereur m'aurait certainement tenu pour responsable. Tous ceux qui fréquentaient Yama doivent être interrogés. Peut-être en recueillerons-nous un indice. »

Shonto but une gorgée d'hydromel et regarda dans le vide.

« Il y a autre chose que j'ai besoin de savoir, Kamu. Il y a peu de temps, moins de deux ans, le vieux Komawara de Seh a vendu une partie de son fief. Il me faut connaître la somme qui a été payée pour cette terre, et cela dès aujourd'hui, avant le repas de midi. J'aurai le seigneur Komawara comme invité, et nous partagerons ce déjeuner avec Tanaka, peut-être aussi avec le jeune frère. Nous verrons. Sont-ils déjà là ?

— On les attend dans moins d'une heure.

— Bien. Je les recevrai aussitôt qu'ils auront pris un bain et se seront rafraîchis. Ouvre la salle de réception au grand soleil. Inutile de prévoir plus cérémonieux. Tu peux disposer. »

Le vieux guerrier salua et se releva, sortant à reculons par le *shoji* que le serviteur avait ouvert derrière lui.

« Oh ! Kamu ! » L'intendant s'immobilisa. « Tu prendras Toko ici comme adjoint. Forme-le et, si tu trouves qu'il peut rendre service, vois ce que tu peux en faire. D'accord ? C'est tout. »

Shonto se retrouva seul. Son cerveau travaillait à débrouiller toute l'information que la matinée lui avait procurée. Sa pensée s'arrêta sur Jaku Katta.

Cet homme, se dit-il, est d'un incroyable machiavélisme, et prêt à prendre de grands risques. Mais il est imprudent. Oh ! qu'il est imprudent ! Il pense que cette démonstration va m'attirer dans son camp. Jaku le brave, Jaku le perspicace ! Qui n'aurait pas envie d'avoir un homme aussi redoutable pour allié – ou même pour gendre ? Je le crois vraiment capable de précipiter une crise dans Wa, persuadé qu'avec son agilité il en tirera sûrement profit. Donc il s'imagine qu'il peut tenir l'empereur dans une main et Shonto dans l'autre, mais ce qu'il tient, ce sont un scorpion et une guêpe. Shonto eut un large sourire. Ce que nous nous sommes amusés aujourd'hui, Jaku ! N'accumule pas trop tôt les erreurs. Nous pouvons nous divertir encore.

Il éclata de rire et frappa la table du plat de la main, indifférent au domestique à genoux derrière lui.

Ainsi, se dit-il, je vais à Seh. L'empereur croit que cela cadre avec ses plans, tandis que Jaku se persuade que mon voyage lui sera profitable. La partie maintenant commence pour de bon. Il faut tourner le plateau de *gii* pour que seul Shonto bénéficie de ses coups.

Il restait un élément d'information que Shonto détenait et dont il était sûr que les investigations de Rohku ne le fourniraient pas. Une seule fois, Jaku Katta avait perdu le championnat de kung-fu de Wa, et cela huit ans plus tôt. S'il ne se trompait pas, le Tigre noir avait été défait par un jeune novice botahiste. Shonto se frotta les mains. Mais qu'est-ce que les frères m'envoient ? se demanda-t-il.

Son attention fut ramenée sur le jardin. Tendant l'oreille, il écouta puis éclata d'un rire sonore qui dura longtemps. Le carré de bambous piétiné rendait un son très doux entièrement différent. Le jardin avait retrouvé son harmonie.

5

Seuls les conseillers de l'empereur les plus sûrs étaient reçus dans la salle d'audience privée, à côté des appartements impériaux. Uniquement les plus fiables parmi les conseillers… et les agents secrets.

L'homme qui se courbait jusqu'à terre devant le très révéré Fils du Ciel avait en d'autres temps servi comme espion, mais il s'était élevé au rang de général commandant la garde impériale.

« Pas d'embarras, Katta-*sum*, dit l'empereur en faisant signe au général de se relever et de s'agenouiller confortablement.

— Merci, Votre Majesté. »

À genoux devant l'estrade dans son uniforme noir, le commandant de la garde impériale paraissait parfaitement détendu, ce qu'on n'aurait pu dire de beaucoup de ceux qui étaient mis en présence de l'empereur.

« Les alizés cet automne semblent avoir du souffle, Katta-*sum*. Il y aura lieu de se réjouir s'ils apportent tout ce dont nous avons besoin pour remplir les caisses de l'État.

— Je suis certain qu'ils le feront, Votre Majesté. Tous les rapports indiquent une année exceptionnelle. »

L'empereur hocha la tête en agitant l'éventail du Dragon dans un geste de courtoisie. L'ampleur des plis d'une robe brodée d'or portant l'insigne du dragon impérial semblait multiplier par trois le volume du monarque, rendant apparemment dérisoire son épée de commandement, maintenue verticale sur un support à ses côtés.

« Dites-moi donc, général, lança l'empereur en refermant son éventail d'un coup sec, signe que c'en était fini des simagrées, comment s'est passée votre visite à l'estimé seigneur Shonto ? »

Jaku hocha la tête lentement. « Comme vous l'aviez prévu, Votre Majesté. Ce jeune moine revêt une importance particulière. Shonto n'a pas réagi quand j'ai mentionné votre mécontentement devant sa décision d'avoir recours à un conseiller spirituel. Quand j'ai suggéré que sa fille pouvait courir un risque pendant qu'il serait à Seh, il n'a rien dit et, quand je lui ai fait savoir que vous, sire, envisagiez d'arrêter toutes les sorties de navires du port de Yankura afin, selon votre expression, d'“affamer les pirates”, il s'est contenté de hausser les épaules, comme si le transport par terre de ses marchandises dans son fief et hors de son fief n'allait pas lui coûter trois fois plus cher. Il ne veut rien entendre, Votre Majesté. »

Le sourire de l'empereur disparut pour faire place à une mine renfrognée. « Ces moines perfides ne nous préparent rien de bon, Katta-*sum*. Ils complotent avec le rusé Shonto, je le sais. Toute cette agitation autour d'un jeune frère est bien extraordinaire. » Le Fils du Ciel secoua la tête. « Que peut-il y avoir de si inhabituel chez un jeune initié ? Il y a anguille sous roche, je le sens.

— J'ai peur que vous n'ayez raison, Votre Majesté. Mais nous ne tarderons pas à en savoir davantage. Le bateau qui amène à Shonto son moine est à quai. Un messager nous arrive à l'instant même.

— Cet imbécile d'Ashigaru ? Qu'espérez-vous de ce fanatique ?

— Rien dans l'immédiat, Votre Majesté. Il aura échoué à coup sûr, mais la tentative aura été faite par un prêtre de Tomso. Toute la congrégation botahiste en sera sens dessus dessous. Et l'homme que j'ai délégué pour suivre les opérations est très observateur. Je l'ai choisi moi-même. Nous apprendrons les détails de l'échec d'Ashigaru, et cela nous donnera une idée de la personnalité du moine de Shonto. »

L'empereur poussa un grognement. « Il aurait mieux valu envoyer par le fond le bateau et tout son chargement. Plus de moine botahiste. Cela nous aurait ôté l'épine du pied une bonne fois pour toutes.

— Encore aurait-il fallu pouvoir le couler, Votre Majesté. Le capitaine était excellent marin, en charge d'un navire rapide. Un homme de Shonto, à n'en pas douter. Il n'a pas dû suivre la route habituelle et, une fois le cap Ujii contourné, il était risqué de s'en mêler. Le trafic est trop dense. On l'aurait su.

» Je crois que nous avons choisi la bonne méthode. Nous envoyons Shonto dans le Nord avec son serviteur botahiste. Nous gardons Dame Nishima ici dans la capitale. Le fils de Shonto ira administrer le fief familial. La famille sera dispersée dans tout l'empire. Shonto ne sera pas accueilli à bras ouverts dans le Nord, c'est l'affront que nous lui réservons. Les seigneurs du Nord sont fiers et accepteront mal l'idée qu'ils sont incapables de défendre leur frontière contre des Barbares dégénérés. Shonto ne va pas s'amuser dans le Nord, sire, c'est moi qui vous le dis. »

L'empereur se mit à rire. Il acquiesça sans un mot. « Je suis trop impatient, Katta-*sum*. Vous me réconfortez. J'apprécie beaucoup votre manière de prévoir. »

Jaku courba la tête. « Vous me faites trop d'honneur, Votre Majesté. Je n'en suis pas digne. »

Ce fut l'occasion pour l'empereur de froncer les sourcils. « Qu'est-ce que c'est que cette histoire de tueur dans le jardin de Shonto ? »

Si Jaku fut pris de court, il n'en laissa rien voir. « J'allais vous en parler, sire.

— J'y compte bien.

— Il s'agissait en réalité d'une tentative de meurtre avortée contre Shonto de la part d'un de ses propres gardes. Il n'y aurait pas succombé, il est trop vif. Il m'a paru opportun d'abattre le meurtrier pour qu'on n'imagine pas que le Trône y soit pour quelque chose. C'était une situation embarrassante, Votre Majesté, avec Shonto menacé par un des membres de sa garde d'élite et votre serviteur pour arrêter le bras de l'assassin. Tout l'empire en sera informé dès la fin de la semaine. Shonto aura l'air d'un nigaud – et quand on pense que c'est cet homme-là que nous envoyons au secours des habitants de Seh ! ajouta Jaku avec un sourire narquois.

— Ne soyez pas si sûr de vous, général. Il en faudrait davantage pour entamer la réputation de Shonto Motoru. C'est un malin et vous feriez bien de ne pas le sous-estimer.

— Bien sûr, vous avez raison, sire. Je vous demande pardon de ce manque d'humilité. » Jaku toucha la natte de son front.

« Il faut déstabiliser Shonto, et il ne devra jamais savoir ce qui se trame, Katta-*sum*. C'est un joueur qui a trop de maestria. Nous ne pouvons nous permettre la moindre erreur.

— Tout se passe comme prévu, Votre Majesté. Dans trois jours, le seigneur Shonto va partir pour le Nord, laissant Dame Nishima ici dans la capitale. Tout ce que nous espérions a pu être arrangé à Seh, et même plus.

— Nous avons toujours de quoi nous inquiéter, Katta-*sum*. Promettre la place de gouverneur à deux personnes différentes est prendre un grand risque.

— Mais aucune des deux ne peut en parler ouvertement, Votre Majesté. Si Shonto entendait seulement dire que quelqu'un se prépare à lui succéder avec votre approbation, le cas de cet homme serait désespéré. Shonto n'a jamais hésité à éliminer un rival, et il y a toujours réussi. Il nous faut au minimum deux candidats pour le contrecarrer, Votre Majesté, deux ne seront pas de trop.

» Imaginons que le seigneur Shonto découvre notre complot (le général haussa les épaules) : eh bien, nous ne sommes pas au courant.

— Le risque est pourtant considérable ! Si l'on s'aperçoit que nous jouons un rôle, tous les soupçons de Shonto peuvent converger sur nous. Ce serait un désastre !

— Shonto soupçonne tout le monde, Votre Majesté, absolument tout le monde et à tout moment. Et, après ce qui s'est passé aujourd'hui, il lui faut même se méfier de son propre personnel. » Jaku Katta sourit froidement. « Nous ne pouvons pas échouer, Votre Majesté. J'en ai la certitude.

— Nous espérons que vous ne vous trompez pas, Katta-*sum*. D'autres ont cru tenir les Shonto dans leurs griffes et ont été cruellement déçus. De pareilles surprises font mal. » Le Fils du Ciel frappa ses mains avec force l'une contre l'autre. « La peste soit de mon imbécile de père ! S'il avait suivi mes conseils, il se serait débarrassé du vieux Shonto quand l'occasion lui en était donnée !

— Mais le fils alors aurait cherché à se venger, sire, lui rappela Jaku.

— Oui, et nous l'aurions combattu comme nous le faisons aujourd'hui. Je ne vois pas la différence. Nous ne sommes pas en sécurité sur le trône tant que vit un Shonto. Ils ont trop de pouvoir, trop d'ambition, et cette Fanisan… elle est l'œil du cyclone qui menace de nous engloutir. Si Shonto la donne en mariage à une autre maison que la mienne, ce sera la guerre. Il n'y aura pas d'autre issue. Ah ! comme il sait attendre son heure ! Qui choisira-t-il comme allié ? Qui ?

» Maudit soit ce crétin superstitieux ! Maudit soit-il ! » Le Fils du Ciel frappa du poing le bras de son fauteuil et voua son empereur de père aux gémonies avec colère.

« Peut-être votre père vous a-t-il fait une grâce, sire, suggéra Jaku. Aujourd'hui vous vous battez contre Shonto Motoru dans des conditions choisies par vous, non par lui. Et cette fois il n'y a pas de devin secrètement payé par le Shonto pour nous faire pâlir d'angoisse à l'idée de partir en guerre contre son clan. La configuration n'est pas la même.

— Oui, Katta-*sum*, vous avez raison. Je sais que vous avez raison. » L'accès de colère de l'empereur se dissipa comme il était venu. « Il faudra en reparler demain. Je veux qu'on me tienne informé de cette affaire en permanence. Et j'attends toujours un rapport écrit sur la situation à Seh, Katta-*sum*, vous n'avez pas oublié ?

— Vous pourrez l'avoir dans une heure, sire.

— Bien. À demain, donc. »

Jaku Katta toucha la natte de son front, les paumes de la main à plat sur le sol, puis il se releva et sortit à reculons, laissant l'empereur à sa solitude dans une salle d'audience copieusement gardée.

L'empereur se caressa la moustache et sourit. Les plis qui creusaient son visage s'effacèrent. Il se mit à rire. Il commanda un repas et mangea, servi par plusieurs domestiques. Son humeur s'améliorait de minute en minute.

Je te tiens presque, Shonto Motoru, je le sens ! Et en prévision de ce moment, je soigne ma force.

Il rit à plusieurs reprises sans raison apparente au cours de son repas, à la grande surprise de ses serviteurs, guère accoutumés à la gaieté chez leur maître. Cela les perturba considérablement.

Quand il eut mangé et à petites gorgées bu une tasse de thé, un laquais frappa à sa porte et annonça le lieutenant Jaku Tadamoto, le frère cadet de l'estimé général.

« Ah ! mon rapport ! » dit l'empereur en faisant signe aux serviteurs de le laisser seul.

Le lieutenant entra. C'était son célèbre frère en plus grand et plus mince. Mais Jaku Tadamoto n'avait physiquement rien de la présence du champion de kung-fu. Il pouvait passer inaperçu autant qu'un domestique – aussi longtemps qu'il n'avait pas ouvert la bouche. Ce n'était pas qu'il eût une voix hors du commun. Non, c'était l'usage qu'il faisait de ses mots qui retenait l'attention, car il s'en servait, non avec la désinvolture presque toujours de mise, même chez les personnes instruites, mais à la manière d'un artiste maniant un pinceau à la touche délicate, avec infiniment de discernement et de précision.

Jaku Tadamoto était aussi un lettré d'un certain mérite, doué en outre d'esprit critique. L'intérêt qu'il portait au passé lui donnait une largeur de vues bien supérieure à celle de son frère qui, bien que brillant à sa façon, avait tendance à se focaliser sur le présent aux dépens de l'avenir.

L'empereur venait seulement de le comprendre, grâce à un espion qu'il avait placé à proximité de Jaku – un superespion pour surveiller le maître en espionnage ! Aussi, malgré les efforts de Katta-*sum* pour maintenir ses frères dans l'obscurité, le Fils du Ciel s'était-il adroitement arrangé pour rencontrer ces jeunes gens. Il avait exigé que les messages qui passaient entre le général et l'empereur ne fussent jamais remis par un laquais, aussi digne de confiance qu'il fût. Par ce moyen, les deux frères avaient été convertis en messagers, et l'empereur avait réussi à les connaître. Il ne tarda pas à s'apercevoir que si l'un était sans originalité, un soldat comme on en voit partout, sans mérite particulier, l'autre, Tadamoto, s'avérait quelqu'un de tout à fait remarquable.

Jaku Tadamoto se prosterna aux pieds de l'empereur.

« Ne faites pas d'embarras, lieutenant, dit le monarque avec chaleur.

— Merci, Votre Majesté, je suis honoré… » Tadamoto passa par tout le cérémonial requis.

L'empereur le laissa faire, n'étant pas encore prêt à lui permettre la familiarité qu'il autorisait à son frère. Finalement, il l'arrêta d'un mouvement de son éventail. « Avez-vous quelque chose pour moi de la part de votre estimé frère ?

— Oui, sire, le rapport qu'il vous a promis ce matin.

— Parfait. S'il vous plaît, laissez-le ici. »

Toujours se servant de son éventail, l'empereur désigna le bord de son estrade. Il avait congédié tous les domestiques pour garder l'entretien secret, il ne restait personne pour lui donner le rouleau de papier, et il était hors de question pour lui de le prendre des mains d'un visiteur.

« Pouvons-nous vous demander comment se porte votre famille ? dit l'empereur.

— Votre question m'honore, sire. Mon épouse et mon fils sont en bonne santé, ils connaissent leurs devoirs et ne cessent d'être reconnaissants de l'honneur que l'empereur a conféré à notre nom. Mes frères… » Son visage s'éclaira d'un sourire. « Pardonnez-moi, sire, mais comment pourraient-ils être autrement que comblés de la chance qu'ils ont de pouvoir servir notre empereur révéré ?

— Oui. Et qu'en est-il des problèmes de votre frère ? Souffre-t-il toujours de la présence de cette malheureuse femme et de son malheureux enfant qu'il avait recueillis sous son toit ?

— Ils ne le dérangent plus, sire. »

L'empereur attendit.

« Ils ont quitté provisoirement ce monde.

— Comme c'est triste ! Un accident ?

— La femme s'est suicidée et a tué son enfant, sire.

— C'est tragique ! Après tout ce que votre frère avait fait pour eux ?

— C'est à n'en pas douter, sire.

— Et l'on ne sait toujours pas qui elle était, cette femme ? »

Le frère de Jaku Katta remua malaisément. L'empereur faisait peser sur lui son regard. « Il semble possible, sire, que cette femme, à un moment donné, ait été une très médiocre dame d'honneur de Sa Seigneurie Nishima Fanisan Shonto. Mais il paraît plus probable qu'elle ait été une servante appréciée. »

L'empereur mit un coude sur le bras de son fauteuil en soutenant son menton de son poing. Il n'eut pas d'autre réaction.

« Quelle bonté de la part de votre frère de prendre en sa maison une femme tombée aussi bas ! Peu de gens auraient montré la même compassion. Et sans en rien dire à personne ! Par modestie, sans doute. C'est très noble de sa part. Bien sûr, nous ne lui en parlerons pas. Ce sera son secret, mais il faut admettre que cet acte de générosité nous a touché profondément. »

Le silence se fit, le temps pour l'empereur d'assimiler cette nouvelle information.

« Ainsi, c'était Dame Nishima. Hum ! je me demande si la malheureuse aurait pu fournir à Katta-*sum* des renseignements sur la grande dame ? » Il interrogea du regard pour accentuer sa question.

« Cela paraît envisageable, sire. Se documenter sur le Shonto est essentiel en ce moment à l'accomplissement des desseins impériaux.

— Ah oui ! les desseins impériaux !

— Il ne viendrait pas à l'esprit de mon frère, sire, d'importuner l'empereur avec de simples suppositions. Je suis sûr que s'il vérifiait une information éventuellement reçue, il vous en rendrait compte.

— Je n'en doute pas un seul instant. Donc, lieutenant, pas un mot sur cette conversation. Je ne voudrais pas qu'un homme ayant la fierté de votre frère pût penser que je ne lui fais pas confiance. En aucun cas.

— Comme vous voudrez, sire. Vous pouvez compter sur ma discrétion. »

L'empereur remercia d'un signe de tête. Dame Nishima est une femme désirable, n'est-ce pas ?

— Certes, Votre Majesté.

— Il est dommage que Katta-*sum* ne soit pas d'un rang à pouvoir prétendre à cette femme. C'est très regrettable. »

Jaku Tadamoto resta muet.

« Et ma jolie Sonsa, Tadamoto-*sum* ? Avez-vous fait ce que je vous demandais ? Je veux avoir l'assurance qu'elle ne court aucun danger.

— Je vous assure qu'elle n'en court aucun, Votre Majesté. Et son dévouement envers vous semble ne faire aucun doute. Elle ne vit que pour la danse et pour son empereur.

— Oui. J'ai vraiment beaucoup d'affection pour elle, Tadamoto-*sum*, mais… (l'empereur hésita comme s'il cherchait ses mots) je suis un empereur, après tout, alors qu'elle… » Il laissa pendre sa main. « Mais j'aimerais la voir heureuse et bien établie… »

Ah ! se dit le Fils du Ciel, à présent je vous intéresse, jeune Jaku.

« Il me faudra y réfléchir. Un empereur doit toujours être juste, n'est-ce pas ? Il lui faut aussi récompenser la fidélité. J'y réfléchirai. »

Jaku Tadamoto acquiesça d'un signe de tête.

« Oui », dit le souverain distraitement avant de reporter son attention sur l'homme qui était devant lui comme s'il le voyait pour la première fois. Il eut un large sourire. « Je vous sais gré d'agiter ces questions avec moi, Tadamoto-*sum*. Je m'inquiète pour votre frère. Il s'applique à ses tâches avec un tel dévouement et ne se réserve que si peu de loisir. Nous reprendrons cette conversation plus tard. Il y a d'autres sujets sur lesquels nous aimerions converser avec vous. Nous apprécions vos conseils, et votre loyauté n'est pas passée inaperçue. Nous aurons bientôt un nouvel entretien. »

Jaku Katta sortit à reculons de la salle d'audience, le cœur gonflé d'espoir.

Le visage de l'empereur trahit une certaine gêne quand les portes se refermèrent. Il secoua la tête. Comment un homme aussi intelligent pouvait-il permettre à ses désirs de guider son action, se demanda-t-il. Bizarre. Peut-être dans l'avenir, à un moment quelconque, donnerait-il effectivement cette fille à Tadamoto-*sum*. Personne d'autre n'aurait l'audace de lui faire la cour. L'empereur sourit au souvenir de la nuit passée. Tadamoto-*sum* ne l'avait pas encore gagnée.

Quels drôles de frères ! Ainsi Jaku Katta désire Dame Nishima. L'empereur eut un haut-le-corps. Le général avait-il perdu l'esprit ? Mais toute cette famille court à sa ruine à cause des femmes ! Dame Nishima ! Jaku doit comprendre que c'est impossible. Le Tigre noir complote – mais que manigance-t-il ? Une alliance secrète avec le Shonto ? Veut-il me livrer au Shonto ? Peut-être trame-t-il quelque chose avec l'un de mes incapables de fils ? Est-il possible que Jaku se soit vraiment toqué de la fille de Shonto, qu'il s'expose à des dangers comme un amoureux sans cervelle ?

L'empereur chercha derrière lui et prit sur son support l'antique symbole de son pouvoir, l'épée, que sans y réfléchir il tira à moitié hors de son fourreau.

Et que penser, se demanda-t-il, de cette femme et de son fils ? Une des servantes de Dame Nishima ? Pfft ! Je suis prêt à parier une de mes provinces qu'elle avait un rapport avec la tentative de meurtre perpétrée contre le Shonto. Si l'on peut parler de tentative ! Oh ! Katta-*sum*, comme tu me déçois ! Ce trône donne à tous ceux qui l'approchent le désir de se l'approprier. Pire qu'une femme, hein ? Il eut un rire amer. La différence entre nous, Katta-*sum*, est que je possède avec ce trône la plus désirable des conquêtes, alors que, toi, tu ne l'auras jamais.

On frappa à l'écran sur sa droite, et un serviteur ouvrit une porte secrète. Elle laissa passer la maîtresse Sonsa du souverain, un sourire interrogateur sur les lèvres, la tête penchée découvrant le joli galbe de son cou.

« Ah ! Osha-*sum* ! » Le visage de l'empereur se fendit d'un large sourire quand elle vint à lui, paraissant marcher sur un nuage comme le faisaient toutes les Sonsa. Le *shoji* se referma derrière elle tandis qu'elle traversait la pièce sans prendre la peine de saluer, pour aller se jeter dans les bras de son maître d'un geste souple donnant l'impression que d'un seul élan elle courait se pelotonner contre lui. Le monarque se congestionna et ses yeux s'agrandirent de plaisir.

« Comme c'est bon de vous toucher, sire ! Mon corps se languit de vous.

— Si tôt depuis ce matin ? plaisanta-t-il.

— Mais oui. Certainement. Il vous a regretté dès que nous nous sommes quittés et ne m'a pas laissé en repos tout le temps de mon entraînement. J'ai dansé très mal, dans l'incapacité de me concentrer comme doit le faire une Sonsa. »

Il l'embrassa dans le cou, qui se creusa de satisfaction. Quand il la toucha, la fine soie de son kimono lui parut aussi douce que sa peau. Le nœud de sa ceinture se défit sans peine aussitôt qu'il tira dessus. Il comprit qu'il avait été noué en « nœud d'amoureux ». Il rit en le découvrant. « Oh ! les domestiques vont s'en être aperçus.

— Non. Impossible. Je fais ce nœud à la perfection. Personne ne peut le remarquer. Je me suis entraînée en pensant à vous.

— Tu as tant de talents qui n'apparaissent pas sur une scène ! Toutes les Sonsa sont-elles aussi savantes ? »

Son vêtement de dessus, de couleur bleu ciel, glissa, révélant trois kimonos de dessous qu'il ouvrit lentement, couvrant de baisers ses épaules, grisé par la douceur de sa peau. Ses seins étaient tout petits. Il n'avait jamais vu de femme plus menue.

« La lumière dans ma chambre est belle à cette heure du jour », lui murmura-t-il, la respiration déjà lourde. Elle lui prit la tête entre les mains pour l'embrasser passionnément.

Derrière l'estrade, un *shoji* ouvrait sur un couloir menant à la chambre à coucher. Le soleil entrait à flots au travers d'écrans de papier placés en haut des murs, donnant une belle lumière filtrée comme celle qui pénètre le feuillage dans la forêt. Un lit bas et massif était baigné de cette lumière, le dessus-de-lit avec ses fleurs imprimées évoquant le sol du sous-bois. Ils se laissèrent tomber dans la douceur de cette couche.

Elle ne le trouvait pas extraordinaire en tant qu'amant, cet homme qui régnait sur un aussi vaste empire. En fait, il aurait été des plus ordinaires sans la passion qu'elle lui inspirait et qui paraissait sans bornes. Et puis il était fort, plus fort qu'elle n'aurait pensé, et les Sonsa en règle générale ne se trompaient jamais sur les vertus du corps humain. Le Fils du Ciel lentement se mit à genoux, la soulevant, la tenant ensuite levée sans grand effort.

Quand ils eurent fini, il était comme un homme qui aurait livré bataille. Il gisait, couché sur elle, à bout de forces, respirant profondément et languissamment. C'était un moment où elle éprouvait toujours un étonnant abandon qui l'amenait à s'interroger sur d'autres hommes, une multiplicité d'hommes, comme Jaku Katta aux yeux de tigre qu'elle avait vu plus tôt quittant la salle où l'empereur lui avait accordé une audience. Comme le seigneur Shonto, avec lequel elle avait dansé la nuit précédente. Elle se moqua d'elle-même pour nourrir ces fantasmes, se traita de « mystérieuse impératrice en jaune », ainsi qu'on avait nommé l'impératrice Jenna qui, disait-on, avait eu mille amants quand elle tenait son fils sous sa coupe, alors qu'il occupait le trône du Dragon. On racontait même qu'elle avait partagé la couche de ce fils. Stupéfiant !

Oui, pensa-t-elle, c'est bien moi la mystérieuse impératrice en jaune. Je désire tous les hommes qui arrêtent mon regard. Elle rit sous cape. Elle les désirait, certes, mais ne faisait l'amour avec eux que lorsqu'elle dansait, les obligeant à la désirer à leur tour.

Elle évoqua Shonto dans cette chaleur douce où elle n'était pas encore assoupie. Elle s'était frottée contre lui quand ils avaient exécuté la danse des Cinq Cents Couples. On pouvait flirter jusqu'à un certain point en exécutant ce genre de danse, mais elle n'avait eu aucune pudeur et avait découvert qu'il avait le corps dur comme celui d'un homme beaucoup plus jeune, et des gestes souples pour quelqu'un qui manquait d'entraînement. Le fameux Shonto, ce personnage que son empereur haïssait. Osha avait été très curieuse de savoir qui il était, une fois les rumeurs à son sujet oubliées. Mais, bien sûr, le temps leur avait manqué pour parler et le lieu n'était pas propice. Tout ce qu'elle avait appris, c'était qu'il avait la repartie facile, ce qui ne l'avait pas étonnée, et qu'il paraissait apprécier la compagnie de plus jeune que lui, entouré comme il était des amies de sa fille.

Pourquoi l'empereur détestait-il cet homme-là ? Bien étrange. Mais il n'aurait jamais eu l'idée de parler de Shonto avec elle, pas question. Comme c'était curieux !

Elle s'évada dans un rêve lascif où l'impératrice en jaune s'emparait entièrement d'elle. Elle sourit dans son sommeil.

6

Le seigneur Shonto avait pris place sur une estrade basse dans la grande salle d'audience. Il s'appuyait sur le bras de son fauteuil, une main sous le menton. Son regard s'attarda sur la longue pièce déserte devant lui et se perdit dans la contemplation des grains de poussière tournoyant lentement dans le soleil qui se déversait par l'ouverture dans la cloison. Sur le sol recouvert de paille tressée, tombant entre les colonnes, la lumière mordorait tout un ensemble de vastes rectangles.

Shonto maîtrisa sa respiration et s'efforça d'évacuer le tumulte en son esprit. Il lui fallait du temps pour la réflexion après la visite de Jaku Katta. Il pressentait une menace. Les événements se précipitaient. Ils se bousculaient même, échappant à son contrôle et à sa compréhension.

Nul ne savait quel espoir il avait mis dans la venue de son conseiller spirituel, mais maintenant qu'approchait l'heure de leur rencontre, brusquement et de manière surprenante, il se mettait à douter. C'est qu'il ne s'agissait pas du retour de frère Satake. Il allait avoir affaire à un très jeune homme, un inconnu d'une loyauté problématique, avec derrière lui une vie passée à assimiler le dogme botahiste… et peu d'expérience du monde réel, le monde fort peu spirituel de Wa. Au fil des ans, il s'était accoutumé aux avis paisiblement formulés de son ancien conseiller et avait largement fait confiance à la perspicacité du vieux moine. C'était ce qui le dérangeait maintenant. Satake-*sum* s'appuyait sur une longue expérience dont lui-même, Shonto, de plusieurs dizaines d'années son cadet, avait pu faire son profit. Mais ce nouveau conseiller avait par rapport à lui presque autant d'années de moins que Satake-*sum* en avait eues de plus.

Shonto tambourina de ses doigts sur le bras de son fauteuil. L'agression dans le jardin l'avait affecté plus profondément qu'il ne voulait bien l'admettre. Comment une chose pareille avait-elle pu se produire dans sa propre maison ? Oh ! Jaku, mon petit doigt me dit que tu étais derrière cette « tentative d'assassinat ». Si c'est vrai, je ne tarderai pas à le savoir. Même un Tigre noir peut poser une patte là où il ne faut pas. Même un Tigre noir peut à la chasse devenir un gibier.

Un coup frappé au *shoji* le ramena à la réalité. La tête d'un garde apparut dans l'entrebâillement. « Tanaka est là, monseigneur », dit l'homme d'une voix paisible. Pas Tanaka-*sum*, simplement Tanaka, le marchand, en principe un serviteur.

Shonto d'un signe accepta qu'on le fît entrer, et le garde poussa l'écran pour faire place à un homme corpulent, de la catégorie sociale des marchands, vêtu d'une tunique de couleur sombre. Shonto se retint de sourire, bien que le « déguisement » de Tanaka eût toujours eu le don de l'amuser. À Yankura, la Cité Flottante, où le négociant veillait à la bonne marche des affaires de Shonto – qui étaient considérables –, l'homme était connu pour la qualité de ses vêtements et son goût pour les chapeaux à la dernière mode. Cependant, là devant son seigneur, ses habits étaient couleur muraille, et il avait fait choix de quelque chose de conventionnel, en rapport avec son rang et loin d'être neuf.

Il s'inclina jusqu'à terre avec la plus grande humilité, puis s'assit sans mot dire. Le *shoji* se referma derrière lui.

« Avancez donc », lui dit Shonto en lui indiquant une place devant l'estrade.

Tanaka se rapprocha, mais à genoux, s'arrêtant finalement à quelques pas de son maître. Shonto examina le marchand, un homme qui jadis avait servi son père. Quelqu'un de loyal. Le regard intelligent de Tanaka répondit au sien, et Shonto comprit que son vassal lui aussi évaluait la personne qui était en face de lui.

Il sourit. « Je suis content de vous voir, mon vieil ami », dit-il, témoignant ainsi de plus de respect pour son aîné que n'aurait pu en exprimer l'usage de l'honorifique *sum*.

Tanaka s'inclina. « C'est un honneur pour moi d'être reçu par vous, monseigneur. Puis-je me dire heureux de vous voir en aussi bonne santé ? J'étais très inquiet en apprenant ce qui s'est passé ce matin. »

Shonto hocha la tête. Il n'était pas surpris de découvrir que Tanaka avait eu vent de l'événement. Le marchand avait ses sources de renseignement au sein de la domesticité de Shonto, toutes personnes animées des meilleures intentions et parmi lesquelles, pour cette raison, il était impossible de faire un tri.

Si l'on exceptait Nishima, Tanaka était pour Shonto ce qui ressemblait le plus à un ami et, d'une certaine façon, la différence de position sociale permettait à leur amitié de subsister. Dans Wa, trop souvent les égaux avaient des intérêts conflictuels, alors que le fossé séparant Shonto de son marchand ne pourrait jamais être comblé – ils seraient toujours maître et serviteur –, si bien que leur bonne entente paraissait ne jamais devoir enfreindre les règles en vigueur dans la société. Mais c'était une relation dont les deux hommes connaissaient la valeur et qu'ils protégeaient de tous les moyens, et ils étaient nombreux, dont ils disposaient.

« Et que se passe-t-il en ce moment dans la Cité flottante ?

— La Cité flottante actuellement semble flotter sur une mer de rumeurs et d'intrigues, avec des gardes impériaux habillés en tout sauf en soldats de notre empereur.

— C'est différent de ce qu'on voit d'ordinaire ?

— Peut-être pas différent, monseigneur, mais plus prononcé. Ce jeune moine semble causer bien du souci aux serviteurs du Fils du Ciel.

— Les activités des serviteurs de notre empereur sont toujours empreintes de mystère. Votre travail vous donne-t-il satisfaction ?

— Assurément, monseigneur. Cette année devrait être la plus productive jamais vue. Puis-je vous demander si vous êtes au courant du bruit selon lequel Son Altesse impériale, dans sa grande sagesse, envisagerait d'interdire la navigation le long des côtes dans une volonté de "combattre la piraterie" ?

— Cela m'est venu aux oreilles, bien que Jaku Katta ait été mon visiteur ce matin et ne m'en ait pas soufflé mot. Croyez-vous que ce soit exact ?

— J'espère que non, monseigneur. Cela serait suivi d'effets, tant pour vous que pour vos alliés. Je crois que la province de Seh aussi subirait les conséquences d'une telle mesure. Bizarre, n'est-ce pas, que cette unique décision touche aussi évidemment une personne et nulle autre ? Bien sûr, nous pourrions survivre pendant un an, mais nous commencerions même alors à souffrir, et vos alliés ou bien seraient ruinés ou vous tourneraient le dos. Personnellement, je crois que nous devrions songer à d'autres méthodes pour faire face à la situation si elle se confirmait.

— D'autres méthodes ? Je vous en prie, Tanaka-*sum*, expliquez-vous.

— Je suis à l'affût de négociants représentant... des groupes d'intérêts puissants dans Wa. À supposer que les vôtres soient touchés, mon opinion est qu'il faudrait incriminer leur karma si les commerçants auxquels je pense devaient souffrir de la même façon.

» Si les pirates ne peuvent s'attaquer aux caboteurs, ils seront nécessairement obligés de s'en prendre à la navigation en haute mer. Ce serait plus difficile pour eux mais pas impossible, surtout s'ils bénéficient de renseignements sûrs, n'est-ce pas ? Et il existe d'autres moyens d'importer des marchandises que ceux qui ont la sanction du Fils du Ciel.

— Mais ils sont illégaux et punis de mort. Risqué, qu'en pensez-vous ?

— Si vous ou votre mandataire se livrait à ces opérations, monseigneur, ce serait certes dangereux, mais d'autres ont leur propre système, un karma différent du nôtre.

— Et quand pourrait-on mettre en œuvre ces autres méthodes ?

— Dès demain, monseigneur.

— Ah ! donc vous aviez prévu ce changement dans la politique impériale, mon vieil ami.

— Il est de mon devoir de protéger vos intérêts autant que je le peux, monseigneur. Pour ce faire, je m'arrange pour connaître les bruits à la source. »

Shonto éclata de rire et frappa une fois dans ses mains avec force. Un écran s'ouvrit à sa droite. « Apportez-nous du thé, à mon hôte et à moi.

» Vous êtes quelqu'un de précieux, Tanaka-*sum*. Je pense que vous devriez vous voir attribuer un grand domaine dans mon fief pour vos vieux jours, quand vous serez prêt à prendre votre retraite.

Et votre jeune fils, celui qui est si curieux de tout, avec votre accord rejoindra mon peloton d'officiers. »

Le marchand s'inclina cérémonieusement, confus de tant de faveurs inattendues. « Mon accord ? Cela va de soi. Comment pourrais-je refuser ces honneurs ? J'accepte au nom de mon fils. Il fera un bon officier, monseigneur, j'en suis certain. Merci. »

Shonto haussa les épaules. Le thé arriva dans des théières fumantes, et l'on disposa des tables séparées pour les deux hommes. Deux domestiques s'agenouillèrent, un devant chaque table, mais Shonto les congédia. « Nous nous servirons nous-mêmes. » Quand le *shoji* se referma, Shonto se pencha vers son invité. « Parlez-moi donc de notre jeune frère.

— Ah ! » Tanaka souleva le couvercle de sa théière pour humer le thé qui infusait. « C'est vraiment quelqu'un de très particulier ; on peut dire qu'il sort de l'ordinaire. Vous avez reçu mon rapport sur la traversée ?

— Je l'ai lu pendant que vous preniez un bain. »

Le marchand hocha la tête. « Bizarre, cet homme qui se suicide tout à coup, un agent de l'empereur. Il n'avait rien à perdre en proposant le poison à Shuyun-*sum*, pourtant il a préféré s'abstenir. » Le marchand leva les yeux, croisant le regard de son maître. « C'est un jeune homme qui a du magnétisme, monseigneur. Il possède la même force tranquille que tous les frères… mais en plus considérable. La… la… » Tanaka cherchait ses mots.

« La paix accompagne ses mouvements. »

Cela coupa court à la recherche du marchand. « La paix accompagne ses mouvements, oui, c'est cela, monseigneur.

» Il a rencontré le frère Hutto à son arrivée à Yankura. Je n'avais pas d'instructions, je l'ai laissé faire.

— Vous avez eu raison. Comment se porte le vieux moine ?

— Je n'y suis pas allé moi-même, j'ai envoyé de mes hommes pour l'accompagner. Ils m'ont dit que le frère Hutto avait traité Shuyun-*sum* avec beaucoup de respect – presque comme un égal.

— Ils exagéraient, à coup sûr. Je serais surpris d'apprendre que le frère Hutto considérât l'empereur lui-même comme son égal.

— Je n'y étais pas, monseigneur, mais je crois qu'on peut faire confiance à ces rapports.

— Bon. Avez-vous causé, tous les deux ?

— Un peu, monseigneur. De même que pour la plupart des botahistes, il est difficile de lui tirer les vers du nez, mais tout de même j'ai réussi à savoir une chose ou deux.

— Comme… ?

— Comme l'étendue de son information. Il est au courant de bien des choses. Les frères semblent disposer d'excellentes sources de renseignement, et de toute évidence ils ont apporté beaucoup de soin à la préparation de votre conseiller. Sa connaissance de qui détient le pouvoir dans Wa est satisfaisante, il a une bonne vision de la situation politique et, je dois l'admettre, comprend même assez bien comment fonctionne notre économie. Je crois avoir ajouté à son bagage.

— Sans nul doute. Avez-vous parlé de Seh ?

— Oui, et là encore il était loin d'être ignorant, il savait quels étaient les seigneurs les plus puissants et comment dans le passé avaient évolué leurs alliances. Il savait qui était entré par mariage dans quelle famille et qui pouvait être considéré comme un allié possible. Il a pour la campagne envisagée beaucoup de méfiance, bien qu'il ait dit voir en vous incontestablement le meilleur général de Wa et l'homme qu'en bonne logique on devait envoyer à Seh.

» Il a ajouté autre chose, monseigneur, qui ne m'était pas venu à l'esprit. Il semble penser que les guerres avec les Barbares se suivent selon un schéma toujours le même, et que cette fois on s'est écarté de ce schéma. » Tanaka s'interrompit comme s'il voulait juger de la réaction de son maître, mais Shonto resta muet et le marchand continua.

« Shuyun-*sum* pense qu'il existe un cycle de vingt-cinq ans et que dans ce cycle les sept dernières années constituent une aggravation qui peut ou non déboucher sur un conflit plus vaste, selon la situation dans laquelle se trouvent les tribus barbares. Notre jeune frère est d'avis que certains facteurs à ce propos sont déterminants, comme l'économie des tribus, la force de leurs chefs, l'importance de la résistance qu'on leur oppose à Seh, et aussi les incidences du climat sur ce qu'ils appellent leur agriculture. Tous ces éléments jouent sur leur capacité à mettre sur pied une grande offensive contre l'empire et sur leur désir de la mener. Shuyun-*sum* a souligné qu'il s'est écoulé plus de trente ans depuis la dernière guerre avec les Barbares.

— Intéressant. Croyez-vous que ce soit le résultat de ses propres observations ? »

Tanaka se caressa la barbe, le regard perdu dans le lointain. « C'est une bonne question, monseigneur. Je ne sais pas. »

Un message ? se demanda Shonto ; est-ce que les moines m'adresseraient un message ? Il se versa du thé, Tanaka l'imita. Puis il retomba dans sa manie de faire tourner la tasse dans sa main, les yeux fixés sur le fond, à la recherche de réponses, de questions.

« Lui avez-vous demandé comment il comptait résoudre le conflit entre son dévouement à l'égard du Shonto et sa fidélité aux frères botahistes ?

— Oui, monseigneur. Il m'a répondu que les intérêts de sa congrégation et les vôtres n'étaient pas contradictoires.

— Je vois. Et puis ?

— Il semble en être persuadé. Il est jeune malgré ses capacités. Seul le temps peut avoir raison de la naïveté.

— Sa réponse ne me satisfait pas entièrement, mais nous nous en contenterons pour le moment. Même les hommes qui ont bénéficié d'une éducation botahiste peuvent éventuellement se laisser influencer. Bah ! nous verrons bien. »

Une hirondelle vint se jeter à l'intérieur de la pièce et ressortit aussi vite pour aller se percher sur la barre d'appui sous le porche, d'où elle regarda les deux hommes. Durant quelques secondes, Shonto ne quitta pas l'oiseau des yeux, puis il dit avec un peu de lassitude dans la voix :

« Il y a trois jours de cela, j'ai entendu chanter un rossignol au clair de lune… Ce serait agréable de connaître à nouveau la paix, n'est-ce pas ?

— Certainement, seigneur Shonto. »

Le maître et son vassal burent un peu de thé. Leur regard s'évada dans le jardin.

« Êtes-vous au courant de la dernière déclaration du patriarche botahiste, monseigneur ? »

Shonto cessa de s'intéresser à l'hirondelle. « Non, qu'a-t-il trouvé encore ?

— Les frères botahistes ont décidé que, s'il était vrai que les femmes ne pouvaient atteindre à l'illumination parce que trop dépendantes des cycles terrestres, il leur était possible d'accéder à de plus grandes connaissances en matière de spiritualité qu'on ne le croyait autrefois. Apparemment, ils restent persuadés que les femmes doivent un jour renaître sous une forme masculine avant de pouvoir espérer l'illumination. Sur ce point, ils n'ont rien concédé. »

Shonto secoua la tête. « Donc nos frères célibataires ont enfin compris que les femmes avaient une âme. Beuh ! Comment des hommes aussi intelligents peuvent-ils s'abuser à ce point ? Si le frère Satake était devenu maître suprême, il aurait rassemblé sœurs et frères dans une même organisation et mis un terme à ces vaines disputes.

— C'est l'une des nombreuses raisons pour lesquelles le frère Satake n'aurait pas pu être élevé au patriarcat, monseigneur.

— C'est vrai, mon ami, à n'en pas douter.

— Les activités des frères botahistes ces dernières années commencent à m'intriguer, monseigneur. Leur politique soudain a cessé de leur ressembler, elle manque de cohésion. »

Immédiatement, Shonto montra davantage d'intérêt. « C'était aussi mon impression, Tanaka-*sum*. Dans le passé, on n'a jamais vu leur congrégation cherchant à s'attirer les bonnes grâces de qui que ce soit. Or les voilà qui de leur plein gré reconnaissent la légitimité de la dynastie Yamaku, n'y gagnant en retour que le mépris de l'empereur. Ils donnent au Fils du Ciel une terre de valeur sans rien recevoir en échange. Et maintenant cet os à ronger pour les sœurs botahistes. Je crois bien que, même moi, j'ai eu droit à un traitement inhabituel. Kamu-*sum* a obtenu un tarif des plus raisonnables pour les services de notre jeune moine. Depuis, il est dévoré de soupçons. »

Tanaka hocha la tête. Une goutte de thé ambrée tomba de sa moustache sur sa tunique sombre. « L'empire est sous l'emprise d'un étrange envoûtement, monseigneur. J'aurais juré que les botahistes ne perdraient jamais de leur arrogance, de leur aplomb, et puis voyez ce qui se passe ! Je ne comprends pas. Ils devraient savoir que, quelles que soient ses convictions, l'empereur ne pourra jamais toucher à un cheveu de leur tête sans précipiter sa propre chute.

Ses soldats eux-mêmes lui trancheraient le cou si les gardiens de la parole de Botahara étaient jamais menacés. Je suis de moins en moins sûr de ce que l'avenir nous réserve dans l'empire. Excusez-moi, monseigneur, je ne voudrais pas paraître pessimiste.

— Je l'espère ! Il y a déjà assez de pessimisme parmi mes serviteurs à propos de cette nomination à Seh, et puis de ce mauvais présage, de cette "tentative d'assassinat". Ah là là !

— C'est uniquement dû à leur inquiétude pour leur seigneur et maître, monseigneur. Cette affectation à Seh cache quelque chose. Tout le monde le sent. Nous craignons tous une traîtrise de la part de cette famille qui se dit impériale. Nous avons tous peur d'un traquenard de la part des Yamaku. »

Shonto éclata. « Dans ma vie, je suis tombé dans une douzaine de pièges, et non seulement je m'en suis sorti, mais j'en suis devenu plus sage. Est-ce que mes propres serviteurs en viendraient à douter de mes capacités ?

— Nullement, monseigneur ! Leur confiance en vous est inébranlable. Mais cela ne les empêche pas de se faire du souci parce qu'ils vous honorent ainsi que la maison des Shonto. »

Un instant, Shonto resta les yeux fixés sur son breuvage. Un coup frappé à la porte d'entrée résonna avec bruit dans le silence. L'écran glissa et la tête d'un garde apparut dans l'entrebâillement.

« Excusez-moi, seigneur. Kamu-*sum* a fait parvenir le message que vous attendiez.

— Ah bon ! Entre. »

Le domestique, Toko, qui plus tôt dans la même journée était devenu l'adjoint de Kamu, s'agenouilla sur le seuil et s'inclina. Shonto lui fit signe d'avancer et il avança, à genoux, avec l'aisance de quelqu'un qui aurait fait cela toute sa vie. Il tira un rouleau de papier de sa manche, le posa sur l'estrade à portée de main de Shonto, s'inclina encore et recula à la distance requise.

Shonto vérifia le cachet sur le rouleau avant de le briser et de découvrir à l'intérieur les idéogrammes filiformes tracés par le pinceau de Kamu. « Tu peux partir », dit-il au jeune garçon. Quand le *shoji* se referma derrière son serviteur, Shonto se retourna vers le marchand. « Quand j'aurai reçu Shuyun-*sum*, vous m'accompagnerez dans un repas que je prendrai avec le jeune seigneur

Komawara. Vous vous souvenez de son père ? » Tanaka se souvenait. « Le vieux Komawara a vendu une partie de son fief avant de mourir, sans aucun doute pour permettre à son fils de se lancer dans le négoce. Le nouveau seigneur des Komawara est donc ici pour une première tentative. Il aura besoin de conseils. » Shonto consulta de nouveau son rouleau de papier et cita un chiffre important en riels impériaux. « Je ne crois pas qu'il ait la totalité de la somme, mais nous considérerons qu'il en possède une grande partie. Voyez-vous une entreprise où il pourrait investir avec profit ?

— Pour un homme avisé, l'époque offre de belles occasions. Je suis sûr que nous pourrions mettre au jeune seigneur le pied à l'étrier, mais la vérité m'oblige à dire qu'il devrait avoir son propre marchand vassal, monseigneur.

— Dénicher quelqu'un de ce genre ou le former demande du temps, et j'ai besoin du jeune Komawara à Seh, pas ici.

— En ce cas, je peux lui rendre service jusqu'à ce qu'on lui trouve le marchand vassal qu'il lui faut. Il est possible que je mette la main moi-même sur quelqu'un d'acceptable, si cela peut vous rendre service. Mais à coup sûr, monseigneur, vous devriez fixer avec lui votre part dans ses bénéfices, sans quoi il aura l'impression qu'on lui fait la charité. Un homme qui a de la fierté ne pourrait s'y résoudre.

— Comme toujours, vous êtes de bon conseil, Tanaka-*sum*. Qu'est-ce qui conviendrait en pareil cas ? »

Tanaka prit un coin de sa moustache entre ses dents et le mordilla un bref instant, ce qui amena un sourire sur les lèvres de son maître. « Huit pour cent serait trop généreux, monseigneur… douze pour cent serait juste. »

Shonto sourit encore. « Disons dix. Je le lui proposerai pendant le repas. Je désire que l'on traite ce jeune homme avec respect, mon vieil ami. Il ne détient pas beaucoup de pouvoir à Seh, mais il semble bien informé, et cela me sera tout aussi utile.

— En plus, il est le fils de l'ami de votre père.

— Oui, c'est vrai, il est le fils de l'ami de mon père », dit Shonto en écho.

Tanaka hocha la tête et inscrivit les chiffres dans son excellente mémoire. Même durant cette opération, il se surprit à examiner son maître avec soin. Il l'avait observé tout au long de sa remarquable vie, avait vu l'enfant précoce devenir un jeune homme volontaire, le jeune homme se transformer en chef d'une des plus puissantes maisons de Wa. Le processus avait eu quelque chose d'édifiant. Tanaka à cette époque, bien que de quatorze ans plus âgé que Shonto, avait eu à se préoccuper de s'instruire de son côté, mais cela ne l'avait pas empêché de finir par bien connaître Shonto Motoru et de l'admirer. L'homme qu'il avait devant lui maintenant ressemblait à un maître dans le jeu de *gïi* (ce qu'il était vraiment), quelqu'un qui embrassait du regard le plateau dans toute sa complexité sans envisager un instant de perdre la partie. Un homme qui s'animait à la pensée de relever un défi.

Tanaka avait souvent joué au *gïi* avec Shonto quand ils étaient jeunes. Le seigneur avait fait trop vite à apprendre et laissé le futur marchand loin derrière, mais celui-ci se rappelait encore la façon de jouer de son futur maître en train de se préciser, faite d'une alternance d'audace et de subtilité. Même force en attaque et en défense. Il comprenait les pièges qui lui étaient tendus mieux que Tanaka lui-même, donnant dans ces traquenards avec impunité et les retournant contre celui qui les avait conçus, à la grande surprise de ce dernier. Néanmoins la paisible existence d'un maître de *gïi* était interdite à qui portait le nom de Shonto, et le seigneur n'avait donné libre cours à sa passion pour ce jeu que pendant peu de temps. Finalement, il avait mis le *gïi* au service d'objectifs plus sérieux. C'est ainsi qu'il avait utilisé sa science pour river son clou à un général ou à un autre qui discutait trop souvent ses décisions. Les militaires se faisaient une gloire de leurs capacités devant un plateau de *gïi* ; pourtant rares étaient ceux dont l'habileté leur permettait de se poser en égaux du chef de la maison Shonto dans ce domaine.

« Cela paraît loin, le temps où nous jouions au *gïi*, monseigneur. »

Shonto eut un bon sourire. « Mais nous y jouons toujours, mon ami. Seulement, le plateau s'est agrandi plus que nous ne l'aurions jamais imaginé, et à présent nous partageons les pions du même côté. Individuellement, nous sommes forts ; réunis, nous sommes redoutables. N'allez pas croire que je ne m'en rende pas compte. Le monde a changé, Tanaka-*sum*. Pour le meilleur ou pour le pire ?

Cela n'a pas d'importance, il a changé de manière irrévocable, donc nous aussi devons changer. Un bras puissant, une lame tranchante ne sont plus ce qu'ils étaient. Nous jouons à un autre jeu maintenant, et dans les échanges à venir vous serez une manière de général ne demandant rien à personne. Les intérêts des Shonto doivent être sauvegardés à tout prix. Ils constituent le fondement de notre force à venir. Ne l'oubliez jamais. »

Le marchand acquiesça puis, enhardi par la confiance de son maître, d'une voix tranquille posa la question qui lui pesait. « Pourquoi vous rendre à Seh, seigneur Shonto ? »

Shonto répondit sans prendre le temps de réfléchir. « Mon empereur me l'ordonne, c'est donc mon devoir. »

Le regard de Tanaka se posa sur l'épée de son maître debout sur son support, puis vite revint à l'homme. « J'ai entendu parler des vaines menaces de l'empereur lors de sa soirée. Il ne peut tout de même pas s'imaginer que vous allez être battu.

— Non, je suis sûr qu'il n'y pense pas. Les Barbares sont d'ores et déjà défaits. » Shonto marqua une pause en tapotant sur le bras de son fauteuil. « Mais qui d'autre pourrait-il envoyer à Seh avec la même expérience des combats ? Jaku Katta ? Non. Il aime avoir le Tigre noir à ses côtés, et pas seulement pour assurer sa protection. Le seigneur Omawara est mourant, hélas. Un ou deux autres savent se battre mais ne sauraient pas se faire respecter des habitants de Seh. La peste et les guerres de la période intermédiaire ont eu raison d'une génération de bons généraux, Tanaka-*sum*. Je suis sa seule ressource et pourtant… il croit que je représente son plus grand danger. En conséquence, jusqu'à ce qu'on ait vaincu les Barbares, je crois n'avoir rien à craindre des sombres machinations de l'empereur. Je dispose d'un an, de toute une année. Cela devrait suffire. »

Les deux hommes se turent. Shonto se versa du thé, mais ce thé était trop fort. Il n'en but pas et n'en demanda pas d'autre.

« Je suis prêt maintenant à rencontrer mon conseiller spirituel. Ne peut-on pas se demander si mon esprit n'en ressent pas le besoin ? » Il frappa deux fois dans ses mains. Des domestiques accoururent. Ils enlevèrent les tables et les tasses. Le garde ouvrit le *shoji* à l'extrémité de la salle.

« S'il te plaît, introduis le frère Shuyun et l'honoré frère. »

Shonto sentit ses mains se crisper malgré lui. Il les força à se relâcher et prit une attitude qui se voulait détachée. Au fond de lui, sa propre voix lui disait que le frère Satake n'aurait pas été dupe de cette mise en scène. Rien n'échappait à Satake-*sum*, pas même le plus petit détail.

Les gardes firent glisser complètement les écrans au bout de la pièce, et un jeune moine entra, accompagné d'un frère botahiste plus ancien dans son ordre. Oui, se dit Shonto, c'est bien lui. Les images d'un tournoi de kung-fu datant de quelques années plus tôt affluèrent à sa mémoire.

Les deux visiteurs s'inclinèrent à la façon de leur ordre, deux fois de suite mais vite, profondément mais sans toucher le sol, geste réservé aux religieux au sommet de la hiérarchie ou à l'empereur.

Le regard de Shonto alla au petit moine, négligeant son compagnon. Il est jeune, pensa-t-il, bien jeune. Pourtant, devant cet examen, le jouvenceau ne parut pas se troubler. Mais est-ce bien réel, se demanda Shonto, est-ce la même quiétude au-dedans que possédait son prédécesseur ? Le frère Satake avait été quelqu'un qui ne réagissait pas constamment, ne vibrait pas sans cesse en réaction à ce qui bougeait autour de lui. Avec Satake il n'y avait place que pour le calme et le silence, ce que le vieux moine appelait « la paix dans le mouvement », une chose que Shonto n'avait été capable d'obtenir que dans une très faible mesure. « Je n'oppose aucune résistance », répondait Satake-*sum* aux questions de Shonto. Il n'avait jamais consenti d'autre explication.

Maintenant Shonto se surprenait à fixer du regard ce jeune homme et à tenter de retrouver chez lui cette même supériorité dès les premières secondes de leur rencontre.

Il baissa la tête puis, avec cérémonie : « Avancez, dit-il, mes honorés frères. Bienvenue dans ma maison. »

Les deux moines s'arrêtèrent à distance respectueuse de l'estrade, Shuyun s'agenouillant de telle sorte que l'ombre d'un poteau de soutènement tomba obliquement sur sa poitrine, laissant les mains et le visage dans une lumière dorée.

« Mes frères, votre présence m'honore comme elle honore ma maison. »

Le plus âgé des deux moines prit la parole d'une voix rauque et gutturale. « Tout l'honneur, seigneur Shonto, est pour nous. Je suis le frère Notua, maître de la foi botahiste, et voici le frère Shuyun. »

Shonto salua son conseiller spirituel, notant au passage la finesse des traits sur le visage glabre, la perfection d'un maintien sans trace de raideur. Mais ce furent les yeux qui le troublèrent. Ils ne semblaient pas appartenir au reste du visage. Ils n'étaient ni jeunes ni vieux, mais d'une certaine manière sans âge, comme s'ils portaient sur le temps qui passe un regard autre et n'en étaient pas affectés. Shonto s'aperçut que tout le monde attendait le moment où il s'exprimerait.

« Votre voyage n'a pas été exempt d'incidents, à ce qu'on m'a dit. »

Le jeune moine acquiesça. « Quelque chose de regrettable s'est produit à bord, mais en définitive tout s'est bien terminé.

— Et la jeune fille ?

— Elle était en bonne santé quand elle a quitté le navire, si elle était traumatisée, comme cela se comprend.

— J'aimerais en savoir plus sur cet incident, ce marchand, ce Kogami. Il était au service de l'empereur ?

— À ce qu'il semble, monseigneur.

— Vous en étiez-vous aperçu, mon frère ? »

Le plus âgé des deux moines suivait ce dialogue avec attention. Il était surpris de ce que Shonto eût si vite abordé le sujet de l'incident, presque avant que la politesse l'eût permis. Bien sûr, ce qui était poli pour un frère botahiste différait de ce qui était jugé tel par le seigneur Shonto.

« J'en étais convaincu. Le prêtre durant notre confrontation invoqua l'appui qu'il recevait de l'empereur… et puis il y a eu le poison. Cette traîtrise est dans les habitudes des prêtres. »

Shonto se tut un court instant. « Et ce prêtre, que lui est-il arrivé ?

— Dans la Cité flottante, des gardes impériaux déguisés en adeptes de Tomso sont venus à sa rencontre. » Ce fut dit avec assurance, et le dignitaire ne douta pas que ce fût vrai.

« Bon. À l'avenir vous ne franchirez pas les portes d'une résidence des Shonto sans être accompagné par des gardes. La situation dans l'empire est toujours incertaine et dangereuse, même pour un disciple du Maître parfait. » Soudain, il jeta un coup d'œil alentour, comme s'il manquait quelque chose. « Puis-je vous offrir de l'hydromel, mes frères ? »

Des serviteurs parurent à son appel, et l'on installa des tables devant les hôtes, chargées de coupes et de flacons d'hydromel de qualité. Normalement, cela aurait dû être suivi de questions polies sur la santé des familles, mais Shonto à nouveau se tourna vers le jeune moine.

« Vous savez sans doute, frère Shuyun, que vous remplacez un homme que je plaçais au-dessus de tous hormis mon propre père. Il n'est pas facile de lui succéder.

— Le frère Satake était un être d'exception, monseigneur, et aussi honoré dans notre ordre qu'il l'était dans votre maison. Je suis sûr qu'il est irremplaçable. J'espère seulement pouvoir vous être aussi utile à ma façon. »

Shonto hocha la tête, paraissant se contenter de cette réponse. Il hésita un instant avant de dire : « Le frère Satake – ce n'était pas typique du personnage – un jour choisit de démontrer ce qu'il appelait "la force intérieure" en cassant une rame qu'on avait placée au travers des plats-bords d'un sampan. Il accomplit cela simplement en appuyant avec sa main, sans pouvoir faire peser sur le bois tout le poids de son corps, car il était assis à ce moment-là. Aucun des rameurs ne fut en mesure de l'imiter, et pourtant leur vigueur ne laissait rien à envier à quiconque exerçant leur métier. Moi aussi, j'en fus incapable, et j'étais plus jeune alors. Savez-vous comment on s'y prend pour réussir pareil exploit ? »

Shuyun haussa les épaules. Ce fut à peine sensible. « J'ai la formation des botahistes », répondit-il simplement, et Shonto vit son regard passer à la table devant lui.

Il frappa dans ses mains. Des domestiques firent glisser le *shoji*. « Enlevez ce qui se trouve sur la table du frère Shuyun. » Après avoir obéi, les serviteurs s'inclinèrent et à reculons gagnèrent la porte. « Non, restez », dit Shonto, cédant à une impulsion soudaine. Je veux, pensa-t-il, que tous, ils aient connaissance de cela. Puis, ayant fait ce choix, il frappa deux fois dans ses mains et ordonna au garde d'entrer et d'ouvrir les yeux.

Le frère Notua s'éclaircit la gorge puis parla doucement, mais en produisant des sons encore plus éraillés que précédemment. « Pardonnez-moi, seigneur Shonto, mais ceci est tout à fait… inattendu. »

Shonto le toisa et répondit en articulant chaque mot avec soin. « N'est-il pas conforme aux usages que j'éprouve les qualités du moine qui va me servir ma vie durant ?

— Certes, seigneur Shonto. Veuillez m'excuser si j'ai donné l'impression de critiquer. » Le vieux moine eut un sourire doux. « Il m'a semblé que… Shuyun-*sum* a tant de talents. » Il fut foudroyé par le regard du dignitaire. « Bien sûr, vous êtes seul juge, pardonnez mon interruption, je… S'il vous plaît, excusez-moi. »

Il se tut. Shonto se tourna vers Shuyun. « Voyez-vous des objections à subir cette épreuve, Shuyun-*sum* ?

— Je suis prêt à commencer, monseigneur, si c'est là votre souhait. »

Shonto marqua une pause avant de faire connaître sa décision. « Commencez », dit-il.

Il regarda attentivement. Le jeune moine entra dans un état propre au méditant. Il freina sa respiration, les yeux fixés sur un objet invisible. Un coup d'œil à l'autre moine, et Shonto comprit que lui aussi s'était mis à méditer. Bizarre, pensa-t-il, mais toute son attention était requise par le premier des deux.

Shuyun se concentra uniquement sur la table devant lui. Le temps se ralentit, il suivit le rythme de sa respiration, qui lui était aussi familier que les salles du monastère de Jinjoh.

La table face à lui était une belle pièce d'ébénisterie faite de bois d'iroko, un bois si lourd qu'il ne flotte pas sur l'eau. « L'arbre de fer », tel était le nom que lui donnaient les paysans qui le coupaient. Le dessus de la table avait deux fois l'épaisseur d'une main, la largeur de deux mains, et se trouvait à hauteur désirable pour une personne à genoux. Shuyun savait que l'ajustement des planches serait sans défaut et que chacune avait été choisie pour sa robustesse et sa beauté. Il ne pouvait y avoir de défaut dans l'assemblage ; il ne pouvait non plus y avoir de faille dans sa volonté.

Dans le soleil inondant la pièce, le visage du moine paraissait aussi serein que sur une statue de bronze celui de Botahara. Très lentement, il arrondit légèrement sa main avant de la placer, la paume en dessous, au milieu de la table. Le grain serré du bois produisait de la chaleur au contact de sa peau. Le soleil éclairait d'une vive lumière le duvet au dos de sa main et de son avant-bras. Alors il exerça une poussée.

Il n'y eut aucun effet visible sur le corps du jeune moine, aucun signe d'effort. La table demeura aussi ferme sur ses bases que si elle avait été sculptée dans de la pierre.

Botahara me pardonne, songea Shonto, je lui ai assigné une tâche au-dessus de ses moyens. Il lui revint en mémoire le bruit d'une rame volant en éclats. Il se maudit d'avoir agi aussi inconsidérément. Le vieux moine n'avait-il pas essayé de le mettre en garde ?

Soudain il y eut un craquement, et des lamelles de bois noir partirent dans toutes les directions, tournoyant dans le soleil. Le vieux moine eut un mouvement de recul, comme quelqu'un brutalement réveillé par une gifle, et son visage clairement exprima un sentiment de peur. La table ne s'était pas infléchie, elle avait purement et simplement explosé.

Gardes et domestiques dans la pièce restaient immobiles comme des statues. Au centre, la table gisait écrasée, comme un animal tombé sous la charge. Lentement, Shonto ôta un éclat de bois de sa tunique et le retourna dans sa main comme s'il était d'une matière totalement inconnue de lui. Nul autre ne bougea, nul ne souffla mot, prolongeant ce moment d'intensité aussi longtemps que possible. Alors Shonto s'inclina profondément devant son conseiller spirituel, et chacun dans la salle suivit son exemple.

Shuyun, qui vivait toujours dans un temps modifié, observait pendant que Shonto s'inclinait devant lui, les yeux sur l'ondulation du muscle, visible même sous le vêtement. Lentement, Shonto revint à une position à genoux. Son respect ne faisait aucun doute, même pour qui n'avait pas reçu une éducation botahiste. Mais ce n'était pas seulement du respect, aussi de l'étonnement – devant ce qu'il avait observé sur le visage du vieux moine.

Shuyun s'inclina à son tour, aussi profondément que le permettaient les débris de la table. Il commença à revivre dans un temps ordinaire : le chant des oiseaux rendit un son différent. Shonto cligna des yeux : le mouvement ne prit qu'une fraction de seconde.

Le dignitaire fit signe au garde et aux domestiques de les laisser seuls. « Shuyun-*sum*, mon intendant Kamu vous fera faire le tour de ma propriété et vous donnera les mots de passe. Ayez l'amabilité de vous joindre à nous pour le repas de midi, en compagnie du seigneur Komawara. » Il se tourna vers le vieux moine, montrant toujours de la déférence. « Frère Notua, veuillez laisser vos papiers chez mon secrétaire. J'ai été honoré de votre visite. »

Les deux religieux s'inclinèrent encore. Shonto fut certain d'avoir vu le plus âgé chanceler imperceptiblement au moment de se redresser. Mais il se reprit et sortit dignement de la pièce, à reculons, laissant le maître de maison dans une grande perplexité.

Shonto et Tanaka se retrouvèrent seuls sans qu'aucun des deux songeât à parler. Devant eux, la table brisée. Shonto remarqua pour la première fois que les pieds s'étaient enfoncés dans des nattes pourtant épaisses. Il se tourna vers Tanaka, qui extrayait une écharde de sa barbe. Comme son maître l'avait fait, il l'examinait avec soin. On aurait cru le fragment de bois détenteur d'un secret.

« Quel poids pouvait soutenir cette table ? » demanda Shonto.

Tanaka secoua la tête et haussa les épaules. « Celui de cinq grands gaillards ?

— Sans difficulté. » Shonto secoua la tête à son tour. « Impossible, hein ?

— Comme je comprends les lois de la nature, oui, impossible, monseigneur. Même dans l'hypothèse où cet homme aurait été capable de faire porter tout son poids sur la table à partir d'une position assise, il n'aurait réussi en poussant qu'à s'en écarter. » Il hocha la tête et retourna le morceau de bois dans ses mains une nouvelle fois. « Je suis content d'avoir vu cela de mes yeux, sans quoi je n'y aurais pas cru. »

Shonto resta silencieux de longs moments. Il envisagea de demander à Tanaka s'il avait remarqué la réaction du vieux moine, mais quelque chose l'en empêcha. Finalement, il cessa de regarder dans le vague. Son visage s'éclaira d'un large sourire.

« Une matinée des plus intéressantes, Tanaka-*sum* ! Je vais prendre un peu de repos avant l'arrivée du seigneur Komawara. S'il vous plaît, rejoignez-nous plus tard dans le pavillon du jardin principal. »

Il frappa deux fois dans ses mains et s'adressa aux gardes et aux serviteurs quand ils parurent. Il désigna la table brisée. « Veillez à ce que tout reste en place. » Après quoi, il se leva et se dirigea pour sortir vers une porte privée. Un valet se précipita pour prendre son épée et le suivre.

Tanaka s'inclina mais ne bougea pas tant que Shonto n'eut pas disparu. Ensuite seulement, il s'approcha de la table avec curiosité. Le garde, qui s'était placé sur le seuil, se racla la gorge. Le marchand leva les yeux. « Stupéfiant, n'est-ce pas ? »

Le garde acquiesça tout en ne cessant de fixer Tanaka du regard.

Brusquement, celui-ci s'aperçut qu'il tenait toujours en main l'éclat de bois. Il le montra.

« Que dois-je faire de ceci ?

— Le seigneur Shonto a ordonné de ne toucher à rien.

— Ah ! je vois. » Tanaka prit soudain un air ennuyé. « Mais ceci est resté accroché à ma barbe et, comme je ne pense pas que le seigneur Shonto me demandait de rester ici jusqu'à ce qu'il eût décidé ce qu'il ferait de cette table, me voilà embarrassé. »

Le garde voyait bien que Tanaka se payait sa tête mais, quoique le marchand fût un serviteur et lui-même un officier, il ne doutait pas que l'homme qui était devant lui ne fût beaucoup plus important aux yeux de son maître que tout un régiment de soldats. « Je crois que vous devriez laisser cet objet dans la pièce, Tanaka-*sum*, répondit-il en utilisant pour s'adresser au marchand une forme respectueuse.

— Mais, où que je le mette, ce ne sera pas où il devrait être et, en conséquence, il y aura quelque chose de changé. »

Le garde sentit monter la colère en lui, mais il s'efforça extérieurement de rester calme. Si Tanaka l'obligeait à aller trouver Shonto pour tirer au clair ce qui devait être fait d'un éclat de bois, son maître serait furieux. Il remua malaisément.

« Peut-être, suggéra Tanaka, devrais-je le mettre près de l'endroit où je me trouvais. Ce serait ce que nous pourrions faire de mieux. Qu'en pensez-vous ? »

Le garde d'un sourire témoigna sa reconnaissance. « Oui, je crois. Ce serait la meilleure solution. Merci, Tanaka-*sum*. »

Le marchand sourit à son tour. Il plaça le morceau de bois sur le sol comme convenu, puis sortit de la pièce avec la grâce et l'assurance d'un grand seigneur.

Ni le garde ni le marchand ne s'étaient aperçus qu'un domestique n'avait rien manqué de la scène, observant par une fente entre les *shojis*. Il raconta l'incident à Kamu, qui le raconta à son maître. Celui-ci éclata de rire et dans son amusement frappa du poing le bras de son fauteuil. Le domestique fut grandement surpris de cette réaction. L'humour n'était pas le point fort des serviteurs de Shonto.

7

Le canal qui borde mon jardin
Ressemble à une sombre veine.
Pourtant, quoi que je fasse,
Je n'en puis détacher mes yeux.
Où s'en est-il allé en cette longue nuit
Et pourquoi le flot fait-il tout ce tapage ?

Poème d'origine inconnue
mais attribué à la poétesse Dame Nikko
ou à l'un de ses disciples.

Le seigneur Komawara Samyamu, neuvième du nom, observait le remue-ménage sur la rive du canal tandis que ses bateliers guidaient adroitement son sampan à travers le désordre des embarcations encombrant la voie navigable. Il avait choisi de passer par une zone de transit où débarquaient les marchandises en provenance de la Cité flottante, non parce que c'était le chemin le plus pittoresque ou le plus court pour se rendre chez le seigneur Shonto Motoru, mais parce qu'il voulait juger par lui-même de la diversité et de l'importance du trafic en cours, voir de ses propres yeux en quoi consistait le commerce dans la capitale.

Bientôt, pensa-t-il, des chargements destinés à un Komawara arriveront sur ces quais, et la prospérité des Komawara ne sera plus la même.

Le sampan du jeune seigneur n'était précédé que d'une seule embarcation dans laquelle voyageait sa garde privée, et aucun des deux bateaux n'était orné avec le soin de ceux qu'on voyait souvent dans la capitale. Son intendant avait insisté pour qu'il louât d'autres sampans plus beaux, de manière à ce qu'il n'arrivât pas chez Shonto en indigent venu du fond de sa province, mais il s'y était opposé. Shonto, il le savait, était quelqu'un de trop intelligent pour se laisser impressionner par les apparences et, selon toute vraisemblance, il avait pris ses renseignements sur l'état précis de sa fortune. Il avait pu se procurer cette information sans difficulté aucune, et il l'aurait cherchée sans se poser de question, s'agissant d'un nouvel associé.

Oui, songea Komawara, et il est probable que personne, pas même l'empereur, ne connaît l'étendue des actifs de Shonto. J'aurais l'air d'un sot en arrivant dans des sampans de location afin de donner le change.

J'appartiens à une vieille famille, se remit-il en mémoire, aussi ancienne que celle de l'empereur. J'ai participé à vingt escarmouches avec les Barbares, à quelques duels, et j'ai donné à savoir à ces voleurs de bétail, les Tomari, qu'on n'outrepasse pas les limites de mon fief. Shonto est un général de grand renom : il me jugera sur ce qui compte, à n'en pas douter.

Et pourtant le chef des Komawara doutait encore. Il partait rencontrer le chef des Shonto et quelqu'un d'autre aussi, en invité à un repas. Les Shonto ! une famille dont l'histoire ne ressemblait à aucune autre. Dire que Hakata le Sage, dont les enseignements servaient de fondement à tous les principes inspirant le gouvernement et les lois de l'empire, avait servi les ancêtres de l'actuel titulaire du nom ! Des siècles plus tôt, un seigneur des Shonto s'était assis à côté d'Hakata lui-même pour parler justice et philosophie morale, de la même manière qu'aujourd'hui à table on s'entretenait des pensées du Sage. Un seigneur des Shonto avait fait graver sur les Cent Trois Grosses Pierres qui bordaient l'allée de la Sagesse dans son jardin les écrits d'Hakata. Les Cent Trois Grosses Pierres du palais impérial et de l'académie impériale n'étaient que de pâles copies.

Malgré cela, l'homme que Komawara avait rencontré à la soirée de l'empereur n'avait pas paru le moins du monde imbu de sa propre grandeur. En fait, il avait semblé ne pas s'embarrasser de détours, n'avoir pas de temps à perdre avec la vanité et parler du fond du cœur. Il avait beaucoup plu à Komawara.

Et la fille ! pensa Komawara en souriant malgré lui. Il secoua la tête et le sourire disparut. Elle est promise à devenir princesse impériale, peut-être impératrice, et moi… moi, je suis le pauvre Komawara de Seh. Ma famille est ancienne, certes, mais que sont mes avoirs ? Il soupira.

Et la cousine ! Elle est plus belle encore. Mais aussi plus dangereuse. Même ce pisse-froid d'empereur avec ses grands airs devient petit garçon en sa présence. Avec une femme comme elle, je serais un homme perdu. J'abandonnerais les distractions viriles et ne ferais plus qu'écrire des poèmes d'amour et la courtiser. Quel benêt je deviendrais ! Ah oui ! il y a peu de chances que j'épouse jamais Kitsura Omawara. Il est donc inutile que j'en perde le sommeil.

Il contempla la scène qui s'offrait à ses yeux. Des bateaux de toute taille, mais sans originalité, étaient amarrés le long du quai, des jonques pour le trafic fluvial, à faible tirant d'eau, hautes à l'arrière et arrondies par-devant. Les mariniers, dont beaucoup étaient nus jusqu'à la ceinture, même par un jour d'automne aussi frais, s'affairaient à débarquer les marchandises avec bômes et poulies. Les jonques plus petites des gens du fleuve filaient dans une direction ou dans une autre, sans tenir de cap ou prendre garde au danger, des familles entières ramant de tout leur cœur et hurlant à l'adresse de tous les bateaux à portée de voix, tandis qu'ils amenaient des marchandises aux auberges et aux mille et une boutiques et demeures particulières de la capitale impériale. Komawara sortit une main qu'il laissa traîner dans l'eau fraîche.

Il s'étonna de la propreté des canaux. Les édits impériaux concernant les voies navigables interdisaient d'y jeter ordures, bois de cale, déchets humains. Les peines encourues étaient extrêmement lourdes. Pourtant, songea Komawara, peut-être n'est-il pas nécessaire qu'elles le soient. Les déchets humains servent à fertiliser les rizières de la grande plaine, et la capitale fournit l'essentiel de cet engrais indispensable – il avait vu le matin même passer les chalands chargés de déjections. Cela mis à part, les habitants de Wa par nature répugnent à gaspiller et se montrent toujours méticuleux. Les voies navigables, se dit le dignitaire, sont les veines et les artères de l'empire ; nous péririons sans elles. Leur protection ne doit pas être laissée au hasard.

Ils sortirent du canal principal et s'engagèrent dans un passage plus étroit, bordé d'auberges florissantes et de maisons de thé prospères. Le trafic se raréfia. Sur les quais de pierre, on voyait circuler des marchands, des nobliaux, des propriétaires terriens et plus d'un soldat. Parmi eux, Komawara crut reconnaître le bleu de la livrée des Shonto.

Des endroits comme celui-là l'attiraient. Ils étaient rêvés pour recueillir des bruits. Durant ce voyage, il avait passé beaucoup de temps dans maisons de thé et auberges à écouter les conversations, poser des questions, jouer avec plaisir le rôle du naïf jeune seigneur venu du fond de sa province. Il avait beaucoup appris. C'est ainsi que, le matin même, il avait entendu deux gardes impériaux parler à voix basse d'une tentative manquée d'assassinat sur la personne de Shonto !

Il savait aussi, comme la majeure partie de la population, que ce même Shonto avait donné de l'argent aux frères botahistes en échange des services d'un conseiller spirituel. L'empereur, songea Komawara, n'en sera pas très content. Tout de même, on pouvait prendre le risque d'encourir le mécontentement du Fils du Ciel pour disposer des talents d'un produit de l'éducation botahiste. Mais quelle somme le Shonto avait dû verser ! se dit-il. Combien de gens peuvent se payer le luxe d'un pareil conseiller ? Et puis non, ce n'était pas l'argent qui rendait prohibitif le coût des services des botahistes mais, bien plus douloureux dans ses effets, le déplaisir d'Akantsu II, empereur de Wa. Rares étaient ceux qui pouvaient s'offrir cela, très rares vraiment.

Ils bifurquèrent de nouveau, cette fois pour gagner un quartier résidentiel – non les résidences des grands, elles étaient plus loin en direction des faubourgs. Un jour, avant longtemps, lui-même serait en mesure d'acheter une maison dans ce quartier-là. Il admira les demeures au cœur de leurs petits jardins, à moitié cachées par les murs, et s'imagina en acheteur potentiel, choisissant parmi les meilleurs emplacements, supputant lequel des jardinets avait le soleil l'après-midi. Il s'amusa de s'être ainsi laissé aller à rêver et revint à ce qui le préoccupait.

Ainsi Shonto allait venir à Seh. Quand il se rendra compte de ce qu'est véritablement ma situation là-bas, se dit-il, est-ce qu'il cessera de s'intéresser à moi ? Le jeune homme n'avait pas de réponse à apporter à cette question. Tout ce dont il était certain, c'était que Shonto était connu pour sa loyauté et que leurs pères avaient eu du respect l'un pour l'autre. Mon sort ne pourra que s'améliorer si je bénéficie de la bienveillance de ce seigneur, se dit-il, du moins aussi longtemps que le Fils du Ciel ne s'offensera pas de sa trop grande indépendance d'esprit. Peut-être devrais-je le mettre en garde contre l'engagement du jeune moine ? Mais il ne tarda pas à en repousser l'idée. Il savait Shonto entouré de conseillers de grand renom. Il ne lui fallait pas se montrer trop présomptueux.

Ce n'est pas à moi, pensa-t-il, de donner des conseils à un Shonto Motoru, du moins pas encore. Il est vrai que, lorsqu'il viendra dans le Nord, il aura besoin de tous les appuis qu'il saura se ménager. Les habitants de Seh n'aiment guère l'idée qu'ils ne puissent pas seuls s'occuper des Barbares.

À nouveau, il se pencha sur la question du comportement des tribus sauvages pour n'aboutir, comme toujours, à aucune explication satisfaisante.

Eh bien, se dit-il, si tout se passe comme je l'espère, je vais disposer d'un allié puissant, d'un allié qui sera bientôt gouverneur de Seh. À peine suis-je arrivé dans la capitale que déjà mes perspectives s'améliorent ! Mais peut-être devrais-je veiller à ne pas me faire un ennemi du Fils du Ciel. Jamais depuis neuf générations un Komawara n'a résidé dans le palais du gouverneur de Seh. C'est, pensa-t-il, beaucoup trop.

Au-delà du jardin de Shonto Motoru, on avait ordonné les autres jardins du domaine. Certains, tel celui de Shonto, étaient de dimensions réduites, clos et privés, tandis que d'autres étaient ouverts au public, avec de vastes pelouses pour le divertissement au grand air. Des sentiers qui bordaient les pièces d'eau faisaient un petit tour dans des plantations d'arbres exotiques, avant de monter à l'assaut d'une nouvelle terrasse et d'y pénétrer dans un jardin avec un thème différent, un autre objet.

Des ruisseaux serpentaient, apparemment sans but, se glissant au milieu de gloriettes, sous les arches des ponts, parmi les bouquets de cerisiers, de saules et de pins.

Komawara ne put s'empêcher de faire la comparaison avec ses propres jardins à Seh. Comparaison humiliante. Et pourtant il ne s'agissait que de la résidence secondaire du Shonto.

Il emboîta le pas à l'intendant de ce dernier sous un long portique couvert de tuiles. Cet intendant, Kamu, l'avait accueilli à la grille d'entrée et, malgré l'absence de suite accompagnant le jeune seigneur, l'avait traité en vieil ami estimé de la famille Shonto. Komawara connaissait de réputation ce vieux brave privé d'un bras. En fait, son père lui avait souvent parlé de ses exploits, car Kamu avait manié l'épée avec maîtrise en son temps ; sa virtuosité avait donné naissance à des légendes. À Seh, pareil héros se serait vu conférer un petit titre de noblesse, mais on savait Kamu plus honoré de servir les Shonto que d'être un seigneur dans une province limitrophe. Beaucoup auraient fait le même choix.

Un tournant, et ils arrivèrent enfin devant une grille que Kamu ouvrit avant de s'effacer pour permettre à Komawara de poursuivre son chemin. Le vieil homme s'inclina à son passage. « Le seigneur Shonto vous attend, seigneur Komawara. Puisse votre séjour parmi nous vous être agréable ! »

Komawara Samyamu s'inclina à son tour et franchit le portail. Un escalier, fait de pierres encastrées dans le talus, le mena à un bosquet de pins ; leur arôme puissant dans la brise qui soufflait lui rappela les forêts de Seh. Le sentier se divisait en deux. Sur celui de gauche, une pierre de la grosseur d'un poing, nouée à un rameau de bambou assoupli, indiquait la route à prendre.

À dessein, Komawara ralentit son allure et se mit à s'intéresser aux détails du paysage. Le sentier non balisé pouvait fort bien être le chemin le plus court pour gagner l'endroit où il devait rencontrer Shonto, mais on avait choisi celui-ci à son intention, peut-être à cause d'une fleur d'automne qu'on y trouvait ou d'un point de vue dont son hôte désirait le faire profiter. Il pouvait même y avoir un message sur ce sentier et, en ce cas, il ne fallait pas le manquer. Komawara mit tous ses sens en éveil et calqua sa respiration sur celle du méditant.

Le sentier dégringolait à flanc de coteau, les grosses pierres plates qui aidaient à la marche disparaissant dans la pinède comme des empreintes de pas. Des rochers formant grotte surgirent autour de lui puis, un peu plus loin, il se retrouva au milieu de pins en berceau. La mousse tapissait le sol, verte et moelleuse dans la lumière qui filtrait à travers les branches. Le sentier se ramifia une nouvelle fois, et de nouveau on l'orienta sur la gauche. Là encore le parcours était sinueux et donnait l'illusion de descendre au creux d'une vallée.

Le vent lui apporta un air de flûte qu'il s'arrêta pour écouter. La mélodie avait quelque chose d'étrange, de mélancolique, d'obsédant. Un instant, Komawara évoqua la belle Nishima et se demanda si elle était ce musicien caché.

Il poursuivit sa route, ne voulant pas faire attendre le seigneur Shonto, tout en prenant le temps nécessaire au plaisir de la promenade que son hôte avait conçue à son intention. Il arriva à un petit pont dont l'arche franchissait un ruisseau où l'eau chantait parmi les pierres ; ensuite le sentier obliquait pour suivre le cours d'eau sur quelques pas au milieu de tilleuls. Les branches s'écartèrent pour révéler la présence d'un étang couvert de nénuphars jaunes, la fleur préférée de son père.

Komawara s'assit sur un bloc de granit et contempla l'étang aux nénuphars. *Je connaissais votre père,* disait le message*, c'était un ami qui avait mon estime. Nous pouvons ici rendre hommage à sa mémoire, dans cet endroit qu'il aurait aimé.* Komawara Samyamu regarda à ses pieds et vit qu'à côté du granit poussait la fleur qui était l'emblème de sa maison, le muguet des brumes aux couleurs pâles. Les corolles y pointaient leur nez au pied d'un bouleau pleureur, arbre qui symbolisait la pureté d'intention. Tout près, le *shinta*, dont la fleur était l'attribut des Shonto, avait été planté entre des pierres adroitement disposées, représentant à la fois épreuves et loyauté.

La main de Komawara chercha le contact familier de la garde de son épée, mais en vain, car l'arme avait été confiée aux bons soins de Kamu. Il se releva sans trop savoir où il allait. En lui il sentait grandir sa confiance en soi. Le souvenir de son père paraissait l'habiter. Il éprouvait un étrange sentiment de paix, en accord à la fois avec lui-même et la scène qui l'entourait.

Il se remit en route et reprit le même chemin. Son corps semblait n'avoir aucun poids. Le sentier montait à nouveau, parmi des bouleaux dont les feuilles avec l'automne avaient commencé à jaunir. Cela dura jusqu'au moment où l'étang aux nénuphars se détacha en dessous, ses fleurs comme un motif brodé sur le kimono d'une femme. Se dressant derrière la pièce d'eau, les montagnes bleues fournissaient un décor lointain, surmontées de crinières blanches, tels des fantômes de lions.

Au sommet du tertre qu'il avait atteint, Komawara découvrit un minuscule pavillon, rustique dans sa conception et d'un matériau très ordinaire. À travers la lucarne ronde qui donnait sur l'étang, il distingua la silhouette d'un homme assis, le seigneur Shonto Motoru.

En arrivant devant le côté laissé ouvert de l'édifice, Komawara vit que Shonto était assis à une table où il étudiait une grande carte. Le jeune seigneur s'inclina cérémonieusement.

Shonto leva les yeux, sourit et salua d'un signe de tête. « Seigneur Komawara, je vous prie, entrez. » Il montra un coussin à sa droite. Komawara ôta ses sandales et pénétra dans le pavillon.

Par l'oculus, on voyait s'étendre en bas l'étang aux nénuphars et le reste du domaine, les montagnes à l'arrière-plan apportant à la fois équilibre et contraste. À côté, là où la pièce s'ouvrait de plain-pied, on avait vue sur les hauteurs au nord-est de la ville, avec la colline de l'Inspiration divine et ses grands temples au loin à l'horizon.

Sous la lucarne, sur un petit guéridon, un simple vase contenait une composition de branches de pin et d'érable mêlées. Le roux des feuilles d'érable représentait le passage du temps, le vert des aiguilles de pin la pérennité de la vie. C'était fait sans ostentation, élégamment et avec soin.

La carte sous les yeux de Shonto couvrait tous les territoires depuis le nord de la capitale jusqu'aux steppes septentrionales, là où finissait la province de Sch et commençait le domaine des Barbares. Komawara la regarda, dans l'expectative, mais Shonto fit comme si elle n'existait pas. « Voulez-vous de l'hydromel, de l'alcool de riz ? Du thé peut-être ?

— Merci. L'alcool de riz serait parfait.

— Avez-vous aimé votre soirée au palais ? demanda Shonto en levant la main et la tournant légèrement pour l'information d'un serviteur invisible.

— Oui, on ne pouvait que s'y plaire. Il faut dire que votre fille joue merveilleusement.

— Dame Nishima sera ravie d'entendre votre compliment. Peut-être se joindra-t-elle à nous plus tard. » Shonto vit les yeux de Komawara s'agrandir de plaisir. « Il est dommage qu'en m'y prenant trop tard je n'aie pas pu inclure Dame Kitsura dans mon invitation. Sa compagnie est des plus agréables, qu'en pensez-vous ? »

Komawara se mit à rire. « Oui, cela ne fait aucun doute. Mais, si vous mettez autant de beauté autour de votre table, je ne vais plus pouvoir donner mon attention à quoi que ce soit d'autre. En l'occurrence, déjà, elle est réclamée par cette vue et la perfection de votre jardin. Mais, bien sûr, vous êtes quelqu'un de plus discipliné que moi, seigneur Shonto. Je vois (montrant la carte) que vous pouvez vous concentrer sur la tâche que vous vous êtes fixée "sans vous laisser ignominieusement distraire". »

Shonto sourit. Un domestique arriva qui versa de l'alcool de riz en silence. « Ne confondez pas absence de choix et discipline. Les circonstances m'obligent à réfléchir aux détails du voyage que je vais faire à Seh. » Il sirota une boisson pleine de fraîcheur et jeta les yeux sur la carte. « Avez-vous rencontré des difficultés dans votre voyage vers le sud ? »

Komawara suivit le regard de son hôte sur le chemin qu'il avait pris depuis Seh, sept cents rihs le long du Grand Canal. « Nos forces n'étaient pas très considérables, ma garde personnelle et un groupe de gens prenant la même direction que moi. Nous n'avons pas vu trace de bandits, si beaucoup de récits nous sont venus aux oreilles d'autres voyageurs qui n'avaient pas été aussi chanceux. Là (il mit le doigt sur la carte à mi-distance de Seh) j'ai été retardé par la querelle qui oppose les Butto aux Hajiwara, mais finalement on nous a laissés passer quand il est apparu que nous ne menacions la sécurité d'aucun des deux camps. Je n'ai pas acheté le droit de passage, j'ai refusé ! Mais d'autres ont préféré payer plutôt qu'attendre. C'est leur affaire. Les Hajiwara arrêtent tout le monde dans l'espoir de tirer profit de ceux pour qui le temps c'est de l'argent. C'est tout juste s'ils n'imposent pas aux voyageurs d'acquitter un péage. Mais je crois que, s'ils le faisaient, la coupe serait pleine et l'empereur obligé de sortir de sa passivité.

— Oui, c'est une malencontreuse affaire, ce conflit permanent.

— C'est vrai, et l'on ne devrait pas le laisser s'éterniser. Une guerre qui interrompt la circulation sur une voie d'eau impériale ne peut s'accepter. Les Butto et les Hajiwara pratiquement lèvent tribut sur tous ceux qui ont la sottise de payer. Et l'empereur laisse faire. » Le jeune seigneur but une gorgée de son alcool de riz, embarrassé par cette soudaine explosion de mauvaise humeur.

« C'est une situation qui me gêne, moi aussi, dit Shonto. Je n'ai aucune envie d'être retardé dans mon voyage vers Seh. Vous souvenez-vous des positions qu'occupaient les deux armées quand vous êtes passé par là ? »

Komawara posa sa coupe et commença d'étudier la carte. Il mit un coude sur la table et se pencha sur l'imbroglio des indications. Sa manière de se masser le front rappela à Shonto le père du jeune homme.

Maintenant au cœur de la dispute entre Butto et Hajiwara, il y avait une gorge sur le Grand Canal, bordée de hautes parois de granit. Sur la carte, la gorge ressemblait à un renflement de la voie d'eau avec en son centre une petite île presque ronde qui donnait à cette gorge l'aspect d'un œil dont l'île aurait été la pupille – l'œil du cyclone qui sévissait alentour. À chacune des extrémités du défilé se trouvaient des écluses tenues par les armées ennemies, qui possédaient des fiefs de chaque côté du fleuve. C'était seulement en s'emparant d'une écluse qu'une famille ou l'autre pouvait prendre pied sur le territoire de l'adversaire.

Komawara Samyamu, en tant que guerrier natif de Seh, la seule province de l'empire contrainte à défendre ses frontières, s'intéressait de près au conflit en cours, et c'était cet intérêt qui le rendait précieux à Shonto.

Le jeune seigneur posa le doigt sur la carte. « Les écluses au sud sont tenues par les Butto et, pour protéger leur flanc, ils ont élevé des ouvrages en terre sur le territoire des Hajiwara. Ces fortifications n'ont pas été bâties en un jour. Elles ont été conçues avec soin, en utilisant au mieux la configuration du terrain. » Du doigt, Komawara cerna la rive gauche du fleuve. « Les défenses extérieures, qui consistent en levées de terre, en remparts capables de soutenir un siège et en tranchées, vont des escarpements qui dominent le fleuve, ici, jusqu'à un promontoire de granit que je situerais là. » Il tapa sur le papier du bout d'un de ses longs doigts. « La deuxième ligne de défense est constituée par des constructions de bois, inattaquables par-derrière en raison de l'escarpement. Un pont sur le canal est protégé à chaque extrémité par des remblais de pierres mais, sur la rive droite, celle des Butto, il n'existe aucun ouvrage de défense, si les tours de guet le long du canal sont très proches l'une de l'autre.

» Les Hajiwara n'ont pas eu besoin de se préparer dans des conditions exactement semblables, car ils ont saisi la tour de guet impériale à côté des écluses au nord. Cette tour se situe sur un promontoire qui constitue une grande forteresse naturelle, inexpugnable. Le Fils du Ciel a-t-il joué un rôle là-dedans ? Beaucoup se le demandent encore, si personnellement je doute que ce soit vrai. Mon sentiment est que les Hajiwara ont pris possession du château fort de la façon la plus simple qui soit, c'est-à-dire en soudoyant. Cela leur ressemble. Depuis la tour, ils ont réussi à progresser dans la plaine jusqu'à ces coteaux-ci. Là, les Butto les ont contenus, et les positions n'ont pas changé depuis.

— Que pensez-vous de ces remblais de pierres ? Peut-on y creuser des brèches ? » demanda Shonto.

Komawara le regarda, ne sachant pas si le grand général le traitait du haut de sa grandeur. Il décida en dernier ressort qu'il n'en était rien. Le seigneur des Shonto n'y était pas tenu. Komawara comprit aussi que son interlocuteur devait déjà être parfaitement au courant de la situation. Il mettait sans doute son jeune ami à l'épreuve pour découvrir ce qu'il savait et comment il raisonnait. Il s'efforça de rester calme. Son avenir allait dépendre en grande partie de la réponse qu'il donnerait.

« Les fortifications apparemment ne montrent pas de faiblesse, à ma connaissance. Toutes ont le grand avantage d'être protégées par des escarpements derrière elles et, de l'autre côté des ponts, la rive opposée est entièrement sous leur contrôle sur de nombreux rihs.

» Pour réduire l'un ou l'autre de ces bastions, il faudrait couper les ponts et les isoler. Une attaque frontale en force et un long siège finiraient sûrement par payer, mais cela prendrait des mois. Les ponts pourraient être reconstruits entre-temps, et cela très probablement les sauverait. »

Komawara voyait bien qu'il exprimait ses pensées à mesure, s'interrogeait tout haut, sans que lui vienne l'inspiration.

« La ruse, dit-il enfin. La ruse et l'effet de surprise. Je ne vois rien d'autre. Il faudrait prendre le pont ou trouver un moyen différent de pénétrer dans les forteresses. Ce serait difficile et même impossible – qui sait ? Mais c'est la seule façon d'y parvenir. »

Il s'interrompit encore, l'esprit en ébullition, comprenant qu'il n'avait pas de solution à proposer ni aucune chance d'en découvrir une, si loin des ouvrages qui défendaient le canal. Je n'ai pas réussi l'épreuve, se dit-il, et il essaya de ne pas montrer sa déception.

Shonto hocha la tête sans détacher son regard de la carte. « Mes généraux sont du même avis que vous, mais jusqu'à ce jour le problème reste entier. Peut-être ne sera-t-il pas nécessaire de chercher à le résoudre. Je vous remercie de votre conseil. » Il hocha la tête encore, comme s'il était satisfait, et lentement commença à enrouler sa carte.

Le signal qu'il donna ensuite fut si discret que Komawara ne s'aperçut de rien, mais son hôte se tourna brusquement vers lui pour le solliciter. « Vous m'honoreriez en distrayant un moment pour faire la connaissance de mon marchand vassal. Ce qu'il a à vous dire est susceptible de vous intéresser. » Tout cela fut exprimé sur un ton qui signifiait que pour des nobles de leur condition de pareilles choses n'avaient pas la moindre importance. Mais il était de leur devoir de faire plaisir à cet homme obnubilé par l'argent, de la même façon qu'on passe ses lubies à un vieil oncle.

« J'en serais honoré, seigneur Shonto. Je ne le considérerais en aucune façon comme contrariant l'emploi de mon temps. » Komawara se mettait à l'unisson du ton léger et courtois de son hôte.

Sur ces entrefaites, Tanaka parut, gravissant la pente. Sa tenue était la même que celle qu'il portait plus tôt dans la journée, et sa démarche celle d'un serviteur. Il avançait les yeux baissés, le visage grave, surveillant chacun de ses gestes. Venant après ce qu'on lui avait raconté des propos échangés avec le garde, cet air de soumission faillit provoquer l'hilarité de Shonto. J'espère qu'il ne me joue pas la comédie, se dit-il, soudain en proie au doute.

Tanaka monta jusqu'au pavillon et s'agenouilla devant la porte dans le gravier. Il s'inclina en prenant soin de garder les yeux fixés sur le sol. Shonto regarda son marchand, et soudain une lassitude l'envahit. Assez de calculs autour de moi, pensa-t-il, assez de fausseté.

« Tanaka-*sum*, lança-t-il, surprenant le marchand par cet usage de la forme polie devant un étranger, venez, nous n'avons pas de temps à perdre avec ces salamalecs. Le seigneur Komawara connaît l'importance de la place que vous occupez. Rejoignez-nous. »

D'un geste, le dignitaire fit signe aux domestiques d'apporter une autre table. Ce gamin, pensa-t-il, doit être confronté à la vie telle qu'elle est. J'avais raison ce matin. Je n'ai pas de temps à perdre avec des enfantillages.

Si Komawara en fut vexé, il s'arrangea pour n'en rien laisser paraître.

« Seigneur Komawara, c'est un honneur pour moi de vous présenter à Tanaka-*sum*, mon estimé conseiller. Tanaka-*sum*, vous avez l'honneur de faire la connaissance du fils d'un vieil ami et fidèle allié des Shonto, le seigneur Komawara Samyamu. »

Les deux hommes s'inclinèrent, Tanaka à dessein plus bas que le jeune seigneur, puis le marchand se redressa et rejoignit Shonto et son hôte dans le petit pavillon. Une table arriva qui lui était destinée, et l'on versa de l'hydromel dans sa coupe.

« Nous parlions du voyage à Seh. Le seigneur Komawara récemment a descendu le canal vers le sud. »

Tanaka posa sa coupe. « Ah ! et retournez-vous vers le nord avec le seigneur Shonto ?

— Je n'y avais pas pensé. C'est vrai qu'il me faudra bientôt rentrer à Seh. La situation là-bas est si incertaine. Je ne veux pas rester absent plus longtemps que nécessaire.

— Vous serez le bienvenu si vous vous joignez à nous, seigneur Komawara, dit Shonto, bien que je compte partir d'ici à quelques jours et n'aie que peu de temps dont je puisse disposer. Peut-être cet arrangement vous empêcherait-il de terminer ce que vous avez à faire dans la capitale ?

— Votre offre est généreuse, seigneur Shonto. Je vais certainement examiner si je puis la mettre à profit.

— N'y manquez pas, s'il vous plaît. Votre société nous serait des plus agréables. » Shonto fit un nouveau geste, et un domestique vint remplir les coupes vides. « Tanaka-*sum*, parlez-nous de cette spéculation que vous m'avez mentionnée. Je crois que cela intéresserait mon hôte. »

Tanaka posa sa coupe et s'éclaircit posément la voix. « À la demande du seigneur Shonto, j'ai passé contrat pour acheter toute la production de piment d'un agriculteur dont les champs se trouvent sur la plus méridionale des îles des Barbares. Les dieux n'ont pas été propices : les autres îles ont été frappées par un typhon funeste qui a détruit la récolte de piment. Ce terrible malheur nous laisse pratiquement maîtres de la totalité de ce qui a échappé aux intempéries.

» En raison des circonstances regrettables dont j'ai parlé, les prix du piment monteront certainement cette année. Bien sûr, nous devrons débourser davantage pour nous garantir du pillage de Barbares sans scrupule, mais en définitive, si Botahara le veut, nos profits devraient être considérables. » Tanaka jeta un coup d'œil du côté de Shonto et poursuivit. « Notre investissement dans cette opération a été important. Donc, sur le conseil du seigneur Shonto, j'ai cherché des partenaires pour le partage des risques... et des profits. Pour des raisons d'ordre familial, l'un de nos honorables amis s'est trouvé dans l'incapacité de continuer son association avec nous. Nous croyons, se hâta-t-il d'ajouter, la conduite de cet homme sans reproche, mais ce retrait laisse une place vacante à un ou plusieurs nouveaux partenaires, comme vous pouvez voir.

— J'ignore quels sont vos projets, seigneur Komawara, dit Shonto, mais il me semble que ce serait pour vous une bonne occasion de profit, et nous serions heureux de votre participation. Vous pourriez investir ce que vous seriez prêt à risquer, jusqu'à hauteur de... » Il se tourna vers Tanaka. « Peut-être deux cent mille riels. »

Komawara secoua la tête. « Mais à coup sûr ce serait trop généreux, seigneur Shonto », protesta-t-il. Il voulait ne pas s'arrêter là mais ne pouvait rassembler ses idées.

« Bien sûr, se hâta d'ajouter Tanaka, on vous fixerait d'avance le prélèvement sur vos bénéfices. » Il tira malaisément sur une bague qu'il avait au petit doigt. « Disons douze pour cent... non, dix pour cent. »

Le jeune seigneur prit le temps de réfléchir. « Ce sera douze, si vous espérez mon accord.

— Dix à coup sûr correspond à ce qui se fait d'habitude, seigneur Komawara », dit Shonto, l'œil sur Tanaka. Mais celui-ci refusa de croiser son regard.

« Votre proposition m'honore, seigneur Shonto, mais vous comprendrez que je ne puisse l'accepter à moins d'être assuré qu'il ne s'agit pas de charité. » Mais pourquoi, se dit Komawara, pourquoi une personne de l'importance de Shonto ferait-elle une chose pareille pour quelqu'un d'aussi inintéressant que moi ? Tenait-il vraiment mon père en si haute estime ?

Un moment son hôte parut prendre ses paroles en considération, mais c'était l'évaluation par le jeune seigneur des assauts des Barbares qui lui revenait sans cesse à l'esprit. Oui, pensait-il, ce qu'il a dit de leur façon de procéder paraissait juste. Pas un de mes généraux ne voyait dans leurs attaques quoi que ce soit de mystérieux.

« Seigneur Komawara, il n'est pas dans mes intentions de vous proposer une aide charitable dont à l'évidence vous n'avez nul besoin, mais seulement de vous rendre ce petit service en échange de quelque chose qui m'est nécessaire. Et qu'il me faut maintenant. Vos avis me sont précieux, je l'ai compris dès notre premier entretien. Je connais aussi la valeur de la loyauté d'un Komawara. Votre famille est réputée pour posséder ce trait de caractère, et il est inestimable. Si vous souhaitez vous lancer dans le négoce en utilisant le nom des Komawara, je vous en donne l'occasion. En retour, j'espère que vous voudrez bien m'accompagner dans mon voyage vers Seh pour me faire bénéficier de votre connaissance du Nord. »

Komawara ne répondit rien. Il paraissait juger du poids des paroles de Shonto comme si elles n'étaient faites que de vent. Pourtant il n'y décelait aucune fourberie. Je me lie aux Shonto et au sort des Shonto si je fais cela, songeait-il, et il trouvait cette idée quelque peu gênante. Il se pencha pour boire une gorgée de son alcool de riz puis, posant son verre : « J'accepte cette offre, seigneur Shonto, Tanaka-*sum*, dit-il. Vos paroles m'honorent. J'espère seulement que mes avis seront à la hauteur de votre investissement. » Et voilà, se dit-il, la chose est faite.

Shonto fit signe d'apporter encore à boire. « Je n'en doute pas un seul instant. Mangeons quelque chose, c'est ainsi que d'ordinaire on fête un événement, n'est-ce pas ? Tanaka, vous joindrez-vous à nous ? »

Le marchand un instant parut ne pas savoir que faire. « Votre invitation m'honore, monseigneur, mais je dois m'occuper de tant de choses avant votre départ que… »

Shonto se tourna vers Komawara. « Je ne réussis même pas à tenter mes serviteurs de négliger leurs fonctions. Est-ce un problème que l'on rencontre souvent ? Qu'en pensez-vous ?

— La plupart des maîtres aimeraient à en être affligés, monseigneur.

— Tanaka-*sum*, je m'incline devant votre sentiment du devoir. Une autre fois. »

Tanaka humblement salua les deux seigneurs et prit congé. Il s'éloigna avec la dignité tranquille qui faisait l'admiration de Shonto.

« Ainsi, seigneur Komawara, nous voilà deux, mais capables d'apprécier notre repas autant que si nous étions trois. »

Komawara acquiesça. Les domestiques apportèrent les plats du déjeuner, une nourriture simple mais délectable, servie avec élégance dans le pavillon dominant l'étang aux nénuphars jaunes. Sous l'influence de cette bonne chère, du bon vin et de la conversation de son hôte, le jeune homme finit par atteindre un état proche de l'euphorie. L'alliance des Shonto parut lui poser moins de problèmes.

« Les mets, seigneur Shonto, étaient d'une qualité à satisfaire un empereur. »

Shonto s'inclina légèrement. « C'est aimable à vous de le dire. Du thé ?

— Oui, merci. Ce serait parfait. »

Il y eut un bruit de soie froissée dans le sentier en dessous, et Dame Nishima parut à l'instant précis où l'on avait besoin d'elle, suivie de deux de ses demoiselles d'honneur et d'une jeune soubrette. Si Komawara l'avait trouvée ravissante au clair de lune, il s'aperçut que le soleil mettait en valeur sa vraie beauté, comme pour la fleur de la belle-de-jour.

Vêtue d'une robe d'un vert printanier avec broderies de feuilles de gingko volant au vent, Sa Seigneurie Nishima Fanisan Shonto paraissait briller parmi ses compagnes comme si elle était seule à être baignée de la lumière du jour. Elle s'arrêta et se pencha pour examiner un buisson au bord de l'allée. L'or de ses kimonos de dessous scintilla à la naissance de son cou délicat. Komawara se sentit à la fois conquis et terriblement nerveux.

À la vue de son oncle, Nishima sourit, un sourire où se lisait une sincère affection. Elle tendit son ombrelle à la soubrette et ôta ses sandales avant de pénétrer dans le pavillon. Les deux hommes lui rendirent un salut cérémonieux.

« Nishima-*sum*, comme c'est aimable de votre part de vous joindre à nous !

— L'amabilité consistait à m'inviter, mon oncle. » Elle prit un éventail dans sa manche, de la forme d'une grande feuille de gingko, et le déplia d'un geste souple. « Seigneur Komawara, comme il est agréable de vous revoir si tôt ! Avez-vous pris plaisir à la soirée donnée par l'empereur ?

— Énormément. J'ai gardé depuis votre musique en tête, et elle a enchanté ma journée.

— Vous êtes trop bon, dit-elle sans se fâcher du compliment.

— Avez-vous rencontré notre nouveau conseiller spirituel ? » demanda Shonto.

Nishima leva les yeux sur son oncle. Elle examina son visage pour y déceler une trace laissée par la tentative d'assassinat mais ne vit ni inquiétude ni anxiété. Il avait même l'air parfaitement détendu. Elle observa son compagnon du coin de l'œil. « Non, monseigneur, mais j'ai compris qu'il devait nous rejoindre. »

Shonto d'un signe de tête montra le sentier : un jeune religieux botahiste se dirigeait vers eux.

Oui, se dit Nishima, c'est bien lui. Je me souviens. Le tout petit moine sur le ring de kung-fu s'imposa clairement à sa mémoire. Les autres combattants avaient une silhouette massive ; ce moinillon à côté était si frêle… et pourtant si serein. Le même calme semblait se retrouver chez le jeune frère et, tandis qu'elle le regardait s'approcher, elle fut saisie d'une subite émotion. Brusquement, elle aurait voulu se cacher. Presque paniquée, elle ne savait plus où se mettre. Et puis les leçons apprises au cours d'une longue formation jouèrent leur rôle, et elle recouvra son sang-froid. Mais elle fut troublée de cet émoi soudain et ne s'en remit pas facilement.

Le moine, Shuyun, s'arrêta sur le seuil du pavillon et s'inclina devant son seigneur et ses hôtes.

« Frère Shuyun, joignez-vous à nous, je vous prie », dit Shonto, et il fit signe aux serviteurs. On remplaça les tables individuelles par une autre, assez large pour accommoder quatre personnes. Le changement surprit Nishima, car on avait recours d'ordinaire à cet arrangement uniquement pour de proches parents.

Le frère Shuyun fut dûment présenté à Dame Nishima et au seigneur Komawara. Aucun des deux ne laissa paraître un signe de la vive curiosité que ce jeune initié suscitait en eux. Nishima en particulier était intriguée, après le rapport qui lui avait été fait de la démonstration que le moine le matin même avait donnée de ses pouvoirs.

On apporta les ustensiles nécessaires à la préparation du thé, et Dame Nishima, en sa qualité d'hôtesse parmi les plus réputées de la capitale, s'occupa de tout. En même temps, elle orienta la conversation avec adresse et charme, impressionnant Komawara, qu'intimidaient les manières polies des femmes qu'il rencontrait dans la capitale.

Prendre le thé, comme tout ce qui occupait l'aristocratie, obéissait aux règles et était soumis aux exigences d'une esthétique bien définie si, dans la noblesse, cela n'avait pas revêtu l'aspect d'un rite comme pour certaines sectes de Wa. Sans déroger aux principes existants, Nishima réussissait à utiliser les ressources considérables de son imagination pour donner un tour nouveau à ce qui dans la cérémonie du thé était conçu pour aider aux relations humaines. Ce jour-là, elle voulait innover, faire quelque chose dont elle était sûre que nul parmi les personnes présentes ne l'associerait à une tradition. Comment l'imposer de manière apparemment naturelle, c'était là son problème.

« Viendrez-vous à Seh avec le seigneur Shonto, frère Shuyun ? » demanda Komawara. Il éprouvait des difficultés à regarder ailleurs que du côté de Nishima, si son respect militaire de la discipline le maintenait de justesse dans le droit chemin.

« C'est au seigneur Shonto d'en décider », dit le moine, et il en resta là.

Nishima soudain s'indigna contre le religieux botahiste et sa froideur. Ils sont tous comme cela, pensa-t-elle, ce qui ne l'empêcha pas de s'irriter. Le moine était agenouillé de l'autre côté de la table. Elle voulut creuser plus profond, débusquer l'homme qui se cachait derrière le masque. Avec le frère Satake, leur ancien conseiller spirituel, cela avait tourné à l'obsession. Elle s'abaissait à n'importe quel stratagème pour le voir rire ou s'impatienter, trahir ce qui pouvait ressembler à une émotion humaine. Tous ses efforts l'avaient laissée frustrée. Elle avait rarement réussi.

Lorsque le thé eut été versé et proposé de la manière qui convenait, Nishima se mit à questionner Komawara à propos de Seh, des Barbares et de leurs motivations.

Komawara lui répondit en s'efforçant de ne pas laisser la conversation prendre trop de libertés avec le ton requis en de semblables occasions. « Leurs raisons d'agir ne sont pas les mêmes que les nôtres, Votre Seigneurie. Vous ne pouvez pas les appréhender avec notre mentalité. Quant à ce qui arrivera, qui sait ? Je ne puis prédire l'avenir et je m'en excuse. » Il s'inclina en feignant d'être sincère.

« Seigneur Komawara, vous n'avez pas besoin de vous excuser de n'être pas capable d'une prédiction. Je puis m'en charger moi-même. »

Connaissant l'humour de sa fille, Shonto se hâta de mordre à l'hameçon. « Nishi-*sum*, comment se fait-il que je ne vous connaissais pas ce talent ? Ou bien était-il noyé dans la multitude de vos autres dons ?

— Pas du tout, monseigneur, vous ne vous trompez pas. Vous avez trop de perspicacité pour ne pas avoir remarqué pareille capacité chez votre fille préférée. La raison pour laquelle vous n'aviez pas jusqu'à ce jour noté l'existence de ce savoir-faire est que moi-même je n'en ai pris conscience que ce matin. À vrai dire, cela s'est passé juste après le lever du soleil. Je me peignais quand tout à coup j'ai été surprise par… (ses yeux s'agrandirent) par… une intuition profonde. C'est cela, et aussitôt j'ai pensé que je devais informer tous les gens de mon entourage de ce que leur réservait l'avenir. Ils en feront grand usage.

— Ah oui ! fit Shonto en gardant son sérieux. Une intuition profonde ! Est-ce que les frères botahistes sont au courant de pareil phénomène, Shuyun-*sum* ?

— Certainement, seigneur Shonto, et il est bien connu qu'il survient le plus fréquemment quand on met de l'ordre dans sa chevelure. C'est pourquoi les moines novices doivent se raser la tête, de manière à ne pas avoir d'intuition profonde avant d'être prêts à un événement aussi considérable. » En achevant sa phrase, il sourit, faisant passer un frisson dans le dos de Nishima.

L'homme derrière le masque ! pensa-t-elle. Mais le sourire eut vite fait de se dissiper et, de l'autre côté de la table, il n'y eut plus que l'un des Silencieux, immuable, ne laissant rien paraître.

« Eh bien, madame la devineresse, pour ma part j'avoue que m'intéresse le résultat d'une intuition profonde, si vous consentez à nous faire cette grâce.

— Avec plaisir, monseigneur, mais il me faut prévenir chacun d'entre vous... Je dégage toute responsabilité pour ce que vous pourrez apprendre sur votre avenir, que ce soit favorable ou non.

— D'accord, dit Komawara. Les dieux seuls seront tenus pour responsables. » Puis, se souvenant de la présence du moine botahiste, il ajouta : « Si Botahara le veut. »

Les hôtes firent comme s'ils n'avaient pas entendu l'allusion aux dieux, ces êtres mythiques détrônés par la religion botahiste, mais Shonto se surprit à penser : Mais oui, c'est vrai, c'est un provincial.

D'une poche dans sa manche, Nishima tira un cornet à dés ouvragé en cuir noir, décoré d'un motif de glycines blanches. Elle le secoua. Le bruit des pièces qui s'entrechoquaient déclencha l'hilarité de tous, car ils n'eurent aucune peine à le reconnaître : il s'agissait du *kowan-sing*.

Le *kowan-sing* était l'un des multiples procédés de divination populaires dans Wa. On avait eu recours à presque tous les objets possibles à une époque ou à une autre pour tenter de prévoir l'avenir : os, traits du visage, pierres, cristaux, entrailles d'animaux, cartes à jouer, jusqu'au plateau de *gii*. Le *kowan-sing*, cependant, avait pour convaincre l'appui de la tradition, car on le pensait déjà connu des indigènes, ces populations que les Cinq Princes avaient déplacées, en un temps si reculé que les historiens ne s'accordaient pas à le situer.

« Qui commence ? demanda Nishima en agitant à nouveau son cornet.

— Le seigneur Komawara doit avoir cet honneur », insista Shonto.

On repoussa les coupes pour faire de la place aux pièces sur la table.

« Êtes-vous prêt à connaître votre avenir, seigneur Komawara ? » demanda Nishima.

Komawara fit signe que oui et, d'un geste souple, Nishima fit glisser les sept pièces d'argent sur toute la largeur de la table. Les têtes se penchèrent pour examiner l'ordre dans lequel elles se trouvaient.

« Il est clair que la figure est celle du Navire, seigneur Komawara, qui annonce à la fois voyage et prospérité, dit Nishima sans quitter la table des yeux.

— Si l'on bougeait légèrement deux pièces, demanda Shonto, ce pourrait facilement donner le Nuage. Qu'en pensez-vous ? »

Le Nuage, chacun le savait, représentait l'amour, et l'intervention de Shonto mit Komawara quelque peu mal à l'aise. Mais Nishima ne parut pas embarrassée par ce que son père adoptif avait sous-entendu.

« Certes, mon oncle, mais le Navire s'impose trop clairement pour que l'on se préoccupe du Nuage. Excusez-moi de vous le dire.

— Je m'incline devant la supériorité de votre savoir, dit Shonto en baissant la tête.

— Là, seigneur, on voit qu'une pièce gâte l'alignement de la quille. » Elle la toucha d'un doigt effilé en prenant soin de ne pas la déplacer. « Cela signifie qu'un danger vous menace, auquel vous devriez prendre garde. Peut-être sera-ce, comme le montre le Navire, au cours de votre voyage de retour vers le Nord. Mais la prospérité aussi peut dissimuler un péril. Je vois également ici que les pièces qui composent le mât le révèlent en train de tomber, d'où un danger dans un avenir proche. Il n'y a que vous pour savoir de quoi il peut s'agir. » Elle toucha une autre pièce, la seule sur laquelle ne figuraient pas les contours de la Montagne de l'Inspiration divine. « Ici, le premier *kowan* indique une tentation. Voyez : la pièce en tombant montre la face de l'éventail ouvert. Seul le temps pourra nous dire ce que cache cet éventail. Tout ce qui peut être affirmé avec certitude, c'est que la tentation interviendra dans l'avenir, peut-être en relation avec la prospérité, je ne puis l'affirmer. Mais la tentation peut se révéler dangereuse. » Elle leva les yeux. Le visage grave de ses compagnons lui rappela qu'elle avait conçu tout cela comme un jeu.

« Vous me paraissez attirer le danger, seigneur Komawara, murmura-t-elle. Peut-être est-il imprudent de notre part de nous asseoir si près de vous. » Elle jeta autour d'elle des regards effarés, comme si quelque chose de terrible allait fondre sur eux du haut des nues. Ce fut un éclat de rire général pour saluer sa mimique. Alors, prenant la voix d'une vieille sorcière : « Il faut garder votre lame bien aiguisée, mon jeune seigneur… le vaste monde recèle… de nombreux dangers !… Regardez derrière vous… et devant vous, sans oublier un coup d'œil à gauche et à droite. Danger, danger, danger… » Sa voix se fit traînante. On applaudit.

Un domestique apporta de l'eau. Nishima s'interrompit un instant pour faire un peu de thé.

« Maintenant, mon oncle, je crois que c'est à votre tour.

— J'en suis honoré. »

Elle ramassa les pièces et à nouveau les secoua dans leur cornet de cuir. Deux fois elle ôta le couvercle, et elle s'apprêtait à les jeter quand elle s'arrêta, comme si l'inspiration l'avait fuie. Puis, malgré tout, elle leva les yeux, la malice se lisant sur son visage.

« Vous vous plaisez à me tourmenter, n'est-ce pas ? » dit Shonto.

Nishima éclata de rire. Elle lança les pièces du *kowan-sing*, sa longue manche flottant encore une fois terminé le geste gracieux de son bras.

Shonto posa le coude sur la table de façon à cacher les pièces à la vue de la jeune femme. « Ah ! Nishi-*sum* ! voici qui est très intéressant, qui sort de l'ordinaire ! »

Mêlant son rire à celui des autres, elle lui agrippa le bras pour l'écarter. « Ah ! mon oncle, mais oui, c'est intéressant. Qui aurait pu penser que votre figure serait celle du Dragon ? Le dessin n'est pas aussi convaincant que celui du seigneur Komawara, mais on ne peut se méprendre sur les yeux, et là (elle le montra) on voit la courbe d'une queue. Le Dragon symbolise à la fois pouvoir et mystère. »

Nishima marqua une pause. Elle examinait les pièces en y mettant toute son attention. Au loin, un vol de grues passa sur la plaine en direction du sud. Les occupants du pavillon ne s'en aperçurent pas.

« Mystère et pouvoir sont les clefs de votre avenir. Peut-être un certain pouvoir aura-t-il un effet sur vous et vos entreprises, mais l'origine de ce pouvoir restera mystérieuse. Le corps même du dragon paraît se contorsionner d'une manière qui n'est pas banale, comme si le pouvoir en question devait se manifester sous une forme inattendue. Là (elle toucha une pièce qui était tombée avec l'éventail en dessous montrant l'autre face, c'est-à-dire l'épée dans son fourreau), le premier *kowan* représente une menace cachée. On ne sait pas si l'épée est tranchante ou non, mais elle reste un danger qui ne doit jamais être négligé. L'épée au fourreau indique aussi l'existence d'une traîtrise ; le risque vient peut-être d'un allié.

— Ne peut-elle aussi signifier la paix ? demanda Shonto.

— Oui, monseigneur. Mais en association avec le Dragon, cela ne paraît pas être l'interprétation la plus vraisemblable. Excusez-moi de vous le dire. »

Shonto haussa les épaules. « C'est vous qui parlez à travers cette intuition profonde.

— Peut-être, monseigneur, devriez-vous le restant de l'année demeurer enfermé dans notre palais d'été. » Elle sourit. « Il me semble que je mérite une récompense pour le travail fourni. Du thé ? Quelqu'un veut-il m'accompagner ? »

On fit à nouveau du thé. Secrètement, Nishima souhaitait dévoiler l'avenir de leur nouveau conseiller spirituel, mais elle n'aurait pour rien au monde osé en lancer l'idée, n'étant pas sûre de la manière dont il considérait un passe-temps aussi frivole. Pourtant elle aurait aimé savoir ce qu'auraient révélé les pièces de monnaie sur ce moine paisible qui à présent faisait partie de leur cercle de famille le plus intime. Sa curiosité n'était pas moins vive de sentir que ce qu'elle avait dit aux autres contenait une part de vérité. Sur certains points elle avait même atteint à une certitude qui ne s'expliquait pas.

Deviendrais-je superstitieuse ? se demanda-t-elle. Mais Shonto mit un terme à ses réflexions.

« Nishi-*sum*, il semble injuste que nous ayons eu le bénéfice de votre intuition profonde alors que votre propre avenir vous demeure inconnu. On ne peut approuver cela. » Il regarda Komawara du coin de l'œil mais comprit que le jeune homme était trop timide pour donner suite. Tant pis ! songea-t-il. C'est moi qui ai mis cela en branle, c'est moi qui vais devoir m'en charger.

« Je crois que ce que le seigneur Shonto dit est vrai, Votre Seigneurie, fit observer Shuyun de sa voix tranquille. Ce n'est que justice que vous appreniez ce que l'avenir vous réserve. Je serais honoré de lancer les pièces pour vous, sans prétendre à votre habileté à vous en servir. »

Nul ne manifesta la surprise qu'ils ressentaient tous devant la proposition du moine. Komawara regretta aussitôt de ne pas l'avoir faite lui-même, car à l'évidence Nishima en était extrêmement flattée.

« Je ne pourrais pas refuser une offre aussi aimable, frère Shuyun. »

Après avoir remis les pièces dans leur cornet, Nishima le tendit à Shuyun. Mais, ce faisant, elle fut soudain prise d'une envie de le jeter dans le jardin, comme si ce que l'avenir gardait en réserve pour elle était trop effrayant. Elle donna quand même le cornet, le moine le secoua, produisant ainsi ce qui parut tout à coup un ferraillement de mauvais augure.

Avec la même adresse que Nishima, Shuyun éparpilla le contenu sur la table et, quand plus rien ne bougea, la jeune femme se rendit compte que ses craintes avaient été vaines. Il n'y avait sous ses yeux que les pièces du *kowan-sing*, bien connues, usées, en grand besoin d'un polissage. À quoi s'était-elle attendue ? Elle n'aurait pu le dire, quelque chose de troublant, une monnaie inconnue, avec des gravures obsédantes et un message inacceptable. Elle ferma les yeux, se laissant aller au soulagement. C'est la malédiction du nom que je porte, se dit-elle, un nom qui me poursuit partout comme un drapeau. Puisse-t-il ne jamais servir de signe de ralliement à tous ceux qui désirent une guerre ! Un frisson la parcourut. Ouvrant les yeux, elle s'efforça de sourire.

« Vous allez bien, Votre Seigneurie ? demanda Shuyun en la scrutant du regard.

— Bien ? s'écria-t-elle. Comment le pourrais-je ? Regardez cette figure. N'est-ce pas la Montagne, symbole d'une attente calculée et d'une illumination ? » Elle rit. « Je n'ai aucune patience, j'ai honte de l'admettre. À supposer que j'accède à l'illumination, il me la faut ce soir même au plus tard. » Elle rit encore, d'un rire charmant.

Shuyun sourit. « Certes, Votre Seigneurie, je puis me tromper mais il me semble qu'il s'agit de la Grue, symbole de l'esthétique, de la beauté et de l'art.

— Botahara a guidé votre main, mon frère », dit Shonto.

Le moine acquiesça. « Votre réputation dans les arts a même gagné l'oracle, Votre Seigneurie. Pourtant, vous voyez la Grue qui se tient là debout, en attente. Patiente comme il vous faut l'être, même si vous prétendez être incapable de patience. C'est cette attente qui fait les grands artistes. Et regardez : votre premier *kowan* montre aussi l'éventail ouvert. Ainsi que vous l'avez dit, cela figure la tentation mais peut aussi signifier que l'artiste ne doit pas se dissimuler derrière un éventail peint. Il doit se montrer. Son œuvre doit laisser paraître quelque chose de sa beauté intérieure. Certes on ne peut exclure la tentation, peut-être liée à l'esthétique ou à la beauté, je n'en sais rien. » Il s'inclina devant elle et retomba dans le silence.

« Je vous remercie, frère Shuyun. Ce sera un honneur de disposer de votre sagesse dans la maison des Shonto. »

Après qu'on eut servi à nouveau de l'hydromel, Komawara proposa de dire un poème qu'il venait de composer. Tous donnèrent volontiers leur assentiment car il était courant, et même attendu, de sacrifier à la poésie en pareille occasion. Komawara n'avait hésité qu'en raison du renom que Nishima s'était acquis en tant que poétesse.

Une grue attend,
Le regard fixé sur l'eau verte.

Est-ce un reflet qui l'attire ?
Un mouvement qu'elle guette
Au sein de l'étang qui dort ?

Il y eut un moment de silence, comme à l'accoutumée, pour qu'on pût réfléchir au poème. « Vous nous cachiez votre talent de poète, seigneur Komawara », dit Nishima sans qu'on pût mettre en doute la sincérité de ses paroles.

Komawara s'inclina. « Connaissant votre habileté en la matière, Votre Seigneurie, je vous remercie d'un commentaire qui est plus que charitable.

— Nishi-*sum*, vous devez avoir un poème à nous dire, intervint Shonto. L'inspiration ne vous fait jamais défaut.

— Votre flatterie m'embarrasse, mon oncle. Laissez-moi, s'il vous plaît, un moment pour y penser. » Elle ferma les yeux, un instant seulement, avant de parler.

La grue est blanche
Dans le vert de l'étang.
Est-ce un mirage pour elle
Que le calme de l'eau ?
Mais, dites-moi, est-ce une grue
Ou le reflet d'un nuage qui passe ?

« Votre Seigneurie, votre gloire est plus que méritée, dit Komawara. Vous m'avez fait honneur en vous servant de mes modestes vers pour donner naissance à pareil déploiement de virtuosité. »

Ce fut au tour de Nishima de se confondre en remerciements. « Votre poème n'avait rien de modeste, seigneur Komawara, et mes vers n'ont eu d'autre but que d'en donner une autre image. D'en explorer les profondeurs. »

On fit de quoi boire une dernière tasse de thé, et la conversation reprit un ton plus tranquille. De nouveau, Seh se trouva au centre des discussions et Komawara eut l'occasion de faire étalage de ses connaissances.

Il s'adressa au moine. « Frère Shuyun, votre nom ne m'est pas familier. Revêt-il un sens particulier dans les enseignements de Botahara ? »

Shuyun fut heureux de s'entendre poser la question, car il avait cherché dans les textes botahistes dont il avait gardé le souvenir pour y trouver son nom, supposant que, comme pour la plupart des moines, c'était de là qu'il était issu.

« Le mot est adapté de la langue des montagnards, seigneur Komawara, c'est pourquoi il ne dit rien aux gens de Wa. Shu-yun : celui qui porte, le porteur ; un nom pour qui humblement coltine des fardeaux. Il n'encourage pas à l'orgueil. »

Rien de semblable quand on y pense pour Shonto, Fanisan ou Komawara, se dit son maître. Mais pourquoi un homme de ce mérite consent-il à servir parmi les orgueilleux ? Il se reprit : C'est vrai qu'il n'a consenti à rien. Ses supérieurs lui ont donné un ordre, et il a obéi sans poser de question. Le frère Satake autrefois avait agi de même.

« *Kowan-sing* appartient aussi à la langue des gens de la montagne, n'est-ce pas, mon frère ? demanda Nishima.

— Il provient d'une forme archaïque, Votre Seigneurie, utilisée en un temps où, croit-on, ces gens de la montagne vivaient dans les plaines et au bord de la mer. Beaucoup de noms de lieux nous sont restés de l'ancienne langue, comme *yul-ho, yul-nan*. Même *Yankura* a la même origine : *Yan-kuro,* l'habitation près de l'eau. C'était une belle langue, et il ne demeure que quelques dialectes parlés par les montagnards pour nous en rappeler le souvenir. »

Une cloche sonna l'heure du tigre. Elle eut l'effet d'un signal pour tous les occupants du pavillon, remettant en mémoire à chacun qu'il avait beaucoup à faire et que, malgré l'illusion que créait le jardin d'échapper à la durée, le temps passait.

Komawara prit congé. Il lui fallait préparer son voyage avec Shonto, si la présence de Nishima lui rendait difficile de songer à autre chose qu'à ses beaux yeux et à la grâce de ses mouvements.

Les demoiselles d'honneur de Nishima et sa soubrette revinrent pour l'accompagner à travers les jardins. Elle s'éloigna dans un bruit de soie froissée, ne laissant derrière elle dans le pavillon que le souvenir de son parfum.

Shonto partit réfléchir avec Komawara aux préparatifs du voyage à Seh. Shuyun resta seul dans le jardin. Quelques instants, il écouta les bruits, conquis par la subtilité qui avait présidé à la conception de ce lieu. Je serai chez moi ici, rêva-t-il, ainsi que dans les autres résidences. Il regarda autour de lui. Quel luxe ! Comme il était facile d'y oublier la vie spirituelle ! Oui, comme c'était facile !

Il se leva et, lentement quittant le pavillon, descendit le long de la pente pour regagner la chambre que Kamu avait donné l'ordre de préparer pour lui. Partout où il jetait ses regards, des éléments du paysage semblaient réclamer son attention et ralentissaient sa marche.

Se penchant près d'un muret pour admirer une plante grimpante, il s'immobilisa comme s'il avait vu un fantôme. Il dressa l'oreille. Le bruit paraissait presque se fondre dans les sifflements du vent, mais on ne pouvait douter qu'il fût là. Shuyun avait entendu ce frôlement trop souvent pour ne pas en être tout à fait sûr. Son cœur se mit à battre. Vite, il maîtrisa ces battements. Qu'est-ce donc ? se demanda-t-il. Quelque chose qui bouge, le frémissement d'une étoffe, une respiration que l'on retient. Cela lui était aussi familier que le son de sa voix.

Il faut que je me rende compte par moi-même, pensa-t-il, et il commença à rechercher autour de lui la présence d'observateurs. C'était prendre un risque, il le savait, mais il n'avait pas le choix. Et si on le voyait ?

Il remonta le long du sentier sur quelques pas et se courba pour étudier les feuilles d'un buisson de *chako*. Dans cette position, il lui était possible de voir les fenêtres de la maison principale. Rien n'y bougeait, mais il était difficile de l'affirmer avec certitude car on avait baissé les stores partout.

Avec précaution, il quitta le chemin pour aller se dissimuler derrière un pin. Un coup d'œil encore autour du jardin, de crainte que le seigneur Shonto ne le fît suivre, et il allongea un bras pour juger de la solidité des vignes vierges le long des murs. Dans l'espoir qu'en cet instant au moins il échapperait aux regards, vite il se hissa silencieusement en s'agrippant aux branches. Sa tête passa pardessus le mur. Sa main se crispa sur la vigne. Là, dans un petit jardin clos, vêtue d'amples robes de coton, Sa Seigneurie Nishima se livrait à l'exercice cadencé du Rite imposé. Le *chi-quan* ! Sous ses regards, elle atteignit le cinquième mouvement et poursuivit avec assurance. Il avait peine à y croire : une non-initiée pratiquait le

Rite imposé ! Celui qui donnait la clef des connaissances secrètes de l'ordre botahiste !

Il se laissa tomber sur le sol, son cœur battant la chamade d'une manière qui n'avait rien de botahiste. Puis il continua son chemin dans l'allée en s'efforçant de paraître calme.

Le frère Satake, songea-t-il, le fameux frère Satake ! Ce ne pouvait être nul autre. Mais pourquoi ? L'ancien conseiller de Shonto avait été quasi légendaire, tenu dans la plus haute estime par les membres de son ordre au sommet de la hiérarchie. Shuyun lui-même avait voulu être son émule en matière de savoir.

Le moine continua son chemin. La tête lui tournait. Que faire ? se demanda-t-il. C'est inimaginable ! Par les Neuf Noms de Botahara, nous avons été trahis !

8

Les murs, se dit sœur Morima. Ils représentent la « structure symbolique » de notre empire, et le fait que nul ne les remarque montre qu'ils sont admis sans réserve par l'ensemble de notre culture. Il suffit chez nous de tracer un trait pour qu'une division s'opère : d'un côté le Fils du Ciel, de l'autre tout le territoire de Wa. Un trait de plus, et les seigneurs du premier rang se démarquent clairement : eux d'un côté, le reste de la société de l'autre, et ainsi de suite jusqu'aux écrans de papier du plus misérable des vendeurs de rue. Au plus bas de la hiérarchie, nous avons les mendiants, qui ne peuvent ériger la moindre cloison.

On les rencontre partout, les murs, et nulle part on n'y fait attention. Ce n'est pas qu'ils ne soient pas respectés, non, mais on ne les voit pas pour ce qu'ils sont, la structure symbolique de l'empire.

Et cela ne date pas d'hier. Déjà, il y a mille ans de cela, le seigneur Botahara les a inclus dans sa réflexion : « Entre les faibles et eux, les forts dressent des murailles de crainte que les faibles ne prennent conscience de leur force. C'est ce qui fait que les pauvres sont rejetés dans le vaste monde, avec ce qu'il a d'incertain mais aussi de pur et de beau. Quel palais possède un jardin qui puisse se comparer à la sauvage perfection d'une prairie de montagne ? Ainsi, croyant exclure les pauvres et les faibles, les forts ne réussissent-ils qu'à s'enfermer derrière des murs. Telle est la nature de l'illusion. »

Sœur Morima avec raideur montait l'allée sablée longeant le mur du prieuré du Premier Éveil, le siège de son ordre. Une main sur les yeux, elle contempla le rempart de pierre blanche et se demanda ce que penserait l'Illuminé d'un ordre religieux fondé sur ses enseignements et se cachant derrière des murs. *La Structure symbolique* lui revint en mémoire. C'était une nonne qui avait d'abord établi ce concept et une autre qui avait écrit sur le sujet l'ouvrage de référence.

La porte du prieuré du Premier Éveil apparut au détour de son chemin, et la cohue habituelle des pèlerins en quête de vérité entourait les sœurs portières qui étaient de garde. Sœur Morima percevait le désir sur le visage de ces gens. Chacun d'eux espérait qu'on le laisserait entrer, qu'on lui accorderait un gîte pour quelques soirs, le droit d'assister aux offices ou aux vêpres, un mot peut-être de la prieure, sœur Saeja, dont – ce n'était pas un mystère – le temps de vie approchait de son terme.

Lentement, sœur Morima se fraya un chemin à travers la foule, les pèlerins lui faisant de la place.

« Permettez à l'honorable sœur de passer.

— Poussez-vous, petit frère, une sœur arrive.

— Intercédez en notre faveur, honorable sœur, nous avons fait tout le chemin depuis Chou pour entendre quelques mots de la bouche de la prieure. Tout le chemin depuis Chou… honorable sœur. »

Les sœurs portières réservèrent à Morima un accueil chaleureux. Leurs yeux brillaient des questions qu'elles voulaient poser, car elles savaient d'où elle revenait. Morima franchit l'obstacle pour aboutir dans la cour extérieure du prieuré, en compagnie des pèlerins qui avaient été autorisés à passer le seuil de la grand-porte, accès facilité par la recommandation d'une nonne de leur province, une donation en faveur des bonnes œuvres de la communauté ou, en certains cas, simplement par l'obstination du demandeur à ne pas quitter les lieux. On ne sentait plus dans cette cour la pression de la foule ; les privilégiés allaient et venaient dans un silence radieux.

Sœur Morima se prosterna sur le pavé devant la statue de Botahara, avant de passer la seconde porte qui ouvrait sur la cour intérieure. Seules des nonnes en habit et de jeunes novices l'y croisaient, et le bruit de la foule au-dehors était complètement étouffé par la hauteur des murs. Elle poussa un soupir de soulagement. Je ne porte pas mon fardeau comme je le devrais, pensa-t-elle, mais bientôt je le partagerai. Elle n'en conçut pas la satisfaction espérée, car ce qu'elle avait à partager était particulièrement troublant.

Les novices qui l'accompagnaient avaient hâte de retrouver la liberté, de prendre un bain et de se reposer, mais Morima se taisait, et docilement elles se maintinrent dans son sillage. Il leur faut apprendre, se dit-elle, les choses ne deviennent jamais plus faciles pour nous, le répit ne vient pas nous récompenser, pas dans cette vie-ci.

Une sœur parmi les plus influentes se dirigea vers elle au travers de la cour pavée, avec à l'évidence l'intention de lui parler. Le visage ne lui fut pas familier d'emblée, mais elle finit par le reconnaître : Gatsa, sœur Gatsa. Ainsi les vautours se rassemblaient. Les représentantes de chacune des factions seraient là présentes, attendant leur moment, complotant. Morima fut prise de peur. Non, se dit-elle, je connais les sœurs qui étaient de service à la porte. Si Saeja-*sum* était près de sa fin, elles m'auraient prévenue. Cela n'empêchait pas les vautours de tournoyer, et celui-ci s'apprêtait à se poser.

« Allez aider au repas des pèlerins », dit-elle en se tournant vers les novices qui l'accompagnaient. Elle vit la déception et le ressentiment poindre dans leur regard. Ce ne fut qu'une flamme passagère.

« Tout de suite, sœur Morima, et merci de la chance que vous nous offrez. » Elles s'empressèrent d'obtempérer, avec leurs bagages toujours à la main.

Sœur Morima hocha la tête, satisfaite. Elles comprenaient. Elles feraient de bonnes religieuses.

« Sœur Morima, comme je suis contente de vous voir ! Je ne savais pas que vous étiez attendue. » Sœur Gatsa s'inclina devant elle.

Sans relever le mensonge, Morima lui rendit son salut et poursuivit son chemin. Elle ne cachait pas sa fatigue. Gatsa à côté d'elle régla son pas sur le sien. Elle en imposait par la taille, cette sœur Gatsa, et il y avait quelque chose de majestueux dans son port de tête comme dans sa façon de parler, qu'on n'aurait guère attendu chez une humble servante du Maître parfait. Elle avait une mâchoire carrée dont la brutalité était tempérée par une jolie bouche et des yeux qui paraissaient jubiler du plaisir d'être en vie. Avec cette sœur-là, il n'était pas question de fixer son regard sur l'au-delà. Le sien était concentré sur le monde alentour et ne manquait pas grand-chose.

« Je suppose que votre voyage a été fructueux ? dit-elle.

— Très agréable. Vous m'honorez en me le demandant », répondit Morima de son ton le plus digne. Elles passèrent sous une arche puis sous un large portique.

« Ainsi vous avez vu de vos yeux les rouleaux de l'Illuminé ? »

Sœur Morima ne répondit pas tout de suite. Quand elle le fit, elle détourna les yeux. « J'ai vu les rouleaux que détiennent les moines.

— Ce qui fait que… ?

— Ce qui fait que quoi, ma sœur ?

— Vous avez vu les rouleaux du seigneur Botahara, et c'est tout ce que vous en dites ? » La grande nonne avait l'air agacée.

De nouveau sœur Morima hésita. Puis elle poussa un long soupir. « Ce n'est pas une expérience qu'on peut traduire avec des mots, ma sœur. » Elle marqua une pause et chercha une colonne sur laquelle prendre appui.

Sœur Gatsa regarda la grosse nonne qui donnait l'impression de devoir éclater en sanglots. Mais Morima se reprit. « Vous devrez m'excuser mais… mais je vais devoir méditer sur cette expérience que j'ai vécue. Peut-être ensuite pourrai-je expliquer ma réaction. »

Sœur Gatsa prit le bras de Morima, et elles poursuivirent leur chemin le long de l'allée. « Je comprends, ma sœur, il doit être très émouvant de jeter les yeux sur l'écriture de Botahara. Soyez sûre que je vous comprends. »

Des religieuses leur firent en passant un petit bonjour. Leurs regards les suivirent. C'est la sœur qui a été choisie, se disaient-elles. Elle a assisté à la cérémonie du Renouveau divin. Des murmures circulaient à travers le prieuré comme des souffles de vent tranquille. « Elle est de retour ! Sœur Kiko l'a vue !

— Et…

— Elle est transformée, ma sœur ! Morima-*sum* brûle d'un savoir qu'elle garde en son cœur. Pourtant il faut dire qu'elle paraît perturbée.

— Qui ne le serait pas après avoir vu les mots mêmes du seigneur Botahara ? Rappelez-vous en outre qu'elle a vécu de nombreux jours dans la compagnie des frères. N'en seriez-vous pas vous-même tourneboulée ?

— Vous parlez d'or, ma sœur. »

Les deux nonnes arrivèrent enfin devant la porte que cherchait sœur Morima, celle qui menait à sa chambre. Mais Gatsa n'était pas encore prête à la lâcher, et Morima sentit la main de la grande religieuse se resserrer sur son bras.

« Bien des choses se sont passées en votre absence, sœur Morima, dit Gatsa en baissant la voix. La prieure s'est affaiblie. Je sais combien vous êtes proche d'elle. Nous nous réunirons dans le cloître avant la fin de l'année, j'en ai peur. Nous savons toutes les deux l'importance du rôle que vous tiendrez dans le choix qui sera fait. L'empire évolue, ma sœur, nous ne devons pas être les victimes de ces changements. L'œuvre de Botahara est ce qui compte par-dessus tout. Vous devez en être plus que jamais convaincue après ce que vous venez de voir. Je sais que dans le passé nous nous sommes opposées, Morima-*sum*, mais je suis persuadée qu'il existe un moyen de résoudre nos différences. Ce serait pour le bien de la communauté de même que pour le nôtre. S'il vous plaît, songez-y. Nous pourrons reprendre cet entretien quand vous vous serez reposée. » Elle lâcha le bras de Morima et se tint face à elle, la scrutant du regard. « Mais n'attendez pas trop longtemps, ma sœur. »

Elle s'inclina et partit par le long portique avec, comme toujours, la même dignité qu'une dame de la cour impériale.

Une jeune novice qui la servait rejoignit Morima à l'instant où elle montait l'escalier conduisant à sa chambre. « Je vous ai fait couler un bain, honorable sœur, dit la jeune fille en s'inclinant devant son aînée. On m'a dit de vous informer que la prieure vous verrait quand vous vous serez reposée. » Elle emboîta le pas à sœur Morima qui lui fit un petit signe de remerciement au passage.

Oui, pensa Morima, la prieure va me recevoir, mais que vais-je lui dire ? Elle passa sur son front une main couverte de poussière. Cette question, elle se l'était posée vingt fois depuis qu'elle avait quitté le monastère des frères dans leur île. Elle n'avait toujours pas de réponse à lui apporter. Que sais-je d'un tant soit peu certain ? se demanda-t-elle encore. Rien, à n'en pas douter. Pourtant le malaise subsistait. Quelque chose n'allait pas au couvent de Jinjoh. Son instinct le lui disait.

Le bain qu'avait préparé la novice lui fit l'effet d'un baume réparateur. Sœur Morima se laissa choir dans l'eau fumante comme un mammifère marin de retour dans son élément. Elle ferma les yeux et se permit le luxe d'un massage pour les épaules et pour le front. Afin d'aborder dans le calme l'entrevue à venir, elle entra en méditation. La paix gagna son corps, le trouble de son esprit fut mis de côté et en partie réduit au silence.

Plus tard, en s'habillant, elle repoussa le *shoji* pour regarder la plaine du haut de son petit balcon. Dans le lointain, les murs de la capitale impériale tremblaient dans les flots de chaleur ascendante. Le palais de l'empereur vacillait dans l'air trouble et ses murs blancs semblaient changer de forme, une surface se fondant dans une autre avant de s'en dissocier de nouveau. Plus elle y donnait son attention, plus il lui était difficile de définir assurément les contours de ce palais.

Une procession interminable de pèlerins s'étendait le long de la route sinueuse qui, à flanc de montagne, conduisait au prieuré. La poussière paraissait enrouler autour d'eux un écheveau de soie d'un brun rouge, lentement dérivant vers le nord. Les pèlerins aussi étaient prisonniers du mouvement de houle de la chaleur ; leurs silhouettes se déformaient, grossissaient, perdaient toute consistance.

Je suis dans le prieuré du Premier Éveil, se dit sœur Morima. Je suis dans l'ordre botahiste au sommet de la hiérarchie. Au-delà des rizières s'étend la cité impériale. En bas, je vois les pèlerins, pauvres, affamés et souvent très sots. Cet homme parmi eux en haillons bleus est un infirme, et c'est seulement à cause de l'air chaud qu'on a l'impression si souvent qu'il marche droit.

Elle referma, tourna les talons et sortit rendre visite à la supérieure de son ordre.

La nonne qui servait de secrétaire à la prieure l'accueillit avec un sourire qui n'avait rien de feint. « Comme je suis contente que vous soyez de retour, ma sœur ! dit-elle. Nos prières vous ont accompagnée.

— Vous aussi avez eu mes prières, sœur Sutso. Votre inquiétude m'honore. » Elle s'inclina. « Dites-moi vite comment se porte notre chère prieure. »

La secrétaire baissa les yeux et secoua la tête. « Elle est un exemple pour nous toutes, ma sœur, mais elle ne va pas bien. »

Morima se pencha et posa la main sur son épaule. « Elle ne peut que changer pour une vie meilleure, Sutso-*sum*. Est-elle en état de me voir maintenant ? »

La secrétaire acquiesça. « Mais il ne faudra pas la fatiguer, ma sœur. Elle a besoin d'un repos constant. » De nouveau elle secoua tristement la tête. « Puisse Botahara lui sourire, elle est si âgée et l'a si bien servi. »

Elles longèrent le couloir qui menait à la chambre de la prieure en prenant bien soin l'une et l'autre de faire aussi peu de bruit que possible. Sœur Sutso frappa discrètement à l'encadrement de l'écran puis entrouvrit, mais à peine.

Son visage s'éclaira. « Ah ! vous ne dormez pas. Sœur Morima est ici et désire vous voir, prieure. Est-ce que je lui permets d'entrer ? »

On n'entendit rien en réponse, mais sœur Sutso ouvrit le *shoji* et s'effaça après un signe à Morima.

Une longue inspiration suivie d'une expiration aussi complète, ainsi qu'on le lui avait appris bien des années plus tôt, et sœur Morima entra, sa tension nerveuse s'évacuant en même temps que l'air de ses poumons. Elle s'agenouilla une fois à l'intérieur et s'inclina devant la natte, après avoir entendu le *shoji* se refermer derrière elle.

« Morima-*sum*, c'est toujours un aussi grand plaisir, dit sœur Saeja d'une voix réduite à un murmure.

— Vous me faites honneur en me recevant, prieure.

— Oui, je sais. Rapprochez-vous, mon enfant. Si loin, je ne puis vous voir. »

À genoux, sœur Morima avança, jusqu'à se tenir tout près de la vieille femme. Sœur Saeja, la supérieure de la communauté botahiste, était assise, soutenue par des coussins de coton brodé, près d'un écran qu'on avait ouvert. Il donnait sur un balcon offrant une vue du même genre que celle dont bénéficiait Morima. C'était une femme très menue, ridée et desséchée, mais dont le visage respirait la bonté comme aucun autre de ceux que connaissait sa visiteuse. Les yeux fatigués se tournèrent vers elle, et ses traits pleins de douceur se plissèrent en un sourire de béatitude.

« Ah ! mais vous avez maigri, sœur Morima. Avez-vous trouvé difficile la tâche que je vous avais assignée ?

— On ne peut pas dire que je sois maigre, prieure. Quant à la tâche… eh bien, c'est fait.

— La tâche n'est jamais finie, mon enfant, pas pour des personnes telles que vous, avec des capacités hors du commun. Nous en reparlerons. » Elle tendit une main décharnée, la posa sur le bras de Morima pour ensuite la laisser pendre. « Vous avez déjà conversé avec notre chère sœur Gatsa, m'a-t-on dit. » Les yeux de la vieille femme pétillèrent de malice. « Chaque matin, quand je me réveille, je me demande si je ne suis pas déjà sur mon bûcher, tant elles sont pressées. Mais il y a des tâches à accomplir avant que je sois tout à fait morte, Morima-*sum*. Nous le savons bien toutes les deux ; il n'y aura pas de réunion conventuelle aussi tôt qu'elles le souhaiteraient. » Elle laissa entendre un petit rire et, au prix d'un nouvel effort, emprisonna la main de Morima dans la sienne. « Parlez-moi de votre voyage, mon enfant. Je sens que quelque chose vous inquiète. »

Vieille, certes, pensa Morima, mais toujours de bons yeux. « Le voyage lui-même s'est déroulé sans incident, prieure. Pas de tempêtes ni de pirates. Une mer calme et des vents favorables.

— Botahara vous protège, mon petit.

— Les frères ne se sont pas montrés plus arrogants que de coutume. Pendant les dix jours qui ont précédé la cérémonie du Renouveau divin, j'ai observé le jeûne comme le font les moines. La cérémonie de purification prit trois jours, et ce fut le patriarche lui-même qui la présida, le sénile frère Nodaku. Pendant ce temps, j'ai été isolée du reste de la communauté, si bien que je n'ai pas pu être le témoin de la manière dont ils forment et enseignent secrètement leurs novices.

» La cérémonie du Renouveau divin a lieu au lever du soleil, et elle est confiée à sept frères parmi les plus anciens. L'urne est enlevée à l'autel par les gardes sacrés et placée sur un support conçu à cet effet. Briser les sceaux constitue un travail compliqué, comme on prend un luxe de précautions pour empêcher les rouleaux de s'abîmer. » Sœur Morima faisait de grands efforts pour éviter que ses mains ne tremblent. Comment lui dire ? se demandait-elle. Elle voyait la fatigue dans le regard de la prieure et sentait diminuer la pression de sa main sur la sienne. La vieille nonne paraissait si frêle.

« Allez-vous bien, prieure ?

— Oui, continuez, murmura-t-elle.

— Les rouleaux sont ôtés de l'urne par les soins du patriarche quand le soleil se lève et placés sur le support. À l'extérieur, tous les habitants du monastère entonnent un hymne d'actions de grâces. » Sœur Morima sentit sa gorge se serrer.

La prieure avait fermé les yeux. Morima la regarda de près, mais le même murmure se fit entendre : « Continuez.

— On déroule alors les manuscrits un à un et on les examine avec un soin extrême. On m'a permis de regarder, mais je n'ai pas eu la possibilité de toucher.

— Quelque chose n'était pas clair ? demanda sœur Saeja sans ouvrir les yeux.

— Oui, dit Morima en se cachant la tête dans les mains.

— Racontez-moi, mon enfant.

— En vue de me préparer à cet événement, prieure, j'avais étudié tout ce qui avait trait aux écritures laissées par notre seigneur, et toutes les copies qui en avaient été faites. Impossible de vous expliquer ce que j'ai vu… C'étaient des manuscrits très anciens, à n'en pas douter, mais… je crois, non, je suis sûre que ces rouleaux n'étaient pas ceux sur lesquels notre seigneur Botahara avait consigné de sa main ce qu'il avait à dire. »

Une longue respiration, mais entrecoupée, et elle examina comment réagissait la supérieure.

La vieille nonne hocha la tête, presque imperceptiblement. « Bien sûr », dit-elle dans un souffle, et elle tomba dans un profond sommeil.

9

L'objet que le coup suivant se propose ne doit pas seulement être caché au sein d'une autre intention. Il doit être parfaitement dissimulé, invisible dans la complexité d'un plan plus plausible encore que le plan réel.

Œuvres de Soto, maître de *gii.*

La flotte de Shonto contourna la pointe de l'Impérial et Sublime Dessein et entra dans le Grand Canal, l'ancienne voie de navigation qui faisait la liaison entre le nord et le sud de l'empire. Elle était impressionnante, cette flottille qui entamait son voyage vers Seh, composée pour l'essentiel de barges à fond plat conçues pour la navigation fluviale et actionnées par des rameurs aux bras musculeux. Mais il y avait aussi des embarcations plus rapides, et beaucoup avaient été armées pour ce voyage.

Elles en disaient long sur ce que l'empire était devenu sous le règne d'Akantsu II, ces mesures qu'un gouverneur impérial était contraint de prendre pour se garantir des bandits, quand de la capitale il se rendait dans sa province. À vrai dire, pourtant, Shonto n'aurait pas pu être plus satisfait de la situation. Elle lui permettait de s'armer au vu et au su de tous, avec pour conséquence plus de facilité pour se protéger de ceux qu'il considérait comme véritablement dangereux.

L'une de ces personnes dont il pensait qu'elles représentaient une menace pour lui se tenait dans une tour de guet d'où elle observait la flotte par une étroite ouverture pratiquée dans le mur de pierre. Jaku Katta se penchait sur le rebord usé de la fenêtre et inspectait chaque vaisseau tour à tour, évaluant les forces dont disposait Shonto avec une attention experte. Près de lui, le plus jeune de ses frères, le lieutenant Jaku Yasata, attendait docilement que le général eût fini son examen. De temps à autre, Yasata jetait un coup d'œil du côté du chemin de ronde vers la porte où il avait posté des sentinelles, mais sans craindre vraiment une mauvaise surprise : la tour était une forteresse de la garde impériale, et cela depuis des siècles.

Presque imperceptiblement, Jaku Yasata fit peser le poids de son corps, qui n'était pas mince, alternativement sur un pied puis sur l'autre, bien que son visage ne trahît nullement son impatience. Le plus jeune des trois frères Jaku n'avait ni les aptitudes de Katta pour les arts martiaux ni les remarquables qualités d'esprit de Tadamoto. C'était un soldat sans autre mérite digne d'être noté qu'une fidélité aveugle à ses deux frères. Cette particularité, toutefois, suffisait à le rendre infiniment précieux à l'un et à l'autre, ce qui situait le degré de la confiance qu'ils étaient prêts à placer dans leur entourage.

Jaku Katta s'attarda longuement sur chacun des bateaux pour la navigation fluviale qui défilaient sous ses yeux, et ce qu'il vit le rassura. Cela prouvait que ses informateurs remplissaient leur fonction et montrait aussi que Shonto partait pour le Nord sans soupçonner les véritables dangers qu'il rencontrerait sur son chemin.

Il se surprit à jubiler et réagit tout aussitôt. L'empereur a raison sur un point, pensa-t-il : je ne dois pas tomber dans la présomption. C'est une grande faiblesse. Pourtant, regardez donc comment le grand Shonto entreprend son voyage ! Il s'encombre des voyageurs les plus pauvres, de marchands malchanceux et d'aristocrates au bord de la faillite. Tout le monde a recherché sa protection pour gagner le nord du pays et il n'a refusé personne. Jaku hocha la tête. Il s'était attendu à mieux de la part de quelqu'un d'aussi renommé. Un court instant, il fut pris de pitié pour ce Shonto Motoru. Puis il se mit à rire. Dans peu de temps, dans très peu de temps. Tout fonctionne à merveille.

L'image de Dame Nishima surgit devant ses yeux. Une Nishima très reconnaissante. Cette pensée l'émoustilla.

« Moins de cinq mille hommes », dit Yasata en regardant par-dessus l'épaule de son frère.

Jaku ne tourna pas la tête pour lui répondre mais acquiesça. « Oui, et la moitié des parasites de l'empire. » Il montra du doigt les bateaux par la fenêtre. « Regarde-moi ça ! Tous pelotonnés sous la bannière du gouverneur impérial ! Comme si elle allait les protéger ! » Sa main tomba sur le rebord de pierre. Il se pencha autant qu'il pouvait l'oser.

Yasata regarda par-dessus son épaule. « Je ne vois pas de préparatifs particuliers. Il semble partir sans se méfier de rien.

— Shonto ne va nulle part sans méfiance, Yasata-*sum*. Ne t'y trompe pas. Mais cette fois on a fait porter ses soupçons sur autre chose que la véritable menace. Il s'est préparé avec soin, sois-en sûr, mais pour faire face à des éventualités qui ne sont pas les bonnes.

— Un piège supposé ? » Yasata avait lancé l'idée dans l'espoir d'en savoir plus sur les plans de son frère.

« Supposé, non, mais d'importance secondaire, et c'est là-dessus qu'on a fait porter son attention. Quand il tombera, alors le grand général en entraînera d'autres dans sa chute, Yasata-*sum*, mais pas les Jaku. Les Jaku, eux, s'élèveront. » Il pivota sur lui-même et donna à son frère une grande claque sur l'épaule, surprenant Yasata par sa rapidité. « Et c'est à toi que je pense, colonel Jaku. Oui, je fais de toi un colonel. Il faut que tu y sois prêt et je m'en charge. J'aurai encore davantage besoin de vos services à l'avenir, à toi et à Tadamoto-*sum*. »

Yasata chercha ses mots pour remercier le général, mais Katta était déjà retourné à la fenêtre. Il avait les yeux fixés sur le canal. La dernière barge disparut. Un sourire se dessina sur ses lèvres : Non, sire, vous faites erreur ; ce n'est pas moi qui suis présomptueux.

10

Notre bateau de bois d'acacia et de robinier
Dont la peinture s'écaille comme la peau d'un grand
[serpent
S'élance parmi la foule des embarcations
Sur le Grand Canal.
Voyageurs sans nombre,
Désirs innombrables,
Portés par l'eau bleue.
Seule la barge funéraire
Sous ses pétales blancs
Semble savoir où elle va.

Grand Canal,
extrait des poèmes les plus récents
de Dame Nishima Fanisan Shonto.

Le mouvement de la barge et les cris des mouettes semblaient avoir sur Komawara un effet vivifiant. Pour un seigneur campagnard, il était demeuré trop longtemps dans la capitale impériale. Maintenant son âme aspirait à des horizons plus larges. J'appartiens à Seh, se disait-il, je ne suis pas fait pour cette vie de cour où l'on condescend à regret à s'occuper d'autrui. Il aspira une bonne bouffée de l'air frais de la campagne. C'est le commencement du voyage, songea-t-il ; comme le cœur est léger au commencement d'un voyage !

Sur la rive, des villages entiers venaient témoigner leur respect au gouverneur impérial en route vers Seh. Ils s'inclinaient profondément à l'approche de la flottille et se figeaient dans leur immobilité jusqu'à ce qu'elle fût passée. Komawara vit un vieillard enfoncer la tête d'un enfant curieux dans la boue et l'y tenir pour apprendre le respect à ce galopin.

La rive était basse dans ce secteur, rien de plus haut que la protubérance d'une levée de terre couverte d'herbe entre les champs et l'eau. Loin devant, à la faveur d'un coude du canal, il aperçut les premiers éléments du convoi et il se mit à les compter. Trente bateaux précédaient le sien, et il n'avait aucune idée du nombre de ceux qui suivaient. Ce n'est pas tous les jours qu'on peut voir pareil cortège, se dit-il, sauf quand le Fils du Ciel se rend à son palais d'été.

Tant d'embarcations, et qu'y avait-il à bord ? Des soldats, des musiciens, des marchands, des magiciens, des potiers, des fabricants de sabres, des lettrés, des forgerons, des diseurs de bonne aventure, des escrocs, des joueurs, des sœurs botahistes, des courtisanes, des prêtres. Un échantillon de tout ce qui faisait le monde où il vivait, tous ces gens-là réunis dans la même flottille. On aurait pu écrire un poème là-dessus. Il essaya, mais les mots ne vinrent pas.

La flottille qui l'avait amené lui-même avait été un peu moins fournie. Bien sûr, cela datait d'avant sa présence à la fête donnée par l'empereur, d'avant sa rencontre avec le seigneur Shonto. Étrange, la façon dont opérait le karma. Il s'était mis en chemin dans l'espoir de gagner la faveur du souverain, et celui-ci l'avait ignoré. Après quoi, mystérieusement, il avait retenu l'attention de l'homme dont l'empereur pensait qu'il représentait son plus grand danger. Et maintenant il était sur cette barge et rentrait à Seh, inclus dans l'entourage du nouveau gouverneur.

Il se demandait toujours pourquoi Shonto lui avait demandé de l'accompagner. Apparemment, ce nouveau gouverneur disposait du temps nécessaire à l'accomplissement de toutes sortes de tâches. La plupart des aristocrates qu'il connaissait auraient été débordés par l'exécution d'une entreprise de cette sorte, mais Shonto semblait agir comme si rien dans sa vie n'avait changé. Il a un personnel dévoué et de qualité, pensa-t-il, tous les seigneurs ne peuvent en dire autant. J'ai la chance de bénéficier du même avantage. J'en remercie Botahara et la sagesse de mon père.

Un soldat de la garde des Komawara s'éclaircit la voix derrière son jeune maître. Celui-ci regarda par-dessus son épaule.

« Le sampan est là, monseigneur. »

Sur des planches fraîchement calfatées, il traversa le pont pour gagner le bateau en attente. L'équipage se regroupa au milieu du navire pour hisser l'unique voile. Une brise favorable s'était levée qui soufflait de l'arrière, permettant aux rameurs de prendre du repos. Deux matelots descendirent l'échelle de coupée et la maintinrent solidement en place à son intention. Leurs torses bien musclés luisaient après leur effort à la rame. Komawara ne doutait pas qu'ils n'eussent aucune difficulté à supporter son poids.

Un youyou, manœuvré par des gardes de la famille Shonto, s'était accolé à la barge. Komawara y descendit avec une agilité en accord avec le personnage. Les soldats et les hommes d'équipage qui s'inclinaient à son passage savaient qui il était, si lui-même ne se savait pas connu. C'est le fils de l'épéiste, se disaient-ils en le voyant. Pourtant ils le trouvaient tous bien jeune, avec cette minceur et cette longueur de jambes qu'on attend d'un poulain. Mais il est le fils de son père, pensaient les gardes, et comment trouver mieux pour vous instruire ? Et puis il y avait les duels. Le jeune Komawara était connu pour ceux dont il était sorti vainqueur – plusieurs déjà – et l'on disait qu'il ne craignait personne.

Étranger à tout cela, Komawara prit place dans le youyou sans se sentir tout à fait à l'aise. Il était désemparé devant ce rôle d'allié du Shonto. La crainte que celui-ci lui inspirait était trop grande pour qu'il s'imaginât nécessaire d'une façon ou d'une autre aux desseins du grand homme. Il avait l'impression d'un malentendu qui ne tarderait pas à se dissiper. Peut-être cette pensée, dont il voyait bien qu'elle ne lui faisait pas honneur, expliquait-elle pourquoi il appréhendait de rencontrer Shonto Motoru.

En se glissant dans la file des embarcations, les gardes réussirent à se mettre bord à bord avec une grande barge savamment décorée. Komawara monta sur une plate-forme de débarquement, et les gardes qui s'y trouvaient le saluèrent avec respect. Bizarre, pensa-t-il, cette façon de saluer qu'ont ces soldats. Un grand personnage a droit à une courbette dont la civilité est sans défaut, mais si à rang égal se présente un combattant en arts martiaux, il se voit accorder un salut incontestablement plus respectueux. Impossible de dire où est la différence, mais cela ne se discute pas.

En montant l'escalier qui menait au pont principal, Komawara commença à desserrer les nœuds qui maintenaient son fourreau dans sa ceinture. Mais, une fois sur le pont, il rencontra l'intendant de Shonto, Kamu, et le vieillard fit un geste en direction de son épée.

« Mon maître vous demande de porter votre épée, seigneur Komawara », dit-il en s'inclinant cérémonieusement.

Komawara lui rendit son salut. « C'est toujours pour le protéger que je la porte, Kamu-*sum.* »

Le visage de Kamu exprima son approbation. « Le seigneur Shonto vous demande de le rejoindre sur la plage arrière, monseigneur. »

Le jeune homme acquiesça et suivit l'intendant à l'arrière de la barge, où il vit Shonto assis sous un auvent de soie. Il était penché sur une table basse, le pinceau à la main, tandis que son secrétaire, à genoux à sa droite, attendait ses ordres. Le bruit des armures lorsque les gardes saluèrent l'arrivée de Komawara le fit se retourner. Un sourire chaleureux lui plissa le visage.

« Seigneur Komawara, vous me faites honneur en vous joignant à moi. »

Après des salutations cérémonieuses, les deux seigneurs en vinrent aux questions polies que réclamait un strict protocole. On servit du thé et les deux hommes s'amusèrent à regarder les enfants dans la barge qui suivait la leur jeter des miettes à des mouettes poussant des cris aigus. Exceptionnellement, ce qu'ils jetaient finissait dans l'eau, tant les petits oiseaux du fleuve étaient prompts à s'en emparer.

En ce milieu de matinée, le soleil était chaud et répandait une douce lumière d'automne sur une campagne à la végétation luxuriante. Sur l'eau, une procession de feuilles filait vers le sud, tandis que la flottille lentement s'acheminait vers le nord. Un bateau chargé d'informer le Fils du Ciel passa rapidement à côté d'eux. Les puissants rameurs à chaque coup de leurs longs avirons incurvés projetaient le bateau vers l'avant. Shonto le regarda glisser. Ils vont mettre l'empereur au courant de notre progression, pensa-t-il, sachant que plus il s'éloignait de la capitale, plus proche était le monarque du but qu'il s'était fixé.

« Est-ce une affaire de quatorze jours, seigneur Komawara, notre voyage à Seh ?

— Oui, si les vents restent favorables, monseigneur. Mais nous devons nous attendre à être au moins quelque peu retardés par le conflit entre Butto et Hajiwara. »

Shonto acquiesça. « Certainement retardés », dit-il, et il fit signe à un garde, qui posa sur la table devant eux un cylindre de papier roulé très serré. Shonto examina le cachet avec soin avant de le briser, puis étala le rouleau sur la table. C'était une carte détaillée de la zone que se disputaient les familles en guerre. Toutes les fortifications y figuraient, de même que l'emplacement des troupes et les forces de chacune des garnisons.

« Si ce n'est pas trop vous demander, seigneur Komawara, voudriez-vous jeter un coup d'œil à cette carte et vérifier dans le détail l'exactitude des indications autant que cela vous est possible ? Je vous en prie, prenez votre temps. »

Komawara se pencha sur la carte, examinant chacun des emplacements, chacun des signes utilisés. Il chercha dans ses souvenirs et demanda son aide à Botahara. Enfin il releva la tête. « Cela me paraît parfaitement exact, seigneur Shonto. »

Shonto acquiesça. « Cette carte a été faite en rassemblant les informations de plusieurs agents secrets. » Il l'enroula à nouveau et la remit à l'un de ses gardes. « On doit toujours vérifier ce que les espions nous apprennent. »

Le déjeuner fut servi, qui rappela au jeune homme Nishima servant le thé avec grâce. On parla de choses et d'autres avant de s'arrêter à la question des seigneurs de Seh et de la réaction à attendre de la part des plus considérables d'entre eux à l'arrivée de Shonto. Le nouveau gouverneur et ses conseillers n'avaient cessé d'en discuter, tout en sachant n'émettre que des suppositions. Rien de sûr.

Voyant bien que le secrétaire agenouillé près de l'auvent de toute évidence attendait, Komawara s'excusa aussitôt que la politesse le lui permit. Shonto le regarda partir, s'intéressant à sa façon de marcher. Avant que l'année se termine, songea-t-il, il sera soumis à de rudes épreuves. D'où lui venait cette pensée ? Il l'ignorait.

D'une poche dans sa manche, il tira un petit rouleau de papier arrivé le matin même, qu'un de ses soldats déguisé en marchand de poissons avait fait passer en cachette depuis le territoire disputé. Il le déroula et se pencha une fois de plus sur les caractères fermement dessinés par son fils. Ce qui était écrit n'incitait guère au soupçon. C'était le message dissimulé au-dedans et donné dans le langage codé des Shonto qui seul comptait pour le gouverneur. Deux phrases encore retinrent son attention : *La querelle entre Butto et Hajiwara n'évolue pas ; depuis des mois les lignes ennemies n'ont pas bougé – je ne prévois pas de difficultés de ce côté-là.* Puis : *Le problème posé par les Barbares, comme vous le pensiez, est relativement peu important, et les rapports qui vous ont été faits sur de grandes concentrations de troupes à la frontière sont certainement erronés.*

Il relut les idéogrammes : *depuis des mois les lignes ennemies n'ont pas bougé…* Pas d'évolution dans le conflit. En ce cas, qu'attendent-ils ? se demanda Shonto. Une fausse manœuvre de la part de l'adversaire, ou est-ce quelque chose de totalement différent ? Comme Shonto ? Si c'est vrai, qui dois-je craindre, les Butto, les Hajiwara ou les deux ? *Je ne prévois pas de difficultés de ce côté-là.* En langage codé, cela signifiait : attention !

Il n'y a pas grand-chose qui lui échappe, à mon fils, se dit-il, mais il ne voit pas où se situe le véritable danger. Sinon, il en parlerait.

Et pour les Barbares la situation n'était pas non plus ce qu'elle paraissait être. Il n'avait reçu aucune information sur des concentrations de troupes ennemies le long de la frontière, et il savait que son fils non plus n'en savait rien. Donc Komawara avait raison. Shonto l'avait senti immédiatement. Il fallait voir dans les raids opérés sur Seh davantage que ce que les seigneurs du pays y avaient vu.

Il enroula la lettre et la remit dans sa manche. Puisse Botahara me sourire ! pensa-t-il, car je me dirige tout droit vers un abîme. Mais Hakata n'a-t-il pas dit : « Ce n'est qu'au bord du gouffre qu'on peut se retourner et voir le monde tel qu'il est vraiment » ? Ainsi, bientôt, je verrai.

De son fils, ses pensées allèrent à sa fille Nishima, seule dans la capitale. Si mes ennemis espéraient me déstabiliser, se dit-il, ils ne pouvaient pas mieux choisir. Okara détient la clef de la sécurité de Nishima… à condition qu'elle accepte mes plans. Je ne dois pas faire d'erreur dans mon appréciation de ce qui se passe dans la capitale. Il réfléchit à la distance qui le séparait de Seh : quatorze jours, s'il n'en fallait que sept aux courriers de l'empereur pour couvrir la distance.

Ainsi occupé, Shonto était assis sur la plage arrière de sa barge de gouverneur impérial et, au regard du spectateur, on pouvait croire qu'il se laissait charmer par le paysage sans négliger la correspondance que sa position rendait nécessaire.

Shuyun n'eut pas la même impression quand il émergea d'une écoutille sur le pont avant et resta un moment à regarder son maître. Shuyun était au courant des soucis de Shonto, à la fois pour en avoir parlé avec le frère Hutto et pour avoir recueilli des informations de Tanaka et de Kamu, l'intendant du dignitaire.

Le peu de temps qu'il avait passé dans la maison, il avait rencontré autant de membres du personnel que cela lui avait été possible. Ses instructeurs ne s'y étaient pas trompés : les Shonto savaient à merveille juger des mérites de quelqu'un. Cela paraissait s'accompagner d'une connaissance instinctive du meilleur usage à faire des talents décelés et d'une facilité à faire naître une fidélité sans faille.

S'il devait émettre une réserve sur le personnel de Shonto, c'était que beaucoup de ceux qui le composaient étaient plus vieux que lui, avec les handicaps inévitablement entraînés par l'âge. Shuyun se demandait si cette réticence n'était que la prévention inhérente à la jeunesse contre laquelle ses maîtres l'avaient mis en garde. Il lui faudrait y réfléchir au cours de ses méditations.

Dans la mesure de ses possibilités, il avait parlé aux gardes et aux soldats de Shonto et les avait écoutés. Plus important : il les avait observés, jugeant de leur comportement aux petits faits et gestes qui prenaient un sens seulement pour qui comme lui avait reçu une formation botahiste. Tout ce qu'il voyait montrait qu'ils avaient dans leur seigneur une confiance absolue mais, malgré cela, tous allaient à Seh avec la peur au ventre.

De Shonto son regard passa à la rive du canal. Un chemin de halage la longeait, s'il n'était utilisé que pendant les crues de printemps, quand les barges ne réussissaient plus à vaincre la force du courant. Plusieurs novices botahistes d'un monastère voisin s'inclinèrent profondément au passage du seigneur. Dans les champs au-delà, aussi loin qu'allait son regard, les paysans arrêtaient de travailler et restaient courbés jusqu'à la disparition de la flottille. Nous nous occupons d'eux aussi, se surprit-il à penser, mais cet hommage ne lui en laissait pas moins une impression de malaise. Je ne suis pas, se dit-il, dans un monde qui serait uniquement celui de l'esprit; il est de mon devoir de me tenir là où je suis, tout en veillant à garder au centre de mes préoccupations l'ambition spirituelle.

Pourtant, alors qu'il se disait cela, il eut sans l'avoir cherché une vision de Dame Nishima rieuse dans le pavillon, et il lui fut difficile de l'évacuer de ses pensées.

11

Le cycle de la grandeur et de la décadence des dynasties semble évoluer à l'inverse de ce que l'on observe dans l'épanouissement des arts. En effet, quand une dynastie décline, les arts invariablement connaissent leur plus grande prospérité, tandis qu'ils balbutient quand s'ouvre une ère nouvelle en matière de politique.

Entre autres choses, on doit à Dame Okara et à ses rares disciples la sauvegarde de l'esthétique Hanama au début du règne des Yamaku.

Extrait d'une étude de Dame Okara
par Dame Nishima Fanisan Shonto.

Nishima jeta de nouveau un regard au miroir de bronze poli et ne retira que mécontentement de l'image qu'il lui renvoyait. « Je suis laide, murmura-t-elle. Je n'ai aucun talent. Dame Okara perd son temps avec moi. Ah ! si seulement l'empereur ne m'avait pas forcée à accepter son patronage ! Okara n'aurait pas eu à s'encombrer d'une personne aussi peu digne de ses soins, et moi je serais à Seh, loin de l'empereur et de ses fils débiles. Près de mon oncle, qui peut avoir besoin de moi. » Elle s'inquiétait au sujet de Shonto, parti depuis maintenant trois jours. Il est fort et sage, se dit-elle pour la centième fois, je pourrais l'aider en évitant de tomber dans d'autres pièges que l'empereur serait tenté de me tendre.

La clepsydre dans la cour sonna la cinquième heure, et elle sut qu'il était temps pour elle de se mettre en chemin. Un bateau l'attendait. Le capitaine des gardes en personne avait insisté pour l'accompagner avec une escorte nombreuse, mais elle avait refusé, sachant que cela ne ferait qu'attirer l'attention sur sa visite à Sa Seigneurie Okara et sur son indignité, car c'était ainsi qu'elle voyait la chose. Elle avait honte de devoir imposer sa présence à un peintre de cette dimension, et seulement pour se conformer aux desseins secrets de l'empereur. Elle bouillait de colère et de frustration. Pis : elle se sentait prise au piège.

Dissimulant son trouble sous une apparence de calme, elle sortit dans le couloir et descendit le large escalier qui menait à la cour principale. Rohku Saicha, le capitaine des gardes de la maison Shonto et l'homme en charge de sa sécurité, alla à sa rencontre alors qu'elle traversait l'enceinte pavée.

« Votre sampan vous attend, Votre Seigneurie, dit-il en s'inclinant. J'espère que vous êtes revenue sur votre décision. J'ai des ordres formels de votre père…

— Je prends la responsabilité de tout, capitaine Rohku. Je vous en prie, ne vous tourmentez pas. » Elle lui accorda un petit signe de tête mais sans s'arrêter.

Il lui emboîta le pas. « Tout cela est bel et bon, Votre Seigneurie, mais je ne suis pas certain que mon maître s'en satisferait si quelque chose devait survenir.

— Voulez-vous que je vous signe une décharge ?

— Non, non, Votre Seigneurie. Ce qui me préoccupe est votre sécurité.

— Et que prévoyez-vous qui puisse m'arriver en plein jour dans la capitale ? »

Il haussa les épaules. « Je ne sais pas, Votre Seigneurie.

— Vous m'avez affecté des gardes. Cela suffira. Les Shonto ne doivent pas se déplacer comme si la colère divine allait s'abattre sur eux. Que faites-vous de leur dignité dans tout cela ?

— Je comprends votre point de vue, Votre Seigneurie. » Il voulait en dire plus, mais ils avaient atteint les marches conduisant au petit embarcadère dont se servait la famille Shonto, et elle lui avait donné la main pour qu'il l'aide à monter à bord du sampan.

Une fois assise, elle se retourna. « Vous avez fait tout ce qu'il fallait, Saicha-*sum*, dit-elle sur le ton de la réprimande. Je serai de retour en fin d'après-midi. Si je suis retenue, j'enverrai un message. Ne vous inquiétez pas. »

Un geste en direction des bateliers, et ils partirent : trois sampans, deux pour l'escorter et son embarcation personnelle.

Une fois la porte franchie, Nishima éprouva un léger remords pour être passée outre aux mesures de précaution prévues par le capitaine. Mon oncle serait furieux s'il savait, se dit-elle. Bah ! tant pis, c'est fait.

Ses pensées revinrent à Okara. Malgré ses remords, la perspective la stimulait de voir l'atelier du grand peintre. Elle ignore à quel point je l'admire, pensa-t-elle, et elle est si modeste, si simple. Comment fait-elle, alors que chacun la reconnaît pour être le peintre le plus important depuis trois générations ? Je dois m'efforcer d'apprendre la même modestie moi-même. Je tire trop de vanité de mes médiocres talents. Déjà, elle avait oublié le moment passé devant le miroir de bronze.

Ses accompagnateurs conduisirent les sampans selon un itinéraire prévu à l'avance, censé être raisonnablement rapide sans l'obliger à traverser les quartiers les plus misérables de la cité. On passa parmi de vastes demeures qui se dressaient sur chacune des deux rives, en partie dissimulées par des murs. Rares étaient celles dont Nishima ignorait tout, pourtant, car elle avait assisté à des réceptions dans beaucoup des maisons les plus importantes de la capitale.

Enfin ils touchèrent à l'île où résidait Okara. C'était l'une des dix ou douze aux confins de la capitale où de sa fenêtre on avait vue sur le lac du Dragon perdu et les collines sinueuses, verdoyantes, au-delà. Un serviteur l'accueillit au débarcadère, un homme entre deux âges au sourire aussi désarmant que celui d'un enfant.

« C'est un grand honneur que vous nous faites, Votre Seigneurie, en choisissant de nous rendre visite. Dame Okara vous attend. Sa demeure est toute proche, à une centaine de mètres seulement. Voulez-vous qu'on vous y transporte ? » Il montra une chaise à porteurs découverte. Devant, quatre laquais s'inclinèrent.

« La matinée encourage à la marche », dit Nishima, et elle attendit que le serviteur lui indiquât le chemin.

Tout le monde prit l'étroite rue pavée qui escaladait la colline à partir du quai, les domestiques, les porteurs avec la chaise inoccupée, Nishima et son escorte.

« Je ne suis encore jamais venue. Y a-t-il beaucoup de maisons sur cette île ? demanda Nishima au serviteur qui marchait à ses côtés en l'abritant du soleil sous une ombrelle.

— Peut-être une centaine en tout, Votre Seigneurie, si la plupart se trouvent de l'autre côté, plus près de la capitale. Ceux qui préfèrent une vie tranquille habitent ici, au-dessus du lac. Comme vous voyez, cela ne laisse pas d'être très agréable. »

Nishima regarda autour d'elle et dut admettre que c'était vrai. Les érables à feuilles de vigne avaient pris une couleur rouge vif, et les cerisiers bordant la chaussée eux aussi changeaient en faveur d'un rouge plus sombre. Des fleurs d'automne par grappes entières débordaient d'un muret de pierre, et derrière eux le lac scintillait sous le soleil. Les voiles blanches jetées au travers de sa surface y semblaient des pétales semés par le vent.

Ils bifurquèrent pour emprunter une ruelle bordée d'arbres et, un peu plus loin, traversèrent un pont enjambant un ruisseau bavard. Au sortir de ce pont, on voyait une barrière blanche encastrée dans un mur de pierre jaspé d'ombre et de soleil.

Nishima entra dans la cour pour y découvrir une habitation de dimensions modestes, bâtie dans un style rustique plein de charme qu'elle admirait depuis toujours. Du haut de sa terrasse, Okara la vit arriver. Elle descendit un large escalier pour aller l'accueillir.

« C'est un honneur pour moi, Votre Seigneurie, que vous ayez pu si tôt accepter mon invitation. » Les deux femmes se saluèrent.

« Je… j'aurais aimé qu'il ne s'agît que de cela, Votre Seigneurie, mais ma visite ne va pas sans une certaine gêne. Nous savons toutes les deux pourquoi.

— Nous n'en parlerons pas, Votre Seigneurie. Nos familles ont été trop proches dans le passé pour nous inquiéter de pareilles considérations. Il y a longtemps que je m'intéresse à vous. Votre talent ne m'était pas inconnu, vous savez. Mon manque de savoir-vivre seul explique pourquoi je ne vous ai pas invitée beaucoup plus tôt.

— Vous êtes trop aimable, Votre Seigneurie. »

La grande dame lui sourit avec tendresse et d'un geste l'invita à la suivre. « Parlez-moi de votre père, Votre Seigneurie. Est-il parti comme il l'espérait ? »

Les deux femmes revinrent en arrière pour se diriger vers le perron. « Il est parti depuis trois jours, Votre Seigneurie. J'ai eu de ses nouvelles ce matin. Ils progressent de manière satisfaisante et tout se passe bien. » Elle marqua une pause. « Je ne voudrais pas abuser, mais je serais heureuse que vous consentiez à m'appeler Nishima-*sum*. »

Okara sourit. « Il vous serait impossible d'abuser, ma chère enfant. Je connais le seigneur Shonto depuis plus de trente ans. Je connaissais aussi votre mère. Le saviez-vous ? »

Surprise, Nishima secoua la tête.

« C'était il y a longtemps, quand nous étions plus jeunes que vous n'êtes maintenant. Vous lui ressemblez beaucoup, encore que vous soyez plus belle, je dois dire. »

Nishima devint presque aussi rouge que les feuilles d'érable. « Impossible, Votre Seigneurie. J'ai vu les portraits de ma mère en sa jeunesse. C'était une beauté.

— Et pourtant vous êtes plus belle. S'il vous plaît, appelez-moi Okara-*sum*. Moi aussi, j'en serais honorée. »

Elles montèrent jusqu'à la terrasse où on leur servit du thé dans des bols fumants.

« La vue est saisissante, Okara-*sum*. Il doit être très reposant d'habiter ici. » C'était dit alors qu'elles s'abandonnaient au plaisir d'un chaud soleil d'automne.

« Oui, à la fois reposant et charmant, mais rien n'est un rempart contre le monde, Nishima-*sum*. Il est bon de ne pas l'oublier.

» Je me fais du souci pour Motoru-*sum* et son affectation à Seh », dit soudain Okara. Elle posa la main sur le bras de Nishima. « Je ne voudrais pas vous inquiéter. C'est quelqu'un de sage, votre père, et de beaucoup plus rusé qu'on ne le croit généralement.

— Vous ne m'inquiétez pas, Okara-*sum*. Il est vrai qu'il est sage, mais il est aussi sans crainte, et c'est ce qui me tracasse.

— Il a toujours été comme cela. Pendant les années où je l'ai connu. Son père était du même genre. C'est dans le sang. »

Oui, pensa Nishima, c'est dans le sang, et moi, je ne suis pas comme ça. Mon sang est celui des Fanisan. Elle sentit sa résolution soudain s'affermir et se dit : Mais ma capacité de résistance est celle des Shonto.

« Aimeriez-vous voir mon atelier ? demanda Okara.

— Oh oui ! Ce serait un honneur. »

Elles laissèrent là leur thé pour se diriger par la terrasse vers les portes de l'atelier.

Le vent s'était levé lorsque Nishima sortit de la maison d'Okara, et une légère houle s'était formée sur le lac avant que son bateau eût pu gagner le réseau de canaux de la capitale impériale. Quand elle ouvrit les rideaux du sampan, elle vit un moutonnement courir sur l'eau, et soudain les voiliers parurent se hâter de poursuivre leur route.

Maintenant qu'elle avait vu l'atelier d'Okara, elle était passionnée mais aussi découragée. Quelle profusion de talent ! Le labeur accumulé au long de dizaines d'années apparaissait à travers la finesse du détail et la maîtrise que démontrait chaque tableau. Shuyun a raison, se dit Nishima, la beauté intérieure d'Okara imprègne toutes ses œuvres. Le peintre ne se cache pas derrière son art. Bizarre, car à l'évidence dans la vie elle essaie de s'isoler. Mais peut-être n'est-ce que pour avoir le temps de travailler. Avec sa notoriété, elle risquerait d'être sans cesse dérangée si elle n'y prenait garde.

Elle revit tout ce qu'Okara avait peint. La perfection était partout. Une œuvre inachevée représentant une vue du lac à partir de la terrasse l'avait particulièrement frappée par sa beauté. Pourtant, quand elle l'avait mentionné à Okara, le peintre avait répondu : « Ah oui ! celle-ci ! Je l'ai commencée il y a des années sans jamais en être satisfaite. Je ne crois pas la finir un jour. » Et elle était passée à autre chose.

Nishima en avait conçu un grand sentiment d'humilité. Elle-même rêvait de mettre en chantier un ouvrage d'une technique aussi approfondie, et Okara renonçait à cette merveille comme à une bagatelle.

L'existence que menait Okara tentait considérablement Nishima, avec sa liberté de mouvement, son éloignement du tourbillon de la vie mondaine et des responsabilités d'une grande maison. Cela donnait une image de perfection.

L'artiste avait pris le temps d'examiner des esquisses que Nishima avait apportées. Elle n'avait pas été avare de compliments.

C'est une vieille amie de mon oncle, pensa Nishima, il lui était difficile de dire autre chose. Pourtant une partie d'elle-même voulait croire en la sincérité d'Okara ; aussi, quelques instants plus tard, elle avait déjà réussi à se persuader que Dame Okara était quelqu'un de trop honorable pour avoir trahi la vérité. Mais peu après elle fut sûre du contraire : Okara s'était seulement montrée polie dans ses observations, comme l'eût été toute personne de bonne éducation.

Tandis qu'elle était ballottée entre ses espoirs secrets et son manque de confiance en soi, les bateaux tournèrent pour s'engager dans une voie moins étroite et se trouvèrent aussitôt confrontés à une douzaine d'embarcations attendant de franchir un barrage dressé par la garde impériale. Elle entendit le soldat chargé de sa sécurité dans le bateau accompagnateur se mettre à crier : « Faites place à Sa Seigneurie Nishima Fanisan Shonto ! Poussez-vous ! Poussez-vous ! » Comme c'est déplaisant ! pensa-t-elle en se calant sur ses coussins ; puis son instinct lui commanda de se méfier.

Il était trop tard pour faire demi-tour (il était interdit d'éviter un barrage), et son escorte avait signalé sa présence. Déjà, ils avaient gagné la tête de la file d'attente. Elle entendait le lieutenant commandant l'escorte parlementer avec la garde impériale. Son nom fut cité à plusieurs reprises, l'insistance étant mise sur « Shonto », « le gouverneur Shonto ». Cela ne servit à rien.

Son sampan se balança lorsque quelqu'un y monta. Le lieutenant s'inclina devant elle autant que les circonstances le permettaient. « Les gardes veulent nous retenir, Votre Seigneurie, sans raison apparente. Ils prétendent avoir reçu des ordres. Ils désirent vous entretenir personnellement. Je leur ai dit que c'était hors de question, mais ils n'en démordent pas et refusent de nous laisser passer. J'envoie un bateau au palais tout de suite, mais cela n'aura pas d'effet immédiat. Veuillez excuser ce contretemps, Votre Seigneurie. »

Nishima réfléchit un moment en dominant ses craintes. « Ont-ils des doutes sur mon identité ?

— Apparemment non, Votre Seigneurie.

— Bien. Dites-leur que je me plaindrai à l'empereur en personne, et voyez ce que cela donne. »

Une brève courbette, et le lieutenant ressortit. Nishima tira les rideaux pour ne laisser ouvert qu'un petit espace permettant d'observer. Elle vit l'officier se raidir dans une attitude offensée capable d'impressionner avant de s'approcher des gardes, mais elle vit aussi que ceux-ci n'étaient pas prêts à se laisser intimider. On discuta. Cela ne dura pas. Le ton dans les deux camps monta. Sans daigner saluer, le garde des Shonto tourna les talons, traversa son embarcation et passa sur le bateau de Nishima.

« Ils nous refusent le passage », dit-il en s'inclinant. Visiblement il s'efforçait de maîtriser sa colère. « Leur insolence est intolérable, laissa-t-il soudain échapper. Pardonnez-moi, Votre Seigneurie, pardonnez à mon emportement. »

Elle ne répondit rien, comme ne tenant pas compte de ses excuses. La situation devenait périlleuse, et la colère à l'évidence gagnait les autres membres de son escorte. Cherchent-ils à nous faire perdre notre sang-froid ? se demanda-t-elle. Cela ne leur servirait pas à grand-chose. Jamais de sa vie elle n'avait été confrontée à pareille difficulté et elle ne savait pas comment s'y prendre. Rohku Saicha sera furieux quand il saura, pensa-t-elle.

Elle eut une soudaine inspiration. « Dites-leur que je vais leur parler. »

De toute évidence, cette décision choquait le lieutenant. « Est-ce décidé, Votre Seigneurie ?

— Oui, absolument », rétorqua-t-elle avec les accents de la fermeté.

Je suis une Shonto, se dit-elle, ils n'oseront pas se mettre en travers de mon chemin.

De nouveau, le lieutenant passa d'un pont à un autre pour rejoindre les gardes impériaux. Visiblement, il se sentait humilié du tour que prenaient les événements. Nishima le suivit des yeux tandis qu'il s'inclinait à peine devant le commandant et expliquait le choix de sa maîtresse. Elle n'entendait pas clairement ce qu'ils se disaient, mais brusquement le lieutenant se figea, rien qu'un instant, et fit un geste en direction de son épée. Des soldats de l'empereur bondirent au secours de leur officier ; des gardes de Shonto les imitèrent. Le lieutenant toutefois revint à la raison avant que les choses se gâtent et fit reculer ses hommes. Il pivota sur lui-même, une fois encore sans saluer, et, rouge de colère, retourna voir Nishima dont le cœur battait à grands coups.

« L'officier de service refuse de venir à vous, Votre Seigneurie. Il insiste pour que ce soit vous qui alliez à lui. Je suis désolé. J'ai exigé qu'il nous accompagne chez son supérieur mais il ne veut pas. C'est intolérable. Je n'ai jamais vu pareil manque de respect. Ces hommes sont sans honneur. Je m'en excuse, Votre Seigneurie, mais je ne vois pas ce qu'il nous reste à faire. Impossible de battre en retraite, d'autres gardes nous bloquent le passage. » Il jeta un regard en arrière. « Toute la responsabilité m'incombe. Je suis déshonoré. » Il baissa la tête de confusion.

Nishima savait que Shonto serait tout à fait de l'avis de cet homme, mais cela ne l'empêchait pas de le prendre en pitié. Ce n'est pas sa faute, pensa-t-elle, si son code de l'honneur affirme le contraire.

« Dites-leur que je vais venir.

— Votre Seigneurie, il n'en est pas question ! Ce ne sont même pas des soldats d'un rang élevé.

— C'est sans importance. La seule autre issue est le recours à la force, et nous sommes quelques-uns alors qu'ils sont nombreux. » Elle se tourna vers les hommes d'équipage. « Bateliers, faites avancer ce bateau. »

Lentement, les embarcations s'écartèrent les unes des autres, et le sampan de Nishima se faufila à travers la foule. Les mariniers et leurs familles regardaient bouche bée. Ils me serrent de près, pensa-t-elle, jamais je n'ai été aussi vulnérable. Elle n'avait pas peur des mariniers, des hommes honnêtes et travailleurs, mais l'endroit était rêvé pour dissimuler le couteau d'un assassin. Elle se maudit de ne pas avoir écouté Rohku Saicha.

Son sampan finit par se porter à la hauteur du bateau de la garde impériale qui interdisait le passage. Elle apercevait maintenant les soldats de l'empereur dans leur armure de couleur noire. Leur chef n'était qu'un capitaine. Il en imposait par la corpulence. Il s'appuyait sans mot dire sur la petite cabine de sa barge, les bras croisés négligemment devant lui. Il mastiquait quelque chose en attendant, peut-être, pensa-t-elle, de la noix d'oona. C'était un comportement des plus choquants.

Lorsque son sampan ne fut plus qu'à trois mètres, Nishima tira complètement son rideau et regarda froidement dans les yeux le capitaine de la garde impériale ; elle ne prêta aucune attention aux soldats qui l'accompagnaient.

« Je suis Sa Seigneurie Nishima Fanisan Shonto. Pourquoi me retarde-t-on ?

— Vous êtes retardée parce que je suis garde impérial et que j'ai choisi de vous retarder », répondit-il sans hésiter.

À nouveau, les hommes de son escorte voulurent se saisir de leurs épées, mais elle les arrêta d'un geste.

« Votre insolence est sans excuse, capitaine, je vous préviens. Donnez-moi la raison de cet empêchement ou laissez-moi passer sur-le-champ.

— Il me faut voir vos papiers avant que je décide si vous passerez ou non. »

Un murmure parcourut l'assistance. Ils n'avaient jamais vu cela lorsqu'il était question des Shonto. Une aussi grande famille ! Aurait-elle perdu la faveur du Fils du Ciel ?

« Mes papiers, capitaine ? Se pourrait-il que, selon vous, les Shonto se promènent avec des papiers sur eux ? Peut-être croyez-vous aussi que je vends du poisson dans mon sampan ? » Elle fit un geste en direction de son embarcation raffinée.

On rit. Le capitaine des gardes jeta autour de lui des regards furieux qui firent taire tout le monde. « Si vous ne pouvez me montrer de papiers, vous allez me suivre dans mes quartiers. J'ai des ordres. »

Sans hésiter, Nishima eut recours à un deuxième expédient. « Vous ! dit-elle en s'adressant au commandant en second, un jeune sergent de haute taille. Votre capitaine a perdu la raison. Il compromet votre carrière, si ce n'est votre existence, car l'empereur n'a pas de patience avec les sots. Cet homme n'est pas en état d'exercer un commandement. Démettez-le de sa charge, et une chance vous sera donnée de vous sauver. »

Le capitaine se tourna vers le jeune officier et le dévisagea, mais celui-ci regardait droit devant lui comme s'il n'avait pas entendu les paroles de Nishima. Pourtant, quand l'attention de l'officier se porta de nouveau sur la jeune fille, le sergent fit signe à deux gardes qui se trouvaient juste derrière son supérieur. Ils montrèrent – c'était presque imperceptible – qu'ils avaient compris et changèrent un peu de position. D'autres gardes parurent aussi se préparer à intervenir. L'espoir revint au cœur de Nishima.

Soudain un tumulte se déchaîna sur sa droite, au-delà des bateaux des mariniers. Les gardes des Shonto tirèrent l'épée et formèrent un écran protecteur devant leur maîtresse. La foule des spectateurs se fendit comme en réponse à un ordre inaudible, et un renfort de gardes impériaux se précipita hors des entreponts le long du couloir qui venait de se créer. Nishima ne pouvait rien voir mais soudain, dominant le vacarme, elle reconnut une voix. Celle de Jaku Katta.

L'empereur, pensa-t-elle, dans l'impossibilité où elle était de croire qu'on eût pu procéder avec autant d'audace dans la capitale, en plein jour, devant une centaine de témoins.

« Vous ! » Le ton était impérieux. Nishima sentit que ses gens eux-mêmes tendaient l'oreille. « Capitaine des gardes, que faites-vous donc ? »

La colère. Nishima perçut de la colère dans la voix du général. Cela lui redonna de l'espoir. Jaku Katta sauta d'une barge pour atterrir sur le pont du bateau de la garde impériale. Le capitaine s'inclina, visiblement confus.

« Je me conforme aux ordres qui m'ont été donnés, plaida-t-il.

— Vous avez des ordres pour persécuter Sa Seigneurie Nishima Fanisan ? »

Les lèvres du garde remuèrent, mais aucun son n'en sortit.

« J'attends, capitaine.

— J'ai reçu l'ordre de... » Il ne termina pas sa phrase. Du revers de sa main gauche, Jaku frappa l'homme au visage. Celui-ci chercha son épée, mais Jaku avait dégainé que le capitaine n'avait pas encore trouvé la garde de son arme.

« On ne baisse plus la tête devant son chef, capitaine ? »

L'officier regarda autour de lui et vit qu'il était seul sur la barge à être resté debout. Lentement, il s'agenouilla, la main sur sa bouche sanguinolente, l'œil rivé à l'épée de Jaku.

Le général parut hésiter un moment, puis il rengaina son arme. « Cet homme est votre prisonnier, sergent. Vous ferez un rapport à votre retour au quartier. Tous, vous passerez devant une cour martiale. »

Un geste à l'un des éléments de la troupe d'élite qui l'accompagnait pour qu'il rétablît la circulation, et Jaku Katta se retourna vers l'escorte de Nishima. Il s'inclina devant le lieutenant des Shonto.

« Mes excuses pour cet incident, lieutenant. Il est impardonnable, je le sais. J'en informerai l'empereur à la première occasion. Voudriez-vous demander si je puis aussi m'excuser auprès de Sa Seigneurie Nishima elle-même ? »

Le garde des Shonto s'inclina à son tour. « Certainement, général. Mais, s'il vous plaît, avant que je le fasse, il est de mon devoir de vous informer que l'insulte infligée à la maison Shonto et à l'honneur de ma maîtresse par ce barbare portant uniforme de la garde impériale ne saurait s'accepter. Je sens que cet homme a aussi porté atteinte à mon honneur. Je ne puis l'admettre. »

Nishima était témoin de la scène qu'elle observait entre des rideaux à moitié tirés. Les propos ne lui arrivaient que par bribes, mais il était facile de deviner ce qui se disait. On est venu à mon aide, pensa-t-elle, mais je n'ai pas l'impression que tout danger soit écarté.

Jaku Katta hocha la tête. C'était la sympathie d'un soldat pour un autre soldat. « Je vous comprends parfaitement, lieutenant, mais ne vous suffit-il pas de savoir que le châtiment sera… exemplaire quand il passera devant la cour martiale ? »

Le lieutenant parut peser ses mots. Il demanda : « Toléreriez-vous une insulte comme celle-là, général ? »

Jaku Katta n'y réfléchit qu'un instant. « Non, dit-il, et il se tourna vers son adjoint : Dégagez un espace sur le quai et donnez son épée au capitaine. Assurez-vous que personne ne s'en mêle. » Il se retourna vers le lieutenant. « Prenez deux de vos hommes comme témoins. » Il s'inclina. « Vous avez choisi la voie de l'honneur, lieutenant. Puissent les dieux soutenir votre cause ! »

Le lieutenant rendit son salut à Jaku Katta et laissa ses fonctions à son adjoint, un jeune capitaine au visage de lettré. Celui-ci se hâta de transmettre à Nishima la requête du général.

« Va-t-il y avoir un duel ? demanda-t-elle au jeune capitaine dès qu'il approcha.

— C'est inévitable, Votre Seigneurie. J'aurais moi-même lancé le défi si le lieutenant ne l'avait pas fait, comme c'est son droit.

— Mais ce garde impérial est un colosse ! » Des arguments divers se présentèrent aussitôt à son esprit. Il est question d'honneur, pensa-t-elle, non de peur. Je dois faire valoir cela. « Le lieutenant, dit-elle, ne va-t-il pas faire souffrir davantage le nom des Shonto s'il échoue ?

— Il n'échouera pas, Votre Seigneurie, même s'il le paie très cher. » Il reporta son attention sur le quai, où l'on s'amassait pour assister au spectacle. La vue du général le rappela à ses devoirs. « Le général Katta a demandé s'il pouvait vous présenter ses excuses en personne, Votre Seigneurie.

— Oui, bien sûr. Qu'il vienne ! »

Le combat allait commencer. Sur le quai, la différence de stature entre les deux hommes sautait aux yeux.

« Général, dit Nishima à Jaku en le voyant venir, ne pouvez-vous pas arrêter ce duel ridicule ? Le garde impérial ne sera-t-il pas appelé à répondre de ses actes de toute manière ? »

Jaku s'inclina profondément. « J'ai tenté de dissuader votre lieutenant, Votre Seigneurie, mais je respecte son droit. Il avait le sentiment qu'on avait jeté un doute sur l'honneur des Shonto. Je suis désolé. »

Les épées s'entrechoquèrent dans le silence qui s'était fait. Nishima se couvrit la bouche de son éventail, mais l'angoisse se lisait dans ses yeux. C'est ma faute, pensait-elle. Si j'avais écouté Rohku Saicha, ce ne serait jamais arrivé. Jamais ? Elle gardait l'impression que tout cela cachait quelque chose.

« Voulez-vous faire un bout de chemin sur le canal jusqu'à ce que ce soit fini ? Vous ne rendez aucun service à votre lieutenant en restant ici.

— Oui, merci. » Tout valait mieux que rester à portée du bruit des épées.

Jaku fit signe aux bateliers, qui lui obéirent comme s'il avait été leur chef. Passé un méandre, ils stationnèrent près d'un quai de pierre. Le général fut le premier à rompre le silence. « Veuillez accepter mes excuses pour la conduite de mes gardes, bien que je la sache impardonnable. »

Nishima l'interrompit. « Il n'est pas nécessaire que vous vous excusiez, général Katta. Je vous reste redevable après votre acte de bravoure dans notre jardin. Vous avez sauvé la vie à mon seigneur. C'est une dette dont je ne pourrai jamais m'acquitter. »

Jaku haussa modestement les épaules, puis ses yeux de tigre fixèrent la jeune femme. « C'est un honneur pour moi de servir les Shonto, Votre Seigneurie, et je serais heureux d'en avoir à nouveau l'occasion. » Il n'en dit pas davantage et détourna son regard. « J'ai assuré votre oncle estimé que vous ne courriez aucun danger pendant son séjour à Seh. Pardonnez à ma présomption, mais je m'inquiète pour votre sécurité depuis… depuis cet incident dans le jardin du seigneur Shonto.

— Votre inquiétude me flatte, général Jaku, mais il n'est pas dans les habitudes des Shonto de se permettre d'être dans la dette de quelqu'un.

— Qui parle de dette ? C'est moi qui suis votre débiteur, Votre Seigneurie, pour ne pas m'avoir taxé de sottise et de présomption. »

Nishima le remercia d'un geste pour son amabilité, mais le bruit des épées s'entrechoquant avec force l'obligea à regarder ailleurs. Le silence s'établit.

Jaku Katta tendit l'oreille et concentra son attention sur les lointains échos. « C'est fini, Votre Seigneurie. Nous pouvons espérer qu'on a retrouvé l'honneur. » Il se levait lorsqu'un garde impérial entra précipitamment.

« Le capitaine est tombé, général.

— Et le lieutenant des Shonto ?

— Il vit, général, mais ses blessures sont sérieuses. Nous avons pris la liberté de l'emmener chez un médecin. »

Nishima se cacha la tête dans les mains, mais elle eut tôt fait de se reprendre.

Le général d'un signe congédia le messager. « Je suis navré, Votre Seigneurie, mais on ne pouvait le faire changer d'avis. Je veillerai moi-même à ce qu'il soit bien soigné, et je vous tiendrai au courant de son état.

— Vous n'y pouviez rien. Je vous en prie, ne vous croyez pas coupable. Pardonnez-moi, général, mais je dois continuer ma route si c'est possible. »

Jaku s'inclina tout aussitôt. « Bien sûr, je ne voulais pas être un obstacle à votre voyage. » Il monta sur le quai. « Peut-être nous verrons-nous lors de la célébration par l'empereur de son Ascension ? »

Cela ne manque pas d'audace, pensa Nishima. « Peut-être. »

Il sourit et la fixa des yeux en la quittant. Le regard froid du prédateur, songea Nishima tandis qu'il tournait les talons. Malgré tout, sa présence ne l'avait pas laissée insensible. N'avait-il pas sauvé son oncle ? Ne l'avait-il pas tirée d'un abominable mauvais pas ?

Les hommes de son escorte revinrent et les bateliers se remirent en mouvement. Au-dedans d'elle-même, une voix lui disait que, malgré les apparences, quelque chose n'était pas clair. Comment donc Jaku avait-il apostrophé le capitaine des gardes à son arrivée ? « Vous avez des ordres pour persécuter Sa Seigneurie Nishima Fanisan ? »

C'est ainsi qu'il me voit, comprit-elle soudain, Sa Seigneurie Nishima Fanisan, princesse du sang. Elle sentit se dérober l'île d'Okara, et la vie de ses rêves lui glisser des doigts en même temps. Je ne puis y échapper, se dit-elle tout bas, et pourtant, cette existence-là, si on me la proposait mille fois, mille fois je la refuserais. C'est mon sang, on ne peut rien contre son sang.

Tandis que le soir tombait sur la capitale de Wa, Nishima voguait vers sa destination avec le sentiment que, maintenant plus que jamais, elle avait été choisie par des forces qui la dépassaient.

Non loin de là, Jaku Katta prit place sur son sampan et fit signe à son équipage de le conduire au palais impérial. Une fois rendu au secret de son bateau, il ne put réprimer un sourire de satisfaction. Elle n'est pas aussi inaccessible qu'on voulait me le faire croire, pensa-t-il. Oh ! mais elle est maligne ! Elle avait presque réussi à convaincre les gardes de se mutiner contre leur capitaine ! Jaku avait peine à le croire : s'il ne s'était pas montré au bon moment... Bah ! c'était fait, et ce benêt de capitaine ne dirait jamais quels ordres il avait reçus. Il s'en était fallu de peu, et le lieutenant était si gringalet ! Jaku avait eu peur de le voir rater son coup. C'était une peur sans fondement. Les soldats de Shonto étaient entraînés à ne craindre personne et, exception faite de la troupe d'élite de Jaku, il n'y avait pas meilleur.

Le général bascula en avant comme pour accélérer la progression du bateau. Le combat était engagé, et maintenant il n'y avait plus qu'à attendre. Seul l'avenir dirait si ses plans étaient bons, et l'attente ne serait pas longue.

Un seul doute subsistait qui venait inquiéter le commandant de la garde impériale. Il avait pour origine ce qu'on aurait pu appeler de la superstition, il le savait mais ne parvenait pas à se l'ôter de l'esprit par le raisonnement.

Une seule fois dans sa vie, Jaku Katta se souvenait d'avoir manqué son but. Celui qui avait provoqué cet échec avait réapparu, et déjà il s'était arrangé pour échapper à une tentative d'assassinat.

Le fameux combattant de kung-fu ferma les yeux et se frotta le front, comme sous l'effet d'une soudaine douleur. Ce n'était pas un souvenir de nature à vous réconforter. Nul parmi les milliers de spectateurs ne s'était aperçu de quelque chose, mais ce qui s'était produit l'avait marqué, et il ne pouvait en éliminer la trace.

Un petit moine botahiste lui avait résisté, ne manifestant pas la moindre émotion après avoir détourné un coup porté de toute sa puissance de colosse. Son bras avait été écarté, pourtant il savait qu'aucun contact n'avait eu lieu. Mais l'énergie, oui, il l'avait sentie, cette énergie étonnante, capable de dévier le coup d'un adversaire sans le toucher.

Il secoua la tête pour se libérer de ce souvenir. Son regard se posa sur les rives du canal : on s'inclinait à son passage. Il respira profondément et s'obligea à rester calme. Ils n'en étaient plus à s'affronter dans la médiocre enceinte d'un ring pour remporter un tournoi. Maintenant le gamin nageait où il n'avait plus pied. C'était perdu pour lui.

Le bateau tourna pour s'engager dans le canal de la Haute Sagesse impériale, le plus large de la métropole. À son extrémité, d'un blanc immaculé, le palais de l'empereur semblait luire dans le jour déclinant. Jaku touchait au terme de son voyage.

12

Tesseko, la novice botahiste, était agenouillée près du brasero allumé au milieu du pont. Le balancement de la jonque y était moins sensible, et son estomac délicat lui savait gré d'être là. Le vent soufflait sur les braises, des volutes de fumée lui piquaient les yeux, mais elle ne paraissait pas s'en préoccuper : c'était une brise favorable qui rendrait plus court le voyage vers Seh.

Elle psalmodiait en secret des versets à la gloire du Maître parfait tout en travaillant, sachant que cela contribuait à faire passer le temps plus vite dans l'accomplissement des tâches quotidiennes. (« Gloire, gloire à sa sagesse qui me guide ! »)

Un coup d'œil pendant qu'elle cuisinait le repas, et elle vit que sur la rive on se mettait à genoux au passage du gouverneur impérial et de sa flottille. Elle-même était impressionnée d'avoir été admise à faire partie du cortège, tout comme elle s'était sentie incroyablement favorisée (« Gloire aux Sept Sentiers ! ») d'avoir été choisie pour accompagner sœur Morima dans ce déplacement. Sœur Morima, une femme qui avait de ses yeux vu l'écriture de Botahara ! Oui, quelle chance !

La jeune novice se pencha sur sa préparation culinaire : légumes, riz cuit à la vapeur, l'ordinaire frugal de l'ascète. Elle y ajouta des herbes aromatiques, dosées selon une recette connue des seules religieuses, car sœur Morima était tombée malade, du moins pouvait-on le penser. Depuis leur départ du prieuré de l'Éveil divin, une semaine plus tôt, elle s'était de plus en plus renfermée en elle-même. Elle était devenue plus pâle et sa peau avait pris un aspect cireux. Ceci va la remettre d'aplomb, se dit Tesseko.

Le silence observé par sœur Morima la décevait un peu. Elle avait espéré en apprendre davantage. Après tout, elle était bientôt près de rejoindre les novices du premier rang et elle n'avait que dix-huit ans. Elle s'était attendue à moins de réserve de la part de la sœur ; il y avait tant de choses qu'elle pouvait lui enseigner. Mais maintenant Tesseko se rendait compte qu'il n'y avait rien à attendre.

Elle ignorait jusqu'au motif de ce voyage. Bien sûr, elle n'avait pas osé demander – les sœurs faisaient bien des choses en secret ; une jeune novice était là pour servir. Cela ne l'empêchait pas de se poser des questions. Elle s'était mise à observer sœur Morima avec soin. Pourtant, tout ce qu'elle avait découvert, c'était que l'existence d'un certain frère botahiste, conseiller spirituel du grand seigneur Shonto, suscitait beaucoup d'intérêt de sa part. Elle épiait ses mouvements à la dérobée, et la novice était sûre qu'elle transcrivait ses observations en langage chiffré. Tout cela était bien mystérieux et aussi bien intéressant.

Tesseko se livra à des hypothèses sur les raisons qui faisaient agir Morima. Ce moine n'aurait-il pas pu être un espion travaillant pour les sœurs, placé au cœur de l'aristocratie et ayant accès aux secrets des frères botahistes ? Impossible à dire. Tout ce qu'elle savait, c'était qu'on considérait le jeune moine comme très doué (elle avait beaucoup appris à ce sujet pendant le peu de temps qu'elle avait passé à bord) et qu'il l'avait saluée avec respect quand ils s'étaient rencontrés accidentellement dans la petite ville où la flottille avait fait escale deux jours plus tôt. Il avait l'air très gentil. Là se bornait son information.

Peut-être avait-elle trop espéré. L'honorable sœur Morima n'était pas dans son état normal, avec cette maladie qui soudain s'était abattue sur elle. La nuit, elle était prise de fièvre et délirait. Tesseko le savait, car elle avait dû écouter divaguer la religieuse dans l'obscurité de la cabine qu'elles partageaient. Elle en avait été frappée de stupeur. Il fallait voir tout ce que Morima avait débité ! (« Gloire à son nom, une gloire éternelle ! ») Oui, mieux valait n'y plus penser. Elle en frissonna malgré elle, car la novice n'avait que rarement jusque-là entendu blasphémer, et jamais, cela va sans dire, blasphémer une sœur au sommet de sa hiérarchie.

Elle ôta le repas du feu et le servit dans des bols de porcelaine qu'elle mit sur un plateau de bambou. (« Gloire à ses paroles et à leur perfection ! ») En traversant le pont, elle nota qu'un matelot la regardait. On lui avait dit qu'elle était jolie, sans qu'elle pût imaginer comment l'idée pouvait en venir, étant donné ses cheveux noirs coupés court et une robe informe qui ne l'avantageait pas. C'est mal de penser à ces choses-là, se dit-elle. (« Gloire à sa vision des choses, honneur et gloire à sa vision des choses ! »)

L'escalier de la cabine était raide et difficile, mais la formation qu'elle avait reçue dans la congrégation lui avait donné une souplesse et une force au-delà de celles de la plupart des femmes de Wa. Sans même se servir d'une main pour garder son équilibre, elle descendit avec aisance. Elle frappa à l'écran de leur cabine. Pas de réponse. Sans bruit, elle fit glisser le *shoji* et entra dans la pièce obscure : sœur Morima était couchée sur un lit bas poussé contre une cloison. Tesseko entendait sa respiration laborieuse.

« Sœur Morima ? » appela-t-elle en traversant la cabine. Toujours pas de réponse. Elle posa le plateau sur une petite table fixée au sol et s'agenouilla à côté du lit.

« Sœur Morima ? » répéta-t-elle un peu plus haut, sans autre réaction de la part de la sœur que le même bruit de sa respiration. Elle tâta le front de la nonne : il était moite et chaud. Pauvre sœur Morima ! pensa-t-elle. Ce fut alors qu'elle remarqua que sa supérieure avait passé sa robe de dessus – elle voyait l'épaule sortir des couvertures. S'est-elle levée ? se demanda-t-elle. J'aurais dû être là pour lui venir en aide.

La jeune novice s'écarta, décidant de laisser la nonne reposer. Elle allait se relever quand une odeur chatouilla ses narines. Elle tourna la tête de côté et d'autre pour en déceler l'origine. Impossible ! se dit-elle. Cela semblait venir de sous la table basse. Elle se pencha pour regarder et ne put en croire ses yeux. Là, repoussée pour qu'on ne voie rien, il y avait une assiette, et sur l'assiette les restes d'un repas de viande ! Des os et des morceaux de gras répugnants. La novice aussitôt sentit son cœur se soulever. Puisse Botahara la sauver, pensa-t-elle, sœur Morima a mangé de la chair d'un animal ! Elle tourna les talons et s'enfuit.

Les bateliers guidaient le sampan d'une rame habile, réussissant à lui donner de la vitesse à contre-courant. Tesseko, la novice, était assise à la proue. Elle regardait les grandes jonques et les vastes barges défiler sous ses yeux tandis que le sampan les doublait. C'était une belle journée de plus dans un automne qui paraissait ne jamais devoir finir. Elle gonfla ses poumons de l'air chargé d'arômes piquants selon un rythme savant, comme on lui avait appris à le faire, obligeant ainsi son corps et son esprit à retrouver le calme. Tesseko était profondément troublée, presque effarée, depuis sa découverte de la veille. Elle se sentait maintenant plus proche de l'apaisement. Elle était au courant pour le petit ralentissement du temps dont parlaient les sœurs et savait reconnaître en son corps le flux du *chi.* Une fois de plus, elle se demanda si les frères, comme on le disait, étaient capables de faire ce qu'ils voulaient de leur sens de la durée.

Cela la ramena à la raison pour laquelle elle était à bord de ce sampan et ébranla la confiance même qu'elle s'évertuait à créer car, à vrai dire, elle n'était pas sûre que ce qu'elle se préparait à faire était licite. Mais n'étaient-ils pas tous les deux des adeptes de la Grande Voie ? Elle ne parvenait pas à croire que ce jeune moine, le conseiller spirituel du seigneur Shonto, fût quelqu'un de mauvais, ainsi que les sœurs le disaient de tous les frères. Son instinct lui avait tout de suite soufflé qu'il était au nombre des justes et observait les devoirs de la Vraie Foi. Certaines des sœurs prétendaient que l'antagonisme entre les deux communautés allait à l'encontre des enseignements de Botahara, car au centre de leur querelle il y avait la lutte pour le pouvoir, et les disciples de Botahara renonçaient à tout pouvoir, de même qu'à la propriété et aux désirs de la chair.

Les désirs de la chair… euh… elle ne devait plus y penser. (« Gloire aux Sept Sentiers, honneur et gloire ! »)

Si ce que croyaient ces sœurs était vrai, alors elle avait permission de parler à ce frère dont le nom, il lui fallait le garder en mémoire, était Shuyun.

En outre, Tesseko le voyait bien, il n'y avait personne d'autre avec qui évoquer son problème. Qui d'autre pouvait comprendre les divins secrets du corps humain ? Dans ses rares moments de lucidité, sœur Morima refusait tout net de quitter la jonque (elles devaient aller à Seh !) et elles étaient les seules religieuses botahistes à bord de la flottille. Ce que je fais est justifié, se disait Tesseko. Au fond de moi, je n'en doute pas.

Ils se portèrent à hauteur de la barge du gouverneur impérial, et Tesseko fut autorisée à patienter sur la plate-forme d'embarquement tandis qu'un garde se mettait en quête de l'intendant de Shonto.

Il ne fallut à ce garde qu'un moment pour revenir accompagné d'un vieillard manchot qui s'inclina cérémonieusement devant la novice. « Mon nom est Kamu et je suis l'intendant du seigneur Shonto Motoru. Excusez ces précautions, ma sœur, mais est-il exact que vous souhaitiez voir le conseiller spirituel du seigneur Shonto ? » C'était dit avec calme, comme s'il cherchait seulement à vérifier une information. Il ne paraissait pas surpris de la requête.

« Oui, s'il vous plaît, intendant, c'est très important. »

Kamu resta muet quelques secondes puis demanda : « M'est-il permis de communiquer à Shuyun-*sum* la raison pour laquelle vous désirez le rencontrer ? » Il lut l'embarras dans ses yeux et leva une main. « Je vais lui parler. » Il disparut sur le pont et laissa Tesseko en compagnie des gardes qui, bien que là pour la surveiller, paraissaient avoir les yeux fixés dans le lointain, ce qui n'était que pure politesse.

L'instant d'après, Kamu réapparut. « S'il vous plaît, ma sœur, voulez-vous me suivre ? » Il eut un geste à l'intention des gardes que la nonne se promit de se rappeler. Elle en ferait mention à ses supérieures. Elles notaient tout cela et, au bout d'un certain nombre d'années, se montraient capables quelquefois de venir à bout du code secret d'une famille.

Tesseko traversa le pont dans le sillage de Kamu et le suivit jusqu'à l'avant du bateau. Le moine émergea d'une écoutille, le même homme à qui elle avait adressé la parole en ville. Il remercia Kamu d'un signe ; celui-ci s'inclina respectueusement.

« Novice Tesseko, dit-il, je suis honoré de votre visite. Peut-être augure-t-elle favorablement de ce qui adviendra un jour entre nos deux communautés. » Il salua poliment.

Elle lui rendit son salut. « On peut le souhaiter, frère Shuyun, bien que je doive vous préciser que si je suis ici, c'est à mon initiative et non déléguée par mon ordre. »

Shuyun signifia qu'il avait compris et désigna l'avant de la barge où ils étaient assurés de ne pas être entendus. Il prit appui sur la rambarde et regarda la novice. Elle avait une jolie silhouette, pensa-t-il, et elle était grande. Sous le chapeau conique aplati, les yeux ne voulaient rien montrer. Elle semblait chercher à dominer son trouble mais ne maîtrisait pas encore la technique qui le lui aurait permis. Il reconnaissait des signes de tension dans la crispation de la peau autour des orbites et la coloration des conduits lacrymaux.

« Accepteriez-vous un peu de thé, novice Tesseko ? dit-il, en accord avec les exigences du protocole.

— Vous êtes très aimable, mon frère, mais j'ai d'autres obligations et ne puis vous parler que brièvement. » Sa voix trahissait l'urgence de la situation.

« Peut-être vaudrait-il mieux, novice Tesseko, nous dispenser de toute cérémonie et en venir au fait.

— Je vous l'accorde, ce serait préférable. » Elle respira profondément mais se révéla incapable de passer au petit discours qu'elle avait préparé. Brusquement, elle se demanda si son initiative était admissible ou non.

« Si cela rend les choses plus faciles, novice Tesseko, je vais jurer par le Maître parfait que ce que vous me direz restera entre nous. »

Elle acquiesça. « Je suis venue vous demander conseil, mon frère, sur un sujet d'ordre médical. Je voyage avec une sœur qui est très malade. Je n'avais jamais été témoin de pareils symptômes. Je suis très inquiète.

— Ne consentirait-elle pas à me voir ?

— Non, c'est hors de question. » Elle posa une main sur le bastingage et se détourna pour regarder au-delà du canal.

« Pouvez-vous me décrire ces symptômes, novice ?

— Elle a de la fièvre, souvent la nuit. Mais, dans la journée, elle semble avoir les yeux dans le vague, comme si elle était fiévreuse, alors qu'elle ne l'est pas. Elle mange, certains jours, plus qu'il ne faudrait, tandis qu'à d'autres elle ne supporte pas la vue de la nourriture. Rien dans son comportement n'est conforme à ses habitudes. Je ne sais pas trop ce qu'il faut faire.

— Il est dommage qu'elle se refuse à me voir. Y a-t-il autre chose que vous puissiez me dire ? »

Le regard de Tesseko se perdit encore une fois. Elle s'intéressa à une hirondelle qui s'amusait d'une plume. Autour de ses yeux, la tension s'accentua. Shuyun se demanda si elle pourrait continuer.

« Il y a autre chose, mon frère… elle parle dans son délire. Elle me fait peur.

— Elle vous fait peur, novice ?

— Elle dit des choses qui… C'est dû à son état… mais ce sont des choses dangereuses pour son âme. Nécessairement. Et sœur Morima est une femme si éclairée. »

Sœur Morima ! Shuyun la revoyait : la grosse nonne dans la salle d'audience du maître suprême, c'était elle. (« Avez-vous appris à arrêter le sable, initié ? ») Oui, il la connaissait, il savait qu'elle avait été choisie pour assister à la cérémonie du Renouveau divin. « Parlez-moi de ces choses, novice. Elles peuvent avoir de l'importance.

— Je… je ne puis les répéter, mon frère, elles sont blasphématoires !

— Sans les répéter, novice, pouvez-vous me préciser leur nature ?

— Elle parle de la Parole du seigneur Botahara, du message écrit qu'il nous a laissé.

— Je sais qu'elle était présente à la cérémonie du Renouveau Divin, novice Tesseko. »

Elle acquiesça, mais tout en continuant à regarder ailleurs. « Elle dit… elle paraît dire que les mots de Botahara ne sont pas ceux dont il s'est servi.

— Elle paraît le dire ? Qu'entendez-vous par là ?

— Elle ne cesse de répéter (la novice se cacha la bouche à demi) : “Mensonges ! Ce que nous avons appris n'est que mensonges !” » Elle ferma les yeux un moment. « Et ce n'est pas tout. Parfois, dans l'obscurité, elle hurle : “Ce ne sont pas les mots de la vérité ! Ce ne sont pas les paroles de notre Seigneur !” Je ne puis en dire plus. Je suis très inquiète, mon frère.

— Oui », repartit Shuyun, presque dans un souffle. La novice était lancée, il allait être difficile de l'arrêter.

« Quand elle mange, elle se remplit l'estomac sans la moindre retenue, et parfois – je ne sais pas comment elle s'arrange – elle mange de la viande, mon frère ! »

Elle se cacha la tête dans les mains. Ses épaules furent secouées, mais sans qu'il y eût de sanglots. Shuyun la laissa pleurer. Il manquait d'expérience pour consoler une femme et craignait, s'il disait quelque chose, d'ajouter à sa confusion. Il ne montra rien de son bouleversement. Une sœur, manger de la chair d'un animal ! Cela en disait long. Il eut un sentiment de profond dégoût.

La novice réussit à se dominer si ses mains tremblaient encore et si elle essayait de le dissimuler. « Pardonnez-moi, mon frère. Je ne mérite pas votre respect après avoir ainsi découvert ma faiblesse.

— Je vous en prie, ne vous considérez pas sous cet angle. Il doit être pénible de voir une sœur se conduire de cette façon-là. Je me sens honoré qu'en la circonstance vous ayez décidé de venir me consulter. N'ayez aucune honte.

» Ce que vous m'avez décrit, novice, j'en avais déjà entendu parler. Je crois que chez sœur Morima, c'est l'âme qui traverse une crise. Les symptômes de la maladie ne font que refléter une souffrance intérieure. Son origine ? » Il haussa les épaules. « Apparemment, il faut relier cela à la vision que sœur Morima a eue des rouleaux de Botahara. Peut-être n'était-elle pas suffisamment préparée à une expérience comme celle-là ?

» Ne l'abandonnez pas, novice, mais vous devez en référer à votre ordre. Les sœurs doivent être mises au courant dès que possible par un messager, demain au prochain arrêt. Disposez-vous d'un chiffre ? »

Tesseko fit signe que oui.

« Bien. Gardez la chose secrète autant que cela se peut. Et il faut l'empêcher de manger de la viande ! Faites-lui honte si nécessaire. Dites-lui que tout le monde à bord en parle comme d'une indignité. Il se peut d'ailleurs que ce soit vrai.

» Quelles herbes lui avez-vous données ? » Elle hésita. « Cela n'a pas d'importance. Je vais vous indiquer comment je l'aurais soignée moi-même, et vous pourrez décider à partir de cette information. Il est très probable que mon remède ne soit pas différent du vôtre : de la racine de menta, cuite à la vapeur et non bouillie, mélangée à du tomal. Toutes les quatre heures. Cela suffira. Mais les résultats seraient encore meilleurs si vous réussissiez à la convaincre de méditer et de pratiquer des exercices de *chi*. Où s'arrête votre voyage dans le Nord, novice ? »

Elle hésita encore, ce qu'il trouva étrange. « Nous allons à Seh, mon frère.

— En ce cas, peut-être devriez-vous aussi faire parvenir un message à celles qui vous attendent. Les sœurs sauront ce qu'il faut faire, à votre place je ne m'en inquiéterais pas. Si vous éprouvez le besoin de me reparler de cette affaire, je vais mettre un mot aux gardes pour qu'ils vous laissent passer. »

Tesseko s'inclina avec respect devant Shuyun. « Je vous dois beaucoup, mon frère. Il faut que je retourne auprès de sœur Morima maintenant. » Elle s'apprêtait à partir quand elle s'arrêta et lui sourit par-dessus son épaule. « Je vous remercie de vos conseils, frère Shuyun. Vous rencontrer a été un honneur. »

Il la suivit des yeux, jeune et grande, enveloppée de la robe jaune des sœurs botahistes. Il voulut obtenir de son esprit une réaction devant cette information nouvelle, mais en vain.

Les Rouleaux ! se dit-il, les Rouleaux de notre Seigneur ! Les Rouleaux sacrés !

Toutes ces années passées à se discipliner, et son esprit refusait de se concentrer.

13

Un papillon de nuit
Vole dans les ténèbres,
Cherche dans les feuilles de mûrier.
Il est si facile
De perdre son honneur.

Jaku Tadamoto.

La galerie de la Paix intérieure était un long couloir abrité par un toit, ouvert d'un côté, dans les étages du palais impérial. Elle offrait une vue sur l'est. Par-delà les vastes jardins, le regard se portait sur les collines lointaines avec leurs grands temples et leurs imposants monastères, dont les murs blancs juraient avec le vert foncé de la végétation. Jaku Tadamoto marchait à grands pas dans cette galerie, passant au crible de sa sagacité les derniers renseignements en sa possession. Même lui était pris au dépourvu par l'audace de son frère Katta. On lui avait parlé d'un capitaine de la garde impériale qui se serait mis au travers du chemin de Dame Nishima : il y avait du Jaku Katta là-dessous. Il secoua la tête en refusant d'y croire.

Dame Nishima ! À quoi donc pensait son frère ? Il ne pouvait être question de s'allier avec les Shonto, c'était exclu. Ils étaient trop puissants. Katta n'oserait jamais prendre le risque d'avoir pour alliés des gens qui feraient de lui la cinquième roue de leur carrosse. Il fallait voir quelque chose d'autre là-dessous, quelque chose de plus important.

C'était cette autre chose qui inquiétait Jaku Tadamoto. Les Jaku s'étaient élevés au-delà de leurs espoirs les plus fous. Cet imbécile de Katta songeait-il maintenant à mettre cette ascension en péril ? Tadamoto hâta le pas. Dans sa manche, il avait un rapport adressé par Katta à l'empereur. Ce rapport semblait attendre, lourd de signification.

C'était le tout début de la matinée. Il était trop tôt pour voir déambuler dans cette galerie les nombreuses personnes qui chaque jour distrayaient de leur emploi du temps le loisir de cette promenade. Jaku Tadamoto fut donc surpris de distinguer près du fond du couloir une silhouette solitaire, à demi masquée par une colonne. La robe était dorée, d'un tissu magnifique – comme tout ce qu'on portait dans l'enceinte du palais. C'est une femme, décida-t-il. Une dame de la cour revenant d'un rendez-vous ? Une courtisane qui a charmé l'empereur ? Il continua d'avancer. Cependant, quand il fut à même de mieux voir, son cœur battit. Il la reconnut : Osha, la danseuse Sonsa du Fils du Ciel.

Il apporta tant de discrétion à s'approcher qu'il la fit sursauter.

« Oh ! Tadamoto-*sum* ! » Elle mit la main sur son cœur. « J'étais si loin de penser à vous ! »

Il s'inclina. « Pardonnez-moi de troubler votre calme intérieur, Osha-*sum*. J'étais surpris de trouver âme qui vive ici à cette heure et à cent lieues d'espérer vous voir. »

Elle lui sourit, un sourire plein de charme et cependant lourd de soucis. « Je vous en prie, ne vous excusez pas. Votre compagnie m'honore. Il est si rare que nous trouvions le moyen de nous parler. » Elle le regarda au fond des yeux un instant, puis passa au panorama par-delà les jardins. Elle paraissait l'inviter à partager son plaisir. Un coup d'œil à la galerie dans un sens et dans l'autre, et il alla la rejoindre près du muret.

Des lambeaux de nuages s'illuminaient encore faiblement des couleurs de l'aurore. « N'est-ce pas beau ? dit-elle.

— Certes.

— Mais si court. » Elle ne le regardait pas. « Pourquoi les belles choses ne semblent-elles exister en ce monde que l'espace d'un instant ? »

Tadamoto hocha la tête. « Elles veulent rester rares. N'est-ce pas en partie ce qui fait leur beauté ? »

Elle se tourna vers lui, plongeant dans son regard comme pour y découvrir la source de ses paroles. « Je comprends pourquoi l'empereur a tant d'estime pour vous, Tadamoto-*sum*. »

Il sourit modestement. Sa flatterie l'embarrassait. Pourtant elle avait dit cela d'une manière si inattendue, en mettant l'accent sur le « vous » !

Elle revint au paysage qui se déployait sous ses yeux. Les teintes vives de l'automne étaient perdues au milieu des verts et des bruns. Osha-*sum* paraissait triste malgré tout. Tadamoto en fut ému. Il aurait voulu la prendre dans ses bras pour la consoler mais savait qu'il n'oserait jamais. Un bruit faillit le faire pivoter sur lui-même : ce n'était que le tendre roucoulement d'une colombe.

« Est-ce que notre empereur vous paraît… distant, Tadamoto-*sum* ? » dit-elle tout à coup.

Les humeurs de l'empereur constituaient un sujet hautement délicat. Tadamoto se sentit honoré qu'elle eût assez de confiance en lui pour lui poser la question. « Ce n'était pas mon impression.

— Ah ! fit-elle en hochant la tête. Je me demandais. »

Ce fut à son tour d'inspecter la galerie du regard. Elle était toujours déserte. « Tadamoto-*sum*, il y a une chose dont je dois m'entretenir avec vous. L'idée ne m'en serait pas venue si je ne vous savais aussi dévoué à notre empereur.

— Bien sûr.

— Mais impossible d'en parler ici. » Elle jeta un coup d'œil derrière elle. « Pourriez-vous venir me voir ? Est-ce trop vous demander ?

— Vous ne pouvez trop me demander.

— Je connais un endroit dans l'aile orientale. Un sanctuaire Hanama consacré à Botahara. On n'y voit plus personne. » Elle lui jeta un regard angoissé. « Ce soir, pourriez-vous venir ce soir ? »

Il acquiesça sans mot dire.

« À l'heure du hibou », murmura-t-elle. Soudain un froufrou l'effleura et elle disparut. Il ne lui resta plus que la sensation de sa main sur son bras et le souvenir de la soie qui l'avait frôlé. Son cœur battait à grands coups.

Pourquoi voulait-elle le rencontrer ? Cela avait-il vraiment un lien avec l'empereur ? Ou désirait-elle seulement un entretien avec Jaku Tadamoto ? Il aurait voulu que la deuxième hypothèse fût la bonne… et l'autre aussi.

Ses mains tremblant du danger auquel elle venait de s'exposer, Osha sans bruit regagna ses appartements. Elle entrouvrit un *shoji* à l'extrémité de la pièce et dit « Du thé » à une servante invisible. Pour réprimer leur tremblement, elle pressa ses mains sur sa poitrine.

Est-ce que j'ai le choix, se demanda-t-elle, est-ce que j'ai le choix ?

Elle se laissa tomber à genoux sur un oreiller. La passion de l'empereur se refroidissait. Elle enfouit son visage dans ses mains. C'était si soudain. Seulement trois jours plus tôt, il paraissait encore profondément épris. « Je ne comprends pas », murmura-t-elle. Était-ce parce que l'impératrice allait revenir sous peu du palais d'été ? Impossible. L'exécration de l'empereur était palpable, Osha le savait. Elle avait vu comment l'impératrice cherchait à maintenir son emprise sur lui. C'était une femme sans dignité.

Cela ne m'arrivera pas, se dit-elle. Mais sans se convaincre. Elle voyait bien jusqu'où pouvait tomber une maîtresse de l'empereur quand elle s'était attiré sa disgrâce. Mais elle, Osha, qu'avait-elle fait pour la mériter ? Rien, pensa-t-elle, il s'est seulement lassé de moi comme de celles qui m'ont précédée. Je croyais qu'avec moi ce serait différent. Je me persuadais de pouvoir le garder. Un sanglot lui échappa, mais elle combattit ses larmes.

Une servante entra avec le thé. Osha la congédia dès que sa tasse fut remplie. Elle désirait être seule.

C'est plus qu'une peine de cœur, se dit-elle. Où trouverait-elle à danser quand on saurait sa défaveur auprès du souverain ? Quelle troupe prendrait le risque d'offenser le Fils du Ciel en lui présentant quelqu'un qu'il n'avait pas envie de voir ?

« Je me suis conduite comme une sotte », dit-elle à haute voix, se surprenant elle-même de cette explosion. Elle but à petites gorgées pour se calmer les nerfs.

Il lui fallait un allié, telle était la décision à laquelle elle avait abouti. Si elle devait tomber (ce n'était pas encore fait), elle aurait besoin pour l'aider de quelqu'un de puissant, que l'empereur tenait en haute estime, comme il estimait Jaku Tadamoto. Elle savait cela parce qu'il lui avait parlé de ce jeune homme en plus d'une occasion. Il l'avait dépeint dans les termes les plus flatteurs.

Osha avait également pensé à l'aîné des frères Jaku, Katta, mais il lui aurait demandé trop pour au bout du compte sans aucun doute l'abandonner. Non, elle serait sur un terrain plus fiable avec Tadamoto. Il n'était pas aussi beau que son frère, mais c'était un homme d'honneur et cela comptait.

Elle s'était donc engagée dans cette voie, et son plan était simple. Forte de l'appui désirable, elle était sûre de recommencer à danser. Elle garderait sa place de première Sonsa de la capitale et avec le temps n'aurait plus besoin d'autrui. Elle vivrait sans protecteur.

Elle posa sa tasse de thé et alla passer sa tenue de danseuse. Il lui fallait danser à présent, danser jusqu'à obtenir la perfection dans tous ses mouvements. Son univers n'était plus le même. Il n'y avait plus de place pour l'erreur.

Les nattes végétales communiquèrent au front de Tadamoto une impression de fraîcheur quand il se prosterna devant le très révéré Fils du Ciel. Il aurait presque pu rester comme cela, les yeux clos, avec sur la peau le contact rafraîchissant de l'herbe, tant il se sentait prémuni contre tout danger. Néanmoins il se releva et fit face à l'empereur. Ses yeux verts ne vacillèrent pas.

« Je crois comprendre que désormais on s'adresse à vous comme à un colonel, dit le monarque.

— C'est exact, sire.

— Eh bien, colonel Jaku Tadamoto, je vous félicite. Ce n'est pas plus que vous ne méritez.

— Vos paroles m'honorent, sire. »

L'empereur hocha la tête. Il avait pris place sur son estrade, l'épée de sa dignité sur les genoux. Tadamoto se dit que le Grand Roi donnait le sentiment d'être accablé par le souci de son empire. Le temps semblait avoir laissé des traces sur son visage. Il ne cessait de tirer son épée à moitié hors du fourreau et de l'y remettre, comme si le bruit le rassurait.

« Vous avez pour nous un rapport de votre estimé frère ?

— Oui, sire. » Tadamoto ôta le rouleau cacheté de sa manche et le déposa au bord de l'estrade. L'empereur n'y fit pas attention.

« J'ai des décisions difficiles à prendre, Tadamoto-*sum*, dit-il brusquement.

— Si je ne suis pas trop présomptueux, Votre Majesté, ce serait un honneur pour moi de pouvoir vous aider – aussi peu que ce soit.

— C'est aimable à vous de le proposer, mais ces décisions concernent mes fils, colonel.

— Je comprends, Votre Majesté.

— Vraiment ? demanda-t-il en scrutant Tadamoto du regard.

— Je comprends que ces décisions soient difficiles à prendre, Votre Majesté.

— Je vois », dit l'empereur en tirant l'épée à moitié hors de son fourreau et en l'y repoussant avec un bruit sec. Son regard se perdit dans le lointain. « L'un de mes fils doit épouser Sa Seigneurie Nishima. Vous comprenez cela, je suppose, Tadamoto-*sum* ?

— Oui, sire.

— Le problème a bien des aspects. Dame Nishima est la protégée toute dévouée du seigneur Shonto, un homme qui conspire pour s'emparer du trône, n'est-ce pas ? »

Tadamoto s'empressa d'acquiescer.

« Dame Nishima pose d'autres problèmes. Oh ! elle ferait une impératrice parfaite, il n'y a pas à en douter. Mais elle est forte et mes fils sont faibles. La faute en incombe à ma bonne à rien d'épouse : elle les a élevés à devenir des nigauds et des chiffes molles. » Bruit sec. « Donc nous avons un problème. L'un d'eux devra épouser Dame Nishima, l'autre… (il marqua une pause) l'autre, nous devrons en faire… un exemple. Celui qui se mariera, il faudra que son éducation lui permette d'assumer ses responsabilités. Il s'ensuit qu'un des deux ira à Seh partager le sort promis au seigneur Shonto. Comprenez-vous ce que cela signifie, Tadamoto-*sum* ?

— Oui, Votre Majesté.

— J'apprécie votre rapidité à bien saisir ce dont il est question, colonel. » Bruit sec. « Qui pourrait nous accuser de vouloir la chute du grand seigneur quand notre propre fils tombe en même temps que lui ? » L'empereur un instant garda le silence. « J'aurais aimé que cela se passât autrement, mais mes fils ne servent pas comme il le faudrait le dessein des Yamaku, et celui qui est destiné à se marier devra comprendre qu'il n'est pas, mais pas du tout… irremplaçable. » Bruit sec.

« Katta-*sum* a été pour moi comme un fils (il sortit l'épée à moitié de son fourreau), pourtant lui aussi commence à me décevoir. Cette façon de se jeter dans les jambes de Dame Nishima... » Le Fils du Ciel hocha tristement la tête. « Cet appétit pour les dames de grande maison est une très coupable faiblesse, Tadamoto-*sum*. Peut-être devriez-vous lui en toucher un mot, vous êtes plus sage que lui, Katta-*sum* vous écoute.

» Votre frère nous a été précieux, colonel; c'est pourquoi nous avons été indulgent à son égard. Il n'est pas toujours bon de passer ses caprices à un fils si votre ambition est qu'il devienne fort, c'est bien votre avis ? » L'empereur jeta autour de la pièce un regard circulaire, comme s'il y manquait quelque chose, mais avant qu'il eût pu découvrir ce dont il s'agissait, son attention se relâcha une fois encore, et il se remit à manipuler son épée.

« L'heure est aux décisions, Tadamoto-*sum*. Il importe aussi de ne pas perdre de vue l'essentiel. Les astres sont dans un alignement annonciateur de grands événements, tous les augures s'accordent pour le dire. D'anciennes maisons risquent de s'effondrer, des empires de trembler sur leurs bases. Nous ne pouvons nous offrir le luxe d'une erreur, j'espère que votre frère le comprend. Si nous commettons des fautes, c'est tout l'empire qui sombre dans le chaos de la guerre. Les Yamaku ont attendu mille ans avant notre Ascension. Elle est en péril à présent... » Bruit sec. L'empereur haussa les épaules. « Parlez à votre frère, Tadamoto-*sum*. Dites-lui combien j'apprécie sa loyauté. »

Soudain l'empereur fut aussi présent que s'il venait de faire son entrée dans la salle. Il sourit à Jaku Tadamoto. « Nous ne voudrions pas vous accabler du poids de nos problèmes, Tadamoto-*sum*.

— Vous m'honorez en me parlant de ces choses-là, Votre Majesté, et je ne manquerai pas de les évoquer devant mon frère dans les plus brefs délais. »

L'empereur eut un geste comme pour signifier que cela allait de soi et n'avait que peu d'importance. « Vous avez mis Osha-*sum* sous surveillance, colonel ?

— Conformément à vos ordres, sire. » La réponse vint trop vite. Tadamoto s'appliqua à ne plus fuir le regard de l'empereur, mais ce regard se perdit dans les nues.

« J'ai trop de décisions à prendre. Puissent les dieux me venir en aide ! Osha ne semble pas mesurer quelles sont mes responsabilités, Tadamoto-*sum*. C'est difficile pour quelqu'un dans sa position. » Il empoigna son épée comme s'il voulait en extraire de l'eau. « Eh oui ! » Il sourit à Tadamoto. « Nous reprendrons cet entretien, colonel. Il m'aide à retrouver la sérénité. »

Il salua sommairement son hôte. Celui-ci se prosterna et sortit à reculons de la salle d'audience. L'empereur le regarda partir. *Osha en voudra-t-elle ? Ce serait difficile après un empereur. Ah ! et puis ça n'a guère d'importance. Elle sert à assurer la loyauté de ce jeune Jaku envers son souverain.* Il dégagea l'épée de son fourreau et fit des moulinets devant lui. *Oui, il faut établir Osha, et sans tarder. Elle est délicieuse, c'est vrai, mais j'ai pris ma décision si je n'en ai rien dit à personne.* Il rit sous cape. *Je ne suis pas le vieillard que tout le monde semble supposer. Ils vont s'en apercevoir.* Il rit encore. *Ah ! mais ce sera la surprise.* Il remit l'épée symbolique dans son fourreau. *Je vais prendre une nouvelle épouse. Cela va donner à réfléchir à mon intrigante d'impératrice et à ses bons à rien de fils.*

Une fois de plus, il pesa le pour et le contre. Nishima était une Shonto, sinon par le sang, du moins en esprit. Il ne serait pas prudent de la rapprocher trop de sa personne, pas prudent du tout. Mais il y avait sa cousine, Dame Kitsura Omawara ! À cette pensée, le sang se mit à bouillir dans ses veines. Non, il n'était pas parvenu à une décision, mais il y avait plus de chemins ouverts devant lui qu'on ne le croyait dans son entourage.

Tout ce qui restait à accomplir était de se débarrasser de Shonto Motoru. Alors le problème posé par l'héritière des Fanisan pourrait être traité de bien des façons. Une fois Shonto hors d'état de nuire, il ne demeurerait plus dans le royaume de personnage assez puissant pour soulever les grands seigneurs contre le pouvoir en place. Il serait libre de faire ce qu'il voudrait.

Ce moment d'allégresse connut son terme quand il évoqua le nouveau gouverneur. Nous ne pouvons pas échouer, se dit-il pour la centième fois, c'est impossible. Mais Shonto n'était-il pas un homme aux mille ressources ? Il porta ses mains à son front : il était moite. Tout se passe comme prévu, réfléchit-il, je dois rester calme. Je dois patienter. Il le faut.

14

À l'écart du Grand Canal, le petit affluent semblait dormir dans le crépuscule. Des saules surplombaient la rive, plongeant leurs feuilles dans l'obscurité de l'eau. Dissimulés le long de la berge, les gardes de Shonto attendaient la venue des embarcations annoncées. Un sifflement aigu, signal transmis de sentinelle à sentinelle, se faisait entendre au passage du sampan de leur maître, comme le cri d'un oiseau de proie perçant la nuit.

La flottille avait été amarrée au quai de pierre de la ville voisine, et l'on avait accordé aux équipages la permission d'aller à terre pour quelques heures, « un répit dans leurs lourds travaux ». La vérité, cependant, était que le gouverneur impérial devait rendre visite à un très vieil homme qui autrefois avait été son maître de *gii*.

Shuyun était surpris de cette lubie du seigneur Shonto. Le jeune moine voyait bien que ce n'était pas seulement le courant du canal qui propulsait le dignitaire vers la province de Seh. D'autres forces, et non des moindres, le poussaient vers le nord. Vers quoi exactement ? Il l'ignorait. Pourtant Shonto s'était comme dérobé, il s'était soustrait à l'emprise du courant pour se glisser dans ce bras mort. L'entreprise paraissait n'être dictée que par le sentiment.

Le seigneur des Shonto était assis dans le sampan aux côtés de son conseiller spirituel, bouche cousue. Shuyun s'étonnait de ce penchant des Shonto en faveur de la loyauté. C'était elle qui avait permis au premier empereur Yamaku de piéger le père de Shonto Motoru et, en cette occasion, les Shonto avaient bien failli inscrire leur nom sur la longue liste des grandes maisons défuntes.

Cette caractéristique des Shonto est à la fois une force et une faiblesse, songeait Shuyun. Il faut donc y porter attention, et sans relâche.

À la rame, les bateaux se dégagèrent de la rivière pour entrer dans un petit lac, quittant l'ombre pour les derniers feux de la lumière du jour. Les couleurs du soir se répandaient à l'ouest sur toute la largeur de l'horizon, entre deux nuages. Pas un souffle ne troublait la surface de l'eau, et le ciel semblait s'y refléter comme l'image exacte d'un coucher de soleil.

À l'autre bout du lac, des volutes de fumée s'élevaient au-dessus des arbres. Devant le sampan de Shonto, un débarcadère se dessina qui paraissait surgir de l'obscurité de la rive. Puis, derrière, on distingua les contours d'un toit. Les bateaux des gardes de Shonto avaient été tirés sur une étroite bande de sable, et les soldats veillaient sous le couvert d'antiques frondaisons.

Lorsqu'ils furent à proximité du petit quai de bois, un capitaine de la troupe d'élite de Shonto depuis l'extrémité de l'ouvrage fit signe de la main qu'on pouvait aborder, et le sampan glissa le long de l'appontement. Les gardes s'agenouillèrent tandis que leur maître et son conseiller spirituel apparaissaient sur les bordages de leur embarcation.

Le capitaine leva la tête.

« Oui ? fit Shonto.

— Excusez-moi, monseigneur. » Il montra un promontoire tout proche.

Là, dans les hauts-fonds, sous les branches d'un tono, la silhouette d'un grand oiseau se détachait sur les couleurs du crépuscule.

« Une grue d'automne, murmura Shonto dont le plaisir était évident.

— Un bon présage, monseigneur », dit le garde.

Shonto approuva, et en pensée il revint aux pièces du *kowansing*, revit comment la Grue avait été la figure destinée à sa fille. Nishi-*sum*, songea-t-il, vous sortirez indemne de tout cela, je n'échouerai pas. Un instant, il s'absorba dans sa contemplation.

La grue demeurait immobile. Avec la progression de l'ombre venue de sous les arbres et gagnant le lac, il devenait plus facile de croire que le grand oiseau n'était rien d'autre qu'une branche coudée émergeant à la surface de l'eau. Juste au moment où Shonto n'était plus très sûr de ce qu'il voyait, la grue plongea et remonta avec un poisson frétillant dans son bec. En deux bonds, elle gagna le sable et disparut dans l'obscurité pour, un moment plus tard, en ressortir cependant qu'elle prenait son envol de battements d'aile lourds et puissants frôlant la surface de l'eau. Là où ses plumes l'avaient touchée, on voyait se former des ronds parfaits.

Un signe de la tête pour remercier le capitaine, et Shonto se tourna vers le rivage. Shuyun le suivait de près.

Son seigneur n'avait pas dit grand-chose pendant le court trajet depuis la ville, et maintenant il ne paraissait pas vouloir rompre le silence. Shuyun avait cru qu'il allait en apprendre un peu plus sur l'homme auquel ils devaient rendre visite, mais rien ne se passait. Instructeur bien-aimé du Shonto et célèbre maître de *gïi* : à cela se résumait son information, si l'on ajoute qu'il s'appelait Myochin Eku, nom qui était familier au jeune moine en raison de l'étude qu'il avait faite lui-même de ce jeu. Les parties jouées par Myochin Eku figuraient au nombre de celles que les frères qui l'avaient instruit donnaient en exemple. Les novices auxquels on enseignait le *gïi* pour qu'ils apprennent à mieux se concentrer se penchaient sur ces parties-là.

Myochin Eku. Shuyun avait l'impression qu'il allait rencontrer un personnage historique et une figure de légende, le maître des maîtres de *gïi*. Comment font les Shonto pour attirer à eux des hommes de cette qualité ? se demandait-il. La réponse ne tarda pas à venir : c'est qu'ils étaient les Shonto. Et maintenant lui-même les approchait, lui, le frère initié Shuyun. Pareille pensée le laissa rêveur. À la différence de Dame Nishima, se dit-il, je ne connais pas mon avenir. Ma vie sera liée à celle des Shonto. Ou je ferai partie de leur histoire, ou je resterai inconnu. Mais cela n'a pas d'importance. Mon karma ne dépend pas du service de ces gens-là.

La maison dans les arbres se rapprocha. Shuyun la voyait clairement maintenant. Elle était basse avec un toit de tuiles ordinaire. Pas de mur pour ceindre le jardin, encore qu'autour du porche on eût aménagé une maigre plantation. Un vieil homme qui ne s'intéresse pas à son jardin, se dit le jeune moine, comme c'est singulier !

Des domestiques étaient agenouillés au bord de l'allée menant à la demeure, âgés pour la plupart. Ils arboraient un grand sourire au passage de Shonto. Shuyun fut surpris du manque de respect dont cela témoignait. Mais ce fut le moment que choisit son maître pour s'arrêter devant une vieille femme aussi réjouie qu'une mère fière de sa progéniture.

« Kashiki-*sum*, chaque année vous rajeunit », s'exclama le visiteur en souriant. L'exclamation était presque celle d'un enfant.

La femme se mit à rire, d'un rire juvénile, musical, léger, exempt de soucis. « Ce lac en est la cause, monseigneur, nous vivons tous ici dans le voisinage des Immortels. Mais c'est vous qui restez jeune. » Son visage s'épanouit. « Assez jeune pour prendre une nouvelle épouse. Je suis sûre que chacun sera de mon avis. »

Tout le monde rit, Shonto plus fort que les autres.

« J'attends d'être plus vieux, Kashiki-*sum*. Il faut que je m'essouffle un peu pour qu'une jeune femme soit capable de soutenir mon rythme. » Le dignitaire s'inclina devant son interlocutrice et fit signe à un garde, non loin de là. « Je vous ai apporté quelque chose de la capitale. J'ai un petit cadeau pour chacun d'entre vous. »

Tous les domestiques baissèrent la tête en remerciement, tandis que Shonto poursuivait son chemin. Bien sûr, il connaît tout le personnel, se dit Shuyun, peut-être ont-ils aidé à l'élever quand il était enfant. Une marche les conduisit au porche. Là s'agenouillait le chef de la domesticité.

« Votre visite est un honneur, seigneur Shonto, grand frère.

— L'honneur est pour nous, Leta. Où est votre maître ?

— Il vous attend à l'intérieur, monseigneur. »

L'homme se leva et, décrochant une lanterne, les mena dans une maison obscure. C'était petit mais confortable, ouvert sur trois côtés, là où les écrans avaient été repoussés. Le domestique tint haut sa lampe pour éclairer trois larges marches qui donnaient accès au niveau supérieur. Là, dans l'ombre, Shuyun eut du mal à distinguer la forme d'un homme assis qui se tenait le dos courbé au-dessus d'une table.

« Maître Myochin ? » demanda le serviteur en forçant la voix.

L'homme se redressa, surpris par le bruit.

« Vos hôtes sont là, maître. »

Le maître se tourna vers eux. Ses longs cheveux blancs en désordre encadraient un visage blanchi par le temps, dont la peau avait la transparence de la cire. Shuyun fut surpris par les yeux, des yeux de porcelaine, une matière pure, immaculée, que ne venait pas gâcher le cercle sombre d'une pupille.

Il est aveugle, pensa Shuyun, il l'a toujours été.

L'apparition en tunique blanche eut un sourire aussi bienveillant que celui d'une statue de Botahara. « Motoru-*sum* ?

— Je suis là, Eku-*sum*.

— Quel plaisir de vous entendre ! Approchez. Apporte des lampes à nos hôtes, Leta. Approchez, Motoru-*sum*. Vous n'êtes pas venu seul ?

— Mon conseiller spirituel m'accompagne, le frère Shuyun.

— J'en suis honoré. C'est toujours un plaisir de recevoir un pèlerin des Sept Sentiers sous mon toit. Les jeunes moines jouent-ils toujours au *gii*, frère Shuyun ?

— Oui, maître Myochin. Et vos parties sont au cœur de l'enseignement qui leur est donné.

— Après tant d'années ? » La satisfaction qu'éprouvait déjà visiblement le maître s'accrut de manière considérable. « Je ne mérite pas tant d'honneur. Voyez-vous ça ? Ils répètent encore mes parties. »

Les domestiques apportèrent des lampes et de l'hydromel pour le maître de *gii* et ses hôtes. Il faisait bon vivre dans cette maison, avec ses bois aux couleurs chaudes. L'odeur des pins tout proches se répandait librement, sans cloisons pour lui faire obstacle, et l'on entendait le cri d'un hibou comme un roucoulement courant sur le lac.

L'élève et le précepteur s'entretinrent brièvement des membres de la maison Shonto, le vieil homme posant des questions plus précises sur plusieurs d'entre eux, à commencer par le fils du seigneur et Nishima. Par courtoisie envers Shuyun, on fit dévier la conversation sur d'autres sujets, le vieillard impressionnant le moine par sa connaissance des affaires de l'empire. Il était difficile d'imaginer comment il avait pu se rendre maître de cette information, tant le lac paraissait éloigné du reste de Wa. Mais le lac était aussi proche du canal et, comme une impératrice un jour l'avait dit, « si l'on pouvait taxer les rumeurs circulant sur le Grand Canal, il ne serait plus nécessaire d'imposer la marchandise transportée ».

« Ainsi, vous avez accepté ce poste à Seh, Motoru-*sum* ?

— Je n'avais guère le choix. »

Le vieillard opina du bonnet, geste dont Shuyun était sûr qu'il n'avait jamais pu l'observer.

« Je suppose que vous avez raison. Parfois il faut aller au-devant du danger. Vous êtes quelqu'un de trop fort, Motoru-*sum*, il ne peut le supporter », ajouta-t-il d'une voix douce. Il parut marquer une pause, comme tendant l'oreille. « Nous devons nous résoudre à l'inévitable en certaines circonstances. Vous ne ferez jamais la paix avec l'empereur à forces égales. N'en rêvez pas, Motoru-*sum*. C'est là qu'est véritablement le piège qui vous est tendu. Il n'y faut pas penser. Il n'y a qu'un gagnant dans une partie de *gïï*. N'espérez pas qu'Akantsu entendra jamais raison. C'est exclu.

— J'ai abouti à la même conclusion », dit Shonto.

Le visage du vieillard s'éclaira d'un sourire. « Évidemment. Je n'ai pas perdu mon temps quand je vous avais sous ma coupe. » Il se mit à rire.

Durant leur entretien, Shuyun nota que le regard de Shonto était invinciblement attiré par le plateau de *gïï* posé sur la table voisine. L'ancien élève finit par ne plus pouvoir contenir sa curiosité. « Je vois que vous ne vous résolvez pas à dételer tout à fait, dit-il en tapant sur la table de bois.

— Eh oui, j'ai fait ça toute ma vie et il faut bien que j'occupe mes journées. Savez-vous que j'ai découvert une troisième solution au problème de Soto ?

— Vraiment ? » Shonto marqua un vif intérêt.

« Oui, et j'en ai été surpris autant que vous.

— Je connaissais la solution de Kundima.

— C'était mon maître. »

Shuyun intervint. « Il y a aussi celle de Fujiki.

— Ah ! frère Shuyun, je vois que vous êtes un connaisseur. »

Shonto regarda le plateau une fois encore. « De là à en imaginer une troisième…

— Peut-être pourriez-vous la trouver vous-même ? proposa Myochin Eku. Réfléchissez-y pendant qu'on prépare le dîner. »

On approcha le plateau de *gïï* pour Shuyun et le seigneur Shonto. Les pièces étaient déjà disposées selon les données du problème classique imaginé, quelque trois cents ans plus tôt, par le maître de *gii* Soto. À l'évidence, le vieillard attendait une occasion de partager sa découverte.

Shonto et son conseiller spirituel fixèrent leur regard sur le jeu tandis que leur compagnon s'en détournait. Un souffle de vent entrant par les larges ouvertures lui caressait le visage.

« Je pourrais avancer le fantassin de la cinquième rangée. Cela mettrait la pression sur la tour, proposa Shonto.

— Euh… » Le vieil homme y réfléchit un instant. « Si c'était moi le défenseur, je répondrais avec la fine lame à sa septième rangée ; vous seriez obligé de battre en retraite et de vous protéger. En fin de compte, avec ces coups gâchés, vous perdriez beaucoup. »

Shonto bougea les deux pièces concernées pour examiner le résultat. « Je comprends, dit-il finalement, et il remit les pièces à leur place.

— Vous devez chercher plus loin, dit le maître de *gii* dans un murmure. Puis, brusquement : Vous serez bientôt sur les terres contestées, n'est-ce pas ?

— Comment ? Ah oui, oui, bien sûr.

— Embarrassant, dit le vieillard sans que Shuyun sût très bien à quoi il faisait allusion. La solution, si cela peut vous aider, n'a rien de conventionnel. Elle m'est venue comme une révélation, ce qui, j'en suis certain, vous plaira, frère Shuyun.

— Toutes les attaques qui tombent sous le sens ont déjà été explorées cent fois, dit Shonto comme s'il pensait tout haut.

— Plus de cent fois sans doute », Motoru-*sum.*

Tout à coup, Shonto releva la tête. « Et à supposer que je n'attaque pas, qu'allez-vous faire ?

— Cela vaut la peine qu'on y réfléchisse, répondit le maître. » Il était assis les yeux clos, tournant son visage lentement de côté et d'autre, tout au plaisir de la caresse du vent. « Je ne suis pas différent de n'importe quel empereur. Mon but est de gagner. »

Les deux hôtes restèrent longtemps le regard fixé sur le plateau de *gii*, dans l'espoir qu'il allait leur livrer son secret.

« Il nous faut essayer de vous faire sortir de votre tour, maître, dit Shuyun, mais vous occupez là une position forte.

— C'est vrai. On ne m'en sortira pas avec un stratagème de bas étage. »

Shonto déplaça une pièce. « Nous pourrions sacrifier un bateau à tête de dragon, dit-il.

— Je pourrais m'y opposer. »

Shonto réfléchit. « Bah ! fit-il, et il remit la pièce en place.

— Un sacrifice n'a d'utilité que si votre adversaire n'a pas d'autre choix que de prendre. » Myochin citait le manuel de Soto.

« C'est une faute grave de tabler sur la sottise de l'homme en face de vous », ajouta Shuyun, qui se référait à la même source.

Le maître de *gii* approuva silencieusement. « Les Butto et les Hajiwara sont dans une impasse, si je comprends bien, dit-il, changeant à nouveau de sujet de conversation.

— À ce qu'il semble, Eku-*sum*.

— Hum ! C'est bon pour eux, mais pas nécessairement pour vous.

— Comment cela ?

— Vous serez appelé à réagir alors que vous serez immobile. Il est plus facile de donner une autre direction à ce qui bouge que de bouger quelque chose qui est sans mouvement. N'êtes-vous pas de cet avis ?

— C'est ce que vous m'avez toujours dit, et je dois reconnaître que l'événement vous a donné raison. »

Le silence retomba. Shonto ne quittait pas des yeux le plateau de *gii*.

« Alors, vous renoncez ? » demanda le vieillard, avec un certain agacement dans la voix.

Shonto eut un rire léger. « Accordez-nous encore un petit moment, Eku-*sum*. Même vous n'avez pas trouvé la solution après vous être penché deux minutes sur le jeu.

— C'est vrai, monseigneur. En vieillissant, je deviens moins patient avec les autres. Ah là là ! » Il marqua une pause, apparemment consacrée à réfléchir à ce qu'il venait de reconnaître. « Je vous ai dit de chercher plus loin, mais rappelez-vous qu'il ne suffit pas de le faire sur le plateau de *gii*. Il faut aussi chercher en vous-même. C'est toujours là que vous trouverez les ressources nécessaires. »

Shuyun s'attarda un moment encore à la vision du jeu, puis : « Je pourrais rentrer mon commandant de la garde là où il se trouvait, dans la première rangée. »

Le vieil homme acquiesça encore. Il sourit. « Intéressant.

— Mais vous exposeriez votre flanc au côté où l'adversaire est le plus fort, mon frère, dit Shonto.

— C'est vrai, répondit Shuyun.

— Et que ferez-vous s'il attaque ?

— Je ne sais pas, monseigneur. »

Le vieillard se mit à rire. « Vous voyez, frère Shuyun, le seigneur Shonto a toujours joué avec sa tête, mais jamais en utilisant d'autres pouvoirs plus importants. Il est passé maître en ce jeu, incontestablement, mais cela l'empêche d'aller plus loin. Vous, par contre, avez appris toute votre vie à recourir à des ressources différentes. Ce qui distingue le seigneur Shonto des autres hommes est qu'il admet ses faiblesses. C'est la raison pour laquelle on a convenu de vous mettre à son service. Vos maîtres vous ont-ils parlé de cela, frère Shuyun ? »

Shuyun resta muet.

« Non. C'est bien ce que je pensais », dit le vieillard. Il reprit : « Vous voyez, Motoru-*sum*, notre jeune frère cherche à dépasser la logique. Il sait qu'il existe une solution – je le lui ai dit. Il n'ignore pas qu'il doit me faire sortir de ma forteresse, nous sommes d'accord là-dessus. Une fois arrivé là, il a laissé son instinct lui dicter le prochain coup, un instinct auquel implicitement il fait confiance. Ce qu'il propose, soit dit en passant, est juste, si cela ne retire rien à la difficulté de ce qui suit. Il faut encore dix coups avant de forcer l'adversaire à s'avouer vaincu. » Il se leva lentement, mais sans aide. « Si vous voulez bien m'excuser, il faut que je sorte et prenne la température de la nuit. Ensuite, si vous êtes d'accord, nous dînerons. »

Le maître – qui de sa vie n'avait jamais vu un plateau de *gïi* – passa sous le porche, descendit les marches et pénétra dans le jardin. C'est à peine si on voyait encore ses cheveux argentés et sa robe blanche s'agiter dans le vent.

« Étonnant, n'est-ce pas ? » dit Shonto en quittant le *gïi* des yeux.

Shuyun acquiesça. « C'est un honneur pour moi que vous m'ayez donné l'occasion de le rencontrer, seigneur Shonto. »

Shonto haussa les épaules. « Mon instinct – dont je n'ai jamais pu faire usage dans la pratique de ce jeu – m'a soufflé qu'il était bon de vous mettre en présence l'un de l'autre. J'ai plaisir à voir qu'on peut être capable de mesurer la valeur de ce qu'Eku-*sum* a accompli. Saviez-vous qu'il avait été six fois champion de tout l'empire ? »

Shuyun n'en savait rien. Ce qui m'étonne le plus, pensa-t-il, est qu'il ait réussi cela sans formation botahiste. En imagination, il vit tout le plateau de *gii* avec les pièces disposées pour la résolution du problème de Soto et se mit à explorer les possibilités offertes par le premier coup auquel il avait songé. Il entra en *chi-ten*. La durée pour lui commença à s'allonger. Mentalement, il fit subir aux pièces peut-être cent permutations, à une vitesse apparemment normale. Il s'appliqua à rester concentré et vérifia les résultats, coup après coup. Quelques minutes suffirent à lui faire trouver la troisième solution au problème de Soto. Quand il ouvrit les yeux, il vit Shonto qui le regardait.

« Montrez-moi », dit ce dernier.

Il a déjà hébergé un de nos frères, se rappela Shuyun. Sur ce, il ne manifesta aucune surprise devant la requête de Shonto. Il avait retrouvé une maîtrise normale du temps, mais fit trop vite à bouger les pièces vers une solution. D'abord, Shonto ne comprit pas, étourdi par cette rapidité, puis son visage s'éclaira.

« Oui, oui, c'est juste, bien entendu. » Il hocha la tête et s'inclina légèrement devant le moine. « Dommage que je n'aie pas eu dans ma jeunesse le bénéfice de votre formation.

— On ne peut à la fois être un seigneur et le serviteur du Maître parfait », dit Shuyun, pour aussitôt se ressouvenir de Nishima pratiquant le *chi-quan* dans le secret de son jardin. Le seigneur Shonto est-il au courant ? se demanda-t-il. Est-ce le frère Satake qui lui a appris cela ? Impossible à dire.

Shonto haussa les épaules. « On aurait tendance à le croire. »

Myochin Eku revint à l'intérieur de la pièce. « Il vous faudra emmener ce problème de la troisième solution avec vous à Seh, Motoru-*sum*. Je m'apprêtais à vous montrer, mais cela vous donnera quelque chose à faire pendant les pluies d'hiver. » Il eut un petit rire. « Oui, cela vous occupera. Ah ! Leta, où est notre dîner ? »

Le repas fut servi, accompagné d'alcool de riz chaud et de sauces épicées. On apporta des robes douillettes pour le maître de *gii* et ses hôtes, car la nuit se rafraîchissait sans que personne eût envie de se priver du spectacle de sa beauté. La conversation une fois de plus fut mise sur la maison de Shonto, ce qui était peut-être inévitable, et Shuyun dut complaisamment prêter l'oreille à des histoires qui faisaient la joie de ses aînés. On mangea et but tout en riant beaucoup.

« Vous étiez un élève désespérant quelquefois, Motoru-*sum*. Je ne l'ai pas oublié. Il m'est souvent arrivé d'envier au frère Satake sa façon de s'y prendre avec vous. Je ne sais pas quel était son secret, mais vous l'écoutiez sans laisser votre attention s'égarer dans le vaste monde.

— Il avait du savoir-faire, n'est-ce pas ?

— Oui, oh oui ! Cela remonte si loin. Comment va Satake-*sum* ? »

Shonto marqua une pause avant de répondre calmement. « Frère Satake n'est plus, Eku-*sum*. »

Le vieil homme hocha la tête. « Mais oui, je… Comment ai-je pu oublier ? » Il grommela quelque chose d'autre que Shuyun ne put distinguer et remit le nez sur son assiette. Shonto un bref instant le regarda avec tristesse, puis lui aussi s'intéressa à son dîner. On essaya de reprendre la conversation, mais ce furent des efforts chancelants qui n'aboutirent à rien.

On installa des écrans pour compartimenter l'espace, et on fit des lits, selon la coutume, sur les nattes de paille. Shuyun se retrouva dans la pièce où le dîner avait été servi mais ne put trouver le sommeil. Sa pensée allait à la jeune novice et à ce qu'elle lui avait confié, à sœur Morima et aux rouleaux sacrés.

Il s'étonnait que Myochin Eku eût oublié le décès de frère Satake. Un homme qui était encore capable d'imaginer une troisième solution au problème de Soto ! Cela paraissait bien étrange.

Devant la maison, un grand tulipier pliait devant la vigueur croissante de la brise nocturne et lui abandonnait son feuillage. Les feuilles tombaient au milieu des gouttes, pénétrant dans la maison et s'éparpillant sur le sol. Shuyun reposait sous cette pluie de feuilles, les yeux grands ouverts. Il demeura ainsi jusqu'à ce que l'aube vînt s'immiscer dans la noirceur du ciel. Quand il regarda au-dehors, le tulipier était presque nu.

15

Il n'y avait pas de lune, si elle devait se lever plus tard, disque à l'éclat pâlissant égaré dans le ciel du matin. Le quai et la place paraissaient être faits de touches grisâtres et de lignes noires. Les formes ainsi obtenues offraient à l'esprit de simples suggestions. Tout bougeait, changeait, fluctuait.

Si Tanaka n'avait pas été familier de ce quartier, il n'aurait pas su exactement ce qu'il avait devant les yeux. De l'autre côté de la place se situait une auberge qu'il connaissait bien, et à gauche un bureau de la douane impériale dont les grandes portes dessinaient sur un mur sombre des rectangles plus sombres encore. Une longue suite de bateaux était à quai. Ils tiraient sur leurs amarres. C'étaient des bâtiments imposants destinés au commerce des épices, ou des navires de guerre aux silhouettes lourdes. Une seule lampe illuminait la plage arrière pour le bénéfice des hommes de quart.

Face aux cargos, les magasins et les maisons des grands négociants s'alignaient le long de la rade. Le premier immeuble était nécessairement celui des Hashikara, le suivant, il fallait l'attribuer aux Minikama, puis venaient les Sadaku, et enfin les entrepôts géants des Sendaï. Aucune de ces grandes familles n'aurait consenti à ce que son nom fût associé à l'un de ces établissements commerciaux, mais cela ne gênait pas Tanaka : il les connaissait tous, il savait le nom des marchands vassaux et quelle famille chacun discrètement servait. Yankura était sa ville, et il ne s'y passait pas grand-chose dont il ne fût rapidement informé.

Du balcon de l'auberge où il attendait, Tanaka pouvait voir les trois routes qui débouchaient sur la place, orifices obscurs, incertains ; il voyait aussi la lueur des étoiles se réverbérer sur les pavés.

Nul mouvement, mis à part la quête d'un chat errant près du mur de l'auberge, cherchant un accès à un repas dont il sentait certainement l'odeur.

Le vieil homme qui se tenait debout dans l'obscurité aux côtés du marchand ne bougeait pas non plus. En fait, c'est à peine s'il osait respirer, tant il avait peur. Il était navré de ce genre de comportement car, quand il était jeune, il avait servi dans l'armée du père de Shonto Motoru. Ce grand seigneur lui avait même en une occasion décerné le Poignard de la Bravoure pour sa conduite dans une bataille livrée aux alliés des Yamaku. C'était un souvenir qui lui était cher, une histoire qu'il avait racontée à ses petits-enfants des centaines de fois. Mais son passé guerrier était loin derrière maintenant, et ce soir il tremblait comme jamais cela ne lui était arrivé auparavant. Le calme apparent du marchand vassal lui faisait honte et le rendait déterminé à ne rien montrer de ce qu'il ressentait. Si seulement son estomac et son ventre avaient bien voulu coopérer ! Mais ils se tortillaient et se convulsaient comme un serpent à l'agonie.

Ni l'un ni l'autre, les deux hommes n'osaient dire ce qu'ils avaient à l'esprit, là, dans le renfoncement de l'immeuble qui les dissimulait. Ils maintenaient la même immobilité que les ombres autour d'eux. Ils guettaient.

M'a-t-on fait perdre mon temps ? se demandait Tanaka. Ce vieillard s'est-il imaginé pouvoir jouer un rôle dans les querelles qui agitent l'empire ? Si tel était le cas, il éprouvait de la compassion pour lui. C'était difficile de se le figurer aujourd'hui en le voyant, mais il avait en son temps été un bon capitaine, à la fois intègre et compétent. Jadis il avait fait partie de la garde personnelle de Tanaka. Ce soir, toutefois, le marchand se demandait si ce capitaine à la retraite ne sombrait pas dans un état proche du gâtisme. Cela faisait trois heures qu'ils étaient dans le noir, et ce qu'ils venaient d'entendre sonner était l'heure du hibou. Je crois bien être venu pour rien, décida Tanaka, et cette conviction s'accompagna d'un certain soulagement.

Il était sur le point de poser une main sur l'épaule du vieillard et de prendre congé quand il perçut, ou crut percevoir, un bruit. Il ne fut suivi d'aucun autre, si bien que Tanaka finit par se demander s'il ne commençait pas à subir la même décrépitude que son voisin. Et puis cela se reproduisit, un bruit on ne peut plus familier, qu'il connaissait depuis l'enfance : celui d'une armure, avec le craquement du cuir, le cliquetis discret des anneaux métalliques. Tanaka se blottit contre le mur.

Il regrettait maintenant de ne pas être venu accompagné. Si le capitaine n'avait pas insisté, il n'aurait pas songé un seul instant à le suivre, mais le vieux brave ne voulait pas en démordre. Tanaka se cala contre la pierre et en sentit la solidité contre ses muscles raidis. Il chercha à s'envelopper de l'ombre environnante comme d'une pèlerine. Respire, s'ordonna-t-il, respire.

Le bruit se renouvela et brusquement, là, près de la fontaine au centre de la place, il aperçut une silhouette, un homme. Tanaka le vit qui tournait lentement sur lui-même, sondant les ténèbres. Depuis combien de temps était-il occupé à ce jeu ? Le marchand refusa de céder à la panique. On ne peut nous voir dans cette obscurité, se dit-il, respire !

Un deuxième homme apparut, son ombre un instant se reflétant dans le miroir de la fontaine. Le capitaine ne mentait pas, pensa Tanaka, ce sont des gardes impériaux. Si on nous trouve, nous sommes perdus. Respire, respire lentement.

Un troisième garde traversa la place presque silencieusement en direction du quai. Il marqua un temps d'arrêt avant de franchir les derniers pavés puis, quand il se fut assuré que tout était tranquille sur le port, d'un pas alerte il gagna directement un navire de guerre de la marine impériale. L'homme de quart ne lui demanda rien. Il abaissa la passerelle. On entendit le grincement des cordages et le bruit mat des planches touchant le sol. Sur le pont, la lumière s'éteignit.

Le silence revint, longuement. Tanaka du regard fouilla l'obscurité. Il finissait par se croire environné de soldats et se sentait pris au piège. Il ne lui restait rien d'autre à faire qu'à se terrer et à prier Botahara qu'on ne les découvre pas.

Le rectangle noir de la porte du bureau de douane se mit soudain à changer de forme. Le marchand comprit que sans bruit quelqu'un l'avait ouverte. On devait en avoir huilé les gonds. D'autres gardes sortirent. Dix ? douze ? peut-être plus. Pas moyen de s'en assurer. Ce fut alors qu'il entendit respirer au-dessous de lui. La semelle d'une sandale frotta sur le bois. À la droite du marchand, un escalier permettait de monter de la place sur le balcon. Tanaka se tourna dans cette direction, l'œil rivé sur l'obscurité.

Si nous ne pouvons éviter d'être découverts, se dit-il, je crèverai un écran pour me jeter à l'intérieur de l'auberge. Dans la confusion qui suivra, j'espère m'échapper. Il se prépara à bondir et guetta un pas sur les marches.

Les gardes sortis du bureau de douane traversèrent la place au pas de charge. Il leur était impossible à présent de ne pas faire de bruit, ils étaient trop nombreux. En plus de cela, ils portaient quelque chose, Tanaka le comprit, une caisse de la grosseur d'une malle. Elle était suspendue à des perches, et c'étaient ces hommes qui s'étaient vu confier la besogne. Des gardes et non des porteurs ! Le marchand faillit en tomber à la renverse, si grande était sa surprise. Ces soldats avaient beaucoup de difficulté à accomplir leur travail, même dans l'obscurité cela se voyait. Ils étaient huit, et pourtant ils peinaient.

Tanaka avala sa salive. Ainsi on ne lui avait pas raconté d'histoires. Le neveu de ce vieux bonhomme lui avait réellement fourni des renseignements précieux. Tanaka se demanda si le neveu ne pouvait pas être parmi les gardes en bas. Raison de plus pour ne pas se faire prendre.

Un coup d'œil à la silhouette obscure de son compagnon : l'homme s'était recroquevillé contre le mur. Il avait tiré sur sa tunique pour qu'on ne voie pas la tache claire de sa peau. Ce vieux guerrier se souvient encore des leçons apprises chez les Shonto, se dit Tanaka.

Le bois de l'escalier craqua. Ou avait-on bougé à l'intérieur de l'auberge ? Le marchand s'évertua à discerner quelque chose dans le puits noir de l'escalier, au point de finir par ne plus rien voir du tout. Ses muscles étaient endoloris de l'effort qu'il faisait pour rester absolument immobile.

À l'autre bout de la place, les gardes et leur fardeau atteignirent le navire de guerre et se mirent en devoir de hisser la caisse à bord. Un treuil lui fit vite franchir la rambarde, mais rien n'était visible de ce qui se passait sur le pont. Il y eut d'autres bruits, causés par des marins émergeant des entrailles du bâtiment. Puis les gardes revinrent sur la place. On s'éparpilla en direction de la périphérie.

L'escalier à nouveau fut ébranlé. Des pas ! On paraissait hésiter. Tanaka jeta autour de lui des regards effarés. Où se cacher ? Alors seulement il s'aperçut que le vieillard n'était plus là. Ce fut comme une gifle donnée par un coup de vent froid. Je me suis fait avoir, pensa le marchand.

À petits pas, longeant le balcon, il se dirigea vers le *shoji* le plus proche. C'était son seul espoir. Les pas se rapprochèrent. Il entendait respirer, et aussi cliqueter une armure : un garde impérial, à n'en pas douter. Une ombre se dessina, noire sur fond noir. Tanaka se raidit, prêt à sauter. Était-il trop tard à présent pour atteindre le *shoji* ? L'homme posa un pied sur le balcon.

Il me regarde, pensa Tanaka. À cet instant, il distingua sur ce balcon, derrière le garde, deux silhouettes qui semblaient prendre forme à partir de l'ombre même. L'une était armée d'un couteau. Le marchand se figea.

Les deux apparitions alors parurent se fondre en une seule, qui s'affaissa obscurément dans la nuit. Le garde s'arrêta. On voyait luire la courroie de son casque à son menton. Lentement, comme à regret, il pivota sur lui-même et, sans un bruit, descendit l'escalier.

Il ne m'a pas vu, songea Tanaka. L'ombre en soit louée ainsi que Botahara.

Un instant plus tard, tous les gardes avaient disparu. Le vaisseau de guerre largua ses amarres et peu à peu se perdit dans l'obscurité. À nouveau, Tanaka se donna l'ordre de respirer, mais sans oser bouger encore.

De la noirceur du sol s'éleva quelque chose, un être de petite taille, félin dans ses mouvements, qui lui fit face. Il prit la parole. « Pas de geste que vous regretteriez, murmura la voix. Il aurait trahi votre présence. » L'inconnu désignait un homme à terre. « Il se réveillera bientôt. Ensuite vous partirez. »

Tanaka cligna des yeux, fit effort pour se concentrer. Devant lui, une forme s'évanouit. Le marchand le vit mais n'en crut pas ses yeux. Il secoua la tête pour avoir les idées claires, mais sans rien y changer. Un bruit. Sur le sol, immobile, quelque chose bougea. Tanaka entendit gémir.

Vite, il se rapprocha. Le vieux capitaine était étendu sur les planches disjointes, son poignard à côté de lui. Le marchand lui mit un doigt sur les lèvres. « Chut ! Vous êtes sauvé. »

Il souleva la tête du vieillard et écouta, attendant que la respiration se régularise. Quand ce fut fait, le capitaine lui toucha le bras et fit signe que tout allait bien. Tanaka l'aida à se remettre debout, lui rendit son arme et le guida vers l'escalier.

Une fois l'auberge contournée, le vieux guerrier souffla à l'oreille du marchand : « Que s'est-il passé ?

— On est venu à notre secours », répondit Tanaka, et il s'en tint là.

À leur arrivée dans la ruelle, l'ancien soldat chercha dans sa manche et en sortit un petit sac de cuir qu'il mit dans la main du marchand. Celui-ci le soupesa puis se pencha pour chuchoter à son compagnon : « J'en parlerai à notre maître. » Il souleva de nouveau le sachet. « On ne négligera pas ceci. »

Les deux hommes se séparèrent après avoir marché en silence dans les rues de la Cité flottante. Tanaka se sentait à bout de forces, plus vanné qu'il n'aurait jamais cru possible. La tête lui tournait quand il songeait à ce que signifiait la scène à laquelle il avait assisté.

Dès qu'il fut rentré chez lui et eut assuré à ses gardes que tout allait bien, il défit le nœud qui maintenait fermé le sac de cuir. Ce qu'il contenait avait été pris dans la malle portée par les soldats de l'empereur. À la lumière d'une lampe, il vida le contenu sur une table.

Il eut un mouvement de recul. « Puisse Botahara nous sauver ! » marmonna-t-il. Sous ses yeux, brillant dans la clarté de la lampe, il y avait cinq pièces d'or de forme carrée, sans aucun signe distinctif en dehors d'un trou percé en leur milieu. Elles ne portaient pas d'estampille officielle, pourtant de toute évidence elles venaient d'être fabriquées.

« Mon maître ignore en quel danger il se trouve, dit tout haut Tanaka. Il faut que je l'avertisse. »

En prenant son pinceau et son encre, le marchand évoqua la silhouette aperçue dans le noir, son sauveur. Il sourit. Jamais ses prières à Botahara n'avaient eu d'effet aussi immédiat car, à moins que la sénilité ne lui eût fait perdre l'usage de ses sens, l'homme qu'il avait vu dans l'obscurité était un initié de l'ordre botahiste.

« Impossible, murmura-t-il, impossible, les frères botahistes ne compromettent leur congrégation pour personne ! » Il ne parvenait pas à s'expliquer ce qui s'était passé, bien que l'idée lui trottât dans la tête que ce n'était pas Tanaka que les moines avaient voulu sauver, ni même le seigneur Shonto Motoru. Non, pas de doute, c'était la sécurité de l'un des leurs qui les préoccupait, un jeune moine que Tanaka avait vu réaliser un impossible exploit. Oui, se dit-il, il faut prévenir le seigneur Shonto.

16

Les fleurs couleur de fumée
S'empourprent,
Et la rosée qui les recouvre
Est comme de fraîches larmes.

On raconte que l'empereur
Se plaît près d'une jeune Sonsa.
Danse-t-elle bien ?
Je me le demande.

Extrait du *Livre du Palais*
de Sa Seigneurie Nikko.

On frappa sur un gong : trois fois de suite, puis deux temps de silence et un quatrième coup très sonore. Le bruit se répercuta à travers le palais impérial, descendit de longs couloirs et retentit parmi de nombreuses cours intérieures. Puis ce fut de nouveau le silence, un silence absolu. Les jours tour à tour s'allongeaient et diminuaient, mais l'heure du hibou ne voyait jamais la lumière du soleil. En revanche, peut-être n'était-elle jamais privée de clair de lune. La lune d'automne maintenant déclinait vers son dernier quartier, et sa clarté semblait s'être imprégnée de la pureté glacée de l'air nocturne.

Sans bruit, Jaku Tadamoto longeait un corridor désert, ses sandales ne produisant aucun son sur le marbre du sol. Il portait l'uniforme noir de la garde impériale s'il avait ôté de sa poitrine les insignes de colonel, et il avait en main une lanterne de bronze.

Il n'était pas rare pour un colonel de son unité d'arpenter la nuit les couloirs du palais : après tout, veiller à la sécurité faisait partie de ses attributions. Mais il était un peu moins fréquent de voir un officier supérieur s'abstenir de montrer son grade. Cela signifiait qu'il avait d'autres idées en tête, des intentions qui lui étaient propres – peut-être celle de tester la sécurité –, et ne voulait pas qu'on sût qu'il était colonel. Peut-être était-il chargé d'une mission par son célèbre frère ? La vérité était tout autre : Jaku Tadamoto cherchait à diminuer le risque d'être reconnu sans renoncer pour autant au privilège de pouvoir circuler librement dans le palais impérial que lui valait son uniforme. Il avançait sans inquiétude, dans l'assurance que sa connaissance des lieux lui permettrait d'éviter les gardes faisant leur ronde. À la jonction de deux couloirs, il s'arrêta pour allumer sa lanterne à la flamme d'une lampe suspendue au plafond. Après avoir vérifié qu'elle était bien allumée et ne s'éteindrait pas, il en cacha hermétiquement la lumière. De sa manche, il tira la seule clef qui s'y trouvait et, sans hésitation, gagna une grosse porte tournant sur des gonds.

Sans bruit, le pêne glissa dans la gâche, et Jaku Tadamoto se retrouva dans une salle obscure. C'était un capharnaüm, il ne l'ignorait pas, où il ne faisait pas bon s'aventurer à tâtons. Tadamoto découvrit sa lanterne l'espace d'une seconde afin de se repérer. Il était à l'intérieur du pavillon de la Vérité historique, qui comprenait en réalité vingt pièces de la même dimension. C'était là que les lettrés travaillaient à leur grand ouvrage, l'histoire de la dynastie Hanama et l'évaluation de ses mérites. Tadamoto savait bien des choses sur l'état de leurs recherches, parce que le sujet le passionnait, et il venait souvent s'y entretenir avec les historiens.

Recouvrant sa lanterne, de mémoire il contourna les obstacles jusqu'au *shoji* le plus éloigné. Les écrans donnaient sur un balcon éclairé seulement par une lune en son déclin. Prenant soin de rester dans l'ombre, sur la pointe des pieds il avança jusqu'à l'extrémité du balcon et là prit appui sur la balustrade pour permettre à ses yeux de s'habituer à l'obscurité. Beaucoup plus bas, dans une cour où brillaient des lanternes, s'effectuait la relève de la garde. On entendait tinter des armures. Cela eut pour effet de lui rappeler la folie de son entreprise, et pourtant, si le cœur lui battait, ce n'était pas de peur. À la pensée d'Osha attendant sa venue, un frisson le parcourut de la tête aux pieds.

On ne nous surprendra pas, se dit-il en se demandant si la passion n'obscurcissait pas totalement son jugement.

Une fois ses yeux accoutumés à la nuit, Tadamoto se pencha par-dessus la balustrade pour juger de la distance qui le séparait du balcon suivant. Trois coudées, décida-t-il ; il ne songea même pas à estimer la profondeur jusqu'à la cour en dessous, tant l'obscurité donnait l'apparence d'un gouffre. Il y a moins dangereux, se dit-il, mais on me verrait, c'est hors de question. Je dois passer par ici, il est facile de sauter, c'est à la portée d'un enfant. Seule la pensée de la hauteur où l'on se trouve rend les choses difficiles.

Il monta sur la balustrade, qui offrait un large rebord, et se tint en équilibre dans une obscurité compacte. Il n'avait pas fini de se poser des questions. Il plia les genoux, prit son élan puis se redressa. La paume de sa main, au contact du bronze froid de la lanterne, était moite et glissait.

C'est Katta qui dans la famille est l'aventurier, se dit-il. J'aurais dû lui demander de venir me prendre dans ses bras pour voler à mon rendez-vous avec la maîtresse de l'empereur ! Une longue inspiration et, hop ! il sauta dans le noir. Son pied atterrit bien à plat sur la balustrade du balcon d'à côté, et il laissa son élan le catapulter plus loin. Se retrouvant debout sur un sol pavé, il rit tout bas, hocha la tête : ç'avait été ridiculement facile, il l'avait toujours su.

« C'est à l'esprit de maîtriser la peur », chuchota-t-il à l'adresse de la nuit, et il se tourna vers le *shoji* le plus proche. Sous le couvert d'une tournée d'inspection, plus tôt dans la journée, il était venu lever la clenche. Personne ne s'en était aperçu.

L'aile droite du palais impérial avait abrité les appartements privés des Hanama avant leur chute, mais aujourd'hui elle n'avait d'autres habitants que des fantômes royaux. On n'y allait plus sans nécessité.

Tadamoto ne permit pas à sa peur du surnaturel d'obscurcir son goût pour la raison. Il entra et referma soigneusement l'écran derrière lui. À l'aveuglette, il traversa toute la largeur de la salle avant d'oser laisser la moindre lueur filtrer de sa lampe. Il respira profondément pour se calmer, mais ses poumons souffraient de l'odeur de moisi que dégageaient ces pièces inutilisées. L'air même avait des relents du passé.

Il repoussa un écran pour pénétrer dans un grand vestibule, animé par le vif désir de changer, de se défaire de la présence des Hanama. Sa lampe faisait briller les peintures murales, donnait vie à de belles sculptures de pierre et de bois. Les Hanama avaient fait preuve d'un goût plus raffiné que celui de leurs successeurs. Leur art avait été caractérisé par la simplicité et l'élégance, avec un usage discret de la couleur. Aux peintres de cour les Yamaku ne demandaient pas l'exécution d'un travail aussi délicat.

Tadamoto parvint au pied d'un large escalier menant aux trois étages supérieurs. Il s'arrêta un moment pour écouter, mais tout était tranquille, tranquille et sombre. Il monta. Ses pensées maintenant allaient à la danseuse Sonsa. Comment avait-elle fait pour venir jusque-là ? L'avait-on vue ? N'avait-elle pas peur ? Son image élimina toute autre préoccupation. Il se rappela le contact de sa main sur son bras.

Une fois au deuxième étage, il s'engagea dans la galerie. Sa lanterne projetait une lumière chaude sur le sol et sur les murs. Finalement, au bout du couloir, il rencontra un ensemble de grandes portes richement sculptées et couvertes de dorure. Leur relief dessinait des personnages de gardiens du Portail, géants défendant l'entrée du sanctuaire contre l'intrusion des esprits du mal. La porte de droite était entrebâillée. Tadamoto se saisit de la poignée de bronze et la tira vers lui. Elle bougea puis se bloqua. Il tira davantage. Elle céda avant de s'arrêter.

Une voix sifflante jaillit de l'obscurité : « Qui ose troubler le sommeil des rois ? »

Tadamoto lâcha la porte, qui se referma avec bruit.

La voix de nouveau se fit entendre, une voix de femme. « Tadamoto-*sum* ? »

Soulagé, il faillit éclater de rire. « Oui. Osha-*sum* ? »

La porte cette fois s'ouvrit largement et, dans le faisceau de sa lampe, Tadamoto vit la jolie Sonsa regagner le cœur du sanctuaire. « Je… j'avais peur que vous ne veniez pas, murmura-t-elle.

— Je n'aurais pas manqué une occasion de vous voir », répondit-il, et sur ce il découvrit sa lanterne. Osha portait un élégant kimono de la soie la plus fine, bleue comme le ciel du matin, avec impression de nuages. Sa ceinture était dorée, comme sa robe de dessous. Autour d'elle, le sanctuaire botahiste chargé d'ornements semblait s'inspirer des couleurs de ses vêtements et les reproduire, comme si elle était partie intégrante de ce lieu, une prêtresse, une initiée de la Voie. Elle revint sur le parquet comme en glissant et s'immobilisa au centre d'un heptagone inscrit dans un cercle.

« On raconte que les frères botahistes dansent sur des figures comme celle-ci et que s'y trouve le secret de leurs pouvoirs », dit-elle tout à coup. Là-dessus elle commença une évolution, une suite de mouvements coulés et sans effort, comme ceux que faisaient les moines pour se défendre, et pourtant différents. C'est qu'elle dansait. Elle tournait lentement dans la pénombre, ses mains suggérant une résistance sans cesser d'enjôler. Tadamoto en était subjugué comme il ne l'avait jamais été de sa vie. Un dernier mouvement plein de grâce et elle tomba à genoux, les yeux baissés. Elle resta ainsi un long moment, immobile.

Enfin elle dit, en s'efforçant de rester calme : « Je ne suis plus la favorite de notre empereur, Tadamoto-*sum.* »

Le jeune colonel ne sut que lui répondre. Il voulut aller vers elle mais elle leva les yeux, et quelque chose dans son regard l'arrêta.

« Est-il juste que je ne danse jamais plus ? demanda-t-elle.

— Pourquoi cette question ? Vous êtes la meilleure Sonsa de notre temps.

— À quoi bon si me faire danser est encourir le déplaisir du Fils du Ciel ? » Ce fut dit sans aigreur. Elle se contentait d'exprimer une vérité de bon sens.

« Le déplaisir ? Mais notre empereur ne manifeste jamais que le plaisir le plus vif à chaque fois que vous vous produisez. »

Elle soupira. « Je crains que ce ne soit plus le cas, Tadamoto-*sum.* Et puis il y a la nouvelle favorite. Elle ne souhaitera pas me regarder danser, c'est évident. »

Oui, pensa Tadamoto, peut-être est-ce vrai. Mais l'empereur avait paru tant se soucier de son sort, de son bien-être. Ne voudrait-il pas la voir continuer si c'était son bonheur ? « L'empereur, dit-il, est trop charmé par… par votre spectacle pour vouloir que vous vous arrêtiez. Et quand ce ne serait pas le cas – ce que je me refuse à croire – il y a d'autres endroits que le palais pour danser.

— S'il ne s'agissait que du palais, je ne me ferais pas de souci, mais c'est la capitale dont nous parlons, la capitale et peut-être toutes les provinces centrales. Je serais exilée, dans le Nord ou dans l'Ouest. » Elle secoua la tête. « Après toutes ces années passées à apprendre, comment pourrais-je l'accepter ? » Elle baissa les yeux sur la figure à ses pieds. « Ce n'est pas juste ! Cela ne devait pas m'arriver. »

Jaku Tadamoto tomba à genoux devant elle. « Ce que vous prévoyez n'est pas inévitable, Osha-*sum*. L'empereur est juste envers ceux qui lui sont fidèles. Les Jaku le savent. » Il tendit les bras vers elle et lui prit les mains. Elle réagit en serrant les siennes. « Si vous me le permettez, au moment opportun je parlerai au Fils du Ciel en votre faveur. »

Elle leva la tête et le regarda droit dans les yeux. Il sentit qu'elle emprisonnait ses deux mains. D'une pression si légère qu'il aurait pu l'avoir imaginée, elle l'attira vers elle et sur une main déposa un baiser. « Vous êtes un homme d'honneur, Jaku Tadamoto-*sum*. J'étais une petite sotte de me laisser berner par l'empereur et ses promesses. »

Elle souleva ses mains. La chaleur de sa joue contre ses doigts l'électrisa. Il ne put résister à la force croissante de son désir. Il se pencha vers elle. Leurs lèvres se joignirent dans le plus timide des baisers. Son haleine était douce et tiède. À nouveau leurs bouches se frôlèrent, avec plus d'assurance. D'un doigt il suivit le galbe de son cou. Elle soupira et enfouit son visage contre sa poitrine. Il l'y tint serrée, sûr qu'elle sentait son cœur battre à grands coups.

« Viens », dit-elle. Elle se leva et l'obligea à se redresser. D'un geste vif, elle saisit la lanterne et, sans abandonner sa main, les ramena à l'intérieur du petit sanctuaire. Là, un écran caché ouvrait sur un couloir et quelques marches. Elle lui fit gravir ces marches, vite, puis, après un autre écran, ils débouchèrent dans une pièce obscure. À la lumière de la lampe, Tadamoto vit les contours d'un grand lit sous un couvre-lit de coton. C'était apparemment le seul mobilier.

Osha se retourna pour l'embrasser, une étreinte pleine de passion, de promesse. Puis, se libérant, elle courut à l'autre bout de la chambre et ouvrit largement un *shoji* pour permettre à la nuit d'entrer. La clarté de la lune tombait sur elle comme une caresse. « La chambre de l'impératrice Jenna », murmura-t-elle, et elle rit d'un grand rire heureux. « Que trouver de plus approprié ?

— Tu ne lui ressembles pas.

— Dans mes actes, non, je suis beaucoup plus prudente. Mais dans mon âme !... » Elle parut de nouveau glisser vers lui. « En mon âme, je suis Jenna, l'impératrice en jaune. »

Elle lui prit les mains et légèrement l'attira vers le lit. Ils enlevèrent le couvre-lit de coton et trouvèrent en dessous de belles couvertures et de fins oreillers. À genoux sur ces étoffes moelleuses, ils s'embrassèrent encore, en s'effleurant de leurs baisers. Patiemment, Tadamoto dénoua la longue ceinture d'Osha et ouvrit ses robes de soie. Celle du dessus glissa de ses épaules, et il ne lui resta que la mince étoffe dorée du kimono de dessous, collant à la peau. Timidement, il lui embrassa les seins, ému par la beauté de son corps de danseuse. Un frisson la saisit. Elle le fit basculer dans l'épaisseur des couvertures et tomba sur lui à son tour. Elle dénoua sa ceinture, et il sentit sur sa peau la douceur de la sienne.

Ils firent l'amour jusqu'aux premiers signes de l'aurore dans le ciel du matin, chacun apportant à la rencontre la somme de ses talents, chacun faisant montre d'une ardente passion. S'ils avaient alerté un passant en bas, il aurait été persuadé que c'étaient les gémissements et les soupirs des esprits des Hanama qu'il entendait. On savait qu'ils erraient encore en ces lieux, toujours fébriles, toujours insatisfaits.

17

L'écriture était quelconque mais tracée avec fermeté et clarté. Nishima prit la lettre sur la table pour l'examiner encore une fois. Le papier, issu du bois de mûrier, était de belle qualité, presque lourd et d'une couleur jaune pâle. On avait joint au poème quelques grains d'automne pas encore mûrs, symbole de promesse, tandis que le jaune était l'une des couleurs traditionnelles de la saison.

L'automne s'installe
Parmi les grains des épis,
Eux qui n'attendent
Qu'un signe du printemps.

Nishima remit la lettre sur la table et retourna s'absorber dans le spectacle du jardin qu'on avait du haut du balcon. Elle se demandait si Jaku Katta était vraiment l'auteur du poème. L'écriture était la sienne, incontestablement, mais les vers ? Cela découvrait un autre aspect du personnage si c'était bien là le fruit de son imagination. Rien de trop travaillé dans ce poème, mais il n'était pas gâté par une profusion d'ornements, excès qui, croyait-elle, constituait le principal défaut actuellement de la poésie de cour. On y trouvait l'inévitable référence à une œuvre classique, en l'occurrence *Le Vent du Chou-san.*

Son cœur est froid
Comme le vent du Chou-san,
Pourtant dans les champs
L'automne mûrit le grain.

Il ne manque pas d'audace, se dit Nishima. Elle n'était pas fâchée pour autant. Impossible pour elle de démêler la contradiction que cet homme représentait. L'incident sur le canal lui paraissait toujours mystérieux, et pourtant on ne pouvait éliminer l'hypothèse de sa vraisemblance.

C'est Jaku Katta qui a sauvé mon oncle, se répéta-t-elle. Et l'on ne doit pas oublier qu'il a l'oreille de l'empereur. Cela risque de compter pour beaucoup à l'avenir au regard des Shonto.

Elle prit son pinceau et humecta sa pierre à encre pour la quatrième fois.

Froide est la bise
Qui secoue mon shoji,
Mais on dit que les grains d'automne
N'ont guère besoin qu'on les encourage.

Elle posa le papier gris, couleur de fumée, près de la lettre de Jaku Katta et examina les deux écritures d'un œil critique. Malgré sa modestie, la demoiselle ne pouvait être aveugle au contraste frappant qu'elles présentaient. C'est un soldat, après tout, se dit-elle. Tout de même, elle ne trouvait plus grand-chose à admirer chez Jaku Katta après avoir placé son ouvrage à côté du sien.

Nishima relut son propre poème et décida que le ton était exactement conforme à ses souhaits, visant à décourager sans décourager tout à fait. Elle lui attacha une petite fleur de *shinta* aux douze pétales, symbole de la maison des Shonto. C'était fait pour rappeler au général que la maison Fanisan était éteinte. Elle frappa sur un gong pour appeler un domestique. Le billet devait partir tout de suite, et il lui restait beaucoup à faire pour se préparer à la célébration de l'Ascension de l'empereur.

Dame Kitsura Omawara poussa la barrière du petit jardin contigu aux appartements de son père. On entendait à peine le gazouillis de l'eau. Au-delà du grand mur, la brise semblait soupirer parmi les dernières feuilles mordorées des tilleuls. La jeune aristocrate avait revêtu une robe stricte de couleur jaune pâle, laissant voir sans offenser les convenances un peu de ses quatre kimonos de dessous à l'extrémité des manches et au cou. Elle ôta ses sandales avant de passer sous le porche. On y avait placé un écran derrière lequel se déclencha un violent accès de toux. La jeune femme grimaça de douleur comme si c'était elle qui en avait été la victime. « Père ? » dit-elle d'une voix douce.

Long soupir. « Kitsu-*sum* ? »

Elle vit presque le sourire de plaisir accompagnant cette question et, comme en un miroir, son propre visage s'éclaira lui aussi d'un sourire. « Oui. Quelle belle soirée, n'est-ce pas, père ?

— C'est vrai. Parfaite. » Moment de silence. Le seigneur reprenait son souffle. Kitsura étudia le motif de l'écran, un carré de bambous à côté d'un étang sans rides.

« Avez-vous vu la brume… dans le jardin… ce matin ?

— Oui, père. Mais vous n'auriez pas dû vous lever et respirer l'air froid. »

Il rit, presque silencieusement. Sa fille y reconnut l'écho lointain de son rire d'autrefois. « Je ne peux pas… encore… renoncer… au monde, Kitsura-*sum.* » L'air vif de l'automne secoua ses poumons dans un bruit comparable à celui que font les dés dans un cornet, et il fut pris d'une terrible quinte. La jeune fille rentra les épaules et ferma les yeux comme pour s'empêcher d'entendre.

« Faut-il que j'appelle le frère Tessa, mon père ? » demanda-t-elle, allusion au moine botahiste qui faisait office de médecin dans la maison des Omawara. Il ne put lui répondre mais, au moment où elle se levait pour appeler un domestique, il dit :

« Non, cela ne durera que… » Nouvel accès de toux, puis plus rien. Silence. Omawara cherchait sa respiration. Sa fille attendait, le regard fixé sur cet écran qui permettait à son père de garder sa dignité face à une maladie qui peu à peu lui ôtait toutes ses forces. Si seulement, se dit Kitsura, on pouvait le transporter sur les lieux dépeints sur cet écran ! Tout y a l'air si paisible. Puisse Botahara lui sourire en compensation de ce qu'il a enduré au cours de cette vie !

Omawara finit par se calmer et, alors que sa fille le croyait endormi, il reprit la parole : « Irez-vous… au palais… pour la… célébration ?

— Oui, père. Je compte aller retrouver Nishima-*sum*, et nous assisterons ensemble aux festivités.

— Ah ! Assurez-la de… mon… profond respect.

— Je le ferai, père. C'est souvent qu'elle exprime le désir de vous rendre visite, et elle demande toujours de vos nouvelles.

— C'est aimable... à elle. » Long silence, ponctué seulement par les efforts d'Omawara pour respirer. « Dites-lui bien... la constance... de mon affection... mais... la voir... serait...

— Je comprends, père. J'expliquerai à ma cousine.

— Et Motoru-*sum*... est-il parti... pour Seh ?

— J'en toucherai un mot à vos gens. Ils ne doivent pas vous tourmenter avec ces choses-là. »

L'écho d'un rire derrière l'écran.

« Mais, puisque vous êtes déjà si bien informé, le seigneur Shonto est parti pour Seh il y a environ dix jours.

— Je me fais... du souci.

— C'est un homme prudent, père. Le seigneur Shonto Motoru ne devrait jamais vous créer de souci.

— Cela cache quelque chose... Le défilé... de Denji, Seh... » Nouveau silence.

« Le seigneur Shonto ne va jamais nulle part sans s'armer des plus grandes précautions, monseigneur. Nous ferions mieux de garder nos inquiétudes pour ce qui en vaut la peine.

— Bien parlé... Kitsu-*sum*. Votre mère ?

— Elle vit à vos côtés, monseigneur. C'est là son bonheur. Comment pourrait-elle nous alarmer ?

— Elle... elle ne se repose pas... se fait de la bile.

— Mais elle ne pourrait pas être heureuse autrement, père, vous le savez bien.

— Elle s'inquiète... » Encore un peu de toux. « De ce que vous n'êtes pas... mariée.

— Oh ! père, je ne suis tout de même pas encore vieille fille ! » Elle rit de son rire communicatif. « J'ai encore le temps.

— Oui, mais... Kitsu-*sum*... l'empereur... n'a que trois fils.

— Quel dommage ! S'il en avait eu quatre, le quatrième aurait peut-être mérité d'être pris en compte ! »

Rire en écho, qui s'acheva par des sifflements. « Je vous ai élevée à croire... en un avenir trop brillant. »

Ce fut au tour de Kitsura de s'amuser. « Pourquoi dites-vous cela ? Parce que je place un fils d'empereur au-dessous de moi ? Eh bien, pour être franche, je ne laisserais aucun d'eux épouser ma femme de chambre.

— Ah ! En ce cas… les princes… ne doivent plus savoir où donner de la tête. »

Kitsura se mit à rire. « Mais je vous fatigue, père. Le frère Tessa va encore me faire la morale.

— Oui. Je suis… fatigué.

— Il faut que je parte, père. »

Le rideau de l'écran s'entrouvrit, et une main pâle et décharnée passa par l'interstice. Kitsura prit dans la sienne les doigts glacés. Depuis quatre ans, elle n'avait pas vu autre chose de son père.

Du haut du balcon, Nishima pouvait embrasser toute la scène de la célébration. C'était une floraison de couleurs, tandis que courtisans et autres nobles arpentaient les trois grandes salles et venaient prendre l'air sur la terrasse.

L'empereur était sur son estrade, entouré de grands personnages des deux sexes connus pour la finesse de leur goût dans le domaine musical. Sa Majesté participait au jury devant distinguer un musicien.

Tout près, au bord de l'estrade, se tenait Dame Kitsura Omawara. Elle avait été invitée à faire connaître son jugement, et l'empereur lui consacrait une grande part de son attention. Nishima le voyait : sa cousine s'efforçait de demeurer polie mais cherchait par tous les moyens à garder ses distances. Nishima jugeait indigne le comportement du Fils du Ciel ; pourtant elle ne pouvait rien y changer. Déjà l'impératrice s'était retirée de la fête, et l'empereur n'avait pas paru s'en apercevoir. Quelque part dans les vastes salles, Nishima avait vu la jeune danseuse Sonsa qui récemment encore ensorcelait l'empereur. Ce soir, pourtant, elle était totalement ignorée et avait l'air qu'on a habituellement en pareille circonstance. Accoudée à la balustrade, Nishima songeait avec nostalgie à la vie paisible menée par Okara. Si seulement…

De jeunes aristocrates se présentèrent aux juges éminents et proposèrent ce qu'ils avaient composé de tout meilleur. Les prix récompensant les lauréats allaient sans doute être généreux, aussi les invités à cette extrémité de la salle écoutaient-ils dans un silence religieux. Des notes de musique montaient vers Nishima, mais sans le pouvoir de lui faire oublier ses soucis qu'elles avaient d'ordinaire.

Dans la salle voisine, le Théâtre de la Voix de l'Eau, Chusa Seiki avait pris place au milieu d'un groupe de ses disciples les plus prometteurs et de quelques courtisans pour composer une suite de poèmes. Une coupe de vin avait été mise à flotter sur le courant d'un ruisseau artificiel et, au passage, chacun des participants la prenait, buvait et récitait un opuscule de trois vers qui se faisait l'écho des vers précédents, incluait une référence à une œuvre classique et ajoutait une touche d'originalité. On avait demandé à Nishima de se mêler aux poètes mais, voyant que le prince Nakaro était du nombre, elle avait poliment décliné l'invitation. En outre, elle avait l'esprit ailleurs et ne se sentait pas en état de faire honneur à sa réputation. La lumière tamisée du Théâtre de la Voix de l'Eau n'avait pas pour elle le charme qu'elle avait souvent.

Elle était sur le point de faire demi-tour et de rejoindre la foule quand elle entendit derrière elle une voix masculine.

« Le vent qui secoue
Votre shoji
Ne cherche que la chaleur de la lampe.
L'hiver fait place
À d'autres saisons.

» Merci pour la fleur de *shinta*, Votre Seigneurie.

— Ce n'est rien, général.

» Le vent à travers le shoji
Fait vaciller la lampe.
Je crains d'être laissée
Aux affres de la nuit obscure. »

Elle sentait sa présence derrière elle. Le Tigre était là dans l'obscurité. Sa respiration s'accéléra. Les nerfs dans son dos se mirent à vibrer comme si elle s'attendait à chaque seconde à être touchée.

« Je me souviens que nous avons parlé de gratitude », dit-il.

Nishima faillit se retourner et lui faire face, mais s'arrêta en chemin. « Peut-être la gratitude prend-elle des sens différents en différents milieux, général Katta.

— Pardonnez-moi, s'il vous plaît, je ne voulais pas suggérer ce à quoi vous semblez penser. C'est moi qui ai ressenti de la gratitude, et c'est moi qui en ressens encore. » Il marqua une pause comme pour écouter, et puis il murmura : « Je possède des renseignements susceptibles d'aider ceux qui cultivent la fleur de *shinta.* »

Nishima fit signe qu'elle avait compris sans cesser de regarder la scène en dessous.

Elle l'entendit battre en retraite vers les écrans qu'on avait ouverts. Un instant, elle resta immobile, rassemblant son courage, s'assurant que personne ne les regardait, puis elle sortit dans la clarté d'un croissant de lune. La nuit était fraîche. Des nuages aux contours indistincts traversaient le ciel, tantôt cachant le Verseau, tantôt un fragment de la lune ascendante. Personne d'autre ne s'était aventuré sur ce balcon, soit à cause de l'attrait de ce qui était proposé à l'intérieur, soit en raison du froid qui y régnait.

« Par ici, Votre Seigneurie. » La voix de Jaku jaillit de l'ombre sur sa gauche. Nishima vit seulement se découper la silhouette d'un homme de haute taille revêtu de l'uniforme noir de la garde impériale. Elle se dirigea de ce côté.

À l'extrémité de ce qui était un premier balcon, un petit escalier conduisait à un second, si ce dernier était exigu et retiré, sans doute relié à des appartements privés. Jaku s'y assit sur des nattes végétales, sa grande tenue de général déployée autour de lui en éventail. Le visage était visible dans la clarté de la lune, avec ses traits saillants, la moustache tombante, la lueur des yeux gris. Elle s'agenouilla face à lui sur les nattes.

« Vous m'honorez par cette marque de confiance, Votre Seigneurie.

» *Le shoji s'ouvre et*
La lumière au-dedans
Réchauffe jusqu'à la nuit.

— Vous disiez que vous aviez des informations susceptibles de bénéficier à ma maison, général ? »

Le Tigre noir acquiesça, surpris du calme de la jeune fille. « Oui, Votre Seigneurie, des informations de nature très sensible. » Il se leva brusquement, se dirigea vers l'écran qu'il ouvrit, pour ensuite examiner scrupuleusement l'intérieur. Satisfait de ce qu'il avait vu, il fit signe à Nishima de le suivre. Elle hésita, puis se leva et entra. Jaku ne referma pas entièrement le *shoji*. Ils restèrent à proximité de la porte, toujours éclairés par la lune.

« Mes informations concernent des plans qui touchent votre oncle, Votre Seigneurie. Je regrette seulement de ne pas les avoir reçues plus tôt. » Il marqua un temps d'arrêt comme s'il attendait une réaction, mais Nishima garda le silence.

« Je ne suis pas encore au courant de tout, mais il existe sûrement un complot dirigé contre votre oncle, qui trouve ses origines tout près du trône du Dragon. »

Nishima ne réagit toujours pas.

« Je prends de grands risques en vous disant cela. J'espère que vous y verrez le signe de ma bonne foi. » Les mots lui venaient difficilement, comme s'il n'était pas habituel pour lui d'être dans une situation où il lui fallait chercher à plaire à quelqu'un d'autre.

Nishima tira un éventail de sa manche mais, au lieu de l'ouvrir, elle se mit à en tapoter la paume de sa main. « Comme vous me l'annoncez, général Katta, je n'y vois rien de particulièrement nouveau. Avez-vous d'autres précisions ? »

Le Tigre noir ne répondit pas tout de suite, et Nishima réprima un petit sourire narquois. Oh ! pensa-t-elle, mon beau soldat, qu'attends-tu donc de ma part ? Que je me jette dans tes bras, éperdue de reconnaissance ?

« Davantage m'est venu aux oreilles, Votre Seigneurie, mais je souhaite m'assurer de la véracité de mes rapports. Je ne voudrais pas vous communiquer de fausses informations.

— Je transmettrai à mon oncle, bien qu'à cette heure il soit sans doute presque arrivé à Seh.

» *Encore une nuit chaude*
Où s'attarde l'automne.
Les épis dans le vent
Courbent la tête.

» La fleur de *shinta* craint aussi le froid, Katta-*sum*. Ce que vous m'avez dit a beaucoup d'importance pour moi, et je vous en suis reconnaissante. »

Le général se pencha vers la natte. C'était davantage qu'une courbette, si bien que, quand il se redressa, il se retrouva tout près d'elle. Il chercha ses lèvres et elle lui rendit son baiser, sans trop savoir pourquoi. Jaku alors voulut l'étreindre, mais elle s'esquiva sans peine et fut debout à la porte avant qu'il eût compris ce qu'elle avait fait. Elle s'arrêta un bref instant et dit calmement, de sa jolie voix pleine de chaleur :

« Nous ne pouvons nous montrer trop prudents, Katta-*sum*, vous le savez bien. Cependant, il nous faut trouver un moyen de parler davantage de la prospérité de la fleur de *shinta.* »

Se glissant par l'ouverture de l'écran, descendant l'escalier, Nishima s'aperçut qu'elle tremblait presque d'émotion et de tension nerveuse. Les questions lui venaient par centaines. Était-il possible que Jaku Katta transférât sa loyauté au service des Shonto ? Quel coup de théâtre ce serait !

Elle retourna s'intéresser aux distractions proposées et gagna sans effort une compétition de poésie. Beaucoup notèrent combien elle était en beauté ce soir-là, prête à rire de bon cœur, et ils furent émerveillés du charme de sa conversation. Parmi les dames de la cour, cela fournit matière à bien des suppositions.

Nishima avec une cuillère versa du thé dans un bol avant de l'offrir à sa cousine, ainsi que le protocole l'exigeait. Celle-ci commença par le refuser puis l'accepta à la seconde proposition.

Dans les appartements de Nishima, les deux femmes étaient assises à l'intérieur d'une petite pièce. Un brasero brûlait sous la table pour faire échec au courant d'air frais entrant par où l'on avait ouvert les deux écrans. La lune était près de se coucher, et les étoiles offraient un superbe spectacle. Un peu de brume flottait au-dehors, transformant en îlots noirs les arbres et les rochers.

« Je ne sais pas quoi faire, dit Kitsura. Je m'y attendais si peu. Qu'est-ce qui a bien pu passer par l'esprit de l'empereur ? Il ne peut tout de même pas s'imaginer que je vais accepter de devenir une deuxième épouse !

— Peut-être est-il temps pour l'impératrice de se retirer dans un monastère ? suggéra Nishima.

— Quand cela serait, je n'ai pas davantage envie d'être la première. » Kitsura avait l'air absolument désolée. La grimace qu'elle faisait déformait ses jolis traits. « Oh ! Nishi-*sum*, que dois-je faire ?

— C'est un véritable casse-tête. Si on avait pu prévoir, il aurait été possible de s'arranger pour éviter tout embarras. Mais à présent (elle secoua la tête), c'est devenu compliqué au point de défier peut-être la plus subtile des imaginations. »

Nishima paraissait ennuyée, et pourtant sa cousine ne pouvait s'empêcher de noter chez elle quelque chose de particulier, comme une vivacité plus marquée. La conversation avait beau être sérieuse, on s'attendait à tout moment à la voir sourire.

Un domestique, au bruit des voix, frappa à l'écran et apporta un message pour sa maîtresse. C'était une lettre sur du papier de riz gaufré d'un violet sombre. Elle avait été pliée avec soin, et l'on y avait joint un éventail fait des feuilles d'automne du ginkgo. Nishima la glissa dans la poche de sa manche, mais pas avant que Kitsura l'eût remarquée, ainsi que le sourire de plaisir sur le visage de sa compagne.

« Je vois que nous n'avons pas les mêmes problèmes, ma cousine », dit-elle sèchement.

Nishima se mit à rire mais ne fit aucun commentaire.

Plus tard, rendue à la solitude, elle examina le billet. Quelles ne furent pas sa surprise et sa déception quand elle découvrit qu'il n'était pas de la main de Jaku Katta ! Étonnée d'avoir un deuxième soupirant, et un homme dont elle n'avait aucune idée, elle donna plus de lumière et déplia la lettre sur la table. Cela venait de Tanaka ! On ne pouvait d'ordinaire se tromper à la vue de son élégant coup de pinceau, mais là cela partait dans tous les sens. Pour épaissir le mystère, deux pièces d'or sans estampille avaient été attachées au papier. Elle se pencha sur les petits idéogrammes et s'attaqua au travail compliqué qui consistait à déchiffrer l'un des codes des Shonto.

Quand elle eut achevé sa transposition, elle se redressa, l'œil hagard, soudain blême. « Que Botahara nous garde ! dit-elle à haute voix. Il est devenu fou. »

De l'or, et de l'or qui en secret voguait vers le nord ! Payait-on un tribut ? Achetait-on quelqu'un ? Réglait-on une dette ? Et qui recevait cela ? Qui l'empereur enrichissait-il dans son désir d'abattre les Shonto, car il ne faisait guère de doute que c'était le but recherché ? Elle se cacha les yeux comme si cela pouvait l'aider à deviner le sens de cette découverte, mais la tête lui tournait. Elle prit les pièces d'or et les frotta entre ses doigts comme si, par ce moyen, elle allait pouvoir percer le mystère de leur origine. Jaku allait-il pouvoir trouver à qui était destinée cette fortune ? Mais des gardes impériaux n'avaient-ils pas coopéré au transport ? Elle relut la lettre. Oui. Cela signifiait-il que Jaku jouait un rôle là-dedans ? En son cœur, elle espérait que non. Oh ! père, vers quel danger courez-vous ?

18

En tant que militaire, le seigneur Komawara n'aimait pas la position qu'il occupait. Son regard se porta sur les escarpements de granit qui bordaient la gorge de Denji, et il compta les archers qui avaient l'œil fixé sur les bateaux en dessous. Il songea : Nous sommes une proie facile.

Devant sa barge, les premières embarcations entraient dans les écluses. Il allait falloir compter trois jours pour que toute la flotte les franchît. Les Butto, après trois jours d'atermoiements, avaient finalement autorisé le gouverneur impérial et tous ceux qui l'accompagnaient à passer à travers leur territoire. Leur degré de suspicion avait surpris même Komawara, qui pourtant s'attendait à rencontrer des difficultés.

Depuis quatre jours, le jeune seigneur avait participé à de nombreuses réunions tenues par Shonto et ses conseillers militaires. Il y avait de quoi perdre la tête avec tous ces détails et les innombrables hypothèses auxquelles on se livrait. Les officiers qui entouraient Shonto n'en écartaient aucune. Quand Komawara se rappelait les commissions qu'il avait lui-même convoquées, cela le gênait de voir à quel point en comparaison les siennes semblaient manquer de sérieux. Il voyait bien que longtemps les Komawara avaient connu une situation plus facile. Maintenant qu'il s'était allié aux Shonto, tout serait différent. Il lui faudrait apprendre le plus possible de ces rencontres avec les hommes de Shonto Motoru. Ils commandaient le respect, et il se sentait fier de siéger parmi eux.

Il cessa de dénombrer les archers au sommet de l'escarpement ; il y en avait vraiment beaucoup, cela ne souffrait pas la discussion. La barge qui précédait la sienne et les trois bateaux qui suivaient entrèrent dans le bief d'amont. Ce n'était pas la première fois que

Komawara passait des écluses, mais il était toujours étonné par le déroulement des opérations, et son admiration pour les ingénieurs du passé qui avaient construit cela était toujours aussi grande. Ils savaient tant de choses, se disait-il. Aujourd'hui, on jugerait l'entreprise extrêmement difficile et d'une envergure à vous faire hésiter.

On passa les immenses portes de bronze. Leur épaisseur équivalait à la moitié de la largeur de sa barge. On voyait des soldats des Butto dans toutes les directions. Komawara se frappa la poitrine pour se rassurer au contact de l'armure, invisible sous la tunique. Il ne savait pas quel marché Shonto avait conclu avec les Butto mais, quelles qu'en fussent les clauses, il n'aurait pu s'en satisfaire. Il n'accordait sa confiance à aucune des deux familles impliquées dans la querelle, et ce n'était pas demain que cela changerait.

Les portes commencèrent à se refermer. Elles tournaient lentement sur des gonds énormes, leurs mécanismes cachés les faisant avancer centimètre par centimètre tandis que les éclusiers permettaient à l'eau d'inonder le dispositif commandant le mouvement des portes. Ce mouvement était si lent qu'on n'entendit rien quand elles se rejoignirent.

Autour de sa barge, l'eau se mit à tournoyer et à bouillonner. Le soleil illumina l'écume courant à la surface et, presque imperceptiblement, les barges commencèrent à s'élever. Trois des gardes de Komawara se rapprochèrent de lui pour le protéger des flèches des Butto tandis que son embarcation semblait monter vers eux.

Je ne les intéresse pas, se dit le jeune homme, avant de comprendre qu'en tant qu'allié des Shonto sa place dans le monde avait changé de sens. Il décida donc de rester sur le pont. Nous faisons partie du convoi du gouverneur de Seh. Nous voyageons sur la grande voie navigable de l'empire, où chacun a droit à la protection du Fils du Ciel. Ce à quoi ces familles se livrent ici est contraire aux lois du pouvoir central et ne saurait être toléré. Il consolida son assiette pour se garantir du mouvement du navire, se croisa les bras et regarda droit dans les yeux les archers au sommet des abrupts.

L'eau se calma, et les portes du bief d'aval amorcèrent leur mouvement d'ouverture. Les barges avancèrent, tirées par des attelages de bœufs, et le processus se répéta. Enfin la barge de Komawara glissa sous la passerelle qui surplombait le vide séparant les terres des Butto de leurs positions dans le fief des Hajiwara. Les hautes parois de la gorge de Denji s'écartèrent autour d'eux tandis qu'ils pénétraient dans le lac des Sept Maîtres, ainsi nommé à cause des sculptures géantes de Botahara gravées dans la pierre. On en voyait deux maintenant : un Botahara assis et le Maître parfait dans une attitude de méditation.

Komawara se demandait ce que le frère Shuyun aurait pu lui apprendre sur ces énormes figures, car leur histoire était obscurcie tant par les racontars que par le temps. On disait que les statues avaient été sculptées au cours des deux cents années qui avaient suivi la mort de Botahara, par une secte ésotérique qui plus tard avait sombré durant les guerres des Temples. Cela se passait avant que l'empereur Chonso-sa eût soumis les sectes botahistes et leur eût interdit de jamais porter les armes.

Bizarre, se dit Komawara, ces adeptes du Maître parfait qui faisaient la guerre à travers tout l'empire, alors que leur religion leur interdisait d'attenter à la vie d'autrui, sauf dans les cas les plus incontestables de légitime défense. Ils parvenaient à justifier leurs actes d'une manière ou d'une autre, c'est vrai, bien que selon les historiens cela se fût ramené à une lutte pour le pouvoir, tout comme la querelle déraisonnable à laquelle ils étaient confrontés n'avait d'autre cause que le désir d'asseoir une suprématie.

L'équipage se mit en place, et de grands coups de rame fit bondir l'embarcation. Les sept rihs qui les séparaient du lieu de mouillage près de l'extrémité nord du lac furent couverts rapidement, encore que, lorsque le bateau de Komawara toucha terre, le soleil eût décliné suffisamment pour que la barge fût couverte de l'ombre de l'à-pic de l'ouest.

Une statue de Botahara jugée contraire à l'orthodoxie dominait la partie de la paroi surmontant leur point d'ancrage. Elle représentait le Maître parfait en pleine félicité conjugale avec sa jeune épouse, si les deux têtes avaient été grattées plus de mille ans auparavant. Ce qui restait produisait un effet des plus étranges : deux corps anonymes faits de pierre dure s'enlaçaient dans une étreinte passionnée ; cependant, là où des visages auraient dû apparaître avec des signes d'extase, le mur gris n'offrait que le néant. C'était comme si l'acte d'amour lui-même avait été rendu impersonnel, exécuté par le corps indépendamment de l'esprit. D'une certaine façon, pensa Komawara, cette représentation est plus obscène que tous les dessins érotiques que j'ai jamais vus. C'est de l'amour sans rien d'humain. Il hocha la tête, mais sans détourner les yeux.

Non loin de la barge qui transportait le seigneur Komawara, de la province de Seh, le frère initié Shuyun, debout sur le pont d'une embarcation du même genre, contemplait les mêmes statues. Ces reliefs sur la pierre prenaient à ses yeux un sens complètement différent. Ils parlaient d'un schisme qu'avait connu la congrégation botahiste à propos de sa doctrine fondamentale. Avant le grattage, la sculpture avait représenté le Sage entre les sages dans l'acte d'amour, avec la lumière de l'Illumination rayonnant sur son visage. Botahara goûtant les plaisirs de la chair après avoir connu l'Illumination. Quelle hérésie !

Dans cette même vallée, en des temps reculés, une secte qui s'était crue fidèle à la pensée du Maître parfait avait mis en pratique sa théorie d'un Sentier octuple, où l'enivrement des sens était considéré comme la huitième voie d'accès à l'illumination.

Les histoires de la religion botahiste racontaient comment des adeptes du Véritable Sentier, animés d'un zèle trop ardent, avaient anéanti les hérétiques au terme d'un long siège. Cette initiative avait provoqué un conflit ouvert entre la congrégation et l'empereur Chonso-sa, qui n'avait pas compris que cet anéantissement n'était pas le fait de l'ensemble des moines mais d'un petit nombre de leurs fidèles.

Nous avons survécu à bien des périodes difficiles, se dit Shuyun, mais Botahara nous a appris que le Véritable Sentier regorge d'obstacles et d'illusions.

Tout cela faisait partie de l'enseignement reçu par Shuyun. Seulement maintenant, après les confidences de la novice Tesseko, il lui venait à l'esprit que cet enseignement pouvait ne pas correspondre à une vérité d'inspiration divine. Seulement maintenant, il entrevoyait la possibilité d'un élément d'intérêt égoïste dans les buts poursuivis par son ordre.

Une fois nanti d'une information, l'esprit capable de résoudre le problème de Soto ne pouvait pas facilement être empêché de voir où elle menait. Le seigneur Botahara avait recherché la vérité avant toute chose, et cela lui avait valu d'encourir le déplaisir des chefs religieux de son temps. En tant qu'adepte de la doctrine de l'Illuminé, Shuyun se demandait s'il pouvait se montrer plus accommodant face aux exigences de la vérité.

Il se tourna vers les deux statues au-dessus de lui, unies dans une étreinte qu'aucun frère ne connaîtrait jamais, et les pensées qu'elles suscitèrent l'émurent d'une manière à laquelle il avait toujours résisté, aidé de toute la discipline qui lui avait été enseignée. Cette fois pourtant, ces pensées refusèrent de le laisser en paix.

Ce n'étaient pas des questions d'histoire ou de doctrine religieuse qui agitaient un Shonto ne pouvant détacher son regard de ces amoureux aux ébats fixés dans la pierre, mais les soldats des Hajiwara debout dans les ouvertures pratiquées dans les reliefs de granit. Il frappa dans ses mains, et aussitôt un garde parut qui s'agenouilla devant lui. « Je désire parler à mon conseiller spirituel », dit-il. Le garde s'inclina et disparut.

Sous les yeux du seigneur, on débarquait des soldats portant la livrée de sa maison sur le banc de sable auprès duquel ses bateaux avaient jeté l'ancre. C'était l'un des rares endroits dans le défilé où pareil débarquement pouvait s'effectuer, tant les parois semblaient jaillir de la surface même du lac. Au-delà du sable et des broussailles qui s'y étaient accrochées, les escarpements montaient jusqu'à cinquante fois la hauteur d'un homme, défiant le pic et la pioche et impossibles à escalader. Pourtant Shonto jugeait prudent de s'assurer le contrôle de cette plage, afin qu'elle ne serve pas aux Hajiwara de nid d'espions ou de terrain d'embuscade. Il attendait le rapport du détachement débarqué aussitôt qu'il se serait rendu maître de la zone.

Il leva les yeux à nouveau et aperçut deux soldats Hajiwara à une sorte de sombre fenêtre percée dans la roche, le doigt tendu dans la direction de la plage. Oui, se dit-il, ils voient tout ce que nous faisons… mais de jour seulement. Nous n'y pouvons rien. Grâce soit rendue aux dieux qui ont conçu l'obscurité !

Shuyun monta les marches donnant accès à l'arrière du bateau et alla jusqu'à Shonto entre deux rangées de gardes baissant la tête.

Il s'agenouilla en présence de son seigneur, s'inclina par deux fois comme il en avait l'habitude et attendit.

Shonto regarda ce jeune homme à genoux devant lui. « Ainsi nous avons franchi le premier obstacle, dit-il, négligeant toute formalité.

— C'est conforme à ce que prévoyaient vos conseillers. Les Butto, quels que soient leurs plans, devaient nous laisser entrer dans la gorge de Denji. C'était le seul moyen de s'assurer que vous ne pourriez leur échapper.

— Vous êtes donc bien d'accord pour reconnaître qu'il s'agit véritablement d'un piège, dont nous ne sommes pas censés sortir indemnes ?

— Oui, monseigneur », répondit Shuyun sans se troubler.

Shonto se tourna vers les statues de pierre. « Parlez-moi de ces lucarnes dans les corps de ces amoureux sans visage. »

Le moine ne s'exécuta pas tout de suite. Il commença par regarder la roche comme si la réponse pouvait y être inscrite. « Plusieurs des statues que l'on voit ici servaient aussi de lieux de culte aux adeptes du Sentier Octuple. Derrière elles se trouvaient des galeries et des cavités où l'on pouvait à la fois vivre et prier. C'était une manière efficace de se protéger d'un ennemi. Les fenêtres que nous voyons ne sont effectivement rien d'autre que des fenêtres, des orifices permettant d'entrer à l'air et à la lumière. Les jours de fête, on décorait les statues d'étoffes de pourpre et d'or qu'on mettait en place en les suspendant du haut de ces fenêtres. Parfois, il y avait aussi de petites corniches utilisables pour les mêmes besoins, mais c'est si loin qu'il risque de n'en plus rester grand-chose.

— Oui », dit Shonto. Il se frotta le menton distraitement. « Où sont les entrées ?

— D'ordinaire, il n'y en avait qu'une. » Shuyun montra le sommet de l'abrupt. « Il existe des marches sur la paroi même. Elles sont étroites et donnent accès à une porte tout aussi exiguë. Bien au-dessus de la porte, on voit un orifice assez grand pour permettre de verser des liquides bouillants. C'était un accès facile à défendre. »

Shonto y réfléchit un instant. « Comment puisaient-ils leur eau ?

— Ils creusaient un puits plus bas que la surface du lac, qui ensuite était relié à celui-ci. On a émis beaucoup d'hypothèses sur la façon dont c'était fait, mais aujourd'hui encore cela reste un des secrets de la secte. Je ne connais pas d'autre moyen qu'ils aient eu de se procurer de l'eau, aussi était-il essentiel pour eux qu'on ne coupe pas cet approvisionnement.

— Ils prévoyaient tout.

— C'était une époque dangereuse, monseigneur. »

Shonto acquiesça. « Cela n'a pas beaucoup changé. Merci de vos renseignements. Je convoquerai mon conseil à la nuit tombée. Nous serions heureux si vous pouviez vous joindre à nous, frère Shuyun. »

Le moine botahiste salua et se retira à reculons, laissant son seigneur à la protection de ses gardes et à… la solitude.

19

Suspendues à des chaînes de bronze, des lampes se balançaient d'un mouvement presque imperceptible tandis que le bateau roulait sur une eau calme. Les neuf généraux de Shonto les plus anciens dans leur grade avaient pris place en bon ordre devant une estrade dressée dans une cabine de l'entrepont. À gauche de cette estrade, le frère Shuyun ; à droite, Kamu et le seigneur Komawara.

Dans l'attente, chacun se taisait et personne même ne bougeait. Ils regardaient fixement devant eux le coussin de soie, l'accoudoir, le support de l'épée de Shonto qui avaient été placés sur l'estrade. Par un hublot laissé ouvert leur parvenait le clapotis de l'eau battant les bordages. Un léger courant d'air faisait vaciller la flamme des lampes. Tous s'abandonnaient à leurs réflexions, tous étaient à la recherche de solutions pour se tirer d'affaire.

Tout à coup un écran à droite glissa, laissant passer deux des gardes de la personne de Shonto qui s'inclinèrent très bas. Les membres du conseil en firent autant et restèrent dans la même position jusqu'à ce que leur seigneur fût entré et assis. Un garde se précipita pour placer l'épée de Shonto sur son support.

Les généraux se redressèrent, dans l'attente de ce qui allait venir, mais Shonto resta muet. Il paraissait perdu dans ses pensées sans prêter attention aux gens qui l'entouraient. Il ne changea pas d'attitude une heure durant. Pendant ce temps, personne ne bougea le petit doigt, ne s'éclaircit la gorge, ne rechercha une position plus confortable. Les lampes continuèrent à osciller, l'eau persista dans son clapotis. Enfin Shonto se tourna vers son intendant. « J'attends un rapport sur notre situation aux écluses des Butto. »

Kamu s'inclina très vite. « Nos troupes et notre état-major ont tous passé les écluses, monseigneur. Les dernières des barges qui les transportent à l'heure qu'il est remontent le lac. Parmi les embarcations qui restent en arrière, trente peut-être, aucune n'est essentielle aux buts que nous poursuivons. » Kamu marqua une pause pour rassembler ses idées. « Les Butto ne savent toujours pas si vous leur avez échappé ou non, bien que maintenant ils doivent se douter que c'est chose faite. Le nombre des personnes qui voyagent dans notre flotte et l'utilisation de barges semblables ont beaucoup compliqué leur tâche.

» Notre information sur les Butto s'est révélée exacte. Le père est âgé et ne joue plus aucun rôle dans l'administration de son fief. Des deux fils, le plus jeune est quelqu'un de fort, tandis que le plus vieux est un faible. Cela n'empêche pas qu'il n'existe aucune dissension dans leur état-major. Tout le monde soutient le frère cadet, ce qui prouve qu'ils ne sont pas exempts de sagesse. On dit, avec raison je pense, que l'aîné n'est pas satisfait du rôle qui lui est dévolu. Mais il ne semble pas qu'il puisse se laisser troubler par les intrigues des Hajiwara contre son frère : il partage la haine des Butto pour la maison Hajiwara.

» Les Butto ne révèlent rien de leurs véritables intentions à votre égard, monseigneur, mais vous ne vous trompiez pas : quels que soient leurs projets concernant le Shonto, ce sont les Hajiwara qu'ils haïssent comme la peste. Il s'ensuit que leur coopération ne peut venir que de là. »

Shonto acquiesça, et de nouveau le silence régna à l'intérieur de la cabine. « Général Hojo Masakada, comment se sont passées vos négociations avec les Hajiwara ? »

Le général, un homme de l'âge de Shonto bien que prématurément grisonnant, s'inclina devant son seigneur. « En ce jour, j'ai présenté une requête afin qu'il soit permis au représentant accrédité de l'empereur pour la province de Seh d'accéder à la partie haute du Grand Canal. Les Hajiwara m'ont répondu qu'ils étaient prêts à faire droit à ma demande mais que, en raison du caractère particulier de la conjoncture actuelle, ils voulaient s'entretenir personnellement avec le seigneur Shonto. Ils insistent pour que la rencontre ait lieu sur leur territoire, ce qui est légitime, étant donnée la situation. Je leur ai fait valoir que le seigneur Shonto était actuellement souffrant et soigné par le frère Shuyun. Le délégué des

Hajiwara a exprimé sa sympathie et s'est retiré pour en informer son seigneur. Nous n'avons pas encore leur réponse.

» Tous les témoignages confirment ce que nous savions déjà, c'est-à-dire que ce seigneur Hajiwara, monseigneur, ne vaut pas son père. On rapporte qu'il mène bien ses hommes à la bataille, mais il est sourd aux avis de ses conseillers et ne s'entend guère aux affaires d'État.

» À en croire nos espions, toute personne qui franchit les écluses des Hajiwara est examinée par deux experts qui ont déjà rencontré le seigneur Shonto. Toutes les embarcations sont fouillées minutieusement. Ils semblent se demander si le seigneur Shonto n'a pas subrepticement quitté sa flottille. Cela paraît indiquer qu'ils n'ont personne pour nous espionner au cœur de notre dispositif. »

Shonto secoua la tête. « Donc, dit-il, ils n'osent pas commettre d'erreur, laisser filer le seigneur des Shonto alors qu'ils s'en prennent à des voyageurs innocents sur une voie navigable de l'empire. » Il secoua encore la tête. « Ce serait désastreux, reprit-il, l'empereur courrait le risque d'une guerre ouverte avec les grandes familles, et c'est précisément ce qu'il redoute.

— Apparemment, c'est bien ainsi que la situation se présente, dit le général Hojo. L'empereur a fait un choix judicieux. On trouverait difficilement dans tout Wa quelqu'un d'autre assez fou pour ouvertement affronter le Shonto. Le Hajiwara ne comprend-il pas ce à quoi il s'expose ? Ne voit-il pas que l'empereur sera contraint de réagir ? »

Shonto haussa les épaules. « L'empereur sait se montrer convaincant quand il le faut. Je suis sûr que ce Hajiwara n'a pas tenu compte de l'opinion de ses conseillers et, en fait de sagesse, n'a écouté que ses désirs. »

S'inclinant très bas, un autre général intervint. « Excusez-moi, monseigneur, mais je trouve qu'il y a un risque à supposer l'empereur et nul autre à l'origine de cette situation. »

Shonto le dévisagea d'un œil froid. « Qui donc alors ? »

Le général secoua la tête. « Toute personne qui serait jalouse du Shonto.

— À supposer que je succombe aux menées d'une autre maison, le Fils du Ciel n'aurait d'autre choix que de l'anéantir. Ce serait la seule façon pour lui de se dissocier de ses actes. Il craint de passer pour le prédateur, pour un homme qui s'en prend aux gens qu'il n'aime pas. Il sait que cela le conduirait à sa ruine. Les grandes maisons de l'empire n'ont jamais permis à un souverain de ce genre de se maintenir sur le trône. L'histoire nous l'apprend. Je vous le demande alors : qui, si ce n'est un fou, choisirait de nous attaquer, sachant que le Fils du Ciel, indépendamment de tout accord secret, serait réduit à l'éliminer ? »

Le général ne sut que répondre.

Shuyun s'inclina aussitôt. « Une famille qui pense pouvoir se débarrasser du Shonto et du même coup soulever les grandes maisons contre l'empereur. »

Le visage de Shonto marqua de la surprise quand il se tourna vers son conseiller spirituel. Il acquiesça d'un mouvement de tête qui exprimait comme de la déférence. « Ah oui, c'est vrai, mon frère, mais ni les Hajiwara ni les Butto ne pourraient regrouper les grandes familles autour d'eux. Ils n'en ont pas les moyens.

— C'est vrai, seigneur Shonto, mais ne pourraient-ils pas travailler pour une autre maison ? Ils en récolteraient un beau bénéfice.

— Qui aurait cette audace ?

— Les Senji peut-être. Les Minikama.

— Les Tora, suggéra le général Hojo. Ils estiment avoir autant de droits au trône que les Yamaku.

— Le Tigre noir », dit Kamu. Ses traits se contractèrent comme sous l'effet d'une brusque prémonition.

« Jaku Katta ne pourrait jamais s'asseoir sur le trône du Dragon, protesta Shonto. Ce n'est pas possible. Il lui manque le sang… » Il s'arrêta au milieu de sa phrase et se tourna vers un garde. « Préparez le plus rapide de nos bateaux pour un retour à la capitale. Tout de suite ! Appelez mon secrétaire. Non. Apportez-moi du papier et un pinceau. »

Kamu s'inclina de nouveau. « Seigneur Shonto, pareil retour ne pourrait qu'alerter nos ennemis. Tant qu'ils ne se doutent pas que nous connaissons leur secret dessein, la force est de notre côté. » Il citait Soto, le maître de *gii*.

Shonto s'insurgea. « Mais Dame Nishima doit être informée. Si ce que vous dites est vrai, elle court un grand danger. Il ne faut pas laisser Jaku se servir d'elle pour s'emparer du trône. Selon toute vraisemblance, il échouerait, et Dame Nishima en paierait le prix. » Une princesse du sang, se dit-il, quel butin pour cet aventurier ! Il se maudit d'avoir caché à Nishima la nature de ses pensées concernant l'incident du jardin. C'était faire preuve d'une précaution excessive.

« Pourtant, monseigneur, intervint Komawara, parlant pour la première fois, votre chute doit précéder toute tentative de la part de Jaku, et pour l'instant l'hypothèse est exclue. »

Shonto acquiesça. « Tandis que si je n'en réchappe pas, Jaku soulèvera mes alliés contre son empereur. » Il ferma les yeux. « Cet homme dont on croit que récemment il m'a sauvé la vie, ce qui lui a sûrement valu la reconnaissance de mes amis, sans parler de celle de ma fille. Je l'ai complètement sous-estimé. » Il frappa du poing sur son accoudoir. « Mais peut-on vraiment l'envisager ?

— Tout à fait, monseigneur, dit Kamu sans s'émouvoir. Et, si c'est quelqu'un d'autre qui bouge les pièces, vraisemblablement le jeu reste le même.

— En ce cas, je me range à votre avis, conclut Shonto avec un geste d'approbation à l'adresse de tout son public. Je vais envoyer un message codé par l'intermédiaire des courriers impériaux, adressé à un ami. Dame Nishima en aura connaissance dans moins de trois jours. Je tiendrai jusque-là. » Il sonda ses auditeurs. « En attendant, il nous faut trouver le moyen de nous en tirer. » Ses yeux firent le tour des parois de la cabine, comme si c'étaient celles de la gorge de Denji. Silence. Nul n'ouvrit la bouche.

La citation que Kamu avait faite du maître de *gii* ramena Shonto à la maison près du lac, à la paix qu'il y avait trouvée et à la conversation sereine qu'ils y avaient eue.

« Nous devons les obliger à se découvrir, à quitter l'abri de leur forteresse, dit-il calmement. Nous devons leur proposer un sacrifice. »

Kamu se pencha vers lui. « Comment cela, monseigneur ?

— C'est l'évidence même. Nos forces sont réduites, leurs positions sont fortes. Pour les sortir de leurs défenses, il nous faut leur proposer quelque chose qu'ils ne pourront pas refuser.

— Mais quoi ? demanda Kamu.

— Eux-mêmes, décida Shuyun. Offrir l'un à l'autre et réciproquement. »

Pour la première fois depuis son entrée, Shonto esquissa un sourire. « Bien sûr. » Sa main se crispa sur son accoudoir. « Nous allons proposer aux Butto de leur livrer leurs ennemis mortels, les Hajiwara, et aux Hajiwara de leur donner les Butto. On pourra aussi faire croire à chacune des deux maisons qu'elle va triompher du Shonto, pris au piège et sans défense au fond de la gorge de Denji. Ainsi elle élimine sa rivale et capture le Shonto pour ceux dont elle sert les intérêts – si c'est bien là le jeu auquel ils jouent.

» Deux choses me paraissent importantes : d'une part, nos propositions doivent être inattaquables et parfaitement crédibles ; de l'autre, il nous faut trouver le moyen de sortir de ce trou. Shuyun, comment a-t-on fait pour réduire les sectes dans ces temples ?

— La faim, monseigneur.

— Tactique admirable, mais le temps nous manque pour l'appliquer.

— Nous devons escalader les statues pour arriver jusqu'aux fenêtres, seigneur Shonto, dit Shuyun. Il n'y a pas d'autre solution.

— Que proposez-vous pour y parvenir ? »

Shuyun s'inclina brièvement, et Shonto fut enclin à le croire entré en transe, la transe du méditant, comme il l'avait vu faire chez Myochin Eku. « J'ai pris la liberté, dit le moine, d'examiner les sculptures sur la paroi, sans me rapprocher trop pour ne pas éveiller les soupçons. La partie basse, qui fait dix fois la hauteur d'un homme, est infranchissable ; il nous faudra trouver le moyen de hisser quelqu'un au-dessus. Une fois sur les statues, on doit pouvoir découvrir des fissures et des endroits où la pierre s'est fendue. Une escalade paraît possible jusqu'à l'un des orifices les plus bas. Tout doit être fait dans la plus parfaite discrétion, les gardes mis hors d'état de nuire sans un bruit. Si tout se passe de la manière dont je le présente, le chemin nous est ouvert du terrain plat à l'intérieur des défenses Hajiwara. » Shuyun s'inclina.

Les généraux échangèrent un regard. Le plus haut dans la hiérarchie, Hojo Masakada, sans qu'il fût besoin de se consulter, fut choisi pour être leur porte-parole. « Monseigneur, le plan est hardi et mérite considération, mais il comporte quelques faiblesses.

L'ascension devrait être faite de nuit, ce qui la rend quasi impossible. Si ceux qui en sont chargés sont découverts, c'est la ruine de tout autre projet, les Hajiwara ne seront pas pris de court deux fois de suite. Le plan auquel nous nous arrêterons ne doit pas avoir de maillon aussi faible. Et puis il y a l'ascension proprement dite. Qui parmi nous possède la technique nécessaire à pareille escalade ?

— Moi, général, dit Shuyun. Je m'offre à le faire.

— Vous ne le feriez pas seul, mon frère, dit Komawara. Je vous accompagnerais.

— J'applaudis à votre courage, frère Shuyun, seigneur Komawara, et je ne le mets nullement en doute. Mais les conséquences d'un échec ne se limiteraient pas à vous seuls. Votre chute précipiterait celle de tous. »

Shonto examina les visages de ses officiers. Il lut dans leurs yeux une opposition, le désir de résister à ce nouveau conseiller. Je ne veux pas de cela, se dit-il. Ils craignent de paraître en savoir moins que ce néophyte, ce blanc-bec. Il se tourna vers Shuyun.

« Pourriez-vous escalader cette paroi, mon frère ? »

La réponse du moine fut donnée d'une voix si tranquille que les autres durent se pencher pour entendre. « J'ai été formé par les botahistes, dit-il.

— Oui, fit Shonto en hochant la tête. Je sais. J'ai vu. » Il se retourna vers ses généraux et, d'un débit rapide : « Nous devons extraire les Hajiwara de leurs positions défensives ; il faudra alors qu'ils trouvent l'armée du Shonto sur leurs arrières. Nous aurons besoin de l'appui des Butto ; je suis sûr que c'est dans nos moyens. Mais d'abord sortir de la gorge de Denji. »

Il se leva d'un bond. Un garde se précipita pour prendre son épée.

« J'entendrai à mon retour les solutions que vous formulerez de nature à se substituer aux suggestions du frère Shuyun. »

L'écran se referma derrière lui et le silence revint dans la cabine. Au plafond, les lampes se balançaient. L'eau léchait la coque.

20

La demeure de Butto Joda se situait sur une hauteur d'où la vue s'offrait largement à l'ouest sur les pentes qui descendaient vers la gorge de Denji. Ce n'était pas une coïncidence si cette situation permettait aussi de distinguer très clairement les terres des Hajiwara. Les défenses autour de la maison avaient été conçues et bâties pour garantir un maximum d'efficacité et correspondaient à ce qui se faisait de plus moderne. Pourtant on n'avait pas totalement négligé les considérations d'esthétique. Palissades et tours étaient du matériau le plus beau qu'on pût trouver dans le pays, et l'architecte avait construit dans le style majestueux de la période Mori.

Kamu monta les marches d'une haute tour accompagné des gardes des Butto. On avait beaucoup parlementé avant cette rencontre avec Butto Joda, le fils cadet du seigneur Butto Taga, car Kamu avait insisté pour qu'elle eût lieu en privé, loin des regards inquisiteurs du frère aîné de Joda.

Une journée avait été gâchée à discuter de ces arrangements, et Kamu savait qu'il n'avait plus de temps à perdre. L'appât devait être tendu et le Butto y mordre sans délai aucun. En apparence, Kamu gardait le calme qu'on attendait d'un homme qui avait participé à de nombreux combats. Pourtant cette sérénité était de façade. Trop de choses dépendaient de l'entrevue à venir – à vrai dire tout.

En haut de l'escalier, des gardes étaient placés devant de vastes écrans peints montrant les armées des Butto triomphant de leurs ennemis. Ces gardes s'inclinèrent bien bas pour témoigner leur respect à l'émissaire du grand seigneur Shonto Motoru, mais aussi pour honorer Tenge Kamu, le célèbre guerrier.

Les écrans s'écartèrent, révélant la présence du seigneur Butto Joda, assis sur une estrade à l'extrémité d'une salle d'audience de modestes proportions. À son entrée dans la salle, Kamu s'agenouilla et s'inclina avec respect. Le noble seigneur signifia qu'il l'avait bien vu. À nouveau, Kamu fut décontenancé par son aspect juvénile. Même le jeune Komawara paraissait plus âgé que ce godelureau, et pourtant Butto Joda ne devait pas être pris à la légère. Cela faisait trois ans qu'il menait les combats contre les Hajiwara, et la maison de ces Hajiwara avait à sa tête un homme deux fois plus âgé que lui.

« C'est un honneur pour moi de vous recevoir aussi tôt une deuxième fois, Kamu-*sum*. J'attends beaucoup de cette conversation en tête-à-tête. Dites-moi, est-ce que l'état de votre maître s'est amélioré ?

— Je vous remercie de vos bonnes paroles, dit Kamu, en mon nom et au nom de la maison à laquelle j'appartiens. Le seigneur Shonto se rétablit rapidement et regrette de ne pouvoir vous rencontrer personnellement. Son souhait était de présenter ses devoirs à son vieil ami, votre honoré père. Puis-je vous demander comment il se porte ?

— Le seigneur Butto sera très heureux de savoir que vous vous inquiétez aussi aimablement de sa santé. Il reprend des forces, et j'espère que bientôt il retrouvera sa place dans nos conseils, place que j'occupe parce qu'il le souhaite et jusqu'à sa complète guérison. »

Les demandes polies s'enchaînèrent, aussi longtemps que l'hôte de Kamu n'eut pas jugé le moment venu de passer à un autre sujet.

« Y a-t-il un problème à propos duquel le seigneur Shonto vous ait donné ordre de communiquer son sentiment à mon père ? Si c'est le cas, je me ferai un plaisir de transmettre cela moi-même.

— Vous êtes très perspicace, seigneur Butto, car effectivement mon maître sollicite le bénéfice d'un conseil dans une affaire qu'il juge des plus délicates.

— Je vous en prie, Kamu-*sum*, vous satisfaire serait un honneur, bien qu'il soit difficile pour moi d'imaginer un seigneur aussi réputé que le seigneur Shonto demandant notre humble avis. Poursuivez, s'il vous plaît.

— Comme je vous l'ai dit, le sujet est très sensible, et le seigneur Shonto n'en parlerait pas s'il ne prenait de l'importance en raison de la conjoncture actuelle. » Kamu marqua une pause comme si ce qu'il s'apprêtait à confier l'embarrassait au plus haut point. « Le problème à propos duquel mon maître désire votre avis est né de ses rapports avec vos proches voisins, les Hajiwara.

— Ah ! fit le jeune noble comme s'il était surpris mais comprenait.

— Je ne sais trop comment exprimer cela, seigneur Butto. Je ne voudrais pas que mes paroles eussent l'air de vouloir porter atteinte à l'honorabilité d'une famille à laquelle vous êtes liés sans doute depuis des générations.

— Je vous suis, Kamu-*sum*, mais les Shonto aussi sont nos amis et, je vous en prie... parlez comme si vous étiez dans le secret de vos appartements. »

Kamu remercia en s'inclinant. « Je suis honoré que vous considériez les Shonto comme vos amis, car le seigneur Shonto lui aussi vous regarde comme tels. » Il eut un sourire chaleureux à l'adresse du jouvenceau. Oh ! mais il est doué ! pensa-t-il. Dix-huit ans, et voyez comme il parle ! Dix de plus, et il faudra compter avec lui. « Il nous est apparu, aussi brève que soit notre présence ici, que les Hajiwara se sont arrogé des pouvoirs qui sont strictement et exclusivement du domaine de notre empereur révéré. Il n'est guère utile que je vous les précise, seigneur Butto, car chacun sait que les Hajiwara pour leur seul bénéfice exercent un contrôle sur la navigation dans une voie impériale. En tant que représentant de l'empereur, le seigneur Shonto est très préoccupé par cette situation. »

Le jeune homme hocha la tête en écoutant Kamu. Il laissa voir un front soucieux. « Pour cette raison, et pour d'autres aussi, ma maison depuis bien longtemps est en désaccord avec les Hajiwara et, même, je dois vous dire entre amis que ce n'est que le dernier en date d'une longue série d'agissements semblables à mettre au passif de ces gens-là.

— Ah ! seigneur Butto, se peut-il que vous partagiez les inquiétudes que cause au seigneur Shonto pareil état de choses ?

— J'hésite à parler au nom de mon estimé père, mais je crois pouvoir affirmer que cette situation est ressentie comme un outrage par plus d'une grande maison de cette province, attachée davantage au Fils du Ciel qu'à ses profits particuliers.

— Que faut-il penser du gouverneur ? »

Butto Joda éclata de rire. « Pardonnez cette gaieté intempestive, Kamu-*sum*. Comme vous le savez sans doute, le gouverneur de la province d'Itsa est le gendre du seigneur Hajiwara. Il ne saurait aller contre les visées de son beau-père. » Cela dit avec une pointe d'aigreur.

« Je ne m'exprimerais pas partout avec la même franchise, seigneur Butto, mais l'empereur ne s'est pas intéressé d'assez près aux difficultés que vous rencontrez en Itsa. »

Le jeune homme acquiesça silencieusement. Kamu hésita avant de reprendre la parole.

« Il semble qu'un représentant du pouvoir central se doive de traiter ce problème, et sans délai. » En disant cela, il observa avec soin le visage de son interlocuteur. Celui-ci réagit immédiatement.

« Comment s'y prendre, Kamu-*sum* ? »

Oui, pensa le vieux guerrier, il est intéressé, mais aura-t-il le courage nécessaire ? « Selon certains des membres du conseil du seigneur Shonto, les agissements des Hajiwara transgressent les lois en vigueur dans Wa et sont donc passibles d'une sanction. Le gouverneur de la province, représentant de l'empereur, a failli aux obligations qu'il a souscrites en permettant à la famille de sa femme de bafouer les édits qui régissent la circulation sur le canal. Il peut donc s'avérer nécessaire que quelqu'un d'autre les fasse respecter à sa place.

— Ce que vous dites est sage, Kamu-*sum*, mais le gouverneur malgré tout reste le délégué du pouvoir. S'opposer à lui, c'est braver l'empereur.

— C'est vrai, seigneur Butto, mais il n'est pas nécessaire de s'opposer au gouverneur. Faire son travail, c'est tout ce que je suggère. J'ajouterai qu'un autre représentant de l'empereur pourrait prendre l'initiative en cette affaire, montrant ainsi au Fils du Ciel qu'il ne s'agit pas d'une simple jalousie entre familles rivales.

— Ce que vous me dites sans aucun doute intéresserait mon père mais, avant que j'aille le trouver pour lui faire part de vos suggestions, permettez-moi de me demander où l'on pourrait mettre la main sur ce représentant de l'empereur désireux d'agir. La seule personne dans toute Itsa qui corresponde à cette définition, c'est le seigneur Shonto, et sa flotte n'est-elle pas dans la gorge de Denji, prisonnière de la famille même dont nous évoquons les méfaits ?

— Le seigneur Shonto est gouverneur impérial. Il est libre de ses mouvements.

— Ah ! je me suis donc trompé. Je croyais que les Hajiwara... empêchaient le seigneur Shonto de poursuivre son chemin vers le nord. »

Kamu mit une main sur son menton pour considérer chacun de ces mots. « "Empêcher" me paraît justifié, seigneur Butto, mais mon maître est un homme plein de ressources, et il a trouvé le moyen de se sortir de ce mauvais pas.

— Je suis très heureux de l'entendre. Continuera-t-il bientôt sa route ?

— Pas avant, dit Kamu, d'avoir réglé le problème à son entière satisfaction.

— Puis-je vous demander comment il va s'y prendre ? J'ai passé toute ma vie près de la gorge de Denji, et j'admets ne pas voir comment mener cela à bien. »

Kamu posa les mains sur ses genoux. « On dit que lorsqu'on sépare des gens qui s'aiment, ils trouvent toujours le moyen de vaincre les obstacles qui les tiennent éloignés. Mon maître est comme cela, il n'y a pas d'obstacle qu'il ne puisse surmonter. »

Le visage du jeune homme s'éclaira d'un sourire enfantin. « Les Butto ont de la chance d'avoir un ami tel que lui. Mon père est un loyal sujet de l'empereur, et il est prêt à aider ses représentants de toutes les manières. Y a-t-il quelque chose en particulier qu'il nous serait possible de faire dont je pourrais discuter avec mon père ?

— C'est aimable à vous de poser la question. Il y a en effet une chose de votre compétence qui rendrait un grand service au Fils du Ciel. »

21

Le palanquin transportant Hojo Masakada avait jadis appartenu à Chakao Isha, fameux général de la dynastie des Dono. Chakao Isha était l'un des ancêtres de la maison Hajiwara. On voulait donc faire un grand honneur à l'émissaire du seigneur Shonto en lui réservant un accueil aussi fastueux.

Hojo Masakada ne pouvait que déplorer le sort fait au sang des Isha. Leur alliance avec les Hajiwara avait en fin de compte sonné le glas de leur maison. Le général regardait autour de lui ces gardes à la livrée verte qui l'accompagnaient. On ne pouvait affirmer qu'ils n'étaient pas des paysans travestis. Une famille de médiocre importance, se dit-il, au fond d'une petite province. Ils n'ont pas grand-chose qui les différencie d'une autre dans la même situation. Mais je dois garder à l'esprit que, pour le moment, ils nous tiennent.

Le cortège s'acheminait sur une route étroite bordée de longues rangées de pêchers. Le soleil projetait l'ombre des branches torses et presque dépouillées sur les cailloux blancs de la route, si bien que les porteurs semblaient marcher sur un damier compliqué, fait de taches sombres et claires. Derrière le général Hojo venaient trente gardes des Shonto armés de pied en cap et portant la livrée bleue de leur maison. C'était une suite de peu d'importance pour pareille occasion, mais on l'avait réduite à dessein, en aveu de l'état d'infériorité qui était maintenant celui des Shonto.

Des murailles se dressaient au bout du couloir d'arbres, des murs de forteresse, faits de granit comme les parois du célèbre défilé. En approchant, le général s'aperçut que l'ouvrage était une demeure fortifiée typique de celles qu'on rencontrait en province, entourée d'un grand fossé, si celui-ci se révélait n'être pas purement décoratif. À la différence de la plupart des habitations de ce genre, celle-là n'était accessible que par un pont-levis. Que la maison d'un seigneur, à sept jours de route seulement de la capitale, eût besoin de pareilles défenses en disait long sur l'insécurité qui régnait.

Des gardes Hajiwara étaient alignés de chaque côté du pont-levis. Ils s'agenouillèrent au passage du cortège et s'inclinèrent avec respect. Le général se demandait si le portrait qu'on lui avait fait du seigneur Hajiwara allait s'accorder avec le personnage qu'il était sur le point de rencontrer. Les agents secrets du Shonto se trompaient rarement mais, quand il s'agissait d'hommes, Hojo préférait juger par lui-même.

L'intendant des Hajiwara accueillit l'émissaire de Shonto avec beaucoup de cérémonie. « Général Hojo, mon maître vous souhaite la bienvenue dans sa maison. Sa famille est honorée de votre visite. Désirez-vous vous rafraîchir avant votre audience ? »

« Audience » ? se demanda Hojo. Ce hobereau se croit-il assis sur un trône ? « Je suis honoré que votre maître consente à me recevoir. Mon voyage a été bref, et je ne voudrais pas le retenir plus longtemps que nécessaire. Si rien ne s'y oppose, je souhaiterais le rencontrer le plus tôt possible. »

L'intendant s'inclina, et l'on montra la voie au général de Shonto par un large escalier suivi d'une porte. Le jardin dans lequel il entra appartenait au milieu de la période botahiste. Les plantations y étaient clairsemées, avec de grands espaces de sable soigneusement ratissé, variés par de savantes compositions de pierres, un type de jardin autrefois considéré comme idéal pour la méditation. Derrière un pin sculpté se trouvait un petit pavillon. En le contournant, le général Hojo aperçut, assis à l'intérieur, un seigneur Hajiwara au volume imposant. Hojo Masakada s'inclina. En retour, il eut droit à un signe de tête.

Cela commence bien, pensa-t-il. Et il entra.

L'homme qui était devant lui avait vu passer peut-être trente-cinq étés, pourtant son visage ridé était celui d'un homme beaucoup plus âgé. Les mains aussi donnaient les mêmes signes de vieillissement. C'étaient les grosses mains tannées d'un militaire qui avait fait de nombreuses campagnes. Jurant avec cela, sa tunique était d'une élégance recherchée et à la dernière mode. Hojo se dit qu'elle paraissait tout à fait déplacée sur la carcasse d'un tel colosse.

Le nobliau lui souhaita la bienvenue d'une voix grave et posée. Il s'enquit de la santé du seigneur Shonto. On servit le thé, et les deux guerriers parlèrent du temps qu'il faisait, inattendu en cette saison, ainsi que de la chasse dans la province d'Itsa.

Quand on eut desservi et que furent épuisés les récits de chasse, Hajiwara dit : « Je me ferai un plaisir de rencontrer le seigneur Shonto lorsqu'il sera rétabli. Je suis sûr qu'il est hors de question de le bouger tant qu'il n'est pas guéri.

— Mon maître m'a demandé d'en discuter avec vous, monseigneur. Il se sent obligé de continuer sa route dès que possible. Les responsabilités qu'il a souscrites envers l'empereur ne peuvent être négligées.

— Il ne faut pas que le seigneur Shonto laisse le devoir mettre sa santé en danger. Il vaudrait mieux pour les habitants de Seh que leur nouveau gouverneur leur arrivât en possession de tous ses moyens. Je suis sûr que le Fils du Ciel serait de cet avis. N'en parlons plus, s'il vous plaît. »

Le général faillit en sourire. Oui, mon ami, pensa-t-il, on voit clair dans ton jeu. « Je ne doute pas que mon maître ne soit touché de votre sollicitude. Lui aussi a manifesté de la sympathie pour la situation dans laquelle vous vous trouvez. »

Hajiwara ouvrit de grands yeux. « Excusez-moi, général. Qu'entendez-vous par ma "situation" ?

— Je pense à ce qu'elle est, militairement parlant, à son blocage après tant d'efforts consentis.

— Peut-être le seigneur Shonto ne juge-t-il pas bien de cette situation, général, n'étant que depuis peu en Itsa. » Hajiwara faisait appel à toute sa dignité.

Aussitôt Hojo prit un air contrit. « C'est sûrement vrai, seigneur Hajiwara. Il n'est jamais bon de prêter l'oreille aux rumeurs qui courent autour du palais impérial. Je suis sûr qu'on ne voit pas comme il le faudrait la position que vous occupez.

— On parle de ma position dans la capitale ? » Le gros homme se congestionna.

« Je regrette, monseigneur, d'en avoir fait mention. Mais vous savez quels ragots on entend parfois de la bouche de courtisans désœuvrés et de fonctionnaires impériaux... (Hojo marqua une pause) ainsi que de ministres et de généraux. »

Hajiwara roula des yeux exorbités. « Et que disent-ils, général ?

— Pardonnez-moi, monseigneur, je ne crois pas un seul instant à leurs bavardages, mais... dans la capitale on murmure que vous vous êtes laissé damer le pion par un gamin.

— Comment ? » Hajiwara d'un bond fit face à son hôte, renversant au passage les tasses qui étaient sur la table. « Qui ose dire cela ? Qui ? »

Le général hâtivement remit de l'ordre dans ce qui était tombé, tout en hochant pensivement la tête. « Je vous en prie, monseigneur, n'y faites pas attention. Ces gardes impériaux ignorent tout de ce qui se passe en province, à n'en pas douter. »

Hajiwara tapa du poing sur la table. « Les gardes ! Comment osent-ils parler de moi en ces termes ? »

Hojo était attentif à chacun des gestes de son interlocuteur, ainsi qu'on le lui avait demandé. Hajiwara avait réagi à la mention des gardes impériaux exactement comme Shonto l'avait prévu. Intéressant. « C'est une situation déplorable, seigneur Hajiwara, et qui scandalise mon maître autant que vous. Il en est si choqué, en fait, qu'il m'a demandé de vous faire part d'une proposition qui à son avis changerait entièrement pour vous la face des choses. »

Hajiwara se redressa en rajustant sa tunique. « Je n'ai pas besoin du secours du seigneur Shonto. » Les paroles du général pourtant parurent produire leur effet. « Qu'entendez-vous par "changerait entièrement pour moi la face des choses" ?

— Eh bien, si l'on ne m'a pas menti, les Butto n'ont-ils pas installé une place forte sur votre propre fief, creusé un retranchement qui est là depuis plusieurs années ? Votre offensive n'a-t-elle pas été enrayée depuis quelque temps maintenant, à ce que je crois ? En tant que soldat, bien sûr, je ne doute pas qu'il s'agisse d'apparences, mais d'autres, ne bénéficiant pas de la même expérience... » Geste large. « Le seigneur Shonto espérait seulement vous aider, si peu que ce soit, à combattre l'arrogance de ces Butto. Notre passage dans leurs écluses n'aura guère été fait avec les honneurs dus à un gouverneur de l'empire ! Je comprends qu'il doit être offensant d'avoir à traiter avec cette maison dont le chef est un enfant.

— Cela ne durera pas. Les Hajiwara vaincront.

— Je n'en doute pas, monseigneur. Ce que le seigneur Shonto voulait vous communiquer n'aurait probablement rien changé au résultat final.

— Je ne voudrais tout de même pas offenser le grand seigneur, dit Hajiwara avec chaleur. S'il a jugé bon de vous faire porteur d'un conseil, je suis tout prêt à l'entendre. »

Hojo marqua une pause. Il réfléchit longuement avant de répondre. « Ce n'est pas un simple conseil, seigneur Hajiwara. Le seigneur Shonto détient des renseignements qui peuvent s'avérer très utiles pour quelqu'un comme vous. »

Hajiwara parut s'intéresser. « Ah ! les Shonto sont bien connus pour leur sagesse. Je serais honoré d'entendre ce que le seigneur Shonto peut avoir à me dire. »

Le général distraitement essuya une goutte de thé tombée sur la table. « Si vous deviez être informé d'un moment où Butto Joda inspecterait ses défenses face aux fortifications que vous avez mises en place sur le fief des Butto, serait-ce un renseignement qui vous paraîtrait d'une certaine utilité ?

— Effectivement, je crois bien. Savez-vous quand ce sera ?

— Nous le saurons, seigneur Hajiwara, nous le saurons. » Le général fixa des yeux son interlocuteur.

« Je vois », dit celui-ci.

Le silence se fit. Chacun attendait que l'autre se décidât à parler.

Finalement, ce fut l'émissaire de Shonto qui prit l'initiative. « Peut-être, dit-il, devriez-vous estimer, monseigneur, le profit que vous retireriez de cette information. » Il sourit, s'assit plus confortablement et jeta un coup d'œil autour de lui, comme à la recherche du garde qui l'accompagnait.

« L'information dont vous parlez, dit Hajiwara, porterait-elle aussi sur l'importance des effectifs, le nombre des soldats dont le seigneur Butto serait personnellement entouré ?

— Cela va de soi.

— Je vois. » Hajiwara à présent était songeur.

Le général Hojo interrompit le cours de ses réflexions, le pressant de répondre. « Ce serait précieux de savoir cela, n'est-ce pas ?

— Peut-être, général, peut-être.

— Je connais des gens qui seraient prêts à payer un bon prix de tels renseignements. »

Hajiwara parut faire effort pour revenir à la réalité. « Ce que vous dites est vrai, pourvu que ces renseignements se révèlent exacts.

— Bien sûr. Émanant du seigneur Shonto, on ne peut en douter.

— C'est juste. Mais bien des choses peuvent se passer entre le moment où l'on reçoit une information et celui où l'on agit en conséquence.

— Ah ! mieux vaudrait alors qu'il y eût des assurances fournies de part et d'autre, pour éviter tout malentendu.

— Comment cela pourrait-il s'exécuter, général ?

— La moitié de notre flotte à la réception du renseignement franchirait les écluses, l'autre moitié quand mourrait Butto Joda. Je réserve le cas où il prendrait la fuite en raison d'une faute commise par les soldats.

— Je vois. » Hajiwara se gratta la tête. « Pour que tout cela puisse se faire, le seigneur Shonto ne devra quitter le défilé qu'après la mort du seigneur Butto.

— C'était ce que nous envisagions. Ses troupes resteraient à ses côtés, évidemment.

— Certes.

— Exception faite de celles qui vous accompagneraient dans votre combat contre Butto Joda. Elles vous serviraient de garde personnelle. »

Hajiwara eut un regard étonné. « Impossible, général. Je dispose de ma propre garde. Je ne vais nulle part sans elle. »

Hojo pressa ses mains l'une contre l'autre, les doigts emprisonnant le menton. « Malgré vos doutes, je crois que vous devriez considérer notre proposition. Elle peut se révéler d'un grand secours. De nouveau à la cour votre nom serait mentionné avec respect, une épine ôtée de votre pied une fois pour toutes. Parlez-en avec vos conseillers, vos parents. Mais n'attendez pas trop, monseigneur, ou la chance se sera envolée. »

Il ouvrit les mains en regardant Hajiwara, des mains vides.

22

Elle n'augurait rien de bon, cette nuit où la lune était en son premier quartier. Noire, sans étoiles. Un ciel couvert. Un vent froid venu du nord balayait la gorge de Denji, amenant avec lui les premières morsures de l'hiver.

Shuyun ne prêtait pas attention à cette bise glacée qui le fouettait alors qu'il s'agrippait au gréement de la jonque. Les cordages lui brûlaient les mains et les pieds, malgré les bandages de coton dont il les avait enveloppés avec soin.

Le navire roulait dans l'obscurité, ballotté par les vents qui rebondissaient sur les grandes murailles de granit. Quelque part, tout près, les escarpements étaient cachés par la nuit, et le bateau aveuglement voguait dans leur direction. À la proue, des vigies à voix basse échangeaient des paroles anxieuses, mais leurs voix se perdaient dans les ténèbres. Il était consolant de penser que les soldats Hajiwara ne percevaient rien de plus audible que les cris du dieu des vents.

Le tangage obligea Shuyun à étreindre son mât de toutes ses forces. Plus bas, dans le noir, Komawara attendait, victime probablement du même inconfort, des mêmes appréhensions. La pluie ? se dit le moine. Va-t-il pleuvoir ? C'était la seule chose qui inéluctablement démolirait leurs plans, laissant Shonto prisonnier des deux familles en conflit. Une rafale parut fondre sur eux, secouant le bateau comme une coquille de noix. Puis elle disparut, courant à la crête des vagues.

Shuyun scruta l'obscurité, forçant ses yeux à ne pas lui jouer de tours. Quelque chose là-bas devant, à tribord ? Du haut d'un rocher, le vent se mit à hurler comme un esprit malin beuglant dans son oreille. Il allongea un pied vers le bas jusqu'à entrer en contact avec la main froide de Komawara. Le jeune seigneur comprit : le moine le sentit prendre un peu plus de hauteur.

Shuyun se remémora les réticences que son projet avait entraînées dans l'état-major de Shonto, et il se demanda s'il avait eu tort de le préconiser.

Le mur de pierre parut se rapprocher, bien que dans l'obscurité il fût difficile de juger – tout était noir. Le moine un à un gravit les échelons de corde en faisant bien attention à ne pas lâcher prise. À chaque nouvel échelon, le tangage se faisait plus gênant. Il savait que lorsqu'il atteindrait le haut du mât, celui-ci décrirait un grand arc de cercle et deviendrait particulièrement instable.

Le bateau appuya à bâbord. Les matelots espéraient pouvoir mollir la barre le long de l'escarpement, sans pour autant risquer le naufrage. On avançait à la godille, des chiffons assourdissant l'inévitable grincement de la rame. Sentant que Komawara s'arrêtait à ses pieds, Shuyun monta encore. Il a du muscle, pensa-t-il, mais il n'a pas eu le bénéfice d'une formation botahiste. Il n'a pas fait d'escalade dans son enfance pour apprendre à dominer sa peur et à se concentrer.

Nul doute à présent, la paroi était bien là, mais la distance qui les en séparait n'était pas encore bien nette. Shuyun entreprit de chercher au-dessus de sa tête des signes de présence de la sculpture. L'examen qu'il avait fait des Deux Amants avait révélé l'existence d'une saillie – du moins pouvait-on le croire – à la base des reliefs. Sa largeur restait un mystère, mais c'était par là qu'il fallait commencer l'ascension. Dans l'obscurité en dessous, le moine devinait la présence de marins prêts à exécuter les ordres.

Une rafale parut bloquer le mouvement du navire. Shuyun profita de quelques secondes de répit dans le tangage pour s'élever jusqu'au sommet du mât. Il était maintenant bien au-dessus de l'eau – au moins dix fois la hauteur d'un homme –, et le balancement était terrifiant. Les bras passés autour du mât, il s'y cramponnait. Au contact de sa peau, le bois était glacé. Pendant tout ce temps, il vérifiait si des gouttes de pluie ne se mêlaient pas au déchaînement du vent.

Le bateau maintenant était parallèle à la paroi rocheuse. L'homme de barre, le meilleur de la flotte de Shonto, les en rapprocha encore. La houle sur le lac était faible, mais les vents qui soufflaient de toutes les directions ne permettaient aucune manœuvre destinée à en atténuer les effets.

Shuyun essaya de percer l'obscurité pour découvrir la saillie qu'il savait exister de ce côté-là.

« Le plat-bord frotte presque contre la pierre, mon frère. »

C'était la voix de Komawara, murmure jailli du fond des ténèbres, exhalaison du vent. Oui, se dit Shuyun, le moment est venu, et, comme s'ils avaient entendu ses pensées, les marins sur le pont se mirent à détendre les retenues soutenant la tête du mât. Celui-ci, que de nombreux haubans maintenaient bien en place, s'inclina vers le rocher. Cela va marcher, se dit Shuyun, si nous ne nous écrasons pas contre la pierre.

Son pied prit solidement appui sur le mât, et il se tourna pour faire face du mieux possible à l'escarpement. De la main, il tâta le rouleau de corde autour de sa tête et de ses épaules. Il lui fallait s'assurer qu'elle ne s'accrocherait nulle part pendant le saut. Cependant, le rocher ne livrait aucun indice, absolument rien. Le tangage projeta le mât vers la rive. Shuyun se raidit, dans l'attente du choc. Il ne vint pas, du moins pas cette fois.

Et puis il y eut un changement à la surface de la pierre, une forme se dessina dont il ne put être sûr, une courbe, une zone grise. Pas moyen de s'y tromper, seule la sculpture rompait l'uniformité du granit. La saillie devrait être juste en dessous, se dit-il, et il se prépara à sauter, en mobilisant tous les sens que ses maîtres lui avaient appris à utiliser, en leur faisant confiance, car c'était un bond qu'il fallait avoir la foi pour risquer, cela sans aucun doute possible. Il contrôla sa respiration, fit durer le temps davantage. Il sentit que le mouvement du bateau se ralentissait. De nouveau, le mât s'éleva vers le rocher. Shuyun se concentra sur ce cheminement.

J'aurai une petite seconde quand il s'arrêtera, pensa-t-il. À ce moment, il faudra que je saute sans hésitation. Sinon, le mât reviendra en arrière et ce sera la chute.

La longue pièce de bois parut atteindre une vitesse plus grande encore en se penchant vers la muraille de granit et puis, tout aussi rapidement, elle s'immobilisa. Shuyun bondit, se pelotonnant comme un chat que lance un enfant. Ses pieds, ses mains heurtèrent la pierre éclatée de la saillie, et il fut catapulté, épaules en avant, vers la paroi rocheuse. Je n'ai rien, se dit-il, et il se releva, avançant à tâtons le long du rebord dans la même direction que le bateau. Nul bruit en dehors des hurlements du vent et du fracas des vagues.

Ses mains cherchèrent devant lui, le guidant. Botahara soit loué ! pensa-t-il chemin faisant, cette saillie est large, et elle l'était effectivement, aussi large que les épaules d'un homme. Mais elle était aussi lézardée, pentue, couverte de mousse et de gravats. En s'aidant des pieds et des mains, il avança aussi vite qu'il l'osait. Mais que faisait donc Komawara ?

Soudain tous ses sens le mirent en garde. Il s'aplatit contre la pierre tandis qu'au-dessus de lui un corps allait s'écraser contre la muraille. L'homme retomba en arrière. Shuyun fit un effort désespéré pour l'attraper au passage. Il saisit Komawara par sa tunique. Celui-ci avait été à moitié projeté hors de la saillie. Il pendait audessus de l'eau noire sans rien tenter pour se sauver.

Assommé ! pensa Shuyun. Il sentit que lui-même dérapait sur la pierre, le poids de Komawara l'entraînant vers le bord. Sa main chercha une prise le long de la paroi pour se retenir. Ses doigts se crispèrent autour du pied d'un arbrisseau rabougri, lui permettant de faire contrepoids à la charge de son jeune compagnon.

Pourvu que cela tienne ! implora-t-il. Komawara bougea. Il chercha à se dégager mais vite revint à la réalité. Sa main agrippa le moine par la nuque. Il fit un petit effort pour se hisser. L'écorce de l'arbrisseau commençait à se détacher. Le tronc s'en dépouillait comme un serpent qui mue se libère de sa peau. Shuyun serra plus fort. Il voulut même replier l'écorce. Mais lentement Komawara émergea au bord de la saillie en se servant du moine comme d'une échelle. Quand il eut fini, il resta un long moment couché sur lui, haletant.

« Êtes-vous blessé, monseigneur ?

— Non… je ne sais pas… je… » Komawara secoua la tête. Il remua son bras gauche. « Je suis indemne, mon frère. »

Prenant appui sur le moine, il se releva et s'assit contre la paroi. L'épée qu'il avait sanglée sur son dos lui rentrait dans les côtes.

« Il faut continuer », dit-il.

Shuyun de même s'était assis, préoccupé, craignant que le jeune seigneur ne lui cachât la vérité au sujet de ses blessures, mais sachant aussi qu'il avait raison. Longtemps le vent leur corna aux oreilles sans que l'un ou l'autre bougeât le petit doigt ou dît un seul mot. Quand il se calma, Shuyun se redressa et passa la main sur le rocher. « Il nous faut connaître exactement notre position », murmura-t-il.

Il partit vers la gauche, son pied explorant ce que donnait la saillie et sa main tâtant le relief de la paroi. Komawara le suivait mais sans oser se lever, préférant ne pas perdre contact avec la muraille.

Au bout d'un moment, le moine sentit sous ses doigts comme une enflure du granit. Il se boursouflait dans sa direction, amenuisant l'espace libre sur le rebord. Ce doit être le pied de l'épouse de Botahara, se dit-il. Il y avait donc encore beaucoup de chemin à parcourir jusqu'aux fissures qu'il avait remarquées dans la pierre et dont il espérait qu'elles lui offriraient une prise sur une face par ailleurs sans aspérités. Il étendit la main le plus loin possible sur cette bosse. Qu'elle était large ! Là, sur le rocher, il commençait à se faire une idée de la véritable ampleur de ces sculptures. Le pied faisait sans doute trois fois la hauteur d'un homme, et tout le reste à l'avenant.

Il s'agenouilla. Se penchant dangereusement, il explora la saillie ainsi rétrécie, éprouva la solidité de la pierre, la débarrassa de ses débris. Ce fut le moment que choisit le dieu des vents pour frapper. Brusquement, il assaillit le moine dont l'équilibre était précaire. La main dont il se servait pour prendre appui céda, et il bascula dans le vide. Heureusement, il sentit qu'on tirait sur sa ceinture et il rétablit la situation. À son oreille, une voix lui chuchota : « J'ai payé ma dette, mon frère », et Komawara lâcha prise.

Shuyun fit passer le rouleau de corde par-dessus sa tête et le tendit à son compagnon avant d'en nouer une extrémité autour de sa taille. Cette fois, il prit soin de vérifier la tension de la corde que tenait Komawara quand il se pencha pour faire courir ses doigts de long de la saillie. C'est qu'elle devenait particulièrement étroite ! Pas plus large que n'était longue une main d'homme ! Il revint en arrière alors qu'une autre bourrasque voulait les faire chavirer.

« Pas d'hésitation, mon frère ! Cela sent la pluie. »

Shuyun acquiesça face à l'obscurité. « Si je glisse, dit-il, il ne faut pas que vous tombiez avec moi. Lâchez-moi si c'est nécessaire.

— Je comprends », répondit Komawara.

Le moine se remit debout pour avancer où la saillie s'amenuisait. Il s'arrêta un instant pour recourir au *chi-ten*. Un coup de vent balaya le rocher : Shuyun parut disposer de tout le temps nécessaire pour l'affronter. La voix de Komawara lui parvint comme du fond d'un gouffre. « Êtes-vous prêt, mon frère ?

— Oui », répondit Shuyun.

Il s'avança au bord du précipice. Sous sa main, le granit était lisse, sans rugosité aucune. Ses pieds tâtèrent le sol. Il se faufila sur le maigre rebord, s'arrêtant à chaque pas. Il était face au rocher, s'appliquant à ne pas coller son corps à la paroi, bien en équilibre sur ses jambes. Le bruit des vagues montait jusqu'à lui, lui rappelant, s'il l'avait oublié, ce qui l'attendait en dessous, caché par l'obscurité.

Il arriva là où le pied géant était le plus large. La saillie n'existait plus en cet endroit. Il s'immobilisa et rechercha une bonne assise. De la main gauche, il palpa la pierre. Une irrégularité ? Une faille dans le granit ? Non, il n'y avait rien de tel. Komawara bougeait impatiemment. Il faut que je fasse preuve d'audace, se dit Shuyun. Il allongea un bras, à la limite de l'équilibre, et découvrit une aspérité. Une toute petite, la moitié de la largeur d'un doigt, mais une aspérité tout de même. Il détendit ses muscles et essaya ce qu'elle valait. Elle tint. Il s'aventura à lui faire supporter plus de poids.

Oui, décida-t-il, c'est bon. Un peu de mou à la corde pour éviter qu'elle lui oppose de la résistance, et il se lança dans le vide. Son pied gauche racla la pierre dans un effort désespéré pour trouver une prise. Seulement alors il comprit que c'était un voyage sans retour : il n'existait aucun moyen de regagner l'endroit qu'il avait quitté. Je suis entre les mains de Botahara, se dit-il tandis qu'il permettait à son pied droit de glisser hors de la sécurité de la saillie. Il se retrouvait pendu par une main, cherchant du pied à atteindre quelque chose par-delà la protubérance.

Il faut bien que cette saillie se prolonge quelque part, se dit-il, et sa main droite rejoignit la gauche pour s'agripper au même angle saillant. Il n'y avait place que pour deux doigts, mais cela suffisait. Il fit venir du *chi* dans ses mains et laissa porter son poids à cette maigre prise. Un geste souple, et la main gauche latéralement décrivit un arc de cercle. Le miracle se produisit. Une fissure verticale emprisonna ses doigts jusqu'à la deuxième phalange. Il se propulsa vers la gauche et chercha du pied à trouver quelque chose de plat. Quand ce fut fait, vite, il tira sur sa prise pour pouvoir atterrir. Sa respiration était restée la même, toujours aussi paisible.

« Gloire à mes maîtres », murmura-t-il en commençant à explorer le rocher avec les doigts.

En suivant la fissure, il découvrit qu'elle aboutissait à une brèche. Il fit passer la corde dans cette gorge naturelle et se mit à l'y entasser. Quand il eut emmagasiné tout le mou de cette corde, il alerta son compagnon par deux coups secs. Impossible de le renseigner sur la manière dont il s'y était pris pour en arriver là mais, avec la corde bien amarrée comme elle l'était, il se sentait sûr de pouvoir le retenir s'il glissait.

Il essaya de juger des mouvements du jeune homme par les à-coups de la corde. Elle se relâcha quelque peu. Shuyun lui rendit une tension parfaite et l'enroula autour de sa taille, dans l'assurance que son compagnon était maintenant passé sur la saillie là où elle se rétrécissait. Il lui vint de la corde molle. Il la prit. Un pas de plus, se dit-il, et il en sera tout au bout du rebord. La corde ne bougea plus. Shuyun tira dessus, légèrement mais fermement. Il lisait le cheminement de Komawara comme s'il avait entre les mains une fibre nerveuse les reliant l'un à l'autre.

Il ne trouve rien, décida-t-il. Il attendit, incitant dans sa tête le jeune seigneur à chercher, à tenter quelque chose. Mais il n'y eut pas de changement dans la tension de la corde. S'il reste trop longtemps immobile, songea Shuyun, il va se fatiguer, il perdra sa concentration et son moral.

Il y eut un autre moment où rien ne se passa. Le moine résolut de ne plus attendre. Lentement, mais avec force, il commença à tirer à lui davantage de corde. Cela va le hisser, pensa-t-il, et l'amener à gauche. Mais va-t-il comprendre ?

Le vent continuait son refrain en balayant la poussière et en faisant flotter la tunique du moine qui ressemblait à une voile abandonnée. La corde offrait toujours la même résistance. Nul signe que Komawara bougeât. Puis, tout à coup, Shuyun sentit un coup sec puis un autre. Il y répondit. Il s'arc-bouta. Le poids sur la corde fit qu'elle s'incrusta dans sa chair. On tira encore. Shuyun comprit alors que son compagnon n'avait pas trouvé sa prise, mais au lieu de cela grimpait à la corde même, soulevant une main après l'autre. Il s'enveloppa plus étroitement de ces fibres rugueuses et attendit. Une seconde plus tard, souplement Komawara atterrit sur le ventre à côté de lui. Ses halètements couvraient le bruit du vent.

La peur, se dit le moine. Il en sentait l'odeur avant qu'elle fût balayée dans la nuit. « Pouvez-vous continuer, monseigneur ? » demanda-t-il.

Komawara fit effort pour reprendre ses esprits. « Oui… ne vous inquiétez pas. Nous devons poursuivre. »

Le jeune homme se mit à genoux et entreprit d'enrouler de la corde. Shuyun attendit un instant puis, tirant sur la manche de Komawara, passa le premier. D'abord, l'état de la saillie resta le même, puis ils se heurtèrent à quelques blocs de pierre que les éléments, glace, soleil et vent, avaient détachés de la paroi. Shuyun fit vaciller le premier de ces blocs avant de décider qu'il était stable. Les autres n'étaient guère différents, si de petits fragments étaient tombés et si certains de la même taille étaient prêts à basculer dans le vide. Les deux hommes se glissèrent parmi les obstacles, sachant que même la tempête ne suffirait pas à étouffer le bruit d'une chute de pierres.

De nouveau, le granit parut se boursoufler sur la face de l'escarpement, sans que cette fois le changement fût aussi spectaculaire. La hanche de l'épouse, se dit Shuyun, et l'image qu'il avait en mémoire parut presque se moquer de lui. À tâtons, il chercha sur la paroi les fissures qu'il avait remarquées et qui couraient sur toute l'étendue des sculptures.

Dans la nuit, sur le lac, on apercevait les lumières de la flotte de Shonto qui sautillaient et dansaient au rythme des vagues. Elles paraissaient lointaines maintenant, lointaines et menues. Quel grand général ! se dit Shuyun. Tout ce qui pouvait être fait pour assurer notre succès aura été fait. Pourvu que les autres réussissent ! Leur plan commun dépendait de tant de facteurs distincts, de tant de personnes différentes !

Quand il fut arrivé où il le souhaitait, Shuyun évacua ces pensées de son esprit. Il explora les fissures aussi haut que sa main pouvait aller. Elles étaient plus lisses au-dedans qu'il n'avait cru possible, plus anciennes et plus érodées, mais aussi moins étroites qu'il n'avait osé espérer. Il plongea la main dans l'une d'elles et la découvrit aussi large que son poing et bien profonde. C'est le moment, pensa-t-il, où il se vérifiera si les longues heures de discussion avec le seigneur Komawara auront servi à quelque chose. Il refit le nœud autour de sa poitrine et s'assura que Komawara avait bien défait le sien. Il se donna un moment pour faire régner le calme en lui et chercha au plus profond de son être s'il avait bien atteint, comme disaient ses maîtres, à « la paix dans le mouvement ».

Alors commença l'ascension. Coinçant ses pieds et ses mains dans la fente, il se hissa le long de la fracture. La longueur de sa corde équivalait à la hauteur de vingt-cinq hommes, tout ce qu'il pouvait oser porter sans risque de l'emmêler, et Komawara avait la même charge. Si la fenêtre vers laquelle ils grimpaient se révélait plus haute que prévu, impossible avec ce rouleau de redescendre jusqu'au lac. Shuyun montait en refusant de penser à ce danger. Il s'occupait l'esprit avec les sinuosités de la pierre et en dosant chacun de ses mouvements.

Le vent s'acharnait à le happer, mais lui s'obstinait à tenir bon. La peau sur ses chevilles se déchira, et les os, au contact de la roche, lui semblèrent laisser échapper du liquide. Shuyun eut l'impression de monter à l'assaut du monde des esprits. Il ne se considérait pas comme superstitieux, mais il sentait une présence, comme si les moines depuis longtemps défaits volaient autour de lui, persistant à ne pas quitter leur séjour terrestre. « Regardez, disaient-ils, voici notre ennemi. Il grimpe à même la hanche de l'épousée de Botahara, comme si ce n'était pas un sacrilège de l'oser ! Puisse-t-il s'abîmer dans des ténèbres éternelles ! »

À l'instant de traverser cette hanche, il sentit que la roche s'inclinait légèrement et s'accorda un peu de repos avant de poursuivre. Il fit appel à la formation botahiste qu'il avait suivie depuis son plus jeune âge : un flot d'énergie courut dans ses bras et dans ses jambes ; même menacé par des vents imprévisibles, son équilibre ne fléchit point. C'est alors qu'il atteignit l'endroit où les corps des Deux Amants se rejoignaient. Tout l'enseignement qui lui avait été donné ne suffit pas à le mettre en condition, si près, d'affronter ce spectacle.

« Hérésie », murmura-t-il.

Le rocher lui-même semblait souillé de ce crime. Pourtant il s'y accrochait comme à une bouée. Seulement alors, il s'aperçut qu'il s'était arrêté d'escalader. Cette défaillance le choqua. Il se souvint des premiers vers d'un hymne à Botahara, afin de rétablir sa concentration. La vie de mon seigneur dépend de mon succès, se dit-il, de même que celle de tous ses gens et des membres de sa famille.

Nishima ! Le mot vint sur ses lèvres sans qu'il l'eût voulu. Il posa la tête sur le froid de la pierre. Je suis indigne des efforts consentis par mes maîtres, pensa-t-il. Il se remit à psalmodier et entreprit de monter le long de la fissure qui aboutissait au-dessus de la hanche du Maître parfait. Mentalement, il mesura la longueur de corde qu'il avait utilisée et estima que Komawara en détenait toujours moitié autant. Soudain la fissure s'approfondit et s'élargit. Il vit qu'il pouvait y plonger tout un bras. Cet agrandissement se confirmait en montant encore. Il enfouit une épaule dans la cavité.

Le vent semblait s'engouffrer dans cette fente plus importante. On aurait dit une main glacée qui l'y poussait. Il s'arma contre cette pression. Finalement, après beaucoup d'efforts, ses doigts trouvèrent le haut de la hanche de pierre, et il comprit qu'elle se constituait d'un léger ressaut. Il se hissa jusque-là en se battant contre la roche qui semblait vouloir l'agripper et coincer la corde.

Fouillant l'obscurité, il tenta de progresser le long de cette saillie. Son arête grise paraissait s'élever brutalement en oblique, mais elle finissait par se perdre dans une nuit indistincte, et il n'avait pas d'idée précise de sa direction. Il rappela ses souvenirs du relief sans en tirer grand-chose. Était-ce le dos de Botahara ? Quoi d'autre ? Qu'est-ce qui pouvait former un angle aussi aigu ? Il avait traversé là où la sculpture était la plus mince ; c'était donc à envisager. La fenêtre par laquelle ils espéraient s'introduire était maintenant juste au-dessus de lui ou presque, mais le ressaut ouvrait peut-être des possibilités inespérées.

S'arc-boutant à cette partie plate, Shuyun se cala dans la cavité et remonta de la corde. Quand ce fut fait, il tira deux fois, légèrement, et attendit de sentir que Komawara commençait son ascension. Le vent ne semblait pas près de se calmer. Il continuait à hurler et à souffler dans toutes les directions, comme pris de folie. Son compagnon n'était plus qu'à un mètre ou deux en dessous quand il entendit le bruit de son approche. Komawara avait paru mettre un siècle à atteindre le ressaut, mais pas une fois Shuyun n'avait senti sur la corde peser le poids du jeune seigneur.

Non sans difficulté, Komawara évita les pieds du moine et se rétablit sur la minuscule plate-forme. Il lui fallut un peu de temps pour reprendre son souffle. Ses muscles tremblaient de l'effort qu'il avait fourni. « Où ? finit-il par dire.

— Vous êtes à cheval sur le dos de l'Amant sans visage, murmura Shuyun.

— Mais qu'est-ce que ce relief ?

— La courbure de son dos. On s'en servait jadis pour faire flotter des étoffes à l'occasion de certaines fêtes.

— Cela mène donc à une fenêtre ?

— C'est peu probable, monseigneur. Les anciens moines étaient trop prudents pour cela. On y accédait sans doute par des cordes ou des échelles. Il devrait y avoir un orifice, mais plus bas et plus à gauche. Toute la question est de savoir s'il est plus simple et plus rapide de continuer à monter comme nous le faisons, ou de traverser le relief et de nous laisser descendre jusqu'à l'ouverture, qu'il nous faudra trouver dans le noir. »

Komawara se tut. Il réfléchit. « Sûrement, mon frère, cette ouverture à gauche va être plus proche de l'eau, et en conséquence il sera plus facile aux soldats de Shonto d'y grimper. »

Shuyun comprenait que dans pareille obscurité il était impossible de décider lequel des deux itinéraires offrait le moins de difficultés. Le relief avait quelque chose d'attrayant. Il était là, sous ses pieds, et moins intimidant par certains côtés que le retour à une ascension sans visibilité aucune.

« Je crois que nous devrions explorer ce relief, seigneur Komawara. Ce que vous dites est juste : nous serons plus bas en passant par là, et l'on peut penser que nos cordes pendront jusqu'au pied de la paroi. »

Là-dessus le moine enjamba son compagnon et partit à la découverte le long de la saillie. Il commença par avancer les mains et les genoux à terre mais, comme l'espace se rétrécissait, il finit par continuer à plat ventre. Le mal empirant, il en fut réduit à laisser pendre dans le vide une jambe et un bras. Il rampait, les yeux fermés pour se protéger de la poussière chassée par le vent. Par deux fois, il dut escalader pour franchir des passages où la pierre s'était fendue et était tombée, mais cela ne fit que retarder sa progression et mettre ses talents à l'épreuve.

La corniche se terminait brusquement par une petite plate-forme, ce qui corroborait sa théorie selon laquelle les moines avaient eu accès à l'endroit où ils se trouvaient par des échelles ou des cordes. Il chercha de ses doigts ensanglantés et trouva une fissure qui courait au dos de la saillie, mais rien d'assez large pour fournir un point d'ancrage où coincer un nœud.

Komawara devra traverser par ses propres moyens, se dit-il. Impossible pour moi de le sauver s'il tombe, sinon je serais moi-même emporté. Il dénoua ce qui était attaché à sa poitrine, remonta de la corde et donna à son compagnon le signal convenu : deux coups secs, une pause, un troisième coup. Un instant plus tard, la corde se détendit. Shuyun en remonta avec soin, s'arrangeant pour qu'elle ne s'emmêle pas au cas où Komawara perdrait prise. Par deux fois, il dut s'interrompre. Komawara cherchait son chemin au-delà des failles dans la saillie. Chaque fois, il dut s'empêcher de réagir en enroulant de la corde autour de sa taille. Et puis il en eut à nouveau une provision suffisante pour pouvoir tirer.

C'est à peine s'ils osèrent se parler quand Komawara arriva sur la plate-forme, tant l'incertitude planait sur l'emplacement de l'orifice recherché. Le jeune seigneur rapprocha ses lèvres de l'oreille de Shuyun. « N'est-ce pas juste en dessous, mon frère ? »

Même dans les ténèbres, le moine savait que son compagnon se frottait les yeux pour enlever la poussière qui s'y était collée. « Impossible de l'affirmer, répondit Shuyun à voix basse. Ce ne devrait pas être loin, peut-être à trois hauteurs d'homme en dessous, mais à gauche. »

Komawara se pencha sur l'abîme en tâtant avec la main. Quand il retrouva une position assise, il glissa encore à l'oreille de Shuyun : « La roche paraît lisse... pas de prises... comment faire ? »

De nouveau le moine explora la fissure dans la paroi. « Votre épée, seigneur Komawara, c'est l'ancrage qu'il nous faut. » Il prit la main du jeune homme et lui montra le trou.

« Mon épée ! Nous devons trouver autre chose ! Elle appartenait à mon père, je ne puis la laisser là. »

Shuyun lui mit la main sur le bras. « Nous n'avons rien d'autre. »

La bourrasque tournoyait autour d'eux, les bousculant sur leur maigre terre-plein. Posément, Komawara se mit à dénouer le harnais qui retenait son arme. Un instant plus tard, il avait ôté l'épée et son fourreau. Sans un mot, il les tendit à Shuyun. Du bout de l'épée dans sa gaine, celui-ci explora la fissure jusqu'à ce qu'il eût décidé de l'endroit le plus creux. Il y enfonça l'épée et sa protection à la profondeur de sa main. Précautionneusement, il noua la corde autour, en poussant le nœud dans le trou autant que faire se pouvait.

« Mieux vaut que je passe le premier, monseigneur. Peut-être que, sans arme, des deux je serai le plus à l'aise. »

Sans attendre de réponse, Shuyun mit la corde autour de sa taille et se laissa glisser par-dessus bord. Sur cette face exposée au vent, celui-ci paraissait beaucoup plus fort. Le moine cala ses pieds contre la pierre et prit du recul. Mais les rafales semblaient le ballotter, il roulait de côté et d'autre. Il laissa filer lentement la corde entre les bandages de coton de ses mains. Il descendit en se balançant, posant chaque pied avec soin.

La fenêtre ne peut plus être bien loin, se dit-il. Il essaya de décortiquer la nuit, sans y distinguer rien de plus. Et puis le vent lui apporta une odeur. C'était un mélange de sel, de sueur et d'huile. Il tourna la tête pour en déceler l'origine. Là ! Il huma une fois encore. Obliquant à gauche, il poursuivit ses recherches. Oui, pensa-t-il, cela vient de ce côté. Il fit un pas de plus, mais son pied dérapa puis s'arrêta. Dépendant d'un point fixe, quand il s'écartait de la verticale, tel un pendule, il avait tendance à revenir au centre.

Il s'efforça de gagner un mètre à gauche mais ne put mieux faire. Était-ce une arête qu'il distinguait là, dans l'obscurité, une lueur ?

Soudain une voix lui parvint, à moins que ce ne fût un tour que lui jouait le vent. Plus bas, se dit-il, et il laissa filer un peu de corde. Nouveaux murmures. Cette fois, il pouvait presque reconnaître les mots. Il réussit à descendre un peu, en essayant d'accrocher le granit avec ses pieds, et toujours forçant sur la gauche.

« Cela bouge beaucoup sur la plaine ce soir. » La voix semblait presque venir de sous son coude !

« C'est à cause du seigneur Shonto. Peut-être aidera-t-il notre maître à débarrasser nos terres de ces voleurs de bétail.

— L'hiver sera chaud si le Shonto et le Hajiwara font alliance.

— Nous avons déjà eu un automne chaud, jusqu'à aujourd'hui. Peut-être est-ce un signe. Excusez-moi, s'il vous plaît, mes devoirs m'attendent. »

Shuyun pouvait presque les entendre dans l'obscurité se faisant des courbettes. À coup sûr, il lui fallait perdre de la hauteur, mais d'abord revenir au centre du mouvement pendulaire.

Impossible en travers de gagner la fenêtre sans risquer de déraper, ce qui pouvait alerter la sentinelle Hajiwara. Il n'y avait qu'un seul moyen d'y arriver : il obliqua à droite, tournant le dos à l'orifice, poussant sur ses pieds pour aller le plus loin possible. Après quoi, il attendit que le dieu des vents lui fût favorable. Il psalmodia dans sa tête et se prépara comme avant une simulation de combat de boxe. Ce qui est bon pour le Shonto est bon pour mon ordre, se dit-il. Pourtant il n'était pas sans appréhension. Rien à voir avec la peur, seulement de l'anxiété à la perspective de devoir se battre pour de bon. Faites que je n'aie pas à blesser quelqu'un, implora-t-il. La congrégation a déjà participé à des combats. Il lui fallait assurer la sécurité des adeptes de Botahara. Là, c'est la même chose. Le seigneur Shonto protège la religion botahiste contre les souhaits de l'empereur. Il mérite donc de notre part un soutien sans faille.

Shuyun n'avait aucun moyen de savoir où se tenait la sentinelle, ni même si elle se trouvait à la fenêtre. Il paraissait vraisemblable qu'avec le temps qu'il faisait elle serait contrainte de se reculer à l'intérieur autant que la consigne l'y autoriserait. Le vent soufflait dans le dos du jeune moine. Il tendit ses muscles. Quand la rafale lui fut entièrement propice, il courut sur le rocher, devenu un pendule humain. Il jugea de la distance qui le séparait de la fenêtre au nombre de ses pas, des pas qui paraissaient incroyablement lents à son sens modifié de la durée. Sous son pied, la roche était rugueuse, rugueuse et froide. Il prit de la vitesse et se trouva emporté loin dans son arc de cercle.

L'entrée devrait être là, se dit-il, et sur la roche obscure un trait se dessina. Il s'en saisit : c'était un rebord de pierre dure. D'une traction, il se hissa à l'intérieur de l'orifice mais heurta le sol et bascula du côté opposé à la fenêtre. Le bruit d'une épée qu'on tirait du fourreau le fit se relever à moitié. Se détachant sur une vague lumière quelque part au fond, il vit la silhouette d'une sentinelle. Shuyun prit l'homme par son armure et, d'un geste souple, l'attira vers lui. Il perdit l'équilibre. Le coup qu'il voulait porter s'égara dans le vide. Ses pieds quittèrent le sol. Il y eut un cri perçant, comme jeté par le vent, et il disparut. Il ne resta plus que le murmure des vagues en dessous. Puisse Botahara avoir pitié de lui, implora Shuyun, et de moi aussi !

Prudemment, il en revint à la lumière dans le tunnel. Ce tunnel débouchait sur une grande salle, haute de plafond, qui donnait tous les signes d'être un poste de garde : restes de repas, armes bien rangées, lampe qui brûlait sur la table. Nulle présence humaine. Shuyun gagna la porte taillée dans le mur du fond et découvrit un escalier obscur par lequel accéder à l'étage supérieur. Pas de bruit, sauf celui du vent s'engouffrant dans l'entonnoir de cet escalier.

Ce fut alors qu'il se souvint : la corde ! Il avait perdu le contact avec la corde ! Elle avait fui dans une obscurité où le seigneur Komawara attendait son signal.

Il courut à la fenêtre. Le vent mouillait ses yeux de larmes. Il essaya de se protéger d'une main. La nuit était noire. Komawara doit recevoir mon signal, se dit-il, ou il ne pourra pas prendre de décision. Il ne saura pas si je suis tombé ou si j'ai été capturé. Retournant à l'intérieur, il chercha quelque chose, n'importe quoi, susceptible de l'aider à attraper la corde. Une grande lance munie d'un croc à son extrémité était appuyée contre le mur. Il la prit, la soupesa. Oui, se dit-il, ça ira. Un bruit retentit dans l'escalier.

Shuyun se tapit, aux aguets, prêt à bondir. Ce n'est que le vent qui se moque de moi, conclut-il.

De retour à la fenêtre, il se pencha, aveuglé par la violence du vent. Le temps pressait. Il ne savait pas quand aurait lieu la relève de la garde. Lorsque la bourrasque parut souffler de son côté et devoir rapprocher la corde, sans rien voir il chercha avec sa lance. Un objet mou sembla rouler sous la hampe quand il la traîna à la surface du rocher, mais le croc ne réussit pas à le happer. Le vent lui offrit une deuxième chance sans que cette fois il sentît la corde au bout de la lance. Si cette maudite corde s'accroche à une aspérité, je suis fichu, pensa-t-il. Il s'efforça de rester calme et attendit, donnant tour à tour son attention à la direction du vent et à l'escalier.

La cinquième fois, le dieu des vents lui fut favorable. Il sentit que le croc avait coincé la corde. Lentement et avec soin, il l'amena vers lui sans relâcher sur la pierre la pression de la lance. Soudain la corde fut dans sa main. Il l'empoigna comme si elle était le cordon le reliant à la vie. Il allait donner le signal à Komawara quand il se retint. D'abord il plaça la lance en travers de la fenêtre. Il y noua la corde. De retour dans la salle, il trouva un gros poignard dans son étui, qu'il attacha à son cordage. Un signe à son compagnon d'avoir à s'approvisionner davantage, et il attendit, dans la main l'extrémité du précieux fil conducteur solidement tenue.

Quand Komawara finalement descendit, Shuyun s'arc-bouta à la roche et le hissa jusqu'au tunnel et à son refuge. Une fois qu'il se sentit sur quelque chose de solide, le jeune homme tapa dans le dos du moine au mépris de toute sorte de respect.

« J'informerai le seigneur Shonto de votre courage, mon frère. Jamais je n'aurais grimpé jusqu'ici par mes seuls moyens. Et en gardant mon épée ! » Il s'inclina profondément. « Je vous remercie. » Il rayonnait de la joie d'un homme qui a vu la mort de près et a survécu.

« Nous aurons plus tard le temps d'en discuter, monseigneur, mais pour l'instant vous devez surveiller l'entrée pendant que je donne le signal convenu. »

Komawara changea de tête en écoutant le moine. Il acquiesça et, tirant son épée, se dirigea vers l'escalier.

Maintenant, conclut Shuyun, descendre la corde et tenir cette salle à tout prix. Il recula. « Ils ont vu », dit-il à Komawara.

Désormais tout reposait sur les équipages et les soldats de Shonto. Le vent et les vagues maintenaient le même tapage à l'assaut des rochers. Ce n'est pas encore fait, songea Shuyun. Il attendit à la fenêtre, prêt à tirer sur cette échelle de corde. Autour de lui, la tempête se mit à soupirer, et c'était presque un gémissement de plaisir.

23

Armé de pied en cap, avec casque et masque facial, le seigneur Hajiwara traversa la petite cour de sa forteresse, accompagné de six officiers de Shonto et d'un nombre égal de ses gardes. Dans la pénombre résonnait de partout le cliquetis des armures, tandis que cinquante soldats Shonto se préparaient à unir leurs forces à celles des Hajiwara pour livrer combat. L'odeur et le bruit des chevaux se répandaient dans l'air frais. Le vent parmi les tours poussait des cris stridents et faisait claquer et voler les multiples étendards.

Le général Shonto, Hojo Masakada, courait presque pour se maintenir à la hauteur du seigneur Hajiwara qui marchait à grandes enjambées.

« Il n'y a pas de temps à perdre, général Hojo. Pas une minute.

— Mes hommes sont à vos ordres, monseigneur. »

Ils parvinrent à un escalier de pierre qu'ils gravirent côte à côte. Au sommet, une plate-forme permettait d'embrasser la plaine du regard mais, avec la tempête et l'obscurité, on ne pouvait rien voir. La poussière accumulée par un automne sans pluie envahissait l'air et piquait les yeux.

« La peste soit de cette poussière ! s'exclama Hajiwara.

— Un masque parfait, monseigneur, dit calmement Hojo.

— Oui, mais aussi un parfait écran. » Hajiwara scruta la pénombre et le flot de poussière. « Ainsi, selon vous, Butto Joda se cache dans cette obscurité. » Il tapa de son poing ganté sur le muret de pierre et se tourna vers ses aides de camp qui aussitôt s'agenouillèrent.

« Tout est prêt, signala un officier supérieur.

— En ce cas, pas d'hésitation, dit Hajiwara », et il traversa le terre-plein pour se diriger vers un autre escalier.

Le général Hojo bondit à ses côtés. « Ce n'est pas par là qu'il faut aller, monseigneur ! Mes hommes vous attendent ici. » Il montra du doigt la cour intérieure.

Un garde Hajiwara s'interposa entre son maître et le général. Chacun tira son épée. D'autres gardes du Hajiwara jaillirent de l'ombre et les soldats du Shonto se retrouvèrent encerclés. Le général Hojo se redressa de toute sa hauteur et regarda droit dans les yeux le seigneur Hajiwara. Sa voix était presque sifflante.

« Trahison ! lança-t-il. Le seigneur Shonto n'est pas quelqu'un avec qui l'on peut plaisanter. Je vous conseille d'y réfléchir par deux fois. »

Les officiers Shonto firent cercle autour de leur commandant. Hajiwara s'arrêta au sommet de l'escalier. « Trahison, dites-vous, général Hojo ? » Au travers de son masque, la voix paraissait venir d'un autre monde. « "Trahison" est un bien grand mot. Ce que je fais à présent a pour but de m'assurer qu'il n'y aura pas de traîtrise. Si l'information fournie par votre maître se révèle exacte, vous serez libéré et lui partira sans rencontrer d'obstacle, soyez-en sûr. Je prends seulement les précautions que n'importe qui prendrait à ma place, sans être le benêt que je suis apparemment selon vous. Détendez-vous, général. Vous serez traité avec tous les égards dus à votre rang. Veillez, s'il vous plaît, à ce que vos hommes se montrent coopératifs. »

Un bref salut, et il disparut dans l'escalier. Le capitaine des gardes Hajiwara s'avança et de son épée montra les marches que les soldats Shonto avaient montées. En protégeant leurs arrières, ceux-ci retournèrent dans la cour où les attendaient les soldats de l'autre camp.

Ainsi, se dit Hojo en essayant de se faire une juste idée de la situation, le Hajiwara n'est pas aussi stupide que nous le croyions. Mais dans ce cas pourquoi pourchasse-t-il des fantômes au milieu des éléments déchaînés, alors que, moi, je suis ici, au cœur de la forteresse qui contrôle les écluses de la gorge de Denji ?

Butto Joda mit pied à terre, et un aide de camp en armure emmena son cheval. Le bruit des chevaux qui piaffaient se mêlait aux hurlements de la tempête. Le vent Dragon, se dit le jeune seigneur. Mais à qui viendra-t-il en aide ce soir ? Il s'assit sur son tabouret de campagne, et un garde lui tendit un éventail de guerre portant le sceau des Butto. Des officiers supérieurs attendaient à genoux dans la faible lueur des torches.

De sa position sur la crête, Butto Joda pouvait voir les nombreux feux des armées ennemies rangées face à face sur la vaste plaine. Au loin, c'était tout juste si l'on distinguait les lumières de la forteresse impériale de surveillance du canal, occupée à présent par les Hajiwara. À leur gauche, une longue ligne droite marquait la limite de la gorge de Denji. Elle courait tout au long du grand terrain plat.

Si seulement nous pouvions faire confiance aux Shonto ! se dit Butto Joda. Ils ont menti à l'un ou à l'autre, cela ne fait aucun doute. Plaise à Botahara que la réalité soit conforme à ce que je crois et que leur véritable objectif soit l'élimination des Hajiwara. Il se toucha le front en signe de soumission à la volonté du Maître parfait.

Un général s'avança qui s'agenouilla. « Toute une armée progresse sur la plaine, monseigneur, s'il est difficile d'estimer leur nombre. Selon nos agents, il est clair que, malgré le temps, les soldats Hajiwara se préparent à quelque chose. »

Butto Joda acquiesça, songeur. Dans son armure lacée de noir et du violet des Butto, il paraissait encore plus jeune et plus petit que d'habitude. Pourtant ses généraux ne manifestaient aucune méfiance à l'égard de ses capacités. Tous attendaient, prêts à exécuter ses ordres sans poser de question.

« Et les Butto ? Avons-nous achevé nos préparatifs ?

— Vous n'avez qu'à donner le signal, monseigneur, dit le général. La chèvre a été attachée à un pieu sur le champ de bataille. Nous n'attendons plus que le léopard. »

Butto Joda approuva d'un signe de tête. « Nos soldats devront patienter encore un peu. Le léopard vient vers nous. Les Hajiwara attaqueront les premiers, la chose est sûre. À ce moment, nous battrons en retraite dans la confusion pour les attirer en territoire Butto. Une seule bataille reste à livrer avant la victoire pour laquelle nous avons si longtemps prié. Apportez-moi de bonnes nouvelles que je puisse transmettre à votre seigneur, mon père. Qu'on puisse dire que de son vivant les Butto ont enfin obtenu quelque chose en compensation de l'humiliation subie par les générations précédentes. »

Les rafales tourbillonnaient et hurlaient autour d'eux, rendant la communication impossible. Tout à coup, le vent parut monter et se jeter à l'assaut du ciel. « C'est un signe, s'exclama Butto Joda. Le vent Dragon vient en aide au Butto, n'en doutez pas ! » Le jeune seigneur laça plus solidement son casque, et tous ses gens l'imitèrent.

Les chevaux trépignaient et s'ébrouaient tandis que le Dragon vociférait autour d'eux. Leurs crinières flottaient au vent, dansant à la lumière des torches. Puis on enfouit les torches dans le sable, et l'obscurité fut totale.

Le centième soldat Shonto escalada le rebord de la fenêtre après avoir grimpé tant bien que mal le long des filets enveloppant la cargaison, qui avaient été transformés en échelle de corde géante. Il salua Shuyun, ne négligeant pas complètement la politesse, même en semblable circonstance.

Ne peuvent-ils faire plus vite ? se demanda le moine, tout en sachant qu'en réalité on ne pouvait rien espérer de mieux. Garder un bateau collé à la paroi s'avérait une tâche quasi impossible dans cette tempête. Déjà deux soldats avaient perdu la vie, emportés par le poids de leur armure alors que le navire brusquement donnait de la gîte.

Shuyun laissa aux hommes déjà débarqués le soin de s'occuper des nouveaux arrivants. Il s'avança dans la chambre de pierre et fit signe à Komawara de le suivre. Ils gagnèrent l'escalier. Il était temps de découvrir ce qui se cachait plus haut. Le moine avait quelque idée de ce à quoi il fallait s'attendre dans un temple de cette nature, car tous les sanctuaires botahistes avaient certaines caractéristiques en commun. Mais la secte qui avait élu domicile dans cette cavité des siècles plus tôt devait probablement avoir connu des besoins particuliers.

Les murs de l'escalier avaient autrefois été peints pour représenter des figures très élaborées, dont beaucoup en train de faire l'amour. Il était difficile maintenant de discerner leurs traits car le temps ne leur avait pas été propice. La parole de Botahara restait gravée dans la pierre sous la forme de caractères anciens, mais en bien des endroits avaient été portés par-dessus les blasphèmes des hérétiques et des incroyants.

L'escalier paraissait tire-bouchonner au-dedans du rocher, si bien que le peu de lumière venu du dessous ne tarda pas à s'effacer. Komawara essaya bien de découvrir légèrement sa lanterne de bronze, mais sans beaucoup de résultat : l'escalier continuait sa spirale. Les deux hommes poursuivirent leur ascension en faisant le moins de bruit possible, ce qui ralentissait sérieusement leur allure. À un tournant, une vague lueur leur vint d'en haut : le jeune seigneur et le moine firent encore plus vite à monter.

Les marches aboutissaient à une porte taillée dans le rocher. C'était de là que provenait la lumière. Komawara tira son épée, mais Shuyun passa devant pour aborder le premier la difficulté. Il s'arrêta pour écouter, propulsa dans son corps un flot de *chi* et fit passer le temps plus lentement. Quand il se remit en mouvement, Komawara n'en crut pas ses yeux, tant ses gestes étaient vifs.

La porte donnait sur un couloir assez large pour laisser passer quatre hommes de front. On y entendait moins distinctement le bruit de la tempête, mais un violent courant d'air continuait à s'engouffrer par toutes les ouvertures. Nous sommes sans doute au niveau des trois fenêtres, se dit Shuyun. Je me trouve dans le vestibule qui les relie. Il s'aventura dans ce vestibule sans quitter des yeux la source de lumière. Une plainte lugubre se fit entendre dans son dos. Il pivota : rien, hormis le vent.

La voix des religieux défunts n'a pas fini de hanter ces lieux, pensa le moine, et il se tourna de nouveau vers la lueur. Elle semblait s'infiltrer par une porte sur la droite. Une chambre de plus en profondeur, se dit Shuyun, et il fit signe à Komawara d'attendre pendant qu'il inspecterait la pièce. Le jeune seigneur prit position à proximité du seuil, d'où il pouvait voir le vestibule, qui n'était plus dans le champ de vision de son compagnon.

Shuyun s'avança, avec dans ses mouvements la fluidité d'une danseuse Sonsa. Sur la pierre, ses pieds nus ne faisaient aucun bruit. Alors qu'il s'apprêtait à entrer, il y eut un tintamarre. Cela venait du bout du vestibule, des pas et le cliquetis d'une armure.

Une lumière brilla, illuminant une embrasure. Des marches sortirent de l'ombre. Shuyun recula, prêt à fuir, mais comprit que le temps lui manquait. Un soldat parut. Il marchait les yeux baissés, une lanterne à la main. Il avait fait trois pas dans le couloir quand il leva la tête et aperçut le moine tapi dans la pénombre.

Il ouvrit de grands yeux et se figea. « Un fantôme ! » murmura-t-il. Il tourna les talons et décampa.

Alerté par ce sauve-qui-peut, un deuxième soldat apparut sur le seuil de la porte à droite. Lui aussi eut un mouvement de recul en apercevant le moine. Cette seconde d'hésitation suffit à Shuyun pour décocher un coup de poing qui percuta l'arête du nez de son adversaire. Le bruit fut celui d'une planche qui casse, et le garde s'effondra comme une masse. Shuyun bondit à l'intérieur de la pièce. D'une parade du gauche, il détourna le coup porté par une deuxième sentinelle. Un pas de côté, et il trouva sur l'homme le point de résistance maximum. Avec aisance, il le projeta de l'autre côté du couloir, sur le mur de granit, près duquel il tomba et resta inerte.

Komawara rejoignit le moine, l'épée à la main. « L'un d'eux s'est-il sauvé, mon frère ? »

Shuyun fit signe que oui, tout en s'agenouillant pour ficeler les gardes.

« Alors nous sommes fichus. Il va donner l'alerte. » Son visage grimaça comme sous le coup d'une vive douleur. « Nous avons échoué.

— Je ne crois pas, monseigneur. Le garde croit avoir vu un esprit, le fantôme de l'un des frères qui ont vécu ici jadis. À l'heure qu'il est, sans doute effraie-t-il ses camarades par le récit de ce qu'il a vu. Je pense qu'aucun d'eux n'osera s'aventurer ici tant que durera la tempête. Cela n'empêche pas qu'il nous faille sécuriser ce niveau-ci pour que personne n'en sorte avec la vérité. »

Komawara signifia son assentiment et partit sans hésiter vers les autres issues. Il se déplaçait avec l'assurance et la grâce d'un faucon s'apprêtant à fondre sur sa proie.

Shonto fit glisser avec soin son pinceau sur la pierre à encre et retourna à la feuille sur laquelle il travaillait. *Nul ne connaît les faiblesses de sa progéniture,* écrivit-il, *et nul ne voit la force de l'arbre à la forme de sa graine.*

C'était un exercice auquel il s'était adonné de nombreuses fois, en réalité depuis l'enfance. Il forma chacun des caractères avec le plus grand soin, fixant son attention sur le moindre coup de pinceau. *Exister au-delà du monde, au-delà des émotions, dans la pureté de l'acte même, c'est cela la paix dans le mouvement.* Il encra de nouveau son instrument et prit le temps d'examiner son ouvrage. Un léger tremblement peut-être ? Un moment de relâchement dans la concentration ?

Il se remit à peindre, recopiant la ligne qui ne le satisfaisait pas. Il n'existait aucune raison pour que ce travail ne fût pas parfait. Le plan élaboré fonctionnerait ou ne fonctionnerait pas et, si tout allait bien, la flotte serait dans les écluses avant l'aube. Alors, et alors seulement, il aurait quelque chose à faire. D'ici là, penser à ce qui pourrait ou non se passer était sans intérêt.

Si tu parles étourdiment, tu seras obéi dans le même esprit. Le pinceau sur le papier se déplaçait en silence, et le dignitaire se penchait sur son ouvrage avec une application que rien ne venait troubler.

Un cheval escalada la colline. Il galopait si vite qu'il semblait porté par le vent. Hajiwara écoutait. Il paraissait vouloir juger de la nouvelle à la célérité du cavalier. C'est l'heure de la colombe, décida-t-il en levant les yeux. Le ciel était chargé de lambeaux de nuages qui dérivaient, tels des voiliers poussés par le vent. À l'ouest, un croissant de lune illuminait l'un d'entre eux. À l'est, les premiers signes de l'aurore. Autour de lui, sur les hauteurs, Hajiwara voyait clairement qu'on était en train de se battre : chevaux et soldats tombés. Impossible de dire de quelle couleur était la livrée.

Qui gagne la bataille de la nuit ? se demanda-t-il, pour y répondre en continuant l'adage : Ceux qui voient le jour se lever.

Le vent n'avait pas perdu de sa force, et ses hurlements se mêlaient aux bruits de l'affrontement en cours. C'était une tempête bizarre, déconcertante, et non moins surprenante de ne pas s'accompagner de pluie. Il n'y avait pas eu la moindre averse, et maintenant les nuages se dispersaient comme s'ils avaient accompli leur besogne.

Le cheval ralentit sa course à la rencontre du premier cercle de gardes, puis se remit à galoper jusqu'au sommet de la colline. Le cavalier tira sur les rênes, et ses traits apparurent distinctement dans la lumière des torches. C'était un lieutenant de l'état-major de Hajiwara. Il descendit de cheval, un garde s'empressant de saisir la bride, et aussitôt il se dirigea vers son seigneur. Avec lenteur, il s'inclina puis ouvrit son masque. La bouche était entourée d'un cerne noir là où la poussière avait collé à la sueur.

« Alors, lieutenant ? demanda le général à la droite d'Hajiwara.

— Je viens vous rapporter, monseigneur, que nous avons fait prisonnier le seigneur Butto Joda. »

Hajiwara eut un signe de tête approbateur et ouvrit son masque à son tour. Son état-major s'agenouilla et se prosterna, tandis que leur maître rendait grâce aux dieux. « Où est le seigneur vaincu ? demanda-t-il. Vous m'avez bien dit l'avoir fait prisonnier ?

— Il a été capturé sans avoir souffert de blessure, monseigneur, et nous lui avons fait traverser nos lignes sans dommage, même s'il nous a fallu courir. J'ai devancé les autres pour vous donner le temps de vous préparer. »

Hajiwara hocha la tête et s'assit, de même que ses officiers, sans un mot de commentaire ou une ombre d'impatience. Ils se concentraient sur la beauté et le calme du clair de lune, en opposition au tumulte de la bataille. Ils étaient tout à leur bonheur. Cet instant, les Hajiwara l'attendaient depuis des siècles. Ils voulaient qu'il fût parfait.

On entendit un galop de chevaux, un martèlement semblable aux battements d'un cœur éperdu. Vingt hommes ralentirent à la hauteur des gardes puis continuèrent leur chemin. Dans le peu de clarté, on distinguait le vert des Hajiwara puis, à l'approche des cavaliers, la couleur violette sur un homme à cheval pas plus gros qu'un enfant. Les nouveaux venus s'arrêtèrent. On détacha l'enfant de sa selle. On l'obligea à s'agenouiller devant le seigneur Hajiwara, les bras liés derrière le dos.

« On ne s'incline plus, seigneur Butto Joda ? » demanda le vainqueur d'une voix calme.

Le prisonnier, vêtu de noir et de violet, ne bougea pas. Sans réaction, il gardait une forme de dignité. Hajiwara fit signe à son général, qui à son tour alerta un garde. Celui-ci s'avança et ôta au captif son masque et son casque. Il lui courba la tête jusqu'au sol puis se recula.

« Levez les yeux, jeune seigneur, et voyez où vous a mené l'orgueil de votre famille. »

Lentement, très lentement, l'enfant se redressa jusqu'à ce que la lumière vacillante des torches éclaire ses traits juvéniles. Hajiwara bondit, dégainant son épée. Il foudroya du regard les gens qui l'entouraient, comme un homme hagard qui découvre partout la traîtrise. Chacun pâlit en comprenant.

« Emmenez-le, que je ne le voie plus ! hurla-t-il.

— Nous ne savions pas, monseigneur... nous pensions que... » Le lieutenant se tut. Puis il se releva, entraînant le faux Joda au loin dans la nuit.

Derrière eux, il y eut un nouveau galop. L'état-major de Hajiwara fit bloc autour de son chef à l'approche des cavaliers, mais se rassura à la vue des lacets verts. L'officier commandant le groupe, un vieux capitaine, tomba à genoux devant ses supérieurs.

« Qu'y a-t-il, capitaine ? demanda le général.

— Une armée, monseigneur, sur la plaine. Elle nous prend à revers. »

Cette fois, Hajiwara en quittant son siège ne tira pas son épée. « Une armée ? Impossible ! Comment les Butto auraient-ils pu franchir nos lignes ?

— Apparemment, monseigneur, ce ne sont pas les Butto.

— Non ? Mais quelles sont leurs couleurs ? Quelles couleurs montrent-ils ?

— Le bleu, monseigneur. »

Hajiwara fit un tour complet sur lui-même et fendit le bois d'une torche qu'il envoya rouler sur la pente. « Les Shonto ! je n'y crois pas.

— Ils sont à pied, monseigneur. Mais ils vont vite. Si vous devez fuir, c'est maintenant. »

Le plus ancien des généraux prit l'affaire en mains. Il fit venir des chevaux et lança des gardes portant les étendards des Hajiwara dans une direction différente. On éteignit les torches. Le seigneur partit vers l'est, dans l'espoir de contourner les rangs des

Shonto et de trouver du renfort plus loin au sein de ses troupes.

La bataille continuait à faire rage. Personne ne s'aperçut que la lune était passée derrière les collines. À l'est, l'aube blanchit les nuages.

Une flèche rebondit sur la pierre au-dessus de la tête du général Hojo. Il se baissa et fit un saut de côté. Le premier garde Hajiwara tomba au premier coup d'épée. Le second bascula en parant les coups du mieux qu'il pouvait et fit du haut du chemin de ronde une chute vertigineuse.

Vite, Hojo Masakada se dirigea vers la tour, sans toutefois s'autoriser à courir. Une douzaine de gardes Shonto, des soldats d'élite, lui emboîtèrent le pas. Tout s'était passé plus facilement qu'il n'aurait cru. Il avait bien jugé ces Hajiwara, ils ne pouvaient rivaliser avec des combattants formés chez les Shonto. À cela s'ajoutait que leur chef avait laissé dans la forteresse les moins capables de ses hommes. Il avait dû penser que les gardes Shonto attendraient paisiblement son retour. Hojo Masakada eut envie de rire.

La grande porte s'ouvrit, livrant passage à un déferlement de soldats Shonto en provenance de la plaine. Le général se promit de s'incliner bien bas devant le frère Shuyun et le seigneur Komawara quand il les verrait. Il n'avait pas cru vraiment en leur réussite.

Dans la pénombre, il vit de vagues silhouettes chercher refuge dans la tour. Qu'ils s'y cachent provisoirement, se dit-il, cela n'a pas d'importance. Le pont maintenant était ouvert. Il ne restait plus qu'à s'occuper des écluses. Il leva son épée : c'était bon de constater qu'il demeurait un guerrier, c'était même très bon.

À flanc de coteau, la brume s'accrochait aux branches des pins. Le cri d'un faucon retentit longuement dans la vallée, où il finit par se confondre avec le grincement du cuir des harnais. Un vol de corneilles en émoi passa d'arbre en arbre. Elles s'intéressaient à l'activité humaine, le carnage ne les laissait pas indifférentes. Au pied de la colline, des cavaliers passèrent, étendards flottant au vent. Les oiseaux n'y prêtèrent pas attention. Ces hommes ne représentaient pas une menace, et ils étaient forts et pleins de vie.

À la tête de cette colonne de cavaliers, le seigneur Hajiwara pénétra dans la forteresse. C'était le début de la matinée. Il avait les poignets coupés par les cordes qui lui rentraient dans la peau, mais il était insensible à la douleur. Pas de trace d'un soldat Hajiwara à l'intérieur des murs, si tout indiquait qu'un combat avait bien eu lieu. Au sommet de la tour flottait la bannière des Shonto, avec fleur de *shinta* blanche sur fond bleu, dans un vent de plus en plus faible. Hajiwara lui jeta un coup d'œil au passage avant de fixer son regard sur les pavés.

Deux gardes des Shonto le tirèrent à bas de sa selle, sans brutalité mais aussi sans beaucoup de respect. Ils l'amenèrent au milieu de la cour et le forcèrent à se mettre à genoux. Un bruit sur les marches éveilla son attention. Il leva les yeux. Le seigneur Shonto descendait les degrés, en grande conversation avec le général Hojo. Il était suivi d'un moine, d'un homme âgé, manchot, et d'un jeune seigneur n'arborant pas le bleu de sa maison. Shonto lui-même n'avait pas d'armure s'il portait son épée.

Une fois au bas des marches, le dignitaire s'arrêta pour donner au général ses dernières instructions et consentit enfin à se tourner vers Hajiwara. Il l'examina avec soin, mais sans manifester d'émotion, comme s'il avait affaire à un cheval proposé à la vente. On apporta un tabouret. Shonto s'assit, l'épée non dégainée sur les genoux. « Une traîtrise en punit une autre, lança-t-il. N'est-ce pas ce que dit l'adage, seigneur Hajiwara ? »

Hajiwara resta muet.

« C'est à peu près cela, même si vous n'en convenez pas. Pourtant il vous faudra parler, seigneur Hajiwara, et le sujet sera la traîtrise, hein, qu'en pensez-vous ?

— La fourberie à laquelle je pense n'était pas de mon fait », cracha le prisonnier à genoux.

Shonto eut un large sourire. « Regardez autour de vous, seigneur Hajiwara, si, si, regardez ! Croyez-vous que j'aurais pu prendre votre forteresse, et vous avec, aussi facilement en me contentant de jouer les naïfs ? Il semble que le brouillard vous empêche d'y voir clair si c'est votre conviction. »

Hajiwara, à genoux, continua de se taire. Shonto persistait à le regarder.

« Maintenant, seigneur Hajiwara, permettez-moi de vous dire deux mots du message que je vais envoyer dans la capitale. Mon intention est de les informer par cette lettre que vous et votre gendre, le gouverneur d'Itsa nommé par l'empereur, avez conspiré avec un certain... officier de la garde impériale pour mettre fin à la vie du seigneur Shonto Motoru, de manière telle qu'on pût croire que le Trône avait fermé les yeux sur ce complot s'il ne l'avait pas ourdi lui-même. Si le complot en question avait réussi, il aurait eu pour effet de liguer les grandes maisons de Wa contre l'empereur, créant ainsi une situation qui aurait pu faire l'affaire de l'officier dont j'ai parlé. » Shonto regardait Hajiwara. « Même si je m'abstiens de nommer cet officier, je crois que le Fils du Ciel aura tôt fait de deviner de qui il s'agit. Préférez-vous toujours vous taire ? »

Il attendit longtemps sans qu'Hajiwara desserrât les dents.

« Vous me décevez, seigneur Hajiwara. Vous n'allez tout de même pas imaginer que l'empereur se serait laissé entraîner dans une tentative aussi maladroite ? Ne serait-ce pas le Tigre, le Tigre qui parle, qui vous aurait contacté ? »

Hajiwara jeta aux pierres devant lui des regards furibonds.

« Kamu, dit Shonto, s'adressant au vieil intendant.

— Monseigneur ?

— Dans vos pourparlers avec le seigneur Butto, êtes-vous tombé d'accord pour remettre entre ses mains le seigneur Hajiwara ?

— C'est exact, monseigneur.

— Ah ! peut-être avons-nous fait preuve de trop de hâte. Seigneur Hajiwara, pardonnez-moi si je donne des explications à ce qui vous apparaît déjà clairement. Tandis que nous parlons, l'armée Butto dévaste votre fief. Vous n'avez aucun espoir de recouvrer la liberté. Au pied de cet escarpement, ma flotte franchit des écluses qui sont surveillées par mes hommes. Votre gendre, le gouverneur, s'est démis de ses fonctions et se cache. Il ne vous reste plus rien, ni famille, ni alliés, ni troupes, ni terres, pas même l'honneur. Désirez-vous subir l'humiliation de devenir le prisonnier d'un enfant du nom de Butto Joda ? »

Hajiwara ne leva pas les yeux mais il secoua la tête lentement et, semblait-il, au prix d'un grand effort.

« En ce cas, peut-être est-il préférable que vous me parliez de traîtrise. Si vous y consentez, si vos paroles sont jugées dignes d'intérêt, on vous donnera une épée. On dira que vous êtes mort au combat, dans l'honneur. Cela dépend de vous, seigneur Hajiwara, mais vous devez vous décider maintenant. »

L'homme à genoux ferma les yeux. La colère le paralysait. « Ai-je votre parole qu'on me donnera cette épée ?

— J'y engage l'honneur de ma maison. Amenez son arme au seigneur Hajiwara. » Shonto fit signe au captif agenouillé sur les pierres devant lui. C'était l'ordre d'avoir à commencer.

« Tout s'est passé comme vous dites. Jaku Katta nous a approchés par l'intermédiaire de son plus jeune frère. C'est lui qui a fait en sorte que les Hajiwara s'emparent de cette forteresse et qui a encouragé notre juste guerre contre les ennemis de notre famille. Jaku nous a promis qu'en échange de nos services il nous ferait présent, le moment venu, des Butto et de leur fief. Mais tout cela s'exécutait sous le couvert de l'empereur et non de Jaku Katta, comme vous le suggérez. Les services auxquels songeait le Tigre noir consistaient à… intercepter le seigneur Shonto à hauteur des écluses. » Hajiwara se tut, l'œil fixé, semblait-il, sur le pavé devant ses yeux.

« "Intercepter", dites-vous, seigneur Hajiwara. Expliquez-vous, s'il vous plaît. »

L'homme à genoux soutint le regard de Shonto, mais il marqua une pause avant de parler. « Il voulait votre mort, seigneur Shonto.

— Ah ! Frère Shuyun ?

— Je crois qu'il dit la vérité, monseigneur.

— Vous avez mérité votre épée, seigneur Hajiwara », dit Shonto. Il se leva et partit.

24

Ils étaient entrés dans la province de Seh avant le lever du jour, si bien qu'en dehors des vigies en poste la nuit ils étaient peu nombreux à avoir vu passer les bornes délimitant le territoire. Tard dans la matinée, la température était toujours basse, mais les matelots ne s'en plaignaient pas car le vent frais gonflait leurs toiles et leur octroyait un peu de répit dans leur tâche.

À l'avant de la barge, Shuyun regardait défiler le paysage, s'étonnant du changement qu'il présentait. On avait abandonné le canal et ses écluses pour une portion plus rapide, et maintenant on se trouvait sur une véritable rivière, qui serpentait à travers la campagne et les collines, sinueuse comme la queue d'un dragon au repos. Les rives s'affaissaient pour donner de longues bandes de sable ; après quoi, elles reprenaient de la hauteur, s'étageant en grands paliers de pierre grisâtre.

Pins et cèdres parfumaient la brise, et soudain un méandre découvrait toute une colline tremblant des frondaisons de ses ginkgos, dont les feuilles prenaient une teinte jaune cuivrée sous les derniers rayons du soleil d'automne. Shuyun n'avait jamais vu plus pur et aussi plein de vie. L'air lui-même paraissait léger et de fraîche date, ce qui faisait contraste avec la capitale où il semblait vicié comme au sortir d'un trop grand nombre de poumons. Là, il vous caressait.

À mesure que se déroulait cette journée, Shuyun commençait à saisir l'originalité de Seh, à discerner sous les apparences quelque chose de plus profond. Seh s'était figée au milieu des bouleversements comme si Botahara lui-même y avait arrêté le temps, et ce calme était compensé par le sentiment qu'à tout moment tout pouvait se remettre en mouvement.

Les collines s'arrondissaient, se plissaient. Leurs crêtes se fondaient dans le flou de l'horizon, leur vert lumineux se changeait au loin en ombres bleuâtres. Des champs, des prés aux formes irrégulières trouaient les forêts, montaient à l'assaut des pentes ou longeaient les vallées, pour finalement se heurter à des murailles d'arbres jaunis par l'automne.

Dans un désordre comme seule notre terre en présente, çà et là émergeaient de gros blocs de pierre fracassés, comme si les ruines d'une immense forteresse gisaient cachées sous la surface du sol. La pierre grisâtre laissait voir d'épaisses strates parallèles et se divisait en masses énormes qui auraient pu être le matériau des constructions d'une race de géants, vent et pluie étant venus à bout du mortier. On l'appelait pierre de lune, et elle paraissait très ancienne malgré l'air de jeunesse du pays.

Le long de la rivière, de hauts escarpements surgissaient tout à coup. Les voix à bord des embarcations se répercutaient plusieurs fois sur les parois, de telle manière qu'au milieu du tumulte on entendait l'écho de ses paroles et jusqu'à son nom. Shuyun se tenait sur la proue de son bateau au moment où celui-ci plongea dans une gorge abrupte. Il eut le sentiment que son cœur s'ouvrait, et son âme aussi, à des beautés si grandes que leur pouvoir en était douloureux.

Jamais auparavant il n'avait risqué sa vie. Il ignorait que beaucoup de ceux qui avaient combattu les Hajiwara et grimpé aux échelles de corde pour pénétrer dans l'ancien sanctuaire au-dessus de la gorge de Denji avaient connu des émotions très proches de ce qu'avaient été les siennes. Mais, à la différence du jeune moine, la plupart étaient déjà passés par des situations impressionnantes. Lui ne pouvait partager son expérience avec personne, et son passé ne contenait rien d'aussi troublant.

Ils furent emportés dans les grondements torrentiels de la gorge. Les bateliers s'évertuaient à empêcher la barge de s'empaler sur les rochers, en manœuvrant les rames qui leur servaient de gouvernails. Minuscules, d'un blanc immaculé, les mouettes *tinga* poussaient des cris aigus. Elles se jetaient dans les tourbillons et les franges d'écume comme si elles avaient conclu un pacte avec une divinité des rivières leur garantissant un libre passage.

Le vacarme devenait assourdissant et la vitesse du courant réellement effrayante quand, après une rupture de pente soudaine qui mit fin aux difficultés, le bateau fila sur une étendue d'eau transparente, aussi tranquille qu'une âme qui a connu l'illumination. Seh ! pensa Shuyun. Le grand fleuve m'aura porté jusqu'aux longues lignes droites du Nord. J'ai été soulevé par des flots de nuages et jeté à la surface d'un large miroir. Seh ! Mon seigneur y vient pour mener une guerre à laquelle il ne peut donner un nom, car ce ne sont pas les Barbares que nous allons défier. Seh ! M'y voici le conseiller du gouverneur impérial, pour être l'honneur de mes maîtres ou la honte de mon ordre.

Il baissa les yeux. Quand il regardait l'eau, c'était comme s'il voyait le ciel dans son infinie profondeur. Illusion, pensa-t-il, et le but de ma vie est de dissiper l'illusion. Au sein du lac, des flottilles de nuages voguaient vers l'est. « Je suis le berger des nuages », s'entendit-il murmurer. Nuages changeants, grandissants, jusqu'à devenir des dragons, des champs, des prés, prendre la forme d'oiseaux, de souris, de femmes d'une grande beauté. Je les rassemblerai tous.

Une heure s'écoula. Shuyun était absorbé dans sa méditation. Il entendit des pas sur le pont derrière lui. Le général Hojo, pensa-t-il sans se retourner, il a beaucoup de *chi* pour quelqu'un qui n'a pas d'entraînement.

S'arrachant à sa concentration, il fit volte-face et salua : « Général.

— J'espère que je n'interromps pas votre contemplation, frère Shuyun.

— Je passe trop de mon temps à contempler et trop peu à étudier la sagesse des conseillers de mon maître. »

Hojo s'inclina légèrement. « Vous me faites honneur, mon frère, mais c'est moi qui ai argumenté pour qu'on s'abstienne d'escalader les parois de la gorge de Denji. Par chance, on ne m'a pas écouté. »

Shuyun se sentit gêné par les paroles de l'officier. « Général, on vous a écouté et votre assemblée était sage. Nul ne savait si le seigneur Komawara et moi réussirions. Et si nous avions échoué ? Comme vous le disiez, les conséquences auraient été catastrophiques. Le risque s'annonçait considérable. Heureusement, Botahara nous a souri. »

De nouveau, le général s'inclina, mais à peine, et son regard passa au rivage devant lui. Il voulait changer de sujet. « J'ai lu quelque part, dit-il, qu'une première impression ne se reproduit jamais. Pourtant, quand je reviens à Seh, c'est toujours la première fois. »

Shuyun chercha ses mots. « Tout ce que j'avais lu, tout ce qu'on m'avait dit, ne m'avait pas préparé... » Il se tut, à court d'inspiration.

Les deux hommes restèrent silencieux un long moment, l'œil fixé sur le paysage qui défilait devant eux.

Ce fut Hojo qui parla le premier. « Il doit être troublant pour notre maître de venir ici, sachant que le nom de son célèbre ancêtre est tellement lié à l'histoire de Seh.

— C'est juste, dit Shuyun. Le premier Shonto Motoru. Son mausolée n'est-il pas près d'ici ? »

Hojo acquiesça sans quitter la scène du regard. « Oui, dit-il calmement, tout près, mais difficile à atteindre depuis la rivière. » Il marqua une pause. « Ainsi un seigneur Shonto est de retour, portant même l'épée que son ancêtre avait donnée à l'empereur. Si j'étais un habitant de Seh, cela me toucherait. » Il secoua la tête. « Bien sûr, la situation n'est pas du tout la même. Cela se passait en un temps où les Barbares étaient particulièrement puissants. Et notre empereur... (il leva les mains, la paume tournée vers le ciel) n'est pas le poète qu'était l'empereur Jirri. »

Shuyun sourit de la plaisanterie.

Le silence retomba. La remarque de Hojo remit en mémoire au jeune moine la lecture qu'il avait faite de l'histoire de la famille Shonto. Bien des poèmes avaient été écrits sur la grande guerre menée contre les Barbares. On avait célébré le seigneur Shonto dans des chants, des odes, des pièces de théâtre. En dehors de l'empereur Jirri, plus d'un parmi les grands poètes de l'empire s'était servi de son pinceau.

Les pierres se sont brisées.
Partout à l'horizon,

Ce ne sont que des ruines.
Les murs sont tombés.
Spectacle douloureux.
Chaque nouveau rapport est plus affligeant.
La fumée des villages qui brûlent,
Le vent en apporte l'odeur.

Seh, ta beauté
Est en flammes.
On entend battre le tambour
Comme battent les cœurs.
Le fifre sonne la retraite :
Combien de nos fils en paieront le prix ?

C'est la vie entière
Que dure la bataille.
La guerre ne finira donc jamais ?

Les affres de la faim
Tuent autant que l'épée,
Et le sol est jonché
De corps d'enfants, de femmes
Que la faim a vaincus
Sans qu'ils disent un mot.

Le fantassin le glisse
Tout bas au cavalier :
Il est enfin venu,
Il chevauche aux côtés
De l'empereur lui-même.
Shonto est dans nos rangs.
Affûtons nos épées
Émoussées par les pleurs
De notre désespoir.

Shuyun leva les yeux pour contempler une colline rouge et jaune dans le soleil couchant. Seh, pensa-t-il, est toute belle.

Et Shonto est venu.

25

Une cloche de bronze résonna dans l'obscurité. Le bruit passa le fleuve tranquille et fut répercuté sur l'autre rive. Le frère Sotura maintenant pouvait voir le bateau-feu lui-même. « Yul-sho », murmura-t-il. À midi se dessineraient les murs de la Cité flottante.

Lâchant la rambarde, il entreprit une série de mouvements compliqués de ses doigts, exercice dissimulé par la longue manche de sa robe. Son attention pourtant se portait ailleurs. Il était affecté par des problèmes autrement plus importants.

Cela faisait vingt-deux ans qu'il connaissait le patriarche de son ordre, et durant peut-être la moitié de ce temps il avait été son conseiller le plus proche. Jamais il n'avait vu s'affliger le maître suprême jusqu'à ce jour. Son malheur venait d'assumer la grande responsabilité de sa charge en un moment particulièrement difficile.

La peste avait dévasté l'empire de Wa et, si la congrégation avait finalement trouvé un remède, l'épidémie avait fait d'innombrables victimes. Les plus anciens parmi les frères se rendaient bien compte que si la découverte avait été plus précoce, la guerre de la période intermédiaire n'aurait jamais eu lieu. Cela pesait beaucoup sur la conscience du patriarche. Si les Hanama n'étaient pas morts de la peste, les Yamaku ne se seraient jamais emparés du trône, un frère botahiste aurait toujours été le conseiller du Fils du Ciel, et l'ordre dans l'empire aurait gardé une place prépondérante.

Une petite étincelle grandit qui devint le fanal de proue d'un chaland qu'on poussait vers la mer. Le courant les aidait, le vent leur était hostile. Sotura regarda passer l'embarcation jusqu'à ce que même le bruit des rames dans la nuit ne fût plus perceptible.

Le patriarche, Sotura le voyait bien, portait un lourd fardeau. Mais, davantage encore que la situation dans l'empire, dont Sotura savait qu'avec de la patience et du temps elle évoluerait, c'était la perte des rouleaux de Botahara qui minait la sérénité du maître suprême. Et le frère Sotura partageait la responsabilité de cette disparition.

Elle mettait la congrégation dans une situation si délicate qu'elle avait été contrainte de réagir à ce sacrilège dans le plus grand secret. Les rouleaux du Maître parfait contenaient bien des éléments inconnus de tous en dehors des ordres botahistes. Sotura lui-même en ignorait une bonne part. Si ces choses-là venaient à être sues, c'était, le patriarche n'en doutait pas, la place même de la congrégation botahiste dans l'empire qui serait menacée, peut-être son existence.

Pourtant rien ne transpirait, pas de demande de rançon, pas la moindre rumeur sur l'absence des rouleaux, rien. Peut-être cette incapacité à comprendre les mobiles des voleurs était-elle ce qu'il y avait de plus troublant. Par où commencer les recherches quand on n'avait aucune idée de la raison pour laquelle le vol avait été commis ? Si ç'avait été pour de l'argent, on aurait su au moins sur quel pied danser ; si le but avait été de faire chanter la communauté, là encore les choses auraient été claires, Sotura aurait même pu voir se profiler une piste. Mais, dans les circonstances actuelles…

Peut-être son entrevue avec le frère Hutto amènerait-elle une idée à exploiter pour l'ouverture d'une enquête. Pareille rencontre n'était pas sans danger, mais Sotura ne voyait rien d'autre. Il faudrait trois jours au moins pour arranger quelque chose, trois jours précieux allaient être perdus. Le moine fit passer sur l'autre pied tout le poids de son corps et du même coup sentit bouger une robe à laquelle il n'était pas habitué. Après une vie passée sous l'habit d'un moine botahiste, impossible de s'adapter à une autre tenue. Le déguisement pourtant semblait remplir son rôle : il n'était qu'un simple adepte de retour de pèlerinage, se mêlant même aux autres fanatiques religieux à bord, s'il trouvait leur compagnie curieusement déprimante. En fin de compte, le frère Sotura, le maître de *chi-quan* du monastère de Jinjoh, avait échappé à une découverte.

Ah ! s'il pouvait seulement obtenir cette entrevue avec le frère Hutto ! Mais cela posait problème. L'honorable frère était surveillé de trop près, le prix à payer pour son poste de primat à Yankura.

Ce n'était pas qu'il eût été plus utile dans un autre emploi : un homme avec les capacités du frère Hutto était indispensable dans une ville comme Yankura, mais comment s'y trouver sans attirer l'attention de… certaines gens ? Sotura ne pouvait s'offrir le luxe de devenir l'objet de leur curiosité, incontestablement.

La barge arriva à la hauteur du bateau-phare et, une fois là, parut rester en équilibre, incapable ou presque d'avancer à contre-courant. Sotura hocha la tête. Peut-être eût-il mieux valu embarquer à bord de quelque chose de plus rapide, mais il avait pensé que ce rafiot éveillerait moins les soupçons des gardes impériaux. Par chance, l'automne était sec. Si les pluies avaient commencé, la vieille barge n'aurait jamais pu remonter le fleuve. Patience, se dit-il, patience ; Botahara récompense l'homme patient. Il poursuivit ses exercices de doigts jusqu'à la fin de la première série et entama la seconde, où il les traitait séparément.

Il y avait longtemps que Sotura n'avait pas visité Wa, et il regrettait de ne pas être là en plein jour, pour jouir du spectacle de la campagne dans sa parure d'automne. Toutes ces années passées sur l'île du monastère de Jinjoh avaient conféré à l'empire une aura des plus romantiques. Il hocha la tête : rien à faire, la nature à ses yeux était ce qu'il y avait de plus beau.

Il porta son attention sur la ligne du rivage et en imagination en chassa l'obscurité, comme si c'était une brume maléfique apportée par le vent. Un village dispersait ses murs, couleur d'os blanchis, au flanc d'une colline, tel le squelette d'une bête énorme tombée au milieu d'une gigantesque enjambée. Au-dessus du village se détachaient sur fond de ciel étoilé les silhouettes obscures d'un bosquet de pins et de tilleuls. Les champs de riz dégringolaient en terrasses irrégulières, leurs levées de terre traçant un réseau vert-bleu sur une pente noire. La récolte maintenant allait être rentrée, et l'heure serait proche des réjouissances paysannes. Sotura regrettait d'avoir manqué la fête du Fleuve. Il avait toujours eu un penchant pour ces festivités en dépit de leur origine païenne.

Cette pensée parut dissiper un enchantement. L'obscurité revint, éloignant le rivage malgré tous les pouvoirs de l'imagination. La fête du Fleuve avait été le but de son voyage, la dernière fois qu'il s'était rendu dans Wa, huit ans plus tôt. Là encore la motivation avait été politique, s'il n'avait pas eu à connaître l'indignité d'un déguisement.

Le jeune moine initié, Shuyun, lui avait été confié pour prendre part au tournoi de kung-fu organisé par l'empereur. Sotura s'était voulu dans un rôle d'éducateur. Il était venu rappeler aux habitants de Wa quels étaient les pouvoirs des moines botahistes. Il s'était proposé d'instruire mais avait appris plus qu'il n'avait enseigné.

Shuyun s'était révélé parfaitement adapté à la leçon que la congrégation voulait donner. Dans un empire encore mal remis des années de peste et de la guerre de la période intermédiaire, les moines botahistes avaient à nouveau eu droit au respect. Ils avaient pu comme autrefois courir sans encombre les chemins de l'empire, ce qui n'était plus accessible à quiconque, à moins d'être lourdement armé.

Les moines botahistes n'avaient pas rencontré le même succès avec une deuxième leçon qu'ils avaient espéré donner. Shuyun avait humilié le favori de l'empereur, l'arrogant Jaku Katta, mais cela n'avait servi qu'à accroître la méfiance du souverain à l'égard de la congrégation, alors que les frères avaient cru possible qu'il y vît tout l'intérêt de prendre un religieux à son service.

C'était tout pour ce qu'on avait voulu transmettre. Ce que Sotura avait recueilli comme enseignement était plus difficile à préciser, car il n'avait pas joué un rôle actif. À vrai dire, il n'avait élargi son savoir que par l'intermédiaire de Jaku Katta. Au plein milieu du combat, Sotura l'avait vu perdre sa concentration et, un bref instant, se découvrir complètement. Ce que signifiait, selon le moine, la réaction de Jaku était qu'il avait été victime de la peur. Pourtant le maître de *chi-quan* n'avait rien remarqué d'extraordinaire, et il ne laissait pas échapper grand-chose.

C'étaient des éléments d'information singuliers et qui laissaient sur sa faim. Sotura après cela avait observé Shuyun avec soin. Il s'était même entraîné à combattre avec lui en plus d'une occasion. Le jeune moine, certes, avait bien du talent pour quelqu'un de son âge, mais ne démontrait rien de nature à frapper de stupeur un compétiteur de la classe de Jaku. Peut-être celui-ci avait-il accru la crainte que la communauté botahiste inspirait à l'empereur ; impossible de l'affirmer avec certitude. L'incident de bout en bout avait constitué une regrettable erreur de calcul dont on ne pouvait sous-estimer l'importance.

Le problème avec cet empereur était que les frères ne savaient presque rien de lui. Aucun moine n'était admis en sa présence, si bien qu'il demeurait une énigme qu'aucun effort d'analyse n'était capable de déchiffrer.

Bien sûr, il déjouait tous les pronostics, mais cela n'empêchait pas le frère Sotura de s'étonner du peu de succès enregistré par ses amis à devancer ses plans. C'était particulièrement frustrant. Parfois Sotura se demandait si son ordre ne s'était pas attiré la colère du ciel, tant il manquait de réussite. Hypothèse évidemment inconcevable.

Le maître de *chi-quan* termina ses exercices de doigts et commença une séance de méditation apaisante. Quand plusieurs heures se furent écoulées, l'aube le trouva debout à l'avant du bateau, étrange figure de proue vêtue d'une robe dépenaillée que le vent refusait de laisser en repos.

Le Temple de Jade était le plus ancien des édifices du vieux quartier de la Cité flottante. Durant les sept cents ans où il était resté debout, sa situation sur un îlot rocheux lui avait épargné les inondations, loin d'être rares, que connaissait Yankura. Botahara, disait-on, le protégeait du feu.

À l'intérieur des murs clôturant le domaine du temple s'agglutinaient d'autres constructions du style de la première période botahiste, toutes disposées autour de petites cours et de jardins destinés à la méditation. Le Temple de Jade était la destination de beaucoup des pèlerins qui empruntaient les routes et les voies navigables de Wa, aussi avait-on prévu de vastes salles à l'extérieur du temple pour accueillir les nombreux adeptes qui arrivaient sans matériel de couchage et sans argent, ayant tous fait vœu de pauvreté.

Le frère Sotura s'était allongé sur un banc de bois au milieu de l'obscurité dans l'un de ces dortoirs, sans se préoccuper du froid qui semblait s'insinuer dans son corps comme une eau vive. Autour de lui, il entendait les bruits que faisaient les pèlerins dans leur sommeil (et qui n'étaient pas tous compatibles avec une bonne santé), ainsi que les chuchotements de ceux dont l'esprit était trop troublé pour trouver la paix dans l'assoupissement. Des voix murmuraient dans le noir et, derrière la minceur des volets, quelqu'un dans le jardin marmonnait un long *bahitra* à la résonance familière, une prière pour obtenir le pardon.

Pour la centième fois, un vieillard fut pris d'une violente quinte de toux puis poussa un soupir, de désespoir ou de soulagement, impossible à dire. Le frère Sotura était couché sur le flanc et faisait semblant de dormir pour éviter le piège toujours tendu de la conversation. La quête de la vérité incarnée par Botahara ne paraissait pas très souvent triompher de la solitude, et plus d'un de ces pèlerins recherchait la compagnie d'autres hommes.

Une cloche dans le temple sonna l'heure du hibou, et à travers la ville populeuse une douzaine de fois d'autres lui répondirent. Le frère Sotura attendit un moment puis, sans faire de bruit, il se leva. Savoir se déplacer subrepticement faisait partie de l'arsenal de talents des frères botahistes. Sotura fit jouer son savoir-faire. Prudemment, il se glissa parmi les corps endormis. Au bout du dortoir, il écarta un écran.

Un croissant de lune projetait des ombres au pied des bâtiments et des arbres, et se reflétait à la surface d'une petite pièce d'eau. Évitant une allée de gravier, Sotura traversa un espace libre entre deux constructions et gagna un muret de pierre. À son extrémité, il trouva le mur du temple, plus élevé. Le moine s'arrêta pour examiner les alentours. Il scruta l'obscurité pour y déceler un mouvement, faisant appel à tous les pouvoirs de son cerveau, cherchant une présence, l'existence d'un *chi* qui trahirait le secret d'un homme se dissimulant dans l'ombre.

Quand il fut certain de n'être observé de personne, Sotura revint sur ses pas et prit une petite allée pavée. Un peu plus loin, il arriva devant une porte à demi obstruée par un buisson de *tenti*. Dans l'obscurité, ses mains tâtèrent le bois recouvert de métal, à la recherche d'une poignée. Quand il l'eut trouvée, il la tira vers lui. La porte bougea sans bruit, avant de se bloquer subitement.

Une voix grave chuchota dans la nuit, derrière la porte. « Que désirez-vous ?

— Je suis venu délibérer avec votre maître du sens des paroles du Maître parfait », répondit Sotura sans se troubler. Il entendit qu'on détachait une chaîne, et la porte fut poussée dans sa direction.

« Entrez, je vous en prie, dit la voix », et Sotura pénétra dans la deuxième enceinte du temple séculaire. La porte se referma sans bruit derrière lui.

« Je vous en prie, mon frère, suivez-moi. »

Un bref salut, et la silhouette obscure d'un moine botahiste pivota pour chercher l'ombre protectrice d'un mur proche. Sotura ne fut pas long à obtempérer. Avant qu'ils eussent fait une vingtaine de pas, son compagnon précautionneusement découvrit sa lampe, et il distingua quelque chose de son visage.

« Frère Shinsha ? » demanda-t-il.

Le moine se tourna vers lui. Sotura devina son sourire plus qu'il ne le vit. « Oui, le frère Shinsha, qui s'honore d'être votre serviteur. Excusez-moi si je ne prononce pas votre nom. » La voix était en harmonie avec des ténèbres aux résonances profondes.

« La nuit entend tout », dit Sotura à voix basse.

La lampe frémit, agitée par les gloussements silencieux de son guide.

Ils prirent un escalier de pierre menant à une véranda, à l'arrière d'une maison d'habitation. Une fois à l'intérieur des murs, on ne percevait plus rien des bruits de la ville la plus animée de l'empire. Le frère Sotura y trouva une sorte de réconfort. Son cicérone ouvrit un *shoji* et pénétra dans un large vestibule. Quelques pas plus loin, ils prirent un nouvel escalier qui, quatre étages plus haut, débouchait sur un long couloir. Deux religieux qui montaient la garde près de doubles portes sculptées s'inclinèrent avec respect devant leur frère plus âgé et aussi devant cet adepte en guenilles. Sans frapper, le frère Shinsha ouvrit les deux portes. Il salua le maître de *chi-quan* comme si c'était un étranger tenu en haute estime et s'écarta.

Sotura entra. Là, au milieu de la pièce, le frère Hutto, primat de Wa, était assis, le dos courbé au-dessus de son fameux bureau (deux fois la largeur standard), un rouleau de papier à la main.

« Ah ! frère Sotura ! dit-il après un coup d'œil à la tenue vestimentaire de son visiteur. Vous ne devriez pas suivre la mode d'aussi près. Vous mettez votre âme en danger. »

Le primat ne sourit pas de sa plaisanterie, habitude que Sotura jadis avait trouvée déconcertante. Cela se passait avant qu'il eût compris que le frère Hutto prenait plaisir à voir les gens se demander s'il fallait rire ou non. C'était aussi un témoignage de sa grande intelligence et, une fois assimilé, constituait un élément non négligeable de son charme.

« Je tiendrai compte de vos bons conseils sur le sujet, mon frère, mais je ne suis pas venu vous voir précisément dans ce but. »

Hutto hocha la tête et se caressa le menton. Il semblait sonder Sotura jusqu'à l'âme, mais celui-ci supportait l'examen sans donner à croire qu'il en était incommodé. Le primat était un tout petit bonhomme dont le visage faisait penser à quelqu'un de très vieux ou d'étonnamment jeune, selon son humeur. Il avait les traits épais d'un paysan, mais aussi de petits yeux malins presque noirs. Il cessa de se tripoter le menton.

« Vous ne vous êtes jamais contenté de bonnes paroles, frère Sotura. Je vous en prie, venez vous asseoir à côté de moi. » Il montra un coussin et repoussa sa table.

L'un des moines qui gardaient la porte entra avec un service à thé posé sur un guéridon laqué. Il mit ce guéridon entre les deux hommes et, avant de sortir, vérifia si le feu brûlait toujours sous la bouilloire en fer.

« Avez-vous un message de la part de notre patriarche ? » demanda le frère Hutto. Il avait une façon bien à lui d'appuyer sur les voyelles longues, leur donnant une extension quasi musicale, comme si, échappées d'une lente mélopée, elles avaient trouvé refuge dans sa conversation.

« Il vous assure de son profond respect mais n'a rien prévu d'écrit de peur des curieux. Cela n'empêche pas que j'ai reçu mission de parler avec vous en son nom de bien des choses.

— Et qu'est-ce que le maître suprême croit que je lui cache ?

— Mais rien, je pense, frère Hutto, répondit Sotura d'un ton tranquille.

— Ah ! donc vous n'êtes venu que pour écouter tinter les cloches du Temple de Jade ?

— Non, mon frère. » Il hésita avant de poursuivre. « Je suis venu vous parler des rouleaux sacrés de Botahara. »

Hutto fit le signe du Maître parfait. « En ce cas, parlez plus bas. J'ai encore l'ouïe fine. »

Sotura baissa les yeux et traça un cercle avec ses doigts sur les nattes végétales. « Nous avons reçu votre rapport. Le patriarche a rendu hommage à votre prévoyance en faisant suivre le marchand du Shonto. Pourtant ce qui a été vu dans l'obscurité soulève de nombreuses questions. » Frère Sotura préféra laisser le reste en suspens pour voir comment son interlocuteur allait réagir.

Celui-ci ne parla qu'après un long silence. « J'en conclus que vous me demandez si j'en sais davantage.

— Pas du tout, mon frère. Le maître suprême aimerait connaître ce que vous en pensez. »

Le frère Hutto régla la flamme d'une lampe. « Et moi, je m'intéresse à ce qu'en pense le frère Nodaku. Si ce qu'on a fait disparaître si mystérieusement était les rouleaux que vous… que nous cherchons, je crois que le maître suprême serait bien venu de me le dire. Où transporterait-on par voie maritime lesdits rouleaux, sinon au monastère de Jinjoh ? » Hutto arrêta le regard de ses yeux noirs sur le grand moine.

« Où se trouvent les rouleaux demeure un mystère, répondit Sotura. Je suis désolé d'avoir à l'avouer.

— Ah ! s'exclama Hutto, je me prends à regretter de ne pas vous avoir entendu me dire que tout avait été fait sous le manteau et que les rouleaux avaient regagné leur sanctuaire. » Il s'interrompit pour servir le thé. « Je crains de vous décevoir. Je ne sais pas ce que portaient les gardes impériaux. C'était une caisse des dimensions d'une petite malle, apparemment très lourde. Je dis bien "apparemment". Cela pouvait-il être le trésor que nous recherchons ? » Il secoua la tête tristement et offrit à son hôte un bol de thé. « Je ne le crois pas.

» Quand je pense qu'ils ont disparu ! » s'écria-t-il avant de se reprendre bien vite.

À l'étage en dessous, des voix gutturales entamèrent un chant mélodieux qui parut ne devoir jamais finir. Les deux moines firent le signe de Botahara. Puis quatre fois l'on frappa sur un gong qui résonna longuement dans le silence. On l'entendit trois fois encore, et tout se tut. Dans le calme revenu, une autre voix s'éleva, solitaire, remplissant l'espace comme l'eau un bol vide. Elle était belle et claire, sa musique avait quelque chose d'émouvant et d'obsédant. Puis le reste des exécutants se remit à l'ouvrage dans un chœur à la fois sobre et puissant.

Sotura respira profondément et pria en silence. « Excusez-moi, mon frère, dit-il, mais je ne dispose que de peu de temps. »

Hutto fit signe qu'il comprenait. Sotura poursuivit.

« L'initié qui était témoin de l'incident... n'a-t-il pas surpris quelque chose des propos du marchand vassal ? »

Le moine secoua la tête. « Tanaka et le vieux garde regardaient la scène sans rien dire, effrayés même, à ce qu'on m'a rapporté. Ils étaient totalement muets. Je ne sais rien de plus que ce qui figure dans ma lettre au patriarche.

» J'hésite avant de me livrer à des suppositions, mais il me paraît évident que, s'enveloppant de mystère, l'opération prenait beaucoup d'importance pour quelqu'un de haut placé. La présence du marchand vassal du Shonto suggère qu'elle intéressait aussi le haut dignitaire. Peut-être est-il dangereux de chercher trop haut où se situe la vérité ?

» Cela fait des années que j'observe le marchand Tanaka, et j'ai appris bien des choses le concernant qui m'ont surpris. Peut-être le plus révélateur est qu'en privé le seigneur Shonto le reçoit à sa table et fait suivre son nom de *sum*. Cet homme compte parmi ses conseillers les plus appréciés, et pas seulement quand il s'agit d'affaires commerciales. Quand on pense qu'il a osé s'aventurer par une nuit sans lune avec la seule protection d'un vieillard ! Le contenu de la malle, quel qu'il soit, avait de quoi retenir l'attention de la maison Shonto.

» Mais qui est derrière l'envoi de ce colis ? Jaku Katta ? L'empereur ? À moins que ce ne soit l'un des frères de Jaku ? Et à qui voulait-on le faire parvenir ? » Le vieux moine secoua la tête. « Il est très étrange que Tanaka se soit intéressé à ce transport, vraiment très étrange. Où donc cette précieuse malle pouvait-elle bien aller pour que le seigneur Shonto s'en préoccupe ? La seule possibilité est qu'elle a suivi le même chemin que plus tard le seigneur en question. »

Hutto ferma les yeux et but lentement son thé ; son visage était celui d'un adolescent comblé d'aise.

« Voyons : le contenu de la malle. De l'or ? De l'argent ? Du jade ? Le salaire des ennemis du Shonto ?… » Il ouvrit ses yeux noirs. « Ou celui de gens susceptibles de devenir ses ennemis. Toutes hypothèses que vous avez envisagées dans vos discussions avec le maître suprême, j'en suis sûr.

— J'ai plaisir à vous entendre, frère Hutto, dit Sotura. Isolés comme nous sommes dans le monastère, nous finissons par craindre de ne pas avoir exploré toutes les possibilités. Malgré tout, je redoute encore que ce n'ait été notre trésor qui était déplacé, peut-être même en train d'être livré à nos ennemis.

— Il semble que vous attribuiez le vol au Fils du Ciel ?

— C'est sur lui que tombent le plus naturellement les soupçons, et il a à son service Katta, un roublard qui a des raisons personnelles de détester notre ordre. » Sotura dégusta la saveur de son thé et huma son arôme subtil.

Hutto eut un rire amer qui surprit son interlocuteur. « N'est-ce pas une ironie du sort que nous en soyons réduits aux mêmes spéculations hasardeuses que des hommes qui ont perdu la foi ? » Il se tourna vers son compagnon en guenilles. « Regardez-vous. N'avez-vous pas envie de rire quand vous vous voyez tel que vous êtes ? Un maître botahiste contraint de battre la campagne sous un déguisement, comme un courtisan allant à un bal costumé ? » Il éclata de rire une fois encore et se pencha pour murmurer : « Je vous sens paniqué, mon frère. Vous n'en laissez rien voir, mais je m'en rends compte malgré tout. Et cela ne se limite pas à vous : tous ceux d'entre nous qui sont au courant succombent à la même peur. Bientôt elle se communiquera à d'autres membres de notre Église, une peur panique jusque-là ignorée, une peur qui n'a pas de nom. Et les suppositions iront bon train. Comprenez-vous ce que cela signifie ? » Le vieil homme inspira profondément pour ensuite lentement expirer. « Moi aussi, je panique. Excusez-moi, s'il vous plaît.

— Mais, frère Hutto, c'est la raison même pour laquelle il nous faut trouver les rouleaux. Rien n'a plus d'importance, absolument rien. »

Les deux hommes burent leur thé à petites gorgées dans le silence. Un courant d'air s'insinua par un *shoji* entrouvert, apportant avec lui une odeur de feuilles mortes. Sotura s'absorba dans la contemplation des panneaux peints sur toute la longueur du vestibule. Ils montraient le Maître parfait dans le sermon du Silence, au cours duquel il annonçait à ses disciples qu'il allait leur parler de leurs désirs. Ensuite il s'était tu et ne s'était levé qu'à la tombée de la nuit pour aller prier. Oui, pensa Sotura, nos désirs sont peints sur nos visages comme l'étaient ceux de ses disciples.

« Frère Hutto, je ne puis m'attarder et j'ai des questions à vous poser. Que faut-il penser de l'empereur et du Shonto ?

— C'est vrai, dit l'autre, je néglige mes devoirs. » Il prit le temps de remplir les bols de thé. « Ce n'est pas un secret que la peur inspirée à l'empereur par le Shonto. Et pourtant le voilà qui le traite en ami de toujours et lui confie la sécurité de l'empire. C'est très étrange. Certains y voient le signe que l'empereur mûrit et cesse de craindre les puissants. D'autres entretiennent de graves soupçons. Selon moi, le Shonto est du nombre. Le Fils du Ciel s'est donné beaucoup de mal pour disperser sa famille : le fils dans leur fief, Dame Nishima dans la capitale et le Shonto lui-même dans le Nord livrant bataille. Et qui sait ce qui peut arriver dans une guerre ? Même un général peut tomber, victime d'une flèche perdue. Combien d'or faut-il pour s'attacher les services d'un archer expérimenté ?

» À supposer que l'empereur complote contre le Shonto, mon avis est que Jaku Katta trame quelque chose de plus subtil. C'est une fine lame, il ne finirait jamais gauchement son adversaire. Shonto, cela va de soi, n'ignore pas où les coups peuvent l'atteindre, si bien que nous sommes comme devant un plateau de *gii*. Les grandes familles se demandent qui sera la prochaine victime, si effectivement l'empereur médite la chute du Shonto – beaucoup se poseraient alors la question de savoir s'il est sage de laisser le Yamaku sur le trône. Mais Shonto une fois hors du jeu, qui serait assez fort pour former une alliance capable de vaincre le Yamaku ? C'est là le problème.

» Assurément, l'empereur a sa garde impériale qui l'entoure, une tactique qui n'est peut-être pas la meilleure. On murmure – et je n'en ai rien dit au patriarche – que Katta pourrait être en disgrâce. Ce ne sont que des rumeurs mais, si elles sont fondées… par

Botahara ! Jaku ne tombera pas sans se défendre. Il se battra jusqu'à son dernier souffle. »

Hutto but à petits coups, la passion transparaissant dans le ton de sa voix.

« J'ai aussi découvert, dit-il, que Dame Nishima fait l'objet de l'attention de Jaku. »

Sotura poussa un grognement. « Il a trop d'appétit.

— Incontestablement, bien que son charme soit légendaire. Mais n'est-ce pas étonnant ? Le commandant de la garde impériale et la fille du Shonto ! Dame Nishima représente une menace pour les Yamaku et soyez sûr qu'elle trouble le sommeil du Fils du Ciel.

— Pourquoi ne marie-t-il pas un de ses fils à l'enfant du Shonto, mettant ainsi fin à une sotte querelle entre les deux familles ?

— Ce sont des jeunes gens débiles, Sotura-*sum*. Ils n'ont pas eu un frère Satake pour faire leur éducation. Cette descendante des Fanisan prendrait vite l'ascendant sur l'un ou l'autre des fils d'Akantsu, sans aucun doute.

— Ainsi Jaku Katta poursuit Dame Nishima de ses assiduités. Mais elle n'est pas sotte. Peut-être retourne-t-elle l'empereur contre l'homme qu'il a sorti du néant ? »

Le primat tout à coup prit un air enfantin. « Ah ! frère Sotura, dit-il sans sourire le moins du monde, comme vous êtes délicieusement porté à vous méfier de tout ! »

Sotura se mit à rire. « Mais moi aussi j'ai eu d'excellents maîtres. Avez-vous eu des nouvelles de mon jeune protégé ?

— Le frère initié Shuyun est sans doute à Seh avec son seigneur, ou du moins a-t-il fait beaucoup de chemin. Il y a de grandes chances pour que la querelle entre Butto et Hajiwara soit un piège destiné à se refermer sur le Shonto mais, si tel est le cas, ceux qui l'ont tendu vont voir à qui ils ont affaire. Shonto a trop du maître de *gïi* pour donner là-dedans les yeux fermés.

» Le jeune frère est bien tel que vous me l'aviez annoncé, Sotura-*sum* ; je l'ai vu. » Le vieux moine s'inclina légèrement en regardant l'instructeur de *chi-quan*, reconnaissant ainsi la valeur de ce qui avait été fait. « Même les sœurs, poursuivit-il, paraissent impressionnées, car elles le font suivre jusque dans Seh, bien que j'avoue ne pas savoir pourquoi. » Le primat scruta la physionomie de son hôte, à la recherche d'une réponse. Ils étaient engagés dans un jeu de troc où les renseignements constituaient la monnaie d'échange.

« Le karma se manifeste d'une manière étrange, frère Hutto. Il y a plusieurs années de cela, une nonne, une certaine Morima, a visité notre monastère. Par naïveté, Shuyun a manqué de discrétion, et cette nonne a été mise au courant de ses véritables capacités. Depuis, la communauté des nonnes n'a cessé de s'intéresser à lui.

— Ah ! très étonnant, mon frère ! Le gamin est doué, c'est vrai, mais cela n'explique pas autant d'intérêt.

— Je vous l'accorde, Hutto-*sum*. Le maître suprême est aussi de cet avis. Il soutient que les sœurs voient en Shuyun quelqu'un qui n'a pas été un simple moine dans une vie antérieure.

— Ah oui ! c'est donc là leur secret désir ! Il est bon de le savoir, Sotura-*sum*. Mais je cherche toujours ce que les sœurs peuvent espérer gagner à suivre votre disciple.

— Vous ne perdez de vue ni Shuyun ni les nonnes ?

— Autant qu'il m'est possible, à l'autre bout de l'empire. »

Sotura tira sur ses favoris. « Peut-être nous faudrait-il nous donner plus de peine.

— Excusez-moi, mon frère, mais je ne comprends pas.

— Le maître suprême désire que nous redoublions d'efforts dans notre recherche des précieux rouleaux.

— Ce serait plus vite fait, mon frère, si je savais de quels efforts je dois redoubler, répondit froidement le primat.

— La Voie est ardue, mon frère.

— Je me le suis laissé dire.

— Je vais dans le Nord, jusqu'à Seh, Hutto-*sum*. Il apparaît clairement au terme de nos méditations que bien des choses tournent autour du seigneur Shonto et de notre jeune frère. Tout converge sur ces deux hommes, comme si brusquement tous les méridiens se rejoignaient en cet endroit. La congrégation ne peut pas s'abstenir d'en tenir compte. »

Le frère Hutto à petites gorgées but le thé qui s'était refroidi dans son bol. Il hésita longuement avant de reprendre la parole. « Mieux vaudrait voir Shonto en réchapper et l'empereur mordre la poussière, n'est-ce pas, mon frère ?

— Ce sont des paroles qu'il n'est pas prudent de prononcer, Hutto-*sum*.

— Tant que le Yamaku sera sur le trône du Dragon, nous serons toujours en danger. »

Sotura passa à autre chose. « Et les Barbares ? Votre information s'étend-elle jusqu'à eux ?

— Parmi les Barbares, je n'ai personne, mais les moines pénètrent dans les déserts pour autant que cela leur soit possible, et ils sont inquiets comme nous le serions tous si nous vivions perpétuellement sous la menace d'une attaque. On murmure que Tête d'Or, le khan, est de retour. C'est au moins la cinquième fois que j'entends cela dans ma courte vie. Seh, hélas, est loin d'ici. J'attends avec intérêt votre point de vue sur la situation.

— Et l'empereur ? Qu'en savez-vous ?

— Il paraît probable qu'il va demander au seigneur Omawara la main de Dame Kitsura. » Hutto prit plaisir à voir la stupéfaction sur les traits de son compagnon.

« Vraiment ? »

Le primat confirma d'un signe de tête.

« Il s'ensuit, dit Sotura, que l'impératrice va ressentir le besoin de mener dans la retraite une vie contemplative. Je n'aurais pas prévu cela, pas du tout. La progéniture impériale va s'accroître. Une maison divisée ! » Il se tut, réfléchissant à cette nouvelle inattendue. « Le maître suprême sera très intéressé de l'apprendre. Sa Seigneurie Kitsura Omawara ! » Il secoua la tête. « Et les nonnes ? Toujours des luttes intestines ?

— Oui, mon frère, mais il ne faut pas s'y tromper. Ce n'est pas la prieure, sœur Saeja, qui se préoccupe de cette situation, c'est la faction qui lui est opposée. La vieille nonne a le regard tourné vers le monde extérieur. Ce qui se passe dans l'empire ne lui est pas étranger, et même un jeune moine plein de talent est digne de retenir son attention.

— Donc rien qui laisse prévoir l'issue des antagonismes quand elle ne sera plus là ? »

Hutto haussa les épaules. « Peut-être devriez-vous consulter un devin. Je ne hasarderais pas la moindre supposition.

— En ce cas, personne n'est éclairé, mon frère.

— Dois-je demander qu'on apporte encore du thé, Sotura-*sum* ?

— Vous m'honorez en me posant cette question, mais il se fait tard. Je dois rejoindre mes frères. Si vous pouviez inclure vos réflexions sur ces sujets dans votre prochain rapport au maître suprême, je suis sûr que sa sérénité y gagnerait.

— Ce serait un honneur pour moi si je pouvais de cette manière assister notre frère, dit le primat en saluant son hôte. » Sotura s'était levé. « Autre chose encore, mon frère. »

Sotura attendit, courbant le dos ou presque. « Oui ?

— Un autre frère, le maître Den-Go, a disparu. »

Le visiteur se redressa. « Je ne me souviens plus, mon frère, dit-il, cela fait combien ?

— Vingt-deux. »

Sotura expira longuement en se maîtrisant et porta une main à son front comme sous l'effet d'une brusque douleur. « Dans toute notre histoire, je ne connais rien d'aussi insolite que ces disparitions.

— Ce n'est pas tout, mon frère. » Le primat s'interrompit, l'œil fixé sur son hôte. « Je n'ai pas pu encore en obtenir confirmation, mais j'ai reçu de Monarta un rapport auquel on peut se fier… On me dit que l'Udumbara a fleuri sur les pentes au-dessus du sanctuaire du Maître parfait. »

L'expert en *chi-quan* tomba à genoux. « Ce n'est pas vrai, c'est impossible. »

Ils restèrent tous les deux silencieux de longues minutes.

« Qui ce pourrait-il être ? murmura finalement Sotura. Même parmi les plus éclairés de nos frères, personne n'a progressé à ce point. Non… c'est impossible. »

Hutto acquiesça. « Peut-être avez-vous raison. »

Le vieux moine toutefois avait l'air d'un homme accablé par le doute. Sotura sentit son cœur battre à grands coups, cependant que dans sa tête, quelque part au calme, il notait qu'on n'avait jamais vu cela depuis qu'il avait été instruit dans les pratiques de la congrégation.

« Un maître illuminé, s'entendit-il murmurer. Impossible. »

26

Le vent d'ouest souffle,
L'herbe s'incline à mon passage,
Une herbe dorée, sans défaut.
Que sait-elle de mes pensées
Ou de ce cœur
Qu'elle a brisé ?

L'impératrice Shigi.

Le jour allait bientôt se lever. Nishima avait peine à dissimuler son impatience. Dans l'intimité de ses appartements, elle marchait de long en large sur un sol recouvert de nattes, regrettant le départ de Kitsura. Ce n'était pas qu'elle se fût nécessairement ouverte des renseignements communiqués par Tanaka, mais tout de même il aurait été réconfortant de ne pas être seule.

Alors qu'elle entamait une série d'exercices simples qui lui avaient été enseignés par le frère Satake, elle s'efforça d'éliminer les pensées qui la tourmentaient et s'en prit à sa conscience de la réalité. Au prix d'un grand effort de volonté, elle tomba dans l'état proche de la transe que l'opération demandait et se mit à éprouver l'étrange sensation d'un ralentissement du temps. Cela ne dura qu'un instant, et l'impression fut si fugace qu'elle aurait pu être imaginaire. Mais Nishima savait qu'elle ne l'était pas. Elle ouvrit les yeux et poussa un long soupir. Ah! si seulement le frère Satake avait pu lui en apprendre davantage!

Un léger coup frappé au *shoji* lui remit en mémoire tout ce qu'elle avait exclu de son esprit, et les souvenirs affluèrent : l'empereur, Katta-*sum*, le message de Tanaka. L'écran glissa sur un mot qu'elle fit entendre, et une domestique entra avec une lettre pliée en deux sur un petit plateau d'argent. Nishima se retint pour ne pas bondir et s'emparer de la lettre. Elle s'obligea à fixer son regard sur des fleurs disposées dans un renfoncement du mur.

« Excusez-moi, s'il vous plaît, Votre Seigneurie, je ne voulais pas interrompre votre méditation.

— Tu t'es conduite correctement, Hara. »

La domestique s'agenouilla et plaça le plateau avec précaution sur le bureau. « Aimeriez-vous qu'on vous serve votre repas du matin, Votre Seigneurie ?

— Pas maintenant, Hara, je t'appellerai. » Nishima s'apprêtait à prendre la lettre, mais elle s'arrêta en s'apercevant que sa soubrette n'avait pas pris la direction de la porte. « Hara ? »

La servante s'inclina. Son souffle était court. « Pardonnez mon audace, Votre Seigneurie. » Un bégaiement et plus rien.

« Qu'y a-t-il, Hara ? demanda Nishima en maîtrisant son impatience.

— J'ai peur de m'être conduite d'une manière indigne de votre confiance, Votre Seigneurie », dit la jeune fille d'une voix à peine audible.

De quoi s'agit-il ? pensa Nishima. Une étourderie, sans doute. Je parierais que cela concerne le bel adjoint de Kamu. Mais pourquoi m'en parler ? « Les Shonto apprécient la franchise, Hara, dit-elle. Continue, je t'en prie.

— Pendant ma retraite au prieuré de Kano, j'ai fait la connaissance d'une nonne de haut rang, très respectée dans son ordre, Votre Seigneurie. » La jeune fille leva les yeux, vit qu'on l'observait et de nouveau regarda ses souliers. Ses joues devinrent écarlates. « Je lui ai parlé plusieurs fois, dit-elle. Je… j'étais flattée de l'intérêt qu'elle me manifestait. Elle paraissait très impressionnée à l'idée que j'étais au service des Shonto, et elle a eu à votre sujet des mots très élogieux. Je ne l'ai pas remarqué sur le moment, mais elle était très curieuse de ce qui touchait votre famille et, comme c'était une religieuse d'un rang si élevé… (la voix s'enroua subitement) je me suis montrée moins discrète que je ne l'aurais été en d'autres circonstances. »

Une longue inspiration, mais qui se changea en un hoquet. Elle garda les yeux baissés.

« Je vois », dit Nishima. Elle croisa les mains sur ses genoux. « Il faut que je sache jusqu'où est allée ton indiscrétion, Hara. Il importe que tu n'omettes rien. »

La domestique s'empressa d'acquiescer, visiblement effrayée, ce qui provoqua chez Nishima à son tour la peur du pire. « Elle m'a posé des questions sur notre seigneur, son caractère, ses habitudes. Elle voulait savoir si c'était un bon maître ou s'il battait ses serviteurs.

— Et que lui as-tu répondu ?

— Votre Seigneurie, je ne pense que du bien du seigneur Shonto.

— Je vois. Continue.

— L'estimable sœur voulait savoir quels étaient les amis de notre seigneur, quoiqu'il n'y eût rien là-dedans de mystérieux et que certainement bien des gens n'ignorent pas qui fréquente la maison des Shonto. » Elle marqua une pause comme pour rassembler ses idées. « Elle m'a demandé si je savais quand le seigneur Shonto était parti pour Seh, ce qui là encore n'était pas un secret, et qui dans le personnel du seigneur Shonto était un fidèle adepte du Vrai Sentier. Elle m'a aussi posé des tas de questions sur notre nouveau conseiller spirituel, mais bien sûr il était là depuis si peu de temps que je n'ai pas pu lui dire grand-chose.

— Lui as-tu parlé de la démonstration du frère Shuyun, quand il a mis la table en pièces ? »

La domestique hocha la tête silencieusement. Au ton de sa maîtresse, il était clair que se confirmait ce qu'elle avait craint : on l'avait prise pour une sotte.

« Continue.

— Elle a aussi cherché à se renseigner sur le frère Satake, mais je n'ai rien pu lui dire, car je ne le connaissais pas. »

Nishima mit la main sur son visage comme pour cacher sa subite pâleur.

« Elle a dit beaucoup de bien du frère Satake, comme tout le monde. » La domestique retomba dans le silence, en quête de mots – ou de courage. « Il y a autre chose qu'elle m'a demandé, même si je n'ai pas compris où elle voulait en venir. Elle m'a demandé si vous dansiez en secret, Votre Seigneurie. »

La soubrette leva des yeux où se lisait autant la curiosité que la crainte. Nishima laissa la main qu'elle avait levée rejoindre l'autre sur ses genoux. Elle luttait maintenant pour rester calme. Comment avait-on bien pu savoir ? se demandait-elle, et elle sentait sa respiration devenir haletante. Fermant les yeux, elle l'obligea à se régulariser. Comment avait-on pu faire ? Elle avait été si prudente. Les nonnes ? Nishima n'avait aucun contact avec elles. Elle rouvrit les yeux, s'appliquant à retrouver sa concentration.

« Cette sœur… a-t-elle expliqué, Hara, ce qu'elle avait en l'esprit ? demanda-t-elle d'une voix douce.

— Elle a parlé de “danser en secret”, Votre Seigneurie. N'est-ce pas bizarre ? »

Nishima haussa les épaules avec une désinvolture de façade. « Autre chose ?

— Elle voulait aussi se renseigner sur Jaku Katta-*sum*, savoir s'il venait ici souvent et si je connaissais l'histoire de la… de Jaku Katta-*sum* sauvant la vie au seigneur Shonto. Évidemment, je la connaissais, tout le monde est au courant dans la capitale. Je lui ai dit que le seigneur Shonto avait fait l'honneur au général de lui donner un petit arbre de son jardin particulier. » La domestique gardait les yeux baissés. « C'est tout, Votre Seigneurie.

— En es-tu sûre, Hara ? »

La jeune fille ferma les yeux, hésita puis fit signe que oui.

« Hara ?

— Je vous en prie, Votre Seigneurie… » Une larme perla au coin de chaque œil.

Nishima se fit plus douce. « Il faut tout me dire.

— Oui, Votre Seigneurie. La sœur voulait savoir si vous aviez… des amants. » Elle dit ce dernier mot dans un souffle, les yeux toujours fermés et les traits déformés par un effort pour refouler ses larmes.

« Je vois.

— Elle semblait laisser entendre que cela n'aurait eu rien d'extraordinaire… que ce serait… Comme le seigneur Shonto n'était pas votre véritable père, que… »

Nishima sentit sa main la brûler quand elle frappa la domestique au visage, avant même de se rendre compte de ce qu'elle avait fait.

La jeune femme gisait à terre comme un tas de chiffons, inerte.

Nishima se figea, horrifiée. Elle regardait sa main, qu'elle tenait à distance comme si c'était quelque chose de dangereux qui ne faisait pas partie d'elle-même. Oh ! Satake-*sum*, se dit-elle, vous m'avez appris trop de choses et trop peu. Elle marcha sur les nattes végétales jusqu'où se trouvait la servante inconsciente et chercha si le cœur battait. Oui, il battait encore, Botahara soit loué ! Elle se releva, fit glisser le *shoji* et fut soulagée de constater que le vestibule était désert. Il faudra mettre Rohku Saicha au courant, pensa-t-elle. Mais pourquoi ces questions ? Danser en secret ! Comment expliquer cela ?

Elle referma l'écran silencieusement. Pourquoi soudain cet intérêt pour elle des sœurs botahistes ? C'est vrai que je suis une Shonto, inutile de chercher plus loin. Mais justement les nonnes ? Elle secoua la tête. Et que dire au capitaine Rohku ? Elle reposa son front sur l'encadrement de bois du *shoji*.

Derrière elle la servante remua et gémit. Nishima traversa la pièce et prit la tête de la jeune femme sur ses genoux. « Hara ? fit-elle doucement.

— Votre Seigneurie ? » La domestique mâchonnait ses mots entre ses dents. « Que...

— Chut ! Tu n'as rien. Ne bouge pas.

— Mais qu'est-ce qui s'est passé ? » La soubrette essaya de se redresser, mais Nishima sans brutalité l'en empêcha.

« Je ne sais pas, Hara. Reste tranquille. Ne te débats pas.

— Mais on m'a frappée, Votre Seigneurie. Je... c'était comme si on m'avait frappée. Que Botahara me protège ! Qu'est-ce qui s'est passé ? » Elle se mit à pleurer doucement.

« Chut, mon enfant ! Je ne sais pas, c'était... c'était terrible. » Elle refoula ses propres larmes. « Respire profondément, comme ceci. Fais comme moi. » Nishima la guida dans un simple exercice respiratoire, tout en lui caressant le front. « Est-ce que c'est mieux comme cela ? »

La jeune fille fit signe que oui. « Merci, Votre Seigneurie. Les dieux sont en colère contre moi. Je ne sais pas quoi faire.

— Il existe différents moyens d'apaiser les dieux. C'est possible, bien entendu. » Elle réfléchit un bref instant. « Tu devras brûler de l'encens aux Sept Sanctuaires et faire vœu de silence pour un an. Tu seras pardonnée, mais à condition de t'y soumettre et de ne pas faillir. »

Hara acquiesça. « Merci, Votre Seigneurie. Je ne suis pas digne de votre bonté.

— Chut ! Demain, tu commenceras à te conformer au vœu que tu feras de te taire. Les dieux t'absoudront, Hara.

— Je plains les ennemis de notre maître, Votre Seigneurie. »

Nishima hocha la tête. « Oui, dit-elle dans un souffle, assurément. »

Au bout de quelques instants, la soubrette fut capable de se tenir debout sans aide et, quand Nishima se fut assurée qu'elle pouvait se débrouiller seule, elle la laissa partir sans bruit. « Pas un mot de tout cela », lui recommanda-t-elle quand elle la quitta. En réponse, la jeune fille s'inclina.

Une fois rendue à la solitude, Nishima s'assit en se cachant les yeux. Dire que j'ai frappé quelqu'un... et sous le coup de la colère ! Elle n'arrivait pas à y croire. Comme c'est affreux ! Ce sont les circonstances, se dit-elle, ce sont les circonstances. Elle avait été retenue prisonnière de cette ville, tandis que son oncle voyageait vers le nord dans l'ignorance de la menace qui pesait sur lui. Et cette toquade pour un garde impérial ! Elle enfouit sa tête dans ses mains. C'était plus qu'elle ne pouvait en supporter.

Elle ferma les yeux et s'engagea dans une longue prière pour le pardon qui lui permit de se sentir un peu mieux. Je suis une Shonto, se dit-elle en imposant le calme à ses craintes et au désordre de son esprit. La vie de mon seigneur peut dépendre de ma capacité à prendre de claires décisions. La paix dans le mouvement, entenditelle frère Satake répéter, la paix dans le mouvement.

Nous survivrons, se dit-elle, seulement si ce que nous nous proposons de faire prend sa source au cœur d'une âme pure et sereine. Elle reprit son sang-froid et de nouveau se livra à un exercice respiratoire destiné à tranquilliser son âme. Quand ce fut fait, elle ouvrit les yeux et regarda autour d'elle comme si elle avait été transportée dans un ailleurs qu'elle voyait pour la première fois.

Le jour filtrait à travers les écrans. Elle éprouva une sorte de satisfaction. Elle se pencha pour souffler la flamme de sa lampe. Ce fut à ce moment qu'elle se souvint de la lettre. Elle la prit. Un petit rameau d'érable était attaché à du papier violet foncé de bois de mûrier.

La lettre était pliée de manière très conventionnelle et sans beaucoup d'élégance. Cela ne peut pas venir d'Okara, pensa-t-elle, c'est impossible. Elle déplia le papier. Il ne lui fallut pas plus d'une seconde pour identifier la personne qui lui écrivait. Katta-*sum* ! Il avait pris son temps, c'est vrai, mais compte tenu de ses talents littéraires, on ne pouvait s'en étonner.

Elle gagna l'écran qui donnait sur l'extérieur et l'entrouvrit. L'air froid du matin parut s'y engouffrer comme l'eau dans une écluse.

Murmure dans la nuit,
La brise parle
À travers la voix de la poétesse.
Ne pourrait-il s'agir
Du vent du Chou-San ?

Il y a beaucoup à dire, Votre Seigneurie.

Elle relut le poème. Il était bien meilleur que prévu. Était-il possible que Jaku n'eût pas voulu l'ambiguïté du dernier vers ? Non, elle était trop voyante et à coup sûr intentionnelle. La référence à Seh la troubla. Oh ! mon oncle, pensa-t-elle, les dieux frapperont-ils vos ennemis comme Hara s'imaginait avoir subi leurs coups ce matin ?

Elle défroissa le papier sur la petite table en évoquant le baiser qu'elle avait permis à Jaku. Son souvenir était presque aussi excitant qu'avait été le baiser lui-même. Elle repoussa l'écran. Quelle sottise ! se dit-elle. J'ai tant à faire. Des décisions à prendre. Quand vais-je recevoir une réponse d'Okara ? Le jour se lève seulement, je suis trop impatiente. Prenant un bâton de résine, elle se mit à frotter sa pierre à encre avec régularité. Il faut que je réponde à Katta-*sum*, se dit-elle, cela m'occupera. Mais je ne dois pas le faire avec précipitation, il importe qu'il ne donne pas dans la suffisance. Dans une enveloppe, elle choisit une feuille de papier vert pâle, de la couleur des grains en automne, évoquant aussi le printemps.

Elle mouilla son pinceau et commença :

Le vent murmure ses secrets
À tant de gens
Qu'il est difficile de savoir
De quel côté il vient.

Peut-être est-ce de loyauté que nous devrions parler.

Et voilà, se dit-elle en soufflant légèrement sur l'encre humide. Elle rapprocha le papier de la lumière du jour et examina l'écriture. Ce n'était certes pas le travail de frère Satake, mais il lui aurait donné son approbation. Cela aurait certainement sur l'impétueux Katta l'effet recherché, signifiant : Je ne suis pas du même rang que vous, mon beau général, tenez-en le plus grand compte.

Elle posa son ouvrage sur la table et commença à plier le beau papier ; ses doigts effilés paraissaient dotés d'une science qui échappait à ses facultés intellectuelles. Ce fut fait en un clin d'œil, mais elle savait qu'il faudrait quelques minutes à Jaku Katta pour découvrir la façon de déplier. Elle mit la lettre de côté pour se donner le temps de réfléchir à ce qui devait l'accompagner. Peut-être une feuille de peuplier rieur ? Elle aviserait.

Sur son bureau se trouvait un petit gong sur lequel elle frappa. Presque sans bruit une domestique apparut.

« Je veux voir Dame Kento, dit Nishima. Je prendrai mon petit-déjeuner. »

Dame Kento, la plus ancienne de ses dames d'honneur, arriva presque instantanément. Le mot « ancienne » en l'espèce risquait d'égarer, car Kento était de trois ans seulement plus âgée que sa jeune maîtresse. On ne pouvait se tromper sur la préférence que celle-ci lui accordait, ce qui provoquait une certaine jalousie parmi les autres. Mais qu'y faire ? Kento avait tout simplement plus de joie de vivre et aussi d'intelligence. Il est vrai qu'elle n'avait pas les mêmes talents. Ainsi Dame Jusha était une remarquable joueuse de *yara*, et la jeune Shishika ne commettait jamais d'erreur dans ses conseils en matière de politesse et de bienséance, mais elles n'étaient pas vraiment proches de leur maîtresse. Leur âme n'avait rien de commun avec la sienne.

La menue demoiselle Kento s'agenouilla, s'inclina, son visage rond épanoui bien qu'excluant tout signe d'émotion.

« Prendrez-vous le thé en ma compagnie, Kento-*sum* ?

— Ce serait un honneur pour moi, répondit-elle comme si ce n'était pas devenu un rite matinal.

— Kento-*sum*, avant de passer à un autre sujet, il faut que je vous parle d'une chose qui est venue à ma connaissance. J'ai découvert que Hara n'avait pas tenu sa langue. C'était sans malice mais inacceptable.

— Je vais lui en parler tout de suite, Votre Seigneurie.

— Inutile, je l'ai déjà fait. Mais je voudrais qu'elle fût envoyée à la campagne. On pourrait lui attribuer des fonctions qui n'auraient rien de délicat. Je ne pense pas qu'elle recommence, mais je préfère ne pas prendre de risque. Hara a fait vœu de silence pour un an. Pour qui est affligé de pareil défaut, la punition sera suffisante.

— Je veillerai à ce qu'il soit fait selon votre désir.

— Je dois quitter la capitale sous peu, peut-être dès demain. Bien sûr, honorée comme je l'ai été du patronage de l'empereur, il me serait impossible de partir sans outrager gravement le Fils du Ciel. Ce départ n'en reste pas moins nécessaire. Je vous confie le soin de laisser croire que je réside toujours ici. Ce ne sera pas facile, et naturellement je ne m'attends pas à ce que la supercherie puisse durer longtemps sans être découverte. Mais il me faut cinq jours. Dix, si Botahara m'est clément. Me fais-je bien comprendre ?

— Oui, Votre Seigneurie. »

Kento tendit à sa maîtresse une serviette fumante et se servit d'une grande cuiller pour verser le thé dans des bols. Nishima s'essuya les mains, le visage, puis s'aperçut tout à coup qu'elle n'avait pas dormi et avait gardé les mêmes robes de cérémonie qu'elle portait au palais. Je ressemble de plus en plus à mon seigneur, se dit-elle, je me laisse absorber par le monde autour de moi, je ne dors pas, j'oublie de manger. Nous sommes comme cela dans la famille.

« Ce n'est pas tout, Kento-*sum*, reprit-elle. J'ai écrit à Dame Okara. Le stratagème n'a que peu de chances de réussir sans son aide, bien que ce que je lui demande dépasse tout ce que j'aurais jamais osé lui demander. » Elle soupira. « Je n'ai pas le choix. Je dois aller à Seh. Je ne puis vous dire pourquoi. Il faut me faire confiance. Dame Okara trouvera sûrement que son amitié a été donnée à qui n'en était pas digne, mais on devra imaginer que Sa Seigneurie Nishima continue à rendre visite au grand peintre. Je comprendrai qu'elle refuse de s'en mêler mais, si elle ne coopère pas, votre tâche en sera plus difficile, sinon impossible.

— Peut-être l'amitié de cette dame pour votre estimé père vous aidera-t-elle en la circonstance.

— Oh oui ! Je mets mes espoirs en cela aussi. Elle aura du mal à ne pas accepter, même si ce n'est pas ce que son cœur souhaite.

— Excusez-moi, Votre Seigneurie, mais le frère Satake ne disait-il pas toujours : “Chaque nom a des obligations qui lui sont propres” ? »

Le visage de Nishima s'éclaira d'un sourire passager. « Vous me connaissez trop bien, Kento-*sum*, et je considère comme très déloyal de votre part de me jeter mon mentor à la tête. » Elle sourit encore et donna son attention à son repas pour, quelques secondes plus tard, renoncer à ce faux-semblant.

« Est-ce préparé d'une manière qui ne vous convient pas, Votre Seigneurie ?

— Non, Kento-*sum*, c'est bon, vraiment, dit-elle sans pour autant s'empêcher de repousser le plateau. Il se posera un autre problème. » Son visage se couvrit d'une faible rougeur. « Je corresponds avec un garde impérial, Jaku Katta. Il importe que l'on réponde à chacune de ses lettres. On peut difficilement le tenir pour un lettré, Kento-*sum*, donc inutile de se préoccuper de la qualité de la poésie, mais elle doit être obscure et ne pas trop le décourager. Il se peut que le Tigre noir conserve une place dans les projets de notre seigneur. Est-ce que Shishika-*sum* est capable d'imiter mon écriture ?

— Je suis sûre qu'elle est à même de faire quelque chose de ressemblant, Votre Seigneurie, bien que vous écriviez d'une manière très particulière.

— C'est sans importance. Si c'est du même genre, cela suffira. Je vais recopier tous les poèmes que nous avons échangés pour que vous vous fondiez là-dessus et que Shishika-*sum* ait mon écriture sous les yeux.

— Avez-vous discuté de ces arrangements avec Rohku Saicha, Votre Seigneurie ? »

Nishima secoua la tête. « Non. Il me faut du temps pour trouver le meilleur moyen de m'y prendre avec lui.

— Il n'a pas décoléré depuis l'incident avec les gardes impériaux, Votre Seigneurie. Ses hommes à chaque porte ont reçu consigne de vous empêcher de passer si vous tentiez de sortir sans une permission expresse.

— Il aurait donné l'ordre de me retenir ? » L'outrage était sensible dans la voix de Nishima.

« Pardonnez-moi, Votre Seigneurie. J'aurais dû vous en parler plus tôt, mais je ne voulais pas hâter sans raison la venue des difficultés. » La jeune fille s'inclina profondément.

« Ce n'est pas votre faute, Kento-*sum*. Le capitaine a beaucoup à se faire pardonner. Cela affecte ses décisions. Et, comme vous dites, il y a eu cet incident sur le canal. »

Elle se tut, perdue dans ses pensées. Sa compagne attendait sans montrer d'impatience.

« C'est tout pour aujourd'hui, Kento-*sum*. Nous verrons quelles dispositions prendre pour mon départ quand j'aurai parlé à Rohku Saicha. Vous pouvez me l'envoyer dès maintenant. Oh ! et, s'il vous plaît, Kento-*sum*, faites-moi apporter par une domestique de petits brins de peuplier rieur.

— Certainement, Votre Seigneurie. Le bouleau pleureur n'a pas perdu ses feuilles, si cela était plus approprié. »

Nishima se mit à rire. Bien sûr, Kento devait avoir vu la lettre sur la table, pliée avec soin. « Peut-être pas dans le cas qui nous occupe.

— Comme vous voudrez. »

Le petit bout de femme salua et s'éclipsa. Presque aussitôt après, une servante entra débarrasser la table du déjeuner. Nishima fut laissée seule. Elle eut envie d'ouvrir la lettre qu'elle avait écrite à Jaku, mais au lieu de cela elle prit dans sa manche la missive du destinataire. Le geste fit tinter les pièces que Tanaka lui avait données.

« Mon oncle, murmura-t-elle à l'adresse de la chambre vide, ne soyez pas trop hardi. Il est des choses dont même un homme comme vous ne soupçonne pas l'existence. »

Elle repoussa l'écran qui masquait son jardin et sortit sous la véranda. La brume au ras du sol enveloppait encore buissons et rochers, si le soleil rapidement venait à bout d'une faible couche nuageuse. Nishima s'appuya à une colonne et déplia la lettre de Jaku Katta. Elle découvrit que la lire lui donnait une humeur légère qu'elle ne pouvait efficacement combattre. C'est pure sottise, se dit-elle. Jaku ne changera jamais. C'est un amateur de femmes et un opportuniste. Mais elle eut beau se faire ces reproches, elle conserva la même disposition à la gaieté.

On frappa à l'écran. Elle se hâta d'enfouir la lettre dans sa manche. Le visage de Kento apparut dans l'entrebâillement. « Rohku Saicha, Votre Seigneurie.

— Je lui parlerai ici. »

Presque aussitôt, il y eut tout un branle-bas tandis que des domestiques disposaient nattes et coussins sous la véranda. Nishima prit place et fit signe. Rohku Saicha entra par le vestibule. Il portait l'armure légère d'un garde dans l'exercice de ses fonctions. C'était fait à l'intention de Nishima, et elle ne manqua pas de le remarquer. Il passa dans la véranda et là s'agenouilla et salua militairement avec beaucoup de raideur, après avoir posé délicatement son casque à côté de lui.

Son opinion est faite, pensa Nishima. Cela va être difficile. De la silhouette trapue du capitaine se dégageait l'impression d'un homme solide sur ses jambes. Il n'allait pas permettre facilement à sa jeune maîtresse de suivre son caprice une fois encore, pas après ce qui s'était passé sur le canal avec les gardes impériaux.

« Saicha-*sum*, dit-elle d'un ton affable, c'est un plaisir de vous voir.

— Tout l'honneur est pour moi, Votre Seigneurie, répondit Rohku, en s'en tenant à une politesse conventionnelle. Vous désiriez me parler ?

— Oui. Comment se porte votre fils, Saicha-*sum* ? Tout va bien pour lui ?

— Il est parti pour Seh dans la garde du seigneur Shonto. » Rohku gardait les yeux baissés, comme si la nature de ses rapports avec Nishima lui interdisait plus de familiarité.

« Cela diminuera mon inquiétude », dit-elle.

Elle se préparait à poursuivre dans la même veine quand elle s'aperçut que Rohku Saicha se tenait accroupi devant elle, aussi immobile qu'un Botahara de pierre. Rien ne pourrait le fléchir qu'un argument irréfutable.

« Saicha-*sum*, je tiens de Tanaka des informations qui sont pour le seigneur Shonto d'une importance primordiale.

— De quelles informations s'agit-il, Votre Seigneurie ? »

Nishima hésita. Elle fut à deux doigts de lui dire, mais finalement s'y refusa. « Ce sont des renseignements de caractère si sensible que, si je vous en faisais part, il deviendrait dangereux pour notre seigneur de vous laisser plus longtemps dans la capitale. Il vaut mieux que vous n'en sachiez rien. »

Rohku fit signe qu'il avait compris. « Vous courez donc un risque à rester ici ? dit-il.

— C'est vrai.

— Il n'en demeure pas moins que vous êtes l'élève de Dame Okara, à qui l'empereur a donné son patronage pour qu'elle vous instruise. Partir est outrager l'empereur. La situation est délicate.

— Saicha-*sum*, il est impossible pour moi de rester. Mon information est trop lourde de conséquences. C'est une simple question de temps avant qu'on s'aperçoive que je la détiens. Si l'empereur devait découvrir que je suis au courant, il supposerait que mon père l'est aussi, et cela signifierait un conflit ouvert entre les Yamaku et les Shonto. Il faut me croire.

— Il n'est pas question pour moi, Votre Seigneurie, de mettre votre parole en doute. C'est votre réaction à cette information que je conteste, comme c'est mon devoir. Il me semble que vous allez maintenant suggérer qu'il vous faut aller à Seh pour transmettre vos renseignements à votre père.

— C'est... c'est la seule solution, Saicha-*sum*.

— Pendant ce temps, moi, dont le devoir est de vous protéger, je serai contraint de choisir entre mes obligations dans la capitale et le serment que j'ai fait de veiller sur vous. De toute manière, j'aurai manqué à l'engagement que j'ai pris envers le seigneur dont je suis l'homme lige.

— Mais quand j'expliquerai, le seigneur Shonto comprendra. Il n'accorde pas une valeur telle à l'obéissance qu'on doive tout faire les yeux fermés. Notre seigneur admet que les circonstances varient et que, pour survivre, nous devions changer nous aussi.

— Votre Seigneurie, ce que vous me demandez est impossible. Je ne puis l'autoriser. Non seulement vous offenserez le Fils du Ciel en vous absentant, mais vous vous mettrez en danger, et ce n'est pas tout. Avant son départ pour le Nord, votre père m'a dit que peut-être il vous enverrait chercher. Il ne m'a donné aucune explication, mais a exprimé clairement sa volonté que je ne vous laisse pas partir avant d'avoir reçu des instructions en ce sens. Peut-être notre seigneur a-t-il pressenti l'existence de ces informations que vous avez obtenues. En ce cas, Votre Seigneurie, il serait inconsidéré de faire quelque chose avant d'y avoir été invitée par le seigneur Shonto.

— Capitaine Rohku, laissez-moi vous assurer que mon père n'aurait pas pu deviner ce que je sais maintenant. Je n'ai aucun doute là-dessus. Si, comme vous le dites, le seigneur Shonto envisage de me faire venir à Seh avec lui, alors il n'est plus question que du meilleur moment à choisir pour mon départ. Si j'y vais maintenant, ce sera nantie d'une information qui peut lui sauver la vie.

— Il y a d'autres moyens, Votre Seigneurie, de faire tenir secrètement des renseignements, même à l'autre bout de l'empire.

— D'autres moyens, oui, mais pour des informations d'une autre sorte. Celles-ci ne voyageront que dans ma tête. Je n'accepterai rien d'autre. » Nishima tendit la main comme pour toucher le soldat, mais elle ne fit qu'agripper la rampe. « Saicha-*sum*, vous mettez la vie de votre maître en danger par votre obstination. Vous n'ignorez pas qu'on complote contre lui. J'ai à ce sujet des informations capitales. Vous laissez ce que vous tenez pour une erreur récemment commise vous voiler les yeux. Mais notre seigneur n'honore personne de sa confiance plus que vous, ou vous ne seriez pas là devant moi. Il estime en vous le jugement. Croyez toujours en sa valeur. On doit sentir que je dis la vérité, j'en suis convaincue. »

Le garde se dérobait toujours à son regard. « Je ne peux pas, Votre Seigneurie, je… il y a trop d'arguments contraires. Et l'empereur ?

— Il ne le saura pas nécessairement, Saicha-*sum*, mais si l'on s'aperçoit que je suis partie, le Fils du Ciel sera contraint d'agir comme si je l'avais fait avec sa bénédiction. Il choisira de sauver la face, Saicha-*sum*. Que pourrait-il faire d'autre ? »

Le capitaine regarda sa jeune maîtresse. « Après pareil outrage, il pourrait tourner le dos au Shonto.

— Mais, Saicha-*sum*, jeta Nishima, exaspérée, il est l'ennemi mortel de notre seigneur ! Il complote contre notre maison, et vous vous inquiétez de son mépris !

— Votre Seigneurie, il n'est pas utile de me faire la leçon. Ce que vous me dites, c'est ce qu'on murmure en cachette, mais ce qui se déclare ouvertement est que l'empereur honore notre seigneur et s'en remet à lui pour la sécurité de son empire. Il est hors de question de bafouer un monarque qui traite votre famille avec égard et plus particulièrement vous honore en vous accordant son patronage.

— C'est vous maintenant qui me faites la leçon, Saicha-*sum*. Vous devez comprendre que le risque d'encourir le déplaisir de l'empereur en la circonstance n'est rien en comparaison de celui que nous prendrions si je restais dans la capitale et si le seigneur Shonto était privé de cette information. »

Le capitaine leva les bras au ciel. « Votre Seigneurie ! C'est vite dit. Demandons l'avis du seigneur Shonto.

— Mais, Saicha-*sum*, comment cela peut-il s'exécuter ? Mon motif pour me rendre à Seh en dépit de tout ne peut être confié à une lettre. C'est impossible. Seuls les courriers impériaux pourraient faire assez vite, et il n'est pas question d'avoir recours à leurs services !

— Je tiens mes ordres de notre seigneur en personne, rétorqua Saicha en mettant l'accent sur le mot “notre”. Je m'y conformerai, et je n'offenserai pas sciemment l'empereur, lui donnant ainsi des raisons de se retourner contre mon maître. Je regrette, Votre Seigneurie, mais en l'absence d'instructions du seigneur Shonto, vous devrez ne pas quitter la capitale. Si vous ne faites rien contre les précautions que j'ai prises, je ne doute pas que vous soyez en sécurité là où vous êtes. »

Nishima fouilla dans la poche de sa manche et y tâta les pièces envoyées par Tanaka. Inutile, se dit-elle. Si je les montre à Rohku, lui non plus ne pourra rester dans la capitale. C'est l'ultime ressource.

« C'est donc votre dernier mot, capitaine ?

— Oui, Votre Seigneurie. Je suis navré d'aller contre votre volonté en cette affaire, mais je considère que c'est de mon devoir.

— En ce cas, vous voudrez bien m'excuser, capitaine. D'autres obligations m'attendent. »

Rohku Saicha s'inclina. Il allait se relever quand il se ravisa. « Il y a autre chose, Votre Seigneurie. Je sais que vous avez reçu une correspondance du général, de Jaku Katta. Je dois vous informer que le général intéresse la sécurité de la maison Shonto.

— Ah ! vraiment, capitaine ? dit Nishima en jouant les innocentes. Un conseiller de notre empereur si révéré serait l'objet de nos soupçons ? N'éprouvez-vous aucune gêne à la pensée que le bienveillant Fils du Ciel pourrait s'offenser de cette attitude ?

— Votre Seigneurie, vous n'avez aucun profit à me traiter en ennemi, dit gravement Rohku. »

Nishima écarquilla les yeux. « Bah ! lâcha-t-elle comme Shonto aurait pu le faire. Récemment encore, le général Katta a été traité avec honneur par mon père pour lui avoir sauvé la vie, de la même manière que l'empereur rend hommage à ce père pour son courage en affrontant la menace des Barbares. On peut difficilement me taxer d'imprudence pour correspondre avec un ami du Shonto, qui par-dessus le marché a l'oreille du souverain. » Elle s'était redressée sur son siège de toute sa hauteur. « Capitaine ! »

Rohku Saicha parut un instant la proie d'une vive agitation, mais il s'inclina et commença à quitter la position qu'il occupait.

« Je ne me souviens pas de vous avoir autorisé à vous lever en ma présence. »

Le garde faillit en rester bouche bée, mais vite il se ressaisit et tomba de nouveau à genoux. Il se prosterna puis, sans se relever, à reculons il traversa la véranda et la chambre. Nishima garda les yeux fixés sur son jardin, bien qu'en réalité elle n'y distinguât rien. Un léger bruit quand le *shoji* se referma. Rohku Saicha était parti.

Et voilà, pensa-t-elle, je me suis conduite en enfant gâtée. Elle enfonça dans ses tempes le bout de ses doigts et ferma les yeux. Si je n'étais pas sortie d'ici en dépit des obstacles et sans l'escorte qui m'était nécessaire, si je n'avais pas fini par me trouver dans cette situation embarrassante sur le canal, Saicha-*sum* aurait à présent une autre réaction. J'ai profité de l'affection qu'il a pour moi, et maintenant il se raidit pour me résister, quel que soit le sujet qui nous occupe. C'est sa façon à lui de se punir pour les fautes qu'il croit avoir commises. Il s'attire ma froideur en contrepartie de ce qu'il croit être ses responsabilités. Oui, il se fustige. Cela fait des années que je le connais, et aujourd'hui je le vois qui se mue en victime du devoir. Pauvre Saicha-*sum* ! Ne voit-il pas qu'il se laisse obnubiler par ce qui s'est passé dans le jardin de son maître ? Ce serait un risque certain s'il réagissait uniquement en fonction de son sentiment de culpabilité et non face aux situations dans lesquelles il se trouve. On pourrait aisément exploiter cette faiblesse. Moi-même, je pourrais la mettre à profit.

Elle se leva pour atteindre une paire de sandales sur une étagère haut placée et les enfila pour passer dans le jardin. Je ne permettrai pas à Rohku Saicha de m'empêcher d'aller à Seh, se dit-elle. Si demain soir il est toujours aussi buté, je trouverai le moyen de partir, qu'il le veuille ou non. Si j'ai droit à son aide, il y a de bonnes chances pour que mon oncle accepte ma décision comme nécessaire au vu de la lettre de Tanaka. Au cas où la nécessité m'obligerait à tromper Rohku pour prendre la clef des champs, ce serait la fin de ce brave capitaine. Mon oncle ne lui pardonnerait jamais sa sottise. J'espère qu'il entendra raison.

Elle s'arrêta pour prendre une bonne bouffée de l'air du matin. Il donnait une sensation de froid en pénétrant dans les poumons, mais déjà le soleil produisait son effet. Le ciel se dégageait et les rayons qui éclairaient son petit jardin étaient pleins de chaleur. C'était une matinée à vous réjouir le cœur. Nishima se surprit à tourner gracieusement sur les pas d'une danse de cour. Ah ! mais je danse en secret ! songea-t-elle. Elle se mit à rire. Elle frappa deux fois dans ses mains. Un dernier coup d'œil à son jardin, et elle pivota sur ses talons tandis qu'une domestique s'agenouillait au bord de la véranda.

« Prépare-moi un bain et, s'il te plaît, demande à Dame Shishika de me sortir un choix de robes. »

Une fois la servante disparue, elle se retrouva à danser. Nous courons les plus grands risques, se dit-elle, comment puis-je avoir le cœur à m'amuser en un moment pareil ? Elle ne voulut pas s'avouer que c'était le poème dans sa manche qui la rendait aussi gaie. Pourtant, quand elle enroula son bras dans un geste gracieux et entendit tinter les pièces de monnaie, elle s'arrêta. Elle secoua la tête comme si elle venait d'entendre mentir et partit prendre son bain.

Le vent se leva à l'est. Même à cent cinquante kilomètres à l'intérieur des terres, dans la capitale, on l'appelait « le vent de mer ». Quand il annonçait la tempête, les goélands qui remontaient le fleuve jusqu'à Yankura se retrouvaient chassés dans la ville tels des réfugiés fuyant la progression d'une armée. Même maintenant, Nishima entendait leurs cris rauques.

Le vent sifflait parmi les pruniers devant ses appartements. Les courants d'air s'insinuaient entre les *shojis*. Pourtant le soleil filtrait au travers des écrans comme si le temps ne devait pas changer. La vapeur qui montait de la baignoire s'effilochait dans ses rayons. On aurait dit sur un métier des fils de soie.

Nishima abandonna l'air froid pour se glisser dans son bain. L'eau était délicieusement chaude. Elle y sombra comme dans un sommeil. La nuit avait été longue, et le repos en avait été exclu. Elle ferma les yeux. En imagination, elle vit flotter devant elle les motifs colorés des robes de cour. C'est que cette célébration de l'Ascension impériale avait réservé bien des surprises ! Pauvre Kitsura ! Elle n'avait sûrement jamais rêvé que pareille aventure pouvait lui arriver. L'empereur la désirait, cela ne faisait aucun doute, et chacun savait ce que Botahara pensait du désir.

Elle fit courir ses mains de son ventre jusqu'à sa poitrine, puis les croisa à hauteur de son cou en aplatissant les seins de ses bras. Ainsi il la courtisait, ce beau général. Ou était-ce son nom qui le fascinait ? La tête lui tournait quand elle se penchait sur la question. Il semblait que ses sens ne lui rendaient plus le service qu'ils rendent d'ordinaire à une femme.

Quand l'esprit est saturé de faits, disait Satake, il n'y a plus de place pour la connaissance. Elle ne parvenait pas à éliminer les faits.

On frappa au *shoji*. Elle sortit de son rêve.

« Oui ?

— J'ai vos robes, Votre Seigneurie. » La douce voix de Kento. « Mais où est Dame Shishika ?

— Excusez-moi, Votre Seigneurie, mais j'ai pris la liberté de me substituer à elle pour que nous puissions causer. Rohku fait surveiller vos appartements. Je donnerai moins de prise aux soupçons en venant vous aider à vous habiller.

— La sottise ne connaît plus de bornes, dit Nishima avec aigreur. Entrez. »

La favorite fit une entrée impressionnante avec sur le bras tout un lot de robes de dessous de la soie la plus pure. Elle s'arrêta assez loin pour que sa maîtresse pût les voir sans bouger. Tour à tour, elle montra ses merveilles.

« Non, trop sombre, dit Nishima, assez de choses sombres comme cela. Non, Kento-*sum*, plus clair encore. Je veux un blanc immaculé. Apportez-moi une robe que l'on croirait de neige. »

La dame d'honneur s'inclina et s'éclipsa dans un froufrou soyeux. Nishima ferma les yeux, passa les doigts sur ses cuisses et se remit à penser au poème qu'elle avait reçu le matin. Le bain chaud semblait la soutenir et rendre les tensions moins pénibles. Elle se savait épuisée mais incapable de dormir. Kento revint, et le monde avec elle, dans le souci qu'elle avait de la parer.

« Ah oui ! C'est plus proche. Oui, celle-là. Et l'autre, un peu plus foncée. Parfait ! Laissez-les-moi. Je vais m'habiller et j'irai vous trouver. »

Des femmes de chambre se hâtèrent d'entrer avec des serviettes pour leur maîtresse, mais Nishima les renvoya et se sécha avec d'étroites bandes de coton rugueux. Elle se frotta vigoureusement comme si la rudesse de l'étoffe avait pouvoir de ramener son esprit à des sujets plus actuels. Sur une étagère, elle prit un coffret laqué très ouvragé, bleu turquoise et bleu ciel, orné de motifs représentant des fleurs blanches de *warisha*, l'attribut de l'ancienne maison des Fanisan.

Cette boîte à bijoux et une grande part de son contenu avaient appartenu à la mère de Nishima, et ils prenaient à ses yeux une valeur qui ne dépendait pas uniquement de l'habileté du joaillier. Elle tourna la poignée d'une façon particulière, et le couvercle sauta sans bruit. Rien que de regarder ce qui s'offrait à ses yeux la comblait d'aise. Ses longs doigts caressèrent une parure de bracelets d'argent, un collier de jade bien lisse, un autre de perles noires.

Elle souleva un petit plateau, découvrant ainsi la lettre de Tanaka et le décodage qu'elle en avait fait. Les pièces de monnaie étaient en dessous. Elle les réexamina avec soin en cherchant des signes révélateurs de leur origine. Elles avaient été frappées avec art si elles paraissaient très quelconques. Elle les retourna dans la paume de sa main. Chacune était à peu près de la taille de l'ongle de son pouce, sans rien pour les identifier que des trous parfaitement circulaires en leur centre. Comme Tanaka l'écrivait, elles pouvaient très bien venir de la Monnaie impériale, mais rien de précis n'était de nature à le prouver.

Elle prit un morceau de ruban de soie de couleur mauve pour y enfiler les pièces. Le métal captait la lumière du soleil et paraissait y gagner en profondeur, comme seul l'or pur peut y parvenir. Nishima s'enveloppa la taille de ce ruban. Au contact de la peau nue et tendre de son ventre, elle sentait cet or froid se réchauffer. Puis elle passa plusieurs robes par-dessus, dans l'assurance que rien ne permettrait de détecter la présence des pièces en cet endroit. Quand elle eut fini de s'habiller, elle vit que les nombreux plis de sa ceinture pouvaient dissimuler des secrets beaucoup plus importants que celui-là.

Elle fit glisser le panneau du *shoji* et pénétra dans la pièce voisine où sa dame d'honneur avait fait ouvrir plusieurs armoires et déployer tout un assortiment de kimonos, rangés selon la couleur et la circonstance à laquelle ils se prêtaient.

« Il est arrivé une lettre de Dame Okara, Votre Seigneurie.

— Ah ! montrez-la-moi », s'empressa-t-elle de répondre.

Un minuscule rameau d'herbe des linteaux odoriférante, une plante grimpante que l'on trouve souvent sur les vieux murs de pierre, était attaché à un beau papier gris perle fait à partir de tissu.

L'herbe des linteaux, se dit Nishima, jadis était utilisée pour purifier l'eau. Elle se laissa tomber à genoux sur un coussin, oubliant tout des kimonos étalés autour d'elle. La lettre avait été pliée d'une manière appelée « en portail », malgré le peu de ressemblance avec une porte, mais Nishima en prit bonne note. Les détails de ce genre s'intégraient toujours au message qu'on voulait transmettre ou lui ajoutaient une dimension supplémentaire. Un instant, elle fut déçue de la simplicité de l'écriture, puis elle sourit : elle était parfaitement en accord avec le personnage. Un examen plus attentif lui montra que « simple » n'était pas le mot qui convenait. « Pur » aurait peut-être été plus adapté.

J'ai lu et relu votre lettre, Nishima-sum. Je ne connais pas les raisons qui vous poussent à faire ce voyage, mais je me fie à vous. Je ne puis m'empêcher de penser que je suis responsable de la situation dans laquelle vous vous trouvez, et je suis très fâchée de la façon dont on s'est servi de moi. Ce n'est pas à vous que j'en veux, ma chère enfant, mais à d'autres. Il n'existe qu'une solution à notre problème : je vous accompagnerai. De cette manière, vous n'encourrez pas le déplaisir du Fils du Ciel, car il n'a pas spécifié que nous devions rester dans la capitale pour y poursuivre nos études. Il y a bien des années que je n'ai pas revu le Grand Canal, et je n'imagine pas de cadre mieux adapté pour nous permettre de réfléchir à l'essence même de nos efforts artistiques.

Les fleurs blanches
De l'herbe des linteaux
Sont effeuillées par le vent.
Elles sont portées vers le nord
Par des courants pleins de force.
On dirait les crêtes d'écume
De milliers de vaguelettes.
Comment ouvrirons-nous les portes,
À présent que les arches tombent ?

Nishima relut la lettre et la replia telle qu'elle l'avait reçue. Brusquement, elle fut prise d'une irrésistible envie de dormir. C'était possible maintenant. Rohku Saicha ne trouverait rien à redire.

Que Botahara bénisse Okara-*sum*, pensa-t-elle, je vais à Seh.

27

L'empereur s'aperçut qu'il faisait les cent pas et sentit la moutarde à nouveau lui monter au nez. Il regagna son estrade et jeta un coup d'œil au monceau de rouleaux de papier et de lettres éparpillés sur les nattes. Tout cela, pensa-t-il, et pas une seule bonne nouvelle pour vous réjouir le cœur. Cédant à une impulsion soudaine, il donna un grand coup de pied dans un coussin de soie qui traversa la pièce. Sa collision avec le *shoji* fut un signal pour une meute de gardes et de serviteurs qui accoururent de toutes parts.

« Et alors ? s'écria l'empereur. Est-ce que je vous ai appelés ? Sortez. Toi, là, apporte-moi mon coussin. Et puis ouste ! »

Il s'affala sur le coussin qu'on venait de lui rendre et contempla le tas de papiers accumulés autour de lui. « Puissent les dieux emporter Jaku Katta ! J'avais bien besoin de ce jeune imbécile ! » Il reprit la lettre qu'il avait reçue du seigneur Shonto et la relut avec soin, attentif à tout signe démontrant que son correspondant mentait, que le dignitaire ne désignait Jaku à sa vindicte que pour le priver d'un serviteur apprécié.

Sire,

À l'heure qu'il est, l'empereur est au courant de mes difficultés dans la gorge de Denji. Néanmoins je prends la liberté de vous résumer brièvement mes impressions devant ce qui s'est passé là-bas.

Les écluses nord de la gorge, depuis quelques années maintenant, sont passées sous le contrôle des Hajiwara et, pendant tout ce temps, la maison Hajiwara a mis à profit la mainmise qu'elle exerçait pour accroître sa fortune aux dépens du Trésor impérial. Les dossiers relatifs à leurs finances, conservés par les Hajiwara et que j'ai envoyés à Votre Majesté, prouveront que je dis la vérité.

Les Hajiwara ont réussi leur brigandage en s'assurant la possession de la forteresse impériale qui domine les écluses, cela avec l'accord implicite du gouverneur impérial, qui est aussi un parent du seigneur Hajiwara.

Comme je refusais de leur payer tribut, j'ai été retenu dans la gorge en question pendant plusieurs jours et empêché de remplir mes devoirs envers mon empereur. Pareille situation était insupportable et un affront fait à Votre Majesté. Aussi ai-je pris mes dispositions pour ôter les écluses à l'emprise des forces Hajiwara et les rendre à l'autorité impériale. Malheureusement, au cours des combats, le seigneur Hajiwara et sa famille ont péri. Je le regrette, car cela me prive du plaisir d'avoir vu le Hajiwara comparaître devant un tribunal de l'empire.

Il semble qu'un messager du pouvoir central, un certain Jaku Yasata, ait été envoyé en Itsa il y a de cela quelques mois, sans doute pour régler cette affaire, mais telle était l'arrogance du Hajiwara qu'on n'a tenu aucun compte de ce que disait le lieutenant Jaku. En fait, après sa visite, la situation n'a fait qu'empirer, puisque tous les représentants de l'autorité impériale se sont vu interdire l'accès à la zone des écluses et aux registres des passages.

Je crois, sire, avoir agi comme l'exigeaient les circonstances et pour rétablir le respect dû à l'empereur. Dans mes efforts j'ai été bien aidé par le seigneur Butto d'Itsa, dont la bravoure et la loyauté ont été de bonne grâce mises au service du Trône.

Je reste de Votre Majesté le fidèle serviteur.

Shonto Motoru.

L'empereur s'aperçut qu'il avait les mains moites. Il les essuya sans façons à sa tunique. Shonto, se dit-il, doit me croire à l'origine de cette stupide équipée. Que d'efforts consentis, que d'argent dépensé pour expédier le Shonto dans le Nord et pour aboutir à ce résultat ! Si le dignitaire avait pu se douter que Seh était un traquenard, maintenant sa conviction était faite.

Je risque gros, pensa l'empereur. Shonto, son conseiller manchot et ce maudit moine à l'heure qu'il est trament quelque chose, je le sens. Ah ! Katta, espèce d'idiot ! Tu m'exposes alors que tout avait été fait pour cacher la main qui tenait le couteau. Niquedouille ! Âne bâté ! Que faire à présent ? Restons calme. Mon père a toujours su garder son calme, et c'est ce qui lui a permis d'accéder à un trône.

Il jeta sur tous ses rapports un regard assassin, comme s'il leur devait la perte de sa sérénité. La lettre qu'il tenait en main rejoignit la pile de ces envois. Une autre lettre allant dans le même sens avait été envoyée par le seigneur Butto ou, plus exactement, par son fils cadet, bien que signée par le vieux maître du fief. Quel fiasco ! Et cette visite de Yasata ! L'empereur se massa le crâne là où battaient ses tempes. Jaku avait toujours préconisé de laisser durer la querelle, puisque, à l'en croire, elle affaiblissait ceux qui y prenaient part, mais maintenant il apparaissait qu'il avait peut-être obéi à d'autres motifs pour le recommander. Que pouvait-il bien mijoter ?

L'empereur prit un grand rouleau de papier et se mit à lire le rapport que lui avaient préparé ses agents… comme si on pouvait leur faire confiance ! À chaque mot il cherchait un sens caché. Il devinait partout une perfidie.

> *La courte guerre qui s'est déroulée en Itsa doit être considérée comme la poursuite du conflit qui oppose les deux principales maisons de cette province, avec cette fois pourtant une différence importante. Au cours de ces batailles, le seigneur Shonto Motoru a pris parti en faveur des Butto, préparant sans aucun doute chaque étape avec l'aide d'un état-major redoutable.*
>
> *La raison pour laquelle le seigneur Shonto s'est impliqué dans cette affaire est apparemment son propre intérêt (on l'avait empêché de poursuivre son voyage vers le nord), bien qu'il soit quasiment certain que les Hajiwara aient comploté contre lui, probablement en tant qu'agents au service de quelqu'un d'autre.*
>
> *Le gouverneur d'Itsa va se rendre dans la capitale pour déposer officiellement plainte auprès du gouvernement impé-*

rial et sûrement plaider son innocence, face aux accusations de détournement de fonds destinés au Trésor impérial (un mensonge éhonté).

Nous sommes toujours dans l'ignorance de qui employait les Hajiwara et nous efforçons de le découvrir au plus vite, pendant qu'une chance nous est encore offerte d'y parvenir.

Il convient d'ajouter un autre élément d'information : Shonto a trouvé le moyen de faire sortir une armée de la gorge de Denji sans l'assistance des Butto. Pareil exploit était jusqu'alors tenu pour impossible. Nous n'avons pas encore réussi à savoir comment on s'y est pris.

L'empereur constata que son cœur s'emballait. Il mit une main sur sa poitrine pour le calmer. C'était la façon dont Shonto s'était extirpé de la gorge de Denji qui le troublait. Comment avait-il pu faire ? Akantsu connaissait le défilé pour l'avoir vu. Il avait en mémoire ses hautes parois nues. C'est une mystification, pensa-t-il, l'armée a dû passer par l'intérieur d'une manière ou d'une autre. Il est impossible à un homme d'échapper à la gorge de Denji, à plus forte raison à une armée. Mais le Fils du Ciel savait que la vérité péchait de ce côté-là précisément et qu'en réalité Shonto s'était sorti d'une situation désespérée. Ce n'était pas une assurance capable de vous réconforter.

Il se mit à enrouler son rapport avec soin. Il y a tant de choses, pensa-t-il, qui restent inexpliquées, et maintenant cela. Qui s'est abrité derrière la querelle et a soufflé aux Hajiwara ce qu'il leur fallait faire ? Et qui a pu être assez stupide pour imaginer que ce nigaud de Hajiwara allait se montrer plus habile manœuvrier que le seigneur des Shonto ? Est-ce, comme le croit le seigneur en question, Jaku Katta qui a monté chaque phase de l'opération ?

Oh ! Katta, songea l'empereur, tu étais pour moi comme un fils. Se peut-il que maintenant, comme un fils, tu t'impatientes de voir le père ne pas encore passer la main ?

Un coup discret frappé au *shoji* interrompit le fil de ses pensées. Un écran glissa et un serviteur s'agenouilla dans l'entrebâillement.

« Oui ?

— Sire, le colonel Jaku Tadamoto se tient à votre disposition.

— Ah ! bien. » L'empereur montra ses rapports. « Mettez de l'ordre là-dedans. Ensuite je verrai le colonel. »

Deux valets se précipitèrent et commencèrent à enrouler et à ramasser les papiers.

« Laissez-les-nous, commanda l'empereur, et donnez-moi mon épée. »

Des portes à l'extrémité de la salle d'audience s'étaient ouvertes, révélant la présence du frère cadet de Jaku Katta, un homme de haute taille, élancé et bien fait, donnant l'impression d'être le lettré qu'il était véritablement. Il s'agenouilla devant l'entrée en courbant la tête vers la natte.

« Vous pouvez approcher, colonel. »

Jaku Tadamoto s'avança à genoux et s'arrêta à distance respectueuse de l'estrade.

« J'ai plaisir à vous voir, colonel.

— C'est un honneur pour moi que vous le pensiez, Votre Majesté. »

Un léger sourire à ces mots se dessina sur les lèvres de l'empereur, mais le visage ensuite se durcit pour donner l'impression d'un homme accablé de préoccupations. « Tadamoto-*sum*, ce qui se passe dans l'empire me rappelle que le trône attire à lui des traîtres de toute sorte. Il existe si peu de gens à qui se fier, pour qui la loyauté n'est pas un masque destiné à couvrir des ambitions personnelles.

— Je suis navré de vous l'entendre dire, Votre Majesté. »

L'empereur hocha la tête tristement, et sa main courut le long du fourreau de son épée comme s'il touchait un talisman. « Mais vous, Tadamoto-*sum*, vous, je crois, n'êtes pas ce genre d'homme. Est-ce que je me trompe ?

— Je suis le serviteur de l'empereur, répondit simplement Tadamoto.

— Ah ! j'espère que vous dites vrai, Tadamoto-*sum*, j'espère que vous dites vrai. » Il marqua une pause, le regard fixé sur le jeune officier. « Avez-vous entendu parler des événements de la gorge d'Itsa ?

— Oui, sire.

— Et qu'en pensez-vous ? »

Tadamoto s'éclaircit la voix. « Pardonnez-moi de vous le dire, Votre Majesté, mais j'ai toujours préconisé de mettre fin à cette querelle et de rétablir la légalité sur le Grand Canal.

— C'est vrai. Rappelez-moi vos raisons pour le faire.

— Sire, c'est la leçon de l'histoire. Les empereurs qui ont garanti la stabilité sont ceux qui se sont débattus avec le moins de problèmes internes. Le canal a cessé d'être sûr depuis la guerre de la période intermédiaire, pourtant il représente notre seul lien avec la moitié de l'empire. Toutes les provinces qu'il nous permet d'atteindre se sentent ignorées de la capitale. Elles en conçoivent de la rancune, et cela ne tarde pas à donner naissance à des difficultés. Je n'ai jamais été partisan de la politique qui consiste à laisser l'empire pacifié de manière précaire. On ne trouve nulle part dans notre histoire de quoi appuyer cette solution. »

L'empereur hocha la tête. Oui, et dire que Jaku Katta me recommandait de ne pas permettre aux grandes familles de retrouver une paix sans nuages. Aurais-je pendant ce temps écouté celui des frères qui était de mauvais conseil ? « Ce que vous dites paraît juste, Tadamoto-*sum*. Mais que pensez-vous de la situation en Itsa ?

— Sire, il apparaît clairement dans les rapports que Shonto s'est servi des Butto pour ouvrir une brèche dans les rangs des Hajiwara, bien qu'on ne sache toujours rien des moyens dont il s'est servi. La situation en Itsa contrevenait tellement aux lois de l'empire que Shonto n'a pas hésité à prendre les choses en main sans craindre les représailles du gouvernement central. Nul dans tout Wa ne pensera qu'il s'est conduit de manière déshonorante et sans respect pour son empereur. Il lui a au contraire rendu service, tout en montrant les lacunes dans la façon dont notre gouvernement a rempli certains de ses devoirs. Le Hajiwara n'était pas de force face au Shonto, et je ne serais pas surpris d'apprendre que le seigneur Hajiwara croyait être parvenu à un accord avec le seigneur Shonto qui était à son avantage… avant de découvrir qu'un Shonto ne conclut jamais d'accord qui ne lui bénéficie pas. »

L'empereur se remit à caresser machinalement son épée. « Je vois. Que faut-il donc faire à présent ? »

Tadamoto hocha la tête, s'inclina, vite, de manière presque réflexe. « Je crois, sire, que vous devriez prendre l'initiative dans cette conjoncture. Le pouvoir central devrait rétablir l'ordre sur les canaux et les routes de l'empire. Cela coûtera de l'argent au début mais, une fois la loi de nouveau observée, la dépense sera moindre, et je crains que s'abstenir de le faire ne se révèle beaucoup plus onéreux. Ce que le seigneur Shonto a accompli en Itsa recueille une large approbation. Il est aujourd'hui le héros de l'empire. Mais les mesures dont je parle rencontreraient le même soutien si c'était le gouvernement impérial qui entreprenait de les appliquer.

— Mais ne donnerions-nous pas alors l'impression de finir le travail commencé par Shonto, en nous démenant à sa suite comme de la valetaille ?

— Sire, je crois que ce qui compte est de faire suffisamment de bruit. Formez un triumvirat impérial chargé de régler le problème des routes et des canaux. Envoyez partout des fonctionnaires impériaux accompagnés de gardes en abondance et nantis du pouvoir d'exécuter vos ordres. Faites lire des édits dans les capitales de toutes les provinces, exhibez voleurs et escrocs dans les rues. On aura vite oublié que le seigneur Shonto a ouvert la voie.

— Ah ! Tadamoto-*sum*, j'apprécie vos conseils. D'autres donnent un avis dans le seul but de servir leurs intérêts, mais vous… On croit entendre un peu de la voix d'Hakata quand vous parlez. »

Le jeune colonel s'inclina bien bas. « C'est trop d'honneur, sire. »

L'empereur hocha la tête. « Je ne crois pas que mon éloge soit immérité. Nous verrons. Autre chose, Tadamoto-*sum*. » Il baissa la voix. « Un sujet que nous avons déjà évoqué. Votre frère, dans son zèle à veiller sur notre sûreté, nous a entouré d'un grand nombre de gens qui en réfèrent à lui personnellement. Je comprends que c'est pour des raisons de sécurité, mais cela va au-delà du nécessaire, comme je vous l'ai déjà dit. Avez-vous réussi à découvrir l'identité de ces personnes ? »

Tadamoto hocha la tête une seule fois sans croiser le regard de l'empereur. « Oui, sire.

— Et vous m'avez fait une liste ? »

De nouveau, Tadamoto acquiesça.

L'empereur sourit. « Laissez-la-nous, Tadamoto-*sum*. J'en parlerai à votre frère. Prendre de pareilles précautions n'est pas indispensable, même quand on est aussi consciencieux que Katta-*sum*.

» Et les adeptes de Tomsoma ? » La voix perdit soudain de son intensité. L'empereur poursuivit avant que Tadamoto eût tenté une réponse. « Cette tentative pour aviver la tension entre eux et les frères silencieux était dénuée de bon sens. Les frères sont fourbes, mais ils ne sont pas stupides. Ce prêtre… comment s'appelait-il déjà ?

— Ashigaru, sire.

— A-t-il montré le bout de son nez ?

— Non, sire. Je ne pense pas que l'empereur ait à s'en préoccuper. Les adeptes des cultes magiques commencent à comprendre qu'il n'y a pas d'espoir de convertir la famille impériale. Ils en éprouvent de la rancœur, sans aucun doute, mais jusqu'à présent ils n'en manifestent rien. »

L'empereur secoua la tête. « Ils n'ont pas démontré beaucoup d'utilité tout en s'avérant gourmands. »

Son regard se porta sur le jeune officier, un regard apparemment chargé d'affection.

« Et avez-vous parlé de Dame Nishima avec votre frère, Tadamoto-*sum* ?

— Oui, sire.

— Ah !

— Il considérait que c'était rendre service à son empereur que de ne pas la perdre de vue.

— Bien sûr. Et continue-t-il à la fréquenter ?

— Ils ne se sont pas rencontrés, sire, pour autant que je le sache.

— Peut-être a-t-il réfléchi à ce qu'imposaient ses devoirs. Cela aurait été sage de sa part. Il y a une autre tâche dont j'aimerais que vous vous acquittiez, Tadamoto-*sum.* » Il n'attendit pas qu'on lui réponde. « Osha souffre de la situation dans laquelle elle se trouve, vous n'aurez aucune peine à le comprendre. Peut-être cela améliorerait-il son humeur si vous acceptiez de l'accompagner à la cérémonie des Chevaux Gris.

— Ce serait avec plaisir, Votre Majesté. Puis-je vous dire combien je suis touché de l'intérêt que vous prenez à l'infortune des gens d'humble condition ? »

L'empereur hocha la tête modestement. « Nous reprendrons bientôt cet entretien, Tadamoto-*sum*. Très bientôt. Il y a d'autres sujets sur lesquels je serais heureux d'avoir votre opinion. Nous verrons. »

Tadamoto s'inclina bien bas et sortit à reculons. Une fois seul, l'empereur prit la liste qu'on lui avait laissée mais ne la lut pas tout de suite.

« Les Shonto ne concluent jamais d'accord qui ne leur bénéficie pas, murmura-t-il. Jamais. »

Les deux hommes lentement firent chacun le tour de leur adversaire en répondant à un pas en avant par un autre. Ils portaient un pantalon noir fendu et une veste blanche, la tenue traditionnelle du combattant de *shishama.* L'un des deux, agresseur désigné, s'était enveloppé le front d'un bandeau de soie rouge au-dessus de ses yeux gris et froids. Une épée jaillit vers la droite puis s'abattit, dans les premiers gestes de ce qu'on appelait « le vol de l'hirondelle », mais la réponse intervint rapidement, et l'on en revint de part et d'autre à une position défensive. L'agresseur, Jaku Katta, ralentit son mouvement circulaire puis s'arrêta, les pieds nus fermement plantés sur la pierre du sol. Son épée monta dans le geste du « faucon qui s'apprête à plonger ». L'autre recula et para. Les armes étincelèrent dans le soleil, trop promptes pour que le regard pût les suivre et, dans le choc des lames, celle de Jaku toucha le bras armé de son adversaire juste au-dessus du coude, le signal de la fin. Le vaincu s'inclina profondément tout en se massant le bras touché. Jaku Katta s'inclina lui aussi.

« J'espère que je ne vous ai pas fait de mal.

— Le coup était parfaitement dosé, général. J'ai été honoré d'être votre adversaire. Je vous remercie.

— Tout l'honneur était pour moi, capitaine. » Les deux hommes tendirent leurs épées émoussées d'entraînement à des domestiques en attente. « Nous recommencerons peut-être ?

— Certainement, général. »

De nouveau le capitaine s'inclina, et Jaku salua tout en se tournant vers un garde attaché à son service.

« Qu'y a-t-il ? »

Le garde s'agenouilla tout aussitôt. « Général Katta, la réponse des bureaux de l'empereur. »

Il tendit une lettre pliée à Jaku. Celui-ci la prit et continua son chemin vers la porte menant à ses appartements privés. L'exercice lui avait fait du bien. Se dépenser physiquement ne manquait jamais de lui redonner confiance en lui. Maintenant il baignait dans la chaude lumière de cette félicité d'après coup que les poètes appellent « le soleil dans la tête ». Lentement, il déplia la lettre et, tout en passant sous sa véranda, en commença la lecture. Deux pas plus loin, il faillit trébucher et s'arrêta, relisant :

> *Au général Jaku Katta, commandant la garde impériale.*
>
> *La requête que vous nous avez adressée d'une audience du très révéré Fils du Ciel a été refusée. Sa Majesté ne doute pas d'avoir l'honneur de votre présence à la cérémonie des Chevaux gris.*
>
> *Le seigneur Bakai Jima, secrétaire de Sa Majesté impériale Akantsu II.*

Jaku faillit en tomber à la renverse, mais sa main chercha un appui et trouva un pilier. La lettre l'avait atteint à la manière d'un coup d'épée. Brusquement, le combat était terminé. On ne pouvait effacer la faute, changer la position d'un pied, parer plus efficacement.

Depuis qu'il avait reçu un rapport d'Itsa tôt dans la matinée, il avait eu comme un pressentiment. S'il avait pu rencontrer le Fils du Ciel, lui expliquer – il se fiait entièrement à son influence auprès de l'empereur –, une chance lui aurait été offerte de se racheter. Mais que faire après cela ? Pas moyen de placer le plaidoyer préparé avec soin et qui était capable de le sauver.

Les explications auxquelles il avait songé étaient simples et claires, comme Akantsu les aimait. Jaku savait qu'il aurait été stupide de sa part de chercher à nier son implication dans la tentative criminelle contre Shonto à son arrivée dans la gorge de Denji. Il était trop facile à l'empereur de le découvrir par d'autres moyens. Non, son plan avait consisté à simplement assumer ses responsabilités et prétendre que pour des raisons de sécurité il avait été obligé de garder le secret.

L'échec était une autre paire de manches. Non seulement Shonto avait échappé au piège qui lui était tendu, mais il avait jeté le pouvoir central dans l'embarras en détruisant ces parasites, les Hajiwara, qui encombraient l'artère principale de l'empire, parasites dont la présence avait reçu l'accord tacite de l'autorité impériale. Et cela à cause des recommandations de Jaku en personne. Le Tigre noir hocha la tête et se prépara à prendre son bain.

Des serviteurs le frottèrent avec soin avant qu'il se fût plongé dans l'eau fumante. Que faire maintenant ? Jamais il ne s'était heurté à un refus dans une demande d'audience. Absolument jamais. La portée de ce geste lui donnait la chair de poule. Il se sentait comme un homme tombé d'un navire au milieu de la nuit et qui le regarde se fondre dans l'obscurité. C'était à ne pas croire, et pourtant vrai. En fait, cela faisait déjà partie du passé.

En un sens, Jaku trouvait cela injuste, comme si ses plans, indépendamment de leur nature ou de qui s'y trouvait mêlé, méritaient de réussir pour la seule raison qu'il en était l'auteur.

N'était-ce pas lui qui avait conçu tout le dispositif pour délivrer l'empereur de la menace constante que faisait planer Shonto ? Que d'actions d'éclat n'avait-il pas faites pour son empereur, dont beaucoup où le risque avait été considérable ! La réalité ne pouvait pas être ce qu'on croyait. Il lui fallait se rendre aux appartements du souverain et demander instamment à le voir pour une affaire mettant en jeu la sécurité. Tous les hommes qui entouraient l'empereur étaient à lui ; ils le laisseraient passer sans poser de question ; c'était faisable. Il pouvait encore gommer son erreur.

Il changea de position dans l'eau, reposa sa tête, ferma les yeux. Oui, c'était la solution. Une fois devant l'empereur, il retrouverait son ascendant. Celui qui conspirait contre lui – et à coup sûr quelqu'un conspirait – ne pouvait pas connaître son Akantsu aussi bien que lui le connaissait. L'empereur, fondamentalement, était un soldat, et il respectait uniquement ceux qui avaient son tempérament. Lui-même, Jaku, était un combattant-né, le lutteur dans toute sa pureté, le guerrier par excellence, et le monarque le savait.

Sans raison apparente, ses pensées allèrent à Nishima, au poème qu'elle lui avait fait parvenir une heure plus tôt. Ses réticences étaient feintes, à n'en pas douter. Il avait déjà observé quelque chose du même genre chez d'autres jeunes femmes bien nées. Mais ses yeux ne mentaient pas, et ils disaient que son cœur était touché. Il n'y avait pas à y revenir, cette campagne, il l'avait menée à bien. Il n'avait même pas eu à s'employer. Il eut un rire amer.

Tout avait fonctionné à merveille jusqu'à l'entrée de Shonto en Itsa. Que s'était-il passé effectivement là-bas ? Il leva au-dessus de sa tête ses bras musculeux, faisant gicler l'eau sur son visage. Il n'y avait pas eu de défaut dans son plan, mais ce Hajiwara était un âne, incontestablement. Nouvel accès de rire. Non, tout n'était pas perdu. Il se relèverait à la manière d'un combattant de kung-fu, il utiliserait la force de ses ennemis pour mieux rebondir. Il se sentait toujours aussi fort. Au moment voulu, Nishima tiendrait son rôle dans ses combinaisons, et l'empereur, l'empereur qui lui refusait une audience comprendrait que Jaku Katta était un peu mieux que tout ce qu'il avait jamais imaginé.

Il se leva et sortit, tout trempé, de sa baignoire. Des serviteurs entrèrent avec des serviettes pour le sécher.

« Qu'on m'apporte mon armure et mon casque de campagne ! » jeta-t-il à un domestique. Il était temps d'aller trouver cet empereur récalcitrant. L'heure était venue de porter un coup plein d'audace. Il s'habilla lentement, prenant plaisir à sentir sur son corps la légèreté de son armure et admirant le savoir-faire de l'artisan.

« Général Jaku, entreprit de dire le serviteur, il y a des domestiques et des gardes dehors qui attendent vos ordres.

— Comment ? » Jaku prit son casque et se dirigea vers la porte.

L'homme se lança dans une série de courbettes tandis qu'il accompagnait hâtivement son maître. « Ils ne comprennent pas, général. On les a envoyés. Vous verrez par vous-même. »

Jaku atteignit la porte avant son domestique. Quand elle s'ouvrit, il fut confronté à des visages agglutinés dont pas un ne lui était inconnu. Les gens de l'empereur. Jaku était debout devant eux, sans rien trouver à leur dire, tandis que les regards désespérés de cette troupe se tournaient vers lui, leurs traits dénotant une peur si profonde qu'elle lui fit perdre la tête et qu'il se surprit à reculer d'un pas, machinalement, pour se réfugier dans la sécurité de ses appartements.

La cérémonie des Chevaux gris se tenait dans la cour centrale du palais de l'Île, endroit réputé pour la vue qu'on y avait des couchers de soleil. Des guirlandes de fleurs d'automne ornaient les colonnes des portiques voisins, des feuilles jaunissantes et des pétales avaient été éparpillés sur les étangs et les ruisseaux. Les nombreux arbres avaient revêtu les couleurs de la saison et ainsi n'avaient nul besoin de l'aide d'un artiste. C'était de la diversité de leurs tons qu'on s'était inspiré pour trouver les autres teintes, y compris celles des robes des courtisans et des représentants de l'administration rassemblés pour cette cérémonie traditionnelle.

On avait placé l'estrade et le trône de l'empereur juste devant la porte du Principe spirituel, et là le très révéré Fils du Ciel siégeait avec la famille impériale déployée autour de lui, y compris une impératrice maussade. Le Grand Chancelier et les ministres de la Gauche et de la Droite s'étaient assis à leurs places réservées, tandis que de part et d'autre on se répartissait selon un ordre hiérarchique, du premier au troisième rang, le troisième étant le dernier autorisé à assister à une solennité aussi importante. Même dans ces conditions, il n'y avait pas moins de plusieurs milliers de participants des deux sexes, tous vêtus avec un sens aigu de la couleur requise et du protocole à observer, si bien que rien ne venait troubler l'impression d'harmonie dégagée par l'ensemble du tableau.

Assis parmi les gens du troisième rang de gauche, Jaku Katta calquait son attitude sur celle des autres courtisans, faite d'anticipation déférente, mais il suivait l'empereur dans chacun de ses mouvements pour y déceler quelque chose de ses intentions. Il ne remarquait rien et, perdu dans la foule, n'avait pas droit de la part du souverain même à un signe de tête.

C'est comme si j'avais cessé d'exister, se dit-il, comme si j'étais déjà mort. Il croisa le regard d'une jeune femme qui sourit timidement puis se cacha le visage derrière un éventail, mais c'est à peine si cela laissa une trace en son esprit. Que vais-je pouvoir faire ? se demanda-t-il. Tous les plans que j'ai échafaudés s'écroulent autour de moi.

L'excitation contenue de la foule était presque palpable et semblait couler comme un flot de *chi* le long du méridien de la scène. L'amour des cérémonies tournant à l'obsession depuis longtemps était une caractéristique essentielle de la vie qu'on menait à la cour de Wa. Tout le monde attendait que l'empereur donnât le signal.

Comme il était à moitié dieu, on comptait sur son intercession en faveur de son peuple auprès de ses ancêtres et des divinités. Même l'avènement de Botahara mille ans plus tôt n'avait changé que fort peu de chose à ces rites. Un vernis de doctrine botahiste avait été plaqué sur les pratiques du panthéisme ancien.

La légende des Chevaux gris avait pris naissance à l'époque de la fondation des Sept Royaumes, qui allaient devenir les provinces centrales de l'empire de Wa. On disait que Po Wu, le père des dieux, avait donné les chevaux en question à ses fils, les Sept Princes, qui ensuite devaient chasser les Barbares des terres de Cho-Wa et y introduire les premiers éléments de la civilisation.

Ces destriers avaient été dotés de pouvoirs magiques par Po Wu et ne pouvaient dans les combats ni être blessés ni mourir. Quand ils galopaient, de leurs sabots fusait un bruit de tonnerre qui faisait trembler la terre et craquer les collines. Devant eux leurs ennemis fuyaient comme goélands devant la tempête. On prétendait que les Chevaux gris de la cérémonie descendaient en droite ligne des chevaux de Po Wu. De génération en génération ils avaient subsisté, objet des soins attentifs des palefreniers impériaux.

Au signal de l'empereur, la cérémonie commença dans un roulement de tambours rappelant le grondement du tonnerre, puis monta la voix légère d'une flûte de Pan. Du côté de la porte du Principe Spirituel, le martèlement sur la pierre des sabots non ferrés parut suivre le rythme de la musique, et les chevaux surgirent, sept montures d'un gris pâle, bouchonnés au point de luire dans la lumière du soleil.

Les cavaliers étaient les meilleurs de la province, deux gardes impériaux, les fils de trois seigneurs, un petit conseiller, un maître d'équipage, tous revêtus de la pourpre royale et assis sur des selles de couleur or et vert foncé. Les chevaux étaient empanachés d'or et de noir, et le contraste de ces couleurs éclatantes avec la pâleur des robes de l'assistance avait quelque chose de saisissant.

Ces cavaliers soumirent leurs montures à des exercices compliqués selon un enchaînement rigoureux, tout cela commandé de manière si subtile qu'on ne voyait pas comment se faisait la communication des ordres. La suite de ces exercices symbolisait une histoire, celle des Sept Princes et de leurs chevaux magiques. Des danseurs prirent part aux évolutions, habillés en fantassins et en guerriers barbares, sans qu'il y eût jamais de confusion ni que le spectateur fût distrait dans son attention.

Après avoir chassé les Barbares du théâtre des opérations, lentement les sept cavaliers voltèrent et paradèrent devant l'empereur qui, en tant que descendant de Po Wu, les récompensa par de superbes cadeaux. Ils s'inclinèrent en remerciement et conduisirent leurs chevaux hors de la cour centrale, vers des courtisans aux murmures admiratifs.

Le silence alors se fit dans le public qui attendait le moment où l'empereur et sa famille se lèveraient et partiraient. Mais, au lieu de cela, un secrétaire du ministre de la Gauche frappa sur un petit gong pour réclamer l'attention de tous. Avec une grâce dans les mouvements qui étonnait chez quelqu'un d'aussi âgé, il prit place devant l'estrade, s'inclina deux fois et tira un rouleau de papier de sa manche. La voix était douce mais s'entendait bien de partout.

« Le ministre de la Gauche m'a confié le soin de vous lire ce qui suit, émanant du très révéré Fils du Ciel :

» *Aujourd'hui nous avons été le témoin non seulement d'une antique cérémonie dont la signification demeure, mais aussi d'une métaphore qui décrit ce qui se passe actuellement. La frontière nord de Wa est à nouveau soumise au harcèlement des Barbares et, comme c'est notre devoir, nous avons tourné notre regard de ce côté. Pourtant, ce n'est pas seulement dans ces régions que se manifeste la mentalité des peuples primitifs. En deçà des limites de nos propres provinces, ceux qui sont barbares en esprit rendent périlleuses nos routes et nos voies navigables, et, ce qui nous déçoit profondément, les seigneurs de nos provinces n'ont pas réussi à mettre un terme à leurs agissements. Nous en faisons le serment, nous ne permettrons pas à la barbarie de menacer notre empire, qu'elle vienne du dedans ou du dehors.*

» *En conséquence, il est de la volonté du Trône que cesse pareille situation. Pour y parvenir, des effectifs de la garde impériale et des représentants de l'autorité judiciaire seront envoyés par tout l'empire afin de rendre sûr chacun des itinéraires du voyageur et du marchand, et que cela profite jusqu'au plus modeste des citoyens de notre pays.*

» *Compte tenu des événements qui se sont produits récemment sur le Grand Canal, nous voyons bien que ce lien qui unit entre elles les différentes parties de notre grand pays est en danger. Nous en ferons donc le premier objet de nos soins. Pour faire face à la situation, nous avons décidé d'envoyer sur le Grand Canal, comme délégué du Trône et seul arbitre à statuer, le commandant de la garde impériale, le général Jaku Katta. Il sera chargé d'y ramener la paix et l'efficacité.*

» D'autres seront dépêchés avec les mêmes consignes pour effectuer les mêmes changements sur toutes les grandes voies de communication de notre empire.

» Par ordre d'Akantsu II, empereur, et du Grand Conseil de Wa. »

Le fonctionnaire s'inclina quand il eut fini sa lecture, imité par l'assemblée, saluant l'empereur et sa famille. Un bruit monta de la foule, indéfinissable et pourtant perçu par tous comme celui d'une approbation collective. Le monarque sourit en se levant et prit place dans la chaise à porteurs qui l'attendait.

Parmi ceux qui courbaient la tête tandis que l'empereur quittait la scène, il y avait un général en uniforme de la garde impériale qui ne partageait pas ce sentiment d'adhésion. Jaku Katta attendait à sa place que fussent parties les personnes d'un rang plus élevé que le sien, acceptant félicitations et vœux de succès d'un signe de tête apparemment stoïque, mais qui en réalité dissimulait une fureur parfaitement contenue.

Ce qui avait été fait à Shonto à son instigation se retournait contre lui. Le Tigre noir s'efforçait de respirer lentement, profondément, de se calmer, mais sa colère semblait se porter contre tous sans exception. Tantôt elle visait le Fils du Ciel, tantôt le seigneur Shonto, tantôt les courtisans nigauds qui le congratulaient sans avoir aucune idée de la réalité de la situation. Il était comme un arc tendu au point de se rompre, avec une flèche encochée prête à jaillir, et il cherchait désespérément dans sa tête la cible à qui il conviendrait de la destiner.

Les personnes du premier et du deuxième rang se levèrent et sans se presser s'éloignèrent. Jaku à son tour se leva, avec ceux qui restaient, les gens du troisième rang, et il entreprit de se frayer un chemin parmi la foule. Autour de lui, on riait, on donnait son opinion sur la beauté de la cérémonie et la perfection atteinte par les cavaliers, mais Jaku, lui, marchait sous un nuage aussi noir que son noir uniforme. Il lui fallait prendre sur lui pour ne pas bousculer ces imbéciles. Il restait néanmoins maître de lui : il était important de savoir à quel moment décocher sa flèche.

Quand il arriva enfin au bout de la place, il monta un escalier que peu de gens empruntaient et là se sentit libéré de la cohue et des vains bavardages. Une fois parvenu à la dernière marche, il se tourna pour embrasser la perspective du regard, par habitude. N'était-il pas chargé d'assurer la sécurité dans le palais ? Là, au milieu de la foule qui défilait au pied de son escalier, il vit son frère, Tadamoto, marchant en compagnie d'Osha, la Sonsa de l'empereur, et ils riaient, Jaku pouvait presque les entendre. Les rires étaient partagés, et leurs visages s'épanouissaient comme seulement en amour un visage peut s'épanouir.

Mon propre sang, pensa Jaku.

28

Paroles prononcées à voix basse,
Plus froides que la pluie d'hiver,
Touchent mon cœur là où je suis,
Dans l'ombre de mon gouverneur.
Nul ne m'a dit : « Tu es un traître
À ta province. »

Il est gratifiant de savoir
Que mon épée est sans reproche.

Komawara Samyamu.

Le soleil de l'après-midi perça les nuées d'orage par endroits, dirigeant vers le sol de longs traits de lumière qui suivaient dans leur déplacement des nuages rapides et en désordre.

Les vagues déferlaient dans des tourbillons d'écume dont le vent striait de blanc une eau noire. Après quoi, le moutonnement reprenait, le flot s'accélérait et se brisait contre l'embase du mur de pierre.

Debout derrière le parapet, Shonto contemplait le tumulte qui lui était offert. Cinq jours avaient passé depuis son arrivée à Seh, et seulement ce matin-là il avait réussi à s'affranchir de ce que l'étiquette réclamait à un nouveau gouverneur. Tant de cérémonie l'avait frustré, et il était plus que prêt à entreprendre l'ouvrage qui l'avait amené, autrement dit ses devoirs de soldat. Il avait commencé par ce qui était le plus proche et procédé à une inspection des fortifications de la capitale, suivie d'une estimation des capacités de la garnison.

Le nouveau gouverneur marchait le long du rempart d'un pas qui contraignait ses compagnons à se hâter d'une manière peu en rapport avec leur dignité s'ils ne voulaient pas être laissés en arrière. Ils n'étaient pas accoutumés à de pareils efforts. Un gouverneur était censé se déplacer sur un canal, peut-être dans une chaise à porteurs, exceptionnellement à cheval. Mais à pied ! Jamais on n'avait entendu parler d'une inspection à pied !

Ceux qui pressaient le pas à la suite du gouverneur formaient un groupe disparate. Beaucoup portaient de longues robes de cérémonie auxquelles le vent s'attaquait avec un certain plaisir. Ils avaient adopté d'eux-mêmes un ordre hiérarchique : d'abord le Grand Chancelier, le seigneur Gitoyo, et son fils, simple capitaine du troisième rang, emboîtaient le pas à Shonto ; puis venaient le ministre de la Guerre, le seigneur Akima, très vieux mais suivant le rythme imposé sans apparemment en souffrir ; deux ministres du deuxième rang, portant des robes bleues pour les grandes occasions, transpiraient abondamment ; suivaient le général Hojo et le seigneur Komawara, puis un lieutenant-colonel de la garnison ; une douzaine de gens à leur service fermaient la marche, avec le nombre de gardes requis.

Le grade dans l'armée d'un certain général Toshaki lui valait officiellement une place dans le troisième rang mais, en tant que membre d'une des plus importantes maisons de Seh, il s'était acquis le droit de marcher aux côtés de Shonto, tout en lui marquant la déférence voulue.

« Comme je vous le disais, seigneur Shonto, déclara Toshaki en évitant de lui donner son titre officiel de gouverneur, nous faisons tout ce qui est nécessaire pour que la ville reste forte et que ses défenses soient à même de servir. » Le général plaçait cela entre deux moments où il cherchait sa respiration, tout en trottinant aux côtés de Shonto. C'était le dernier escalier qui l'avait mis dans cet état, et le train soutenu du nouveau gouverneur ne lui permettait pas de récupérer. Sa tournée d'inspection avait pris les habitants de Seh au dépourvu, si son état-major n'en avait pas été étonné le moins du monde. Ils avaient appris qu'il était vain de chercher à deviner ce qu'il allait faire. Mieux valait remplir toutes ses obligations avec exactitude et se tenir prêt pour la prochaine revue.

Shonto ne répondit rien aux affirmations du général Toshaki, ce qui dérangea le vieux soldat plus qu'il n'aurait pensé. Il s'arrêta une fois encore et regarda par-dessus le parapet le déferlement tonitruant des vagues. Le rempart effectivement était en bon état, cela ne pouvait échapper à son regard critique, mais par endroits à sa base un pan de rocher noir s'avançait dans les flots. La sécheresse de l'automne avait fait baisser le niveau des rivières et découvert un soubassement qui normalement aurait dû disparaître sous plusieurs mètres d'eau. Cela inquiétait Shonto. Le rocher compromettait sérieusement l'intégrité des défenses et, ce qui était plus grave, le général Toshaki ne paraissait pas s'en rendre compte.

« Vous voyez, monseigneur, que Rhojo-ma ne craint rien. Ses remparts sont impossibles à percer. Peut-être pourrions-nous...

— Il n'existe pas de mur où l'on ne puisse faire de brèche, général, dit Shonto en marquant un nouvel arrêt et en regardant par-dessus le parapet.

— Bien sûr, monseigneur, vous avez raison. C'est vrai à l'intérieur des terres, mais ici, avec un fossé naturel d'une lieue...

— Général Hojo ! » Le gouverneur s'immobilisa et s'adressa au plus gradé de ses conseillers militaires.

« Monseigneur ? »

Shonto montra un affleurement de granit bien lisse. Hojo se pencha sur le parapet.

« J'en suis d'accord, monseigneur, ceci représente un danger. Un point de rassemblement est précisément ce qu'il faut pour un assaut contre ces murs.

— Pourriez-vous y ouvrir une brèche, général ?

— D'après ce que j'ai vu, je dirais oui... si je pouvais compter sur un effet de surprise. Les gardes ont trop confiance dans les fortifications, et ce n'est pas bon.

— Général Toshaki ? »

Le grand soldat se raidit plus encore. Les mots sortirent de sa bouche dans ce qui ressemblait à une parodie de politesse. « Monseigneur, ce que dit le général est très juste, mais il y a d'autres éléments à prendre en compte. Une flotte assez vaste pour attaquer Rhojo-ma pourrait difficilement se construire en secret. Il se produirait toujours quelque chose pour nous mettre en garde. Une petite expédition contre la ville, même si elle réussissait à passer la première ligne de défense, serait isolée par la seconde. Nous aurions tôt fait de les rejeter à la mer, soyez-en sûr. Quelques jours de pluie, et ces rochers seront sous l'eau. La pluie, nous n'aurons pas longtemps à l'attendre. Les orages d'automne sont aussi fiables que la patience de Botahara, monseigneur. »

Shonto et le général Hojo échangèrent un regard mais ne dirent rien. Le gouverneur quitta le parapet et poursuivit sa visite.

Ces hommes formaient un curieux mélange au haut des remparts, de militaires de carrière, de bureaucrates, de seigneurs et pairs, avec leurs vêtements flottant au vent comme les oripeaux d'un épouvantail dans le jardin d'un paysan. Mais ce n'était pas seulement le vent qui avait pouvoir de les bouger. Ce nouveau gouverneur, cet intrus, tenait leur avenir entre ses mains pour ce qui était de la place à occuper dans la hiérarchie de Seh. Un état de choses générateur de beaucoup de mauvais sentiments, et cela se voyait.

Il faut dire que la situation n'était pas si simple pour les autochtones. Ce nouveau gouverneur n'avait rien d'un laquais de l'empereur envoyé dans le Nord pour remplir quelque fonction politique. Il s'agissait du seigneur des Shonto, un soldat de grande réputation et respecté pour autre chose que le nom ancien qu'il portait. L'histoire avait inscrit ce nom dans les fibres mêmes de Seh. Cette situation complexe, Shonto savait qu'il lui faudrait en jouer s'il devait obtenir un résultat dans le Nord.

Le cortège parvint à un large poste d'observation, une plateforme de pierre au sommet des fortifications. Là, le nouveau gouverneur choisit de s'arrêter, au grand soulagement de ceux qui le suivaient. À l'intention des personnes de haut rang, on apporta des tabourets d'un local où se tenaient des gardes, et ils s'assirent en demi-cercle autour de Shonto.

« Seigneur Akima, dit celui-ci sans attendre qu'on reprît son souffle, demain j'enverrai des membres de mon état-major dans des zones périphériques pour commencer l'inspection de nos défenses. Je suis particulièrement intéressé par la partie frontalière et la deuxième ligne de résistance. S'il vous plaît, prévoyez des officiers de grade supérieur appartenant à la garnison pour les accompagner. En ce qui concerne les détails, vous verrez avec le général Hojo.

» J'aurai besoin de mettre en place une base d'opérations principale plus près de la frontière et de la région menacée par les Barbares. On pourra parvenir à une décision quand j'aurai une idée plus précise de la situation telle qu'elle se présente. Grand Chancelier, je suppose que si je vous confie pour l'essentiel l'administration de Seh, ainsi qu'à vos compétents collaborateurs, vous n'y trouverez rien à redire ? »

La surprise du Grand Chancelier fut fort bien dissimulée. Il avait été choisi par le précédent gouverneur qui avait éliminé les derniers éléments de l'administration corrompue symbolisant Seh depuis un siècle. Shonto attendait beaucoup de cet homme-là. Tous les rapports concluaient à sa compétence et à son impartialité. Même Komawara ne tarissait pas d'éloges.

« Seigneur gouverneur, je ferai tout ce qui sera en mon pouvoir pour veiller à ce que Seh soit gouvernée dans la justice et avec un souci d'efficacité, ainsi que le voudrait qui porte le nom de Shonto. Votre confiance m'honore. »

Shonto d'un signe de tête répondit au salut respectueux du chancelier. Tous ces hommes qui entouraient le nouveau gouverneur étaient foncièrement représentatifs des habitants du Nord, et il ne pouvait leur refuser sa sympathie malgré l'animosité mal déguisée qu'ils lui témoignaient. C'étaient des gens paisibles et de sens pratique, ne menaçant nullement de tomber dans l'excès. Ils s'habillaient le plus souvent en chasseurs, et cette tenue était toujours acceptée sauf dans les grandes cérémonies, un contraste frappant avec la capitale de l'empire. Les personnages qui avaient pris place devant Shonto avaient la peau tannée des travailleurs des champs et n'en éprouvaient aucune honte. De ses précédentes visites, il avait appris que la selle d'un seigneur du Nord était faite d'un bon cuir, élimé par un usage constant, et que cette usure était une marque d'orgueil et non de pauvreté : ce qui comptait était la monture, et les chevaux de Seh n'avaient pas leurs égaux dans tout l'empire.

« Général Toshaki, si vous vouliez bien emmener le général Hojo faire le tour des casernements, cela me permettrait de m'occuper d'autre chose. » Shonto se leva brusquement, et tous les autres l'imitèrent. « Je vous demanderai de revenir quand ce sera nécessaire, dit-il en s'adressant au groupe entier. Seigneur Akima, seigneur Komawara, m'accompagnerez-vous ? » Il se tourna, laissant ceux qu'il n'avait pas désignés s'empresser de saluer en bonne et due forme, et il repartit sur les remparts. Des gardes les précédaient, écartant discrètement tout ce qui n'était ni militaire ni de haut rang.

« Seigneur Akima, dit Shonto en ralentissant un peu l'allure, il semble que Rhojo-ma ait bénéficié de soins attentifs, mais on me dit que les ouvrages extérieurs n'ont pas eu la même chance. »

Akima acquiesça tout en secouant sa toison grise. « C'est vrai, seigneur Shonto. L'argent alloué à la défense a été largement consacré au palais du gouverneur et à ses environs immédiats. Les gouverneurs Hanama, comme vous ne l'ignorez pas, se préoccupaient surtout de remplir leurs coffres et de servir les intérêts de leurs familles. Ceux qui ont été nommés depuis ont agi moins égoïstement en préférant enrichir l'empereur. On ne s'est guère préoccupé de la sécurité de Seh.

— C'est une situation regrettable, à laquelle pourtant je ne pourrai pas changer grand-chose. Le Fils du Ciel réclame ses impôts. Je crois comprendre qu'à votre sens les Barbares ne représentent pas une menace pour votre province ?

— Les tribus se sont dépeuplées, monseigneur, il n'y a pas lieu d'en douter. Il n'y a eu que peu de pluie dans le désert ces dernières années, et l'on dit que la peste a fait des ravages jusque dans les sables. Les incursions… sont presque sans effet. Pratiquement, elles ne nous ont causé aucune perte. Les Barbares sont devenus timorés, ils hésitent à se heurter même à nos plus petites patrouilles. L'empereur sur ce sujet a reçu de mauvais conseils et je crains, seigneur gouverneur, que vous ne trouviez votre long voyage inutile. La menace des Barbares n'existe que dans l'esprit de quelques conseillers impériaux qui n'ont pas de la situation la connaissance qu'on attendrait. »

Shonto s'arrêta à un angle saillant de la forteresse et examina avec attention les deux murs visibles de cet endroit. Ainsi, pensa-t-il, à Seh l'empereur n'échappe pas à la critique. Comme c'est réconfortant !

« Ne trouvez-vous pas étrange, demanda-t-il, le comportement des Barbares, inattendu chez des guerriers aussi renommés ? »

Akima jeta à Komawara un regard clairement exaspéré. « Il est des gens pour exprimer cette conviction, seigneur gouverneur, mais pour ma part je ne la comprends pas. Les raids seraient mystérieux, à en croire certains. Mais les Barbares ont toujours fait cela, aussi loin qu'on s'en souvienne. Qu'y a-t-il d'étrange là-dedans ? Les tribus ont subi des coupes sombres ; les guerriers qui restent sont peu nombreux et peuvent difficilement s'offrir de perdre des hommes. Voilà qui explique le prétendu mystère. Il n'y a rien de plus à comprendre.

— Oui. J'apprécie vos connaissances sur le sujet. Seigneur Komawara, partagez-vous le point de vue de notre ami ? »

Komawara manifesta son indignation comme il l'avait fait dans les jardins de l'empereur. Le visage était cramoisi, la mâchoire serrée. Mais il gardait le contrôle de sa voix, qui était même agréable à entendre.

« C'est ce qu'on s'accorde à penser, monseigneur, et cela vaut qu'on en tienne compte, mais je crois qu'il serait bon de regarder ces choses-là de plus près, surtout si l'on considère que pareil examen ne coûte rien. Je sais bien qu'on répète que les tribus se sont dépeuplées, mais il me semble qu'on prend ses désirs pour des réalités. Je ne vois rien qui corrobore ces affirmations, puisque personne ne se hasarde au-delà de nos frontières pour estimer comme il convient le nombre des Barbares qui vivent dans les déserts. Nous ne sommes certains que d'une chose, c'est que leur comportement a changé et, s'il se peut que l'explication fournie par le seigneur Akima soit juste, elle n'en demeure pas moins une hypothèse et comme telle ne devrait pas se voir accorder plus de crédit que les autres explications. »

Il fait vite à apprendre, pensa Shonto, l'argumentation est bien présentée, si elle risque de ne pas être du goût d'Akima.

« Excusez-moi de vous le dire, seigneur gouverneur, intervint ce dernier, mais cela fait bien des années que j'observe les tribus barbares, et je ne peux pas souscrire à cette idée qu'elles auraient soudainement commencé à agir de façon mystérieuse. L'impression de soudaineté ne peut venir qu'à une personne qui n'a pas eu la possibilité de faire ces mêmes observations sur de nombreuses décennies. Si ce n'est pas la peur qui pousse les Barbares à s'enfuir à l'approche des habitants de Seh, peut-être le seigneur Komawara pourrait-il me dire ce que c'est ? »

Shonto se retourna vers Komawara. Il haussa les épaules et secoua la tête. « Je ne sais pas, seigneur Akima, d'où mon inquiétude.

— C'est là que le bât blesse, lança le vieil aristocrate d'un ton décisif. Vous n'expliquez rien – excusez-moi de vous le dire. »

Shonto surprit Akima en tournant à la hauteur d'un poste de gardes et en descendant un petit escalier peu fréquenté. Il maintint le silence jusqu'au bas des marches. Là, il s'arrêta et s'adressa à ses deux compagnons :

« Il y a longtemps de cela, dans un entretien avec l'un des Shonto, Hakata fit observer que la plupart des gens préfèrent une réponse hâtive à une question intelligente. Je suis venu à Seh pour y découvrir un certain nombre de vérités et, dans cet espoir, je suis prêt à poser des questions gênantes pour ensuite rester dans l'attente d'une réponse si elle ne peut m'être donnée immédiatement. J'espère que tous les conseillers du Shonto seront prêts à faire de même. »

Un geste de la main à l'intention de ses gardes, et ils enfilèrent une rue étroite, les trois dignitaires sur leurs talons.

Mieux vaudrait pour lui, songea Shonto, qu'il ne se remette pas à me dire que la sagesse est le privilège de l'âge. « Je verrai le seigneur Taiki cet après-midi, ajouta-t-il. Je vous remercie de m'avoir procuré cette entrevue, c'était très aimable de votre part.

— C'est un honneur pour moi de me rendre utile, aussi modeste que soit mon rôle, répondit Akima, non sans une certaine froideur.

— Pensez-vous toujours que le seigneur Taiki ne sera pas favorable à un accroissement de notre effort militaire ?

— Je crois, monseigneur, que le seigneur Taiki, comme beaucoup d'entre nous, est persuadé qu'il n'existe pas de véritable menace et que davantage d'opérations entreprises signifieraient de l'argent soustrait à des crédits qui seraient mieux utilisés ailleurs. »

C'est la clef de leur mauvaise humeur, pensa Shonto. En payant pour leur défense, les habitants de Seh paient pour la sécurité de l'empire. Ils ont entièrement raison, ce n'est pas juste. « Il est clair pour le Shonto, si ce ne l'est pas pour les conseillers de l'empereur, que le coût de la protection de Wa devrait être supporté par le gouvernement impérial. Il entre dans mes projets de mettre à profit le peu d'influence dont je dispose à la cour pour faire en sorte que ce problème reçoive l'attention qu'il mérite. Il est dommage que dans les circonstances qui sont celles de cette cour je ne puisse vous garantir de résultats. Mais je puis vous assurer, seigneur Akima, qu'on attachera à ce sujet plus de soin que par le passé.

— Il faut vous rendre hommage pour la façon dont vous reconnaissez le bien-fondé de notre cause, seigneur gouverneur, répondit Akima, mais je crains que le Fils du Ciel ne s'inquiète davantage de la bonne santé de ses finances que de la prospérité des habitants de Seh. Bien sûr, pour nous gouverner il nous a envoyé un soldat, mais c'est un exemple de conduite appropriée dans des circonstances qui ne la justifient pas, si vous me permettez cette remarque pleine de candeur. Je dois admettre, seigneur Shonto, qu'on n'est pas indifférent dans les instances dirigeantes de ce pays au fait que vous soyez venu avec votre armée, des forces importantes, bien équipées et bien entraînées. Vous êtes de mémoire d'homme notre premier gouverneur à l'avoir fait. »

Ils arrivèrent au canal étroit qui divisait en quatre sur son île la ville de Rhojo-ma et montèrent sur un pont de pierre dont l'arche s'incurvait bien au-dessus de l'eau. Shonto s'arrêta au sommet pour contempler le canal et les chemins de halage. On apercevait dans le lointain plusieurs autres ponts délicatement cintrés, dont la courbe faisait penser à des arcs-en-ciel incolores. La capitale de Seh était une belle ville et, bien que bâtie à une époque de singulière prospérité, restait en bon état grâce à ses habitants et même par eux faisait l'objet d'un culte. Shonto appréciait plus que tout ses toits en tuiles couleur bleu ciel. L'éclat en était passé, mais ils avaient plus de beauté, croyait-il, que lorsqu'ils étaient neufs.

Un signe à l'un de ses gardes, et celui-ci courut ventre à terre le long du canal. « Nous rentrerons au palais sur un sampan, dit Shonto, nous avons assez marché pour aujourd'hui. »

Peu de paroles furent échangées durant le voyage, chacun étant plongé dans ses réflexions. Shonto se rappelait avoir vu Rhojo-ma lors d'une précédente visite ; pratiquement rien n'avait changé, mis à part une chose : la foule, qui dans ses souvenirs emplissait rues et canaux, avait disparu. Rhojo-ma lui donnait l'impression d'une ville un jour que la religion consacrait au repos. Un calme insolite, des rues presque désertes ou si peu fréquentées qu'elles semblaient plus larges qu'elles n'étaient en réalité. La cloche d'un temple sonna l'heure de la grue. Son tintement se répercuta indéfiniment parmi les maisons, comme s'il cherchait désespérément quelqu'un qui sût en apprécier la beauté. C'était triste à dire, mais les frères botahistes étaient venus guérir là en dernier, et le résultat en était qu'en cette région, dans le Nord, la peste avait moissonné le plus de vies.

Le sampan qui transportait les trois dignitaires suivit un méandre du canal et franchit une porte pratiquée dans la haute muraille qui entourait la résidence du gouverneur impérial.

Le palais du gouverneur de Seh se situait au sud de la ville sur une petite éminence. Pour le construire, on avait fait choix du style de la période Mori en plus simple et, avec ses grands toits de tuiles bleues et ses hauts murs de pierre, l'impression qu'on en recueillait était de quelque chose de solide mais non dénué d'une sobre élégance. À l'intérieur de l'enceinte se trouvaient les bâtiments officiels du gouvernement de Seh, parmi eux le Palais de Justice, remarquable par la beauté classique de son architecture. La résidence du gouverneur elle-même n'était pas plus vaste que la demeure ancestrale des Shonto mais, pour Seh, où l'ostentation était traditionnellement bannie, cette demeure avait quelque chose d'extravagant. Le personnel de Shonto trouvait les jardins environnants rudimentaires en comparaison de ce qu'ils considéraient chez eux comme normal, et pas simplement parce que le climat était plus rigoureux. Mais Shonto, pour sa part, estimait que l'absence de recherche y avait du charme, et il aimait à se promener dans le jardin privé du gouverneur.

En débarquant, il dit au revoir à Komawara et à Akima, et se retira dans ses appartements. Il voulait voir le seigneur Taiki Kiyorama plus tard dans la journée et avait besoin d'un peu de temps pour s'y préparer.

La province de Seh était sous l'emprise de trois maisons principales, les Taiki, la grande famille Ranan et la très ancienne maison des Toshaki, à laquelle appartenait le général en chef des armées de la province, le seigneur Toshaki Shinga, premier personnage d'une branche cadette. Il existait de nombreuses maisons de deuxième et troisième rangs, parmi lesquelles les Komawara, mais c'étaient les trois plus grandes qui décidaient pour toutes les affaires importantes, et c'était parmi elles que Shonto savait devoir se trouver des alliés.

La plupart des petites maisons avaient fait serment d'allégeance à l'une ou l'autre des grandes familles et se conformaient à leurs choix politiques pratiquement sans poser de questions. Quelques-unes seulement avaient réussi à maintenir la même indépendance dont se targuaient les Komawara, mais la situation financière de ces derniers montrait éloquemment quel était le prix à payer pour cette liberté : sans le soutien d'une grande famille, elles s'appauvrissaient chaque année davantage.

Parmi les trois dignitaires les plus importants, le chef des Toshaki semblait juger avantageux de se ranger derrière la monarchie régnante, alors que le seigneur Ranan était bien connu pour mépriser les Yamaku et battre froid aux gouverneurs nommés par la famille impériale. Il n'y avait rien de surprenant à cela : les Ranan avaient eu la faveur des Hanama et un siècle durant avaient été leur bras droit dans le Nord, ce qui leur avait valu de belles récompenses.

Seul le seigneur des Taiki paraissait hésiter sur le parti à prendre. On savait qu'il ne nourrissait aucune affection particulière pour les Ranan et n'avait pour les Toshaki que peu de respect. Le bruit courait qu'il croyait la menace barbare purement imaginaire, ce qui semblait le mettre dans le camp de la majorité des habitants du Nord. Malgré cette conviction, il tenait en haute estime le nouveau gouverneur de l'empereur, ce qui signifiait qu'il avait beaucoup de considération pour les Shonto, et plus encore pour celui-là. Shonto n'était pas sûr des sentiments qu'inspirait au seigneur Taiki la nouvelle dynastie, et cela l'embarrassait un peu. Taiki était l'homme qu'il espérait rallier, et il se rendait parfaitement compte que tout serait beaucoup plus difficile dans le Nord sans soutien de ce côté-là.

Les méthodes traditionnellement en usage pour former des alliances n'auraient pu s'appliquer dans une province aussi différente des autres, en particulier quand il apparaissait clairement que le séjour de Shonto n'y serait pas de longue durée. Un mariage entre les Shonto et les Taiki n'était pas réalisable, non seulement à cause de la disparité entre leurs positions sociales, mais parce que le fils unique et héritier du seigneur Taiki venait de fêter son quatrième anniversaire. Bien sûr, pareil expédient n'aurait rien eu d'original, mais Shonto n'aurait jamais soumis Nishima à cette indignité. Il l'adorait beaucoup trop pour le bien de sa famille, et cela ne lui échappait pas.

Quand il prit congé de Komawara et d'Akima, les deux hommes restèrent au bord du quai bouche close, aucun des deux pourtant ne faisant mine de vouloir s'en aller, comme s'il restait quelque chose à dire que ni l'un ni l'autre n'entrevoyait. Ce fut Akima finalement qui rompit le silence.

« Peut-être, seigneur Komawara, si vous savez ne pas trop vous éloigner du gouverneur, finira-t-on par vous prendre pour lui. » Là-dessus, il s'inclina et gagna au bord du canal l'endroit où ses gardes l'attendaient avec son sampan.

Komawara se sentit comme pris la main dans le sac. Impossible de le nier : c'était ce qu'il espérait secrètement, si secrètement qu'il hésitait à se l'avouer. Pourtant le vieil Akima l'avait percé à jour. Seh, se dit le jeune seigneur, c'est le bonheur de Seh qui est mon seul souci. Akima est un vieillard, il n'est plus, loin s'en faut, en pleine possession de ses moyens, il est incapable de voir même ce qu'il y a de plus évident, comme le changement intervenu dans le retour des interventions des Barbares. Pourtant ne pouvait-on pas dire que pratiquement tous les seigneurs de Seh étaient d'accord avec lui sur le sujet ? Ce vieil homme était-il dans le vrai ? Était-ce en définitive l'appât constitué par le palais du gouverneur qui le motivait, lui, Komawara ?

Il monta dans son sampan et s'assit, sans même un geste pour son garde ni pour son équipage, tant il était abîmé dans ses réflexions. La pique du vieil aristocrate l'avait touché au vif, plus qu'il n'aurait pensé.

« C'est une façon de faire que je trouve intéressante, seigneur Shonto, dit Taiki, et qui n'est peut-être naturelle que dans ma province, mais je ne comprends pas comment on peut s'ériger en juge d'une dynastie tout entière. Je puis certainement dresser le bilan des réalisations d'une lignée d'empereurs et décider si, tout compte fait, la dynastie a été bonne ou mauvaise. Mais ce désir de prendre position par rapport à une famille impériale qui ne règne que depuis huit ans et n'a placé que deux souverains sur le trône... pour ma part, je ne me sens capable de juger qu'un empereur à la fois. Les Yamaku nous donneront peut-être un jour un deuxième Jenni le Sage, mais comment le saurais-je ? »

Shonto et Taiki arpentaient les allées des jardins du palais du gouverneur. Ils étaient suivis du général Hojo et de Shuyun, tandis que le jeune fils de Taiki courait autour d'eux en imitant les gestes d'un cavalier, et parfois en chargeant le moine avec un cri aigu, pour ensuite s'écarter après avoir transpercé sa victime d'une épée imaginaire.

Une allée sablée les conduisit parmi des arbres presque dénudés en cette fin d'automne. Les quelques feuilles qui restaient attachées aux branches avaient les couleurs les plus belles. Des thuyas taillés de manière à former des sculptures vivantes avaient été disposés là où ils devaient créer le plus d'effet, tantôt au milieu de gros rochers grisâtres qui suggéraient un escarpement, tantôt à côté d'un petit étang où nageaient des carpes. Les murs du palais protégeaient pour l'essentiel des assauts du vent, si bien que le soleil paraissait plus chaud qu'on n'aurait pu le craindre.

« L'empereur actuel a permis que les voies de communication de notre empire tombent dans les mains des malfaiteurs. Il a contraint tout le commerce extérieur à s'effectuer par l'intermédiaire d'un seul port, qui se situe loin de Seh. Cela signifie qu'il nous faut amener nos bateaux à Yankura au lieu de les faire venir dans notre province, et payer des sommes exorbitantes en taxes et en frais de stockage. Après quoi, nous devons transporter nos marchandises sur un millier de rih en utilisant un canal infesté de coupe-jarrets. » Taiki eut un grand geste, comme pour dire : « Et vous me demandez ce que je pense de cette dynastie ? »

Shonto hocha la tête. Il sympathisait. Il aurait même pu, en des circonstances plus favorables, exprimer l'opinion que cela lui paraissait injuste, mais il n'y pouvait pas changer grand-chose.

Taiki s'était révélé en définitive quelqu'un d'infiniment sympathique, non que ce fût pour lui une qualité à laquelle il attachait une importance considérable, mais tout de même de ce seigneur du Nord se dégageait l'impression d'un homme de bon sens, équitable et sensible aux malheurs d'autrui, impression que ne donnaient pour ainsi dire jamais les aristocrates de Wa.

« Seigneur Taiki, je vous suis, et je dois dire que j'aimerais que d'autres que vous cessent de se prononcer par avance sur toute une lignée d'empereurs, laissent cela à l'histoire et aux historiens. Ce qui compte est ce qui se passe aujourd'hui. Si les Barbares sont véritablement moins nombreux et ne représentent pas une menace, je serai le premier à m'avouer soulagé. Mais ces incursions répétées inquiètent à la cour. Si ces Barbares ne sont pas dangereux, alors pourquoi ne mettons-nous pas un terme à leurs agissements ? C'est la question qui revient sans cesse sur toutes les lèvres.

— Je suis sûr, seigneur Shonto, que vous connaissez la réponse. Une poignée de Barbares dans un grand désert échappent aux recherches. Nous ne pouvons pas fortifier toute notre frontière, c'est irréalisable. Et puis ces raids ne représentent guère plus qu'une gêne ; à Seh, nous y sommes habitués. Souvent des gens se noient dans les canaux de la capitale : ce n'est pas une raison pour les combler tous avec du sable. Je vous concède qu'occasionnellement les Barbares tuent des habitants de ma province, mais très peu ces temps-ci, et nous n'y pouvons pas grand-chose. On n'envoie pas une armée combattre des moustiques, on apprend à se protéger et à vivre avec une piqûre de temps en temps, c'est tout. »

Shonto sourit. « Je vois ce que vous voulez dire, seigneur Taiki, c'est seulement que j'aimerais avoir plus de preuves du peu de pouvoir de nuire de ces Barbares. Si vous n'avez dans une forêt aperçu qu'un seul tigre, il peut n'être pas sage d'en conclure qu'il n'y en a pas d'autre. Je n'écrirai pas à mon empereur que les tribus ont perdu des hommes avant d'avoir acquis la certitude que telle est bien la vérité. Je vous accorde que la rareté des raids semble indiquer que leurs rangs se sont éclaircis, mais peut-être est-ce le signe d'autre chose, si j'admets ne pas savoir quoi. Je voudrais seulement souligner que nous ne sommes pas bien informés de ce que le désert nous cache. »

Soudain Taiki s'immobilisa. « Jima-*sum*, à quoi joues-tu ? »

Le petit enfant était à genoux au bord de l'allée, l'œil fixé sur le pied d'une glycine qui grimpait au mur voisin.

« Jima-*sum* », répéta le seigneur, et il fit un pas en avant.

Shonto lui agrippa le bras. « Ne bougez pas. »

Hojo saisit l'autre bras. « Le seigneur Shonto a raison, dit-il. Personne ne doit bouger. »

À deux pas de l'enfant, la tête d'une vipère des sables paraissait planer au-dessus d'un buisson. Elle se dressait bien droite, prête à frapper. Un instant, les trois hommes retinrent leur souffle.

« Laissez-moi faire, dit Taiki, je dois diriger sa colère contre moi.

— Seigneur Taiki, répondit Shonto, si vous remuez, elle frappera votre fils et vous frappera ensuite. Elle est assez vive pour cela. Shuyun, pouvez-vous le sauver ? »

Un court instant, Shuyun resta muet. Quand il parla, sa voix semblait venir du fond des âges. « Je ne peux pas atteindre l'enfant avant la vipère, seigneur Shonto. » Il marqua une pause. Shonto entendit sa respiration changer de rythme. « Il est possible que je lui sauve la vie, dit-il, mais il y aura un prix à payer.

— Quel prix, mon frère ? demanda Taiki.

— Il subira le même sort que Kamu. »

Taiki inspira longuement, haletant. « Pas d'autre issue, mon frère ?

— Je ne peux pas l'arrêter, et vous savez ce qui va se passer après la morsure. »

Le père se tut. Shonto sentit se détendre légèrement les muscles du bras qu'il retenait encore.

« Jima-*sum*, n'aie pas peur, mon fils. Il faut faire tout ce que le frère Shuyun va te dire de faire. Tu m'entends ? Absolument tout. »

Insensiblement, Shuyun commença à faire passer sur l'autre pied le poids de son corps et à se tourner. « Seigneur Shonto, s'il vous plaît, ôtez votre main, lentement, de la garde de votre épée. Très lentement.

» Jima-*sum*, il faut que tu fermes les yeux et que tu tendes la main qui est la plus proche de moi vers le serpent. »

Shuyun avait parlé calmement. Shonto sentit le bras du père, qu'il retenait toujours, se raidir de nouveau.

L'enfant hésita. Il bougea comme s'il allait fuir. Le reptile fit un mouvement en direction de son visage mais s'arrêta quand le petit garçon se figea.

« Jima-*sum*, dit Taiki, il faut faire ce que dit Shuyun-*sum*. Il faut être brave. Ferme les yeux, maintenant. »

Des larmes jaillirent des yeux fermés, mais l'enfant leva une petite main serrée en direction de l'animal, une main tremblante.

La vipère frappa. Shonto sentit que son épée quittait son fourreau, bien que l'image de Shuyun fût aussi floue devant ses yeux que celle du serpent. Tout alors parut se faire en même temps. Jima cria et retira sa main, mais il n'y avait plus de main. Shonto vit le corps de la bête se tordre sur le sol ; la tête, aux mâchoires crispées, était à part. Shuyun avait donné deux coups d'épée, réfléchit Shonto, deux coups, sans qu'il eût pu distinguer un seul mouvement. L'épée était à terre. Shuyun tenait dans ses bras un enfant inconscient et étanchait le sang qui coulait du moignon du poignet.

Taiki courut vers son fils. « Vit-il ?

— Oui, monseigneur, et je ne le laisserai pas mourir. Il faut le porter dans le palais. Seigneur Hojo, s'il vous plaît, pourriez-vous demander à un domestique de m'apporter ma malle ? »

Shonto lisait à la clarté d'une lampe. Une lettre qu'il lisait et relisait. Quand ce fut fini, il la replia soigneusement et la mit sur son petit bureau. Elle était du seigneur Taiki.

Shonto joignit ses doigts sous son menton comme s'il priait, mais ceux qui le connaissaient bien auraient vu dans ce geste l'une de ses attitudes favorites quand il réfléchissait.

Le reptile du jardin n'était pas venu là par hasard, cela ne faisait pas de doute, et la victime désignée n'était pas un petit garçon destiné à vivre désormais sa vie sans le bénéfice de ses deux mains. Shonto secoua la tête. La lettre était imprégnée, et c'était bien compréhensible, d'une profonde tristesse. Certains passages ne pouvaient se lire sans un frisson d'horreur.

Comme vous pouvez l'imaginer, tout est plutôt confus dans la tête de ce petit enfant. Il ne comprend pas que c'est votre conseiller spirituel qui lui a coupé la main. Il croit que la vipère la lui a prise.

Sa mère, c'est bien naturel, est dans le plus grand désarroi, et je ne trouve pas grand-chose à dire pour la réconforter. On n'a pas mis le serpent dans le jardin à la recherche d'un enfant qui jouait. Il est donc possible que la perte de la main de mon fils ait servi à sauver la vie à quelqu'un d'autre. Qui sait ?

Il est indubitable, par contre, que Jima-sum ne serait plus en vie à l'heure qu'il est sans l'intervention de votre conseiller, le frère Shuyun. J'ai pris dans ma vie bien des décisions difficiles, mais je puis dire que jamais je n'avais été placé devant un dilemme plus pénible que dans votre jardin.

Mon fils vit, cependant, et de cela je vous serai à jamais redevable.

J'ai réfléchi à ce qui faisait l'objet de nos discussions et présenté vos arguments à mes collaborateurs. On ne peut le nier, les indices dont nous disposons ne prouvent pas de manière certaine que les Barbares soient moins nombreux. Peut-être une vipère se cache-t-elle dans le désert. Je l'ignore. Mais je crois que nous devons faire la lumière.

Oui, se dit Shonto, il le faut.

29

Pour avoir sept ans fait campagne
Et défait les armées rebelles
Du général félon de Chou,
On m'a présenté à la cour
Comme un danger pour l'empereur.
Sous le manteau, on m'a dépeint
Plein d'ambition, de vanité,
Le regard fixé sur le trône.

C'est ainsi que je suis venu
Dans cette maison près du lac,
Dans cette maison des Sept Saules.
Là, en guise de récompense
Pour mes bons et loyaux services,
Mon seul souhait est de revoir
Chaque matin, ouvrant les yeux,
Le mont Jaika sous la neige
Se mirant dans une eau tranquille.

La Maison des Sept Saules,
du seigneur Daigi Sanyamu.

C'était une barge impériale à trois ponts, ornée à foison de dragons et de grues, et peinte en or et rouge vif. L'oriflamme de l'empereur était déployée à la poupe et, attachées à des hampes de bois sculpté de part et d'autre, tremblaient au vent créé par le passage du bateau la bannière noire du commandant de la garde impériale et celle, bleu foncé, avec l'épervier *choka*, qui avait été accordée à la famille Jaku.

Les rameurs tirèrent sur l'aviron, et la barge fila à travers la capitale dans les premières lueurs de l'aube, dispersant les autres embarcations devant elle. Sur les quais, des gens de toutes les classes de la société s'inclinaient profondément, se demandant quel prince impérial ou quel grand conseiller se hâtait ainsi d'exécuter les ordres venus d'en haut. Beaucoup de ces spectateurs adressaient une prière à Botahara, lui demandant longue vie pour le respectable occupant de la barge, quel qu'il fût.

Sur le pont supérieur, à l'intérieur de la cabine, les deux frères, Katta et Tadamoto, avaient pris place sur des coussins de soie et buvaient de l'alcool de prune chaud que l'aîné puisait avec une cuiller dans un chaudron brûlant. Des serviteurs disposaient des plateaux sur des guéridons à côté de la petite table séparant les deux hommes. Quand les plateaux furent posés, Jaku fit signe aux domestiques de disparaître, car c'était un traditionnel repas d'adieu, et cette cérémonie excluait la présence de la domesticité.

Le repas proprement dit ne comprenait que les mets les plus simples, mais chaque plat symbolisait les espoirs d'un convive en ce qui concernait le voyage.

Tadamoto leva sa coupe. « Puissiez-vous rencontrer en chemin la plus aimable des compagnies, mon frère ! »

Jaku à son tour porta un toast. « Vos soucis m'honorent, Tadamoto-*sum*. Puissent vos associés être nombreux et souriants, comme ils le seront, j'en suis sûr ! »

Ils burent, levèrent leurs coupes une fois encore à la santé l'un de l'autre et les reposèrent sur la table.

« L'empereur vous fait beaucoup d'honneur, mon frère, dit Tadamoto de sa voix d'homme instruit, en vous donnant pour votre voyage l'une des barges de la famille impériale. » Tout en parlant, il commença à servir le premier plat, un potage confectionné avec un champignon rare et savoureux. Jaku acquiesça.

« C'est l'un de vos nombreux points forts, Tado-*sum*, que ce sens que vous avez de l'honneur qui a été conféré. » Katta buvait à petites gorgées. De minuscules gouttes de son breuvage restaient collées aux extrémités de son abondante moustache. « Si notre père était encore en vie, il serait fier de voir ce que vous êtes devenu : un lettré entouré de respect, un confident de l'empereur, un homme désiré par les plus jolies femmes, et malgré cela quelqu'un qui honore ses aînés et garde à sa famille une fidélité inhabituelle. Il serait plus que fier de vous, mon jeune frère. »

Tadamoto s'inclina légèrement, comme s'il accueillait ces éloges avec modestie. « Je vous remercie de vos bonnes paroles, mon frère, vous êtes trop généreux, surtout si l'on regarde vos talents et votre position. » Il posa un bol de potage devant son frère. « Puisse la chaleur de votre foyer familial vous accompagner durant le voyage ! »

Jaku s'inclina de la même façon pour remercier à son tour. « Et puisse la chaleur de notre foyer vous envelopper en mon absence ! » dit-il.

Tadamoto courba la tête. Ils mangèrent un instant en silence. On entendit passer un vendeur de poisson qui annonçait sa marchandise.

« Je garde en mémoire, Katta-*sum*, dit Tadamoto, que c'est grâce à vos efforts si les Jaku sont sortis de l'obscurité pour accéder à la faveur de l'empereur. » Il soutint le regard de son frère. « De même, c'est à vos bons et loyaux services que vous devez la charge qui vous est confiée. Notre empereur est très sage et depuis longtemps sait le mal que vous vous donnez. C'est cette sagesse qui lui a permis de comprendre, comme peu de gens l'auraient fait, à quel point vos efforts concourent au but qu'il s'est fixé. » Il jeta un coup d'œil par la faible ouverture du *shoji*, comme soudain conquis par la beauté du paysage.

« L'homme du peuple qui s'incline à votre passage aura peine à savoir que vous n'avez pas ménagé vos efforts, Katta-*sum*. Il ne sait pas ce qui découle de viser plus haut que soi, de chercher à consolider sa prise. » Il voulut porter à ses lèvres la cuiller de porcelaine mais s'arrêta en chemin. « Les gens du commun sont les esclaves de la superstition et de la crainte, et ils pensent que la place qu'ils occupent sur cette terre correspond à la volonté des dieux. Ces gens-là ne vont pas même jusqu'à rêver de se pousser dans le monde, de connaître le raffinement dans l'existence, de courtiser une dame de haut parage. Mais la plupart n'en conçoivent aucune aigreur et remercient les dieux de ce qu'ils ont. » Il porta la cuiller remplie d'alcool chaud à sa bouche et en avala lentement le contenu, prenant le temps d'en savourer les épices. « Tout le monde n'ambitionne pas constamment davantage, Katta-*sum*. Beaucoup se félicitent simplement d'être en vie. Pouvoir servir leur empereur serait un rêve excédant les limites de leur imagination. Quand passe le navire impérial, ils s'inclinent volontiers et sans aigreur.

— C'est ce qui nous distingue l'un de l'autre, Tadamoto-*sum*. Courber la tête n'est pas mon exercice préféré.

— Chacun peut s'en apercevoir, mon frère.

— Mais vous voyez, à la différence du vulgaire, je ne crains pas la colère divine, et je ne pense pas que mes mains n'auraient pas la force voulue. Je me contente d'étendre le bras. C'est ma nature qui veut cela, et c'est ce qui fait que grâce à moi les Jaku sont parvenus à un rang supérieur. » Jaku Katta finit son potage et se mit à servir le plat suivant, des nouilles couvertes d'une sauce piquante à base de racine de guimauve.

« Vous avez raison, dit Tadamoto, vous avez valu de l'honneur à notre famille. On ne peut le nier. Mais maintenant que lui vaudrez-vous ? N'est-ce pas suffisant d'être devenu le bras droit de l'empereur ? Ne vous suffit-il pas de vous être élevé jusqu'au troisième rang et d'avoir toutes les raisons de penser que vous monterez jusqu'au deuxième, avec peut-être un jour l'espoir d'un titre ? Je ne vous comprends pas, Katta-*sum*. Comment se fait-il qu'un même sang coule dans nos veines ? »

Jaku Katta s'interrompit dans ses préparatifs et posa ses mains robustes à plat sur ses cuisses. Il donnait l'impression d'être parfaitement calme, comme s'il discutait de la pluie et du beau temps ou des charmes de la campagne au mois de mai. « C'est une question, dit-il, que je me suis souvent posée. Ainsi, moi, je mettrais ma fidélité envers ma maison au-dessus du désir que j'aurais d'une femme, surtout si pareil désir représentait un risque pour cette maison. » Il retourna à ses préparatifs puis plaça devant son frère un bol de nouilles et de sauce fumante.

Tadamoto parut ne pas en tenir compte. « Tiens, s'exclama-t-il, alors la correspondance que vous entretenez secrètement ne serait pas, elle, un danger pour notre maison ? Je suis heureux de l'apprendre. Vous ne savez pas ce qu'en pense l'empereur ?

— Cette correspondance, rétorqua son frère, n'est pas de nature à menacer la prospérité des Jaku. La dame en question est, après tout, une femme libre de ses choix. Elle ne dépend pas d'un mari… ni d'un amant. Quant à l'inquiétude de l'empereur, pour ma part je n'y comprends rien. Je n'arrive même pas à imaginer comment une affaire d'aussi piètre importance a jamais pu être portée à la connaissance du Fils du Ciel. »

Tadamoto alluma de l'encens à la flamme d'une petite lampe et le mit dans une cassolette d'argent. « Puisse Botahara favoriser votre voyage, mon frère, dit-il d'une voix calme », et ils levèrent à nouveau leurs coupes remplies d'alcool avant de passer au plat suivant.

« J'ai aussi été surpris, reprit Tadamoto, comme s'ils ne s'étaient pas interrompus, lorsque l'empereur a mentionné devant moi l'existence de cette correspondance. Peut-être est-ce le malheureux incident sur le canal avec Sa Seigneurie Nishima qui a piqué la curiosité du Fils du Ciel. Qui sait ? Mais c'est sans importance, je l'ai assuré que, pour autant que je le savais, vous aviez cessé de voir cette dame. J'espère, comme toujours, que je m'en suis tenu à la vérité.

— Je me moque de savoir, mon frère, si en l'espèce vous vous êtes tenu à la vérité », répliqua Jaku, l'œil fixé sur Tadamoto.

Celui-ci regarda son alcool. « Mais l'empereur, lui, répondit-il, ne s'en moque pas.

— Ah oui ! l'empereur ! Dans votre étude de l'histoire, mon frère, a-t-il retenu votre attention que les dynasties n'obéissent pas toujours à un mouvement ascendant, qu'il leur arrive aussi de tomber ? »

Tadamoto secoua la tête, comme accablé soudain par la tristesse. « Cela ne m'a pas échappé, général, de même qu'il ne m'a pas échappé que, dans tout le cours de notre histoire, il n'y a eu que six dynasties alors que dans le même temps on a assisté à la chute de dix mille conseillers pleins d'ambition. C'est un sujet qui, je pense, mérite considération, tout comme je crois que vous devriez porter attention au sens que prend la nomination dont vous faites l'objet. L'empereur n'est pas requis de servir de tuteur à ses conseillers, et c'est seulement quand l'un d'entre eux lui est cher qu'il accepte de tenir ce rôle. »

Jaku frappa du poing sur la table, mais arrêta le déferlement de sa colère et s'efforça de rester calme. Son visage retrouva presque sa sérénité. « Je ne suis pas un enfant qu'il faut instruire, mon frère.

L'empereur doit beaucoup de sa sécurité au Jaku. Je ne l'ai pas oublié.

— Peut-être bien, Katta-*sum.* Mais la gorge de Denji non plus n'a pas été oubliée. »

Jaku secoua tristement la tête comme s'il venait d'entendre un mensonge éhonté de la part d'un fils aimé. « Je suis loyal, mon frère, envers ma famille et ses intérêts. L'aura-t-on oublié, cela ?

— C'est une chose que nous avons en commun, Katta-*sum.* Moi aussi, j'ai à cœur les intérêts de notre famille. Je ne voudrais pas voir la position des Jaku compromise par des ambitions inconsidérées.

— Est-ce que ce sont des ambitions inconsidérées qui nous ont valu la position que nous occupons, mon frère ? Est-ce la peur de notre ombre qui a porté sur les Jaku l'attention de l'empereur ? Je suis frappé de voir que tout à coup vous ayez décidé d'être juge en la matière, d'être l'arbitre de ce qui va ou ne va pas dans le sens des intérêts de notre famille. Ce doit être une lourde responsabilité à votre âge. Il va de soi que l'empereur doit se réjouir de voir un homme comme vous prendre ces décisions alors qu'il ne nourrit pas d'ambitions personnelles. » Il posa la main sur la coupe qui contenait son alcool de prune comme pour se réchauffer, une main qui ne trahissait ni tremblement ni colère. « J'ai oublié de vous présenter mes félicitations, colonel Jaku. Je crois comprendre qu'en mon absence de la capitale vous officierez en tant que commandant de la garde impériale. Votre manque d'ambition semble avoir fait merveille en ce qui vous concerne. »

Tadamoto baissa les yeux. « Peut-être ce voyage que vous entreprenez vous donnera-t-il le temps de réfléchir aux questions que nous avons abordées, Katta-*sum.* Je suis persuadé que c'était le but poursuivi par l'empereur en vous fixant cette tâche. Rares sont les souverains qui auraient passé l'éponge sur les leçons à tirer d'une affaire comme celle de la gorge de Denji. On vous traite avec beaucoup de bonté, mon frère, bien qu'il ne m'échappe pas que vous n'en ayez pas conscience. Si je puis me permettre de vous donner un conseil, Katta-*sum*, ne sous-estimez pas notre empereur. Ce serait une grave et dangereuse erreur, et dangereuse pour d'autres que pour vous. »

Katta ne répondit rien. Il se contenta de fixer sur son jeune frère un regard de mépris non dissimulé. Le bruit régulier des rames s'interrompit et le bateau glissa tranquillement sur sa lancée.

« Nous sommes arrivés aux limites de la ville, mon frère, dit froidement Jaku. À partir d'ici, je continue seul. »

Tadamoto acquiesça d'un signe de tête, mais son regard se posa sur la desserte où attendait encore le dernier plat, les gâteaux de riz sucrés, ce qu'on offrait pour que le voyage soit favorisé par la chance. Il s'inclina bien bas et se leva sans croiser le regard de son frère. « Cela m'attriste, Katta-*sum*, mais peut-être plus tard changerez-vous votre façon de penser. Je suis vraiment pour vous un frère plein de loyauté, plus loyal que vous ne croyez. Je ne voudrais pas que vous… » Il s'arrêta au beau milieu de sa phrase tandis que Katta se levait et s'en allait, abandonnant la cabine par le *shoji* du fond.

Un instant, Jaku Tadamoto resta immobile à regarder l'écran, cherchant à réprimer une envie de courir à la poursuite de son frère. Ce n'est pas le compagnon de ma jeunesse, se remit-il en mémoire, ce n'est pas non plus un enfant capricieux. J'ai affaire à un adulte qui prend des décisions difficiles à prendre et s'y tient. Il refusera de m'écouter. Il n'apprendra qu'avec le temps… si le temps lui est accordé.

Demi-tour, et Tadamoto quitta la cabine pour le bateau en attente chargé de lui faire regagner le palais de l'Île.

Du pont supérieur, Jaku Katta regardait partir son frère dont le sampan disparaissait dans la brume et la foule des embarcations sur le canal. Il agrippa la rambarde humide de condensation et fixa son attention sur son haleine, devenue une fine buée. Le froid d'une fin d'automne se faisait sentir dans l'atmosphère, une brise venue de l'océan lointain tirait sur les pans de sa robe.

Il secoua la tête. Le souvenir de son frère en compagnie de la Sonsa de l'empereur continuait à le hanter. Aucun de mes lieutenants ne serait tombé dans ce panneau, se dit-il. Une tristesse inhabituelle l'envahit. Mon propre frère, songea-t-il, mon sang. Il passa la main sur la rambarde, faisant gicler de l'eau sur le pont inférieur. N'était-ce pas Hakata qui avait dit que la trahison constituait le plus grand chagrin des hommes d'honneur ? Il s'essuya la main à sa robe. Jaku Katta, pensa-t-il, n'est pas heureux.

Il quitta la lisse, retourna à sa cabine et s'y versa un bol d'alcool de prune bien chaud. De sa manche, il tira une feuille de papier vert pâle, le poème qu'il avait reçu quelques jours plus tôt de la dame en question, Sa Seigneurie Nishima Fanisan Shonto.

Le vent murmure ses secrets
À tant de gens
Qu'il est difficile de savoir
D'où il vient.

Peut-être est-ce de loyauté que nous devrions parler.

Jaku but à petites gorgées et relut le poème. Un frisson le parcourait chaque fois qu'il regardait l'élégante écriture de Dame Nishima. Quelque chose en lui refusait de croire qu'une pareille femme pouvait lui appartenir, et pourtant, pas de doute, elle lui appartenait. Ou elle lui aurait appartenu s'il n'avait pas dû quitter la capitale aussi précipitamment. Il avait bien tenté de la voir avant son départ, mais elle était souffrante et ne pouvait le recevoir. Il jura à haute voix. Tous ses plans s'écroulaient autour de lui, et Dame Nishima en était la pièce maîtresse. La peste soit de ce Tadamoto !

Jaku but encore un peu de son alcool et se calma en respirant lentement. Tout n'était pas fini. Le Tigre noir était encore en vie. Il y avait toujours à la cour des gens qui étaient ses obligés et même, ayant échappé à la purge, certains de ses fidèles qui demeuraient dans l'entourage de l'empereur. C'était loin d'être terminé. Ce poltron de Tadamoto ne pouvait guère lui nuire maintenant, et ses agents au palais guetteraient la première occasion de saper la position avantageuse que ce jeune frère s'était acquise auprès du Fils du Ciel. L'empereur se méfiait de tout le monde, il ne serait donc pas difficile d'éveiller les soupçons sur ce jeune et brillant colonel. Jaku sourit. Ce serait presque un jeu d'enfant.

30

Notre embarcation sur le fleuve
Engage son étrave dans les eaux bleues.
Elle divise les flots
Comme se divise mon âme :
Une moitié reste près de vous,
L'autre va vers le nord.

Haut dans les profondeurs du ciel,
Les dernières oies en partance
Vers un sud bien mystérieux.
Pourquoi ne pas les suivre, mon âme ?
Toi aussi, tu es à la traîne.

Dame Nishima fit tourner son pinceau dans l'eau, regardant l'encre en sortir sous forme de larges boucles. J'appellerai l'ensemble *Voyages secrets*, se dit-elle en relisant son poème. Kitsura-*sum* et Dame Okara seront libres de voir le tout après notre arrivée à Seh. Ce sera une chronique de notre voyage, et un itinéraire plus secret. Elle posa avec soin son pinceau sur un support de jade en forme de tigre puis quitta son coussin. Par le hublot arrière, elle distinguait à peine la proue du bateau suivant se frayant un passage à travers la brume et le crachin persistant qui paraissaient ne devoir jamais les abandonner.

La brume sur le canal
Et le crépitement de la pluie
Sur des ponts de bois,
Compagnons de voyage.

Oui, se dit Nishima, cela aussi trouvera sa place dans *Voyages secrets.*

Elle retourna à son coussin et au brasero qui chauffait sa petite cabine. Trois jours maintenant qu'elles voguaient sur le canal, et elle n'avait toujours pas osé se montrer sur le pont. Okara était sortie ce matin-là et lui avait dit que la brume la cacherait à coup sûr au regard des curieux, mais elle avait décidé qu'il valait mieux attendre. La capitale était encore trop proche pour qu'elle eût le sentiment d'avoir échappé à tout danger. Kitsura était du même avis, aussi les deux jeunes femmes passaient-elles leurs journées en bas, souvent partageant leurs repas et bavardant jusque tard dans la nuit.

Au terme de longues discussions chez les Omawara, il avait été décidé qu'il valait mieux que Kitsura accompagne Nishima dans son voyage vers le nord en attendant une demande officielle faite au nom de l'empereur. Sans aucun doute sa fuite n'en serait pas moins ressentie comme un affront à la personne du Fils du Ciel, mais on avait pensé que les Omawara étaient d'une importance dans la société à survivre à cela. La faute, après tout, incombait entièrement au souverain qui ne s'était pas conformé aux exigences du protocole en pareil cas.

Bien sûr, il n'était pas courant pour une famille de ne pas désirer qu'une de ses filles devînt impératrice, mais Kitsura avait confié à Nishima quelques-unes des réactions de son père : « C'est une situation qui ne va pas sans risques. S'il y a une nouvelle impératrice, il y aura de nouveaux héritiers, et cela suscitera la jalousie des princes et de leurs partisans. Voyez-vous que l'empereur soit déposé ou emporté par une maladie : la nouvelle impératrice et ses enfants courraient un grave danger. »

C'est pourquoi Dame Kitsura Omawara était partie secrètement pour le Nord en compagnie de sa cousine et du célèbre peintre, Dame Okara Harochu. On avait répandu le bruit qu'une certaine Okara Tuamo voyageait dans cette direction avec ses deux filles, scrupuleusement gardées. Le nom de Tuamo était si répandu que quiconque le portait pouvait appartenir à l'une ou l'autre d'une douzaine de familles occupant dans la société un rang médiocre. Les quelques gardes et serviteurs qui accompagnaient ces femmes, s'ils étaient vêtus de manière très convenable, n'avaient pas de livrée et auraient pu composer le personnel domestique de n'importe quelle maison prospère sans lustre particulier. Ils n'éveilleraient pas les soupçons.

Nishima frappa sur un petit gong. Une servante apparut.

« S'il vous plaît, faites nettoyer ma pierre à encre et mes pinceaux, et demandez à mes compagnes si elles veulent bien se joindre à moi pour le repas du soir. »

La domestique ramassa les différents accessoires d'écriture, s'inclina et sortit sans bruit.

Aurait-elle peur ? se demanda Nishima. Bien sûr, nul parmi ses gens ne connaissait toutes les raisons de ce voyage, mais ils comprenaient qu'il s'effectuait clandestinement, car ils étaient obligatoirement informés d'une dissimulation. Cela ne pouvait manquer de les affecter. Les Shonto sont servis par un personnel particulièrement loyal, se dit Nishima. Serais-je quelqu'un du même genre si mon karma m'avait fait renaître d'une condition complètement différente ?

C'était, elle ne l'ignorait pas, pure spéculation. Le devoir était le devoir, et l'être qui était apparu dans le monde sous la forme de Nishima Fanisan Shonto ne comprenait que trop bien ce que ce mot signifiait. C'était le devoir qui l'emmenait vers Seh, et le devoir encore qui lui avait fait porter sur elle ces pièces de monnaie qu'elle sentait au contact de la peau tendre de sa taille. En dépit d'une conception assez romanesque de ce « voyage secret », elle savait à quels dangers elle s'exposait. Ces pièces qu'elle transportait pesaient comme un terrible secret, un secret qui, elle en était sûre, avait le pouvoir de déchirer l'empire.

Elle se releva et alla regarder par le petit hublot qui donnait sur tribord. Des calyptas bordaient la rive, se dressant au milieu d'un tapis de feuilles mortes. On croirait des larmes, songea-t-elle en contemplant le désordre de ces feuilles. Les arbres semblaient ployer sous le fardeau d'un chagrin. Elle-même était accessible à cette mélancolie. C'était comme si elle voyageait dans un univers de brume.

Les calyptas cédèrent la place à un rivage herbeux. Dans cet espace découvert, elle aperçut un autel dédié aux morts de la peste. Elle fit le signe de Botahara. « Puissent-ils atteindre à la perfection dans leurs prochaines existences ! » murmura-t-elle.

Moins de dix ans plus tôt, la peste avait ravagé Wa, et déjà elle apparaissait comme un lointain souvenir. On aurait cru de l'histoire ancienne. Pourtant on avait payé à cette épidémie un lourd tribut, et parmi les victimes figuraient beaucoup de gens proches de Nishima, y compris son véritable père. Il est trop cruel de se le rappeler, pensa-t-elle. Nous enfouissons profondément en nous nos souvenirs, si bien qu'ils reviennent à la surface seulement dans nos rêves les plus effrayants.

Un coup frappé au *shoji* la ramena à la réalité.

« Oui ?

— Dame Kitsura, Votre Seigneurie. »

Nishima sourit. « S'il vous plaît, faites entrer. »

Un froufrou soyeux, l'arôme d'un parfum subtil précédèrent la jeune aristocrate.

« Ah ! je vois que l'artiste a travaillé, dit Kitsura avec un regard à la table de Nishima.

— Des notes personnelles », répondit cette dernière, la formule en usage quand on ne voulait pas montrer ce qu'on écrivait.

Kitsura hocha la tête. Sur plus d'un point, elles se comprenaient à demi-mot, et sur celui-ci l'accord était complet : on ne partageait la poésie que lorsque l'auteur l'estimait possible.

Kitsura était habillée simplement, si ses robes avaient été superbement teintes et brodées, et si leurs couleurs s'harmonisaient avec art. Ses longs cheveux noirs pendaient en cascade dans son dos, arrangés avec beaucoup de soin. Nishima eut un moment d'envie en regardant sa cousine. Pas étonnant que même l'empereur la désire, pensa-t-elle. Pourtant on voyait autre chose de moins séduisant, une crispation autour des yeux et de la bouche. Elle se tourmente, se dit Nishima.

Les deux jeunes femmes rapprochèrent leurs coussins du brasero, heureuses d'être ensemble.

« Je m'inquiète pour notre compagne, Kitsu-*sum*. Croyez-vous que Dame Okara regrette de faire ce voyage ? »

Kitsura tourna ses jolis yeux vers la flamme et à l'aide du tisonnier donna plus d'efficacité au feu. « Elle est perturbée, Nishi-*sum*. Nous l'avons remarqué l'une et l'autre, si elle essaie de ne pas le montrer. Mais je ne crois pas que ce soit parce qu'elle se retrouve subitement sur le canal en route vers Seh. Il me semble, bien que je ne puisse dire pourquoi, que c'est autre chose qui obsède Dame Okara. Mon impression est que pour Oka-*sum* le voyage n'est pas vers Seh mais au-dedans d'elle-même... Je suis persuadée qu'elle le fait de bon cœur, mais peut-être sans y prendre plaisir.

— Un voyage secret », conclut Nishima, presque dans un murmure.

On frappa au *shoji*. Ce fut Kitsura qui répondit. « Le thé », dit-elle à sa cousine, et une servante entra avec le service sur un simple plateau de bambou. « Regardez comme nous jouons les grandes dames de province, s'exclama-t-elle en riant et montrant le plateau. Ne croyez-vous pas que dans mon rôle je sois trop bien habillée ?

— Vous êtes toujours trop bien habillée pour la circonstance, ma cousine », dit innocemment Nishima.

Kitsura se mit à rire. « Ah ! si le pinceau est vif, la langue est acérée.

— Voyons, Kitsu-*sum*, vous savez bien que je plaisante.

— Oui, oui, je sais, et la plaisanterie s'imposait. J'ai toujours été jalouse de vos multiples talents.

— Vous n'avez pourtant pas lieu de jalouser les talents de qui que ce soit. »

Les deux jeunes femmes rirent de bon cœur. Elles se connaissaient de longue date, et même leurs différences leur étaient chères. Avec une cuiller, Kitsura puisa du thé qu'elle mit dans un bol et offrit à Nishima.

« La première tasse vous revient, ma cousine.

— Bien sûr », dit Nishima en prenant ce qu'en bonne et due forme elle aurait dû d'abord refuser.

On entendit le rire musical de Kitsura. « L'espiègle Nishima de mon enfance m'a l'air de retour.

— C'est à cause du plaisir que j'ai à votre compagnie, ma cousine. Comment ne pas être gaie en votre présence ? »

Kitsura goûta à son thé et sourit. « Vous ne me connaissez que trop bien, Nishi-*sum*. Je suis honorée que vous essayiez de me remonter le moral. »

Nishima fit tourner son bol dans ses mains, soudain redevenue sérieuse. « Vous vous inquiétez pour votre père, Kitsu-*sum*, mais il a fait la paix avec Botahara. C'est nous qui sommes en danger, nous qui sommes encore les victimes des désirs de la chair.

— Vous parlez d'or, ma cousine.

— C'est une sagesse de peu de prix, Kitsu-*sum*, dit calmement Nishima. Ce n'est pas mon père qui est malade. »

L'autre acquiesça. « Il parle souvent de vous. Il prend de vos nouvelles. Je lui ai lu de vos poèmes. Il les admire.

— Le seigneur Omawara est trop bon, beaucoup trop bon. »

Kitsura acquiesça distraitement, l'esprit ailleurs. « Tout autre que lui aurait obligé sa fille à épouser l'empereur, même si sa vie en était devenue un enfer. Peut-être est-ce… l'approche de la fin qui lui permet d'envisager la vie différemment.

— Je crois que c'est vrai, Kitsu-*sum*. Peut-être pourrons-nous en discuter avec le frère Shuyun à notre arrivée à Seh.

— Ah oui ! le frère Shuyun ! » Kitsura de toute évidence était prête à passer à autre chose. « Parlez-moi de lui, ma cousine. Est-ce exact ce qu'on raconte, qu'il a mis en morceaux une table d'iroko d'un seul coup de poing ?

— Kitsura-*sum* ! s'insurgea Nishima en faisant semblant d'être déçue. Ainsi vous prêtez l'oreille aux rumeurs ? Non, ce n'est pas exact. Je n'étais pas présente quand c'est arrivé, mais je sais qu'il n'a pas fait cela d'un coup de poing. Tanaka m'a dit qu'il avait brisé la table en appuyant dessus avec sa main, et il était assis à ce moment-là.

— Ah oui ? Je n'aurais pas cru qu'il eût pu le faire sans employer la force. Seul Botahara en aurait été capable. Mais ce n'en reste pas moins un exploit extraordinaire. N'est-ce pas votre avis ?

— Certes. Tanaka m'a dit que s'il ne l'avait pas vu, de ses yeux vu, il ne l'aurait pas cru.

— J'aurai plaisir à faire la connaissance de notre frère. Donne-t-il l'impression d'être si fort ? »

Nishima haussa les épaules. « Il n'a rien d'un colosse et il parle très doucement. Mais il est vrai qu'il semble avoir… une énergie… je n'arrive pas à le définir… une force tranquille, comme celle du tigre. Vous jugerez par vous-même.

— Celle du tigre noir ? demanda Kitsura avec un sourire malicieux.

— Vous avez prêté l'oreille aux racontars, n'est-ce pas ? dit Nishima, sans être aussi fâchée que sa voix voulait le faire entendre.

— Je ne sais pas, ma cousine. Étaient-ce des racontars ?

— J'ignore ce qu'ils racontent, vos racontars, Kitsu-*sum*. Le général en question a exprimé de l'intérêt, et je ne l'ai peut-être pas découragé autant que j'aurais dû, compte tenu du rang qui est le mien. »

Kitsura haussa les épaules. « On ne peut pas décourager tous les hommes qu'on rencontre au seul motif qu'ils ne feraient pas des maris acceptables. Après tout, on n'est pas toujours en quête d'un époux. » Elle se désigna en souriant. « C'est certainement le plus bel homme de tout l'empire, ou du moins le plus beau que j'aie vu. Mais peut-on lui faire confiance, à votre avis ? »

Nishima posa son bol. Ce fut à son tour de prendre le tisonnier et de remuer les braises. « Je ne sais pas, Kitsura-*sum*. Il y a eu cet incident dans notre jardin. Il est certainement très brave. Je ne sais pas. » Elle planta le tisonnier au milieu des charbons et leva les yeux. « Je veux lui faire confiance.

— Je comprends, mais il me paraît à moi trop opportuniste. J'ignore où vous en êtes, Nishi-*sum*, mais pour ma part je ferais très attention à ne pas le laisser trop se rapprocher… » Elle eut un sourire entendu. « Je ne lui permettrais pas d'aller plus loin que mes appartements le soir quand il n'y a pas de lune… et encore, pas trop souvent. »

Nishima eut un rire léger. « Il est sans doute un pion entre les mains de l'empereur, dit elle, et notre empereur ne sera guère enchanté du comportement des Dames Kitsura et Nishima quand il apprendra qu'elles se sont fondues dans la nuit comme des héroïnes de légende. » De nouveau, elle enfonça le tisonnier dans le feu. « Comment se fait-il que nos vies soudain soient devenues si étranges ? »

Kitsura étendit un bras et toucha la manche de sa cousine. « Le mot “étrange” ne signifie rien dans des vies comme les nôtres. Nos aïeux ont habité des grottes pendant qu'ils combattaient pour reprendre possession de leurs terres. Le sang qui coule dans nos veines, à l'une et à l'autre, est celui des empereurs de jadis, et nous savons que Shatsima n'a pas accepté de vivre dans le désert durant sept ans pour l'élévation de son âme, mais parce qu'elle refusait l'idée d'abandonner son trône. Et son oncle a appris qu'il avait eu tort de permettre à cette enfant de vivre, car fillette un jour devient femme.

» Aux Shonto, que l'histoire a-t-elle demandé ? Le sacrifice d'un fils dans les combats. Une vie d'exil. Cent ans de guerre.

» Fuir en cachette pour rejoindre Seh est un jeu d'enfant. Et vous, Nishima, êtes à la fois une Shonto et une Fanisan. Qui est donc ce jeune parvenu de Jaku pour oser approcher l'héritière d'un tel passé ? Si ses intentions sont celles que l'on prête à un opportuniste, c'est lui que je plains et non Sa Seigneurie Nishima. Il ne sait pas à quel jeu il joue.

» Les Fanisan se sont taillé un fief dans des terres incultes, en combattant à la fois des familles rivales et d'innombrables Barbares. L'aurions-nous oublié ? Jaku Katta sait-il que je cache un couteau sous mes robes et que je n'ignore pas la manière de m'en servir ? Il a l'habitude de fréquenter les dames de la cour, des familles dont la fortune varie au gré du caprice de l'empereur. Ce n'est pas le cas des Omawara, ni des Fanisan, ni des Shonto. Ce que nous faisons maintenant n'a rien d'étrange. Ce qui est peu banal est que l'occasion ne nous en avait jamais été donnée. »

Nishima but son thé à petites gorgées. « Ce que vous dites assurément est plus que vrai. Et pourtant il nous arrive d'avoir la mémoire courte. Même la famille d'Okara-*sum* a traversé des épreuves, et les Shonto… bien sûr, sont les Shonto. » La jeune femme se redressa subitement. « Excusez ma faiblesse, Kitsu-*sum*, c'est cette claustration qui commence à produire son effet. Croyez-vous que demain nous puissions oser nous montrer ? »

Un coup d'œil aux vitres du fond, et Kitsura acquiesça. « Je ne crois pas que nous ayons à craindre d'être découvertes avec ce brouillard, et il est possible que sur ces bateaux personne ne soit en mesure de nous reconnaître. Nous avons déjà fait un bon bout de chemin depuis la capitale. Nous avons passé Fujima-sha juste après le lever du soleil.

— Nous avançons à bonne allure », dit Nishima. Cette conversation lui avait donné meilleur moral. À mesure que les kilomètres s'additionnaient, elle éprouvait un sentiment de liberté comme elle n'en avait pas ressenti depuis des semaines. « Je ne veux pas attendre jusqu'à demain, s'exclama-t-elle, je veux respirer l'air frais tout de suite. »

Kitsura battit des mains et se leva d'un bond. « D'accord. Il y a trop longtemps que je suis enfermée. »

Les deux jeunes femmes poussèrent le *shoji* et montèrent sur le pont en s'enveloppant de leurs longues robes, leurs manches ballant au gré de leurs mouvements. Tant les voiles que le courant propulsaient les embarcations, et les gardes Shonto qui faisaient office de rameurs et de matelots flânaient sur le pont par petits groupes, bavardant et riant. Quand parurent les deux femmes, ils se turent, et l'on n'entendit plus que les cris des mouettes et les craquements du bateau creusant son chemin vers le nord.

La brume s'étirait parmi les arbres du rivage, poussée par une brise légère qui en jouait dans les bosquets. Plus d'une branche avait perdu ses feuilles, tandis que d'autres apparaissaient dans les couleurs de l'automne, tamisées par un ciel nébuleux.

« C'est une scène digne du pinceau d'Okara-*sum*, dit Nishima sans forcer la voix, comme si parlant plus fort elle risquait de rompre le charme et de dissiper la beauté.

— Digne aussi du pinceau de Dame Nishima, ajouta Kitsura avec le même souci de discrétion.

— Peut-être. J'aime les sagittaires qui poussent le long des rives. Ils semblent avoir un sens de la composition bien à eux et très affirmé.

— Oui, c'est vrai… »

Kitsura ne finit pas sa phrase, car un grincement leur parvint, suivi d'un clapotis. Elles se figèrent. Puis elles rirent de la façon dont elles s'étaient vues réagir.

« Nous ne paraissons pas montrer tout à fait le même courage que nos indomptables aïeux », dit Kitsura.

Nishima acquiesça tout en restant tendue. « Ne devrions-nous pas descendre ? suggéra-t-elle. Qu'en pensez-vous ?

— Attendons un moment. C'est sans doute une fausse alerte. Le canal fourmille d'embarcations, il ne faut pas l'oublier, et il n'y a rien de particulièrement suspect dans deux jeunes filles qui profitent du paysage. »

Le grincement persista, bien qu'il fût toujours impossible de situer son origine. Soudain la proue d'une petite barque émergea de la brume presque à côté d'elles. Nishima et Kitsura abandonnèrent la lisse pour aller se réfugier sur la plage arrière.

« Des gardes ! » chuchota Nishima.

Les deux jeunes femmes tombèrent à genoux, craignant de traverser le pont pour prendre l'escalier menant aux cabines.

« S'ils nous voient nous dissimuler, glissa Kitsura à sa cousine, cela va leur mettre la puce à l'oreille.

— Mais c'est nous qu'ils cherchent. Il faut descendre. »

Sur un mot d'un prétendu marin, le groupe le plus proche des gardes Shonto vint plus près de la rambarde, masquant les deux femmes. Ce fut à qui, de Nishima et de Kitsura, arriverait le plus vite en bas. Alertée par ce remue-ménage, Okara sortit de sa cabine et se retrouva face à des compagnes épouvantées.

« Que se passe-t-il ?

— Des gardes de l'empereur, Okara-*sum*. »

L'artiste s'écarta pour les laisser entrer. « Vite ! » murmura-t-elle, et elle les suivit dans sa cabine. On entendait des voix dans un bateau accosté, mais les paroles étaient difficiles à comprendre.

« Que disent-ils ? demanda Okara tandis que Nishima se hasardait à s'avancer en direction du hublot entrouvert.

— Une flottille de gardes impériaux ne veut plus nous lâcher. » Elle approcha. « Je n'entends pas bien… Des édits gouvernementaux concernant les canaux. Quelque chose encore… » Elle fit face aux autres. « Que Botahara nous vienne en aide ! Ils posent des questions sur les jeunes femmes qui sont à bord. »

Les rames recommencèrent à grincer. Les voix se perdirent. Pendant quelques instants, personne dans la cabine n'ouvrit la bouche. « Nous ne faisons rien d'illégal, finit par dire Okara. Nous sommes libres d'aller où bon nous semble. L'empereur n'aurait pas l'audace de nous en empêcher. »

Un bruit de pas résonna dans le silence. On frappa au *shoji*, et le visage d'une domestique parut dans l'entrebâillement. « Pardonnez le dérangement, mais le capitaine Tenda de notre milice désire parler à Sa Seigneurie Nishima.

— Je vous en prie, faites-le venir », dit cette dernière.

L'écran fut entièrement repoussé, et un garde des Shonto, vêtu en simple soldat, s'agenouilla dans l'entrée.

« Oui, capitaine, s'il vous plaît, dites-nous ce qui vient de se passer.

— Des officiers supérieurs de la garde impériale ont remonté le long de notre flottille, Votre Seigneurie. Ils m'ont questionné à propos des passagers de ce bateau. Ils vous ont vues, Dame Kitsura et vous, mais je suis certain qu'ils ne vous ont pas reconnues. Je leur ai expliqué que, comme vous étiez vêtues très simplement, cela vous avait gênées d'être sous le regard d'officiers de la garde impériale.

» On a publié récemment des édits et, en conséquence, envoyé ladite garde par tout l'empire rétablir la sécurité sur les routes et les canaux. Il semble que, au moins temporairement, nous devrons rester sous la protection des forces de l'empereur. C'est tout ce que je puis vous rapporter. » Il s'inclina et resta à genoux.

« Merci, capitaine, répondit Nishima. Vous avez fourni une réponse très adroite à leur curiosité. Je ne manquerai pas de le signaler à mon père. Merci. »

Le capitaine salua encore et disparut.

« Il est étonnant que cela arrive justement aujourd'hui, dit Kitsura. On ne peut nier que les canaux depuis longtemps méritaient qu'on fît quelque chose. Mais n'est-ce pas curieux que le Fils du Ciel ait choisi pour agir un jour où nous voyageons incognito sur le canal ? »

Okara se laissa tomber sur un coussin près du brasero et s'y chauffa les mains. « Le monde au-delà de mon île ne m'est guère connu, mais peut-on écarter l'hypothèse d'une simple coïncidence ?

— Vous avez raison, je pense, Oka-*sum*, dit Nishima. Nous devenons trop méfiantes. Peut-être est ce d'être recluses sans savoir grand-chose de ce qui se passe autour de nous. Nous devrions envoyer des hommes en éclaireurs pour se renseigner. Les marins adorent bavarder, nous pourrions apprendre quelque chose d'intéressant. Cela vaut la peine d'y réfléchir. »

On se mit d'accord pour donner suite à cette idée. Okara et ses deux « filles » prirent place devant leur repas du soir, qui fut suivi d'un peu de musique et de la lecture de poèmes.

La nuit était tombée depuis longtemps. Nishima était seule dans sa cabine à broder une ceinture à la lueur d'une lampe quand une servante frappa au *shoji*.

« Excusez-moi de vous déranger, Votre Seigneurie, mais le capitaine Tenda insiste pour vous parler malgré l'heure tardive. Il ne veut rien entendre.

— Je vais le recevoir », dit Nishima en rangeant son ouvrage.

Le capitaine s'agenouilla sur le seuil. La cabine était si petite qu'il n'osait faire un pas de plus de peur de manquer de respect.

« Capitaine ?

— Pardonnez, je vous prie, ma présomption, Votre Seigneurie, mais j'ai jugé que c'était trop important pour attendre le matin.

— C'est bien, continuez.

— Une chaloupe de la garde impériale nous a accostés il y a un instant, et quelqu'un m'a donné cette lettre. » Il montra une feuille de papier bleu-gris fait à partir de bois de mûrier, pliée et à laquelle on avait attaché un épi d'automne. « Il m'a dit que c'était pour Dame Nishima et, quand j'ai protesté que ce devait être une erreur, il a ordonné à son équipage de ramer. Faut-il descendre un canot et tenter de rendre la lettre, Votre Seigneurie ? »

Nishima eut le sentiment que brusquement ses pensées n'avaient plus de lien avec son corps. C'était comme si son esprit flottait librement dans l'air, à quelque distance, observant la scène. Elle fut surprise de s'entendre parler. « Je n'en vois pas l'intérêt. Laissez-moi cette lettre. Merci. »

Le garde parut scandalisé. « Pardonnez-moi, Votre Seigneurie, mais ne devrions-nous pas faire quelque chose ?

— Suivez-vous les enseignements du Maître parfait ?

— Certainement, Votre Seigneurie, mais…

— En ce cas, vous pourrez prier. Merci, capitaine. »

Le garde s'inclina et referma le *shoji*. Nishima se regarda se pencher et récupérer la lettre. Impossible pourtant d'en sentir le grain, de dire si elle était chaude ou froide. Nous sommes découvertes, pensa-t-elle. Nous croyions pouvoir tromper l'empereur, mais c'est nous qui étions les dupes. Que va-t-il faire ?

Elle déplia le papier lentement, comme si son sens de la durée n'avait plus rien à voir avec le réel. S'agissait-il de l'état dont avait parlé le frère Satake ? Elle ouvrit à la lumière et, de là où elle se trouvait, flottant au-dessus de son corps, elle lut :

Le vent du Chou-San
Nous porte vers notre destination.
Pourtant cela me réchauffe le cœur
De penser que, là où je vais,
Je serai plus proche de vous.

Je suis seul à connaître votre présence.

« Katta-*sum* », murmura-t-elle.

La lettre glissa de ses doigts et tomba sur le coussin. Elle sentit que lui revenait soudain, joyeusement, la maîtrise de ses sens. Le désir chantait dans toutes les fibres de son corps. Et puis, aussi soudainement, la peur, une peur affreuse. Comment avait-il pu savoir ? Toutes les précautions avaient été prises. Que Botahara me vienne en aide ! se dit-elle. Il doit connaître jusqu'à mes pensées, mes désirs les plus secrets.

31

Shonto n'était pas remonté sur un cheval depuis des mois et, bien que parfaitement conscient de ce qu'enduraient des muscles pris de court, il était heureux d'être à nouveau en selle, d'échapper à l'emprise de la ville et de la cour de Rhojo-ma.

Le gouverneur et son escorte atteignirent le faîte d'une petite hauteur qui permettait, un bref instant, d'entrevoir une tour de pierre, des moellons grisâtres recouverts d'herbe des linteaux, puis plus rien. J'y serai sous peu, se dit Shonto. Alors je verrai si les rapports qui me parviennent sont fondés ou non.

Le nouveau gouverneur de Seh procédait à une tournée d'inspection à moins d'une journée de cheval de la ville. Le sujet avoué de ses préoccupations était la deuxième ligne de défense de Seh, un ensemble de tours de guet couvrant un vaste espace, avec, dans certains secteurs, des murs bâtis un siècle plus tôt. En un temps où les Barbares se montraient véritablement redoutables.

Les terres à la limite de la province étaient tombées alors aux mains des tribus et, au cours d'une guerre longue et impitoyable, on avait construit cette deuxième ligne de défense. C'était là que les armées de l'empereur avaient arrêté les Barbares, s'il avait fallu trois bonnes années pour les refouler jusqu'aux frontières de Wa. Finalement, le front de leurs troupes s'était rompu, les débris en avaient été dispersés dans la steppe inculte du Nord, puis rejetés dans les profondeurs du désert. Ils avaient disparu comme ils le faisaient toujours, sans laisser de trace.

Le propre aïeul de Shonto avait durant cette guerre été un très jeune général. C'était peut-être la seule fois où l'empire avait connu une véritable menace, du moins une menace venant de l'extérieur. Pouvoir dire que son grand-père ou son arrière-grand-père « avait combattu les Barbares au temps de leur plus grande puissance » faisait toujours l'orgueil des familles des provinces centrales. Dans Seh, c'était tout le monde dont les grands-parents et les arrière-grands-parents étaient allés s'opposer aux Barbares. Et bien peu en étaient revenus. C'était une guerre qui avait laissé dans le pays des souvenirs particuliers, et Shonto ne l'oubliait pas.

Les habitants de Seh n'avaient pas oublié non plus que c'était un Shonto qui, avec le jeune empereur, avait conçu le plan des batailles qui avaient finalement arrêté les armées barbares envahissant leur pays. Le célèbre ancêtre de Shonto avait planté l'étendard de leur maison, la fleur blanche de *shinta*, dans le sol de Seh. C'était une histoire qu'aimaient encore à raconter les fiers guerriers du Nord. Ce Shonto se nommait aussi Motoru.

L'empereur Jerri était tombé à genoux en apprenant qu'il n'était plus.

Le sang de nos ennemis
Se mêle ici au sang
De nos frères, de nos généraux,
De nos fantassins.

Motoru,
Une flèche,
Un morceau de bois.

Pour sauver un empire
Et puis tomber
Parmi les sans-nom.

L'empereur Jerri.

Ce poème, Shonto le connaissait depuis l'enfance. Cela le ravissait quand il était petit de voir son nom associé à de pareils exploits, inscrit dans l'histoire. L'homme avait été aimé et pleuré par un empereur. Est-ce que ce Motoru était passé par ici ? Pensée troublante. Shonto secoua la tête et voulut se contraindre à revenir au présent. Mais le lien avec le passé refusait de l'abandonner.

Une ordonnance portait l'épée que l'empereur récemment avait offerte au seigneur Shonto, le don de son aïeul à un autre souverain. Le soldat attendait qu'il en eût besoin. Même maintenant, si Shonto faisait un signe, s'il tendait le bras, il aurait dans la paume de sa main la garde de cette épée. Malgré l'assurance où il était que le Yamaku tramait sa chute, il devait reconnaître que le présent, le geste étaient dignes d'un empereur.

Ils étaient quelques-uns à Seh à voir dans le retour d'un général Shonto un motif d'inquiétude, peut-être un mauvais présage. Après tout, le bruit courait de la venue du khan Tête d'Or. Un retour, là encore. Dans l'esprit des superstitieux, la réapparition d'un Shonto en un pareil moment était un événement trop lourd de sens pour qu'il s'agît d'une simple coïncidence. Cela les empêchait de dormir.

La petite troupe de Shonto s'engagea dans un bosquet. Une fois qu'on ne bénéficiait plus de la chaleur du soleil, la différence de température était très sensible. Des fougères portaient encore la trace d'une gelée matinale. C'était un rappel de la saison où l'on était arrivé, une saison que le chaud soleil refusait toujours de reconnaître. Les chevaux s'ébrouaient et soufflaient. Dans l'air pur, leur haleine semblait celle de dragons.

Shonto regarda par-dessus son épaule et vit son conseiller spirituel qui le serrait de près. On l'a bien préparé, songea-t-il. Je commande sur les champs de bataille, donc je monte à cheval. Il va de soi que mes conseillers aussi doivent monter à cheval, bien qu'il n'y ait pas un moine sur cinq cents qui en ait jamais enfourché un.

Shuyun était bon cavalier. Où avait-on trouvé l'homme capable de lui donner des leçons ? Les frères ne confiaient jamais l'instruction de leurs novices à quelqu'un du dehors. Ce n'était pas dans leurs habitudes. Le jeune initié démontrait aussi une connaissance de l'art de la guerre qui ne devait rien au domaine spirituel : les frères n'avaient rien laissé au hasard et n'avaient pas permis à leurs convictions religieuses d'entraver la formation de leur jeune protégé. Même les adeptes de l'Illuminé s'étaient convertis en hommes pragmatiques. Shonto trouvait son compte, bien évidemment, à ce mode de préparation. Mais cela n'était pas sans le troubler.

Il secoua la tête et en revint au moment présent. Ils dépassèrent un peloton de soldats, le deuxième depuis que les bois étaient en vue. Shonto talonna son cheval, à temps pour entendre un jeune officier lui rapporter que la clairière au-delà du boqueteau avait été traversée par des troupes au galop. On devait en conclure que les mesures prises concernant la sécurité avaient été poussées à l'extrême, ce que le nouveau gouverneur ne manqua pas de trouver étrange, compte tenu de l'insistance qu'on avait mise à lui garantir que les Barbares ne constituaient pas une menace et qu'il ne restait pratiquement plus de brigands.

Il fit signe à Komawara, qui vint se placer à sa hauteur.

« Monseigneur ?

— Rencontre-t-on si souvent des hors-la-loi dans ces bois qu'il soit nécessaire de nous envoyer la moitié des forces armées de Seh pour assurer notre protection ? »

Le jeune homme s'éclaircit la voix. « Je suis aussi stupéfait que vous, monseigneur. Apparemment, cela n'a ni queue ni tête. Pour ma part, je prendrais trois hommes pour m'accompagner dans ces bois. Sans mentir, je pense que je pourrais venir seul. » Il réfléchit un moment. « Pourquoi cela ? Peut-être le désir d'impressionner le nouveau gouverneur. Ou un officier trop zélé à remplir ses fonctions. » Il marqua une courte pause au moment où une autre idée lui vint. « À moins que quelque chose ne se soit produit dans les parages de nature à causer de l'inquiétude, bien que je n'aie entendu parler de rien.

— Ah ! Je me faisais la même réflexion. »

Ils chevauchèrent en silence.

« Qui pourrait être au courant ? » demanda Shonto.

Quelques instants, Komawara resta sans rien dire. Il passait en revue toutes les personnalités de leur groupe avec la certitude que ces gens-là n'auraient pas manqué de signaler l'existence de problèmes de ce genre… à moins d'avoir voulu taire l'information au seigneur Shonto.

« Presque tous ceux qui habitent par ici, monseigneur », j'en suis sûr.

Shonto signifia son assentiment. « S'il vous plaît, trouvez ce que l'on sait, demanda-t-il. Et n'informez personne de ce que vous cherchez en dehors de votre milice personnelle. »

Komawara jeta un coup d'œil alentour pour déceler des oreilles indiscrètes. « Je ferai mon possible pour être devant la tour avant l'heure du cheval, monseigneur. »

Shonto poussa sa monture après un regard à la tour en question, qui apparaissait au milieu des arbres. L'édifice tombait en ruine.

Les habitants de Seh étaient plus que perplexes. Ils ne savaient pas à qui être fidèles. Shonto, Shonto Motoru était venu à Seh combattre à leurs côtés. Les sentiments que cela faisait naître chez eux, il n'était pas facile de les comprendre. Plus d'un tournait ses regards vers ce seigneur, se demandant s'il était animé du même courage que son ancêtre, si ressuscitait ou non la figure légendaire.

Cela n'empêchait pas ce Shonto d'être un homme aux ordres d'un empereur méprisé, qui n'aurait pas donné une poignée de riels pour contribuer à la défense de Seh, mais les insultait en leur envoyant un fameux général alors que les Barbares ne tentaient une incursion que de temps à autre. L'outrage était presque trop difficile à supporter.

Et maintenant ce gouverneur impérial avait trouvé l'une des nombreuses fortifications délabrée, laissée à l'abandon, faute de crédits gouvernementaux ou de vigilance. Shonto Motoru marchait parmi ces lamentables ruines, et les hommes du Nord sentaient qu'ils avaient d'une certaine manière failli à leur devoir envers celui qui avait donné sa vie en se portant aux côtés de leurs ancêtres pour préserver les frontières de Seh. On lisait sur les visages l'intensité du combat qui se livrait en leurs têtes, et Shonto en était surpris.

Ce fort avait été construit autour d'un des éperons rocheux qu'offrait naturellement par endroits le relief de la province, en brisant la monotonie de leurs silhouettes dépouillées, étonnamment anguleuses. Le rocher ici formait presque sans aide une sorte de citadelle et n'avait pas demandé beaucoup d'efforts au service impérial du génie.

Shonto errait parmi les débris d'un rempart et montait sur des blocs de pierre qui depuis longtemps avaient quitté l'emplacement qui leur avait été réservé. On avait déménagé plus d'un pan de mur, qui sans doute avait servi à construire les fondations de la maison de quelque propriétaire des environs. Le nouveau gouverneur fut pris d'une envie de faire rechercher ces pierres et de mettre à mort pour vol aux dépens de la province de Seh l'emprunteur indélicat.

Mais il réfléchit que vraisemblablement le voleur était mort ou très âgé. Il secoua la tête, et ses compagnons de Seh se regardèrent en ouvrant de grands yeux, car le seigneur n'avait pas ouvert la bouche depuis son arrivée à la tour.

« Ceci est-il représentatif des fortifications que je vais trouver à Seh, général Toshaki ? » La voix était calme.

Le général qu'Akima avait mis à la disposition de Shonto hésita d'abord puis dit, non sans quelque embarras : « Il en existe d'autres en meilleur état, monseigneur, plus près de la frontière, mais la dégradation que vous voyez ici ne serait pas considérée comme exceptionnelle. »

Le regard de Shonto s'égara sur les prés, la forêt, la route qui serpentait au milieu des collines. « Général Hojo, si les autres défenses de la province ressemblent à celle-ci, quelles difficultés à votre avis rencontrerait une armée barbare pour envahir ce pays ? »

L'officier de Shonto dansa malaisément d'un pied sur l'autre en lorgnant du coin de l'œil les habitants du Nord qui l'entouraient. « Lorsque vos effectifs sont restreints et que la zone à protéger est vaste, les fortifications prennent une importance plus grande, monseigneur. » Il hésita encore puis parut rassembler son courage avant de reprendre la parole. « Un chef résolu, à la tête d'une armée suffisamment nombreuse, pourrait, en dépit de toutes leurs capacités, repousser les guerriers de Seh jusque dans la capitale en très peu de temps, monseigneur. »

Le général Toshaki se retourna vers ses partisans avec un regard qui signifiait : Je vous l'avais bien dit ; voyez vous ce qu'il faut nous attendre à supporter de la part de ces gens du Sud ? Mais, quand il parla, sa voix témoignait d'un grand respect. « Le général Hojo est un commandant réputé, seigneur Shonto, on ne peut en douter, et je ne contesterai pas ce qu'il avance. Mais où est cette armée barbare ? J'ai passé ici toute ma vie et je ne l'ai pas encore vue. »

Shonto ne répondit pas. Il regarda au loin, comme si Toshaki n'avait rien dit. Il leva la main et montra la direction de l'est. « Qui sont ces cavaliers, général ? »

Toshaki se rapprocha du rempart. « Je ne sais pas, monseigneur. » Il se tourna et fit signe à son adjoint. « Nous allons tout de suite nous renseigner. »

Au loin, un peloton d'hommes à cheval contournait un bouquet de pins et plongeait dans un banc de brume flottant encore sur un petit ravin, y disparaissant à moitié comme s'ils passaient une rivière à gué. Ils ne galopaient pas, mais on ne pouvait se tromper sur leur destination : ils allaient droit à la tour.

Shonto se contenta d'observer tandis que des hommes de la garde personnelle de Toshaki allaient au-devant des cavaliers pour les intercepter. Il avait beau écarquiller les yeux, il ne parvenait même pas à distinguer la couleur de leurs uniformes. Hojo adressa un regard à son maître et hocha la tête.

On voyait bien pourtant que l'un des cavaliers arborait une enseigne avec un emblème à son sommet, s'il était impossible de deviner de quel emblème il s'agissait. Derrière lui, Shonto entendit qu'on commençait à murmurer, mais, quand il se retourna, chacun se tut et refusa de le regarder en face, comportement étrange pour des habitants de Seh.

Les soldats de Toshaki disparurent derrière un mamelon puis réapparurent, galopant vers un groupe de huit que l'on pouvait maintenant dénombrer. Vingt hommes appartenant à la garnison de la capitale à leur approche firent tourner leurs montures devant les cavaliers. Ceux-ci ralentirent leur allure puis s'immobilisèrent, essayèrent de poursuivre et furent de nouveau contraints de s'arrêter.

« Qu'est-ce que cela signifie ? » grommela Hojo, mais personne ne lui fournit d'explication.

Pour Shonto, de toute évidence quelque chose n'était pas clair. Les soldats de la garnison faisaient virevolter leurs chevaux. On voyait que des menaces étaient proférées, s'accompagnant de gesticulations. Dans la confrontation, certains se dressaient sur leurs étriers, montrant l'enseigne.

« Qui commande à nos hommes ? » demanda Shonto.

Le général Hojo se tourna vers Toshaki. « Le seigneur Gitoyo Kinishi, monseigneur, dit celui-ci, le fils du seigneur Gitoyo…

— Hojo ! » hurla Shonto. Une lueur trop connue avait soudain brillé dans le peloton des cavaliers. On tirait l'épée ! Le général de Shonto écarta Toshaki, et le bruit des hommes en armure qui galopaient retentit parmi les pierres.

En dessous, Shonto voyait bien qu'on n'avait pas croisé le fer, mais tout tendait à prouver que cela ne durerait pas. Que se passe-t-il ? se demanda le gouverneur. Brusquement, il se sentit complètement étranger, véritablement jeté dans l'inconnu. Et puis Hojo et sa garde jaillirent de la porte écroulée, couchés sur l'encolure de leurs chevaux. Le bruit de leur approche fut décisif : les deux groupes antagonistes se séparèrent, si on ne rengaina pas les épées.

« Eh bien, général, dit Shonto à Toshaki, voyons donc qui a réussi à passer à travers les mailles du filet malgré vos gardes. »

Il abandonna la pierre pour l'herbe du terre-plein au dos des murs et descendit vers la cour intérieure. Des chevaux se bousculaient à la porte tandis qu'il cherchait son chemin parmi d'autres amas de pierraille. Les soldats de la garnison se précipitèrent dans la cour, leurs montures écumant après leur course folle et rendues nerveuses par la colère de ceux qui les montaient. Devant l'entrée, Hojo était solidement campé sur sa selle, comme s'il dirigeait les opérations. Le visage était dur et froid, autant que le décor ruiné autour de lui.

Shonto sentit monter sa colère mais se maîtrisa. « Perdre la maîtrise de ses nerfs parce qu'on ne se sent plus maître de la situation est une réponse à l'événement bien peu lucide, qu'en pensez-vous ? C'est sûrement moi maintenant qui vais gagner la partie. » C'est ainsi que le frère Satake s'était un jour moqué de lui alors qu'ils jouaient au *gii*. Et, effectivement, il avait perdu – mais il avait retenu la leçon.

Les cavaliers entrèrent en file indienne à la suite des soldats de la garnison, et Shonto reconnut la livrée de Komawara, puis Komawara lui-même au milieu de sa milice. Venait sur ses talons le porteur de l'enseigne. Shonto s'arrêta sans bien comprendre. La bannière n'était celle d'aucun seigneur de Sch, car le garde portait une hampe surmontée d'une tête humaine. Le visage avait perdu sa consistance, mais les traits restaient déformés par un rictus de rage ou de douleur. Dans la cour, les soldats baissaient la tête. Nul ne regardait le gouverneur. Shonto, lui, ne détachait pas ses yeux de la vision du guerrier barbare. Tout le monde attendait.

« Seigneur Komawara ? » dit calmement Shonto.

Le jeune homme ne mit pas pied à terre et, Shonto le nota, n'ôta même pas la main de la garde de son épée. « Une ferme près d'ici a été attaquée il y a deux jours, seigneur Shonto. Le cheval d'un Barbare s'est cassé la jambe en sautant un mur. Nous avons encerclé le bandit et l'avons abattu. » Komawara montra la sinistre hampe. « Nous avons perdu trois hommes et quatre chevaux. Il n'y a pas eu de blessés parmi les femmes et les enfants. »

Shonto prit bonne note du « nous » – « nous avons perdu trois hommes », trois natifs de Seh. Il en fut touché d'une certaine façon. Komawara à l'évidence ignorait tout de ces victimes, sinon qu'elles étaient du Nord et menaient le même combat que lui.

Shonto fit le tour des visages devant lui. Certains se dérobaient à son regard, d'autres manifestement s'efforçaient de dominer leur colère. Récemment encore, pensa-t-il, j'étais dans les jardins de l'empereur où les danseuses Sonsa donnaient un spectacle sous une lune pâle. Ici, personne ne paraissait particulièrement horrifié par le trophée de Komawara. Me voici loin des préoccupations des courtisans, se dit-il, très loin vraiment !

Il examina chacun tour à tour. « Qui n'était pas au courant ? » demanda-t-il.

On échangea des regards. Personne n'ouvrit la bouche. Ce fut comme si les questions étaient superflues. Tous en connaissaient les réponses. Dans le groupe, certains se tournèrent vers le gouverneur et firent signe qu'ils ne savaient pas.

« Vous pouvez partir », dit Shonto.

Il y eut des départs, tant à pied qu'à cheval. On se dirigea vers la porte. Shonto fut laissé seul avec ses gardes et une demi-douzaine d'autres personnes. Komawara faisait partie de ceux-là. Shonto nota qu'il avait fait vite à s'initier à son rôle d'allié du gouverneur.

En regardant les hommes qui étaient demeurés avec lui dans la cour, Shonto vit que peu de chose dans leur attitude les différenciait de ses propres gardes, alors qu'ils se trouvaient accusés d'un crime proche de la trahison. Ce sont des gens du Nord, pensa-t-il, et il fut contraint d'admirer leur sang-froid.

« J'imagine, dit-il, qu'aucun parmi vous ne peut faire valoir de bonne raison d'empêcher une information qui intéresse la sécurité de Seh de parvenir aux oreilles du gouverneur impérial ? » Il laissa la question en suspens, passant d'un visage à un autre. Tous soutinrent son regard. Il ne décela pas de ressentiment.

« Que tous les officiers supérieurs avancent d'un pas ! »

Trois hommes sortirent des rangs, rejoints par un autre qui descendit de cheval, Gitoyo Kinishi, qui avait mené la cavalerie de Seh à la rencontre de Komawara. Shonto se posta devant les quatre. Il n'y avait pas de doute en son esprit sur ce qu'il lui fallait faire, s'il regrettait d'y être obligé.

« Vous avez vos épées, dit-il d'une voix soudain plus douce. Nous vous laissons vous préparer.

— Puis-je me faire le défenseur de l'un d'eux ? » La voix retentit dans le silence. C'était celle de Komawara.

Shonto se tourna vers son jeune allié et fit signe qu'il pouvait s'exprimer.

« Je ne crois pas que le seigneur Gitoyo Kinishi ait su ce dont il s'agissait quand il est venu m'intercepter, monseigneur. »

Shonto resta un bref instant à dévisager son interlocuteur, comme s'il avait besoin de temps pour digérer l'information. Puis il se tourna vers le jeune homme, immobile parmi les condamnés. « Je n'ai pas pour habitude de me répéter, seigneur Gitoyo. Aviez-vous connaissance de l'incursion des Barbares quand vous vous êtes porté à la rencontre du seigneur Komawara ? »

Le jeune homme ouvrit la bouche, mais aucun son n'en sortit. Il finit par secouer la tête. « Non, monseigneur », dit-il enfin. Sa bouche était sèche.

« En ce cas, pourquoi avez-vous essayé d'arrêter le seigneur Komawara ? »

Un soldat de la compagnie de Gitoyo s'avança pour lui donner à boire d'une outre qu'il portait.

« Je… je ne jugeais pas utile de mettre sous vos yeux la tête du Barbare, monseigneur. » Il hésita encore. « De toute évidence, certains de ceux qui étaient là devaient être au courant pour le raid… Apporter ce débris humain pouvait ne pas gêner que moi. Je craignais que cela n'influençât votre jugement, seigneur Shonto. »

Shonto fixa le jeune homme du regard un moment, comme s'il réfléchissait à ce qu'il venait de dire. « Pourtant vous avez décidé de rester parmi les autres. »

Le jeune homme acquiesça. « Je n'avais pas beaucoup de chances d'être cru après notre démêlé avec le seigneur Komawara. J'aurais donné l'impression d'être un lâche si j'avais plaidé l'ignorance, monseigneur. »

Shonto secoua la tête et vit que deux des officiers condamnés en faisaient autant. Il se tourna vers son conseiller spirituel qui était près de lui et suivait avec attention le déroulement de la scène, comme il ne manquait jamais de le faire. L'un des Silencieux, se dit subitement Shonto. « Shuyun-*sum* ?

— Je crois qu'il ne ment pas, monseigneur. »

Shonto en revint à Gitoyo. « Vous risquez d'être pris pour un sot, mon jeune seigneur, dit-il, mais peut-être est-ce pour vous de moindre importance. Sortez de ces rangs. Vous êtes libre de vos mouvements. »

Là-dessus il s'éloigna en direction de son premier poste d'observation, puis il se ravisa et continua de gravir la pente.

Shonto s'arrêta au sommet et regarda vers le nord. De là où il se trouvait, la vue était dégagée dans toutes les directions. Prés et bois épousaient les caprices des dénivellations. Même aussi haut dans le nord, il restait quelques traces des couleurs de l'automne, et dans le beau soleil on aurait cru qu'un peintre assez habile s'était promené d'un bout à l'autre de la scène en jetant ici et là les tons les plus vifs de sa palette pour obtenir de brillants résultats.

« L'automne refuse de céder la place, n'est-ce pas ? » dit Shonto à Komawara.

Komawara s'éclaircit la voix. « Je ne me rappelle qu'une seule année du même genre, seigneur Shonto ; c'était dans ma jeunesse. »

Malgré sa mauvaise humeur, le visage du gouverneur s'éclaira d'un sourire, mais passager. Il venait de voir un autre jeune homme faire bon marché de sa vie, aussi la remarque cessa aussitôt de l'amuser.

Shuyun montait la pente herbeuse et se dirigeait vers eux. Il était resté dans la cour du petit fort pour apporter aux condamnés le soutien de la bénédiction de Botahara.

« Je me demande comment cela sera vécu dans votre province, seigneur Komawara », dit Shonto.

Le jeune homme savait que le gouverneur ne songeait pas au temps qu'il faisait. « Ce n'était que justice, monseigneur, répondit-il, on ne peut le nier. Nous vivons dans un pays où la vie est dure. On y considère qu'il n'y a pas lieu de s'apitoyer sur la sottise. Ces hommes savaient qui vous étiez, ce qui se passerait s'ils étaient confondus. Ils n'ont pas paru surpris du sort que vous leur avez réservé, monseigneur, seulement furieux de vous avoir sous-estimé. Ne vous inquiétez pas de la façon dont réagiront les habitants de Seh. Si votre décision a un effet, ce sera d'accroître le respect qui vous est dû.

— Ah ! »

Shuyun était arrivé, s'était incliné. Il ne dit pas un mot durant cette conversation. Ensuite il s'éclaircit la voix.

« Si je puis parler, seigneur Shonto… le seigneur Botahara est notre juge, monseigneur. Il remet à l'ouvrage tous ceux qui ne sont pas encore prêts. Botahara ne connaît pas la merci, et pourtant il est plein de compassion. Le Maître parfait les jugera, monseigneur, il ne vous jugera pas. Monseigneur n'a pas été dur. Il n'existe pas de mort aussi cruelle que la vie réservée à certains d'entre nous. Et pourtant il n'existe rien d'autre s'ils ont une chance d'atteindre jamais à la perfection. La véritable compassion n'en a pas toujours les apparences.

— Merci, mon frère. » Shonto se tourna vers l'est, en direction de la mer. « Et que faut-il penser du seigneur Toshaki ? »

Komawara n'hésita pas. « Il était sûrement au courant, monseigneur. Le doute n'est pas permis.

— L'affirmer publiquement équivaudrait à le provoquer en duel, n'est-ce pas ? »

Komawara se mit à rire. « Bon débarras en ce cas, monseigneur.

— Peut-être.

— Je pencherais plutôt pour… un aveu public de mes soupçons, seigneur Shonto.

— Nous garderons le seigneur Toshaki à nos côtés, seigneur Komawara. Il est certain qu'on l'a placé aussi près de moi que possible, si j'excepte les hommes qui m'appartiennent. À nous d'essayer de comprendre pourquoi. Le seigneur Toshaki aura accès toujours davantage à mes décisions les plus délicates – combien de temps faudrait-il pour restaurer ces fortifications, seigneur Komawara ?

— Tout est possible, monseigneur, quand l'argent ne fait pas défaut. Dans des conditions normales, je dirais huit mois, peut-être neuf. On pourrait y réussir en cinq si la menace était grande.

— Et le reste de la deuxième ligne de défense ?

— Comptez à peu près les mêmes délais, seigneur Shonto, quoique par endroits elle soit au moins opérationnelle – par endroits seulement. »

Shonto se tourna vers les vastes espaces qu'offrait l'horizon au nord. De son poste d'observation, impossible même d'apercevoir la frontière, mais il la devinait, ligne imaginaire tracée sur toute la largeur d'une portion de continent et l'objet de contestations aussi loin que l'histoire en gardait le souvenir. Nous avons repoussé les tribus dans le désert, pensa-t-il, mais cette terre jadis était la leur… en des temps lointains.

« Nous aurions déjà bien progressé à l'arrivée du printemps prochain, dit-il, si la noblesse de Seh y mettait du sien.

— Il nous faudrait attendre le printemps pour seulement avoir le soutien nécessaire à un commencement d'exécution, répondit Komawara, non sans amertume.

— Je vois. Et pas moyen d'en démontrer la nécessité, même à nos propres yeux. » Shonto eut un geste en direction des nuages bas qui couraient sur l'horizon au nord. « Tout nous est caché, seigneur Komawara. Nous ne savons rien. Pourtant quelque chose n'est pas clair. Vous l'avez senti. Et je me pose des questions auxquelles je ne puis répondre. Nous aurions besoin d'un espion parmi les Barbares. Vous ne voyez personne qui se laisserait tenter par de l'or ? »

Komawara parut frappé par ce qu'il venait d'entendre. « J'ai failli oublier, monseigneur. » Il fouilla dans un petit sac fixé à sa taille et ce qu'il en sortit rendit le même son que des pièces de *kowan-sing*, rappelant sa fille à Shonto. Que Botahara la protège ! se surprit-il à penser.

« On a trouvé ceci dans la ceinture du Barbare, enfilé à un cordon, dit le jeune seigneur. »

Shonto ouvrit de grands yeux. « Ce devait être un chef important.

— C'est aussi mon avis, mais rien d'autre ne l'indiquait. Ses compagnons l'ont abandonné à son sort sans essayer de le sauver. Et il ne semblait pas mener les opérations. Ces pièces d'or sont le seul indice que nous ayons pour suggérer davantage qu'un banal guerrier barbare. Pourtant il y en a pour une fortune, beaucoup trop pour quelqu'un comme lui. Je… je ne comprends pas. »

Shonto prit quelques pièces qu'il examina avec soin dans le soleil. « Très curieux. Elles sont remarquablement frappées. J'ai déjà vu celles dont se servent les Barbares. Il n'y a aucune ressemblance. Regardez celle-ci. » Le gouverneur retourna une pièce dans sa main. Elle était semblable aux autres en ce sens qu'elle était carrée et trouée en son milieu de la même façon, mais on y voyait l'image d'un dragon. Ce n'était pas le Dragon impérial avec ses cinq griffes et sa crinière caractéristique, mais une bête étrange, à grosse tête et longue queue, qui n'en demeurait pas moins un dragon.

Il tendit une pièce à Shuyun.

Le moine l'examina attentivement et la frotta lentement entre ses doigts. « Le dessin, dit-il, a été gravé après la frappe. On sent le contour des lignes. Il est en surimpression. » Il rendit l'objet à Komawara, qui le frotta aussi entre ses doigts.

« Je ne me prononcerai pas, Shuyun-*sum*, mais je vous fais confiance. »

Shonto reprit : « Ces pièces, pourrait-on trouver les mêmes à Seh ?

— Ce n'est sûrement pas de la monnaie en usage dans l'empire, dit Shuyun et, si elles avaient été frappées à Seh ou ailleurs, je ne crois pas que l'ouvrage serait aussi bien fait.

— Et les Barbares ne sont pas connus pour travailler l'or ?

— Ils n'ont pas d'or à travailler, monseigneur.

— Très bizarre. » Shonto se remit à contempler le paysage au nord. « Encore une question sans réponse. Des pirates dont le vaisseau se serait brisé sur les rochers ? Les pièces viendraient d'au-delà des mers ? » Il mit sa main en visière et scruta l'horizon. « Je ne sais pas pourquoi, je n'arrive pas à croire que ce soit aussi simple. Tout est complexe, mystérieux. » Il laissa traîner sa voix.

Komawara hésita puis se décida. « Je ne pense pas que nous puissions acheter un Barbare pour nous servir d'espion, mais je suis persuadé qu'il existe un moyen pour nous de pénétrer à l'intérieur du désert – au moins sur une courte distance. »

Shonto cessa d'examiner l'horizon. C'était comme s'il revenait à la situation présente après avoir fui dans un passé lointain. « Je serais heureux de le connaître. »

Komawara rassembla ses idées. « Nul ne peut voyager au-delà de nos frontières sans risquer d'être capturé. Le pays est vaste, mais tout le monde a besoin d'eau et les Barbares contrôlent les puits. Dans le passé, les habitants de Seh ont poursuivi les tribus jusqu'au cœur du désert et, chemin faisant, ils ont dressé une carte des points d'eau. Parmi la population de Wa, seuls les hommes qui ont pouvoir de guérir sont les bienvenus auprès des Barbares. » Il se hâta d'ajouter : « Je ne veux pas dire que je propose l'envoi d'un frère pour nous servir d'espion mais, avec l'aide de Shuyun-*sum*, je pourrais passer dans ces steppes pour un religieux de la Vraie Foi. » Il se tourna vers le moine. « Je me rends bien compte que vos convictions ne vous permettraient pas d'apporter votre concours à cette tentative. Veuillez pardonner à ma présomption. »

Shonto intervint avant que Shuyun eût pu placer un mot. « Mais jusqu'où pourriez-vous aller dans ces steppes ? Je crois comprendre que même les moines n'ont permission que de passer la frontière. Ils ne voyagent pas où bon leur semble. »

Komawara avait l'air assez gêné d'avoir fait cette proposition sans avoir pris la peine de consulter Shuyun. C'était manquer gravement à la politesse, et il ne l'ignorait pas. « C'est vrai, monseigneur, dit-il. Les moines ne s'enfoncent pas profondément dans les terres des tribus, mais on peut imaginer que si l'on découvrait l'un d'eux bien au-delà de la frontière nord de Seh, il ne serait pas traité avec trop de rigueur. Il est déjà arrivé que des frères se perdent dans le désert, et les Barbares les ont reconduits jusqu'à la ligne de démarcation. J'aimerais faire un essai, monseigneur, même si je ne bénéficie pas de l'aide de Shuyun-*sum*. »

Shonto reprit position face au nord. « Cela vaut la peine d'y réfléchir », dit-il. Il se tourna à nouveau vers ses compagnons. « Shuyun, qu'en pensez-vous ? »

Si ce dernier avait été blessé par la proposition qui avait été faite de jouer les moines botahistes, il n'en laissa rien paraître. « Impossible, répondit-il sans se troubler. Ce que les Barbares respectent, c'est le pouvoir de guérison. Ils chérissent des superstitions liées à notre congrégation, c'est vrai, mais c'est notre capacité à guérir qui fait que nous sommes bien accueillis par les tribus. Ils n'auraient aucune indulgence pour un imposteur, en particulier s'il venait se renseigner sur l'étendue de leurs forces. C'est un projet courageux, mais j'ai peur, seigneur Komawara, que vous sacrifieriez votre vie en pure perte. Excusez-moi de vous le dire. »

Shonto réfléchit un instant. « Je crois que Shuyun-*sum* a raison, seigneur Komawara. Votre projet demande du courage, mais on découvrirait trop vite que vous ne pouvez pas guérir. Vous iriez au-devant d'un échec, à coup sûr. Nous avons certainement grand besoin de savoir ce qui se passe au-delà de nos frontières, mais nous n'en sommes pas réduits à sacrifier des vies inconsidérément. »

Il y eut un silence. Le général Hojo escaladait la pente pour venir les rejoindre. C'est fini, pensa Shonto, puisse Botahara avoir pitié de leur âme !

La voix tranquille de Shuyun le ramena à la réalité. « Je pourrais accompagner le seigneur Komawara, seigneur gouverneur. Moi, je sais guérir. »

Shonto fut d'abord pris de court. « C'est hors de question, décida-t-il. Vous faites partie des gens que j'emploie à titre personnel. Je ne songerais pas plus à vous envoyer dans le désert qu'à me séparer de Dame Nishima. Vous avez déjà risqué votre vie une fois – je vous en garderai une reconnaissance éternelle – mais nous étions alors dans une impasse. Cela ne se reproduira pas. Vous avez droit à mon respect pour avoir fait cette proposition, mais je l'exclus. »

Shuyun et Komawara échangèrent un regard tandis que leur interlocuteur se tournait à nouveau vers le nord. La lumière baissait en cette fin d'après-midi, et les pièces qu'il avait en main en prenaient une couleur chaude quasi irréelle. Il les frotta entre ses doigts et sentit le relief du dragon.

« Puissance et mystère », entendit-il Nishima murmurer.

32

Jamais jusque-là on n'avait fait attendre le seigneur Agatua dans la maison de Shonto. Si Motoru-*sum* et lui ne passaient plus autant d'heures ensemble que des années plus tôt, le lien qui les unissait n'avait pas changé, leur amitié restait assez forte pour que le maître de céans l'eût choisi pour remettre un message à Dame Nishima. Il n'avait aucune idée de son contenu, pas plus que de la raison pour laquelle on empruntait de tels détours pour le donner, mais il était de ces amis qui ne posent pas de questions à leurs proches. Motoru-*sum* avait jugé ces précautions nécessaires, elles devaient l'être.

Cela n'empêchait pas qu'il faisait antichambre. Dame Nishima était souffrante, lui avait-on dit et, quand il avait élevé des protestations, les domestiques vite s'étaient mis en quête d'une personne ayant autorité. Cela durait depuis un bon moment déjà. Et il ne savait pas attendre.

Un écran glissa et Dame Kento rapidement passa dans la pièce. Le visage d'Agatua s'éclaira sensiblement.

« Dame Kento ! Enfin, dit-il, quelqu'un de raisonnable. » Il s'inclina et la dame en fit autant.

« Excusez-moi, plaida-t-elle, il est impardonnable de vous avoir fait attendre. Veuillez accepter mes excuses. » Elle s'inclina encore.

Agatua haussa les épaules. « Ce sont des choses qui arrivent, n'en parlons plus. S'il vous plaît, conduisez-moi à Dame Nishima, j'ai un message des plus urgents. »

Kento s'empressa de s'incliner une fois encore. « Je vais le remettre en mains propres, seigneur Agatua, n'en doutez pas.

— Madame, je viens de finir d'expliquer à une servante que je ne pouvais admettre cela. Ce message est du seigneur Shonto, et il a clairement stipulé que je devais le donner à Dame Nishima et à nul autre. Je ne vais pas trahir la confiance que votre maître place en moi en ne me conformant pas à ses souhaits. Nous n'avons aucun moyen de savoir l'importance qui s'attache à ce message. Je ne ferai donc rien d'autre que mettre cette lettre entre les mains de cette demoiselle, soyez-en sûre. »

Le petit bout de femme resta ferme sur ses positions. « C'est impossible, seigneur Agatua. Ma maîtresse est très malade, et son médecin ne veut pas qu'on la dérange. Je regrette beaucoup, mais je ne puis rien faire. »

Agatua bouillait. Pourtant, quand il parla, ce fut d'une voix égale et mesurée. « Madame, la vie de Sa Seigneurie Nishima est peut-être en danger, nous n'en savons rien. Il serait parfaitement insensé de donner aux instructions d'un médecin la primauté sur les ordres de votre maître. S'il vous plaît, conduisez-moi sur-le-champ auprès de votre maîtresse. »

Kento resta de marbre. Elle secoua la tête une fois de plus. « Je m'excuse encore, mais ce que vous me demandez est impossible. »

Agatua l'écarta et se dirigea vers la porte qui donnait sur les appartements privés.

« Les gardes ont reçu l'ordre de vous retenir si vous tentiez d'aller plus loin », dit Kento avec calme.

Il lui fit face. « C'est de la folie ! » Il savait, malgré tout, qu'elle parlait sérieusement. « Quand pourrai-je voir Dame Nishima ? »

Kento haussa les épaules. « C'est impossible à dire. Dans trois jours peut-être. »

Secouant la tête, Agatua s'apprêtait à quitter les lieux quand, sur le seuil, il marqua une pause. « Vous n'aurez plus l'occasion de répéter des erreurs aussi graves quand vous balaierez les rues. »

Sur ce, il partit. Kento resta les yeux fixés sur la porte.

Quelques jours seulement s'étaient écoulés, et déjà il s'avérait difficile de continuer à laisser croire que Nishima n'avait pas quitté la maison. D'abord, le général Katta avait voulu la rencontrer. Il avait été plus facile de se tirer d'affaire. Et maintenant cela. Kento se faisait du souci à propos du message du seigneur Shonto. Elle ne doutait pas que ce fût important, mais il n'y avait pas moyen maintenant d'arrêter Nishima dans son voyage, du moins sans attirer considérablement l'attention sur elle. Elle serait à Seh avant qu'un message transmis de manière conventionnelle eût pu la joindre. Il n'y avait rien à faire sinon, peut-être, commencer à se préparer à ses futures fonctions. Elle croyait savoir qu'on mettait les balais tout près de la cuisine.

33

Nishima n'avait jamais connu de jour aussi long. Seulement la veille au soir, elle avait reçu le poème de Jaku Katta, et depuis le temps s'était traîné, plus encore que lorsqu'elle pratiquait le *chi-ten* avec le frère Satake. Rien. Pas un mot. Et elle ne consentait pas à s'abaisser jusqu'à chercher le contact. Il lui restait encore assez de dignité pour n'en rien faire.

Vu du pont du bateau, le rivage défilait comme il l'avait toujours fait durant les premiers jours, mais à présent la poétesse le regardait avec d'autres yeux.

Les feuilles de calypta
Prennent le chemin de l'hiver,
Portées qu'elles sont par le vent
Où se mire le ciel d'automne.
Les arbres bordent le canal
Ainsi qu'ils l'ont fait de tout temps.
Vos larmes saluent mon cortège,
Branches dépouillées, vous qui êtes
Aussi désolées que mon cœur.

Pourquoi ne prononcez-vous pas mon nom ?

Okara et Kitsura prenaient du repos, et Nishima était montée sur le pont dans les derniers rayons du soleil pour y être « seule avec ses pensées ». Seule avec ses désirs, voulait-elle dire. Elle ne se le cachait pas.

Ne veut-il pas me voir comme moi j'ai envie de le rencontrer ? Cette question l'empêchait de retrouver le calme. Je commence à me sentir très sotte, se dit-elle, et elle se décidait à redescendre dans sa cabine et à retourner à son ouvrage d'écriture quand une embarcation, actionnée par deux rameurs de la garde impériale, vint se mettre bord à bord à la proue. Nishima sentit son cœur battre, tout en ayant davantage le sentiment d'être bien sotte, accoudée à la rambarde à attendre un signe. Il était trop tard pour rentrer dans sa cabine. Elle préféra donner son attention au rivage qui s'enfuyait et fit semblant de ne pas voir la chaloupe et ses occupants avant qu'elle fût sous ses yeux.

« Pardonnez notre présomption, Votre Seigneurie, dit l'officier à bord d'une voix tranquille, nous ne souhaitons pas troubler votre contemplation. » Il paraissait n'avoir aucun doute sur l'identité de la personne à laquelle il s'adressait. « Si vous me le permettez, je vais vous remettre une lettre du général Katta et m'engage à revenir quand vous voudrez si vous désirez y répondre. » Il fouilla dans sa manche et en tira un message.

Nishima tendit la main machinalement et prit le papier. « Je vous remercie », dit-elle et, s'éloignant de quelques pas vers la plage arrière, elle se pencha sur le plat-bord, respira calmement et ouvrit une lettre qu'elle attendait depuis le début d'une interminable journée.

L'écriture trop large de Jaku s'égarait sur toute la longueur de la page, mais elle trouva cette recherche manquée de l'élégance plutôt touchante.

Le vent, le vent, le vent,
Je voudrais n'en plus entendre parler.
Je suis perdu pour mon ouvrage
Car la caresse de vos lèvres
Est tout ce que j'ai en l'esprit.

Mon cœur ne me laissera en repos
Que lorsque je vous aurai parlé.

Nishima découvrit qu'il lui fallait s'appuyer à la lisse pour pouvoir rester debout. Peu importait ce que sa tête lui disait, elle allait sur le sujet n'en tenir aucun compte. En fait, sa décision était déjà prise. Elle retourna à la passerelle où l'attendait la chaloupe des gardes de l'empereur. « Où est le général Katta ?

— Le général est à bord d'une barge impériale, non loin de la tête de la flottille, Votre Seigneurie.

— Pouvez-vous me mener jusqu'à lui ? » La voix était beaucoup plus faible qu'elle ne l'avait voulu.

L'officier se trouva pris de court. On ne lui avait pas parlé de cette éventualité. « Cer... certainement, Votre Seigneurie, si c'est votre souhait.

— C'est mon souhait. » Nishima se tourna vers le soldat des Shonto qui était de garde à la passerelle. « Vous direz à mes compagnes que je serai bientôt de retour. »

Elle descendit l'échelle de coupée pour monter dans l'embarcation. C'est la plus folle des sottises, se surprit-elle à penser tout en permettant qu'on l'aide à passer à bord.

La flottille s'étendait sur une grande longueur. Nishima ne compta pas les bateaux, mais ils étaient plus nombreux que les heures du jour, cela ne faisait pas de doute. Elle se mit à rêver. Le baiser qu'elle avait laissé Jaku lui prendre lui revenait en mémoire. Il lui paraissait n'avoir jamais connu rien de semblable. Tendre et prometteur.

Son excitation était combattue par la peur, peur que Jaku n'eût pas les mêmes sentiments qu'elle, en dépit de ses affirmations, peur qu'il ne fût même pas à bord de son bateau et que son impétuosité n'eût d'autre effet que de la mettre dans l'embarras. Elle se rendait, sans être annoncée ni conviée, chez un homme dont elle ne savait pas grand-chose.

Ils arrivèrent finalement à la barge impériale qui transportait Jaku à Seh. Tant les dimensions que le luxe lui semblèrent étrangement rassurants, s'il lui aurait été difficile de dire pourquoi.

Elle patienta sur la chaloupe pendant qu'on annonçait sa présence. La peur chassait presque le désir, mais enfin Jaku se montra. On ne pouvait se tromper sur son identité en voyant sa silhouette quand il parut à la rambarde avec son uniforme noir sur fond de ciel noir. Il descendit les marches avec une sûreté dans le pas presque irréelle. On aurait dit un félin, comme tout un empire l'avait noté. Au moins, il ne m'aura pas fait amener jusqu'à lui, se surprit-elle à penser, et elle s'étonna de lui en être reconnaissante.

« Votre Seigneurie, dit Jaku de sa voix chaude, l'honneur est tel que les mots me manquent pour le décrire. » Il lui tendit la main. « Permettez-moi de vous aider. »

Nishima fit bon marché de toutes les politesses requises en pareille circonstance et ne s'excusa pas de s'imposer. Elle se contenta de tendre elle aussi une main et, quand il l'emprisonna, elle sentit toute la force et la chaleur de la sienne.

L'austère cabine de la barge impériale avait de quoi impressionner : des poutres laquées d'un rouge sombre, de grandes baies, maintenant voilées par des rideaux, permettant de voir au-dehors par-dessus les linteaux; aux cloisons, des tentures d'un bleu azuré, des nuages peints au plafond; le tout éclairé par des lanternes suspendues. Le sol, jonché de nattes de paille, avait été recouvert de tapis épais venus du pays des Barbares, une coutume en Seh mais depuis peu seulement la mode dans la capitale.

Jaku Katta et Nishima étaient assis l'un en face de l'autre sur des coussins jetés sur les tapis. La fièvre de la rencontre avait fait place à une politesse gênée.

« Avec persévérance, au point que ça n'avait plus aucun sens, disait Jaku, j'ai conseillé au Fils du Ciel d'assurer la sécurité sur nos routes et nos voies navigables. Je ne sais plus combien de fois j'ai répété la même chose, mais il y a tant de conseillers à la cour, et tant qui ont l'oreille de l'empereur. On n'en finirait plus de détailler les sottises qui passent pour de la sagesse. Je me suis fait entendre en définitive, la leçon de l'histoire aura été apprise. Le Trône ne sera stable que si la paix règne dans l'empire, et cela commence par la sécurité sur routes et canaux. »

Jaku s'interrompit un instant pour croiser le regard de Nishima. « Ce faisant, j'arriverai en Seh pour y trouver une situation… (il chercha ses mots) inquiétante au plan militaire. Si je puis rendre le moindre service au seigneur Shonto à mon arrivée, ce sera pour moi un honneur. »

Il baissa la voix. Nishima se rapprocha pour mieux entendre. « Je ne sais pas ce qui se passe à Seh, Votre Seigneurie, mais je crains que ce ne soient pas les Barbares qui mettent votre seigneur à l'épreuve. Ma mission sur le canal fait que je ne pourrai y être avant plusieurs semaines. Je me hâte. La situation que je vais y trouver m'inquiète beaucoup.

— Vous avez déjà tellement fait. Sans vous, je ne sais pas ce qui se serait passé dans notre jardin. »

Jaku haussa modestement les épaules. « Qui peut le dire ? » Il marqua une pause et se pencha vers elle, sa voix devenue presque un souffle. « Je ne confierais cela à personne d'autre, Nishima-*sum*, mais je commence à avoir des doutes. Je ne sais pas ce que l'empereur manigance ni combien de fois j'aurai été employé à… servir les intrigues de la cour. J'ai été loyal comme un fils, mais à présent je ne suis plus sûr d'où va ma fidélité. Tout le monde ne ressemble pas à votre père, dont la constance est bien connue. »

Nishima se retrouva à chuchoter elle aussi, à partager des secrets à la manière des amoureux. « Vous avez fait mieux que servir l'empereur, Katta-*sum*, vous rendez service sur le canal à l'empire et à ses citoyens. Vous ne pouvez endosser la responsabilité des actes de votre seigneur. Votre fidélité ne vous y oblige pas. La loyauté… est affaire de sentiment. »

Jaku se pencha pour caresser sa joue. Il vit qu'un frisson de plaisir la parcourait. « Vos paroles me réconfortent, Nishi-*sum*. On y reconnaît la sagesse des Shonto. »

Il s'avança pour l'embrasser, un long baiser très tendre. Elle se surprit à se blottir contre lui et à lui rendre ce baiser avec une ardeur qui l'étonna elle-même. Elle fut serrée par des bras vigoureux. Des doigts lui frôlèrent la poitrine à travers les plis de ses robes.

Jaku lui murmura à l'oreille : « Je ne connais pas tous les détails de ce qui s'est passé dans la gorge de Denji. On a signé tant d'accords après les premiers contacts que j'avais pris avec les Hajiwara. Si j'avais su… Mais, les dieux soient loués, le seigneur Shonto est un grand général, et l'on ne déplore aucune victime. »

Sa bouche couvrit la sienne avant qu'elle eût pu tenter une réponse. Soudain elle eut peur. Mais que disait-il à propos de la gorge de Denji ?

Lentement, Jaku la fit tomber sur les coussins. Ses mains glissèrent le long de sa ceinture. Elle sentait la pression des pièces enfilées autour de sa taille. « Non », réussit-elle à dire faiblement tandis qu'il entreprenait de tirer sur le nœud. « Non », plus fermement cette fois, mais il n'avait pas l'air d'entendre. Elle voulut le repousser un peu : « Katta-*sum*, que faites-vous ? » Il l'embrassa comme si cela mettait un terme à toutes les questions.

Des mains commencèrent à dérouler sa ceinture. Elle voulut l'écarter, mais il était si massif qu'il ne parut pas même s'en apercevoir. Il ne faut pas, se dit-elle. Il ment. Les pièces. Des hommes de la garde impériale les transportaient. Comment leur commandant aurait-il pu l'ignorer ?

Elle agrippa la main qui défaisait sa ceinture et tenta de la retenir. Elle avait permis à tout cela de commencer. De son plein gré, elle l'avait provoqué. Comment pouvait-elle espérer de sa part un renoncement ? Mais il ne fallait pas.

Le combattant de kung-fu puissant et exercé ne voulait rien savoir. Il se remit à ôter le brocart qui enserrait ses robes et cachait le ruban de soie autour de la taille. Une main toucha la peau sous l'étoffe, et elle sentit une faiblesse l'envahir. Des doigts chauds lui caressèrent les seins. Il a sauvé la vie à mon oncle, pensa-t-elle. Pourquoi soudain cette pensée au milieu d'un flot de plaisir ? Elle l'ignorait.

La main glissa de la poitrine vers la taille. Sa volonté lui revint avec force.

« Non ! »

Jaku fut rejeté en arrière et se retrouva culbuté au pied d'une colonne, avec Nishima debout devant lui en train de remettre un peu d'ordre dans ses robes et dans sa ceinture.

« Dites-moi ce qui s'est passé dans la gorge de Denji. »

La voix était calme. Jaku avait l'air aussi perdu qu'un animal cerné. « Vous êtes de la cabale des moines, murmura-t-il.

— Je suis de celle des Shonto, ne vous y trompez pas. Est-ce qu'il est arrivé malheur à mon oncle ?

— Le seigneur Shonto… (sa voix se brisa comme s'il était sous le choc) le seigneur Shonto est sans doute à Seh, Nishima-*sum*, il est arrivé à bon port. Les Hajiwara ont tenté de le prendre au piège de la gorge. Je ne sais pas quelle complicité avait échafaudé le projet, mais je chercherais du côté de la cour. Je vous assure, Votre Seigneurie, que je n'ai rien fait d'autre qu'établir des contacts avec les Hajiwara. Encore n'était-ce rien de personnel, j'ai tout laissé à mon frère. » Il prit une posture plus digne, mais sans se relever. « Comment se fait-il que vous connaissiez les techniques de combat des frères botahistes ?

— Je ne vois pas ce que vous voulez dire, général », répondit Nishima. Elle avait effacé le désordre de ses vêtements, mais la rougeur sur son visage et son cou n'avait pas disparu. « Si vous avez un bateau qui peut me ramener au mien, je ne m'imposerai pas davantage.

— Nishima-*sum*... je sais que vous ne me faites pas confiance, mais je suis davantage un allié que vous ne le supposez. Beaucoup de choses m'échappent que je puis encore découvrir, pour le bénéfice des Shonto. Je suis un homme d'honneur et ne sers que des hommes d'honneur. »

Nishima se dirigea vers la porte de la cabine. « Il me faut du temps pour réfléchir, Katta-*sum*, dit-elle avec plus de douceur. Sous la surface, cela s'agite beaucoup, à la fois dans l'empire et dans mon cœur. Je n'ai pas été juste avec vous et je m'en excuse. Je ne peux pas prendre de décisions conformes à mes désirs. Le seigneur Shonto nous a sauvées, ma mère et moi. Non, ne me dites pas que l'empereur ne nous veut aucun mal, vous savez que ce n'est pas vrai. Je pourrais représenter une menace pour le Trône si je le voulais. C'est une chose que votre empereur ne me pardonnera jamais.

» J'ai beaucoup d'obligations à remplir, beaucoup trop. S'il vous plaît, Katta-*sum*, n'ajoutez pas à ma confusion. » Elle repoussa le *shoji* elle-même mais marqua une pause avant de partir. « Venez à Seh. Nous parlerons – à Seh. »

34

Les poneys étaient résistants et avaient le pied sûr. Ils avaient été élevés pour pouvoir vivre à la dure dans la steppe du Nord. Tandis qu'ils cheminaient sur une piste étroite dans le crépuscule, le bruit de leurs sabots se répercutant dans un long ravin, ils inspiraient à leurs cavaliers une extrême confiance.

Malgré les épais manteaux qui les enveloppaient, il était facile de s'apercevoir que ces hommes portaient la robe des moines botahistes – un initié et un novice –, inattendue en ce paysage désolé.

Ils chevauchèrent en silence jusqu'à ce qu'un rocher leur offrît un peu d'abri. Là ils mirent pied à terre. Komawara aussitôt commença à prendre soin des chevaux, leurs deux montures et un troisième poney faisant office de bête de somme, portant ce qui se révélait être surtout de l'eau. C'était une répartition des tâches qu'ils avaient fini par adopter pendant les six jours où ils avaient voyagé vers le nord au-delà des frontières de Seh, et aucun des deux ne semblait pressé de changer.

Le vent de nord-ouest faisait entendre un bruit semblable au souffle incessant issu des poumons d'un mourant. Ce n'était ni un gémissement ni un sifflement, mais un peu de l'un et de l'autre. Lentement, la steppe se faisait manger par le désert. Personne n'en connaissait la raison, mais depuis un siècle les habitants de Seh savaient que la grande steppe était en voie de disparition. Et ce que le vent traduisait, c'étaient les affres du désespoir.

Tourbillonnant autour de leur abri, ce vent soulevait la poussière et la projetait dans les airs, sur les vêtements, dans les pores de la peau. Frottant des yeux rouges, Komawara vint où Shuyun se tenait blotti. « Il faudra remettre une compresse sur vos yeux cette nuit, mon frère, dit le moine.

— Mais je ne veux pas ne rien voir dans un endroit pareil. Cela me paraît être la pire des solutions. Nous ne pouvons deviner ce qui risque de se présenter la nuit.

— Mes maîtres nous enseignaient que dans l'obscurité il fallait se servir de son ouïe, de son odorat. Sentir vibrer ce qui bouge. Si on explore les ténèbres avec ses yeux, on ne se concentre pas sur les sons, sur les données des autres sens. Nous apprenions cette leçon les yeux bandés. Vous pouvez l'apprendre en mettant une compresse sur les vôtres. Il ne faut pas continuer avec des yeux dans cet état. Si nous rencontrons les hommes des tribus, ils ne s'y tromperont pas. Un moine malade n'est pas un frère botahiste. Je vais préparer les compresses. Laissez-moi le soin de m'inquiéter de ce qui se cache dans l'obscurité. »

Komawara acquiesça et, ce faisant, distraitement passa la main sur un crâne fraîchement rasé. Sur un regard de son compagnon, il la retira avec un sourire embarrassé. Dans leur entreprise, il était le disciple de Shuyun, non plus un seigneur et pair de l'empire de Wa mais un novice botahiste – et encore ! Shuyun lui enseignait quelques exercices respiratoires et quelques méditations de base, ainsi que les façons de faire habituelles aux moines. Pour être véritablement crédible, il pensait que Komawara devait comprendre quelque chose des fondements du comportement des frères, et il lui avait expliqué plusieurs des principes à l'origine de la formation donnée aux novices.

Un jour, pour illustrer ce qu'était la concentration, Shuyun et Komawara s'étaient « poussé dans les mains », paume contre paume. Komawara essayait de trouver une résistance dans le geste de Shuyun mais, chaque fois qu'il imprimait une pression, les mains de l'autre cédaient sans jamais rompre le contact. Le moine disait que c'était comme pousser de l'eau ou de l'air : rien n'offrait une prise. Deux fois, Shuyun avait renversé Komawara sur le dos et, le jeune seigneur le voyait bien, il aurait pu répéter l'opération indéfiniment, mais, malgré cela, Komawara ne croyait pas que c'était par fierté de son talent que son compagnon faisait cela : il voulait seulement lui montrer l'erreur qu'il commettait en résistant.

Après ces séances de main contre main, Komawara avait commencé à s'interroger sur le genre d'entraînement au combat dont il avait lui-même bénéficié et qui était dans une large mesure fondé sur la notion de résistance. Ainsi, lui, Komawara, seigneur de la province de Seh, lentement et parfois péniblement, se mettait-il à acquérir certaines des caractéristiques superficielles des moines botahistes, telles que gestes ou attitudes particuliers. Il commençait aussi à accorder un respect nouveau aux frères et à leur niveau de savoir-faire et de discipline. Ce respect s'accentuait encore à la pensée que ce que Shuyun lui avait révélé ne constituait pas la millième partie de ce qu'il savait. Il y avait quantité de choses que le jeune botahiste gardait pour lui et dont il ne parlerait jamais.

« J'aimerais que nous prenions le risque de faire du feu », dit Komawara.

Shuyun eut un léger haussement d'épaules, un geste auquel son compagnon commençait à s'accoutumer. Il signifiait que rien pour lui n'avait moins d'importance, s'il était impoli de le préciser.

Komawara se mit à tracer dans le sable avec son doigt, et surgit une carte très rudimentaire. Il plaça dessus un petit caillou blanc et dit : « Le puits ne devrait pas être à plus de quelques rihs de cet endroit-ci. » Il tapa sur le sol. « Voici où nous sommes. On croit qu'autrefois y coulait une rivière, bien qu'il soit difficile de l'imaginer à présent. Si nous suivons son lit un jour encore, nous devrions trouver de l'eau – à moins que la source ne soit tarie. Je ne sais pas si nous rencontrerons des Barbares, mais c'est très probable. Nous devons chercher de l'eau là où il existe une chance. »

Shuyun haussa les épaules. « Nous pouvons vivre beaucoup de jours encore sur ce que nous avons.

— Vous le pourriez, mon frère, certainement, mais les chevaux et moi ne sommes pas très accoutumés à vivre sans boire. Il nous faut aussi manger de temps en temps. Excusez notre faiblesse, s'il vous plaît.

— Ceci est pour votre faiblesse », répondit Shuyun en lui tendant une galette de pain farcie de légumes et d'une pâte qu'il n'identifia pas.

Le moine novice, le frère Koma, jeta à cette offrande un regard de dégoût manifeste qui fit sourire son instructeur.

« Vous êtes de ces disciples qui découragent leur maître, mon frère, dit-il. Vous ne progresserez que lorsque vous serez heureux de la chance qui vous est offerte d'être mis à l'épreuve. Il est possible que même quelqu'un comme vous dans cette vie réalise une avancée vers la perfection. Cet aliment contribuera à soutenir vos forces pour y parvenir. Vous devriez donc vous en réjouir : le goût n'entre pas en ligne de compte.

— Je ne savais pas que les efforts à accomplir pour l'acquisition de la perfection fussent si étroitement liés à un inconfort permanent, mon frère. Ce soir, j'essaierai de trouver plus dur pour le choix de ma couche. »

Shuyun dans la nuit ne dormait pas. Le vent soufflait au-dessus de sa tête et dans des cieux glacés semblait brouiller et faire vaciller les étoiles. Je suis en train d'apporter mon aide, se dit-il, à un homme qui contrefait les moines botahistes. On pourrait pour cela me rayer définitivement de mon ordre.

En pensée, il refit le tour de la question. On lui avait confié la tâche de servir le seigneur Shonto, personnage éminent de l'empire de Wa, qui soutenait la foi botahiste en un temps où l'empereur n'était favorable ni à cette religion ni à ceux qui la pratiquaient. Cela suffisait à rendre cet homme particulièrement précieux à sa congrégation. Ce seigneur en outre était responsable de la sécurité de Seh, autrement dit de celle de l'empire, un empire qui, même gouverné par son souverain actuel, restait le seul refuge de la foi. Et le Fils du Ciel avait beau se conduire comme il le faisait, on trouvait la vraie foi botahiste dans la majorité de la population de Wa. Les peuplades des tribus dans la steppe et dans le désert n'étaient pas des adeptes du Maître parfait. Elles pouvaient même – qui sait ? – représenter une menace pour la pratique de sa religion.

Shuyun évoqua les paroles du patriarche lors de leur dernière entrevue : « Il ne faut pas que tu aies sans cesse à l'esprit ton propre salut. Il pourra arriver que ton seigneur te demande des choses en apparence incompatibles avec les principes de notre foi. En pareil cas, tu devras choisir ce qui est en faveur de la prospérité de la congrégation, car c'est elle et elle seule qui maintient vivant l'enseignement du Maître parfait. »

Voilà ce qu'on lui avait dit… et puis il avait sur le Grand Canal fait la connaissance d'une jeune nonne au service d'une sœur respectée, sœur qui, selon toute apparence, avait perdu la foi. Une sœur qui avait vu l'écriture de Botahara et, miraculeusement, avait cessé de croire. Une sœur convaincue que ce qu'elle avait vu avait été falsifié. Le jeune moine ne savait plus séparer le vrai du faux.

Pour la première fois de sa vie adulte, Shuyun fit des rêves troublants et ne se réveilla pas chargé d'une énergie nouvelle.

Komawara se tenait penché sur les traces de sabots, tantôt les touchant du doigt, tantôt courbé à enfoncer ou presque sa tête dans le sable et à souffler dans les concavités.

« Cela date d'une demi-journée, pas plus. Sans quoi le vent les aurait entièrement effacées. Au moins douze cavaliers et peut-être huit bêtes de somme. » Il revint à son cheval et prit les rênes des mains de Shuyun. « Apparemment, il se confirme que nous avons affaire à des Barbares... Je ne vois pas d'autre mot pour caractériser cela que des patrouilles. » Il secoua la tête. « Chacun sait que les Barbares se déplacent par groupes tribaux avec femmes, enfants, animaux, tout ce qu'ils possèdent. Ces groupes sont d'une centaine d'individus ou plus, jamais moins de cinquante ou soixante. Je ne comprends pas, Shuyun-*sum*. Je ne vois pas d'explication. »

Shuyun abrita ses yeux d'une main et scruta le bord du lit desséché de la rivière. « Un jeune seigneur de Seh, Komawara, je crois, dit-il, entretient l'idée, qui ne plaît guère, que les tribus ces dernières années ont modifié leur façon de procéder. Vous seriez bien avisé de prêter l'oreille à ses conceptions si l'occasion se présente. Un personnage éminent dans ma congrégation croit que quelque chose contrevient au schéma habituel des attaques contre l'empire, et les membres de mon ordre attachent beaucoup d'importance aux enseignements de l'histoire. Que proposez-vous que nous fassions ? »

Komawara enfourcha son poney. « Nous ne pouvons rien faire d'autre que poursuivre notre route. Jusqu'à maintenant, nous sommes dans le brouillard. »

Shuyun fit un signe. Komawara passa de nouveau en tête, cherchant à se faufiler à travers un dédale d'énormes rochers. La température était fraîche, refroidie par le vent et une mince couche de nuages d'altitude qui filtraient les rayons du soleil et estompaient les contours, si bien qu'au loin il devenait plus difficile de distinguer clairement. Au bout de cent mètres, Komawara descendit de cheval et mit un genou en terre.

« Il semble qu'une fois de plus, mon frère, nous ayons affaire à une piste. Il devrait y avoir une source non loin d'ici, si nos cartes sont encore fiables. Quant à savoir qui nous allons trouver, là-dessus elles sont muettes. »

Ils reprirent leur route en file indienne. C'était une piste, à coup sûr. Komawara leur fit gravir une pente rocheuse, et ils entrèrent dans une grotte formée par de gros éboulis. Il s'attacha à effacer les traces de leur passage puis, une fois satisfait, revint vers Shuyun qui donnait à boire aux chevaux.

« Je ne crois pas, dit-il, que nous devrions approcher de cette source sans essayer d'observer ceux qui s'y trouvent avant qu'ils aient eu la possibilité de nous voir. »

Shuyun approuva. Ils burent tous deux à des outres (celle du moine était beaucoup plus petite que celle de son compagnon) et firent un repas léger. On entrava les chevaux, et les deux hommes continuèrent à pied. Komawara prit un bâton, regrettant une fois de plus de ne pas avoir d'épée. Cette arme avait entre eux été une pomme de discorde, mais finalement Shuyun avait convaincu Komawara qu'aucune explication n'aurait pu être donnée au port d'une épée par un novice botahiste, absolument aucune. Le jeune seigneur avait dû convenir qu'il avait raison, mais c'était presque à chaque heure qu'il se plaignait de cette lacune.

Ils choisirent un sentier apparemment parallèle à la piste dont ils pensaient qu'elle les conduirait à la source, mais se trouvèrent bientôt confrontés à des impasses et des détours qui les éloignaient de leur but. La piste réapparut au moment où ils s'y attendaient le moins. Ils décidèrent de la traverser et de tenter leur chance de l'autre côté.

Au bout d'une heure passée en ce labyrinthe, ils entendirent un bruit qu'ils ne reconnurent ni l'un ni l'autre, tant il était inattendu.

« Qu'est-ce que c'est ? demanda Komawara.

— Le vent. Le vent dans les feuillages. »

Komawara acquiesça. « Cela paraît impossible, mais… je crois que vous avez raison. »

Ils rampèrent jusqu'à un bloc de pierre éboulé, et leur regard plongea dans une longue ravine. Le vent s'engouffrait dans cette tranchée et leur soufflait dans les yeux, un vent lourd d'humidité. Deux arbres voûtés se penchaient au-dessus d'une toute petite mare comme s'ils s'agenouillaient pour boire. La ravine elle-même présentait tout un dégradé de couleurs, depuis le brun des herbes dures de la steppe jusqu'à un vert profond au cœur de la source.

Shuyun étendit le bras pour toucher la manche de son compagnon et lui montra quelque chose. Au pied des arbres, là où l'ombre était la plus dense, un homme courbé au-dessus de l'eau remplissait une outre. Il se redressa. Son visage vint à être éclairé. Si ç'avait été Shonto lui-même, les deux voyageurs n'auraient pas été plus surpris : il s'agissait d'un moine botahiste.

Komawara se tourna vers Shuyun. « Qui cela peut-il être ? » dit-il d'une voix sifflante. À l'évidence, il se croyait trahi.

« Je ne sais pas, seigneur Komawara. Je n'ai pas d'explication. »

L'inconnu leva les yeux. Un sourire illumina son visage. Il leur fit signe d'approcher et leur montra la source.

« À quoi nous décidons-nous ? demanda Komawara.

— C'est un membre de mon ordre, il ne nous mettra pas en danger, mais je vous suggérerais d'être aussi peu bavard que possible, frère Koma. »

Shuyun passa devant. Rapidement, ils retrouvèrent la piste et la suivirent en deçà de la grotte. Une autre surprise les attendait : à l'ombre de l'escarpement, des tentes et un enclos sommaire enfermant des poneys appartenant à des Barbares.

Le moine botahiste vit leur réaction à cette découverte. Il sourit et fit un petit signe de la main qui se voulait rassurant. Shuyun resta muet aussi longtemps qu'ils ne furent pas tout près de lui, comme s'il craignait d'être entendu de quelqu'un d'autre.

« C'est un honneur, à coup sûr, de rencontrer des frères du Vrai Sentier par les chemins d'un pays où les voyageurs sont si rares. » Il s'inclina deux fois, comme il était d'usage dans sa congrégation. Shuyun et Komawara l'imitèrent. « Je suis le frère Hitara, ajouta-t-il. Bienvenue à Uhlat-la, la source des Frères du temps passé. » Il montra du doigt les arbres tordus par l'âge. « Un endroit tout désigné pour une rencontre. »

Shuyun s'inclina de nouveau. Le moine qui leur parlait était jeune, de seulement trois ans peut-être plus âgé que lui, mais le visage était basané et ridé d'une trop fréquente exposition au soleil, tandis que le corps s'était amaigri et racorni d'avoir été longuement privé d'eau.

« Tout l'honneur est pour nous, mon frère, dit son visiteur. Je m'appelle Shuyun, et voici le novice Koma, qui a fait le vœu de Barahama et s'excuse de ne pouvoir s'entretenir avec vous.

— Nul besoin d'excuses, mon frère. La Voie est suffisamment difficile pour qu'il ne soit pas nécessaire de s'excuser de la suivre. » Il désigna la petite mare. « L'eau est bonne. J'en ai bu plusieurs fois. »

Shuyun et Komawara se dirigèrent vers la source, où Hitara leur proposa une demi-courge en guise de récipient. Shuyun but modérément et tendit la calebasse à son compagnon, avant de l'arrêter en le voyant se mettre à puiser dans la mare. « Prenez garde, mon frère. Trop d'eau aurait un effet destructeur sur votre concentration, sans parler d'autres inconvénients. »

Komawara accepta de rester dans les limites du raisonnable, mais peut-être pas de se restreindre autant que Shuyun l'eût souhaité.

« C'est un grand honneur, reprit le moine, et aussi une surprise de rencontrer le conseiller spirituel du grand seigneur Shonto dans ces terres désolées – car je suppose que c'est bien lui que je vois ? »

Shuyun ne fut qu'à peine pris de court par une question aussi directe. À un moine botahiste égaré dans la grande steppe, on pouvait sans doute pardonner de négliger certaines formes de la politesse. « Vous êtes quelqu'un de bien informé, mon frère.

— Nullement, frère Shuyun, c'est vous qui ignorez tout ce que l'on dit de vous. Le plus jeune conseiller spirituel d'une grande maison qu'il y ait jamais eu. Vainqueur du tournoi de kung-fu de l'empereur à l'âge de douze ans. J'ai même entendu parler de la façon dont vous avez mis en pièces un objet qui, dit-on, était une belle table. On m'en a dit davantage encore sur les capacités auxquelles vous avez atteint, mais je ne voudrais pas mettre à l'épreuve votre conquête de l'orgueil en ajoutant à tout cela. Je dois admettre que vous m'impressionnez, mon frère. »

Shuyun haussa les épaules. « Moi aussi, cela m'impressionne de découvrir un frère de mon ordre dans ces parages. Comment se fait-il que vous soyez venu dans la grande steppe sans accompagnement, frère Hitara ? »

Hitara ouvrit une sacoche de selle et commença à en extraire les éléments d'un repas. « Je donne mes soins aux adeptes d'autres religions. Pas un mot là-dessus, mon frère, mais j'ai fait plus d'un converti sans dire un seul mot pour le gagner à ma foi. Je guéris les malades. Si l'on me pose des questions, je réponds. Je médite dans des lieux vénérés. Mon rôle est minime, frère Shuyun, mais il me fournit mille occasions de méditer sur la parole de notre maître. Je n'en demande pas plus.

» Accepteriez-vous de partager mon repas, mes frères ? » Hitara offrit une tablette de fruits secs à Komawara, qui ne se fit pas prier pour la prendre, mais le présent fut retiré avant même d'avoir été touché. « J'avais oublié votre vœu, mon frère. Excusez-moi, il y a trop longtemps que je suis seul. Veuillez me pardonner cet impair. »

Un bruit mit fin à toute conversation, étouffé et déformé par la présence des énormes blocs de pierre et des hautes parois rocheuses bordant l'ancien lit de la rivière. Il leur fallut quelque temps avant de comprendre qu'il s'agissait de l'écho du galop d'un cheval.

« C'est l'homme qui garde ce camp, les autres ne seront pas de retour avant plusieurs jours, dit Hitara en proposant de la nourriture à Shuyun. J'ai eu l'occasion de sauver la vie du fils de cet homme. Il m'en garde de la reconnaissance. »

Ils attendirent plusieurs minutes en silence, avant qu'un guerrier des tribus se décide à paraître, menant son poney par la bride. Il leva les yeux pour aussitôt les baisser et faire demi-tour.

Komawara était aussi tendu qu'à la veille d'un combat et, par deux fois, tandis qu'ils patientaient, Shuyun le vit chercher la garde d'une épée absente. Si Hitara le nota, il n'en dit rien.

« Qu'est ce campement, mon frère, et où vont-ils à partir d'ici ? »

Ce fut au tour d'Hitara de hausser les épaules. « Je me suis aperçu qu'il valait mieux ne pas poser de questions », dit-il. Il commença à rassembler ses biens. « Vous devriez prendre de l'eau avant que Padama-ja revienne. On ne peut pas lui demander de toujours fermer les yeux.

— Partez-vous déjà, mon frère ? s'étonna Shuyun. J'avais espéré que vous pourriez nous parler plus longtemps. Il y a tant de questions pour nous sans réponse. »

Le moine attacha ses quelques possessions à un petit poney bai et sauta en selle. « En ce qui concerne les questions dont vous recherchez les réponses, j'ai trouvé plus sage d'ignorer si elles en avaient une. Je redoute aussi que le but que vous vous êtes fixé ne soit préjudiciable au mien, car, si l'on vous découvre ici, à l'avenir tous les frères seront suspects. Je ne voudrais pas me mêler de ce qui ne me regarde pas, votre karma n'est pas le mien, mais le pays n'est pas sain pour vous, frère Shuyun. Retournez à Seh. » Il hésita avant de poursuivre. La voix maintenant était calme. « Dites à votre seigneur que ses pires craintes sont justifiées. Dites-lui de se méfier de ceux qui rendent un culte au dragon du désert. » Son cheval soudain se mit à se cabrer. Il lui fallut le maîtriser. « Je ne sais pas ce qui se passe ici, et ce n'est pas mon affaire… mais la guerre n'apporte la perfection à aucune âme – de cela je suis sûr, c'est pourquoi je fais ce que je peux pour dissuader de lui rendre hommage. Les tribus se préparent au combat – sans nul doute. De l'or circule, et un nouveau khan s'est assuré l'allégeance de presque tous. N'essayez pas de trouver ceux qui font exception, car ils sont éparpillés et ne souhaitent pas qu'on les remarque. Rentrez à Seh. Ici vous ne pouvez rien. »

Komawara s'avança. « Mais nous n'avons rien vu par nous-mêmes. Nous ne pouvons nous fier qu'à votre parole. Revenez avec nous. S'il faut une mise en garde, c'est de vous qu'elle doit venir.

— Ma place est ici. » Il s'inclina profondément, fit pivoter son cheval, puis s'arrêta et revint en arrière. « Si vous voulez des preuves, des guerriers se rassemblent non loin d'ici, au nord. Je ne vais pas de ce côté-là. Trois jours de route en direction de la Montagne-Pointue, là où les Deux Sœurs apparaissent dans le soleil couchant.

» Nous nous reverrons le jour où fleurira l'Udumbara. » Il salua de nouveau. « Frère Shuyun. Seigneur de Seh. »

Il fit tourner sa monture et disparut au milieu des rochers géants de l'ancien lit de la rivière.

35

En tant que pèlerin à la recherche de sa voie, le frère Sotura ne pouvait se permettre de voyager que sur le pont. Maître de la foi botahiste et instructeur de *chi-quan* au monastère de Jinjoh, il se voyait refuser d'autres privilèges en sa situation présente. C'est ainsi qu'il ne pouvait démontrer par aucun signe la place qu'il occupait dans son Église et qu'il lui était interdit de faire usage de son nom.

Les vents d'automne continuaient à souffler à partir de la mer, et la barge qui le transportait se véhiculait pesamment sur le Grand Canal, tandis que patiemment le vaste cours d'eau allait son chemin vers les provinces du Nord. Avec quelques jours d'avance sur le bateau de Sotura, la garde impériale, disait-on, commandée par le général Jaku en personne, débarrassait le canal des pirates et de ces parasites qui faisaient payer un sauf-conduit à travers certains secteurs. On poussait à bord plus d'un soupir de soulagement. Sotura s'en rendait compte autant que cela lui était possible.

Il était assis, appuyé à un panneau d'écoutille, et regardait défiler le paysage sous une brume légère et dans la lumière des étoiles. Bien que parvenu, en considération de la place à laquelle il avait accédé dans son ordre, à un stade où il n'était plus sensible à l'attrait de choses terrestres telles que la beauté, Sotura trouvait l'empire de Wa irrésistible, et cela ne s'arrangeait pas avec l'âge. Pourquoi ? Il n'en savait rien mais avait le sentiment de ne pas pouvoir y faire grand-chose. À un moment, il se surprit même à soupirer d'aise en passant près de calyptas emprisonnant les astres dans les filets de leurs branches. Il ferma bien les yeux et essaya de se concentrer sur autre chose.

Par exemple sur la disparition de certains frères. Si l'on exceptait celle des rouleaux de Botahara, on ne trouvait pas de plus grand mystère dans les longues annales de la religion botahiste. Sotura se demandait s'il existait un rapport quelconque entre les deux disparitions et, comme toujours, n'en voyait aucun.

À présent, il faisait route vers Seh parce que son ordre y avait cru reconnaître un foyer de troubles : on allait y assister à des événements susceptibles de faire trembler tout l'empire. Et, étrangement, au cœur de cette effervescence, il y avait un jeune moine qui avait compté parmi les disciples de l'instructeur de *chi-quan*, le frère Shuyun. Sotura pressa les doigts contre ses yeux comme s'il ressentait une douleur, mais ce n'était qu'une réaction à sa propre perplexité.

Cette perplexité avait pour origine la nouvelle que le frère Hutto lui avait communiquée : l'Udumbara avait fleuri. Impossible ! Comment cela eût-il pu se faire ? Sotura avait fait le voyage de Monarta et vu le bosquet où Botahara avait atteint à l'illumination. Expérience inoubliable. Lieu, par surcroît, d'une inimaginable beauté. Le Maître parfait avait dit que l'Udumbara refleurirait pour annoncer la venue d'un maître.

Mille années s'étaient écoulées sans que les arbres se couvrent de fleurs, s'ils continuaient à vivre, presque inchangés. Les dynasties passaient, guerres et famines sévissaient, ils étaient toujours là. Comment un nouveau maître parfait aurait-il pu exister à l'insu de la congrégation ? Sotura n'arrivait pas à y croire. C'était tout bonnement impensable.

Il ouvrit les yeux : la barge franchissait l'endroit où se jetait dans le canal une petite rivière, traversée par l'arche d'un pont de pierre bâti dans le style des gens du Nord. Les étoiles se reflétaient dans l'eau et la brume collait au rivage, adoucissant les angles et mêlant les formes au flot.

Tous les fleuves mènent à la mer, se dit Sotura, et il soupira sans savoir pourquoi.

36

Ils chevauchèrent à la nuit tombée ce jour-là, voulant mettre le plus de distance possible entre la source et eux. Pendant plusieurs heures ils firent route vers l'est, et puis leurs empreintes se confondirent avec d'autres sur une piste différente. Ils traversèrent des dalles de pierre et revinrent sur leurs pas, toujours se guidant sur la constellation des Deux Sœurs.

De plus en plus souvent, ils passaient en des endroits où l'herbe sèche et la broussaille cédaient la place à des étendues sableuses gagnant comme un ulcère sur la peau de la grande steppe. Ils s'abstenaient l'un et l'autre d'en parler, mais il était indéniable que les tribus nomades se faisaient déposséder par un désert en extension, et tant Komawara que Shuyun n'ignoraient pas ce que cela signifiait pour la province de Seh.

Alors que le jour ne s'était pas encore levé, ils trouvèrent à s'abriter sous une paroi rocheuse et, le matin venu, s'éveillèrent au spectacle du vaste désert du Nord. Pas d'herbe, nulle trace de vie. Quelques rochers montaient la garde, émergeant des dunes conquérantes, et, à peu de distance, le sable s'effaçait au profit d'un dédale d'escarpements érodés et de sentinelles culbutées, le tout d'un gris ou d'un rouge éteint comme on n'en voit que dans les déserts.

Le poney bâté s'était blessé au pied durant la nuit. Komawara se mit à jurer comme jamais un moine botahiste ne l'avait fait. Il vint se jeter sur sa selle, et Shuyun lui tendit une galette de pain fourrée de purée de haricots, de légumes secs à longue conservation et de riz froid. Le tout recouvert d'une sauce au goût délicat sur laquelle Komawara ne put mettre un nom. Après sa réaction précédente à ce genre de préparation, il n'était pas prêt à admettre qu'il commençait à prendre plaisir à la cuisine du moine. Seul, Shuyun ne se serait même pas donné la peine de préparer un repas comme celui-là, mais il faisait exception par amitié pour son compagnon. De toute évidence, le jeune seigneur n'avait jamais de sa vie cuisiné le moindre plat.

« La grise boîte un peu, dit-il. Il faudra attendre plus d'une journée avant qu'elle puisse porter quoi que ce soit. »

Shuyun haussa les épaules. « Nous chargerons nos poneys davantage. Nous nous arrangerions avec moins.

— C'est juste, mon frère, mais nous allons voyager moins vite.

— Eh bien, nous irons lentement. Le mal est sans remède.

— Ne vous arrive-t-il jamais de vous impatienter, mon frère, vous ?... » Il réussit à se contenir.

« Si l'impatience servait à quelque chose, seigneur Komawara, je m'impatienterais.

— Excusez-moi, Shuyun-*sum*. J'ai laissé mes soucis prendre le dessus.

— Il n'est pas nécessaire de vous excuser. Nous sommes engagés dans une aventure dont la difficulté nous est commune. » Il sourit. « J'essaierai à l'avenir de montrer un peu d'impatience. »

La journée se passa dans le campement. Shuyun méditait sans manger ni boire ; Komawara sommeillait s'il le pouvait. Quand il ne dormait pas, il se donnait du mouvement. Il fit de son mieux pour soigner la jument blessée et, le soir venu, décida qu'elle serait capable de marcher un peu, à condition de ne rien porter. Le chargement des autres chevaux s'en trouva alourdi, et cela les ralentit sensiblement.

Le vent de la nuit leur apporta des voix, si Shuyun se montra plus assuré que Komawara de ne pas être le jouet d'une illusion due à la bourrasque soufflant au travers des rochers et s'exprimant dans le langage qui lui était particulier. Ils se cachèrent et gardèrent le silence, mais se persuadèrent bientôt que le même vent qui était porteur de ces voix couvrait le bruit de leurs propres mouvements. Ils avancèrent avec plus de prudence et, un peu avant l'aurore, trouvèrent où établir un campement qui les mettrait à l'abri des rafales et leur permettrait de s'enfuir dans plus d'une direction.

Komawara dormit pendant que Shuyun prenait le premier tour de garde. Le jeune moine ne ressentait guère le besoin de dormir. Ses rêves l'assaillaient de questions auxquelles il ne pouvait répondre et d'émotions qu'il n'avait jamais connues. Souvent en pensée il revenait à son entrevue sur le canal avec la jeune nonne et aux renseignements qu'elle lui avait fournis, des renseignements d'une telle importance qu'il avait peine à fixer son attention sur ce que cela impliquait.

Il s'apercevait aussi qu'il rêvait souvent de Nishima et, d'une certaine façon, l'image des Amants sans visage gravée sur la paroi de la gorge se confondait avec le souvenir de la fille de son seigneur. Souvent c'étaient ses traits qui lui apparaissaient sur la roche, mais l'homme qu'elle tenait serré dans ses bras ne cessait de changer et de se transformer. Parfois l'amant était flou, comme vu à travers de l'eau, et il savait alors que c'était lui que la jeune fille embrassait.

Le moine avait honte de la faiblesse de caractère dont le rêve témoignait, mais il découvrait aussi en lui un sentiment de tranquille bravade qui le déconcertait. L'initié botahiste avait commencé à admettre l'idée que son ordre pouvait lui avoir menti, et cette pensée s'attaquait à sa spiritualité, un peu comme le désert commençait à grignoter la grande steppe.

Ils firent vite à se restaurer et se mirent en route avant le coucher du soleil. La longue étape de la nuit précédente n'avait pas contribué à améliorer l'état de la grise, mais le repos de la journée lui avait rendu des forces, si bien qu'elle put se remettre à marcher, si son pas était devenu encore plus lent.

« N'a-t-il pas un supérieur ? » demanda Komawara. Ils parlaient du moine rencontré à la fontaine.

« Tous les membres de notre ordre ont un supérieur, à l'exception du maître suprême. Je me renseignerai sur le frère Hitara à notre retour. Aucun frère ne pourrait venir ici sans l'autorisation du préfet de Seh, j'en suis sûr. »

Soudain il tira sur les rênes. « Il y a quelque chose dans le vent. »

Komawara chercha l'épée qu'il n'avait pas et jeta autour de lui des regards inquiets. « Je n'entends rien. »

Shuyun tourna la tête de côté et d'autre en fermant les yeux. « Des hommes. Devant nous. »

Aussitôt ils firent pivoter leurs chevaux mais, le temps que cela prit, trois Barbares s'étaient laissés glisser le long des pentes abruptes de la ravine en soulevant un nuage de poussière et de cailloux. Ils avaient dégainé leurs sabres mais n'attaquèrent pas, comme s'il suffisait de couper la retraite aux deux moines. De nouveau, Komawara fit tourner son cheval pour découvrir que trois nouveaux assaillants avaient surgi dans cette autre direction.

Ces cavaliers se hurlèrent quelque chose les uns aux autres de la distance qui les séparait et commencèrent lentement à s'avancer. Komawara se maudit de ne pas avoir apporté d'épée et prit un gourdin sous sa selle, tout en lâchant la bride à la bête de somme.

« Ce sont des brigands, dit Shuyun. Leur intention est de nous tuer pour s'approprier tout ce que nous pouvons avoir en notre possession. Ils n'imaginent pas que nous comprenions leur langue. Ceux qui nous font face vont nous repousser pour permettre à ceux qui sont derrière de nous abattre. »

Tout en parlant, il mit pied à terre. Komawara voulut protester, mais il se rappela Shuyun dans le sanctuaire et comprit qu'on ne lui avait pas enseigné à se battre à cheval. Il descendit lui aussi de sa monture.

« Ils se préparent, mon frère, dit le moine. » Sa voix semblait grave et lointaine. « Quand ils attaqueront, jetez nos chevaux sur ceux qui nous suivent. Cela nous donnera le temps de nous occuper de ces trois-ci. »

Les Barbares poussèrent un grand cri et chargèrent. Il fut facile à Komawara de lâcher les chevaux épouvantés par l'assaut. Il se retourna juste à temps pour voir Shuyun se poster devant le premier assaillant. Celui-ci ne prit guère de risques. Il chercha à frapper d'un coup porté de loin, à la jointure du cou et de l'épaule. La main de Shuyun s'éleva dans un éclair, contrôla le mouvement circulaire de la lame, la détourna, si bien qu'elle passa à côté de lui sans dommage. Cependant il s'avança, saisit le brigand aux cheveux, le tira à lui, tête la première, pour qu'il cognât son genou. L'homme tomba à ses pieds. Shuyun pivota et, dans le même geste, jeta le sabre de son adversaire à Komawara, poignée en avant.

Le jeune seigneur bondit au secours de son compagnon mais ne fut pas assez vif. Les deux assaillants suivants allèrent au sol aussi vite que le premier. Leur attaque commune se retourna contre eux, leurs sabres prirent une direction inattendue, et ils vacillèrent dans un effort pour éviter de s'étriper mutuellement.

Komawara tourna pour se mettre en garde, tandis que les trois voleurs qui avaient été occupés à esquiver les bêtes émergeaient de la poussière. Il se retrouva à battre des paupières désespérément quand cette même poussière lui fut jetée dans les yeux par le vent, mais ses ennemis paraissaient en subir autant le handicap.

Aucun, cette fois, ne fut plus rapide ou plus brave que ses compagnons : ils tombèrent tous les trois d'un même élan sur le jeune seigneur. Ce n'était pas une attaque hasardeuse mais des efforts concertés pour le mettre à terre. S'ils avaient pris plus de risques, le premier assaut aurait pu être le bon. Heureusement, la réputation d'épéiste que Komawara s'était acquise n'était pas usurpée. Il recula pour faire croire qu'il se jugeait perdu et battait en retraite, jusqu'au moment où l'un des bandits s'enhardit à passer devant, bloquant les mouvements du deuxième. Le malheureux ne put résister à une attaque éclair de Komawara. Après quoi, celui-ci recommença à reculer, poursuivi par deux adversaires rendus plus circonspects.

Le plus gros des deux brusquement rompit l'engagement, et celui qui restait fut victime de Komawara alors qu'il relâchait son attention pour voir où allait son camarade. Le jeune seigneur fit demi-tour et se préparait à donner la chasse au fugitif quand il comprit que celui-ci avait renoncé à le poursuivre, non par peur, mais pour s'en prendre à Shuyun.

Une fois de plus, Komawara vit le petit moine de sa main nue détourner le coup qu'on lui portait. Shuyun en la circonstance empoigna la lame et la tint comme si elle n'avait pas de tranchant. Du plat de sa main restée libre, il fit voler le Barbare avec une force que le jeune seigneur n'aurait pas crue possible. Le brigand, qui était moitié plus gros que lui, alla heurter la roche pour s'affaisser ensuite dans la poussière maintenant retombée.

Après un coup d'œil au champ de bataille qui le persuada que, pour le moment du moins, plus rien n'était à craindre de la part de leurs assaillants, Komawara alla trouver le moine et lui prit des mains le sabre du brigand. Au mépris de la politesse, il souleva les doigts qui le tenaient et les examina avec soin.

« Comment se fait-il qu'il n'y ait pas de coupure ? »

Shuyun ne répondit pas tout de suite, et Komawara fut surpris par son regard. Il entre en méditation quand il combat, se dit-il.

Lorsque le moine s'exprima, ce fut avec difficulté. « Il ne faut pas laisser le fil du sabre appuyer sur la peau. J'ai souffert de nombreuses estafilades avant de maîtriser la technique. La main doit d'abord contrôler la vitesse et le mouvement de l'arme, mais une fois que la lame est bien agrippée sur chacun des côtés, on peut lui donner la direction que l'on veut. Le principe est simple, mon frère. »

Un instant, Komawara resta abasourdi par les paroles du moine. C'est un voyage où l'on côtoie constamment l'impossible, pensa-t-il, et il se surprit à regarder une fois de plus les mains de Shuyun, comme pour trouver la ficelle.

L'un des nomades des tribus que Shuyun avait jetés à terre roula sur lui-même et gémit. Aussitôt Komawara alla vers lui et le ligota avec sa propre ceinture. Il s'aperçut en opérant que la colère le faisait trembler. Il dut avoir recours à tout son sang-froid pour ne pas se venger sur le bandit sans défense. Ils font des razzias dans mon pays, se dit-il, ils ont tué de mes proches, des membres de ma famille ; ils ne nous laisseront donc jamais en paix. Il serra le nœud très fort puis leva les yeux. Shuyun le regardait. Il se domina.

Un poignard, un couteau à dépouiller le gibier et un petit sac furent découverts en possession du brigand. Il n'avait rien d'autre sur lui.

« Mieux vaut les attacher tous, dit Shuyun, bien que je ne voie pas ce que nous allons pouvoir en faire, mon frère. »

Il s'approcha des deux hommes auxquels Komawara avait réglé leur compte. Ils étaient morts tous les deux. Il considéra avec étonnement la haine qu'il avait observée dans le regard de son jeune compagnon. Le temps dont ils disposaient ne permettait qu'une courte prière pour l'âme des défunts et une demande de pardon.

Le premier des deux bandits que Komawara avait garrottés reprenait conscience. Son regard allait de l'un à l'autre de ses vainqueurs. Il s'y lisait une peur profonde. Le visage était hâlé et ridé par le soleil, mais il n'était pas vieux. C'est un homme jeune, pensa Shuyun, il n'est pas plus âgé que nous, peut-être moins.

« Regardez-moi ça, Shuyun-*sum* », dit Komawara en ouvrant sa main. Dans le petit sac du bandit, il avait trouvé des pièces d'or identiques à celles qu'avaient en leur possession les Barbares qui avaient attaqué Seh. Elles étaient de forme carrée, bien frappées, avec un trou rond en leur milieu. « Ils ne volent pas par besoin, mon frère », dit-il. Il y avait du mépris dans sa voix.

Shuyun acquiesça. « Ils parlent le dialecte du Haja-mal, celui des chasseurs de la steppe occidentale. Je ne sais pas pourquoi, mais ils sont loin de leurs terres.

— Ce ne sont pas des sabres de chasseurs, Shuyun-*sum*. Où sont les lances, les arcs qu'on attendrait ? » Il montra le couteau. « Je ne vois que ceci, dit-il. Je me demande ce qu'ils chassent. »

Shuyun se tourna vers le nomade des tribus et lui parla avec douceur dans sa langue. « Pourquoi nous attaquer, homme des tribus ? Nous ne vous voulions aucun mal. »

Le Barbare ne répondit pas. Il se contenta de les regarder tour à tour, jusqu'à ce que Komawara brandît son sabre au-dessus de lui de manière à pouvoir s'en servir à tout moment. Le bandit ouvrit de grands yeux et commença à parler, mais calmement, sans manifester de colère ni de ressentiment.

« Il dit qu'ils suivaient le *gensi*, leur chef, traduisit Shuyun, l'un des hommes que vous avez abattus avec votre sabre. Le *gensi* voulait nous attaquer, si eux ne voulaient pas.

— Pourquoi ? »

Le moine répéta la question et écouta patiemment. « Il dit qu'il ne sait pas, mais il est clair que ce n'est pas la vérité.

— Comment dit-on "mentir" dans sa langue ?

— *Malati.* »

Komawara appliqua la pointe de son sabre sur le cou du Barbare et répéta ce mot. L'homme accepta de parler, mais cette fois sur un autre ton et plus vite.

« Il dit que le *gensi* voulait notre *botara denu,* traduisit Shuyun. Je ne suis pas sûr du mot juste, peut-être "pierre de force correspond-il à peu près. » Il chercha sous sa robe et en tira un pendentif de jade au bout de sa chaînette qu'il montra au brigand. Ses yeux s'agrandirent, et il fit signe que c'était bien cela, dans la mesure où il pouvait s'exprimer avec le sabre collé contre sa gorge. « Il dit, poursuivit Shuyun, que ses camarades et lui craignaient que l'attaque ne leur attirât… le mauvais œil. Ce n'est pas une bonne traduction, mais je n'en vois pas d'autre.

— Et qu'est-ce que le *gensi* voulait faire de cette pierre ? »

Shuyun écouta et traduisit encore. « Se mettre dans les bonnes grâces du khan, qui convoite le pouvoir de la pierre. Ces hommes appartiennent à une tribu qui n'est pas du côté du khan, et il soutient qu'ils espéraient de l'or de sa part en échange du *botara denu*. À mon avis, c'est un demi-mensonge, monseigneur. »

Komawara abaissa son sabre. « Laissez-le nous mentir, Shuyun-*sum*. Les mensonges nous diront la vérité avant qu'il soit convaincu de la valeur de la franchise. Demandez-lui d'où venaient les pièces d'or. »

Shuyun parla. On lui répondit sans se faire prier. « Il dit qu'elles viennent d'un commerce avec les hommes du khan. Ils leur ont vendu des poneys. Encore un mensonge. » Le moine continua son interrogatoire. « Il dit qu'il n'a jamais participé à une razzia dans Seh. Pour une fois, il semble que ce soit la vérité. »

Sans qu'il soit besoin de le questionner, l'homme des tribus consentit à parler. Komawara s'aperçut qu'il n'était pas à son aise.

« Que dit-il, mon frère ?

— Qu'on donne aussi de l'or dans les razzias. Cela récompense la bravoure et dédommage pour ne pas emmener de femmes, ce que le khan interdit.

— Comme c'est bizarre !

— Il nous assure que son or a été acquis dans un commerce tout à fait honnête et que… il ne nourrit pas de mauvais sentiments à l'égard des habitants de Seh.

— Hum ! » s'exclama Komawara, ce qui fit tressaillir le Barbare. Son œil fit de rapides allers et retours entre Shuyun et le sabre du jeune seigneur.

« Soit ! fit ce dernier. Mais où a-t-il bien pu avoir cet or si ce n'est pas de ce khan ?

— Je crois que c'est un brigand, seigneur Komawara. Alors sans doute cela vient-il d'un malheureux membre d'une tribu rivale.

— Pourriez-vous lui demander qui est ce khan et où il se procure son or ? »

Shuyun s'exécuta, et les deux hommes virent le Barbare changer de visage sous leur regard. Sa voix trahissait la peur. « Il est persuadé que le khan, dit Shuyun, est le fils d'un dieu du désert. Il le prétend plus fort que vingt guerriers. Il écrase des pierres entre ses doigts pour en faire de l'or qu'il donne aux hommes de mérite. Les puissants le craignent, même l'empereur de Wa lui paie tribut. Il lui a offert ses filles en mariage. Le khan sait où se trouve le lieu sacré où sont enterrés les os du dragon. Il nomme cet endroit Ama-Haji – "le cœur du désert". Nul ne peut résister au khan. Tous les hommes sont ses serviteurs et toutes les femmes ses concubines.

— À l'évidence, ce gaillard-là est fou, dit Komawara.

— Il ne semble pas qu'il soit fou, seigneur Komawara. Il est convaincu de la vérité de tout ce qu'il vient d'avancer. Il est souvent dans la nature de croyances autres que la foi dans le Véritable Sentier d'affecter profondément les esprits et de les éloigner de Botahara. Peu trouveront la Voie parmi tant de fausses routes. La Voie est malaisée et n'offre ni or ni réponses faciles.

— De vrais Barbares, conclut Komawara avec fermeté. Mais qu'allons-nous faire de ceux-ci ? » ajouta-t-il avec un geste en direction des autres bandits, qui montraient des signes de vie.

Shuyun interpella de nouveau son interlocuteur, qui répondit avec beaucoup de sérieux et de manière très volubile. Shuyun écouta, acquiesça, sans effort pour traduire avant que l'autre eût fini. Puis : « Il dit que l'armée du khan a son campement non loin d'ici mais que, si nous lui rendons la liberté, il n'essaiera pas de la rallier. Il retournera dans sa tribu et nous donnera sa parole de ne pas faire de mal aux habitants de Wa ni aux adeptes de ma religion. Il dit aussi que, si nous lui faisons grâce de la vie, il sera *tha-telor* – "dans notre dette", "notre obligé". Nous pourrons en échange de cette grâce lui demander des services ou une rétribution. Il nous offre son or. Je crois qu'il est sincère quand il dit cela.

— Sincère ! jeta Komawara. Mais ils n'ont aucun sens de l'honneur, mon frère. C'est généreux de sa part de nous proposer son or quand il est ligoté et réduit à l'impuissance, et quand les pièces sont déjà dans ma main.

— On pense dans mon ordre, seigneur Komawara, que les tribus obéissent à des lois, bien que ce ne soient ni vos principes de conduite ni les miens. Mais cela n'en reste pas moins un code d'honneur et les lie autant que le vôtre vous tient.

— Mes principes ne me laissent pas facilement ôter la vie à un homme sans défense, mais je n'en suis pas moins convaincu que c'est ce que nous devrions faire, tant pour notre sécurité que pour celle de Seh. Je sais qu'il vous est impossible de vous associer à cela, mon frère, mais je ne doute pas que ce soit le parti le plus sage.

— Ces hommes sont tous parents, monseigneur. Si nous en emmenons un avec nous, les autres ne mettront pas sa vie en danger. Je crois que nous devrions prendre celui-ci avec nous. Il est certain que nous avons besoin d'un guide.

— Frère Shuyun ! Mais les autres se dépêcheront d'aller trouver leur khan ! Ce gredin vient de nous dire que le khan recherche un pendentif semblable au vôtre. Admettons que dans le voisinage il existe une armée. Même si elle est petite, on en tirera bien une escouade à lancer sur notre piste. Une fois qu'ils nous sauront là, je n'aurai pas assez de tout mon savoir-faire pour les empêcher de nous repérer. Pardonnez-moi de vous le dire, mais je ne crois pas que ce soit sage.

— Ces hommes ne sont pas dans les bonnes grâces du khan, seigneur Komawara. Aller trouver ce chef sans rien de mieux qu'une histoire à raconter serait de leur part une entreprise hasardeuse. J'ajoute qu'il ne fait pas de doute qu'eux aussi seraient *thatelor.* Je crois que cela les lierait entièrement. S'il y a une armée dans les parages, nous devons nous en assurer et connaître son effectif. Je suis certain qu'un guide nous économiserait beaucoup de temps précieux.

— Pourriez-vous lui demander de combien d'hommes se compose cette armée ? »

Shuyun s'apprêta de nouveau à entrer en conversation avec le bandit, qui se hâta de le satisfaire. Il savait qu'ils discutaient de son avenir et était tout prêt à les obliger. « Il dit, traduisit le moine, qu'il y a trop d'hommes pour qu'on puisse les compter, mais il les a vus de ses yeux, et il faut plus d'une demi-journée à un cavalier pour faire le tour du campement.

— C'est un menteur, un fieffé menteur. Il n'y a pas assez de Barbares dans cent déserts pour réunir la moitié de ces soldats. »

Shuyun se remit à interroger le prisonnier. « Je sais qu'on a peine à y croire, seigneur Komawara, mais il dit la vérité. Ses compagnons et lui ont observé cette armée dans son campement il n'y a pas plus de cinq jours.

— Que Botahara nous vienne en aide, mon frère ! Pourvu qu'il n'en soit rien ! »

« Kalam ! » dit Komawara, utilisant ainsi ce qu'il croyait être le nom du Barbare. En réalité, *kalam* ressemblait plus à un titre, si « titre » fait penser à quelque chose peut-être de trop officiel. *Kalam* signifie « renard des sables ». La plupart des tribus s'adonnant à la chasse comprenaient un individu portant ce nom, car on le donnait traditionnellement à un jeune chasseur couvrant de grands espaces et faisant preuve de beaucoup d'astuce dans la poursuite du gibier. Tel était l'homme qui guidait les deux étrangers de Wa. C'était un talentueux novice – maintenant *tha-telor* –, si les deux habitants de l'empire n'en savaient rien, dans leur ignorance du sens du mot *kalam*.

Le *kalam* en question tira sur les rênes de son cheval, et Komawara montra au sud ce qui avait l'apparence d'une brume. Son guide hocha la tête vigoureusement puis, après avoir attiré sur lui l'attention de Shuyun, se mit à parler rapidement dans sa langue.

« Il dit, traduisit le moine, que la poussière est celle de l'armée du khan. Ils font route vers Seh, seigneur Komawara. »

L'anxiété se peignit sur les traits du jeune aristocrate. « Qui aurait l'idée, protesta-t-il, de lancer une campagne au moment où l'hiver arrive ? Les pluies vont commencer. Il y aura de la neige et au minimum deux à trois semaines d'un froid intense. Pour moi, tout ce qu'il raconte n'a ni queue ni tête.

— Peut-être, monseigneur, si nous considérons qu'il se trompe sur l'importance des forces du khan. Mais, si ce que dit le *kalam* est fondé, alors une grande armée se jetant à l'assaut d'un territoire mal défendu et ignorant la menace qui plane sur lui est en droit d'espérer un succès rapide. Seh leur offre les fruits d'une récolte abondante. Les pluies d'hiver sont proches, comme vous dites, et les provinces centrales n'enverront pas de secours avant la fin du printemps. Le khan aura eu le temps alors de mettre en place des ouvrages de défense, si c'est bien son intention de s'emparer de Seh et de s'y tenir. »

Secouant la tête, Komawara de nouveau scruta l'horizon vers le sud. « Cela pourrait tout aussi bien être une tempête de sable, mon frère, et rien de plus. » Il montra l'ouest. Là aussi il y avait un peu de brume. « Voyez la poussière là-bas aussi. Une armée en marche ? Mais alors pourquoi tournerait-elle le dos à Seh ? » Il fixa de nouveau son regard sur l'horizon, d'un bout à l'autre, sans y déceler d'autre tempête de sable à l'appui de son hypothèse. « Quel chemin nous reste-t-il à faire avant d'arriver au camp ? »

Shuyun se tourna vers Kalam, puis : « Nous y serons avant le coucher du soleil, seigneur Komawara. »

Secouant encore la tête, Komawara fit signe au jeune chasseur de continuer.

Bien des choses avaient changé depuis le jour de l'embuscade dressée par les Barbares. À contrecœur, Komawara avait accepté de prendre Kalam pour guide et rendu leur liberté aux autres. Ils avaient remplacé leur bête de somme boiteuse par un des chevaux de leurs assaillants et s'étaient mis en route avec pour objectif le camp de ce qui, selon Komawara, était une armée imaginaire.

La nuit, ils attachaient Kalam et veillaient tour à tour, mais rien n'avait donné à penser que ses compagnons allaient leur tomber dessus au milieu de l'obscurité. Leur progression était satisfaisante à présent. Avec Kalam pour les guider, ils ne bifurquaient pas à tort et à travers et n'aboutissaient pas à des impasses. À tout prendre, ce sauvage se révélait un excellent guide. Il avait même réussi à dissiper quelque chose des soupçons de Komawara ce matin-là en tuant une vipère et en lui fournissant de la viande pour son repas.

Shuyun jeta un regard au jeune seigneur. Il chevauchait en silence, perdu dans ses pensées, rongé par l'inquiétude. Il avait un sabre maintenant et ne cherchait plus à montrer sa tonsure. Ni le moine ni lui n'abordaient le sujet. S'ils étaient captifs d'un chef en passe de faire la guerre à l'empire, il importerait peu qu'ils fussent des guérisseurs… en particulier s'il était vrai que le khan voulait s'approprier un pendentif botahiste.

À cette pensée, Shuyun s'inquiétait du sort qui attendait le frère Hitara, bien qu'il y eût chez ce moine itinérant quelque chose qui le faisait se demander si sa sympathie n'aurait pas été plus utile ailleurs.

Deux heures peut-être avant la chute du jour, Kalam les amena au pied d'un escarpement.

« La route n'est plus la même, seigneur Komawara, dit Shuyun en descendant de cheval. À partir d'ici, il faut abandonner nos montures et continuer à pied. » Il leva les yeux vers la roche perpendiculaire au-dessus d'eux.

Komawara suivit son regard. « On monte encore ?

— Oui. »

Komawara n'était pas de la meilleure des humeurs en quittant sa selle. Ils emboîtèrent le pas à Kalam, tandis qu'il cherchait où poser le pied parmi les corniches écroulées et les gros blocs fracturés. La montée était ardue, mais sans que la pente fût raide ou le chemin difficile. Shuyun lisait le soulagement sur le visage de Komawara : il était content de ne pas avoir à reproduire leur ascension dans la gorge de Denji. En comparaison, ceci était un jeu d'enfant.

Finalement, Kalam leur fit signe de s'arrêter, et il continua seul jusqu'à ce qu'il eût trouvé un endroit propice à l'observation, où il se cacha, cherchant quelque chose dont Shuyun n'avait aucune idée. Puis il leur demanda d'avancer en prenant garde à ne pas faire de bruit. Quand il arriva aux rochers qui dissimulaient son guide, le moine regarda autour de lui et là, en dessous, dans l'ombre de la paroi, il vit une sentinelle entièrement habillée de gris clair, depuis les bottes jusqu'à la tête enturbannée.

C'est aussi inattendu qu'un jardin en plein désert, se dit Shuyun, car l'homme était richement vêtu. Même de loin, il était facile de distinguer les détails de sa tenue, et leur apparaissait clairement l'or incrusté dans la garde de son sabre et dans le cor pendu à son épaule. Il s'appuyait sur une longue lance et scrutait le paysage devant lui avec une attention soutenue.

« Ce n'est pas quelqu'un qui dort à son poste », chuchota Komawara.

Son guide mit un doigt sur ses lèvres. Puis il leur fit reprendre leur ascension en empruntant un couloir étroit, s'attachant plus que jamais à ne pas faire partir une pierre. Deux fois encore, ils débouchèrent sur un promontoire d'où la sentinelle était visible, mais elle ne trahit rien démontrant qu'elle les avait aperçus.

Plus loin, ils passèrent tout près d'un deuxième soldat en faction, vêtu comme le premier, et de nouveau ils furent frappés par l'aspect qu'il présentait. Shuyun se surprit à examiner successivement leur guide couvert de poussière et le guerrier qu'ils avaient sous les yeux. Ces sentinelles ne semblent pas appartenir au désert, pensa-t-il.

Ils amorcèrent la descente. Là où le relief se terminait par une corniche, Kalam décida de s'arrêter. Shuyun crut entendre à travers les rochers les échos d'une mélopée, grave, troublante, obsédante, mais il se pouvait que ce fût simplement le vent. En rampant, le Barbare avança jusqu'au bord du précipice et là se redressa un peu pour regarder. Il fit signe à ses compagnons de venir le rejoindre, et ils prirent le même chemin en progressant à plat ventre. Scrutant au-delà de la faille, ils découvrirent une grotte où tombait un dernier rayon de soleil. Des torches dans les anfractuosités du rocher mêlaient leur rougeoiement aux couleurs du couchant, illuminant un spectacle auquel ni Shuyun ni Komawara n'auraient jamais songé.

« Ama-Haji », chuchota Shuyun. Kalam acquiesça, les yeux agrandis par l'émerveillement.

« Regardez, Shuyun-*sum* », dit Komawara à voix basse en montrant une partie de la paroi rocheuse un peu en retrait sous un surplomb. Là, à moitié enseveli dans une argile rougeâtre, reposait un énorme squelette, avec de grosses mâchoires, une épine dorsale plus longue qu'une dizaine d'hommes et les os de petites pattes.

« Un dragon ! murmura Shuyun, fasciné. Le squelette d'un véritable dragon ! Botahara soit loué ! Une authentique merveille ! Un animal surgi du fond des âges !... » Pour la première fois, il donnait l'impression d'être le jeune homme qu'il était véritablement, cédant au charme du spectacle qui lui était offert. Komawara eut un petit rire et se frotta les yeux.

Devant le squelette, des hommes vêtus de longues tuniques grises préparaient un bûcher à partir de branches rabougries et tordues, et ils chantaient la mélopée dont Shuyun avait perçu les échos.

« Kalam ? » murmura le moine.

Le guide ne lui répondit que par un seul mot.

« Que dit-il, mon frère ? demanda Komawara.

— C'est un sacrifice rituel. Vous voyez la chèvre. »

Le jeune chasseur s'écarta du bord de la corniche en poussant Shuyun au passage, et il fit signe qu'il fallait prendre garde.

Montrant le soleil couchant, il fit demi-tour et reprit le chemin par lequel ils étaient venus. Ses compagnons du grand empire lui emboîtèrent le pas en s'attachant à ne pas faire de bruit.

Dans l'obscurité, Shuyun et Kalam restèrent assis à parler. De là où il était, essayant de trouver le repos, Komawara entendait les mots que prononçait le Barbare. Il se demandait ce qui le rendait tout à coup aussi bavard. Il ne chercha pas longtemps toutefois, le souvenir du squelette du dragon, ce dragon gravé sur les pièces d'or qu'il avait vues, revenant le hanter. C'était comme si les Cinq Princes étaient descendus des nuages, des éclairs jaillissant des sabots de leurs beaux chevaux gris. Incroyable ! Une légende à laquelle aucun adulte ne pouvait croire. Un dragon ! Et il l'avait vu, de ses yeux vu !

Le lendemain matin persistait le même voile nuageux, haut dans les airs, inquiétant. Le vent continuait à faire entendre ses cris perçants. Seul Komawara avait mis pied à terre, comme s'il voulait se rapprocher du sol pour s'assurer que ses yeux ne le trompaient pas. Ils avaient gagné le centre d'un campement abandonné, si vaste que le jeune homme refusait d'y croire.

« Non, non, impossible, impossible… » Il regardait autour de lui comme un homme de retour à son fief qui trouverait tout détruit, rasé. Le cœur se serre, mais l'esprit n'accepte toujours pas le témoignage des sens.

« Seigneur Komawara… monseigneur. Nous devons rentrer à Seh aussi vite que possible. Il n'est pas sage de nous attarder ici. Seigneur Komawara ? »

« Comment savez-vous qu'il va revenir ? » C'était la première fois que le seigneur de Seh ouvrait la bouche depuis qu'ils avaient quitté le camp des Barbares la veille.

« Il est *tha-telor,* dit Shuyun. Et il a peur du khan.

— Peur de l'homme qui écrase des pierres pour en faire de l'or ? Qui a la force de vingt guerriers ?

— Le *kalam* est terrorisé par le khan, cela ne fait aucun doute. Mais le khan est cruel. On a rapporté de terribles histoires au *kalam.*

— Cruel ? C'est un chef barbare. Il m'est difficile de croire qu'il puisse choquer quelqu'un de son espèce.

— Peut-être, mais un simple chasseur de la steppe n'a rien à voir avec lui.

— Un simple chasseur qui voulait vous couper la tête, pardonnez-moi de vous le rappeler.

— De l'entrée d'une caverne, j'ai poussé un homme dans les eaux de la gorge de Denji parce qu'il servait dans l'armée d'un ennemi de mon seigneur. Je ne crois pourtant pas que vous feriez de moi un Barbare. Je prie pour que cet homme atteigne à la perfection dans son existence à venir, mais son karma lui appartient en propre. Le mien aussi m'est personnel. » Il s'interrompit et scruta l'horizon. « Notre guide n'a pas eu un comportement très différent, seigneur Komawara. Nous ne figurons pas, après tout, parmi ses alliés de toujours. Le khan lui fait peur, peut-être uniquement parce qu'il bouleverse les habitudes dans la vie de sa tribu.

— Bah ! »

Ils retombèrent dans le silence. Ils allaient aussi vite que cela se pouvait sans crever les chevaux. Un cavalier se profila à l'horizon qui les arrêta net, mais il se révéla bientôt qu'il n'était autre que Kalam revenant vers eux. Derrière lui, la poussière que soulevait l'armée du khan montait dans le ciel, chassée par le vent du nord.

« Ils seront visibles du haut de la prochaine éminence », traduisit Shuyun tandis que le Barbare se mettait à parler, crachant ses mots dans son excitation, comme s'il ne parvenait pas à reprendre son souffle. « Peu d'éclaireurs. Ils ne doivent pas craindre d'être repérés. Il dit que ce n'est pas toute l'armée et que maintenant ils ont bifurqué vers l'est. »

Komawara fut sujet à la même stupéfaction qui l'avait anéanti dans le campement. « Il faut nous rendre compte par nous-mêmes », finit-il par dire.

Ils ne se hâtèrent pas de gagner la prochaine hauteur, maintenant leur allure, peut-être même la réduisant. Rien ne pressait. Leurs yeux seuls avaient besoin d'une preuve, mais tant Shuyun que Komawara savaient dans leur cœur ce qu'ils allaient trouver.

Cela ne les empêcha pas d'être abasourdis par le spectacle, et ils furent quelque temps sans parler. Traversant les sables au milieu d'un immense nuage de poussière, on voyait une multitude.

« Cinquante mille ? lança finalement Komawara.

— Pas tout à fait, dit Shuyun, sa voix prenant les mêmes accents étranges que son compagnon avait déjà notés, peut-être quarante mille.

— Quarante mille hommes en armes, fit lentement Komawara, et voyez combien ils sont à cheval ! On n'a jamais vu autant d'hommes dans une armée barbare. Pas du temps de mon grand-père, ni du temps des Mori, jamais... Ce nuage de poussière déferlera jusqu'à Seh, et les gens là-bas penseront qu'il ne s'agit que d'une tempête de sable. »

Shuyun s'adressa à Kalam et écouta soigneusement sa réponse. « Il semble que vous ayez vu juste, seigneur Komawara. Ce sont des guerriers de la grande steppe dont les terres sont à l'est, près de la mer. Kalam pense qu'ils retournent passer l'hiver dans leurs tribus. Si c'est vrai, la campagne ne commencera pas avant le printemps. »

Komawara parut n'avoir pas entendu. « À Seh, nous pourrions lever une armée de quarante mille hommes si l'on inclut les vieillards et les enfants. La peste nous a privés de notre peuple, de nos combattants. »

Calmement, Shuyun parla à Kalam. Il hocha la tête pensivement devant sa réponse. « Le *kalam* dit que les tribus un peu partout ont envoyé leurs fils, de tous les coins de la steppe et du désert. Nul ne savait qu'ils seraient si nombreux. Nul ne savait combien il y avait de clans. Nous n'avons vu que la moitié des hommes qui selon lui étaient dans le camp et, après notre visite là-bas, je crois qu'il faut lui donner raison.

— Comment font-ils pour les nourrir ? On ne fait rien pousser qui se mange dans du sable. »

Shuyun en revint à Kalam. Sa réponse parut l'ébranler. « Il dit qu'ils saignent les tribus, ne leur laissent que juste assez pour vivre.

Une grande partie des vivres et des armes vient des pirates que le khan paie en or.

— De l'or qu'il produit en broyant des pierres…

— C'est une énigme. Nous devons rentrer à Seh, seigneur Komawara. Nous avons vu tout ce qu'il nous fallait voir.

— Vous avez raison, mon frère. Et vous aviez raison aussi à propos d'autre chose. » Il montra le cavalier barbare. « Nous devrions lui rendre sa liberté maintenant. Il a été pour nous un bon serviteur.

— J'ai bien peur, monseigneur, que ce ne soit pas aussi simple. »

37

La journée était fraîche. Le soleil avec difficulté perçait des nuages d'altitude qui recouvraient le ciel comme d'une soie transparente. Malgré la fraîcheur, Shonto avait pris place sous un petit porche d'où l'on avait vue sur les jardins du palais du gouverneur. Il venait lentement à bout de sa correspondance, faite surtout de lettres de caractère officiel, sans originalité et sans grande importance. Un envoi du seigneur Taiki, pourtant, demandait à être relu.

Après avoir relaté comment son fils s'adaptait à la perte de sa main et avoir fait l'éloge de l'intendant de Shonto, Kamu, qui était venu plusieurs fois voir l'enfant, Taiki passait à un sujet de plus d'intérêt.

> *Une chose a retenu mon attention qui me semble bien extraordinaire, surtout à la lumière de notre récente discussion. Des pièces semblables à celles qu'avaient sur eux les auteurs de la razzia ont fait leur apparition dans Seh. Avant-hier seulement, l'un de mes neveux a vendu son cheval, une bête de concours, pour beaucoup d'or. L'or payé n'était pas une monnaie en usage dans l'empire, il ne portait pas l'empreinte d'un symbole familial, mais il répondait à la description que vous m'aviez faite : des pièces carrées, grossières, avec un trou rond au milieu. L'acheteur était le plus jeune des fils du seigneur Kintari, le seigneur Kintari Jabo. L'hommage rendu à ce fils du seigneur Kintari ne s'étend pas au-delà des portes du cabaret, et il est surprenant qu'il ait eu en sa possession assez d'or pour acheter une des plus belles bêtes de Seh, pour ne pas dire de tout l'empire, car il lui a fallu débourser une belle somme pour s'en rendre maître.*

Voilà qui en soi est déjà fort intéressant, mais l'histoire ne s'arrête pas là. Les frères aînés du seigneur Kintari Jabo sont venus trouver mon neveu, disant qu'une erreur avait été commise et qu'ils demandaient très humblement s'il était possible de rendre le cheval et l'or. Mon neveu est un homme de principes : il jugea que la transaction avait été honnête, qu'on ne pouvait rien y trouver déshonorant, et poliment il déclina cette offre. Cela ne plut aucunement à ses visiteurs. Ils expliquèrent que l'or en question revêtait aux yeux de leur père une valeur particulière, parce qu'il était dans la famille depuis longtemps ; leur frère avait eu tort de s'en servir en cette circonstance. Mon neveu accepterait-il d'échanger les pièces pour de la monnaie courante ? Bien sûr, eux, les Kintari, estimeraient parfaitement normal de lui donner pour le dérangement et pour sa bonne volonté l'équivalent d'une bonne part du prix d'achat. On procéda donc à l'échange, exception faite de quelques pièces que mon neveu avait déjà utilisées et sur lesquelles il fut impossible à ce moment de remettre la main.

Ces quelques pièces depuis lors sont venues en ma possession, et je les apporterai au palais la prochaine fois que nous nous rencontrerons. Je suis absolument sûr qu'elles ressemblent en tout point à celles qui m'ont été décrites quand j'ai eu le plaisir de la compagnie du gouverneur, lors de notre dernière entrevue. Cette affaire commence à m'inquiéter autant qu'elle vous trouble.

Votre serviteur.

Shonto lut la lettre de bout en bout une deuxième fois, puis la plia et la mit dans sa manche. Durant quelques instants, il resta à contempler le jardin. L'explication qui venait aussitôt à l'esprit était que les Kintari s'étaient fait voler au cours d'une incursion barbare et qu'on leur avait pris ces pièces trouvées à Seh. Si tel était le cas, l'or n'offrait pas de mystère, et il ne serait pas difficile de savoir si Taiki disait vrai.

Shonto frappa dans ses mains et demanda du thé au valet qui se présenta. Mais alors pourquoi les fils du seigneur Kintari auraient-ils été si pressés de reprendre possession des pièces données au neveu de Taiki ? Et à supposer qu'elles fussent identiques à celles qu'il avait vues, cela en faisait des pièces neuves, et elles pouvaient alors difficilement être tenues pour un bien transmis de génération en génération.

Le thé arriva. Shonto avec plaisir en prit une tasse. Il la mit sur son bureau et en fit tourner lentement le contenu, l'œil fixé sur la vapeur qui s'en dégageait comme s'il regardait dans le lointain. Qu'advenait-il de Komawara et de Shuyun ? Il secoua la tête. Jamais il n'aurait dû envoyer le moine dans le désert. Mais quel choix lui avait été laissé ? Parmi tout son personnel, Shuyun était le seul qui eût une chance de survivre à une capture par les Barbares. Le seul aussi à pouvoir revenir avec les renseignements qui faisaient terriblement défaut. Mais cela n'empêchait pas le moine d'être un conseiller trop précieux pour pareille utilisation.

Que diraient les frères s'ils apprenaient qu'un membre de leur ordre errait dans le désert en compagnie d'un seigneur de Seh déguisé en moine botahiste ? Shonto en était sûr, dans la congrégation on savait se montrer réaliste, même quand il leur fallait puiser dans leur réserve de courage tant vantée. La pilule serait dure à avaler ; ensuite, ils regarderaient dans une autre direction. En tant que défenseurs de la foi du Maître parfait, ils avaient eux-mêmes trempé dans des opérations contestables.

Du bruit dans le couloir, tout près. Alerte. Shonto n'avait pas son épée à portée de main, mais sous sa tunique il tâta le manche d'un poignard. Deux voix, assourdies par les murs ; une femme et quelqu'un d'autre, certainement Kamu.

Shonto s'apprêtait à se lever quand le *shoji* glissa, laissant voir sa fille unique, Nishima.

Elle s'agenouilla aussitôt et se prosterna avant d'entrer. Le visage de Kamu parut dans l'entrebâillement. Un signe de son maître, et il s'effaça. Le *shoji* se referma sans bruit. Pendant quelques instants, ni Shonto ni sa fille n'ouvrirent la bouche.

« Il semble, mon oncle, que pour une fois vous ne trouviez rien à dire.

— Ce n'est pas vrai. Tant de mots me viennent que je ne sais lequel choisir. »

Ils rirent tous deux puis retombèrent dans le silence.

« En ce moment, dit Nishima, je voudrais avoir sept ans.

— Ah oui ?

— Car si j'avais cet âge si charmant, je pourrais encore me jeter dans vos bras.

— À l'âge que vous avez, ce serait très inconvenant. »

Nishima acquiesça : « C'est vrai.

— Le frère Satake, toutefois, avait des conceptions bien à lui sur la nature du temps… »

Il ne finit pas sa phrase. Nishima ouvrit les bras et l'étreignit. Shonto réussit à émerger des plis de ses manches de soie et, difficilement : « À sept ans, dit-il, vous n'auriez pu manquer ma correspondance. »

Sans un regard, Nishima tendit une main derrière elle et bouscula tout ce qui se trouvait sur le bureau, thé, pierre à encre, pinceaux, qui allèrent voler sous le porche.

« Voilà qui ne s'arrange pas », dit Shonto.

Nishima se mit à rire, mais lui sentit le froid d'une larme couler d'abord sur la joue de sa fille puis sur la sienne. Ils finirent par se séparer. Shonto frappa dans ses mains pour appeler un domestique. « Du thé ! »

L'homme vit le monceau de lettres à terre. Son visage marqua la surprise.

« Ne t'occupe pas de cela maintenant. » Le domestique disparut. « Vous n'êtes là que depuis cinq minutes, et déjà vous donnez du travail à mon personnel.

— Ils peuvent s'estimer heureux de savoir que je ne serai jamais plus la petite fille que j'ai été. » Elle montra le fouillis, l'encre, la correspondance. « Cela se limite à une pièce, après tout. »

Le thé arriva. Nishima prit en charge les opérations. « Voulez-vous entendre toute l'histoire dès maintenant, ou votre attention est-elle requise par votre travail ?

— Je préfère maintenant. J'ai grande envie de savoir comment nous allons pouvoir expliquer votre présence ici à notre empereur, qui s'est donné beaucoup de mal pour faire en sorte que vous ne veniez pas à Seh, sans outrager profondément son autorité.

— Mais, mon oncle, il ne me viendrait pas à l'esprit d'offenser notre empereur. Le Fils du Ciel dans sa grande bonté m'a permis de profiter des leçons d'une artiste de grand talent. Je continue à le faire. Dame Okara m'accompagne.

— Je vois, dit Shonto, et il parut gêné. C'était aussi mon projet… si j'avais jugé nécessaire de vous avoir à Seh. »

Nishima baissa les yeux et but un peu de thé. « Je ne suis pas venue sans de bonnes raisons.

— Je n'en doute pas un seul instant, Nishima-*sum.* »

Elle sourit. « Kitsu-*sum* est aussi du voyage. »

Shonto secoua la tête. « Bien sûr, on peut penser qu'elle n'aurait pas manqué l'occasion de se promener à la campagne. »

Nishima se mit à rire. « Elle aussi a de bonnes raisons. »

Shonto s'inclina légèrement : il n'en pouvait douter.

« Mais d'abord mes raisons à moi. Quelques jours seulement après votre départ, j'ai reçu une lettre de Tanaka. Votre marchand vassal était en possession d'une information qui le troublait, et il agissait en conséquence. Un ancien officier des Shonto, très âgé maintenant, avait appris de son petit-fils, membre de la garde impériale, que son unité était mêlée à de secrets mouvements de fonds, de très grandes quantités d'or. On envoyait des pièces d'or par bateau vers le nord.

— Des pièces ?

— Oui, fit-elle », et elle chercha dans sa manche. Elle y trouva une bourse de soie dont elle vida le contenu dans sa main avant de le présenter à son oncle. « Embarquement mystérieux vers le nord. La garde impériale, le volume d'or… cela ne pouvait qu'être lié à Seh et à nos pires appréhensions. »

Shonto prit l'une des pièces.

« Je ne pouvais en parler à personne, monseigneur, ni à mon sens rester dans la capitale avec ce renseignement en ma possession. Nous avons toujours su qu'il ne supportait pas l'idée d'un Shonto puissant et qu'il avait le nom de ma famille en horreur.

— À qui pensez-vous ?

— Mais à l'empereur, monseigneur, bien entendu.

— Et pourquoi pas à Jaku Katta ?

— Parce que vraisemblablement, si Jaku conspirait contre vous, il n'aurait pas songé récemment à vous sauver la vie.

— C'est juste. Mais m'a-t-il vraiment sauvé la vie ?

— Comment cela, mon père ? »

Shonto frotta la pièce entre ses doigts. « C'est sa propre vie que le Tigre noir a sauvée, j'en suis certain.

— La tentative d'assassinat était donc dirigée contre Katta-*sum* ? »

Shonto acquiesça. Nishima ne regarda plus que ses mains.

« Avez-vous entendu parler de la façon dont nous avons été retardés dans la gorge de Denji ?

— Pas de manière précise, monseigneur.

— Tout s'accorde à prouver que Jaku était de mèche avec le Hajiwara pour mettre fin à mon voyage, bien que nous nous en soyons tirés, avec l'aide de Botahara. À présent, on colporte le bruit que Jaku n'est plus en faveur auprès de l'empereur. »

Nishima leva les yeux, surprise.

« Vous ne le saviez pas ? Il vient dans le Nord, en théorie pour mettre de l'ordre sur un canal où il a si longtemps entretenu le désordre. On dit que c'est une mise à l'écart. Je l'attends à Seh d'un jour à l'autre. Sans aucun doute il aura à mon service des éléments d'information de nature très délicate pour démontrer qu'il a rompu avec le Fils du Ciel. Un allié parfait pour le Shonto à un moment où le Shonto a besoin d'alliés. Bah ! il doit me prendre pour un imbécile.

— Non, monseigneur, je crois qu'il réserve pareille opinion pour votre fille.

— Comment cela ? »

Elle but une grande gorgée de thé. « Ces jours-ci, je suis entrée en correspondance avec le général et je l'ai rencontré, oh, peu de temps, sur le canal, dans mon voyage vers le nord. »

Shonto ne réagit pas.

« Je ne connaissais pas la vérité sur l'incident qui s'était produit dans le jardin de mon seigneur. Je ne cherche pas d'excuse, mais je restais marquée par l'idée que Jaku Katta vous avait sauvé la vie. »

Ils gardèrent le silence quelques instants. Ce fut Shonto qui se décida à parler. « J'ai pour habitude de partager ce qui m'a été appris seulement quand c'est absolument nécessaire. » Un moment, il regarda sa fille assise devant lui les yeux baissés. « Dans la famille, la discrétion n'est pas notre point fort.

— La faute m'incombe entièrement, monseigneur. Par chance, les conséquences ne sont pas trop graves. Aurai-je fait tout ce voyage pour rien ? Étiez-vous déjà au courant pour les pièces ? »

Shonto secoua la tête. « Vous avez agi sagement en la circonstance. Il est vrai que j'étais déjà au courant, mais ce que vous avez appris de Tanaka, je ne le savais pas et c'est important. » De nouveau il frotta les pièces entre ses doigts. « On les embarque, hop ! » Il fit semblant de jeter une pièce du haut de son balcon, pour finalement l'escamoter au creux de sa main comme s'il exécutait un tour de passe-passe à l'intention d'un enfant. « Et les voilà qui réapparaissent sur le cadavre d'un brigand barbare, l'une d'elles estampée. On y voit l'image d'un dragon hors du commun. Vous souvenez-vous de votre séance de divination ? » Il sourit. « Très extraordinaire. Et aujourd'hui je découvre qu'une grande famille de Seh possède des pièces très probablement identiques aux premières. » Il prit la lettre dans sa manche et la lut à Nishima.

« Mon hypothèse était, dit-il en remettant la lettre à sa place, que le trésor du Barbare avait été dérobé aux Kintari lors d'une razzia. Nous verrons bien. Pourquoi a-t-on envoyé par bateau vers le Nord une pareille fortune ? Vous me dites que ce sont des soldats de la garde qui ont effectué le transfert. Faut-il y voir la main du Fils du Ciel ou celle du commandant de la garde impériale ? Et pourquoi retrouvons-nous cet or à la disposition du moins recommandable des fils d'une grande famille de cette province ? » Il leva les bras au ciel. « Et comment se fait-il qu'un bandit barbare soit en possession de pièces apparemment identiques ? Bien extraordinaire. Saviez-vous que dans mon propre entourage on a voulu me cacher l'existence de ces razzias ? » Brusquement, sa voix marqua l'outrage qu'il avait subi. « Plusieurs hommes l'ont payé de leur vie. » Il secoua la tête avec quelque tristesse. La colère disparut. « Mais vous avez agi sagement. L'empereur sera furieux quand il saura qu'on s'est montré plus malin que lui. Il s'en est trop remis à la réputation d'Okara. Il n'a pas pu prévoir que de vous fréquenter lui donnerait l'envie de revivre sa jeunesse, en lui rendant le goût de l'aventure. » Il rit et sourit à sa fille.

« Ce n'est sûrement pas cela, protesta-t-elle. Je ne pouvais pas produire pareil effet.

— Oh mais si ! Je suis certain du contraire ! C'est de famille. J'ai la même influence sur tout le monde en toutes circonstances. »

Elle s'esclaffa.

« Alors, on rit ? Tout à l'heure encore, vous regrettiez de ne pas avoir sept ans. À peu de chose près, c'est l'âge que vous avez maintenant. »

Elle battit des mains. « L'empereur rira jaune quand il découvrira que Kitsura aussi a quitté la capitale, et avec moi par-dessus le marché. »

Shonto ouvrit de grands yeux. « Le Fils du Ciel aurait-il soudain commencé à donner toute son attention à la pauvre Kitsu-*sum* ? Nishima-*sum*, êtes-vous en train de me dire qu'il a fait la cour à votre cousine ?

— Je ne parlerais pas de "faire la cour". J'ai rarement vu quelqu'un se conduire aussi grossièrement. Il a agi comme s'il avait affaire à… » Elle chercha ses mots. Puis, avec dédain : « Une Fujitsura, une Nojimi. Pas une Omawara. Un parfait manque de tact. Le seigneur Omawara a eu la réaction qui s'imposait, mais il se retrouve dans une situation très inconfortable. »

Le visage de Shonto parut s'éclairer de ce qui était proche d'un sourire narquois. « Je suis loin de la capitale, Nishi-*sum*, et mal informé de ce qui se passe à la cour. Le seigneur Omawara m'a demandé si Kitsura pouvait accompagner ma fille à Seh. Après tout, il est très malade et pouvait souhaiter lui épargner des tracas. C'est un ami de longue date. J'ai dit oui, bien sûr. Avez-vous d'autres surprises pour moi ?

— Je n'en vois aucune pour l'instant, monseigneur.

— Oka-*sum* va-t-elle bien ?

— Oui, en apparence. Mais elle est très… songeuse.

— Pauvre Okara-*sum* ! La voilà arrachée à sa retraite au bout de tant d'années ! Et pour aboutir à… l'œil du cyclone ! » Il sortit la pièce d'or de sa cachette et l'examina comme si elle pouvait révéler son origine. « Voici la cause de tout, dit-il.

— J'espère qu'Okara-*sum* n'aura pas l'occasion de regretter son voyage.

— C'est le souhait que je fais pour chacun d'entre nous. »

« Vous ne pouviez pas deviner », dit Kitsura pour consoler sa cousine.

Celle-ci secoua la tête. « Comment a-t-on réussi à être au courant dans Seh d'une prétendue disgrâce de Jaku avant que je le sois moi-même, alors que je n'avais pas quitté la capitale ?

— Il semble que la chute de Jaku ait coïncidé avec notre départ. Il vous aurait fallu être un peu sorcière pour savoir cela. »

Elles marchaient le long d'un rempart dans les derniers rayons du soleil couchant.

« C'était compréhensible, reprit Kitsura. Je n'aurais pas été tentée moins que vous. » Elle sourit – un parfait sourire. « Et finalement, peut-être aurais-je opposé moins de résistance. »

Nishima essaya de sourire elle aussi, mais sans résultat. Elles s'arrêtèrent un moment pour admirer le spectacle du jardin.

« Votre cœur vous fait-il souffrir, ma cousine ?

— Je suis atteinte dans ma dignité, c'est tout. » Elles firent quelques pas. « Atteinte, oui, mais fort peu, Kitsu-*sum.* »

Elles poursuivirent leur promenade jusqu'à ce qu'apparût le Parc impérial, avec la boucle de son canal. Le soleil s'enfonçait dans les montagnes à l'horizon.

« Peut-être devriez-vous en parler avec votre conseiller spirituel », dit Kitsura.

Nishima secoua la tête. « Je ne crois pas.

— Vous m'avez dit vous-même qu'il était d'une sagesse étonnante pour son âge.

— Je ne le pourrais pas et n'en ai pas envie. »

Elle se détourna pour reprendre sa marche. Sa compagne la suivit.

« Au moins nous voici hors de portée de l'empereur.

— Beaucoup de choses devraient nous réjouir, Kitsura-*sum.* Je vais m'efforcer d'être de meilleure humeur. S'il vous plaît, excusez celle dans laquelle je suis. »

Un garde portant l'uniforme bleu des Shonto se hâtait de se porter à leur rencontre. Quand il fut plus près, les deux jeunes filles virent le cheval ailé du gouverneur impérial de Seh sur sa poitrine.

« Pardonnez le dérangement, Dame Nishima. Le seigneur Shonto requiert votre présence.

— Maintenant ?

— Oui, Votre Seigneurie. »

Elle se tourna vers Kitsura.

« Bien sûr, je vous en prie, ne vous excusez pas », dit celle-ci.

Nishima partit, le garde sur ses talons. Il n'y avait qu'une courte distance entre l'endroit où elles se trouvaient et le palais proprement dit, et pas beaucoup plus avant la salle où Shonto l'attendait.

On avait mis en faction dans le vestibule et près de la porte les meilleurs éléments de la garde personnelle du gouverneur, en nombre étonnamment élevé. Nishima ne put que le noter avec une certaine inquiétude. On poussa un écran pour lui permettre d'entrer puis, tandis qu'elle s'agenouillait sur le seuil, elle eut la surprise de voir de l'autre côté de la pièce un homme qui indubitablement était un guerrier barbare. Elle s'arrêta et reconnut près de son père Komawara, le général Hojo, Kamu et Shuyun.

« Entrez, je vous prie, dit Shonto. Ce palais regorge d'espions au service de toutes sortes de gens. »

Nishima s'inclina et entra. On lui avait installé un coussin et elle prit place.

Shonto ne se donna pas la peine d'expliquer sa présence, bien que ce fût la première fois qu'elle assistât à une séance importante consacrée à la stratégie ou au renseignement. Chacun s'inclina devant elle.

« Nishima, je vous présente Kalam. Il nous arrive du désert en compagnie du seigneur Komawara et de Shuyun-*sum.* »

Le moine s'adressa à lui dans sa langue, et il baissa la tête conformément aux instructions reçues. Il osait à peine jeter un coup d'œil du côté de Nishima et gardait les yeux fixés sur la natte devant lui. Tout à coup, il semblait perdu.

« Excusez-nous, dit Shonto, de poursuivre nos délibérations. Je ne manquerai pas d'évoquer cela avec vous plus tard. »

Nishima s'inclina légèrement pour signifier qu'elle comprenait.

« Comment se fait-il, Shuyun-*sum*, que vous ayez accepté les termes de cet accord ?

— Ma compréhension du dialecte de cette tribu laissait alors à désirer, monseigneur. Je ne percevais pas tout ce qu'impliquait le mot de *tha-telor*. Je croyais qu'en échange de services limités dans le temps il sauvegardait sa vie et celle des siens. Je n'avais pas compris qu'en réalité sa vie et son honneur nous étaient acquis pour permettre à sa famille de garder les leurs. Il est lié à moi pour toute son existence. Si je le renvoyais dans le désert, il se laisserait mourir. Le seul honneur qui lui reste est de me servir.

— C'est ce qu'il prétend. Le croyez-vous, mon frère ?

— Tout à fait, monseigneur. »

Shonto haussa les épaules. « Bah ! j'en suis moins sûr que vous.

— Excusez-moi de vous le dire, seigneur Shonto, intervint Komawara, mais je suis convaincu qu'en l'espèce Shuyun a raison. Moi-même, je ne faisais pas confiance à Kalam, mais… à présent je suis sûr qu'il sauterait du haut du balcon si Shuyun lui en donnait l'ordre. »

Shonto se tourna vers le balcon en question. « Je me le demande, dit-il. Puis : Il me semble qu'un jour, seigneur Komawara, vous m'avez suggéré de faire prisonnier un Barbare pour obtenir des renseignements. Voici l'homme dont nous avions besoin.

— Je pensais alors qu'il nous faudrait avoir recours à des moyens de pression plus persuasifs pour arriver à nos fins, monseigneur. Kalam est tout prêt à parler, du moins à son maître.

— Voilà qui fait bien notre affaire. Donc, avec le secours d'un guide, vous avez poursuivi votre chemin en direction de ce lieu de culte ? »

Komawara prit en charge la suite du récit. « Oui, d'Ama-Haji. Il s'agit d'une grotte cachée au pied des montagnes… un sanctuaire chargé d'histoire, qu'il est difficile de décrire. Nous sommes passés à côté de plusieurs sentinelles avant d'arriver auprès.

— De bien piètres sentinelles, à mon avis, fit observer Shonto.

— Apparemment, on ne s'attendait pas à des visites. Dans la tribu de Kalam, on s'aventure rarement par là, et les habitants de Seh n'y vont jamais.

— À l'exception de ce moine dont vous m'avez parlé.

— Oui, monseigneur, et aussi de nous. Cela dit, ils ne sont guère préparés à voir des gens se hasarder sur leurs terres. Dans Ama-Haji, nous avons vu une chose qu'il est impossible de croire si on ne l'a pas observée de ses propres yeux. » Il se tourna un bref instant vers Shuyun, qui acquiesça imperceptiblement.

« Encastré dans un lit d'argile, dit le jeune frère d'une voix tranquille, nous avons vu ce qui était incontestablement le squelette d'un dragon. »

Le silence se fit dans la salle. Kamu fut le premier à le rompre. « Comment se fait-il que vous en soyez aussi certain ? L'avez-vous vu de près, Shuyun-*sum* ? L'avez-vous touché ?

— Je l'ai vu de loin, Kamu-*sum*, et pourtant il n'y a pas de doute en mon esprit. Le squelette était placé là de manière trop naturelle pour qu'on ait tout agencé. La posture du dragon avait quelque chose d'étrange. Il était un peu replié sur lui-même, comme on peut l'être quand la mort vous frappe, et il manquait des éléments dans l'ossature, par endroits, comme arrachés par les intempéries. Le dragon était aussi très volumineux, davantage que les récits du temps passé ne le laisseraient attendre. Les proportions sortaient de l'ordinaire : la grosseur de la tête surprenait par rapport à celle du reste du corps, et ce corps était plus épais qu'on n'aurait pensé. D'où ma conviction que j'avais affaire à quelque chose de réel. Si l'on avait imaginé le dragon, je suis sûr qu'on l'aurait rendu plus impressionnant et plus conforme à l'idée qu'on s'en fait généralement. Je suis persuadé que ce que j'ai vu était bien les vestiges d'un animal ayant réellement existé, aussi invraisemblable que cela puisse paraître. »

Hojo hocha la tête. « J'aurais aimé être avec vous, seigneur Komawara, et vous, mon frère. Il m'est difficile d'imaginer pareil prodige.

— Mais ce prodige, suggéra Nishima, pourrait constituer un symbole chargé de sens pour… des hommes dont la culture ne serait pas très développée. Est-ce le même dragon qui figure sur les pièces de monnaie ?

— Sans aucun doute, dit Komawara. Cela a dû ajouter au mystère dont s'entoure le khan, j'en jurerais. Kalam était à la fois terrorisé et plein de respect devant le spectacle qui nous était offert. À mon avis, les autres ne réagissent pas différemment. Moi aussi, cela m'a laissé un sentiment de respect. Ama-Haji vous impressionne quel que soit le raffinement de votre culture.

— Peut-être devrions-nous entendre la fin de l'histoire et réserver nos commentaires pour plus tard, dit Shonto.

— Après Ama-Haji, reprit Shuyun, le *kalam* nous a conduits jusqu'à une plaine où l'armée du khan avait établi son campement. Il était plus vaste que nous ne l'aurions jamais imaginé, suffisamment pour abriter de soixante à soixante-dix mille guerriers. Peut-être plus. »

Hojo intervint. « On a déjà dressé des camps destinés à donner une fausse idée des dimensions d'une armée, Shuyun-*sum*. Nous combattons des hommes, non leurs campements. Combien de guerriers avez-vous vus ?

— Nous avons suivi les traces d'un corps d'armée à l'effectif impressionnant. Il paraissait s'acheminer vers Seh, général Hojo. Ensuite il a changé de direction, pris vers l'est et la mer. Cette troupe, selon mon estimation, était de quarante mille hommes, et nous sommes persuadés que ce n'était qu'une fraction d'un ensemble plus vaste. »

Hojo jura à voix basse, et Kamu agrippa l'épaule de son bras manquant, le visage grimaçant comme sous l'effet d'une subite douleur.

« Impossible, murmura-t-il, je n'y crois pas.

— S'ils sont en pareil nombre, dit Shonto – et je ne mets pas en doute votre estimation –, pourquoi hésiter ? Avec autant d'hommes, je pourrais me rendre maître de Seh en quelques semaines. Le Nord serait à moi avant que l'empire ait eu vent de ma victoire, et l'hiver me protégerait jusqu'à l'arrivée du printemps. Je serais prêt alors à affronter des armées venant du sud. On pourrait prendre Seh et le garder. Cette attente n'a pas le sens commun.

— Peut-être ne savent-ils pas de quelles forces dispose cette province, monseigneur, suggéra Nishima. Les brigands qui s'aventurent par ici se trouvent en présence de richesses et de peuplements auxquels ils ne sont pas habitués. Peut-être leur est-il impossible de situer notre vulnérabilité. À supposer qu'ils attaquent maintenant et que Seh tienne, ne serait-ce que quelques petites semaines, jusqu'à ce que le temps change, l'élément de surprise ne jouerait plus du tout. Je ne suis pas général, mais il me semble que la sagesse serait d'attendre jusqu'au printemps. Ils croient qu'ils bénéficieront toujours alors d'un effet de surprise et, si la campagne devait durer, la saison leur serait propice. »

Le général Hojo approuva. Il n'hésita pas à s'incliner devant la jeune fille en laissant voir des marques d'étonnement, mais aussi d'une fierté quasi paternelle.

Shonto se tourna vers son conseiller militaire. « Alors, général ?

— Le raisonnement que tient Dame Nishima me paraît bon, monseigneur. Plus d'une bataille a été perdue qui aurait pu être facilement gagnée si les généraux avaient seulement su quel était le meilleur moment pour attaquer. Il faut aussi prendre en considération que les Barbares attendent peut-être pour d'autres raisons. Quelle que soit la valeur des renseignements que nous ont transmis Shuyun-*sum* et le seigneur Komawara, il reste beaucoup de choses que nous ne savons pas. »

Shonto acquiesça. « C'est juste. Shuyun-*sum*, votre serviteur peut-il nous éclairer sous ce rapport ? »

Calmement, le moine parla au *kalam*, qui réagit par ce qui à l'évidence était une question. Shuyun reprit la parole et, hochant la tête affirmativement, le Barbare se lança dans un long discours. « Le *kalam* dit que les prêtres du Dragon ont prévenu qu'une attaque dans l'immédiat serait vouée à l'échec, que le printemps était le moment propice pour une victoire assurée. Du moins est-ce ce qui a été dit. Son *gensi* – le mot signifie à peu près "celui qui mène la chasse" – pensait que le khan avait entendu parler de l'arrivée à Seh d'un grand chef de guerre – ce n'est pas très clair pour moi, monseigneur ; le *kalam* utilise un mot qui n'a aucun équivalent dans notre langue ; peut-être "mort depuis longtemps et ressuscité" en donnerait-il une idée approximative. Ce chef, disait-on, était venu avec une armée redoutable. Le *gensi* était d'avis que là se trouvait la véritable raison du changement de plan. » Shuyun s'inclina légèrement. « Ce grand chef de guerre, c'est vous, de toute évidence, seigneur Shonto.

— Bah ! » Shonto secoua la tête. « Tout cela n'explique pas leurs tergiversations. Au printemps, je n'aurai pas bougé d'ici. » Il regarda autour de lui, mais personne n'avait d'explication à lui fournir.

Il se tourna alors pour ôter son épée de son support, la prit, s'efforça de retrouver calme et sérénité, tandis que chacun attendait sans trahir aucune impatience. « Bien que beaucoup de choses encore nous échappent, reprit-il, il ne fait pas de doute à présent que Seh n'évitera pas la guerre à la fin de l'hiver. Dans quatre mois, nous aurons une armée barbare en face de nous. C'est le temps qui nous est laissé pour obtenir les secours dont nous avons besoin mais, même ici où le coup sera frappé, beaucoup refuseront de croire à ce qui a été vu dans le désert.

» Il faudra que le pouvoir central vienne à notre aide, mais comment faire pour y parvenir ? Je l'ignore, quand de l'or qui selon toute vraisemblance provient de la Monnaie impériale apparaît entre les mains de nos ennemis. Ce Barbare a prétendu que l'empereur de Wa payait tribut au khan. Dans quelle intention ? Je crains qu'afin de précipiter la chute du Shonto le Fils du Ciel n'ait envoyé de l'or dans le désert. Ce khan serait alors l'instrument de notre empereur révéré ? » Il marqua une pause. « Pas besoin d'une armée de soixante mille hommes pour abattre une seule maison. Tout cela ressemble fort à un plan qui aurait très mal tourné. Ce khan a des ambitions personnelles, soyez-en sûrs. »

Il se tut un instant, mais son auditoire ne relâcha pas son attention. « Je ne crois pas, reprit-il, que Jaku soit en disgrâce. Cela nous arrangerait trop bien. Si nous réussissons à lui faire voir où est le véritable danger, je suis certain que nous aurons l'empereur avec nous.

— Je suis tout à fait d'accord avec vous, monseigneur, dit Kamu. C'est par Jaku que nous pourrons obtenir quelque chose de notre empereur. Mais je n'ai aucune idée de la façon dont nous allons pouvoir l'éclairer. »

Shonto regarda l'épée qu'il tenait entre ses mains. « Nous trouverons, dit-il calmement. Seh maintenant est sur le pied de guerre. Dans quatre mois, nous serons prêts à mener les combats qui nous attendent, quand il nous faudrait dépouiller cette ville de tous ses atours et les vendre à l'empereur lui-même. » Il regarda sa fille l'espace d'un instant, et son visage se fit moins dur. Presque aussitôt, il se retourna vers les autres. « Il se peut qu'il y ait cette année quelques inévitables retards dans l'envoi à l'empereur du produit des impôts. »

Un sourire se dessina sur les lèvres de Kamu et de Hojo.

« Quatre mois pour nous préparer, pour nous ménager les appuis qui nous seront nécessaires. Le sort de toute une province dépend de la manière dont nous accomplirons cette tâche. Nous ne devons pas échouer. Nous ne le pouvons pas. » Il se tut.

Shuyun s'éclaircit la voix. « Seigneur Shonto, je vois une autre explication à ce retard apporté aux combats. Comme le dit monseigneur, il est incontestable qu'une attaque aujourd'hui aboutirait à la chute de Seh. Mais la chute de Seh mettrait le Sud en garde et lui donnerait tout l'hiver pour se préparer. » Il leva les yeux sur ceux qui l'entouraient. « Si l'on veut prendre Seh, c'est maintenant. Mais si on a en l'esprit de conquérir un empire, alors il faut attendre. »

Suite et fin du
FRÈRE INITIÉ
dans
LE BERGER DES NUAGES

Achevé d'imprimer en mars 2004
par l'Imprimerie Bussière
à Saint-Amand-Montrond (Cher)
pour le compte de
la Librairie L'Atalante

N° d'imprimeur : 40248
Dépôt légal : mars 2004

IMPRIMÉ EN FRANCE